ANNETTE KAST-RIEDLINGER

Liebling, ich kann auch anders

SEEGEFLÜSTER Düstere Vorahnungen beschleichen Eliza, als Eva nach Konstanz aufbricht, um ihren Jugendfreund bei einer Studie zu unterstützen. Kurz darauf gerät die Freundin bei Recherchen im Internet an den betörenden Magnus, der ihr wie die Erfüllung aller romantischen Träume erscheint. Fast gleichzeitig begegnet Eliza dem begabten Beni, mit dem sie beruflich wie erotisch bestens zu harmonieren scheint. So wähnen sich beide Frauen für einen euphorisierenden Moment im Liebesglück und schlagen sämtliche weisen Ratschläge ihrer männerkundigen Freundin Sibylle in den Wind.

Familienvater Magnus entpuppt sich jedoch bald als skrupelloser Blender, und der appetitliche Beni erweist sich als unverfrorener Abstauber.

Für die Frauen geht es nun darum, ein hohes Maß an gebündelter Raffinesse aufzuwenden, um der Gerechtigkeit ganz süffisant zum Durchbruch zu verhelfen.

Foto: Moos-Drevenstedt

Annette Kast-Riedlinger wurde in Stuttgart geboren. Nach dem Abitur absolvierte sie in Paris eine Ausbildung zur Schmuckgestalterin. Danach studierte sie in Freiburg, um anschließend als Lehrerin Deutsch und Französisch zu unterrichten. Seit 1991 ist sie freischaffend. Ihr Debütroman »Von nun an bitte ohne mich« wurde auf Anhieb zum Bestseller. Mit bisher fünf weiteren Romanen und zwei Gedichtbänden begeisterte sie ein Millionenpublikum.

ANNETTE KAST-RIEDLINGER

Liebling, ich kann auch anders

Roman

GMEINER *Original*

Ausgewählt von
Claudia Senghaas

Besuchen Sie uns im Internet:
www.gmeiner-verlag.de

Im Ehnried 5, 88605 Meßkirch
Telefon 07575/2095-0
info@gmeiner-verlag.de

2. Auflage 2010

Lektorat: Claudia Senghaas, Kirchardt
Herstellung / Korrekturen: Julia Franze / Katja Ernst
Umschlaggestaltung: U.O.R.G. Lutz Eberle, Stuttgart
unter Verwendung eines Fotos von chilli © M&M / fotolia.de
Druck: Fuldaer Verlagsanstalt, Fulda
Printed in Germany
ISBN 978-3-8392-1108-3

Der vorliegende Roman ist ein fiktives Werk. Ähnlichkeiten mit tatsächlichen Handlungen sowie existierenden Personen sind – wie stets bei Gesellschaftssatiren – sowohl zufällig als auch unvermeidlich.

Für Elisabeth, Nina, Moni und Alf

I

›Liebe ist eine Krankheit, die manchmal mit dem Tod endet, gelegentlich aber auch in der Klapse.‹ Ein Spruch, mit dem Sibylle oft und gern die Irrungen ihrer Umgebung kommentiert und den wir bislang stets als Phrase belächelten.

Das Lachen ist uns aber gründlich vergangen seit Evas folgenträchtiger Affäre mit Magnus, die wirklich zu allerhand Befürchtungen Anlass gab. Mal unter uns: Was würden Sie Ihrer Freundin raten, die Ihnen mit leuchtenden Augen erzählt, das Unglaubliche sei geschehen, sie habe einen Mann gefunden, der nicht nur Ihren kühnsten Wunschvorstellungen entspricht, sondern sie auch noch bei Weitem übertrifft?

Ich habe Eva gefragt, ob sie bekifft, betrunken oder sonst wie berauscht sei.

»Na ja, unter sonst wie berauscht könnten wir es schon laufen lassen«, sagte sie und lächelte dabei jenes Lächeln, das Verliebte in den Augen nicht Verliebter stets töricht bis blöde aussehen lässt.

Die Sache war nicht aus heiterem Himmel über Eva hereingebrochen. Wirklich nicht! Der ersten Blitz-Donner-und-Erdbeben-Begegnung gingen eine dreimonatige E-Post-Korrespondenz und eine einwöchige, insgesamt etwa dreißigstündige telefonische Gesprächsfolge voraus.

Heißer Tipp für Paarungswillige: Ungeduld und Neugier fördern die Kompromissbereitschaft. Je länger Sie die erste Begegnung hinauszögern, desto interessanter werden Sie selbst. Die Qualität sollte natürlich schon einigermaßen stimmen, aber wenn Ihre Schriebe (oder sonstigen Zuwendungen) erstmal als fester Faktor im Tagesablauf der von Ihnen angepeilten Person verankert sind, können Sie mit viel mehr Nachsicht für Ihre Schwächen rechnen.

Als Intimfreundin und Nachbarin war ich vom ersten Tag an informiert über Magnus, denn seine erste Zuschrift hatte Eva elektrisiert. Und dann genoss sie es, sich mit mir über den mysteriösen Unbekannten aus dem Netz zu unterhalten, alles, was er von sich gab, genüsslich wiederzukäuen und meine Bedenken und Vorbehalte jeweils mit emotionalen Argumenten oder geistreichen Zitaten aus dem fabelhaften Briefwechsel zu entkräften. (Männer, die eine heimliche Affäre pflegen, ahnen vermutlich nichts davon, dass so eine Geschichte nicht halb so reizvoll wäre, wenn ihre Geliebte sie nicht bis ins kleinste Detail mit ihrer besten Freundin besprechen könnte.)

Zu Beginn leitete Eva mir die bemerkenswerten Mails weiter. Und später, als ich mich zur Aufzeichnung ihrer irren Geschichte entschlossen hatte, machte sie mir sogar Kopien ihrer Tagebuchseiten zur fraglichen Phase sowie des kompletten eindrucksvollen Mailwechsels mit Herrn Wunderbar. Deswegen bin ich auch in der Lage, alles ziemlich genau zu schildern.

Vor etwa zehn Jahren – während unseres Studiums – hatten wir im Freundinnenkreis Kriterien festgelegt, die ein Mann zu erfüllen hätte, dem wir unsere Gunst gewähren wollten. Selbstverständlich sollte er gut aussehen und riechen, eine angenehme Stimme haben und über Humor sowie passable Manieren verfügen. An Bildung durfte er uns nicht allzu weit nachstehen, was unter anderem bedeutete, dass er mindestens zwei Fremdsprachen sprechen sollte. Er durfte kein Geizhals sein, der die Blumen, mit denen er uns erfreuen wollte, auf dem Friedhof klaute, oder etwa in der Espressobar auf getrennten Abrechnungen bestand. Und dann – eine ganz entscheidende Forderung: Er durfte keine anderen Göttinnen neben uns haben!

Selbstverständlich hätte uns bei konsequenter Anwendung

dieser Kriterien damals wie heute ein jungfräuliches Leben geblüht. Also haben wir uns damit abgefunden, dass wir Kompromisse eingehen mussten und müssen.

Die beiden Fremdsprachen waren so ein Punkt, der großes Einsamkeitspotenzial in sich trug. Noch mehr allerdings die Manieren. Sibylle behauptet, der Prozentsatz der Männer, die korrekt mit dem Besteck umgehen können, liege zwischen fünf und sieben Prozent. Und sie ist in Bezug auf dieses Thema extrem sensibel. Eva hatte ihr nämlich vor längerer Zeit äußerst behutsam in einem Vieraugengespräch eröffnet, ihre Tischsitten seien etwas problematisch. Dann hatte sie ihr beigebracht, wie's richtig funktioniert.

Sibylle erwies sich als gelehrige und dankbare Schülerin und bestrafte fortan alle mit Verachtung, die sich so anstellten wie sie selbst noch vor nicht allzu langer Zeit.

Der Aspekt mit dem Monotheismus verlangte auch des Öfteren große Elastizität. Doch wir kennen ja die Rechtfertigungen verliebter Frauen, deren Liebster nicht oder noch nicht frei ist. ›Was soll ich mich mit seinem Alltagskram rumquälen? Wenn er zu mir kommt, ist es immer ein Fest!‹ / ›Ich kann mich besser verwirklichen, wenn ich Männer nur stundenweise um mich habe.‹ / ›Mit seiner Frau läuft schon lange nichts mehr, aber ich will auch nicht der Drache sein, der den Kindern den Vater wegnimmt.‹ / ›Er geht morgen, spätestens aber nächste Woche zum Scheidungsanwalt.‹ Und dergleichen mehr.

Als Eva schmerzlich zu spüren bekam, dass Magnus ziemlich intensiv verheiratet war, sagte sie: »Lieber die Nummer zwei bei Herrn Wunderbar als die Nummer eins bei Herrn Stinklangweilig.«

Dieser Einstellung könnte ich zwar im Grunde zustimmen, doch rechtfertigte meiner Meinung nach Magnus zu keinem Zeitpunkt das Prädikat *wunderbar*, eher wundersam.

Und Herr Stinklangweilig stand insofern nie zur Debatte, als Eva schon eine Menge anderer Alternativen offengestanden hätten.

Eva verfügte nämlich schon mit zwanzig, also lange, bevor sie auf diesem Sektor ihren eigentlichen Durchbruch erlebte, über eine umwerfende erotische Ausstrahlung, die nur wirklich stumpfsinnige Zeitgenossen unberührt ließ. Und: Sie war sich dessen noch nicht einmal bewusst. Es entging ihr zwar nicht, dass alle auf sie ansprangen, aber sie dachte, das sei völlig normal und gehe allen Frauen so. Ein Witz! Ich bin überzeugt, es gibt Tausende, die dafür morden würden, um in den Besitz dieser fabelhaften Gabe zu gelangen! Eva fand sich auch noch nie hübsch, obwohl sie immer hinreißend aussieht.

Zu Beginn unserer Freundschaft habe ich ergründet, wie es zu dieser totalen Fehleinschätzung kommen konnte. Mir war nämlich unbegreiflich, warum sie sich an der Uni oft mit Typen einließ, die ich selbst nicht mal mit der Zange angefasst hätte. Sie dachte eine Weile nach, lachte dann und meinte: »Eliza, was du sagst, ist sehr interessant und ich kann mir sogar eine Erklärung dafür denken. Meine Eltern haben mir von klein auf systematisch eingeredet, ich sei hässlich.«

Auf mein zweifellos konsterniertes Glotzen hin lachte sie noch mehr. »Tja, das geschah ihrer Meinung nach nur zu meinem Besten: weil sie nämlich verhindern wollten, dass ich eine eingebildete Zicke werde.«

Na, das hat ja dann auch tatsächlich prima funktioniert!

Also, liebe Eltern kleiner Mädchen, merkt euch: Wenn ihr wollt, dass eure Tochter jedem miesen Typen voll Dankbarkeit ihr Herz (und ihren Leib) schenkt, dann erzieht sie ohne Selbstbewusstsein!

Magnus als miesen Typen zu bezeichnen, hieße allerdings, die Dinge sehr zu vereinfachen. Er verfügt – ganz objektiv betrachtet, was mir immens schwer fällt – schon über einige Qualitäten. Bereits in seiner ersten Mail kam er mit Latein an. ›Carpe diem …‹

Ist zwar nichts Besonderes, dieser Spruch und auch etwas ausgereizt, aber als während seiner folgenden Korrespondenz mit Eva drei weitere Fremdsprachen auftauchten, taumelte sie vor Begeisterung und schickte entsprechend polyglotte Erwiderungen (Sibylle nennt so was Brain-fucking).

Magnus erwies sich als gebildet, belesen, witzig. Ich geb's ungern zu, aber ich halte schließlich die Beweise in den Händen. Und er beherrscht die rhetorische Kunst der niveauvollen frivolen Zweideutigkeit. Das nahm Eva für ihn ein und erotisierte sie, bevor sie eine Ahnung hatte, ob er Adonis oder Rumpelstilzchens eineiiger Zwillingsbruder war.

Aber vielleicht sollten wir besser am Anfang beginnen. Nicht gerade bei Adam und Eva, obwohl das gar nicht so falsch wäre, denn die haben ja sicher auch Erziehungsfehler begangen. Wie anders wäre es sonst zu erklären, dass Kain seinen Bruder Abel erschlug? – Ein Kind, das von seinen Eltern ein gesundes Selbstwertgefühl vermittelt bekommt, mordet nicht aus Eifersucht. Und schon gar nicht aus Eifersucht wegen ein paar Wölkchen Rauches! Vielleicht war ja Abelchen außerdem Mutter Evas Augapfel … Gut, gut, ich wollte *nicht* über die Erziehungsfehler der Urfamilie sprechen.

Wenden wir uns greifbaren Gestalten zu – Leonardo und Eva. Da gibt's auch genug über Erziehungsschäden zu sagen. Zu meinen eigenen kommen wir später …

Leonardo ist Evas Kindheits-, Jugend- und Herzensfreund. Bei der Namenswahl für den Knaben dachte die Mama, eine ehemalige Ballerina, an Leonardo da Vinci.

Eva hätte eigentlich Ava heißen sollen, nach Ava Gardner, der Hauptdarstellerin in ›Schnee am Kilimandscharo‹. Evas Eltern hatten sich nämlich im Foyer eines Programmkinos kennengelernt, als sie diesen alten Film anschauen wollten.

Die Gardner, die während der Fünfzigerjahre von vielen als die schönste Frau der Welt bezeichnet wurde, hatte es ihnen so angetan, dass sie zwei Jahre nach dem schicksalsträchtigen Kinobesuch ihrer Tochter den Namen Ava geben wollten. Ein engstirniger Standesbeamter spielte da jedoch nicht mit. Folglich einigte sich Papa Gallus mit ihm auf Eva.

Aber absurd ist das Verhalten der Alten ja schon: Einerseits soll die Tochter den Namen der einst schönsten Frau der Welt tragen, und wenn sie dem dann alle Ehre machen würde, reden sie ihr ein, sie sei hässlich.

Ich heiße übrigens nach meiner Großmutter mütterlicherseits Elisabeth. Die Abkürzung Eliza ist eine kleine kosmetische Korrektur, die ich mir während meiner Pubertät erlaubt habe, um die Fesseln der familiären Bande etwas zu lockern. Und der Name ist mir dann geblieben, außer in meinem Familienkreis, der überwiegend aus fundamentalistisch protestantischen Frauen besteht.

Sibylle verdankt ihren Namen der Sibyllen-Sage. Aber nicht etwa der griechischen. Ihr Vater stammt von der schwäbischen Alb. Und da spielt Sibylle, die Königin mit den bösen Söhnen, eine ganz besondere Rolle als mystische Person, die an Demeter bzw. Ceres erinnert. Als sie in einer von vier galoppierenden Rössern gezogenen Kutsche vor ihren garstigen Söhnen floh, wuchs in den Spuren des Wagens auf den Feldern anschließend das Getreide kräftiger. Und das tut es angeblich noch heute. Bei unserer Freundin Sibylle würde ich eher sagen, wo sie drüberfegt, wächst anschließend kein Gras mehr.

Aber zurück zum Thema: Leonardos Mama dachte an den genialen Maler, der so viele schöne Frauen in anbetungsvoller Weise porträtiert hatte. Leonardo, das war der richtige Name für ihren ersten Sohn, dem vielleicht nebst diesem Namen auch das Einfühlungsvermögen und das künstlerische Genie in die Wiege fallen würden.

Der Vater, ein erfolgreicher Architekt, dachte beim Namen

Leonardo an Leonardo da Vinci, den genialen Erfinder, Ingenieur und Architekten. Ganz klar – Leonardo! Dieser Name würde dem Knaben die nötige Motivation verleihen, sich in den Naturwissenschaften ins Zeug zu legen, um eines Tages zum würdigen Kompagnon und Nachfolger seines Vaters heranzuwachsen!

Ich darf Ihnen verraten: Leonardo wuchs weder zum genialen Maler noch zum genialen Naturwissenschaftler heran. Das Einzige, worin er seinem leuchtenden Leitstern Folge leistete, ist die sexuelle Orientierung. Mit vierzehn dämmerte ihm, dass er schwul sein könnte. Mit fünfzehn hatte er die Gewissheit.

Wie ein weibliches Wesen beschaffen ist, erfuhr er dennoch recht früh ziemlich genau. Jahrelange Doktorspiele mit Eva und die heimlichen Zuchtversuche mit allem möglichen Getier, das sich in Kartons verstauen ließ, legten bei beiden schon in früher Jugend einen Grundstock für weit mehr als theoretische Einblicke.

Meine Aufklärung verlief zugegebenermaßen weniger naturnah. Meine ersten Fragen beantwortete meine Mutter auf sehr blumige Weise, später legte sie mir dann ein ziemlich albernes Aufklärungsbuch hin, aber da hatte ich bereits Bravo entdeckt und fühlte mich in aller Heimlichkeit bestens informiert. Den Feinschliff verpasste mir dann Jahre später Eva, die damals für diesen Sektor als die kompetente Person galt und in ihrer Studentenbude regelrecht Hof hielt, um weniger Informierte aufzuklären.

Ihr Interesse, die Geheimnisse der Sexualität zu ergründen, war seit ihrer Kindheit keineswegs ermüdet. Doch nach dem Abi beschränkte es sich nicht mehr auf Beobachtungen, sondern sie gab sich dem praktischen Treiben intensiv hin.

Mit Leonardo blieb sie die ganzen Jahre befreundet und er war jeweils der Erste, dem sie neue Erkenntnisse mitteilte. Was er umgekehrt auch tat. Allerdings weit detaillierter als sie. Und deswegen war Eva in Leonardos Augen eindeutig mitverantwortlich für sein Liebesleben.

Eines Abends Ende Januar letzten Jahres kam sie zu mir hoch in meine Wohnung und verkündete, Leonardo habe angerufen und sie fürchte, er drehe durch, weshalb sie unbedingt nach Konstanz fahren müsse.

»Uwe?«, fragte ich, denn ich war natürlich auch über Leonardos Beziehungsdesaster informiert.

»Indirekt. Er ist sicher der Auslöser«, antwortete Eva. »Leonardo hat sich wild entschlossen ins Internet gestürzt, um da einen Partner zu suchen und ist nun so am Boden zerstört, dass er dringend meiner Aufmunterung bedarf.«

»Hat er denn niemanden gefunden?«, wollte ich wissen.

»Doch, doch, einige sogar, aber einer ist schlimmer als der andere.« Eva rekapitulierte den Bericht ihres Freundes, soweit sie ihn noch zusammenbrachte.

»Der erste Typ war ganz reizend, blitzte ihn mit seinen blauen Augen an, signalisierte ihm Sympathie, erzählte, er strebe eine lang anhaltende Beziehung an und ging mit ihm ins Bett. Danach war nichts mehr von ihm zu sehen, hören oder lesen. Der zweite lud ihn in ein exklusives Restaurant ein und verschwand nach dem Dessert auf Nimmerwiedersehen. Der dritte versuchte ihn mit seinem Partner zu verkuppeln, von dem er die Schnauze voll hatte. Eine Einschätzung, die Leonardo nach einer halben Stunde zu teilen vermochte. Der vierte war auch nicht sein Typ, rächte sich dafür jedoch, indem er Leonardos Lieblingspullover klaute. Der nächste war genau sein Typ und behauptete umgekehrt dasselbe. Sie verbrachten eine höchst sinnliche Nacht, doch am nächsten Tag fand der überraschte Leonardo in seiner Mailbox die Nachricht, er liege erotisch wirklich nicht auf der Linie seines vermeintlich neuen Freundes. Der sechste war allem Anschein nach nur darauf aus, ihn anzupumpen, und mit dem letzten genoss er immerhin zwei glückselige Wochen, bis der ihm verkündete, das Ganze werde ihm zu eng, und im Übrigen habe er keine Lust, auf all die anderen Jungs zu verzichten, die sich im Netz tummelten.«

»War's das?«

»Na, ich habe vielleicht die Reihenfolge vertauscht und ein paar Details vergessen. Aber stell dir vor, alle diese Begegnungen fanden in weniger als sechs Wochen statt!«

»Hoppla! Kein Wunder, hat er sich in letzter Zeit so rargemacht«, sagte ich, denn Eva hatte sich mehrmals erstaunt darüber ausgelassen, dass Leonardo, der sonst mehrmals die Woche anrief, so lange nichts von sich hören ließ.

»... was er jetzt intensiv bereut. Und um die Dinge wieder ins Lot zu bringen, braucht er mich nun umso dringender. Anscheinend hat er auch eine ganz tolle Idee, die er mit mir diskutieren muss.«

»Na prima«, kommentierte ich spöttisch und war mir darüber klar, dass es nicht sehr begeistert klang.

Ich geb's zu, ich war ein wenig eifersüchtig auf Leonardo. Er brauchte nur anzurufen, und schon kam ihm Eva zu Hilfe. Ich will bloß wissen, wozu der Typ Psychologie studiert hat! Okay, die beiden kennen sich schon eine Ewigkeit und sie waren während der letzten Jahre nahezu gleichzeitig durch Beziehungsvorhöllen geschlingert. So was verbindet schon intensiv. Im Übrigen hatte ich – objektiv betrachtet (womit ich, wie gesagt, meine Probleme habe) – keinen Grund, mich zu beklagen. Schließlich konnte ich damals Eva fast jeden Tag sehen. Sie wohnte zwei Stockwerke unter mir und ich hatte einen Schlüssel für ihre Wohnung sowie das Recht, ihren Balkon und ihre Badewanne zu benutzen und mir ihre Kleider auszuleihen, wenn ich mal auf elegant machen wollte, was allerdings sehr selten vorkam.

Dennoch merkte ich, wie Unbehagen in mir hochkroch, da ich keine Lust hatte, das Wochenende ohne Eva zu verbringen. Unsere faulen Sonntage waren nämlich meine große Passion. Da kochte Eva meistens. Dann lümmelten wir auf ihrem Sofa oder in meinen Sesseln rum, tratschten, verpassten uns gegenseitig Gesichtsmasken und Haarpackungen oder ich las ihr meine neuesten Übersetzungen vor und nahm dankbar ihre Komplimente oder Verbesserungsvorschläge entgegen.

Dergleichen ließ ich mir nun mal nicht gern verhunzen – schon gar nicht von einem neurotischen Psychologen! Überhaupt war ich immer der Meinung, Eva sei viel zu gutmütig und ließe sich von allen ausnutzen. Sie sollte auch mal an sich denken! Ein Wochenende mit mir trug sicher mehr zu ihrer Entspannung bei, als wenn sie Tage und Nächte lang Berichte über Leonardos Liebes-Chaos anhören musste. Dann doch schon lieber über meins. Das war wenigstens überschaubar!

Am Freitag gegen zwölf Uhr fuhr sie in ihrem alten Cabrio in Richtung Konstanz. Und dieser Moment war in meinen Augen der Beginn der verhängnisvollen Affäre.

2

Am Sonntagabend kehrte Eva zurück. Ich lud sie bei mir zum Abendessen ein. Und während ich einen famosen Eintopf nach ihrem bewährten Rezept zubereitete, aus Fisch, Gemüse, ein paar Fäden Safran und sehr viel Weißwein, übernahm sie die Rolle der Mundschenkin. Wir tranken Prosecco und Eva, die ohnehin schon recht aufgekratzt war, berichtete von ihrem Therapieausflug.

»Eine irre Geschichte«, kündigte sie an und kicherte.

Für einen Augenblick wurde ich mir des Glücks bewusst, das mir gerade widerfuhr. Ich hatte in meinem Leben gelegentlich Lust, über die Fähigkeit zu verfügen, die Zeit anzuhalten. Meist beim Liebesakt mit einem Mann, in den ich gerade verliebt war – noch nicht oft und schon lange nicht mehr passiert –, aber dies hier war auch so ein Moment. Meine Freundin war wieder da, wo sie hingehörte und wir würden gleich zusammen eine köstliche Mahlzeit verspeisen. Der Chablis, den sie mitgebracht hatte, war nach ihren Worten das ideale Getränk zum Fischgericht. Und dann eröffnete sie mir auch noch die Aussicht auf eine irre Geschichte. Wogen der Freude und Zuneigung durchfluteten mich. Zeit anhalten! Bitte!

»Stell dir vor ...« Eva grinste. Am Freitagabend kamen wir so spät und beschwipst vom Italiener heim, dass Leo sich außerstande sah, noch mein Gästebett herzurichten.«

Der Zauber, den ich gerade noch verspürt hatte, schoss davon wie eine Rakete.

»Und so haben wir beide in seinem Bett geschlafen.«

»Hoppla!«, bemerkte ich trocken, um überhaupt was zu sagen. Und Eva kicherte schon wieder wie eine Dreizehnjährige.

»Aber im Laufe des Samstags hat er dann ein Gästebett für dich hergerichtet?«, erkundigte ich mich und hoffte, meine Stimme klänge eher heiter als inquisitorisch. Ich hasse mich ja selbst für meine Eifersucht und dafür, dass letztere mich so moralisch macht. – Auf meine Traumata komme ich noch zu sprechen.

»Nein. Er sagte, meine körperliche Nähe sei so tröstlich und schön gewesen, dass er sich sehnlich wünschte, wir könnten uns einfach so umarmen und ein bisschen kuscheln und umarmt schlafen. Das ist doch süß, nicht?«

»Mhmmm …«

»Weißt du, ich erinnerte mich an Augenblicke in meinem Leben, wo ich mich nach nichts mehr gesehnt habe als nach Armen, die mich umschlingen und meine Sehnsucht nach Geborgenheit stillen sollten.«

Ich atmete tief durch. Dergleichen kennen wir doch alle. Na ja, oder zumindest all die Anlehnungsbedürftigen unter uns. Ich beneidete Leonardo um seinen Mut – und vor allem um den Lohn seines Mutes. Zu gern hätte ich Eva gefragt, ob sie heute Nacht bei mir schlafen wollte. Einfach so. Wegen der Nähe und Wärme. Aber ich traute mich natürlich nicht. Stattdessen sagte ich: »Ich frage mich schon lang, warum niemand lebensgroße männliche Puppen herstellt, die diesen Zweck erfüllen könnten. In weiblicher Version gibt es ja schon länger lebensechte Silikonpuppen für Herren, denen die widerlichen blödgesichtigen Schlauchboote zu primitiv sind, die im Sexartikel-Handel rumgeistern. Die ästhetischen Schöpfungen meiner Wahl würden sich genauso gut als Sofapartner für gemütliche Fernsehabende eignen wie als Umschlinger für einsame Nächte.«

»Ja, und als Mann-im-Haus-Attrappe, die ans Fenster gestellt werden könnte, um unwillkommene Verehrer zu vertreiben«, witzelte Eva.

»Genau! Jedes Möbelhaus müsste solche Kreationen führen.«

»Eliza, das ist eine absolute Marktlücke. Wir sollten uns ernsthaft um die Kommerzialisierung kümmern.«

Wir malten uns gleich eine ganze Palette möglicher Modelle

aus, und damit trat Leonardo nebst der vielschichtigen Kuschellust, die uns beide bewegte, für einen Moment in den Hintergrund. Aber dann fiel mir ein, dass Eva noch gar nichts über Leonardos großartige Idee erzählt hatte.

»Er möchte einen Verhaltenskodex für den Partnerverkehr im Internet entwickeln.«

»Oho, ganz schön ambitioniert – aber gibt's da nicht schon einiges?«

»Ja schon, aber das ist alles ziemlich unpersönlich gehalten und das Wenigste davon dringt wirklich unter die Oberfläche. Leonardo möchte seine Entwicklung griffiger aufziehen, damit aufrütteln, Betroffenheit wecken und gleichzeitig ein brauchbares interaktives Programm bieten. Er hat da wirklich ein paar zündende Ideen. Zum Beispiel hat er das Thema seinen Studenten für eine Seminararbeit vorgeschlagen.«

»Sehr praktisch, wenn sich auf diese Art die Not zur Tugend umfunktionieren lässt. Am Ende wird's noch ein Thema für seine Dissertation.«

Leonardo hatte außer Psychologie auch Soziologie studiert und war Assistent eines Soziologie-Professors an der Uni Konstanz. Er strebte eindeutig nach höheren Zielen. Sicher nicht zuletzt, um seinem Erzeuger zu beweisen, dass er ein ernst zu nehmender Wissenschaftler war. Sein Vater hatte ihn, als klar war, dass der Sohn weder in puncto Naturwissenschaften noch hinsichtlich seines Sexualverhaltens gemäß den väterlichen Wünschen geriet, einmal im Affekt als abartigen Blindgänger bezeichnet. Und sowohl Psychologie als auch Soziologie zählte für den Alten zu den Schwafelwissenschaften.

»Nein, das Thema für seine Diss steht ja schon länger. Aber Leonardo ist eben absolut entsetzt über das Verhalten seiner Internetpartner und überzeugt, dass andere Menschen ganz ähnliche Erfahrungen gemacht haben wie er. Doch im Detail werden uns darüber die Auswertungen der Studenten-Arbeiten aufklären.«

»Uns?«, fragte ich alarmiert.

»Na ja, ich habe ihm versprochen, darüber nachzudenken, ob ich mich nicht auch in das Projekt einbringen will.«

»Hast du denn Erfahrung damit?«

»Noch nicht. Aber ich schaue mir auf jeden Fall die Studie an. Leonardo meint ja, die Möglichkeit, die Sache anonym anzugehen, sei eins der großen Probleme. Anonymität fördert die niederen Triebe. Da entfällt die soziale Kontrolle, die sonst für ein Minimum an Respekt und Anstand sorgt. Angesichts des nie versiegenden Stroms neuer Möglichkeiten verhalten viele Surfer sich völlig skrupellos. Keiner sieht's mehr ein, dass er um einer Beziehung willen an sich selbst arbeiten und sich um den anderen bemühen muss. Wenn nicht von Anfang an alles den jeweiligen Ansprüchen genügt, wird ganz einfach ein neuer Fisch aus dem Netz geholt. Der alte wird zurückgeworfen oder bleibt einfach liegen, bis er auf dem Trockenen erstickt. Für Rücksicht oder Aussprache oder gar Aufarbeitung werden weder Zeit noch Energie investiert. Ex und hopp im Schweinsgalopp, wie Leonardo sagt.«

»Das ist zwar bescheuert, aber wie will er das ändern? Und worin besteht dein Part bei der Geschichte?«

»Bewusst machen, aufklären, aufrütteln, Maßstäbe setzen. Das sind Leonardos Intentionen. Und ich soll bei der schriftlichen Umsetzung helfen und das Projekt unter die Leute bringen. Leonardo stellt sich vor, dass ich die Ergebnisse der Seminarstudie zu Infos für die Presse-Agenturen und in verschiedenen Essays für Magazine verarbeite. Er träumt davon, in Talkshows aufzutreten und ein breites Forum für seine Mission zu finden.«

»Unmöglich ist das sicher nicht. Schon gar nicht mit dir als Frontfrau.«

»Na ja, ich warte erstmal ab, was bei den Arbeiten der Studis rauskommt«, sagte Eva. Und dann fixierte sie mit Hypnoseblick meine Pupillen. »Leonardo möchte übrigens, dass ich für die Zeit unserer gemeinsamen Arbeit nach Konstanz komme. Seine neue Wohnung ist nämlich sehr groß und ziemlich leer. Und jemanden ganz Fremden mit reinzunehmen, ist ihm zu riskant – nach den Erfahrungen mit Uwe.«

»Wie bitte? Na, das würde ich mir aber noch mal sehr gründlich überlegen!«, schrie ich fast, denn der Gedanke ging mir ganz gewaltig gegen den Strich.

»Dann kannst du in meine Wohnung ziehen. Und deine vermieten wir über die Mitwohnzentrale, und die Kohle teilen wir uns«, säuselte sie lächelnd, weil sie mich durchschaute und meinen Kummer mit einem Bonbon versüßen wollte.

Es gibt Leute, die gewinnen Preisausschreiben oder ziehen bei der Tombola stets die guten Gewinne. Andere bekommen von fast allem Pickel. Sibylle ist die Frau, der Männer Schmuck und Designertaschen schenken. Ich mache gelegentlich Geld mit meinem alten Auto, weil irgendwelche PS-Rambos in Nobelschlitten mir Dellen reinfahren und mich mit großzügigen Entschädigungszahlungen davon abhalten wollen, die Polizei zu rufen. Vermutlich, weil sie den Promille- oder Koks-Test fürchten, was in München ja gelegentlich passiert. Ich habe aber noch nie jemanden getroffen, der so eine glückliche Hand mit Wohnungen hat wie Eva.

Unser Haus in Schwabing wurde in den Fünfzigern erbaut, und während der Siebziger modernisiert. Ende der Neunziger bezog Eva mit mir die Mansardenwohnung, in der ich heute allein wohne – dank Eva zu unverändertem Mietpreis. Sie hatte die Hausbesitzerin, eine reizende alte Dame, in einem Café kennengelernt. Frau Wiggenhauser, eine damals etwa siebzigjährige Witwe, besaß mehrere Häuser und zwei Söhne, die beruflich sehr erfolgreich und so beschäftigt waren, dass sie kaum Zeit fanden, sich um ihre Mutter zu kümmern. Da die alte Dame es jedoch für wichtig hielt, Kontakte zu nachfolgenden Generationen zu pflegen, sah sie in Eva eine Person, der sie einiges zutraute. Sie plauderten ein paar Stunden, und anschließend konnte Eva ihr recht schönes, aber viel zu kleines Zimmer und ich mein teures Wohnloch verlassen, um uns eine hübsche und obendrein noch billige Wohnung in hervorragender Stadtlage zu teilen.

Nach dem Studium bezog Eva zu äußerst moderater Miete eine Dreizimmerwohnung mit Balkon und Wannenbad im ersten Stock und ich blieb oben. Eva leistete der alten Dame des Öfteren Gesellschaft, denn recht rasch hatte sich zwischen den beiden ein freundschaftliches Verhältnis entwickelt, an dem auch ich gelegentlich teilnehme.

Ab und zu kommt Frau Wiggenhauser zum Kaffee. Diesen Besuchen geht immer eine hektische Aufräum- und Putz-Aktion voraus, die Eva nachher zufrieden aufatmen lässt. Weder sie noch ich sind begnadete Hausfrauen. Die alte Dame lobt regelmäßig die hübsche, gemütliche Einrichtung mit den erlesenen antiken Möbelstücken aus Evas Familie, die sie geschmackvoll mit schlichten modernen Möbeln ergänzt hat.

Wenn das Geld knapp wurde, zogen wir wieder eine Weile zusammen – allerdings in Evas Wohnung – und vermieteten meine Wohnung über die Mitwohnzentrale. Frau Wiggenhauser hatte nichts dagegen. Sie fand die Idee sogar intelligent und lustig. Wir führen jedenfalls ein ausgesprochen symbiotisches Eigentümerin-Mieterinnen-Verhältnis.

Etwa eine Woche nach Evas Besuch in Konstanz kamen in einem dicken Brief die ersten Protokolle von Leonardos Studentinnen und Studenten. Sie bestätigten seine Einschätzung und zeigten klar auf, dass Partnersuche im Netz, wenn sie von Männern ausging, fast ausnahmslos darauf abzielte, rasch zu unverbindlichen sexuellen Erlebnissen zu gelangen. Selbst in den Fällen, in denen die Mädchen ausdrücklich andere Absichten bekundet hatten.

›Ich fühlte mich danach wie ein Papiertaschentuch‹, schrieb eine von ihnen. ›Vollgerotzt, zerknüllt und auf den Müll geschmissen.‹

Andere brachten ganz ähnliche Gefühle zum Ausdruck. Eva war von der Lektüre zutiefst erschüttert und verspürte das dringende Bedürfnis, ihr Scherflein zu dem Projekt beizutragen.

Mir war von Anfang an klar, wie der Hase hoppeln würde, denn sie gehörte noch nie zu den Menschen, die Hilfe verweigern, wenn sie darum gebeten werden. Das macht ihre Umgebung sich von jeher reichlich zunutze.

Leonardo rief täglich an. Zunächst, um sie für das Projekt weich zu kochen, dann aber wegen neuer einschlägiger Katastrophen. Nach Evas Besuch hatte er sich eine Woche zur Netz-Abstinenz gezwungen. Dann stieg er aber wieder ein, verbrachte unzählige Stunden am Bildschirm mit dem Verfassen und Beantworten von Mails an neue Partner, die er jeweils für den endlich Richtigen hielt, und machte stets aufs Neue ganz ähnliche schlechte Erfahrungen, die Eva nahezu ungefiltert mitgeteilt bekam.

»Ich hör dir ja gern zu, wenn's dir hilft«, sagte Eva eines Abends, als es allmählich gegen Mitternacht ging, »aber ich hab da inzwischen so meine Zweifel. Du führst dich auf wie ein Junkie. Glaubst du nicht, dass dir mit einem Fachmann mehr geholfen wäre?«

»Mit einem Psychologen? Ha! Du machst wohl Witze!«

Diese Äußerung brachte bei Eva einen Stein ins Rollen. Witze machen! Warum eigentlich nicht? Das war doch eine sehr gute Idee! So konnte sie ein Ventil finden, um den Überdruck abzulassen, den Leonardos permanente Jammertiraden ihr bescherten. Sie goss sich ein Glas Rotwein ein und nahm sich die Strichmännchen vor, die sie während der endlosen Telefonate auf alle möglichen Zettel und Fetzen gekritzelt hatte. Und dann zeichnete sie dergleichen Gestalten auf einen Block und versah sie mit Sprechblasen. Der kreative Akt führte umgehend zur Entspannung und erfüllte sie schließlich mit großer Heiterkeit. Während der folgenden Gespräche verwendete sie dann gleich den Block und hielt hinterher die Pointen wieder in Sprechblasen fest.

»Das schenk ich ihm mal, wenn er alt und weise geworden ist. Schön in Saffianleder gebunden«, verkündete sie, als sie mir ein paar Tage später bei einem gemeinsamen Abendessen den ersten Stapel zeigte.

Ich hätte mich kugeln können und hatte eine noch bessere Idee: »›Leos chaotisches Liebesleben‹ ist so toll, das musst du unbedingt vermarkten!«

Wir alberten noch eine Weile herum, ersetzten den Namen Leo durch Wolli, komponierten das Autorenpseudonym Detlef Tiger und fanden, dass es am besten wäre, das Projekt dem Magazin MALE'S BODY anzubieten, das speziell von Gays geschätzt wird.

Es war schon nach Mitternacht und wir hatten einiges gepichelt. Aber wozu waren wir schließlich freischaffend? Da ich Eva kannte, trieb ich sie an, ein paar Proben einzuscannen und das Exposé sofort übers Internet loszuschicken. Ich holte mein Laptop, und während sie auf ihrem Mac scannte, richtete ich ihr ein Postfach auf den Namen ›Detlef Tiger‹ ein. Sie verfasste noch einen kurzen Begleitschrieb und gab ihre Handynummer an.

Gegen halb drei trat Wolli dann seine erste virtuelle Reise an.

Tags darauf überfielen Eva heftige Skrupel. Sie bereute zutiefst, dass die Mail schon raus war.

»Ach was«, beschwichtigte ich sie, »es ist überhaupt nicht einzusehen, warum du aus deinen permanenten Hobby-Therapie-Diensten, die dich ständig vom Arbeiten abhalten, nicht auch einen materiellen Nutzen ziehen solltest.«

»Na ja«, lenkte sie ein, »ist eh unwahrscheinlich, dass die das Zeug wollen.«

»Jaja. Und wenn es so weit kommt, kannst du dich immer noch aufregen«, beschwichtigte ich sie – sah das Projekt jedoch sehr optimistisch.

Drei Tage später rief Holger Stegmeier, der Chefredakteur von MALE'S BODY, Eva an. Nach der ersten Schrecksekunde gab sie sich alle Mühe, ihre Stimme etwas tiefer klingen zu lassen. Stegmeier berichtete Herrn Tiger, er sei hell begeistert von Wollis chaotischem Liebesleben und bekannte, er suche schon lange nach so etwas in der Art. Er habe auch einen kongenialen Illustrator an der Hand, der sich liebend gern der Geschichten annehmen würde, falls Herr Tiger sich entschließen könnte, von den Strichmännchen abzurücken. Darüber musste Eva herzlich lachen. Erst höher, dann eine Oktave tiefer.

»Natürlich bestehe ich nicht auf den Strichmännchen, Herr Stegmeier! Die Wahrheit ist: Ich kann's einfach nicht besser.«

Die Zeichnungen seien im Grunde schon ganz toll, schmeichelte der höfliche Mensch, aber mit den Cartoons des besagten Mannes bekäme das Projekt eben eine ganz andere Dimension. Den Vertrag wollte er umgehend zuschicken. Arbeitsproben des Illustrators würden rasch folgen.

»Das schreit nach Prosecco!«, rief ich, als mir Eva von dem Anruf erzählte. »Und dass du es gleich weißt, ich betrachte mich als Wollis Taufpatin. Ohne mich hättest du das Projekt nie abgeschickt!«

»Stimmt. Und das wäre mir im Grunde auch lieber.«

»Wie bitte? Du spinnst wohl ein bisschen!«

»Ach, Eliza, ich hab so ein verdammt schlechtes Gewissen gegenüber Leonardo!«

»Pfff! Das ist lächerlich! Er hat ja auch kein schlechtes Gewissen, wenn er seinen ganzen Beziehungsscheiß bei dir ablädt, dich von der Arbeit abhält und am Schlafen hindert.«

Sie schaute trotzdem noch ziemlich zerknirscht drein, doch schließlich lächelte sie. »Vielleicht hast du ja recht. Und überhaupt haben solche Magazine normalerweise einen Vorlauf von drei Monaten. Bis dahin werde ich Gelegenheit finden, dem Süßen die Geschichte zu beichten.«

Sie nahm den Prosecco aus dem Kühlschrank und ich ihre schönsten Sektkelche aus dem alten, von uns beiden sorgfältig und langwierig abgelaugten, geschmirgelten und gewachsten Küchenbuffet. Wir zogen ins Wohnzimmer um, ließen uns auf dem roten Sofa nieder und stießen auf Wollis chaotisches Liebesleben an.

»Ich muss mein Namensschild noch ändern«, fiel Eva ein. »Gallus / Tiger. Oder lieber Tiger / Gallus? Klingt beides gut. Aber Gallus / Tiger ist vielleicht lus/tiger.« Wir kicherten wie beschwipste Teenies.

»Der Vertrag ist bereits unterwegs«, trumpfte sie auf. Dann grinste sie schelmisch. »Und irgendwann muss ich dem Herrn Chefredakteur einen Besuch abstatten und ihn über meine wahre Identität aufklären.«

Tags darauf kam der Vertrag tatsächlich. Eva, die wegen ihrer ständig aufs Neue hochwirbelnden Skrupel nicht so ganz hinter der Sache stand, gebärdete sich zunächst etwas kapriziös. Das heißt, sie beschloss, das Papier erst mal ruhen zu lassen und dann ein paar Streichungen und Ergänzungen vorzunehmen. Dabei überlegte sie, ob sie nicht himmelhoch pokern sollte. Ein Rückzieher des Magazins wäre nämlich für ihre innere Harmonie förderlicher gewesen als eine Zusage.

Schon fünf Tage später kamen von MALE'S BODY die ersten spontanen Arbeitsproben des Illustrators. David De Marco hatte sich mächtig ins Zeug gelegt und umgehend eine Wolli-Episode illustriert und damit gezeigt, dass er ein Könner war. Evas Texte erschienen dank der Cartoons noch viel witziger.

Übers Internet fand Eva De Marcos Telefonnummer heraus und rief ihn sofort an, um ihm zu sagen, wie begeistert sie sei. Er machte am Telefon einen sehr sympathischen Eindruck, war völlig überrascht, dass Detlef sich persönlich bei ihm meldete, und duzte ihn gleich. Eva hörte heraus, dass David nicht auf Rosen gebettet war und das Projekt ihn nicht nur vom künstlerischen Aspekt her brennend interessierte. Nun war es plötzlich nicht mehr ihre alleinige Angelegenheit, und sie musste abwägen, ob sie lieber Rücksicht auf Leonardos Seelchen oder auf Davids wirtschaftliche Situation nahm.

Als sie David erklärte, sie habe ein paar persönliche Skrupel, flehte er sie geradezu an. »Wolli ist so super! Wir dürfen ihn der Welt nicht vorenthalten! In den Episoden steckt so viel therapeutisches Potenzial. Ich bin überzeugt, die helfen manche Depression zu lindern. Mensch, Detlef, das sind wir unseren schwulen Leidensgenossen schuldig.«

»Wie gut kennst du den Herrn Stegmeier?«, fragte Eva.

»Holger? Nicht sehr gut. Wir haben gemeinsame Freunde.«

»Hältst du ihn für fair?«

»Wie meinst du das?«

»Ganz einfach: Was bekommst du für deine Arbeit?«

David nannte den Betrag. Ein Drittel dessen, was sie geboten bekam. David fand das in Ordnung, denn er meinte, Detlef sei ja der geistige Urheber.

»Na ja, gewissermaßen. Aber ohne deine Arbeit wäre das Zeug doch nur die Hälfte Wert. Hast du schon unterschrieben?«

»Nein, er wartet deine Zusage ab. Aber mündlich habe ich mich schon einverstanden erklärt.«

»Hm. Er könnte schon noch was drauflegen … Aber jetzt sag ich dir ein paar Sachen. Zunächst mal: Ich heiße nicht Detlef, sondern Eva.« Sie hörte einen unterdrückten Schrei am Ende der Leitung. »Ich hoffe, das ist für dich kein allzu großes Problem!«

»Nein, natürlich nicht, ich dachte nur, du hättest das selbst erlebt.«

»Indirekt.«

»Weiß Holger Bescheid?«

»Noch nicht, ich wollte es ihm persönlich sagen. Schließlich bin ich nicht ganz unbekannt in der Branche. Allerdings sonst eher in der Frauensparte vertreten …«

»Ist auch ein interessantes Gebiet.«

»Sicher. Aber zu uns: Ich habe in meinem Vertrag schon einiges gestrichen. Vor allem, was die Weiterverwertung anbelangt. Und ich mache dir den Vorschlag, dass wir beide das Copyright nicht aus der Hand geben. Okay? Dann können wir einstreichen, was neben der Veröffentlichung in MALE'S BODY rüberkommt. Da steckt nämlich einiges drin. Und ich – das sag ich dir gleich – mach mit dir fifty-fifty.«

»Hey!« Sein Freudenschrei zerriss ihr fast das Trommelfell. »Ist das dein Ernst?«

Als sie bejahte, versprach er euphorisch, sich sofort an die Arbeit zu machen.

Eva bearbeitete noch einmal den Vertrag und pokerte nicht ganz so hoch wie zunächst beabsichtigt – blieb jedoch in den für sie beide so wichtigen Punkten hart.

3

Szenen einer dreifältigen Frauenfreundschaft I

Es gibt Leute, die behaupten: Wenn drei Frauen beim Essen sitzen, vergehen keine fünf Minuten und sie reden über die neuste Diät.

Sibylle, Eva und ich widersprechen diesem Vorurteil gründlich. Zugegeben, wenn die berühmte Fee an unser Bettchen träte und verkündete: »Zappzarappzappzapp, du nimmst drei Kilo ab!«, würde keine von uns die Gute zum Teufel jagen. Nicht, dass wir etwa zu viel auf den Rippen hätten, aber genau wie etwa achtundachtzig Prozent der Frauen aller Wohlstandsnationen bilden wir uns dergleichen ein. Weil wir von klein auf entsprechend manipuliert wurden. Von den allgegenwärtigen Krakenarmen eines Milliardenmarktes.

Sibylle hält ihr Gewicht mit Chemie, Eva mit gesunder Ernährung und Sport und ich mit Vergesslichkeit. Wenn ich intensiv arbeite, denke ich einfach nicht ans Essen. Bei uns können also im Widerspruch zu dem gängigen Vorurteil vier, fünf Zusammenkünfte erfolgen, ohne dass auch nur ein Satz über Diät fällt. Wenn wir bei allen unseren Treffen jedoch ein Thema mit absoluter Sicherheit anschneiden, dann sind das Männer. Wir liefern unsere höchst persönliche Variante von Sex and the City – the City of Munich …

Eva hat Sibylle und mich zu einem kleinen Festmahl in ihre Wohnung eingeladen, nachdem der Chefredakteur von MALE'S BODY sich schriftlich mit ihren Streichungen im Vertrag einverstanden erklärt hatte.

Zum Aperitif wurden Champagner (Veuve Clicquot) und Kaviar (Beluga) mit Toast gereicht. Den Kaviar in einer Hundert-Gramm-Dose hat Sibylle mitgebracht und Eva serviert ihn stilgerecht in einem Kristallschälchen mit Perlmuttlöffel, das auf Eis gebettet in einem großen Silberpokal ruht. Das exklusive Geschirr hat sie von Sibylle geschenkt bekommen. Zum dreißigsten Geburtstag, unter zahlreichen neidischen Blicken und staunend geöffneten Mündern. Wie bereits erwähnt, legt Sibylle großen Wert auf Stil, seit ihr Eva beigebracht hat, wie sie das Besteck richtig halten muss.

Heute ist sie sogar Image- und Stil-Beraterin für Leute, die es sich leisten können, ihre astronomischen Honorare zu bezahlen.

»Ach wissen Sie, ich glaube, hier finden wir nichts, was Ihnen wirklich angemessen wäre. Fliegen wir doch nach Mailand!« Worte, die ihr über die Lippen gehen wie anderen Leuten etwa der Satz: »Oh, das Fachinger ist alle? Dann nehmen wir eben Volvic.«

Ja, es ist nicht wichtig, wann und wie wir etwas lernen. Wichtig ist, was wir mit dem Erlernten anfangen. Während Sibylle das Studium nach zwei Semestern abbrach, da ihr damaliger Verlobter ihr eine Karriere als Fotomodell versprach, studierten Eva und ich brav weiter, um schließlich unsere Magisterprüfungen zu absolvieren.

Sibylles Modelkarriere war zwar ebenso ein Schuss in den Ofen wie ihr Studium, aber im ersten Semester lernte sie Eva kennen. Das war das Essenzielle – zumindest als Startbasis ihres heutigen Wohlstands und als Eintrittskarte in entsprechende Kreise.

Wir sitzen um den Couchtisch, knabbern Kaviar-Apéro-Häppchen und trinken Champagner.

»In Brasilien soll das Silikon knapp werden«, berichtet Sibylle. Und gleich darauf lacht sie, weil sie unsere Blicke ganz richtig interpretiert. Amüsiert hält sie ihre bemerkenswerten Brüste mit beiden Händen fest und schiebt sie noch etwas höher. »Keine Sorge, ich hab bereits genug davon!«

Sibylle ist unter uns die eindeutige Königin der Dreistelligkeit: Dreistellige Oberweite, dreistelliges Jahreseinkommen in Tausendern, dreistellige Anzahl von Schuhen in ihrem begehbaren Schrank, den sie grundsätzlich als ›walking closet‹ bezeichnet, was manche Leute verwirrt, und dreistellige Summe absolvierter Affären.

»Also, seit dieses Supermodel mit dem großen Busen das fette Geschäft macht, sind die Brasilianerinnen plötzlich wild auf Riesenbrüste, obwohl das bislang überhaupt kein Thema war. Da haben sie sich in erster Linie um ihre Kehrseite gekümmert.«

»Das wird umwälzende Folgen haben«, vermutet Eva.

»Wie das?«, erkundige ich mich.

»Um hundertachtzig Grad«, erwidert Eva grinsend.

»Aha?«

»Aja! Das heißt, bislang war offenbar a Tergo angesagt ...«

Mir kommt eine Horde Paviane in den Sinn. Ich sehe sie von hinten. Sie leuchten zu Werbezwecken.

»Ist doch logisch! Wenn sich die Frauen nun die Brüste auf...« Eva wirft Sibylle einen schnellen Blick zu und hält inne, »... aufpolstern lassen – ist das korrekt ausgedrückt, Sibylle?«

Die nickt milde lächelnd.

»... dann wird das doch zweifellos auch ein verändertes Paarungsverhalten nach sich ziehen. Die Frauen wollen ihre Brüste zeigen, die Männer beim Akt die Brüste sehen. Also: Missionarsstellung.«

»Kann ja auch gut sein.«

»Klar, alles ist gut, wenn es gut ist.«

»Und guttut.«

So schnell geht das. Wir sind wieder mittendrin.

»Meine Mutter, der auch kaum was gewachsen ist, hat mich immer getröstet und gesagt, flachbrüstige Frauen seien intelligenter«, enthülle ich meinen beiden reichlich versorgten Freundinnen süffisant.

»Da Zusammenhänge herzustellen, ist ebenso daneben, wie von der Nase des Mannes auf seinen Piephahn zu schließen«, tönt Sibylle. »Da bin ich schon bös reingefallen!«

Wir haben unsere ganz individuelle Terminologie, was des Mannes Schmuckstücke anbelangt. Die bürgerliche Erziehung fordert ihren Tribut. Eva gab mal zum Besten, ihre Großmutter habe stets von Ochsenschweifsuppe gesprochen, weil sie das Wort Schwanz nicht über die Lippen brachte.

Das Studium der Philologie sensibilisiert obendrein. Zwar kann es schon vorkommen, dass wir von einem Schwanz sprechen, aber doch eher selten, allenfalls dann, wenn wir im Rundumschlag über Männer reden oder respektvoll über eine Neuentdeckung. Ansonsten sage ich dazu Organ, natürlich mit gebührend ironischem Unterton. Aber so hat's meine Mutter bei der Aufklärung genannt, und mir gefällt das Wort. Bei meinen jeweiligen Liebsten nenne ich das Organ dann Joystick oder Magic wand. Schließlich bin ich Anglistin. Eva spricht vom Schwan und von Schwänen. Sie hat einfach das Z gestrichen, was dem Instrument eine eher poetische Note verleiht: Er gleitet dahin ... Wenn sie einen Schwan persönlich kennenlernt, bekommt er einen eigenen ganz individuellen Namen. Sibylle hat's speziell mit Vögeln: Piephahn, Hahn, Gockel, Hendl – in Extremfällen Spatz oder Truthahn.

»Da war dieser Industriemagnat«, präzisiert sie ihre Reinfallsgeschichte, »ein sehr guter Klient, der mir höchst aufmerksam den Hof machte. Ich ließ ihn lange zappeln. Als er mich dann nach unserer geschäftlichen Beziehung zu einem Urlaub auf Barbados einlud, gab ich nach. Der Typ hatte eine Nase! Schon fast einen Rüssel! Ein Mordskinn und große Füße – richtige Quanten. Und dann ...« Sie wird von einem Lachkrampf geschüttelt. »Also, wenn ich Entsprechungen an seinem Körper gesucht hätte, da gab's tatsächlich was: seinen Daumen. Eins zu eins!«

Wieder lachen und kichern wir wie Schulschwänzerinnen. Alle drei. Und fühlen uns auch nicht viel anders. Und das tut gut.

Eva gießt Champagner, und wir schieben Kaviar nach. Sibylle fuchtelt in der Luft rum und deutet auf ihren Mund. Sie hat noch was zu sagen, will aber nicht mit vollem Mund sprechen. Dann ist sie so weit: »Das Beste war aber, dass er mir treuherzig berichtete, er habe früher immer Komplexe gehabt wegen seines kleinen Freundes. Dann sei er aber dahintergekommen, dass die Mädels das so viel lieber mögen …«

»Oho, und hast du ihn aufgeklärt?«

»Nein, soll er ruhig mit dieser Illusion sterben. Er war ja sonst ein ganz Netter. Aber sein Name hätte mich warnen sollen. Er hieß – Stoppel …«

Wieder brechen wir in Gelächter aus.

Dann entsteht ein Moment des Schweigens. Vielleicht durchforsten die beiden anderen genau wie ich den Bekanntenkreis nach verräterischen Namen.

»Vermutlich gibt's tatsächlich Frauen, die lieber zierliche Schwänchen mögen«, meint Eva nach einer Weile.«

»Klar, manchen ist es lieber, je weniger sie spüren und je schneller es vorbei ist«, sage ich in Erinnerung an die sexualfeindlichen Kommentare meiner Mutter.

»Es ist wohl auch eine Frage der Größenverhältnisse«, wendet Eva ein. »Im Kamasutra werden Männer und Frauen ja nach der anatomischen Ausstattung ihrer Sexualorgane Yoni und Lingam in jeweils drei Gruppen unterteilt: Gazelle, Stute und Elefantenkuh stehen Hase, Stier und Hengst gegenüber. Und die neun möglichen Varianten der Vereinigung werden als unterschiedlich günstig empfohlen.«

»Dann war dein Herr Stoppel ein Hoppel …«

»Nach meinen Beobachtungen gibt's kein zuverlässiges Indiz für die Größe des Gockels. Die Hände noch am ehesten, aber dafür würde ich keine ins Feuer legen.«

»Die Ohrläppchen«, sagt Eva. »An außergewöhnlich potenten Männern mit großen Schwänen sind mir jedes Mal große, pralle Ohrläppchen aufgefallen.«

»Aha, und wie viele waren das?«, erkundigt sich die dreistellige Expertin.

Eva lacht. »Zwei.« Sie verschwindet in der Küche, und Sibylle nutzt die Gelegenheit, um mir ein paar ganz persönliche Tipps zu geben. »Du solltest dein Haar blondieren!«

Ich habe rehbraunes Haar und ich finde, es steht mir.

»Und einen pfiffigeren Schnitt könntest du auch vertragen. Schau dir mal Meg Ryan an in ›Sleepless in Seattle‹! Ist zwar lange her, aber so gut hat sie nie wieder ausgesehen. Du könnest derselbe Typ sein, wenn du wolltest. Ich muss mich wohl mal um dich kümmern.«

Meine Lust, als drittklassiger Abklatsch der Juniorversion eines Filmstars rumzurennen, hält sich in sehr engen Grenzen. Ich sehe mich eher als die Erwachsenenversion von Pippi Langstrumpf. Aber andererseits muss ich vielleicht umdenken. Im Interesse meiner Altersversorgung …

Sibylle, von Natur aus dunkelblond, flachbrüstig und grauäugig, kommt goldblond, quellbusig und veilchenäugig daher. Sie residiert im eigenen Penthouse, fährt jeweils das neuste Porschemodell, trägt Designermoden, besitzt wertvollen Schmuck. Und mit jedem neuen Mann, der in ihr Leben tritt – sei's als Klient oder als zeitweiliger fester Partner – mehrt sich ihr Wohlstand. Sie muss irgendwas richtig machen, was wir falsch machen.

Eva und ich nämlich, die gegenüber Männern auf sämtliche Tricks, Täusch- und Tarnmanöver verzichten, wohnen billig zur Miete, halten uns mit den Einkünften aus geistiger Arbeit lediglich passabel über Wasser, fahren Mittelklassewagen älteren Baujahrs, kaufen Designer-Klamotten allenfalls secondhand, und in Beziehungen waren wir bislang immer diejenigen, die in jeder Hinsicht drauflegten.

Eva idealisiert ihre Partner immer weit über deren tatsächliche Qualitäten hinaus. Aber das ist vermutlich ein Trick, um sie überhaupt interessant und attraktiv zu finden. Nur so kann sie sich heftig verlieben. Und ich behaupte, sie ist geradezu süchtig danach, verliebt zu sein. Sie staffiert ihre Favoriten bei Bedarf auch neu aus, damit sie optisch ihren Vorstellungen entsprechen. Die Typen finden ihre Wertschätzung am Anfang großartig, brechen dann jedoch meist recht schnell zusammen, weil sie merkten, dass sie ihre hochgesteckten Erwartungen nicht erfüllen können.

Sibylle hat für diese Haltung nur ein missbilligendes Kopfschütteln übrig. »Du darfst sie nicht pausenlos anbeten und schon gar nichts in sie investieren! Du musst sie schlecht behandeln! Je schlechter du sie behandelst, desto großzügiger werden sie es dir danken! Je netter du zu ihnen bist, desto mehr trampeln sie auf dir rum.«

Das ist wohl eins ihrer zahlreichen Geheimnisse: Männern gegenüber ist Sibylle gletscherkalt. Sie bezeichnet sie als Wolken: Schäfchenwolken, Gewitterwolken, Schönwetterwolken. »Alles willkommen zum richtigen Zeitpunkt, aber heiter wird's erst, wenn sie sich verziehen!« Solchen Aussagen folgt dann ein maliziöses Lächeln.

Meine kritische Selbsteinschätzung lässt mich erkennen, dass ich nicht über den Sex-Appeal der beiden verfüge. Ich bin eher der kameradschaftliche Typ. Zu mir kommen die Männer, wenn sie sich Trost und Rat versprechen. Drei Verlassene durfte ich schon durch die schwere Zeit ihrer Scheidung begleiten. Alle waren mit oberflächlichen, nörglerischen, anspruchsvollen Zicken verheiratet und wähnten sich bei mir im Paradies. So lange, bis die Scheidung einigermaßen verdaut war. Kaum hatten sie sich erholt, gabelte einer wie der andere wieder eine Frau auf, die exakt dieselben Wesenszüge trug wie die vorhergegangene. Ich bekam zu hören, ohne mich hätten sie es nie geschafft, wieder auf die Füße zu kommen und konnte zusehen, dass ich nicht aus den Latschen kippte.

»Du bist auch schön blöd«, diagnostizierte Sibylle jeweils.

»Wenn du einen Mann in seinem Unglück triffst und ihm beistehst, wird er dich mit dieser miesen Phase seines Lebens identifizieren und schnellstens verdrängen, wenn es ihm besser geht. Den verlassenen Männern, die ich getroffen habe, malte ich in schillernden Bildern aus, was sie in meiner Nähe erwartet, sobald sie frei sind. Das hat sie inspiriert. Scharf gemacht! Während sie ihre Scheidung durchzogen, hatten sie ständig diese Bilder vor Augen, ihr großes, erstrebenswertes Ziel. Und ich, ich habe mich für meinen Job im Ausland aufgehalten oder in einer Beautyfarm regeneriert und war für sie nicht zu erreichen. Und dann kam ich diesen gerupften, übernächtigten Gestalten entgegen, die sich trotz ihrer Erschöpfung befreit und für neue Herausforderungen bereit fühlten: Schön, entspannt und wohl gelaunt. Was glaubst du, wie die sich ins Zeug gelegt haben, um es mir recht zu machen!«

Eva und ich hängen ja eher einem feministisch-emanzipatorisch-paritätischen Partnerschaftsmodell an. Aber wenn wir mit Sibylles Maximen konfrontiert werden, gerät unser Weltbild regelmäßig ins Wanken. Gut, in Zeiten, da wir von Herzen und mit Hingabe liebten, blickten wir immer mitleidig auf Sibylle herab, hielten sie für eine gefühlskalte, bemitleidenswerte Kreatur. Aber wenn wir dann wieder mal einen Schuss vor den Bug bekommen hatten und ernüchtert auf den Scherbenhaufen unserer Emotionen, Illusionen und Investitionen blickten und uns klar wurde, dass neben unserem Idealismus fast auch unser Verstand flöten gegangen wäre, fassten wir uns regelmäßig an den Kopf.

»Männer sind so leicht zu ersetzen«, doziert Sibylle unermüdlich. »Ärgert mich einer«, hier führte sie jeweils eine Geste durch, als entsorge sie mit spitzen Fingern einen dreckigen Lappen, »dann ist halt der Nächste dran. Meinen Leib können sie haben – leihweise –, aber meine Seele: nie im Leben!«

Also bitte, an einem Mangel an wertvollen Ratschlägen kann's nicht liegen, wenn wir in puncto Männer auf die Nase fallen. Eva hätte sich nur vertrauensvoll an Sibylle wenden müssen und ihre Tipps brav befolgen, als Magnus in ihr Leben trat. Dann wäre die Geschichte nicht derart eskaliert …

Eva trägt den Hauptgang auf und wir begeben uns zum Esstisch. Der Weißwein steht im Weinkühler, das Mineralwasser in einer Glaskaraffe. In einer feuerfesten Keramikform liegt ein köstlich duftender Dorsch, umgeben von einer würzig riechenden Ratatouille. Daneben steht eine Schale mit einer Mischung aus wildem und Vollreis.

»Da hast du ja stundenlang geschuftet!«, ruft Sibylle voll echter Bewunderung. Sie kocht nämlich nie. Eva sagt, Sibylle frisst daheim überwiegend Dreck. Das ist sicher übertrieben, aber Eva ist eben eine Gesundheitsfanatikerin. Möglichst nur unbehandelte Nahrungsmittel, keine Zusätze, Stabilisatoren, Geschmacksverstärker, Konservierungsmittel. Nahrungszubereitungen bezeichnet sie als Plastikfutter und macht einen weiten Bogen darum. Ich esse natürlich auch lieber so, wie Eva kocht, aber ich bin gelegentlich schon zu Kompromissen bereit. Weil's schnell gehen muss oder ich einfach zu faul bin.

Sibylles Kühlschränke sind voller Plastikfutter. Light lautet das Zauberwort, das all die Joghurts, Cremes, Flans und Mousses ziert. Ohne Fett, dafür mit viel Süßstoff und künstlichen Aromen. Mich reizt das zwar auch nicht, aber giftig scheint's jedenfalls nicht zu sein, denn Sibylle sieht blendend aus.

Nun langt sie allerdings kräftig zu, obwohl Evas Essen sicher nicht allzu light ist. Aber sie wird nach dem Essen eine jener Wunderpillen zu sich nehmen, die angeblich die Fettverdauung verhindern. Ich habe mal den Beipackzettel gelesen. Da hat es mich regelrecht gegruselt!

Eva wird morgen früh eine halbe Stunde länger als sonst durch den Englischen Garten joggen. Obwohl sie nicht viel Aufhebens drum macht, achtet sie sehr auf Figur. Früher hatte sie einiges mehr drauf, was ihr aber auch gut stand. Wir sind beide nicht so dünn wie Sibylle, die nur obenrum Umfang aufweist, aber ich finde, Eva hat eine klasse Figur und mit meiner bin ich ebenfalls ganz zufrieden. Auch ohne Fee.

»Auf die Gefahr hin, dass ich kugelrund werde – ja, du kannst mir noch was geben«, erwidere ich, als Eva fragt. Auch Sibylle lässt sich noch einmal den Teller vollladen. Im Stillen stelle ich fest: Nun sind wir schon fast zwei Stunden zusammen und noch immer ist kein Wort über Diät gefallen.

Stattdessen kommen wir endlich auf den Anlass der kleinen Feier zu sprechen: Wollis chaotisches Liebesleben. Auch Sibylle ist begeistert von Davids Entwürfen zu den Texten, die Eva vor ihr ausbreitet. Als die dann aber ihr schlechtes Gewissen gegenüber Leonardo zur Sprache bringt, stößt sie auf entschiedenen Widerspruch.

»Unsinn! Wenn er schon seinen ganzen Müll bei dir ablädt, hast du auch das Recht, den zu recyceln. Das ist psycho-ökologisch äußerst sinnvoll«, findet Sibylle, die ja grundsätzlich dagegen ist, auf die Gefühle von Männern Rücksicht zu nehmen. »Wenn er dich zum Bequatschen seiner chaotischen Episoden missbraucht, fragt er ja auch nicht, in welcher Verfassung er dich antrifft oder in welche Stimmung er dich damit versetzt. Er karrt seinen riesigen Mistwagen an und kippt dir seine ganze Kacke vor die Tür. Und ihm ist es piepegal, ob für dich das Timing stimmt oder nicht. Rücksichtslos und egoistisch wie alle Männer. Da machen die ach so lieben Schwulen auch keine Ausnahme.«

Eva sieht sich natürlich bemüßigt, ihren Busenfreund zu verteidigen. Sie spricht vom Wesen der Freundschaft, von den Pflichten, die sie uns auferlegt und von den Erziehungsfehlern, die aus uns allen andere Menschen machen als die, die wir im Idealfall sein könnten.

Das ist ein Thema, mit dem sich regelmäßig Einmütigkeit erzielen lässt. Das Dessert, das Eva gleich darauf auftischt, wirkt in dieser Hinsicht auch förderlich.

Unsere Gesprächsrunde entartet mal wieder zum feuchten Hobby-Therapie-Kränzchen.

»Es ist ja schon bemerkenswert, wie schlecht wir vorbereitet werden auf das, worauf es ankommt«, seufze ich. »Da sind wir schon mal im Regelfall so ausgestattet, dass Weibchen sich nach Männchen sehnen und umgekehrt. Und günstigerweise gibt es auch noch von beiden etwa gleich viel, was doch eigentlich toll ist. Könnte ja auch zwanzig zu achtzig sein oder so. Aber nein, schön ausgeglichen. Fast eins zu eins. Doch mit der Kompatibilität scheint es sich ganz ähnlich zu verhalten wie mit den Zahlen der Arbeitslosen und offenen Stellen. Es passt halt nur in den seltensten Fällen.«

»Ja, und unseren Müttern, Großmüttern, Urgroßmüttern und weiteren Ahninnen ist auch nichts Besseres eingefallen, als ihren Töchtern den Bazillus einzuimpfen, sie seinen nur für den Einen bestimmt: den Passenden, Wunderbaren, der da kommen wird, um sie zu beschützen, zu versorgen und bis ans Ende ihrer Tage glücklich zu machen«, giftet Sibylle. »Und manche Frauen hängen so an diesem Klischee fest, dass sie es durchziehen, obwohl sie im tiefsten Inneren erkannt haben, dass gar nichts passt.

Meine Mutter ist meinem Vater geistig haushoch überlegen, aber sie macht auf blöd, ordnet sich ihm total unter und gibt ihm auch noch das Gefühl, er sei ein großer Held.«

»Das Gefühl gibt meine Mutter meinem Vater zweifellos auch – aber ich schätze, sie tut es mit voller Überzeugung«, sagt Eva milde lächelnd.

»Und die Männer fühlen sich tatsächlich großartig.«

»Tja, und meine Mutter hat weder je einen Mann großartig gefunden, noch das Verlangen verspürt, einem das Gefühl zu geben, er sei es. Und so lebt sie bis heute stolz und unbemannt. Das Einzige, was sie mir in puncto Männer beigebracht hat, ist nein zu sagen.«

»Na immerhin! Das musste ich mir unter großen Schmerzen selbst beibringen«, wirft Sibylle ein.

»Und ich kann's immer noch nicht richtig«, ergänzt Eva grinsend.

»Ich vermute, wenn meine Mutter mich nicht so männerfeindlich erzogen hätte, ginge ich weniger nachsichtig mit Scheidungsgeschädigten um. Ich habe da offenbar so einen Spleen, ich müsste ausgleichende Gerechtigkeit üben bei den von Frauen Gekränkten.«

»Mag schon sein, aber das muss trotzdem anders werden. Du bist einfach zu gut, das ist alles. Eva auch.«

»Im Moment bin ich vor allem verwirrt«, bekenne ich und bemühe mich, unsere gesammelten Erkenntnisse zu sortieren. »Wie sollen wir jetzt eigentlich mit den Männern umgehen? Sie schlecht behandeln oder zu ihnen aufblicken? Das widerspricht sich doch im Kern.«

»Nicht, wenn du dich als Zicke gebärdest. Du gibst dem Mann gelegentlich das Gefühl, er sei der Größte und Einzige – vor allem dann, wenn er sich großzügig zeigt. Aber ansonsten hältst du ihn kurz. Du schützt Kopfschmerzen vor, vergisst Zusagen, hüllst dich bei seinen kleinsten Verfehlungen in eisiges Schweigen, machst ein Riesengedöns um die geringste sexuelle Gefälligkeit, die du ihm erweist, bekommst Tobsuchtsanfälle, wenn dir was nicht passt und drohst mit Besuchen deiner Mutter, wenn du ihn zu etwas überreden willst. Und kurz bevor du den Bogen völlig überspannst, bist du plötzlich und ohne besonderen Anlass ganz reizend und charmant zu ihm, überschüttest ihn mit Lobesworten, Zärtlichkeiten und ausschweifender Erotik. Für diese Augenblicke wird er schließlich bereit sein zu sterben. Lediglich die Dosierung verlangt etwas Fingerspitzengefühl. Sie hängt davon ab, ob er eher zu den Dominanten oder Devoten zählt. Devote sind fast grenzenlos leidensfähig. Den Dominanten platzt wesentlich schneller der Kragen. Doch meist erkennst du auf den ersten Blick, mit welcher Sorte du es zu tun hast.«

»Ich hätte überhaupt kein Verlangen, meinen Partner zu manipulieren und mich selbst zu einer Person zu verbiegen, die nicht mal in Ansätzen meiner Natur entspricht«, wendet Eva ein.

»Ich auch nicht«, pflichte ich ihr bei. »Im Übrigen wäre mir dieses ganze Theater viel zu anstrengend.«

»Tja, dann werdet ihr eben weiterhin diejenigen sein, welche die schlechteren Karten haben. Wer nicht rechtzeitig die Weichen stellt, bleibt auf der Strecke. Dann bedeutet die Hochzeit Endstation für alle Sehnsüchte. Und der so genannte schönste Tag im Leben einer Frau wird der letzte schöne Tag.«

Eva und ich warfen uns bei Sibylles Ausführungen wieder mal bedeutungsvolle Blicke zu.

»Soll ich euch was verraten«, fährt unsere Dozentin fort: »Für viele Mädels ist der Traualtar die Pforte zum Inferno. Das nicht auszurottende Geschwätz vom schönsten Tag im Leben einer Frau, das bezieht sich gar nicht auf die Braut, sondern auf die Brautmutter. Sie ist glücklich, dass sie ihre Tochter endlich los wird, sie übergeben kann. In treue Hände, wie sie glaubt. Ha, treu! Nun, jedenfalls lehnt sie sich beruhigt zurück. Sie hat ihr großes Ziel erreicht, das Kind weitergereicht. Auf Gedeih und Verderb. Brautmütter weinen vor Erleichterung …« Sie zieht die Brauen hoch und grinst schief.

»Ach ja, meine Mutter würde auch zu gern zu diesem Thema weinen«, sagt Eva sarkastisch.

»Ich hege den Verdacht, selbst meine Mutter, die Männer nur mit Sicherheitsabstand toleriert, erwartet, dass ich eines Tages heirate. Und zwar einen Mann, der mindestens über die Qualitäten eines Wilhelm von Humboldt verfügt, was absolut unrealistisch ist, weil der sich sicher nicht mit mir zufriedengeben würde. Dessen ungeachtet hat sie bei unserem letzten Treffen doch tatsächlich die Frage in den Raum gestellt, ob ich nicht vielleicht zu kritisch sei …«

»Meine Mutter hat bei meinen beiden Hochzeiten ganze Ströme von Tränen vergossen. Meine Schwiegermütter jedoch weinten vor Schmerz, Wut und Eifersucht. So ist die eine Familie froh, wenn sie dich los wird, und in der anderen bist du nicht willkommen. Dann kannst du erst mal sehen, wie du dich zurechtfindest. Kein Wunder, dass romantische Filme und Kitschromane immer vor dem Traualtar enden. Oder mit dem davonbrausenden Auto des Paares, hinter dem die Büchsen klappern. Erst danach wird's nämlich wirklich kompliziert. Da folgt dem Büchsenklappern oft das Zähneklappern. Deswegen tut eine gescheite Frau gut daran, Single zu bleiben. Glaubt mir, meine liebsten Freundinnen, für diese Erkenntnis habe ich teures Lehrgeld bezahlt!«

Eva hat eine neue Flasche Champagner geöffnet. Wir stoßen an. Auf uns, die fantastischen Singlefrauen. Jaja, wir sind überzeugte Singles. Heute Abend zumindest. Morgen, wenn mein Kopf wieder klar ist und ich unsere Gespräche Revue passieren lasse, werde ich mich vermutlich fragen, warum wir dann so eine Riesenwut gegenüber all denen verspüren, die uns eine glückliche Paarbeziehung vorenthalten oder vermasseln …

4

Am ersten März brach Eva nach Konstanz auf. Zwei Tage später trat Magnus in ihr Leben. Nicht etwa leibhaftig – nein, virtuell. Damit wurde ein verblüffender Prozess eingeläutet. Bis vor Kurzem hatte ich mir eingebildet, meine Freundin fast so gut zu kennen wie mich selbst. Dann erlebte ich jedoch innerhalb weniger Monate die Verwandlung der vertrautesten Person meines Lebens in ein unbekanntes und unberechenbares fremdes Wesen. Zugegeben, ich nahm die Veränderung mit Schrecken wahr, kann jedoch nicht leugnen, dass mich diese Metamorphose auch faszinierte.

Als Eva München verließ, packte sie nicht viel ein, denn sie plante, in spätestens drei, vier Wochen zurück zu sein.

»Bist du sicher, dass du es erträgst, Leonardo die ganze Zeit auf der Pelle zu haben?«, hatte ich mich ein paar Tage zuvor erkundigt, als ich noch hoffte, sie könnte es sich anders überlegen. Leonardo ist zwar wirklich sehr liebenswürdig – für einen Mann –, aber ich hatte ernsthafte Bedenken, denn für meinen Geschmack quatscht er eindeutig zu viel.

»Lustig, dass du mich das fragst, Eliza. Ich wäre überhaupt nicht auf die Idee gekommen, darüber nachzudenken, ob mich an dem Arrangement was stören könnte. Ich habe mir nur überlegt, ob ich Leo nicht in der einen oder anderen Weise lästig fallen oder ihn behindern könnte.«

»Ts ts! Typisch. Wenn deine Alten dir doch bloß ein bisschen mehr Selbstbewusstsein mit auf den Weg gegeben hätten!«

»Jaja – und wenn Othello nicht so eifersüchtig wäre … – Dann blieben uns doch die schönsten Dramen vorenthalten!«

Eva lachte, und mir wurde klar, dass meine massiven Vorbehalte ganz anderer Natur waren. Ich hatte keine Lust, Eva Leo zu überlassen und auf sie zu verzichten. Sie war meine

Freundin, gehörte in mein Haus, mein Leben! Ich weiß, was Sie jetzt denken. Und ich gebe zu, Sie haben recht. Ja, bei mir sitzt eine Schraube locker. Ich bin als einziges Kind einer allein erziehenden äußerst kühlen und stolzen Mutter aufgewachsen. Deswegen schätze ich die Nestwärme, die ich in Evas Gesellschaft verspüre, und empfinde es als grausamen Entzug, wenn sie mich verlässt, um ihre Zeit und Zuwendung anderweitig zu verschenken.

»Und wer achtet auf meine Gesundheit? Und wer hält mich zum Sport an?«, quengelte ich also voller Selbstmitleid.

Ohne Eva, die Gesundheits- und Sportfanatikerin, besäße ich nicht einen halben Schrank voller Sportklamotten, Laufschuhe, Inlineskates, Schlittschuhe, wäre sicher um einiges dicker, kurzatmiger und hätte womöglich Pickel.

»Ich werde dich telefonisch motivieren.«

»Und ich werde fett wie ein Wal werden!«

»Hey, ich bleibe nicht jahrelang weg – nur für ein Weilchen.«

»Ich werde nachher einen Sack voller Schokoriegel kaufen und einen nach dem anderen auffressen.«

Sie lachte und schwang sich in ihr Cabrio. Ich winkte ihr nach. Wehmütig, voll düsterer Vorahnungen und grimmiger Gefühle gegen Leonardo, der sie mir schon wieder entzog. Sie würde ihm mit größter Zuvorkommenheit begegnen. Soviel war klar. Schon wegen ihres schlechten Gewissens. Es hatte sich einfach noch nicht ergeben, dass sie ihm die Wolli-Geschichte beichten konnte.

»Besser, ich sag es ihm nicht am Telefon, sondern unter vier Augen«, meinte sie. Denn sie wollte ihn im Blick haben, um abzuschätzen, ob er wirklich so gut drauf war, dass er den Schock verdauen könnte. Aber sie hatte auch angenommen, dass ihr dafür reichlich Zeit bliebe. Normalerweise war bei einem monatlich erscheinenden Magazin mit einer Vorlauffrist von einem Vierteljahr zu rechnen. Doch diese Rechnung erwies sich als Irrtum. Bereits in der übernächsten Ausgabe erfolgte Wollis Premiere. Und dank Davids witziger Cartoons schlug Wollis chaotisches Liebesleben voll ein.

»Das musst du dir ansehen!«, rief Leonardo, noch am Abend ihrer Ankunft. Und er präsentierte ihr MALE'S BODY. Eva bekam tief rote Ohren, fühlte sich wie eine verkommene Ratte und überlegte krampfhaft, was sie zu ihrer Rechtfertigung vortragen könnte. Aber Leonardo war weit davon entfernt, die Zusammenhänge zu durchschauen.

»Diesen Detlef möchte ich unbedingt mal treffen! Der macht genauso 'ne Scheiße durch wie ich. Wahrscheinlich ist er an die gleichen Idioten geraten. Oh Mann, wir könnten uns sicher 'ne Menge erzählen!«

Dem konnte Eva nicht widersprechen. Noch immer starr vor Schreck beschloss sie im Stillen, den begeisterten Freund vorerst doch nicht aufzuklären. Aber ein schlechtes Gewissen hatte sie schon bei der Sache. Schließlich war abzusehen, dass David neues Material erbitten würde, sobald er das bisherige aufgearbeitet hatte. Und dann konnte es sich ergeben, dass sie auf Leonardos Berichte über erneute Reinfälle geradezu erpicht war.

Ansonsten waren die Gespräche am Tag ihrer Ankunft um Uwe gekreist, Leonardos Ex und natürlich auch um Ruben, Evas Ex. Das ergab sich schon aus den Parallelen.

Ruben und Uwe hatten – neben der Vokalfolge in ihren Vornamen – sehr viel gemeinsam: interessante Berufe, spannendes soziales Umfeld, Ehrgeiz, Geldgier und eiskalte Herzen. Stoff für endlose Grübeleien, Kränkungen – und Frust.

Am nächsten Morgen jedoch machten sich Leonardo und Eva an die Arbeit. Gemeinsam sahen sie die Berichte an, welche die Studis noch vor Beginn der Semesterferien abgegeben hatten. Da die jungen Leute auch in ihrem Umfeld Material gesammelt hatten, war eine Menge zusammengekommen.

Die beiden schichteten vier Stapel auf: Protokolle von Frauen, die über ihre Erfahrungen mit Männern berichteten (ein dicker Stoß); Männer, die über Erfahrungen mit Frauen berichteten (ziemlich wenig Blätter); schwule Männer (weitaus mehr); lesbische Frauen (nur zwei). Die beiden Lesbierinnen berichteten erfreut, sie hätten genau das gefunden, wonach sie gesucht hatten. Eine hatte selbst eine Annonce aufgegeben, die andere eine beantwortet. Beide Annoncen waren allerdings umfangreich und detailliert formuliert gewesen. Der Grundtenor der Mädchen, die mit Männern korrespondiert hatten, lautete hingegen: ›Wir fühlen uns verarscht und missbraucht!‹

Nachdem sie mit ihren Partnern Mails ausgetauscht hatten, war es meist zu einer Begegnung gekommen. Dabei gab's zwei Grundmuster. Im ersten Fall hatte eine angeregte Unterhaltung stattgefunden. Die beiden hatten beschlossen, sich wieder zu treffen, was sie per Mail abstimmen wollten. Die Männer hatten sich anschließend jedoch weder gemeldet noch rückfragende Mails beantwortet. Im zweiten Fall war es zu einer oder mehreren Begegnungen gekommen. Exakt so viele wie nötig waren, bis sich das Mädchen zum Sex bereitfand. Dann folgte dasselbe Vorgehen wie im ersten Fall.

›Er ist weder auf meinen Anzeigentext noch auf meine persönlichen Wünsche eingegangen‹ / ›Ich hatte den Eindruck, er warf mir vor, dass ich nicht aussah wie Jennifer Lopez. Er sah übrigens aus wie ein Halbaffe‹ / ›Ich fand ihn süß und er gab mir auch das Gefühl, ich sei das, wonach er sucht, aber dann ließ er nichts mehr von sich hören‹ / ›Er erklärte mir klipp und klar, er sei ein Schmetterling. Er suche keine Beziehung, sondern Sex mit möglichst vielen Frauen.‹

Dergleichen Kommentare traten so gehäuft auf, dass Eva und Leo den Verdacht hegten, alle Mädchen hätten mit denselben zwei bis drei Männern korrespondiert.

»Das herauszufinden könnte doch ein interessantes Thema für eine Seminararbeit sein«, meinte Eva. »Möglicherweise sitzen ja ein paar der Typen vor deiner Nase. Beim Vortrag kannst du dann sehen, wer einen roten Kopf bekommt …«

»Das kannst du selbst besorgen, ich nehm' dich gern mit«, erwiderte Leonardo. Doch Eva lachte nur und sagte, bis das Sommersemester beginne, sei sie über alle Berge.

Die Protokolle der schwulen Männer glichen zu zwei Dritteln denen der Studentinnen, das andere Drittel beklagte sich, dass die Partner Leichtigkeit vermissen ließen und zu sehr klammerten. Das war auch einer der meist genannten Vorwürfe der jungen Männer, die Frauen suchten. ›Die Auswahl ist viel zu gering, da musst du ja auf jede Anzeige schreiben, wenn du was erreichen willst‹ / ›Die wenigsten sehen was gleich und lassen dich nicht wieder los.‹ / ›Im Internet findest du vor allem Frauen, die in der Öffentlichkeit keiner anschaut‹, waren weitere Kommentare.

»Eins dürfte klar sein«, stellte Leonardo fest, »die Leute gehen mit völlig unterschiedlichen Erwartungen an die Sache ran.«

»Logo. Abhängig von den Prioritäten. Kürzlich habe ich in diesem Zusammenhang etwas Interessantes gelesen: Bei einem Wettbewerb unter Werbetextern, in dem es ausschließlich darum ging, wer mit seiner Annonce am meisten Resonanz erhielt, gewann haushoch eine Frau. Und zwar mit vier dürren Wörtern: ›Ficken: Frau sucht Mann.‹ Zum Spaß können wir uns ja mal vorstellen, wie die Reaktion ausgefallen wäre, wenn ein Mann auf diese Art inseriert hätte …«

»Resonanz nahe null.«

»Genau. Abgesehen von den Professionellen. Es ist eben eine Illusion, den Unterschied zwischen den Geschlechtern als klein zu bezeichnen.«

»Sind wir Männer denn so primitiv?«

»Anscheinend.«

»Deckt sich das mit deinen Erfahrungen?«

»Na ja, frag lieber nicht! Aber mit dem Chat habe ich überhaupt keine Erfahrung.«

Als Leonardo meinte, dafür sei es allmählich an der Zeit, entschloss sich Eva, endlich die klaffende Bildungslücke zu schließen. Leonardo versorgte sie mit Tipps und half ihr, ein anonymes Postfach einzurichten. Dann gab er ihr die Internetadresse des Lake.Café, in dem er überwiegend verkehrte. Diese virtuelle Plattform verfügte neben einem allgemeinen Quasselforum, dem Lake.Chat, auch über eine individuelle Sparte im Stil der Partnerschaftsanzeigen in Printmedien, das Lake.Single-Café und das Lake.Pinboard, wo alle möglichen anderen Annoncen platziert werden konnten wie auf einem Schwarzen Brett.

Eva schaute in alle drei rein, blieb dann aber im Single-Café hängen, las die Anzeigen mit Interesse und beschloss, selbst eine zu formulieren. Selbstverständlich ausschließlich um wissenschaftlicher Studien willen – an einem quasi humanitären Projekt …

Dennoch nahm sie billigend in Kauf, dass sich bei dem Unternehmen tatsächlich etwas ergeben könnte. Vielleicht ein Gegengift zur Neutralisierung oder Eliminierung der letzten Reste ihrer Liebe zu Ruben.

Ruben. Wie ich ihn hasste, diesen arroganten zwangsneurotischen Filmregisseur! Sibylle teilte meine Einschätzung. Obwohl sie Evas Aufbruch nach Konstanz mit äußerster Skepsis aufnahm, sah sie darin einen einzigen positiven Aspekt: Unsere Freundin würde Ruben nicht mehr zufällig begegnen. Ruben verfügte nämlich über das Talent, Eva immer gerade dann über den Weg zu laufen, wenn sie sich an seine Abwesenheit gewöhnt und eingesehen hatte, dass sie ohne ihn eigentlich ganz prima zurechtkam. Und dann gelang es ihm jedes Mal aufs Neue, sie in seine luxuriöse Pedanten-Wohnung zu schleppen und ihre immer noch vitale Überzeugung aufzuwärmen, so großartig wie mit ihm könnte es mit keinem anderen sein. Was sie als Liebesakt ansah, war für ihn toller Sex, den er genoss, so oft es ihm passte. Und Eva hatte es in der Vergangenheit sehr oft passend gemacht. Sie ließ weiß Gott welche wichtigen und großartigen Einladungen und Gelegenheiten sausen, um sich Ruben und der Liebe hinzugeben. Er war ihr Lebensinhalt.

Wenn er da war – was zum Glück nicht allzu oft vorkam –, rückte alles andere auf die hintersten Ränge. Job, Freundschaften, Interessen – alles verschwand im grauen Dunst außerhalb der großen umhüllenden Glasglocke ihrer glanzvollen Liebe zu Ruben.

Im Bett schien er ja wirklich großartig zu sein. Außerhalb des Bettes benahm er sich ihr gegenüber jedoch wie viele eingefleischte Ehemänner: anmaßend, unaufmerksam, rücksichtslos und geizig. Vier Jahre ihres Lebens – zwölf Komma fünf Prozent ihrer Existenz auf Erden und sogar fünfunddreißig ihres Lebens als Erwachsene hatte sie inzwischen an diesen egomanischen Gefühlskrüppel gehängt. Letztes Mal hatte sie sich aber fest vorgenommen, nun sei es endgültig aus. Zu schön, um wahr zu sein!

Vor diesem Hintergrund nahm Eva nun an dem Studienprojekt teil. Und deswegen hielt sie es nicht für falsch, in ihre Annonce all die Qualitäten hineinzupacken, mit denen sie einen Mann ausstatten würde, wenn sie je eine Möglichkeit hätte, ihn sich selbst zu backen.

In ihrem Alter sollte er sein, intelligent und kulturell interessiert. Darüber hinaus wünschte sie ihn sich charmant und warmherzig, gebildet, attraktiv, sportlich, potent und frei von unbewältigten Partnerschaftsproblemen. Sie unterschrieb mit ›Ariadne‹ und gab ihre just eingerichtete E-Mail-Adresse an. Lächelnd versenkte sie den Text mit einem Tastenklick im Netz. Ein Spiel namens Recherche. Den Namen Ariadne fand sie sehr passend für ein Internetforum, in dem die Orientierung sicher nicht einfacher war als in einem Labyrinth.

Wahrheitsliebend räumte sie mir gegenüber ein: »Wenn

sich tatsächlich Mr. Right meldet, dann werde ich ihn mit offenen Armen aufnehmen! Schließlich habe ich lange genug Kröten geschluckt. Ein Charmebolzen aus dem Netz, das wäre der perfekte Energielieferant, der Kick, den ich brauchte, um Ruben ratzeputz aus meinem Herzen zu entfernen. Aber nach allem, was ich bisher gesehen habe, sind das wohl Hirngespinste!«

Als sie vier Stunden später im Postfach nachsah, staunte sie gehörig. Im Posteingang fanden sich vier verschiedene Absender vor vier Betreff-Zeilen. Der erste Korrespondent (ma.xxl@ …) warf ihr zwar einerseits vor, sie verlange zu viel, outete sich jedoch als wahrer Held, indem er darauf hinwies, das könne ihn nicht abschrecken. Der zweite (tomego@ …) erkundigte sich, wie sie darauf komme, dass ein Mann studiert haben müsse, um über ›Inteligens und Styl‹ zu verfügen.

Überhaupt traten in der Folgezeit die Semi-Alphabeten in breiter Front an und überschütteten sie mit fast so vielen ›gailen Grüssen‹ wie Fehlern. Eva erkannte, dass sowohl ihr Wortschatz als auch ihr Verständnis für Korrespondenz aus einer anderen Welt stammten.

Nach zwei Tagen hatte sie über zwanzig Posteingänge zu vermelden und gerade drei für wert befunden, darauf zu antworteten.

Selbstverständlich besprach sie alles mit Leonardo und vieles mit mir. Schließlich telefonierten wir täglich. Am dritten Tag stieß sie auf eine Zuschrift, die sich elementar von allen bisherigen unterschied. In Inhalt und Interpunktion. Signiert war der Schrieb mit ›Marcel P.‹ War das etwa ein Anhänger Prousts? Am Ende ein Mann, der unter lesen nicht nur das Durchblättern von Fachzeitschriften und Herrenmagazinen verstand? Das ließ ja Hoffnungen aufkeimen!

Marcel P. stellte sich übrigens nicht vor und empfahl sich auch nicht, sondern zerpflückte ihre Anzeige mit Ironie und Wortwitz und gratulierte zu ihrem Text, der ihm als Genuss und Lichtblick erschien. Er schloss seine Zuschrift mit den aufmunternden Worten: ›Mach weiter so! Jedenfalls weißt Du, was Du willst.‹

Oh ja, und ich weiß auch, wie selten ich's bekomme, dachte Eva und beantwortete die Zuschrift am Abend mit großem Vergnügen. ›Könnte es sein, dass du mit deinem virtuellen Namenskürzel auf den großen Dichter anspielst, der sich über Jahre hinweg und durch Werke hindurch der Suche nach der verlorenen Zeit widmete? Wenn ja: Womit und wobei hast Du Deine Zeit verloren? Verzeih, das sind wohl eine Menge Fragen, aber wie es aussieht, beflügelst du meine Neugier.‹

Mit dieser neckischen Mail begann der ebenso umfang- wie einfallsreiche Briefwechsel zwischen den beiden. Täglich bis zu dreimal zischten die Geistesblitze hin und her. Bis nach Mitternacht und schon vor Morgengrauen. Sie durchquerten die griechische Mythologie, weideten im Alten Testament, kickten mit literarischen Anspielungen und schossen Kopfbälle in diversen Sprachen ab. Angefangen bei der Ciceronis und Catilinae. Das war natürlich Wasser auf Evas Mühlen. Sie zitierte mir die Bonmots ihres amüsanten Briefwechsels, und ich war hin und her gerissen zwischen düsteren Vorahnungen, Eifersucht und Neid.

Ich übertreibe mal wieder. Die düsteren Vorahnungen waren tatsächlich da. Aber düstere Vorahnungen quälten mich ja schon, als sie aufbrach, die verspüre ich grundsätzlich, wenn sie meinen Blicken entschwindet. Doch nun waren sie eindeutig begründet. Wenn der Typ in Realität so toll war wie seine Schriebe vermuten ließen, dann würde er Eva vereinnahmen und ich müsste meine Freundin wieder mal mit einem Mann teilen, der sie mit Sicherheit nicht annähernd so zu schätzen wusste wie ich. Wenn nicht, dann würde sie aufs Neue bitter unter der Enttäuschung leiden. Das sollte sie nicht. Ich wollte nicht, dass Eva litt. Auch wenn sie dann verstärkt meine Nähe suchen und mich brauchen würde. Doch es bestand auch die Gefahr, dass Ruben dann wieder bei ihr landen könnte.

Nicht, dass Sie mich jetzt für krankhaft eifersüchtig halten! Es ging hier vielmehr um eine Frage der Gerechtigkeit. Ich ärgere mich eben grundsätzlich, wenn jemand, der es überhaupt nicht verdient, mehr von Eva abbekommt als ich, die wirklich nur ihr Bestes will. Neid liegt mir im Grunde ja ebenfalls fern, obwohl ich einräume, dass die Vorstellung, mit einem Unbekannten einen so geistreichen Briefwechsel zu führen, wie Eva das mit Marcel gelang, schon über besonderen Reiz verfügte. Schließlich waren mir noch nicht viele Männer begegnet, mit denen Ähnliches möglich gewesen wäre. Eigentlich kein einziger! Welcher Mann schreibt denn heute überhaupt noch mehr als das unbedingt geschäftlich Notwendige?

Zugegeben, ein wenig wurmte es mich schon, dass Eva sich an Marcels Esprit ergötzen durfte, während ich mich mit meinem Untermieter auf Zeit beim Abendessen durch zähe Gesprächsrunden boxen musste.

»Soso, Sie übersetzen also Bücher. – So richtige Bücher?« Er sah mich mit großen Augen an.

Haha, Scheckbücher werden's wohl kaum sein!

»Ja, früher hab ich auch mal Bücher gelesen«, behauptete er mit verträumtem Blick. »Karl May. Bis auf drei oder vier hab ich sie alle verschlungen. Aber heute hab ich für solchen Luxus wahrhaftig keine Zeit mehr.«

Er war kein unangenehmer Mensch, sonst hätte ich mir vorher eine Ausrede einfallen lassen. Ingenieur, Anfang vierzig, selbstbewusst und recht gut aussehend, aber zur Konversation unfähig. Er monologisierte lediglich. Über seinen Job, seine Vergangenheit (einschließlich Bundeswehr) und seine Urlaubspläne. Wir saßen im Restaurant, aßen und tranken sehr gut, aber ich ertappte mich dabei, dass ich mich nach meiner Arbeit sehnte. Die Übersetzung, an der ich gerade arbeitete, machte mir wirklich Spaß. Der amerikanische Autor liebte Wortschöpfungen und Wortspiele, eine große Herausforderung, die ich als höchst kreativ empfand.

Gut und schön. Aber in Gesellschaft eines Mannes wie Marcel P. hätte ich ganz bestimmt nicht ans Arbeiten gedacht, sondern wir hätten beide Geistesblitze zucken lassen, die jeder Gewitternacht zur Ehre gereicht hätten.

Seine Briefe enthielten schon nach drei Tagen eine ausgeprägt erotische Note: »Liebste Ariadne, für mich ist nicht der Weg das Ziel, sondern die Belohnung, die mich an selbigem erwartet. Wohin wird mich der Weg zu Dir (ver-)führen …? – I love your soul and want to feel your body …«

Und das war nur der Anfang. Klar, dass Eva begeistert war, animiert und inspiriert durch Marcel P. Nie zuvor im Leben hatte sie eine derart spontane, freche, intensive und witzige Korrespondenz geführt. Sie verliebte sich in den amüsanten Unbekannten, ohne zu wissen, wer er war, was er tat oder wie er aussah.

»Ich sag's ja, die liebe Eva steht auf Brain-fucking«, meinte Sibylle, die sich regelmäßig über Evas Schicksal informieren ließ. Diesmal von mir bei einer Einladung zum Hummer, mit der sie sich über die Zuführung eines neuen Klienten bedankte. Es handelte sich dabei um meinen aktuellen Untermieter, der mit ihr wahrhaftig besser bedient war als mit mir. Sie zeigte ihm die angesagten Lokalitäten der Stadt und vermittelte ihm die aufbauende Überzeugung, dass sein hart verdientes Geld höchst vorteilhaft angelegt war, wenn er sich selbst im Vertrauen auf sie Gutes tat. So wurde er zwar etliches mehr los, als er einsparte, indem er aufs Hotel verzichtete, aber Sibylles Beratung war schließlich eine Investition von unschätzbarem Wert für seine weitere Zukunft.

Leonardo tat neue Männer auf. Eva war stark gefordert. Sei's, dass sie die Zuschriften beurteilen, Telefongespräche entgegennehmen oder mit anhören musste. Leonardo, weit davon entfernt, ihre sinnvollen Ratschläge zu befolgen, erlebte und erlitt immer wieder neue Enttäuschungen, konnte jedoch zunehmend besser damit umgehen. Seine Seele bekam allmählich eine Hornhaut.

Eva traf sich mit ein paar der über dreißig Männer, die auf ihre Annonce geantwortet hatten, konnte sich aber für keinen einzigen erwärmen, obwohl die meisten großes Interesse an ihr signalisierten. Neben dem geistreichen Marcel, der ihr Tag und Nacht im Kopf herumspukte, vegetierten sie bei ihr allesamt auf verlorenem Posten dahin. Sie entschuldigte sich bei den Aspiranten mit der Erklärung, es handle sich lediglich um eine Studie, was die Männer verdutzt, gelassen oder verärgert aufnahmen.

Eva fand Konstanz im Frühling zauberhaft. Und wenn es wie aus Kübeln goss, dann verbrachte sie eben noch ein paar Stündchen mehr am Notebook und schrieb Marcel die vierte Mail des Tages. Von ihm bekam sie nach wie vor die erste vor Sonnenaufgang und die letzte lang nach Mitternacht.

»Sag mal, kommst du denn überhaupt noch zu etwas anderem?«, fragte ich sie besorgt, denn ich wusste ja von ihrem Vertrag mit dem Magazin, für das sie monatlich eine Glosse zu liefern hatte. Dieser Vertrag brachte ihr gerade mal so viel ein, dass sie ihre Verbindlichkeiten befriedigen konnte. Im Grunde war sie darauf angewiesen, Reportagen und Features zu verfassen, um sie an entsprechende Printmedien zu verkaufen. Aber daran hatte bereits Ruben sie erfolgreich gehindert, indem er sie permanent für seine Zwecke einspannte: ›Ach bitte, Schätzchen, halt mir die hysterische Alte meines Hauptdarstellers von Leib!‹ / ›Süße, du musst mir einen Gefallen tun und den eifersüchtigen Lover meines Stars ablenken!‹ / ›Schatzi, sei so lieb und bezirze diesen Kotzbrocken von Kritiker mit deinem Charme! Wir brauchen eine gute Presse!‹ / ›Darling, ich muss noch vor Sonnenaufgang eine perfekte Pressemitteilung haben!‹, selbstverständlich zum Nulltarif. Eva konnte sich mit Fug und Recht als Kultursponsorin betrachten.

Sie zerstreute all meine Bedenken mit der Behauptung, die Korrespondenz inspiriere sie derart, dass sie schon genügend Ideen fürs nächste halbe Jahr skizziert habe! Somit erhielt Marcel P. denn doch meinen lauwarmen Segen.

Da Eva in ihrer Annonce als Wunschalter Ende zwanzig bis Mitte dreißig angegeben hatte, sah sie ihn in ihrer Fantasie als attraktiven, großen, starken, dunkelhaarigen Mittdreißiger (ganz wie selbst gebacken ...). Dass er intelligent, witzig und gebildet war, wusste sie ja bereits und bekam es täglich aufs Neue bestätigt. Er ließ sie jedoch absolut im Ungewissen über Äußerlichkeiten, sowie er seine Identität völlig im Dunkeln hielt. Zwar konnte sie aus gelegentlichen Sätzen, die Bröseln gleich Persönliches enthielten, einige Informationen zusammenpuzzeln, doch Marcel blieb gern kryptisch. Und sie wagte es nicht, gezielte Fragen zu stellen, denn sie hielt sich ja selbst mit Vorliebe bedeckt.

Ich bekam das Ganze fast hautnah mit, denn oft leitete sie seine Post direkt an mich weiter. Schrieb er etwa am Morgen: ›Schätzchen, du erwischt mich online, weil ich gerade online arbeite, also nicht, dass du denkst, ich sitze harrend, seufzend, schmunzelnd ob deiner wohltuend anregenden Post vor der Flimmerkiste. Mein Los als selbstständig denkender und handelnder Mann, ich weiß: schwer vorstellbar, bringt mich dorthin ...‹, dann zerbrachen wir uns am Abend gemeinsam den Kopf, welche konkreten Rückschlüsse sich daraus ziehen ließen.

Leonardo empfand kein großes Interesse an Marcel. Zwar bat er Eva, die Sache auch unter dem Gesichtspunkt ihres gemeinsamen Projekts zu betrachten, doch sonst war ihm das Ganze wohl zu abstrakt. Dafür erwähnte er mehrmals täglich, wie froh er sei, dass Eva bei ihm lebte. Die langen Ferientage hätten möglicherweise eine Gefahr bedeutet, wenn er sich allein in der großen Wohnung aufgehalten hätte. Bei Frau Keller, seiner Vermieterin, wäre er selbstverständlich jederzeit willkommen gewesen, aber er fürchtete einen Rückfall in kindliche Verhaltensmuster. Natürlich saßen Eva und er nicht den ganzen Tag zusammen. Leonardo ging öfter ins Institut, wo er auch Feriensprechstunden abhielt. Und dreimal in der Woche besuchte er das Fitnessstudio im ›Lago‹, dem modernen Geschäftszentrum am Hafen. Manchmal gingen sie gemeinsam in die Therme, das großartig renovierte Thermalbad mit Zugang zum See, das sie bequem zu Fuß erreichen konnten. Dort traf Leonardo meist Bekannte, denen er Eva – je nach Person – als seine Jugendfreundin oder Partnerin vorstellte. Sie machte ihn lachend darauf aufmerksam, dass er potenzielle Bewerber um ihre Gunst vergraulen könnte. Doch das war natürlich ein Witz. An dergleichen war sie nicht interessiert, denn wo sie ging, stand, lag oder schwamm, dachte sie fast ausschließlich an Marcel und formulierte im Geiste die nächste Mail an ihn.

Einmal, als sie sich allein in der Wohnung aufhielt, rief Uwe an, obwohl er offiziell Leonardos Nummer nicht wissen konnte. Zunächst glaubte er, sich verwählt zu haben, doch Eva klärte ihn auf, er sei absolut richtig. Und in sein verblüfftes Schweigen hinein teilte sie ihm mit, sie lebe jetzt mit Leonardo zusammen und es gehe ihnen beiden ausgezeichnet. Als ganz besonders erheiternd empfand sie dabei die Gewissheit, dass Uwe sie nicht ausstehen konnte. Originalton Leonardo: ›Uwe hasst dich wie die Pest.‹«

Verblüfft hatte sie sich damals nach dem Grund erkundigt, denn sie konnte sich nicht erinnern, ihm etwas angetan zu haben. Doch dem widersprach Leonardo entschieden: ›Er weiß, dass du mich immer wieder aufgebaut hast, wenn er mich endlich ganz klein am Boden hatte.‹«

Eingedenk seiner heftigen Antipathie fragte sie Uwe cyclamatsüß, ob sie etwas ausrichten könne, doch der war offenbar so schockiert, dass er ohne eine weitere Äußerung auflegte.

Leonardo war über ihr Engagement nicht ganz so begeistert wie sie selbst, fand es aber nach einem klärenden Gespräch dann doch in Ordnung.

›Aktiv werden … Glaubst du, dass wir unseren Erwartungen – entstanden aus dem faszinierenden Leuchten unserer anregenden, sich kreuzenden Geistesblitze, unseren ernsten Forschungsauftrag in Sachen Kompatibilität und deinem Esprit, Charme, Wortwitz und deiner geistigen und sexuellen Potenz, deiner zwinkernden provozierenden Weiblichkeit, deinen klaren Vorstellungen … wenn da mal der Anlauf genügt …‹ Der Rest des Marcel-Mail-Satzes blieb in der Luft hängen, aber das schien Eva nicht zu stören. Sie saugte Honig aus jedem einzelnen Wort, während ich nach einer diplomatischen Äußerung suchte, die mich die Wörter ›aufgeblasenes Geschwafel‹ vermeiden ließ. Als ich so rasch keine fand und mich lediglich gekünstelt räusperte, reagierte sie mit sanfter Ironie:

»Jaja, er hat seinen Casanova-Kurs mit bestechendem Erfolg absolviert!«

Im Stil des eben zitierten vergleichsweise mickrigen Ausschnitts aus dem Mailverkehr der zweiten Woche ging es ungebremst weiter. Eva fand die Schreibe köstlich, während ich sie zunehmend schwachsinnig fand. Aber ich genoss ja schließlich auch nicht den Status eines Objekts, Subjekts und Projekts der Verehrung und Begierde eines geheimnisvollen Unbekannten.

Jedenfalls erlosch binnen Kurzem mein Neid. Die Tatsache, dass er sich dreimal täglich meldete, fand ich zwar nach wie vor bestechend. Andererseits war ich mir nicht ganz sicher, was ich von einem Mann halten sollte, der mehrere Stunden täglich darauf verwandte, eine Frau, die er gar nicht kannte, mit seinen diffusen Gedanken und schwülstigen Komplimenten zu überhäufen. Das Verhalten meiner Freundin beurteilte ich nachsichtiger. Sie war immerhin Schreibprofi. Schreiben war für sie also ähnlich selbstverständlich wie atmen. Außerdem fasste sie sich kurz und beschränkte sich überwiegend auf kleine freche Kommentare als Zitat-Antworten.

In der dritten Woche brachte Marcel zum ersten Mal ein Treffen zur Sprache. ›Ich werde eine Woche keinen Ball mehr treffen, wenn ich dich nicht bald persönlich kennenlerne!‹

Beim Ball ging es um Tennis. Marcel war neben seinen häufigen Aufenthalten vor dem Computer anscheinend auch ein begeisterter Freizeitsportler. Wir fragten uns, wann er eigentlich arbeitete, aber Eva interessierte das nicht wirklich. Solange nur der Mailverkehr klappte. Sie war allerdings im Zweifel, ob sie Marcel wirklich schon treffen wollte. Noch wusste sie zu wenig über ihn, wollte dieses virtuelle Geplänkel noch eine Weile genießen, mehr erfahren, um sicherzugehen, dass nicht die große Enttäuschung auf sie wartete.

»Mhmm, schwierig. Heute besuche ich ein Konzert, morgen back' ich, und übermorgen hol' ich ... – du weißt schon! Und nächste Woche bin ich für ein paar Tage unterwegs.«

Er bezichtigte sie der Folter, weil sie sich ihm für eine Weile entziehen wollte. Sie lachte wegen der Übertreibung, aber sein Engagement schmeichelte ihr, da sie dergleichen noch nie erlebt hatte. Von Haus aus mit Minderwertigkeitsgefühlen überfrachtet und in der Beziehung mit Ruben vollends auf den Hund gekommen – klar, dass sie sich die schmalzig-schmelzenden Verbalpralinen mit Hochgenuss einverleibte und sonst wo zergehen ließ.

Während der nächsten drei Tage schrieb Marcel noch eifriger als bisher. Die Aussicht auf die erzwungene Abstinenz schien ihn in eine Art kreative Panik zu versetzen, Angsttriebe bei ihm ausschlagen zu lassen.

Vorrangiges Thema war nun das Treffen. Aber Eva schwankte weiterhin: ›Und wenn wir uns gegenüberstehen, werde ich mich dann, während ich zur Säule erstarre, fragen: Warum hast du dich umgedreht, Frau Lot? Oder wirst du dich fragen: Warum hast nicht geradeaus geschaut, statt dich umzublicken, Orpheus? Warum?‹

Doch Marcel versuchte, ihre Zweifel zu entkräften: ›Ich werde mich in deine Augen vertiefen. I adore you. Und wenn unsere Körper so korrespondieren wie unsere Seelen, wird rot und schwarz in grün und blau umgeschrieben. Denn ich werde aus unserem Akt auftauchen und werde es lieben. Und nie werde ich in der Lage sein, dir auch nur einen Bruchteil dessen zurückzugeben, was du mir bis jetzt schon geschenkt hast.‹

Sie empfand ein schlechtes Gewissen, weil sie fürchtete, sie habe Illusionen erweckt, die sie nie würde erfüllen können. Und nun, als das Verlassen der virtuellen Ebene bevorstand, wurde ihr plötzlich klar, dass sie in Marcel den Mann ihrer kühnsten Wunschträume sah. Und das war höchst unrealistisch. Der Mensch, der sie täglich mehrmals mit Geist, verbalen Zärtlichkeiten und frivolen Worten bedachte, war sicher nicht der junge Adonis mit edlem Gesicht und von großer sportlicher Gestalt. Sie wurde etwas zurückhaltender, was ihm nicht zu entgehen schien, denn er drängte in einer um vier Uhr morgens verschickten Mail: ›Vorhin ist es passiert: Du bist in meinem Traum erschienen, in meinem Schlaftraum. Im Tagtraum kann ich dich nicht mehr wegdenken, geschweige denn ohne dich sein!!! Und schon spüre ich wieder meine Sehnsucht nach dir. Ich werde als Sternschnuppe in dir verglühen, denn ich erfahre, wie alle deine Sinne mich begehren, verführen, wenn du mich anschaust, deine Augen mich erkennen, dein Blick mich entkleidet, du deine Lippen zärtlich öffnest, mich ganz umfasst und bis an dein warmes Herz fühlst. – Wann, wo und wie treffen wir uns endlich?‹

Spätestens nach dieser Mail stand meine Meinung fest, dass der Typ nicht korrekt verschraubt sein konnte und sich meine Freundin möglicherweise in Gefahr begab, wenn sie ihn traf.

Deswegen redete ich mit Engelszungen auf sie ein, sich das Treffen reiflich zu überlegen und keinesfalls allein dahin zu gehen. Sie schenkte mir tatsächlich Gehör und versprach, nichts zu überstürzen.

Als er ihr den telefonischen Kontakt verweigerte, war sie tief gekränkt. Die Stimme eines Mannes ist für uns beide gleichermaßen wichtig, und außerdem waren wir übereinstimmend der Meinung, ein Gespräch von wenigen Minuten könnte weit mehr über einen Menschen verraten als hundert Briefe. Wer einen Brief verfasst, kann sich aussuchen, was er preisgibt. Im Gespräch ist ein Ausweichen weit schwieriger und zudem verräterisch.

Aber eben das konnte ja der Grund sein, warum Marcel nicht vor einem Treffen mit ihr sprechen wollte. Andererseits gab's ja auch keine Schlupflöcher mehr, wenn sie sich trafen. Hatte er vielleicht eine Fistelstimme oder einen Sprachfehler? Oder war er etwa ein Triebtäter, dem das eine Mal genügte, weil er sie dann in der Falle hätte?

Wir zerbrachen uns gemeinsam den Kopf, kamen aber lediglich zu der Ansicht, dass er mit Sicherheit etwas zu verbergen hatte. Zwei Tage vor ihrer geplanten Abreise kam eine Mail, in der Marcel mitteilte, er habe beschlossen, sie zu treffen. Er gab auch Ort und Zeitpunkt an. So ganz, als hätte sie ja ohnehin seit Jahren nichts anderes geplant, als sich mit ihm zu verabreden, wenn er ihr dann den Marschbefehl erteilte. ›Morgen, eins, am Rheinfall. Neutrales Land, neutraler geht's nicht. Mit dem Vorteil, dass die hohe Luftfeuchtigkeit meine nassen Augen verschleiern wird, wir einen Spaziergang machen können, nachdem du mir wieder das Laufen beigebracht hast. Und so sich denn dein Daumen senken wird, kann ich mich unverzüglich in die Fluten stürzen.‹

Jaja, ich weiß, was Sie jetzt denken! Wir sind hier sehr wohl einer Meinung. Aber in unseren Brüsten schlägt ja nicht Evas Herz, und durch unsere Adern wallt nicht Evas Blut.

Dennoch ließ sie ein winziges Fünkchen Vernunft durchblitzen: Sie versprach, ihm einen Korb zu geben, obwohl sie es hätte einrichten können, denn von selbstherrlicher Terminplanung hatte sie noch aus ihrem Elternhaus die Schnauze voll.

Klar, dass ich sie beglückwünschte und hoffte, mit ihrer Absage könnte sie dem Kerl die Flügel stutzen.

Als sie jedoch ins Internet eintauchte, um ihre Absage zu versenden, traf sie auf Marcels Mitteilung, ihm sei etwas dazwischen gekommen, das Treffen müsse an einem anderen Tag stattfinden.

Der Triumph der Verweigerung schmolz wie Eis in der Mittagssonne.

Es folgten Mails, in denen er Eva tatsächlich das Recht auf Mitsprache bei der Termingestaltung einräumte. Aber nun zeigte Eva eine gewisse, und meine Hoffnung auf Genesung nährende, Bockigkeit. Sie wollte sich erst nach ihrer Rückkehr entscheiden, was angeblich Marcels absurde Trennungsschmerzen ob ihrer angekündigten Abstinenz ins fast Unerträgliche steigerte.

Eva nahm die Autofähre nach Meersburg, um in Friedrichshafen abzufliegen. Als sie an die Reling des Oberdecks gelehnt auf den See blickte, ging ihr Marcels letzter Schrieb noch durch den Kopf. ›Mir legte die Wehmut die Konsequenzen zu Füßen. Deine Stimme zu hören, könnte das Ende des Spiels mit der Leichtigkeit bedeuten. Aber so wird es nicht sein, niemals, sagt meine weise Seele. Und mein Herz …‹

Die Anspielung auf Javier Marias' Roman entzückte, die Sturheit, mit der er ihr ein Telefongespräch verweigerte, ärgerte sie.

Entgegen ihrer sonstigen Gewohnheit ließ sie stets das Handy eingeschaltet. In der Hoffnung, er könnte sich doch eines Besseren besinnen und sich bei ihr melden. Mit jeder Minute, die sie nun vergeblich wartete, wuchs ihr Ärger über sich selbst und mit jedem Anruf unerwünschter Dritter die Wut auf Marcel.

Dann allerdings drückte sie die emotionale Umschalttaste und rief sich seine verbalen Abschiedszärtlichkeiten in Erinnerung. Die stimmten sie sogleich gewogen: ›Noch nie habe ich ein so sprühendes, faszinierendes, wundervolles, liebenswürdiges, anbetungswürdiges, hinreißendes, vergnügliches, lustvolles, allumfassend weibliches briefliches Gegenüber gefunden. I'm forever on fire because only you can satisfy my desire. All my love! Du fehlst mir schon jetzt!‹

Na bitte, das war doch was! Auch ein Bruchteil dieser Bekundungen hätte sie, wie vermutlich die meisten Frauen, in Hochstimmung zu versetzen vermocht.

Sie schaute sich alle männlichen Passagiere an Bord an. Wem traute sie dergleichen Briefe zu? Keinem einzigen! Marcel war ein wunderbares Unikat. Vermutlich einer der wenigen Männer auf dem Erdball, der sie in vollem Umfang zu schätzen wusste und der mit ihr exakt auf derselben Wellenlänge lag. Natürlich wollte sie ihn in Fleisch und Blut erleben – nein, sie musste! Das Schicksal lässt nicht den idealen Partner in dein Leben treten, auf dass du ihn nie mit allen Sinnen wahrnimmst.

Wenn sie nur vorher mehr darüber hätte in Erfahrung bringen können, was sie erwartete! Vielleicht würde er sich ja doch noch rumkriegen lassen, sie anzurufen – nächste Woche, nachdem sie vier Tage nichts voneinander gelesen hatten und seine Sehnsucht hoffentlich stärker war als seine grausamen Prinzipien.

5

Szenen einer dreifältigen Frauenfreundschaft II

Eva, Sibylle und ich sind in Sibylles Wohnzimmer präsent.

Sibylles Wohnzimmer, ihr Penthouse überhaupt, Scheidungstrophäe aus ihrer zweiten Ehe mit einem Bauunternehmer, war schon häufig in einschlägigen Hochglanzmagazinen abgebildet. Es ist ein großer heller Raum. Das Tageslicht fällt von zwei völlig verglasten Seiten ein. Bei Nacht sorgt das entsprechende Lichtdesign für die nötige Erhellung. Der Raum ist überwiegend mit weißen oder durchsichtigen Möbeln ausgestattet, was ihm, Zitat eines Design-Blattes: ›eine geradezu metaphysische Transluzidität verleiht.‹ Mein Po hat zu diesem Thema ja eine eindeutig weniger positive Meinung. Auf Plexistühlen – mögen sie noch so transluzid und ihr Design auch preisgekrönt sein – sitzt er eindeutig unbequem und ungern. Aber zum Glück gibt es auch ein sowohl edles als auch bequemes Möbelstück: Sibylles Sofa, das mit geschmeidigem naturweißem Leder bezogen ist.

Dass in diesem milchig-gläsern-durchscheinenden Ambiente Blumenarrangements und eine raffiniert in eindrucksvollen Farben gekleidete Hausherrin ganz vortrefflich zur Geltung kommen, ist der tiefere Grund dieser zurückhaltenden Blässe des Interieurs.

Nun also lümmelt Sibylle neben mir auf dem famosen Sofa, während Eva uns gegenüber auf dem Riesenbildschirm des hypermodernen Fernsehers zu sehen ist.

Ihrer vorletzten Glosse, in der sie sich genüsslich über die unterschiedliche Interpretation ein und desselben Wortes bei Mann und Frau ausließ, verdankt sie die Einladung zu einer Gesprächsrunde im Fernsehen. Die Talkshow, die in Berlin aufgezeichnet wird, ist vermutlich die zigtausendste über den Themenkomplex der Beziehung zwischen den Geschlechtern, aber das Thema ist eben auch seit Menschengedenken aktuell. Und diese Sendung ist beliebt wegen der entspannten Gesprächsführung des Moderators und der zumeist gelungenen Mischung von Gästen. Ein Pfarrer, eine Ex-Prostituierte, ein Psychologe, eine Gymnasiastin und ein Medizinstudent sind mit Eva zu der Runde geladen. Sie weiß, dass wir in Gedanken bei ihr sind und ihr die Daumen drücken und natürlich zuschauen. Das leichte Zwinkern in die Kamera, als sie vorgestellt wird, gilt eindeutig uns. Kurz zuvor hatte sie noch angerufen und gestanden, sie kämpfe mit Nervosität und Magendrücken. Aber davon ist jetzt nichts mehr zu sehen. Sie sieht toll aus und brilliert.

»Die wohnen doch alle im selben Hotel?«, erkundigt sich Sibylle.

»Vermutlich schon.«

»Dann hoffe ich, dass sie heute Nacht im Zimmer des Studenten landet – oder er in ihrem!«

»Warum das denn?«

»Weil ich vermute, dass es ihr verdammt guttäte, mal einfach so mit einem hübschen, jungen, potenten Typen zu schlafen. Ohne allen Ballast und weitere Verpflichtungen.«

»Das wird sie mit Sicherheit nicht tun.«

»Wieso? Der Typ wirkt wohlerzogen und ein bisschen verklemmt. Er wird sicher keine Indiskretionen begehen.«

»Sie wird's nicht tun, weil neben magic Marcel kein Raum für einen anderen ist …«

Sibylle schüttelt den Kopf in gespielter Verzweiflung. Die Show ist in vollem Gange, aber lediglich wenn Eva spricht, kann ich ungestört zuhören. Von dem, was die anderen sagen, erreichen leider nur Satzfetzen mein Ohr, da Sibylle die ganze Zeit quasselt. »Sie sieht wirklich toll aus. Die Maskenbildnerin versteht ihren Job. Ich sag ja immer, Eva ist der Typ Juliette Binoche – aber eben mit verstärkt intellektuellem Charme. Doch warum – um Himmels willen – muss sie eine Brille auf die Nase setzen?«

»Wegen ihrer Augen.«

Eva hat hinreißend erotische dunkelgrüne Augen. Viele Männer fühlen sich direkt aufgefordert, wenn sie nur von ihr angeschaut werden. Sie hat mir anvertraut, das sei ihr sehr unangenehm. Und die Brille stelle zumindest einen gewissen Filter dar. Überdies verkleinern die konkaven Gläser ihre Augen ein wenig und entschärfen sie somit. Das heißt, sie schärfen zwar die Sicht, entschärfen aber den Eindruck. Kontaktlinsen haben eher den gegenteiligen Effekt. Eva hat alle Sorten ausprobiert, harte, weiche, superweiche und hyperdurchlässige. Aber mit Linsen muss sie mehr blinzeln, weil Bindehaut und Lider sie eben doch als Fremdkörper wahrnehmen. Oder sie reißt unbewusst die Augen zu weit auf, um zu vermeiden, dass ihre Lider die Linsenränder berühren. Beides führt sehr leicht zu Missverständnissen. Aber Sibylle hätte für dieses Argument natürlich kein Verständnis. Sie würde höchstens sagen: ›Männer – Wolken! Wenn es zu viele sind, musst du eben dafür sorgen, dass sie sich verziehen.‹ Deswegen sage ich auch weiter nichts.

»Haha, klar wegen der Augen! Wegen ihrer Kniescheiben wohl kaum …«

Ich sage: »Bscht!«, weil Eva wieder dran ist und ich zumindest ihr zuhören will. Mir ist bewusst, dass es Leute gibt, die alles Mögliche gleichzeitig können, sie essen, kopulieren, telefonieren, sehen dabei fern und wischen womöglich noch Staub oder lackieren sich die Fußnägel. Ich kann das nicht. Ich tu entweder das eine oder das andere. Und zwar mit Hingabe oder doch zumindest mit Konzentration. Und ich bilde mir ein, dass dabei dann auch ein gutes Ergebnis rauskommt. Aber vielleicht ist das ja nur eine Schutzbehauptung, weil ich eben nicht über die besondere Begabung des Multitasking verfüge. Sibylle isst Schokoschaumcreme (light), blättert in einer Illustrierten (sehr light), trinkt irgendein Eiweißgesöff (light), redet unablässig und sieht dabei fern.

Ich besitze selbst keine Glotze. Doch wenn ich mich – etwa in Evas Wohnung – zum Fernsehen entschließe, dann möchte ich es ungestört und mit voller Aufmerksamkeit tun. Aber das ist mit Sibylle nicht drin. So kämpfe ich drum, wenigstens Eva zuhören zu können.

»Erziehung, soziokultureller Erfahrungshintergrund, individuelle Fantasie – klar, das spielt alles eine Rolle«, sagt sie und nimmt damit offenbar Stellung zur Aussage des Psychologen. »Aber ich sage, es ist auch das Ypsilon.«

»Wollen Sie damit andeuten, dass Missverständnisse zwischen Mann und Frau genetisch programmiert sind?«, fragt der Student. Er sieht wirklich gut aus und hat auch noch eine angenehme Stimme. Auch ich würde ihn ihr gönnen. – Mir übrigens auch!

»Ich will nicht ausschließen, dass zumindest eine Disposition vorhanden ist. Ein X-Chromosom besitzt fünftausend Gene, Bruder Y nur dreißig. Das heißt, Frauen haben viertausendneunhundertsiebzig Gene mehr als Männer. Könnte es da nicht sein, dass wir differenzierter denken, fühlen, handeln?« Sie lächelt verschmitzt und lenkt, während sie vom einen zum anderen blickt, versöhnlich ein: »Aber bitte, ich bin weder Biochemikerin, Psychologin oder Theologin, sondern Sprachwissenschaftlerin. Und aus meiner Erfahrung kann ich sagen, Männer und Frauen benutzen zwar dieselben Worte, belegen sie jedoch mit unterschiedlichen Inhalten. Und dafür könnten unter anderem doch wohl auch die Chromosomen verantwortlich sein …«

»Na, das möchte ich so aber nicht stehen lassen«, protestiert der Psychologe, doch Eva hebt, ihm Einhalt gebietend, die Hand. »Moment bitte, ich war noch nicht fertig: Da wir mit der Gabe des Wortes gesegnet sind …«, hier wird der Pfarrer eingeblendet, der ihr ein wohlwollendes Lächeln schenkt, »steht uns immerhin die Möglichkeit offen, uns miteinander abzustimmen und gegenseitig aufzuklären.«

»Allso, wenn isch wat von de Männer jelernt hab, dann isset, datt de klipp un klar sare muss, watte wills, sons krieste jarnix«, sagt die ehemalige Prostituierte, die in einem Projekt für Aussteigerinnen engagiert ist.

»Bitte sehr, meine Worte«, ruft Sibylle, die anscheinend während ihrer Nebenbeschäftigungen tatsächlich alles mitbekommt. »Klar ist es einfacher zu sagen, ich will dies, und das da will ich nicht. – Einfacher, da primitiver. Und Männer sind nun mal primitiv. Darauf müssen wir uns einstellen. Es ist doch ein kompletter Blödsinn, sie so verändern zu wollen, dass sie uns verstehen oder sich am Ende unsere Denkweise zu eigen machen. Ts, lächerlich! Das ist genauso sinnlos, wie wenn du 'ner Sau ein Ballettröckchen anziehst und erwartest, dass sie sich wie 'ne Tänzerin bewegt.«

Im Anschluss folgt wieder einmal eines ihrer überaus kompetenten Referate über den sinnvollen Umgang mit Männern, das mit zahlreichen mir inzwischen wohlbekannten persönlichen Anekdoten gespickt ist. Da ich alles schon kenne, schweife ich in Gedanken ab. Habt Erbarmen mit den Männern!, möchte ich gelegentlich sagen (ohne allerdings Monsieur de Montherlant meine Reverenz zu erweisen).

Wie Eva bin ich der Meinung, dass der Dialog zwischen den Geschlechtern sehr wichtig ist. Klar sehen Männer viele Dinge anders als wir. Und viele unterstellen uns aus ihrer Sicht heraus dieselbe Sichtweise wie die ihre. Aber ich sehe darin weniger bösen Willen als Gedankenlosigkeit oder mangelndes Einfühlungsvermögen. Denn oft vermasseln sie sich mit der Tour ja selbst jegliche Aussicht auf Erfolg.

Der Pfarrer spricht eine ganze Weile mit einem Gesichtsausdruck, der bei jedem Beruferaten zu einem klaren Ergebnis führen würde. Die Gymnasiastin erzählt etwas mit ernster Miene, der Psychologe fuchtelt mit den Händen herum, die Ex-Hure sagt noch etwas, worüber alle lachen, was ich auch gern getan hätte. Aber meine Gastgeberin ist nicht zu bremsen. Vielleicht wirken ihre stetigen Attacken auf mein Hirn ja doch noch eines Tages zu meinem Vorteil. Schließlich kommt sie wirklich besser zurecht als ich. Während sie weiter palavert, spricht der

Medizinstudent. Eva lächelt ihn ganz reizend an und ergreift das Wort. Sibylle bremst das ihre.

»… dann rate ich Ihnen, genau das zu praktizieren«, worüber wieder die ganze Gruppe lacht. Ich kann aber leider nichts damit anfangen, da ich den Zusammenhang nicht erfasst habe. Zu guter Letzt verkündet der Moderator noch ein harmonisierendes Schlusswort und dann ist der Zauber vorbei. Kurz darauf klingelt das Telefon.

»Das ist Eva«, vermute ich. »Soll ich rangehen?«

Sibylle nickt. Meine Vermutung trifft zu. Ich drücke auf die Lautsprechertaste.

»Habt ihr alles gesehen?«

»Ja, du warst toll!«

»Klasse!«, ruft Sibylle, »und hervorragend geschminkt. Ich hoffe, du hast dir jeden Handgriff gemerkt.«

»Natürlich nicht. Ich war doch viel zu aufgeregt. Aber jetzt werden wir wieder abgeschminkt und dann gehen wir alle was essen.«

»Hast du es eilig? Musst du gleich auflegen?«

»Nein, hat noch Zeit. Es sind nur zwei Maskenbildnerinnen für uns alle da.«

»Bleib so, wie du bist!«, ruft Sibylle, »und du wirst dich vor Verehrern kaum retten können!«

Eva lacht. »Das will ich ja gerade vermeiden. Übrigens ist David mit in die Show gekommen.«

»David?«

»David de Marco, der Illustrator. Ich hatte gestern im Flieger eine Idee für eine neue Wolli-Episode. Ausnahmsweise nicht aus Leos, sondern aus meinem eigenen chaotischen Liebesleben.« Sie kichert. »Na ja, und das brachte mich darauf, mich bei ihm zu melden, wenn ich schon mal in Berlin bin. Er hat sich mordsmäßig gefreut, und da er nichts anderes zu tun hatte, ist er mit in die Show gekommen. Es brauchte zwar ein paar Sätze, um für ihn eine Gästekarte zu ergattern, aber schließlich hat's geklappt. Er saß in der dritten Reihe und hat mich immer aufmunternd angelächelt. Jetzt kommt er noch auf einen Umtrunk mit. Er ist ein ganz Netter. Ich glaube, ich werde ihn mit Leonardo verkuppeln.«

Typisch Eva. Wo sie geht und steht, denkt sie daran, wie sie anderen zu ihrem Glück verhelfen kann.

»Denk lieber an dich selber!«, dröhnt Sibylles Ratschlag.

»Also, wie war das mit dem neusten Cartoon?«, erkundige ich mich.

Sie kichert. »Auf dem ersten Bild sitzt Wolli am Schreibtisch vor dem Computer und verfasst mal wieder eine E-Mail. In der Denkblase steht: ›Und wie, lieber Theo, darf ich mir dich vorstellen?‹ Auf dem zweiten Bild sehen wir – ebenfalls vor dem Computer – einen total hässlichen, mickrigen Typen. In seiner Denkblase steht: ›Meine Freunde nennen mich Adonis oder Apollo.‹ Dann siehst du wieder Wolli. Er träumt, sieht einen Jüngling vor sich – Michelangelos David. Auf dem nächsten Bild erscheint wieder Theo, der in die Tasten haut. Mit dem Text: ›Aber du darfst Champ zu mir sagen.‹ In Wollis Fantasie verwandelt sich David in einen posierenden Muskelprotz.

Auf dem letzten Bild sehen wir wieder Theo. Hinter ihm geht eine Tür auf und ein anderer Typ ruft: ›Hey, Fuzzi, nennst du das etwa Klo putzen?‹«

»Ulkig«, sage ich und Sibylle lacht. Ich bin mir sicher, dass die Idee mit Davids Illustrationen weitaus komischer wirken wird, als Evas Worte das jetzt vermuten lassen. Vielmehr begeistert mich allerdings, dass Eva ihre eigenen Interneterfahrungen aufs Korn nimmt. Darüber zu lachen ist der effizienteste Schritt zur Besserung. Vielleicht berauben dergleichen lästerliche Visionen den schillernden Marcel doch ein bisschen seines faszinierenden Glanzes.

»Ich glaube, ich komme gleich dran! Schönen Abend noch euch beiden!«

»Dir auch! Und tu dir was Gutes und vernasch den Studenten!«, ruft Sibylle von der Couch aus.

Eva lacht und lässt einen Schmatz vernehmen.

»Wegen der Brille muss ich wirklich mal ein Wörtchen mit ihr reden.«

»Das kannst du zwar tun, aber es wird nichts nützen. Ihre Mutter tutet ja schon seit Jahren in das Rohr. Sie meint, ohne Brille hätte Eva längst einen Mann gefunden. Worauf Eva kontert, blinde Hühner fänden zwar auch Körner, aber sie könnten die guten nur schwerlich von den vergammelten unterscheiden.«

»Mein Gott, dann soll sie eben Linsen tragen. Das tun wir ja schließlich auch.«

»Ja, aber sie ist nicht so dafür. Im Übrigen weiß ich wirklich nicht, was du hast. Heute gelten Brillen doch als schick. Und Eva steht ihre sehr gut. Diese Vorurteile über Brillenschlangen und Blaustrümpfe sind doch nun wirklich obsolet.«

»Das schon, aber 'ne Brille ist nun mal nicht sexy.«

»Rote Augen auch nicht. Mich stößt jedenfalls eine Brille nicht ab.« Ich verzichte darauf, ihr zu gestehen, dass ich zu Hause auch immer eine Brille trage. »Eva hat übrigens erzählt, stark fehlsichtige Männer seien die besseren Liebhaber …«

Nun schaute Sibylle aber verblüfft drein.

»Ja, die sind mehr darauf angewiesen, ihre Hände zum Einsatz zu bringen.«

»Es lebe der Maulwurf.«

»… abgesehen davon habe ich mal gelesen, dass es Männer gibt, die von Brillen geradezu fasziniert sind, weil sie die beiden Gläser mit den Brüsten assoziieren.«

»Na ja, ein Perverser muss es ja auch nicht gerade sein! Apropos – hinter so einem Internetheini kann sich doch wer weiß was verbergen.«

»Sicher. Aber wenn ihn Eva am helllichten Tag in der Öffentlichkeit trifft, geht sie wohl kein allzu großes Risiko ein.«

6

Eva blieb, wie geplant, drei Tage in Berlin. Im Hotel konnte sie ihr Zimmer zu den Konditionen verlängern, die der Sender erhielt. Sie begann die Tage mit schwimmen im Pool, besuchte Museen und die Staatsoper, ging mit David ins Kabarett und erstand ein paar Schnäppchen in einem Laden für Designermoden aus zweiter Hand. David, der sich gerade nach einer etwas größeren und schöneren Wohnung umsah, lud sie ein, das nächste Mal bei ihm zu wohnen und versprach ihr, sie bald in München oder Konstanz zu besuchen.

Nach ihrer Heimkehr sah sie umgehend im Spezialpostfach nach, über das sie ausschließlich mit Marcel korrespondierte. Die Übersicht verzeichnete sieben Eingänge. Ihr Puls beschleunigte sich. Sie klickte auf Posteingang und registrierte mit tiefer Enttäuschung, dass es sich ausschließlich um Werbung handelte.

Drei Tage lang hatte Marcel sich nicht gemeldet! Und vorher mindestens dreimal am Tag. War er krank? Verreist? Tot? Oder noch schlimmer: ihrer überdrüssig? Sie las ihren letzten Schrieb kritisch durch, konnte aber keinen Anhaltspunkt für Äußerungen finden, die ihn beleidigt, vergrault oder abgeschreckt haben könnten. In der Nacht, nachdem sie mit Leonardo zu Abend gegessen und die Ereignisse der vergangenen Tage durchgekaut hatte, setzte sie sich an ihren Schreibtisch und verfasste einen besorgten Brief an Marcel.

Am nächsten Abend, nachdem sie zigmal nachgeschaut hatte, fand sie endlich eine Sendung von ihm im Postfach. Doch als sie die Betreffzeile las, gefror ihr das Blut. ›Schuld ist nur das Ypsilon‹, stand da. Der Titel ihrer Glosse. Ein kleiner Hoffnungsschimmer glomm auf: Vielleicht handelte es sich nur um eine Anspielung! Weil Marcel zufällig die Glosse gelesen oder die Sendung gesehen hatte, zitierte er nun vielleicht ihren

Titel, der ihm gerade passend erschien. Schließlich war es eine beliebte Marotte von ihm, in seinen Mails mit den eigenen Unzulänglichkeiten zu kokettieren. Als sie die Post öffnete, war allerdings jedes Schlupfloch verstopft. Marcel hatte sie in der Sendung gesehen und an ihren Worten erkannt!

›Liebe Eva/Ariadne, verzeih die lange Auszeit, aber ich wurde in nicht mehr restaurierungsfähigem Zustand vom Feld getragen, denn es hat mich umgehauen. Im Virtuellen werde ich wohl eines Tages wieder spielen können, wenn ich das Härtungsbad überstanden habe und dein weises Herz wird es schon geahnt haben: Deine erwünschten Kriterien kann ich nicht erfüllen. Weder bin ich Mitte dreißig, noch strebe ich eine gesetzliche et cetera mit dir an, aber dies auch nur deshalb nicht, weil ich sonst in eine rechtliche Zwickmühle geriete. So verzeih meine Lust am Spiel, aber deine Zeilen waren so reizend provozierend, dass meine Finger einfach losspielten, und sich erst so spät meine frühe Ahnung bestätigen konnte. Ich lese von dir schon seit Jahren! Nur die verspielte Selbstverliebtheit in mein Wortgeklingel ließ meinen an sich wachen Verstand einfach außen vor. Und so werde ich dich denn auf der sunny side of the street aus dem Schatten beobachten. Denn ich liebe den Schatten. Er lässt mich klar sehen, und ich kann die Strahlen deiner Sonne besser ertragen. Verzeih meine Schwäche, aber ich bin halt nur ein glatthirniger Mann.‹

Der weitergeleiteten Mail des Plauderkönigs folgte eine verzweifelte von Eva. Ich hielt jedoch für einen Moment inne und ließ die Lektüre auf mich wirken. War es nicht zum Piepen grotesk? Nachdem das eigentlich Selbstverständliche eingetreten war, nämlich, dass er erfahren hatte, an wessen Adresse er seine Liebeserklärungen, Komplimente, Bekenntnisse und sonstigen Ergüsse abgesetzt hatte, wollte dieser seltsame Typ sich verdrücken. Das bewies für mich wieder einmal in aller Deutlichkeit das Widersinnige der Partnersuche per Internet. Das Pferd wird am Schwanz aufgezäumt. Bevor die Menschen herausfinden, ob sie sich überhaupt riechen können, tauschen sie bereits intimste Informationen aus, die jedoch weit weniger mit einer real existierenden Persönlichkeit zu tun haben als mit dem Wunschbild von einer Partnerin oder einem Partner, das die Leute in sich tragen.

Bei allernächster Gelegenheit wollte ich mit Eva darüber sprechen. Dann, wenn ich ihr auch dazu gratulieren würde, dass der Heini von sich aus eingesehen hatte, dass er nicht gut genug für sie war.

Doch als ich ihr Begleitschreiben zu Marcels ›Abschiedsbrief‹ las, wurde mir klar, dass dieses Unterfangen nicht gar so simpel sein würde.

›Liebe Eliza, nun, was sagst du dazu? Mir geht es grauenhaft! Ich fühle mich, als hätte er mich mit dem Knie in den Magen getreten. Fast eine Stunde lang saß ich gekrümmt vor meinem Notebook, drückte die verschränkten Unterarme gegen den Leib, las diese Zeilen immer wieder aufs Neue und fühlte mich speiübel. Nun bin ich zumindest wieder fähig, Arme und Finger zu bewegen. Als Erstes habe ich versucht, dich anzurufen, aber du warst nicht da. Also schreibe ich dir, bitte dich um Rat – oder doch zumindest Gehör.‹

Es klingt vielleicht roh, aber trotz des aufkeimenden Mitgefühls für meine Freundin und der Wut auf den Mann, der sie so leiden ließ, konnte ich der Geschichte doch auch eine Menge Komik abgewinnen. Aber das wollte ich geflissentlich für mich behalten. Auf die Schnelle interpretierte ich für mich Marcels Brief. Er bestand überwiegend aus Geschwafel. Interpunktion und Großbuchstaben (ich hab den Käse korrigiert. Meinen geneigten Leserinnen und geschätzten Lesern zuliebe – und weil mir selber die roten Schlangenlinien meines Korrekturprogramms auf die Nerven gehen) sparte sich der Herr grundsätzlich, dafür ging er umso großzügiger mit dem Personalpronomen ich um, was meine Einschätzung bestärkte, er handle unter masturbatorischen Motiven. In dieses Bild passte es dann auch recht gut, dass ihn plötzlich der Mut verließ, als Eva sich als eine real existierende Person entpuppte. Ob er ihre Kolumnen beim Friseur las oder seine Frau das Blatt abonniert hatte, in dem sie erschienen? Egal, er war jedenfalls eingeknickt. Ist sie zu stark, bist du zu schwach, dachte ich, verbat mir aber sogleich, mit diesem Idioten in inneren Dialog zu treten. Stattdessen griff ich zum Telefon und rief Eva an.

»Ich fühle mich so gekränkt, gedemütigt und im Stich gelassen!«, jammerte sie.

»Gedemütigt fühlen musst du dich nicht. Er ist doch derjenige, der sich vor lauter Demut nicht unter deine Augen traut – aus Furcht vor deinem Glanz!«

»Das ist doch Geschwätz.«

»Ganz ohne Zweifel.«

»Bestimmt gefalle ich ihm nicht, findet er mich potthässlich.« Bitte sehr, da war er wieder, der alte, wirksam eingeimpfte Komplex. Danke, Frau Gallus, danke, Herr Dr. Gallus, ihr liebevollen Eltern!

»Eva, das ist kompletter Stuss. Aus Marcels Geschwafel spricht doch nur die Angst, dir nicht genügen zu können.«

»Warum lässt er nicht mich entscheiden – oder zumindest mitreden?«

»Weil er sicher ist, dass er ohnehin keine Chance bei dir hätte. So nimmt er lieber Abstand, um deinem gesenkten Daumen zu entgehen. Vielleicht ist er ja mickrig und hässlich, hinkt, stinkt und stottert. Alles möglich. Zwei Fakten wissen wir nun allerdings sicher: Er ist ein Stück älter als du und verheiratet. Lies seine Zeilen mal genau. Er kann keine gesetzlich legitimierte Verbindung anbieten – bla bla bla – weil er sonst in eine rechtliche Zwickmühle geriete. So steht's wörtlich da. Wenn du willst, kannst du das sogar als theoretischen Antrag interpretieren, den lediglich ein bis ans Lebensende geleisteter Schwur verhindert.«

»Ist doch Schwachsinn!«

»Hm, ja. Ich wollte es nicht so deutlich sagen.«

»Sag mir ruhig alles! Es kann nur besser werden.«

»Nimm's als der berühmte Homo ludens, den er immer bejubelt!«

»Das kann ich nicht. Dafür ist meine Fantasie schon zu konkret. Und dafür habe ich auch zu viel Zeit in diese Geschichte investiert.«

»Er aber noch mehr Gesü…«

»Mag ja sein, aber trotzdem hat er nicht das Recht, jetzt April, April zu sagen und alles hängen zu lassen. Ich hasse es, wenn Leute was versprechen und es dann nicht halten!«

»Das geht mir genauso, aber jetzt lass uns die Dinge doch mal nüchtern sehen: Du bist intelligent, umwerfend erotisch, witzig, jung, schön, beliebt und bekannt.«

»Danke für die Blumen!«

»Nichts zu danken, ist mein voller Ernst. Aber sag mal ehrlich: Womit sollte dich noch einer beeindrucken?«

»Er hat mich doch schon beeindruckt! Mit seinem Esprit, mit seinem Humor, seiner Fantasie, seiner Bildung, seinen zärtlichen Worten, seinen erotischen Anspielungen.«

»Sicher, und das weiß er auch. Aber bis vor ein paar Tagen hättest du noch ein unbekanntes Mauerblümchen sein können oder eine geistreiche Vogelscheuche. Da rechnete er sich Chancen aus, betrachtete seinen Ehering als größten vorstellbaren Schönheitsfehler. Dass Männer sich darüber ziemlich lässig hinweg setzen, wissen wir ja beide. Nun hat er aber geschnallt, dass du in einer anderen Liga spielst.«

»Meinst du?«

»Ja, das meine ich. Dumm ist er ja nicht.«

»Na, wenigstens lässt du noch ein gutes Haar an ihm.«

»Eva was soll das? Stell mich jetzt nicht hin wie einen Habicht, gegen den du als Gluckhenne dein Küken verteidigen musst!«

»Entschuldige, das geschah unbewusst.«

»Ganz offen gesagt: Sei froh, dass es so gekommen ist!«

Sie war sich da noch nicht so sicher, wollte aber darüber nachdenken und kam schließlich zu der Erkenntnis, dass ihre

Pein zumindest Stoff für Leonardos Projekt abwarf. Der hatte dann auch, als Eva nicht mehr ausschließlich mit Herzchen in den Augen über ihre Korrespondenz mit Marcel sprach, ein weit geöffnetes Ohr. Mit Sicherheit genoss er es sogar, sich die Berichte über ihre Seelenqual anzuhören. Endlich war er auch einmal der Starke in ihrem Duo.

Vielleicht sollte ich hier mal was richtigstellen. Wenn ich es mir recht überlege, habe ich Leonardo aus meinem subjektiven, von Eifersucht getrübten Blickwinkel heraus bislang eher karikiert als beschrieben und bin ihm in keiner Weise gerecht geworden. Im Gegensatz zu meinem schiefen Bild des Weicheis und Neurotikers handelt es sich bei ihm um einen wertvollen, liebenswürdigen, gut aussehenden Menschen, den nicht nur sein eigenes chaotisches Leben bewegt, sondern der sich durchaus auch für interessante soziale Projekte engagiert.

Zwar war ihm Evas Anwesenheit wichtig und nützlich, aber – entgegen Sibylles Unterstellung – war er keiner von denen, die Eva schamlos ausnützten. Er verlangte keine Miete von ihr und hatte, bevor sie kam, alles so weit geregelt, dass sie über ihre eigene Telefonnummer und einen Internetanschluss verfügte. Und das alles nicht etwa, weil er im Geld schwamm, sondern weil er ihr auch eine Freude bereiten wollte. Im Grunde lebt er ziemlich bescheiden, besitzt kein eigenes Auto, isst in der Mensa und kocht während der Ferien selbst. Für die Wohnung bezahlt er allerdings relativ wenig Miete. Dafür hilft er jedoch im Garten und geht des Öfteren seiner Vermieterin zur Hand. Auch diese alte Dame, Frau Keller, ist Witwe. Sie hat keine Nachkommen. Deshalb hat sie die hübsche kleine Jugendstilvilla in der dritten Zeile hinter der zauberhaften Seestraße auf Rentenbasis mit lebenslangem Wohnrecht veräußert. Nun bekommt sie jeden Monat mehr dafür, als sie ausgeben kann. Deswegen war es ihr wichtiger, einen Menschen im Haus zu haben, der ihr genehm ist als einen, der viel bezahlt. Sie ist zwar schon über achtzig, aber noch sehr vital und an vielen

Aspekten des Lebens interessiert. Die Gespräche mit Leonardo regen sie an und halten ihren Geist für aktuelle Themen wach, mit denen sie ansonsten nur im Fernsehen konfrontiert würde.

Leonardo hat sie auch schon in Seminare mitgenommen, wo sie den jungen Leuten Auskunft über die Lebensumstände vor fünfzig, sechzig, siebzig Jahren erteilte. Mit großer Spannung hatten vor allem die Studentinnen zugehört, als sie von ihrem Studium erzählte. Leonardo plant nun, an der Uni verstärkt integrative Projekte voranzutreiben, bei denen alte mit jungen Menschen zusammenkommen und gemeinsam wissenschaftlich arbeiten können.

»Da kommt weitere Pressearbeit auf dich zu«, verkündete er Eva, als er ihr von dem Vorhaben erzählte. »Nur wenn wir damit an die Öffentlichkeit gehen, können wir erreichen, dass sich die Dinge etwas schneller bewegen als das sonst auf dem lahmen Dienstweg üblich ist.«

Nun aber engagierten sie sich mit Feuereifer für das Internetprojekt.

»Ein mindestens so gewichtiges Problem wie die Anonymität bei den Internetkontakten dürfte die Verquickung von Fantasie und erotischen Zielen sein«, resümierte Eva ihre jüngste Erfahrung. »Ich habe mich ja schon oft mit Menschen getroffen, die ich nicht kannte. Geschäftliche Blind Dates in Restaurants und Cafés. Das war völlig unproblematisch, weil keine erotischen Absichten dahinter steckten. Dass sich im einen oder anderen Fall dennoch etwas ergeben hat oder hätte ergeben können, steht auf einem anderen Blatt.«

»Ja, das ist der Normalfall. Du lernst jemanden kennen, entwickelst Sympathie oder Antipathie und dementsprechend vertiefst du die Sache oder belässt sie auf der Eingangsstufe. Bei einem Blind Date, das aus einem Mailwechsel hervorgeht, ist hingegen meist von Anfang an Sex impliziert.«

»Als verschärfend empfinde ich auch, dass du dich wegen der hohen Geschwindigkeit des Austausches extrem schnell in die

Sache reinziehen lassen kannst. Früher musstest du deinen Brief zur Post tragen. Dann war er eine Weile unterwegs, dann hat der oder die andere geantwortet, seinerseits den Brief zur Post gebracht und irgendwann kam er an. Und so weiter. Zwischen Abschicken, Empfangen und Antworten fand Alltag statt. Echtes Leben. Die Korrespondenz war im Tagesablauf mal mehr und mal weniger präsent. Und es gab jede Menge Zeit, darüber nachzudenken.«

»Genau. Aber heute kannst du dich ja, wenn der Kühlschrank gut gefüllt ist, tagelang in deiner Bude einsperren und dich ausschließlich mit deinem Korrespondenzpartner unterhalten. Das ist ein richtiger Sog, der dich in die Abhängigkeit zieht. Und nun liegt es natürlich nahe, dass wir diese Person, mit der wir uns rund um die Uhr beschäftigen, in unserer Fantasie mit all den Qualitäten ausstatten, über die unsere ersehnte ergänzende Hälfte verfügt. Bei Hetero-Frauen ist's der Typ, dem sie zutrauen, dass er ihr optimale Kinder produziert, bei Hetero-Männern, die Frau, der sie zutrauen, dass sie mit ihrem Samen gesunde Kinder austrägt. Bei Schwulen ist das mit dem Idealtyp ganz ähnlich. Narzisstische Charaktere bevorzugen zwar den Partner, in dem sie sich gespiegelt sehen, aber die meisten sind schon auch auf der Suche nach dem Komplementär-Modell, als ging's um Fortpflanzung. Seit die Gentechnik jede Menge Türen aufgestoßen hat, scheint nicht mal das mehr ausgeschlossen.«

Eva stellte sich ihrer beider Klonkinder vor, wie sie miteinander spielten und mit demselben Interesse wie sie einst einander erkundeten. Vielleicht würden die sich aber ganz anders entwickeln, weil sie andere Eltern hatten, die aus ihrem Wissen heraus diese oder jene Weiche anders stellten. Sie klinkte sich aus der faszinierenden Vorstellung aus und hörte wieder Leonardo zu.

»Nun wissen wir zwar theoretisch alle, dass es dieses ideale Partnerwesen nicht gerade in zigfacher Auflage gibt. Aber sobald wir mit einer unbekannten Person schriftlich gut klarkommen, spielt uns unsere Fantasie einen Streich.«

»Und dann werfen die Jungs den Mädchen vor, sie sähen nicht aus wie Anne Hathaway, und die Mädchen wundern sich, dass die Jungs nicht so einfühlsam und zärtlich sind, wie dieser edle Vampir.«

»Also, um gegenseitige Kränkungen möglichst zu vermeiden, muss einfach eine Einrichtung her, wo sich die Leute aussprechen und gegenseitig unterstützen können. Wer sieht, dass es anderen ähnlich geht, fühlt sich gleich nicht mehr gar so erbärmlich. Ich bin wirklich gespannt, was im Seminar noch alles an Vorschlägen zusammenkommt …«

Eva lächelte. »Ich denke, wir beiden können auch etwas beisteuern – obwohl wir lieber weniger betroffen wären.«

In der folgenden Nacht konnte sie kaum schlafen. Um vier Uhr morgens zog sie ihre Laufschuhe an und rannte los. Hinunter zur Promenade am Konstanzer Trichter. Der nicht mehr ganz volle Mond erhellte die Nacht. Sein verzerrtes Spiegelbild schaukelte auf den kurzen Wellen. Sie lief weiter am Seerhein entlang, unter der Brücke hindurch, auf dem Radweg nach Westen. Ab und zu kam ein Auto. Stadteinwärts waren es ein paar mehr. Spätheimkehrer oder Schichtarbeiter.

Da sie ohne Brille lief, blies ihr der Wind in die Augen. Aber sie vergoss nicht nur wegen des Windes Tränen, sondern auch aus Wut und Trauer. Mitten in dem ganzen emotionalen Desaster wurde sie sich nämlich darüber klar, dass sie sich während der Wochen des ausgedehnten Briefwechsels nicht nur in Marcel verliebt hatte, sondern dass er zu einem Bestandteil ihres Lebens geworden war, den sie zu diesem Zeitpunkt unter keinen Umständen aufgeben wollte. Dass Marcel wusste, wer sie war, während seine Identität und fast alles, was mit seiner Person zusammenhing, weiterhin im Dunkeln blieb, verunsicherte sie zutiefst. Als weitaus schlimmer empfand sie jedoch seinen völligen Alleingang bei der Entscheidung, sich von ihr zu distanzieren. Als wäre es ihm völlig gleichgültig, wie sie sich fühlte und was sie bei dem plötzlichen Entzug und offensichtlichen Mangel an Vertrauen empfand.

Doch statt die rosa Brille abzusetzen, den Herrn endlich kritisch zu betrachten und festzustellen, dass er ausschließlich um seinen Nabel und die darunter liegende Region kreiste, ging Eva mit sich selbst ins Gericht und fragte sich, wie es möglich war, dass dieser Mann sie so gründlich aus dem Konzept bringen konnte: Ja, ja, ja, der wortgewandte unbekannte Charmeur hatte Samen auf einen brachliegenden Acker gestreut und zudem für eine großzügige Menge an warmen Regen gesorgt. Die Saat war aufgegangen, keimte, trieb Sprossen. Sie sah es klar, empfand die Korrespondenz mit diesem außergewöhnlichen Mann jedoch trotz allem als enormen Gewinn und wollte verhindern, dass der Acker aufs Neue verdorrte.

Als sie heimkam, duschte sie nur mit schwachem Strahl, um Leonardo nicht zu wecken. Dann setzte sie sich an ihren Computer und schrieb einen Brief an Marcel, in dem sie ihm in wohlgesetzten ironischen Worten zu verstehen gab, dass sie sein Verhalten für egozentrisch und unfair hielt. Von ihrem Schmerz ließ sie nur wenig durchsickern – gerade so viel, wie ihr Stolz zuließ. Doch forderte sie ihn erneut zu einem klärenden Telefongespräch auf.

Leonardo war trotz ihrer Behutsamkeit wach geworden und dem Lichtschein gefolgt. Nun stand er in der Tür und fuhr sich mit der Hand durchs Haar.

»Was soll denn das werden? Sleepless in Konstanz?«

»Sieht ganz so aus. Ich bin schon gelaufen, aber es hat nicht geholfen.«

»Magst du zu mir kommen, Schwester? Ich halt dich fest und wärme dich.«

Eva gab ihrem Selbstmitleid nach und nahm die Einladung an. Leonardo schlang die Arme um sie und küsste sie auf den Nacken. Dann schlief er wieder ein. Noch eine ganze Weile lag sie wach und alle möglichen Visionen schlichen sich in ihre Gedanken. Sie stellte sich vor, sie säße im Theater und Marcel womöglich auf dem Platz neben oder hinter ihr. Er würde sie die ganze Zeit beobachten, belauern, beurteilen. Und sie war völlig ahnungslos. So ähnlich mussten sich die Aktricen in Peepshows fühlen, dachte sie, und beschloss, zu diesem Thema gelegentlich berufliche Recherchen anzustellen.

Und dann kam ihr, dass ich mit meinen Ahnungen am Ende doch recht hätte. Dass der abrupt zurückgewichene Flirtpartner mit den Bemerkungen über seine Unzulänglichkeit vielleicht tatsächlich die Wahrheit zum Ausdruck brachte und womöglich ihnen beiden einen Gefallen erwies, indem er sich nicht zeigte.

Für den Moment hatte der Gedanke etwas Beruhigendes. Zumindest verhalf er ihr dazu, noch ein paar Stunden zu schlafen. Bis ich sie um neun telefonisch weckte.

»Komm nach München!«, lockte ich, nachdem sie mir ihre bewegte Nacht geschildert hatte. »Lass den Kerl und das ganze Problem hinter dir! Ich werde dich aufheitern. Und dann machen wir uns mal wieder so einen richtig schönen lazy sunday afternoon auf deinem Sofa. Mit Billy Wilder und Knobi-Dopi.«

Eva hat eine umfangreiche DVD-Sammlung. Französische Melodramen und italienische Komödien sind eher für ihr privates Abendprogramm vorgesehen, während die Hollywoodkomödien, natürlich auch in der Originalversion, bislang fast ausschließlich sonntagnachmittags Verwendung fanden. Sie wirken besonders euphorisierend, wenn wir uns zuvor ein ganz spezielles Gericht einverleibt haben. Ich möchte Ihnen das Rezept dieses kulinarischen Stimmungsaufhellers zu Ihrem eigenen Besten nicht vorenthalten. Schließlich habe ich Eva oft genug bei der Zubereitung zugesehen.

Für zwei Personen brauchen Sie mindestens zwei Knollen Knoblauch und zur Neutralisierung des Geruchs fünfzig Gramm frisch geriebenen Ingwer, zwei Fleischtomaten oder entsprechend mehr kleinere, zehn grüne und zehn schwarze Oliven (aber keine kastrierten! Oder gar – Horror aller feinen Zungen – mit rotem Paprika-Schnipsel drinnen). Die Kerne pulen Sie bitte selber raus! Hinzu kommen zwei Esslöffel voller

Kapern und sechs im Mörser zerstoßene Chili-Schoten. Wenn Sie es nicht gern so scharf mögen, entsprechend weniger. Sie geben Olivenöl in einen kleinen Topf, fügen den nach Belieben fein oder grob geschnittenen Knoblauch hinzu und dünsten ihn bei mittlerer Hitze etwa fünf Minuten. Dann werfen Sie die anderen Bestandteile dazu. Die Kapern lassen Sie natürlich ganz. Und nun köchelt diese Mischung vor sich hin. Etwa zehn weitere Minuten. Dazu gibt's Fusilli oder Spaghetti aus Dinkel. Zur Not tut's auch Hartweizen. Das, meine Lieben, ist das korrekte Rezept. Unsere Passion, der heimliche Ketzerinnen-Genuss, für den wir heroisch Rügen aus kultivierterem Munde in Kauf nehmen, besteht allerdings darin, dass wir zur beschriebenen Soße für unsere Teigwaren (Eva nimmt ausschließlich die Vollkornvarianten aus dem Reformhaus, aber alle anderen erfüllen den Zweck ebenso) eine spezielle Zubereitungsart wählen. Unsere Teigwaren werden nämlich nicht al dente, sondern alla labbia gekocht. Also etwa doppelt so lang. Sie ließen sich dann theoretisch mit den Lippen durchtrennen, aber das lassen wir natürlich schön bleiben, denn wir ziehen uns das Zeug so richtig genüsslich rein und zerdrücken es mit der Zunge am Gaumen. Ein haptischer Hochgenuss, ich schwöre es Ihnen! Und mit hundert Gramm bekommen Sie einen riesigen Haufen. Eine halbe Stunde fühlen Sie sich nach diesem Genuss lediglich satt und zufrieden. Doch dann entfaltet der Knobi seine Wirkung, und Sie kommen fantastisch in Fahrt. Veritables Natur-Doping!

Eva lästert gelegentlich, wir betrieben mit der weich gekochten Pasta orale Masturbation. Ja, vermutlich hat sie damit sogar recht. Schließlich gibt es eine Menge Speisen, die allein wegen des haptischen Effekts gekauft werden. Weil es knuspert, knackt, schmilzt, pufft, prickelt, bröselt, schlunzt oder schlickert. Sie glauben doch nicht im Ernst, ein Mensch würde das Zeugs, das euphemistisch als Götterspeise bezeichnet wird, des Geschmacks wegen essen. Farbiges geliertes Zuckerwasser mit künstlichen Aromastoffen. Ich bitte Sie! Dieses Produkt existiert allein für die Hapto-Freaks, und ich bin überzeugt, es spielt auch eine bedeutende Rolle bei erotischen Spielen.

»Tut mir leid«, erwiderte Eva auf meine Einladung. »Selbst, wenn es mich reizen könnte, einfach alles stehen und liegen zu lassen, um Abstand zu gewinnen, es geht nicht. Ich habe David eingeladen. Er kommt morgen.«

»Schön«, sagte ich und schluckte heldinnenmütig meine Enttäuschung hinunter. »Das wird dir auch guttun. Ich wünsche euch eine Menge toller Einfälle. – Weiß er übrigens, dass Leonardo Wolli ist?«

»Nein, da ich die beiden doch verkuppeln möchte, wollte ich nicht, dass er ihm voreingenommen begegnet.«

Sie gingen wirklich liebevoll miteinander um, Eva und Leonardo! Und ich konnte zusehen, wie ich meine Eifersucht in den Griff bekam – vor allem, ohne mich zu entlarven.

Leonardo legte für Eva Vivaldis ›Vier Jahreszeiten‹ auf, weil die antidepressive Wirkung dieser Musik schließlich wissenschaftlich erwiesen ist. Und sie bereitete grünen Tee und eine große Platte mit frischen Früchten zu.

»Wenn wir alt und abgeklärt sind und die ganze Last mit der Lust hinter uns haben, dann heiraten wir und schlafen jede Nacht umarmt und frühstücken jeden Morgen zusammen«, versprach Leonardo und lächelte sie an.

Also, da hätte ich schon auch noch gern ein Wörtchen mitgeredet. Ich hatte für diese Zeit nämlich ganz andere Pläne mit Eva – falls ich dann nicht meine Enkelkinder betüteln muss. Aber dafür wären ja schließlich gewisse Vorbereitungen nötig, die sich im Augenblick nicht einmal entfernt abzeichneten.

Drei Stunden später wartete Leonardo mit einer tollen Überraschung für Eva auf. Er übergab ihr feierlich den Lenker eines Fahrrads. »Ich hab's günstig bekommen von einem Typ im Fitnessstudio. Der kauft sich alle zwei Jahre ein neues.«

Eva wollte das Rad natürlich bezahlen, aber das lehnte Leonardo entschieden ab: »Nein, nein, ich will dich doch nicht von dem Gefühl befreien, du seist mir was schuldig. Du wirst dich jetzt nämlich verpflichtet fühlen, mit mir Radtouren zu unternehmen. Auch wenn dir gar nicht danach ist.«

Sie lachte und gab ihm einen Kuss. »Also, in einer Stunde kann's losgehen!«

Das Wetter am ersten Aprilwochenende war ideal für eine Radtour. Nach einer eher kühlen und stürmischen Periode begann das Sommersemester mit sonnigen warmen Tagen. Die Vegetation explodierte geradezu bei Temperaturen bis zu zwanzig Grad.

Als sie ihre Tasche für die Tour packte, überlegte Eva einen Moment lang, ob sie das Handy mitnehmen sollte – falls Marcel sich doch endlich entschloss, sich bei ihr zu melden. Aber dann rang sie sich dazu durch, es dazulassen und sie war ein bisschen stolz auf sich.

Sie fuhren über den Tägerwiler Zoll in die Schweiz, dann auf Radwegen zunächst am Seerhein und schließlich am Ufer des Untersees entlang westwärts. Eva war begeistert von der idyllischen Landschaft und den schmucken Ortschaften mit den alten aufwendig gestalteten Fachwerkhäusern. Die Saison hatte noch nicht begonnen, aber wegen des schönen Wetters waren vielerorts bereits Gartenmöbel vor den Lokalen aufgestellt. Nach etwa einer Stunde kamen sie nach Steckborn, ein bezauberndes mittelalterliches Städtchen, wo sie eine Pause einlegen wollten. Sie verließen die enge Haupt- und Durchgangsstraße, die von Fachwerkhäusern mit vielen kleinen Geschäften gesäumt wird, fuhren über einen kleinen Platz auf das stolze Rathaus mit vorgebautem Turm zu, auf dessen linker Seite ein Tor zum See hin führt. Sie schoben die Räder durchs Tor und blickten auf den Landesteg, an dem gerade ein Schiff anlegte. Dort stellten und schlossen sie die Räder ab und sahen sich um. Ostwärts erhob sich direkt am Wasser eine kompakte Renaissanceburg mit zahlreichen Türmen. Westwärts erstreckte sich die Seepromenade, die in eine Parkanlage mündete. Die alte Stadtmauer war noch deutlich zu sehen, auch wenn sie zum Teil die Rückwand eines Hauses oder Bestandteil eines anderen Bauwerks abgab. So war die Hochterrasse des Restaurants ›Schwanen‹ mit der Mauer verbunden, die an dieser Stelle ebenso rosa angestrichen war wie das schmucke Barockgebäude daneben.

Eva sah die aufgespannten Sonnenschirme und forderte Leonardo auf, nachzusehen, ob geöffnet sei. Sie hatten Glück, ließen sich an der Stadtmauer nieder und wurden auch umgehend von einem sehr freundlichen Ober nach ihren Wünschen befragt.

Eva blickte um sich und strahlte. »Ich kann verstehen, dass es dir hier in der Gegend gefällt! Wir sind grad mal eine Stunde gefahren, und ich fühle mich schon wie im Italienurlaub.«

»Das kannst du jetzt öfter haben. Mit mir. Wenn du übrigens mit deinem Freund aus Berlin eine Tour unternehmen willst, kann er gern mein Rad benutzen«, bot Leonardo an.

»Lieb von dir, aber David bringt sein eigenes im Zug mit.« Sie schaute ihn von unten herauf an. »Leonardo, ich muss dir was beichten …«

Bevor sie weiterreden konnte, trat der Ober an ihren Tisch und nahm die Bestellung auf. Kaffee für Eva, Ovo für Leonardo und Käsekuchen für beide. Sie blickten beide eine Weile stumm über den schmalen Untersee. Einige Segelboote waren zu sehen, Surfsegel, Motorboote und ein Passagierschiff.

»Das ist das Kursschiff. Es hat gerade in Steckborn abgelegt, fährt jetzt nach Gaienhofen. Da drüben, das andere Ufer, das ist die Halbinsel Höri. Das Schiff kommt dann wieder an dieses Ufer zurück, legt in den letzten beiden Orten an, durch die wir geradelt sind, und dann fährt's zur Insel Reichenau. Da müssen wir auch bald mal hin. Die Insel ist Weltkulturerbe.« Er hielt inne. »Ich spiele hier ja den Fremdenführer. Aber du wolltest mir was beichten …«

»Äh … ja!«

»Also, dann mal los.«

»Sagt dir der Name Detlef Tiger was?«

»Klar, das ist der Typ von Wollis chaotischem Liebesleben.«

»Genau.«

Der Ober brachte die Getränke und den Kuchen. Zuerst setzte er die schaumige Milch vor Eva ab, doch sie stellte richtig, dass der Kaffee für sie sei.

»Tja, Kaffee scheint ein männlicheres Getränk zu sein als deine Ovo«, bemerkte sie grinsend.

Leonardo riss den kleinen Beutel auf, ließ das Ovomaltinepulver in die Milch rieseln und rührte, bis eine gleichmäßige hellbraune Farbe zustande kam.

»Also, was ist mit Detlef Tiger? – Kennst du ihn etwa?«

»Ja, äh … gewissermaßen. Den Illustrator kenne ich übrigens auch.«

»Ehrlich? Der ist ja auch klasse? Und warum hast du mir nichts davon gesagt?«

»Ich hatte Schiss.«

Leonardo sah sie einen Moment nachdenklich an. Dann schien der Groschen zu fallen. »Du? Du!«, rief er und seine Stimme überschlug sich fast.

Eva nickte stumm.

»Kein Wunder, kam mir das alles so bekannt vor. Du hast mein Unglück ausgebeutet, du Kanaille!«

Sie fühlte sich absolut mies. Ihr war fast übel vor schlechtem Gewissen. Leonardo sah sie grimmig an. Dann aber lachte er laut los.

»Find' ich klasse, find' ich echt klasse! Also, jetzt kenne ich auch Detlef Tiger. Und wann lerne ich den anderen kennen?«

»Morgen. Mein Berliner Freund ist David de Marco, der Illustrator.«

»Hexe! – Weiß er Bescheid?

»Nein, du kannst es ihm gern selbst offenbaren. Es wird ihn über die Maßen amüsieren.«

7

Bitte entschuldigen Sie, dass ich mich nun einige Seiten lang etwas weniger mit meiner Freundin beschäftige und Ihre Aufmerksamkeit auf mein eigenes Leben lenke. Es ist nämlich etwas ganz Entscheidendes passiert, das zahlreiche Konsequenzen nach sich zieht.

Ich bin verliebt! Ich habe einen jungen Mann kennengelernt. Im Verlag. Servitzky war der Meinung, ich sollte sein Manuskript lesen, man überlege sich, ob man ihm eine Chance geben wolle. Seit ich den Übersetzerpreis gewonnen habe, nimmt die Frau mich doch tatsächlich zur Kenntnis. Deshalb kann ich sie aber kein bisschen besser leiden als zuvor. Sie ist eine machtbesessene, stutenbissige Modepuppe (Mode für die reifere Hungerkünstlerin), die Person, die sich im Verlag, für den ich hauptsächlich arbeite, um die Film-Lizenzen kümmert. Also habe ich kaum mit ihr zu tun. Es sei denn, ein deutscher Fernsehsender lässt sich einfallen, ein Buch zu verfilmen, das ich aus dem Englischen oder Amerikanischen übersetzt habe.

Zugegeben, das war jetzt ein bisschen flott. Also etwas weniger hastig: Wie Sie wissen, bin ich Übersetzerin. Freie Übersetzerin. Das heißt, theoretisch kann ich mir aussuchen, ob, wann und für wen ich arbeiten will. Das stimmt aber nur in der Theorie. Denn zum einen ist die Anzahl der Leute, die Bücher übersetzen wollen, größer als die Anzahl der Bücher, die übersetzt werden sollen. Das gilt vor allem für Herübersetzungen aus dem Englischen und Amerikanischen.

Wenn Ihnen also in Ihrem Englandurlaub ein Buch in die Hände kommt, das Ihnen ausgezeichnet gefällt und von dem Sie glauben, das wäre genau das Richtige für eine Ihrer Tanten, die leider nicht gut genug Englisch kann, um es im Original zu lesen, dann dürfen Sie es nicht als selbstverständlich betrachten, dass Sie dieses Buch auch hierzulande in deutscher Sprache finden. Das geschieht nämlich meist nur dann, wenn das Buch im Original so erfolgreich war, dass ein deutscher oder deutschsprachiger Verlag sich dazu entschließen konnte, die Lizenz dafür zu kaufen.

Nun gibt es Verlage, die möglichst billig an die Übersetzung kommen wollen. Sie schreiben sie aus und sehen zu, dass sie die Arbeit für einen minimalen Preis geliefert bekommen. Das ist natürlich der Untergang der Qualität und vieler Leute meines Berufsstandes. Zum Glück gibt's aber immer noch Verlage, die sich dem Werk der Autoren und Autorinnen, die sie in ihrem Programm haben, so verbunden fühlen, dass sie Wert auf Qualität und Kontinuität legen. Das bedeutet, dass möglichst alle Bücher von derselben Person übersetzt werden. Ich arbeite überwiegend mit einem Verlag zusammen, kann aber, wenn es mir gefällt, weil mich ein Buch brennend interessiert, auch für einen anderen tätig werden. Sofern der mich will.

Nun befinde ich mich seit letztem Jahr in der privilegierten Position, für meine Arbeit einen Preis erhalten zu haben. Meine Qualität ist damit offiziell anerkannt. Allerdings mag ich weder behaupten, noch vermag ich es zu beurteilen, ob ich diese Auszeichnung eher verdient habe als etliche meiner Kolleginnen und Kollegen, aber ich freue mich natürlich darüber. Obwohl ich die Trophäe möglicherweise allein dem Umstand verdanke, dass meine Übersetzungen eines amerikanischen Autors sich in Deutschland besser verkaufen als in seiner Heimat. Das kann durchaus am Marketing liegen. Aber seit ein bekannter Kritiker die Meinung verlauten ließ, die Romane seien in der deutschen Übersetzung packender als im Original, darf ich diesen Lorbeerkranz tragen.

Ich gebe mir natürlich Mühe. Aber sicher doch! Schließlich liebe ich meinen Beruf. Und ich schätze die teilweise immense Arbeit, die in einem Roman steckt. Außerdem finde es absolut faszinierend, wie viel ich über die Menschen erfahre, deren Texte ich übersetze. Weit über das hinaus, was da schwarz auf weiß gedruckt steht. Ich weiß, welche Klassiker sie gelesen haben, welche Musik sie mögen, welche Weltanschauung sie vertreten, welche Ideale sie verfolgen und wie sie ihre Mitmenschen wahrnehmen. Genauso kann ich ahnen, wie es um ihr Seelenleben bestellt ist, ob sie depressiv sind oder glücklich. Ich erfahre, wie sie gegenüber Drogen eingestellt sind und ob sie welche konsumieren. Wenn ich mich zur Übersetzung eines Autors oder einer Autorin entschließe, dann stehe ich auch zu seiner oder ihrer Arbeit. Allerdings gehöre ich nicht zu den Leuten, die die Werke anderer einem Sprachautomaten gleich wörtlich übersetzen. Im selben Maße wie den Autorinnen und Autoren fühle ich mich nämlich meiner Muttersprache verbunden und verpflichtet. Deshalb gehe ich auch eher frei mit dem Text um. So, wie es dem Gesamtwerk am besten bekommt. Dabei liegt mir zunächst daran, den Sprachduktus, die Grundmelodie, zu erfassen, dann wird das Ganze natürlich und lebendig. Manchmal spiele ich die imaginäre Musik sogar auf dem Klavier. Und jedes Mal, wenn ich mich an meinen Schreibtisch setze, um die Übersetzung voranzubringen, summe oder trommele ich vor mich hin, um wieder den Rhythmus aufzunehmen, den Pulsschlag des jeweiligen Romans.

Eine Zeit lang habe ich lieber Werke von Frauen übersetzt, aber inzwischen ist nicht mehr das Geschlecht ausschlaggebend für mich, sondern das Sujet. Von Fantasy, Horror und Science-Fiction lasse ich grundsätzlich die Finger. Damit kann ich nichts anfangen. Für meine Übersetzungen favorisiere ich Stoffe, die ich auch sonst gern lese. Am liebsten psychologische Beziehungsdramen und philosophische Betrachtungen. Aber auch gern amüsante Krimis oder erotische Satiren.

Früher, als ich noch davon träumte, eines Tages für meine Arbeit entsprechende Anerkennung zu finden, malte ich mir aus, ich könnte dann etwas kürzertreten, nur ganz wenige, wirklich ausgesuchte Romane bearbeiten, für die aber mehr Zeit investieren.

Doch nun werde ich mit Anfragen überschüttet. Auch ist mein Sozialprestige derart gestiegen, dass sich nun Leute, die mich vorher kaum eins Blickes würdigten, vor Freundlichkeit fast überschlagen und gebärden, als wären wir seit Langem eng befreundet.

Frau Servitzky, die Lizenzenfrau, ist auch eine aus dieser Truppe. Seit der Preisverleihung würdigt sie mich bei jedem Besuch im Verlag eines ausführlichen Monologs. Als ich das letzte Übersetzungsmanuskript ins Sekretariat brachte, lief sie mir gerade über den Weg und bat mich doch tatsächlich in ihr Büro. Ich dachte, es ginge mal wieder um ein Drehbuch, was mir schon ein wenig die Haare zu Kopf stehen ließ, denn Dialoge in Drehbüchern für Fernsehfilme sind selten gut und werden nie fertig. Aber es ging diesmal um eine weit größere Ehre: Ich sollte über das Schicksal eines jungen Autors entscheiden!

Als ich kapierte, worauf sie hinauswollte, stellte ich mich fest darauf ein, den Job abzulehnen. Gutachten werden fast ebenso schlecht dotiert wie Übersetzungen, bergen aber eine weit höhere Verantwortung. Ich habe jedoch keine Lust, das Richterinnenschwert zu schwingen. Wie schon erwähnt, bin ich meiner Mutter dankbar, dass sie mir beigebracht hat, nein zu sagen. Sie ist seit Jahrzehnten die renommierteste Klavierlehrerin unserer kleinen Stadt. Seit ich als fatale Folge ihrer möglicherweise einzigen schwachen Stunden das Licht der Welt erblickt hatte. Ohne mich wäre sie natürlich Konzertpianistin geworden, wozu sie auf dem besten Weg war, als mein Vater bei einem Kammerkonzert für den erkrankten Geiger einsprang. So wurde sie also Klavierlehrerin. Aber keine, die jedes Kind unterwies, bloß weil die Eltern sich einbildeten, ihr Kind müsse ein Instrument spielen. Sie suchte sich die Kinder aus. Wer unbegabt war oder faul, wurde wieder heimgeschickt. Erbarmungslos. Lieber mutete sie sich und mir ein karges Leben zu, als sich mit Schülerinnen und Schülern rumzuärgern, die sie für unwürdig befand. Ihre Zöglinge gewannen denn auch alle möglichen Preise. Und so galt es allmählich als Privileg, wenn Frau Isolde Deyke sich herbeiließ, ein Kind in den Kreis ihrer Auserwählten aufzunehmen.

Also, ich habe gelernt, nein zu sagen und auch erfahren, dass es ziemlich befriedigend sein kann, von dieser Fähigkeit Gebrauch zu machen. Nur leider kann ich es mir aus wirtschaftlichen und emotionalen Gründen eher selten leisten.

»Der Autor ist übrigens gerade im Hause. Sein Drucker ist angeblich kaputt gegangen. Jetzt druckt er die Datei im Verlag aus und macht sich auch noch eine Kopie.«

Servitzkys spöttisches Grinsen und die hochgezogenen Brauen gaben mir zu verstehen, sie durchschaute wohl, dass der Mensch Kosten sparen und obendrein womöglich noch eine Tasse Kaffee schnorren wollte.

»Ist doch ein netter Zufall. Dann kann er Ihnen sein Manuskript direkt selbst aushändigen.« Sie griff zum Telefon.

Auch ein noch so netter Zufall würde aus vier Buchstaben keine zwei machen. Ich war fest entschlossen, abzusagen.

Und dann klopfte es. Benedict Hanner trat ein, schloss die Tür hinter sich und stand im Raum. Er hielt eine braune, sehr abgegriffene und gründlich patinierte Aktenmappe unterm Arm, einen Stoß Papier (ich schätzte rund dreihundertfünfzig Seiten) in der Hand und blickte verlegen zu Boden.

»Kommen Sie rein, mein Lieber, wir haben gerade über Sie gesprochen. Frau Deyke, das ist das junge Talent. Das heißt, ich hoffe, Sie werden unseren Riecher bestätigen und Herrn Hanner als ein solches einstufen!« Damit wollte das Biest also mir den Schwarzen Peter zuschieben.

Herr Hanner hieß Benedict. Dass er denselben Namen wie der Papst tragen würde, war bei seiner Geburt nicht abzusehen, aber das Monogramm! B.H. – Manchmal wundere ich mich schon darüber, was Eltern ihren Kindern mit dem Namen anzutun vermögen.

B.H. kam auf mich zu, verneigte sich leicht und reichte mir

die Hand. Und als er den Kopf wieder anhob, schaute er mir in die Augen und sein Bambiblick enthielt so viel an flehentlicher Bitte, dass ich mich plötzlich – wie aus der Ferne gesteuert – okay sagen hörte. »Okay, ich schau mir das Manuskript mal an.«

Damit begann ich noch am selben Abend.

In Kürze: Es ist die Geschichte eines jungen Mannes, der in privilegierter Umgebung aufgewachsen ist, nun Jura studiert und das Leben eines verwöhnten Sohns führt. Mit der Mutter kommt er gut zurecht, aber zum Vater, einem cholerischen Despoten, hat er ein sehr gespanntes Verhältnis. Eines Tages bekommt der junge Mann, der übrigens Romuald heißt, einen merkwürdigen Brief. Eine Frau behauptet, zum Zeitpunkt seiner Geburt als Krankenschwester gearbeitet und ihn aus politischen Gründen mit einem anderen Jungen vertauscht zu haben. Wie die meisten jungen Menschen irgendwann hegte auch Romuald seit einiger Zeit den Verdacht, seine Eltern könnten nicht seine leiblichen Eltern sein – vor allem sein Vater nicht sein wahrer Vater, und so trifft er sich mit der Frau. Die schüchtert ihn schon durch ihr Äußeres ein. Kantig und voll strenger Falten kommt sie daher und mustert ihn mit einer Mischung aus Bösartigkeit und Triumph. Er sei das Kind asozialer Eltern, eröffnet sie ihm, und sie sei doch sehr enttäuscht, dass er sich bei dem reichen Saupack so angepasst entwickelt habe. Und dann stellt sie ihm ein Ultimatum. Er muss zu seiner Blutsfamilie gehen und dem Mann, mit dem er vertauscht wurde, die Wahrheit sagen. Sonst tut sie das. Ihr Motiv besteht darin, Romualds vermeintlichem Vater eins auszuwischen, weil er ein dreckiger Kapitalist sei, der einst ihren Mann wegen einer Bagatell-Verfehlung entlassen hatte. Romuald sucht nach reiflichem Überlegen seine Blutsfamilie, eine ziemlich grausige Sippschaft, auf und trifft seinen Gegenpart. Der hat alle Wesenszüge seines leiblichen Vaters, nutzt diese jedoch kriminell und ist auf dem besten Wege eine Art Gangsterboss zu werden. Aus dem Aufeinandertreffen der beiden jungen Männer ergibt sich natürlich ein Konfliktsalat, der sich gewaschen hat. Überdies sind da noch Brüder und Schwestern, die auch nicht auf der Strecke bleiben. Eins der Mädchen, eine Schwach-Alphabetin, verliebt sich in Romuald (ihren leiblichen Bruder), eine andere möchte ihn in einen Überfall einbinden und so weiter. Der Roman sollte ›Kuckuckseier‹ heißen, was ich nicht für sehr passend hielt. Mir gefiel ›Blutsbande‹ wesentlich besser. Das erwähnte ich auch in meinem Gutachten, das zu meiner eigenen Überraschung ziemlich positiv ausfiel. Drei Tage später mailte ich es an den Verlag. Mit der Empfehlung an Frau Servitzky, den Stoff möglichst an eine private Fernsehanstalt zu verkaufen. Sie rief mich umgehend an und fragte, ob ich sie nicht zum Lunch treffen könnte.

In dem Lokal, das sie nannte, war ich noch nie. Ich hatte nur gehört, es sei ein snobistischer Neppladen. Mir war offen gestanden auch der Unterschied zwischen Lunch und Mittagessen nicht so ganz klar. Aber nach dem einschlägigen Erlebnis vermute ich mal, ein Lunch ist weniger Futter für mehr Geld.

Schon aus reiner Neugier sagte ich ja und ging hin. Ich war pünktlich, sie ließ auf sich warten. Die Höflichkeit der Königinnen … Darauf trank ich erst mal ein Glas Champagner. Die Servitzky kam eine Viertelstunde zu spät, bestellte für sich auch eins und für mich ein weiteres.

»Ich glaube, ich bin die Ältere von uns beiden«, sagte sie.

Ich glaube … – ha! So wie du aussiehst, könntest du meine Mutter sein! Na ja, ich schätzte sie auf mindestens Mitte vierzig. Also, falls sie nicht die Ältere von uns beiden sein sollte, das heißt, unter zweiunddreißig, dann sah die Arme aber schon extrem verlebt aus.

»Ich bin die Sieglinde.«

Sieglinde! Jetzt saß ich aber in der Falle. Mutters Erziehung hin oder her, ich konnte schlecht sagen: »Und ich die Frau Deyke.« Also spielte ich das Spielchen mit: »Und ich die Eliza.« Ich hoffte jedoch, es würde wenigstens beim Sie bleiben. Aber damit war es auch nichts.

»Also, jetzt lass mal hören, Eliza. Bist du wirklich der Ansicht, wir sollten das Buch machen?«

»Na ja, warum nicht … Die Story hat Drive, Sex, Crime, Human Touch und auch sonst noch einiges, was für einen packenden Fernsehfilm angesagt ist. Wenn ihr einen Sender für die Verfilmung gewinnen könnt und gleichzeitig mit der Ausstrahlung das Buch auf den Markt bringt, kann ja eigentlich nichts schiefgehen. Es müsste allerdings zuvor recht gründlich lektoriert werden.«

»Du meinst, es ist schlecht geschrieben?«

»Hm … ausbaufähig. Eine Überarbeitung täte ihm sicher gut. – Na ja, die ist dringend angesagt!«

»Würdest du das übernehmen?«, fragte sie mich und mir fiel fast der Suppenlöffel aus der Hand. Wir hatten beide die Empfehlung des Tages bestellt: Kerbelrahmsüppchen und Hummerpfännchen (gutes Appetitchen!).

»Ich bin Übersetzerin, keine Lektorin, Frau Ser … – Sieglinde!«

Sie schenkte mir ihr süßestes Hyänenlächeln.

Klar hatte ich Lust, das Buch zu bearbeiten. Denn dann musste ich mit Benedict (dem Gebenedeiten unter den Männern) zusammenarbeiten und er konnte mir oft, oft, oft in die Augen sehen. Aber ich sage mir auch stets ›Schusterin bleib bei deinem Leisten!‹ Deswegen gab ich mich erst mal desinteressiert.

»Komm, du hast dich jetzt schon damit befasst und uns mit deinem Gutachten absolut überzeugt. Ich denke, du bist die richtige Wahl. Das Lektorat sieht's genauso.«

Das war mir schon klar. Die hatten ohnehin mehr als genug Arbeit. Und ein Blick in Benedicts Manuskript hatte vermutlich ausgereicht, um abzuschätzen, was da zu leisten war.

»Also, meine Liebe, ich rechne mit deiner Zustimmung und werde umgehend meine Beziehungen spielen lassen.«

»Tja, eigentlich wollte ich etwas kürzertreten … Und dann

hab ich da von einem anderen Verlag eine Übersetzung angeboten bekommen. Auf die Autorin bin ich schon lange scharf …«

Es funktionierte. Natürlich wusste sie, was normalerweise für Übersetzungen bezahlt wurde und dass Leute in meinem Job schon aus wirtschaftlichen Gründen eher zum Ja- als zum Neinsagen genötigt sind. Aber sie konnte lediglich spekulieren, welchen Marktwert mir die Mitbewerber neuerdings zugestanden. Doch schien sie ihn hoch anzusetzen. Die Höhe der Summe, die sie mir fürs Überarbeiten bot, versetzte mich jedenfalls in tiefes Erstaunen. Unter dem Siegel der Verschwiegenheit vertraute sie mir an, der Autor bekomme gerade mal die Hälfte dessen als Vorschuss.

»Du bist immerhin Preisträgerin und dafür bekannt, dass du die Bücher besser schreibst als die Autoren …« Da war's wieder, das Etikett! Nett! Der Einzelfall wurde zurechtgebogen und generalisiert, wie das so geht, wenn sie dich erst mal in eine Schublade gesteckt haben. Aber es war natürlich ein Argument. Und in diesem Fall sicher eins, das allen Beteiligten was einbringen konnte. Mit nachdenklich-kritischem Gesichtsausdruck und wild klopfendem Herzen gab ich schließlich meine Einwilligung und der Servitzky das befriedigende Gefühl, sie hätte mich rumgekriegt.

Am nächsten Tag begannen Benedict und ich zu arbeiten. Bei mir. Das heißt, in Evas Wohnung. In meiner wohnte inzwischen ein Fitnesstrainer aus Frankfurt, der seine Probezeit in einem Münchner Studio absolvierte. Ein Sunnyboy, der aussah wie einer Kaugummi- oder Solarium-Reklame entsprungen, und mir jeden Tag einen Fitnessriegel in den Briefkasten steckte.

Den teilte ich mir fortan mit Beni. Im Verhältnis eins zu zwei. Bald teilten wir uns noch mehr. Am dritten Tag unserer gemeinsamen Arbeit kamen wir uns nämlich auch privat näher, was dazu führte, dass Beni bei mir einzog. Natürlich hatte ich vorher Evas Einverständnis eingeholt.

»Und dass wir in deinem Bett eventuell … – stört dich das wirklich nicht?«

Sie lachte. »Wenn ich in dem Punkt so pingelig wäre, dürfte ich nie in einem Hotelbett schlafen.«

»Stimmt«, sagte ich. Und dann ließen wir unsere Fantasie Blüten treiben. Leute, die in den führenden Häusern der Welt absteigen, haben große Chancen, im selben Bett zu schlafen wie zuvor ihre erbittertsten Feinde und Feindinnen. In der Präsidentensuite ist die Trefferquote vermutlich am höchsten.

»Ich freue mich für dich«, sagte Eva. »Und ich wünsche dir mit deinem Jüngling viel Glück. Mit Leonardo und David hat's übrigens wunschgemäß geklappt.«

»Nun fehlt nur noch bei dir der große Durchbruch! Wäre schön, wenn da mal jemand Passendes auftauchen würde.«

»Marcel schreibt wieder täglich.«

»An den dachte ich eigentlich weniger.«

»Froh bin ich schon darüber, für mich war da einfach noch zu viel ungeklärt.«

»Meinst du nicht, es wäre besser, ihn zu vergessen?«

Mit Interesse registrierte ich meine veränderte Einstellung. Nachdem ich erleben durfte, was geistige, körperliche und seelische Nähe bedeuten konnten, sah ich nicht mehr ein, dass meine Freundin sich mit weniger zufriedengab.

»Nein, zuerst möchte ich über ihn ebenso viel wissen, wie er über mich weiß.«

»Meiner Meinung nach wissen wir bereits mehr als genug über ihn. Er ist verheiratet.«

»Er könnte auch Priester sein.«

»Noch schlimmer!«

»Muss nicht sein. Aber ich weiß gar nicht, was du hast, Eliza, schließlich will ich den Mann ja nicht vom Pfad der Tugend abbringen.«

»Nein? Aber du würdest es billigend in Kauf nehmen.«

»Ts. Ich möchte lediglich einen gleichberechtigten Dialog mit ihm führen.«

»Im Stehen, Sitzen, Liegen. Was er – aus welchem Grunde auch immer – ablehnt.«

»Ich habe mal ausgerechnet, wie viele Stunden er mir täglich gewidmet hat, als unser Korrespondenzverhältnis noch ungetrübt war. Drei bis fünf Stunden am Tag. Oder besser gesagt täglich. Denn er schrieb ja häufig in der Nacht. Wenn einer so ein starkes Bedürfnis hat, sich einer fremden Person mitzuteilen, dann heißt das doch, dass er dazu in seinem Privatleben keine Möglichkeit sieht.«

»Na ja, wir wissen doch, dass Ehepaare nach fünf Jahren Ehe im Durchschnitt nur noch acht Minuten pro Tag miteinander reden. Woran auch immer das liegen mag. Vielleicht fällt dein Marcel ja seiner Frau auf die Nerven und sie plaudert lieber mit ihren Freundinnen.«

»Mag sein. Aber für mich steht eben fest, dass wir seelenverwandt sind.«

Eva und ich telefonierten nach wie vor täglich, aber die Gespräche waren nicht mehr so ausführlich wie vor Beni. Einerseits konnte ich nicht wie gewohnt ins Detail gehen, da Beni immer um mich rumschwirrte, andererseits blieb neben der Arbeit, der Liebe und der Zubereitung unserer Mahlzeiten kaum Zeit übrig.

Beni schien es für selbstverständlich zu halten, dass er umsonst bei mir wohnte und ich alles bezahlte. Deswegen war ich ganz froh, dass Sibylle für einige Zeit verreist war. Sie hätte mir gründlich die Leviten gelesen. Zumal ich auch ihre drei Standardfragen: ›Macht er dir Geschenke? Macht er dir Komplimente? Ist er ein guter Liebhaber?‹ nur im letzten Fall hätte bejahen könnte. Und das auch nicht von Anfang an. Aber ich billigte Beni mildernde Umstände zu. Schließlich war er erst fünfundzwanzig, studierte offiziell noch Jura und war es gewohnt, dass andere für sein Auskommen sorgten. Wenn er sich mal einen besonderen Wunsch erfüllen wollte, dann hatte er bislang immer für eine Weile in einer Kneipe gejobbt. Mich störte seine Zurückhaltung auf dem wirtschaftlichen Sektor insofern nicht, als ich ihm gegenüber ein schlechtes Gewissen verspürte, weil ich für sein Buch bisher mehr Geld kassiert hatte als er. Es war allerdings kein leicht verdientes Geld, denn die Arbeit mit Beni war ziemlich anstrengend. Er hielt an jedem einzelnen Satz fest wie eine Mutter an ihrem Neugeborenen, das ihr ein Unhold zu entreißen versucht.

Seine Schreibe war nicht nur voller unübersichtlicher Schachtelsätze und schiefer Metaphern, sondern sie strotzte auch vor Redundanzen und Tautologien. Dass es besser war, die Schachtelsätze zu entwirren, sah er ein. Die Metaphern korrigierten wir gemeinsam. Da hatte er schlicht geschlampt. Wegen des Doppelgemoppels gab's allerdings bisweilen Diskussionen. Zwar leuchteten ihm meine Argumente ein, doch meinte er: »Wenn du das alles raus streichst, dann bleibt ja nichts mehr übrig.«

Was sollte ich da sagen? Ich fand jedoch schnell heraus, dass ich mit meinen Wünschen am ehesten durchkam, wenn die Zeit zum Essen nahte. Da wurde mein Schatz nachgiebig und sein Widerstand schmolz wie die Butter in der Pfanne, in der ich ihm leckere Happen brutzelte. Was ich mir schamlos zunutze machte.

Bei unserem intimen Treiben hingegen gab es weder Diskussion noch Widerstand. Da erwies sich Beni von Anfang an als aufgeschlossen und fügte sich mit großer Zartheit meinen Wünschen. Er war noch ziemlich unerfahren, aber gelehrig und dankbar. Nach zwei Wochen, als unser körperliches Defizit einigermaßen gelindert war und meine Konsequenz aufs Neue erwachte, bekamen wir das mit der Arbeit besser in den Griff. Ich steckte Ziele ab, und erst wenn die erreicht waren, ging's zum erotischen Programm über.

Dieser Modus funktionierte dann auch so gut, dass wir statt zu Beginn nur drei mit der Zeit fast zehn Seiten am Tag schafften. Ich gab Anstoß zu mehr Ironie und detaillierteren Beobachtungen, und wir feilten gemeinsam. Es machte wirklich Spaß und allmählich wurde das Buch ganz gut.

»Es wird gut, es wird sehr gut!«, versicherten wir uns jedes Mal gegenseitig, wenn eine unserer Arbeitssitzungen beendet war. Und dann liebten wir uns. Im Bett, im Bad, in der Küche, im Wohnzimmer. Das war auch gut! Sehr gut! Ich genoss seine weiche Haut, seinen frischen Duft und seine jugendliche Hingabe. Er genoss, wie er bekundete, meine Erfahrung, meine Entschlossenheit, meine klar definierten Wünsche. Ich sah mich als Pygmalia. Er war der Marmorblock, den ich bearbeitete, dem ich Form gab, den ich schliff und polierte. Mein Geschöpf, mein Geliebter, mein fleischgewordener Traum.

»Warst du schon mal in New York?«, fragte er eines Nachts.

»Nein. Aber es steht ganz oben auf meiner Wunschliste.«

»Wir fliegen hin, wenn die erste Auflage verkauft ist. Ich lade dich ein.«

Ich war gerührt. Und schön blöd! Denn warum sagte ich nicht: ›Lass uns reisen, sobald wir hier mit dem Buch fertig sind?‹ Das wäre in ein paar Wochen gewesen. Schmiede das Eisen, solange es heiß ist, rät Volkes und Sibylles Stimme. Doch mir gefiel vermutlich die Langzeitperspektive, die sein Versprechen beinhaltete: Unsere Beziehung würde nicht mit dem Lektorieren dieses Buches enden! Mindestens ein halbes Jahr würden wir darauf hinträumen, alles genauestens planen, um unserer Liebe einen exquisiten Akzent zu verleihen. Für die nächsten Akte fantasierten wir uns zuerst in den Central Park. Und dann trieben wir's im Aufzug des Empire State Buildings, hinter dem Rücken des Liftmannes.

Wochentags verließen wir kaum das Haus. Allenfalls, um Lebensmittel zu kaufen. Ich kochte alle Rezepte durch, die ich von Eva kannte. Immer wieder aufs Neue. Beni schmeckte alles und von allem viel. Beim Spülen stellte er sich ziemlich ungeschickt an, aber ich dachte, wenn er es lange genug übt, wird er es schon noch lernen. Und ich schrieb alles auf, was zu Bruch ging, um es Eva zu ersetzen.

Sonntags arbeiteten wir nicht. Wenn es schön war, packten wir einen Picknickkorb und gingen in den Englischen Garten. Wenn es regnete, zogen wir uns gar nicht erst an. Wir vergnügten uns im Bad mit Wasserspielen und in der Küche mit allerhand Früchten und anderen für erotische Spiele geeigneten Speisen. Beni erfuhr mit Freuden, dass Sekt nicht nur auf Zunge und Gaumen schön prickelt, und ich war entzückt, wie begierig er Neues in sein Repertoire aufnahm und zu variieren vermochte. Eine wunderbare Zukunft aus Kreativität, Arbeit, Lust und Liebe tat sich vor uns auf. Und zum ersten Mal war ich eigentlich ganz froh, dass Eva nicht in meiner Nähe war. Das hätte mich ganz schon in die Bredouille gebracht. Klar erinnerte ich mich an meine Äußerungen über Frauen, die in Beziehungen oder Familien regelrecht versickert sind – wie eine Cola, die im Sand des Badestrands umgekippt ist, als letzte Ahnung ihrer Existenz lediglich einen feuchten Flecken zurücklassend. Nur zu gut erinnerte ich mich daran! Und deswegen hätte ich mir auch alle Mühe gegeben, für Eva in ähnlichem Umfang wie bisher da zu sein. Aber damit wäre ich neben der Arbeit und Benis Forderungen ganz bestimmt ins Schleudern gekommen.

8

David dehnte seinen Aufenthalt in Konstanz aus. Arbeiten konnte er schließlich überall, am See sogar besser als sonst wo. Denn Eva und Leonardo waren zur Stelle, um seine Ideen zu begutachten und gemeinsam mit ihm neue auszubrüten.

Nachdem das Sommersemester begonnen hatte, verbrachte Leonardo eine Menge Zeit an der Uni, aber während der verfügbaren Stunden unternahmen sie zu dritt Radtouren und besuchten kulturelle Veranstaltungen. Je näher sich die beiden Männer kamen, desto mehr verspürte allerdings Eva das Bedürfnis, sich zurückzuziehen. Der anregende Umgang und die heitere Stimmung der vergangenen Wochen hatten sie jedoch belebt und inspiriert, und sie fühlte sich voller Schaffensdrang. Zwar gewann der Mailverkehr mit Marcel wieder an Bedeutung für sie, aber sie blickte kopfschüttelnd auf ihre Empfindlichkeit zurück und nahm sich fest vor, sich künftig nichts mehr allzu nahegehen zu lassen.

Allmählich wurden seine Schreiben wieder länger, dennoch war ihre Freude darüber getrübt. Die lockere Unbefangenheit war auf der Strecke geblieben, nun dominierte das sarkastische Element. Sarkasmus hatte Eva jedoch bereits aus dem Munde ihres Vaters in überreichem Maße vernommen, weshalb sie sich oft irritiert fühlte.

Nach nicht einmal zwei Wochen steckte sie trotz aller guten Vorsätze wieder tief in der Geschichte drin. Marcels Mails beeinflussten ihre Stimmung und bewegten ihren Geist von früh bis spät. Ihr Stimmungsbarometer schnellte hoch, wenn sie seinen Namen fett gedruckt im Postfach erblickte, doch die Lektüre enttäuschte oder verletzte sie häufig, weil sie Wärme und Zärtlichkeit vermisste. Immer wieder hinterfragte er die Thesen ihrer Glossen – er besaß offenbar eine ganze Sammlung davon –, focht sie an und warf ihr vor, ihre Vorstellungen über Beziehung und Partnerschaft seien erschreckend rückständig. Da die Frauen ohnehin alle Hebel bewegten und den Männern in allem überlegen seien, so seine Lieblingsthese, täten sie gut daran, die Männer nur zu gewissen Zwecken zu benutzen und ihnen dann wieder den Laufpass zu geben. Im Klartext: Kopuliert mit uns und lasst uns ziehen! Evas sonst recht zuverlässig präsenter Humor hatte sich auf erschreckende Weise verflüchtigt. Sie registrierte es selbst betrübt, war aber nicht in der Lage, Marcels lässig hingeworfene bissige Ironie mit gleicher Münze heimzuzahlen. Seine Forderung, Männer nur als Gebrauchsutensilien zu betrachten, hätte sie unter normalen Umständen amüsiert und freche Erwiderungen provoziert. Nun aber fehlte ihr die nötige Distanz, weil sie sich missverstanden und gekränkt fühlte.

»Der Typ ist absolut neurotisch«, sagte ich, als ich wieder einmal mitbekam, wie sie sich mit Fragen zu ihrer eigenen Unvollkommenheit quälte. »Ein Paranoiker mit Minderwertigkeits- und vermutlich noch ein paar anderen Komplexen. Mensch Eva, seine Masche funktioniert bei dir auch bloß deshalb, weil du dieses verdammte Muster gewohnt bist – von deinem stets abwesenden Vater, der dich konsequent über seine Zuneigung im Zweifel gelassen hat. Diese Spur ist so tief gefurcht wie ein Waldweg, über den nach vier Wochen Regen ein schwerer Traktor gerumpelt ist.«

Sie gestand, ich sähe das wohl richtig und sie müsste sich vielleicht einer Therapie unterziehen. Im Moment hoffte sie allerdings noch, das Problem selbst in den Griff zu bekommen. Wo sie doch die Wurzel kannte und die Zusammenhänge begriff!

»Möglicherweise suche ich ja in der Auseinandersetzung mit Marcel den klärenden Dialog, den der Tod meines Vaters vereitelt hat …«

Tja, in Sachen Vater befinde ich mich ja in einer speziellen Situation. Jedenfalls habe ich keinen Vaterschaden, da es in meinem

Leben, bis ich vierundzwanzig war, keinen greifbaren Vater gab. Dafür ist mein Mutterschaden voll ausgereift …

In meinem kindlichen Bewusstsein existierte mein Vater als Toter mit Glorienschein. Meine Mutter sprach über ihn stets in Märchentanten-Manier und krönte ihre Erzählungen jeweils mit der traurigen Aussage, er sei kurz vor der Hochzeit bei einem Schiffsunglück ums Leben gekommen. Deswegen gab es auch kein Grab. Natürlich wurde mir schon relativ früh klar, dass an der Geschichte etwas faul war, aber ich wagte nicht, meine Mutter mit bohrenden Fragen zu belästigen.

Vor acht Jahren an einem warmen Sommernachmittag, saß ich bei einem Cappuccino im Café Tambosi am Hofgarten. Bei schönem Wetter fühle ich mich in dem großzügigen Gartencafé mitten in der Stadt ausgesprochen wohl. Je nach Verlangen kann ich dort Leute beobachten oder relativ ungestört lesen. Diesmal warf ich einen Blick in einen Roman, den ich eventuell übersetzen wollte. Eine Bekannte hatte mir die Gesellschaftssatire von ihrer USA-Reise mitgebracht und als Geheimtipp angepriesen.

Plötzlich trat ein sympathisch wirkender Mann in mittleren Jahren an meinen Tisch und fragte, ob er sich zu mir setzen dürfe. Ich bejahte, wechselte ein paar höfliche Sätze mit ihm und widmete mich dann wieder meiner Lektüre. Plötzlich räusperte sich der Fremde und gestand, er habe sich zu mir gesetzt, weil ich ihn in verblüffender Weise an eine Bekannte aus seiner Jugend erinnerte. Wir unterhielten uns eine Weile und es stellte sich heraus, dass er tatsächlich meine Mutter gekannt hatte. Wie elektrisiert spürte ich plötzlich, dass ich einer ganz heißen Sache auf der Spur war. Während der Mensch aus alten Zeiten plauderte, fiel mir auf, dass wir dieselbe Augenfarbe und ganz ähnlich geformte Ohren haben. Schließlich stellte ich ihm die entscheidende Frage. Er leugnete nichts, meinte lachend, in den Siebzigerjahren sei es schließlich ziemlich rundgegangen. Aber an Isolde Deyke erinnerte er sich deshalb so genau, weil er bei ihr der Erste war. Das hatte ihn tief beeindruckt, denn es war das einzige Mal, dass ihm dergleichen widerfuhr.

Nach dem Kammerkonzert, bei dem er für einen Kollegen eingesprungen war, hatten sie alle noch ausgiebig gefeiert. Und weil Isolde sich über ihr übles Einzelzimmer beklagte, das direkt neben dem Aufzug lag, hatte er sie in sein Doppelzimmer eingeladen. Am Morgen, als er erwachte, sei sie allerdings weg gewesen. Und als er an der Rezeption nachfragte, erfuhr er, sie sei bereits abgereist. Auch das war neu! Bislang hatte sein Problem eher darin bestanden, dass die Frauen an ihm festhielten. In der Folgezeit gab er sich alle Mühe, Isolde Deyke so oft wie möglich über den Weg zu laufen, doch sie ließ ihn links liegen. Wegen all dieser speziellen Umstände hatte er sie aber nie vergessen und erkannte sie dann prompt in mir wieder. Wir ersparten uns den Gentest und ich ersparte meiner Mutter die Enthüllung. Mein Vater und ich verstehen uns blendend. Wolfgang ist ein richtig guter Typ, dessen ich mich nicht zu schämen brauche. Er betreibt, nach Jahrzehnten als Orchestermusiker, mit einem Freund eine Kulturkneipe in Nürnberg, und wir sehen uns in unregelmäßigen Abständen. Seine Frau, mit der er leider keinen Nachwuchs hat, möchte er allerdings nicht mit einem Geständnis verwirren. Und so pflegen wir unser Geheimnis wie einen wertvollen Schatz.

Ich habe mir seither oft überlegt, wie mein Leben sich mit Vater entwickelt hätte. Aber so wie ich die Kompatibilität meiner Eltern einschätze, wäre ich dann vermutlich als Scheidungswaise aufgewachsen. Für ein kleines Kind ist aber ein unbekannter glorifizierter toter Papi sicher besser zu ertragen als die Abwesenheit eines bekannten und die Animositäten von dessen Exfrau.

Eva fuhr mit der Analyse ihres Marcel-Konflikts fort: »Ich denke, ich muss da jetzt durch, um mich mit Marcels Hilfe selbst zu befreien. Sehen wir es doch so: Er hat ein Mutterproblem und ich hab ein Vaterproblem. Wir könnten uns doch bestens ergänzen.«

Manche Leute legen sich auf Teufel komm raus ihre Argumente zurecht, wenn sie ihren Kopf durchsetzen wollen. Jedenfalls war Eva momentan mit Vernunft wohl kaum beizukommen. Alles, was wir für sie tun konnten, war zuzuhören und den *Fall* verständnisvoll zu begleiten.

Am liebsten hätte ich sie ja entführt, dem Dunstkreis dieses Chaoten entzogen, auf irgendeinen hohen Berg geschleppt – weit weg vom Internet! Da hätte sie dann bei gesunder Luft und einfacher Kost im Angesicht der Naturgewalten die Popligkeit ihrer Auseinandersetzung mit diesem Psychopathen erkannt.

Aber das ging nicht. Denn ich war ganz fest in die Arbeit mit und für Beni eingebunden. So lauschte ich denn geduldig und mit schlechtem Gewissen ihren Berichten, die immer wieder neue Schattierungen des Hickhacks mit Marcel beinhalteten.

Eines Abends, schließlich, als sie sich außerstande sah, seinen Sarkasmus noch länger zu ertragen, schrieb sie ihm einen gefühlvollen Brief, in dem sie all ihren Kummer in Worte fasste.

Zur Antwort bekam sie eine Mail, die sie zu Tränen rührte. Marcel schrieb mitfühlend, betroffen und sehr liebevoll. Er bat sie um Verzeihung dafür, dass er die Dinge nur aus seiner persönlichen Perspektive betrachtet habe. Aus Sorge um sie und dem Verlangen, sie und sich selbst vor seinen Fehlern zu schützen, sei ihm nicht bewusst gewesen, was er damit bei ihr auslöste.

Damit läutete er ein neues, ein goldenes Zeitalter ein. Adieu, du Tal der Düsternis! Einer dürstenden Steppe gleich, auf die just ein Wolkenbruch herniedergegangen war, fühlte Eva sich unendlich erleichtert und getröstet.

Tags darauf kam eine weitere Mail, in der er gegen seine Brust schlug, sich als gedankenlosen Toren bezeichnet und sie erneut um Verzeihung bat. Der letzte Absatz erfüllte sie mit Freude und Erregung: ›Und noch ein Wunsch (mein Egoist kommt wieder durch): Wenn du magst und es noch eine Freude für dich ist, lass uns ein Treffen vereinbaren. Wenn du Zeit hast und einen Ort kennst, den du magst … Ein paar Freudentränen möchte ich dir gern entlocken als kleinen Ausgleich für den Gefühlszirkus virtuosus, den ich dir so eigensinnig zugemutet habe. Ich umarme und verehre dich! All my love – dein Magnus.‹

Magnus. Magnus! – Eva war selig.

Wie schon gesagt: Ein guter Trick, die Leute so kurz zu halten, dass sie schon über Selbstverständlichkeiten in Ekstase geraten. Magnus ist also sein richtiger Vorname. Magnus – der Große. Für Eva war er in dem Moment Maximus – der Größte. Sie druckte die berauschenden Zeilen aus, las sie noch ein paar Mal, faltete das Blatt zusammen und steckte es in die Hosentasche. So konnte sie es immer wieder herausnehmen, falls ihr Zweifel kommen sollten.

›Diesmal kein Entkommen! Und vielleicht wirst du hinterher intensiv hoffen …‹, antwortete er auf ihre Frage, ob dies lediglich eine neue Strophe des bekannten Wankeltangos sei. Und dann kam noch eine Ankündigung, die zwar vage gehalten war, sie aber begeisterte, weil sie auch darin ein Zeichen seines Abrückens vom rigiden Standpunkt erkannte. ›Der akustische Kontakt ist nicht so einfach, wie du dir das in deinen klaren, geordneten Verhältnissen vorstellst. Also, lass dich überraschen, was mir einfällt!‹

Mit Überraschungen aufzuwarten war ja ohnehin Programm. Herr Magnus ließ sich allerdings Zeit. Drei weitere Tage. Und dann meldete er sich, um vier Uhr nachmittags, als Eva gerade über einer Glosse saß, einem Plädoyer dafür, dass die Männerwelt endlich den wagemutigen Vorstößen der Couturiers und Designer Folge leisten sollte, die sich seit Jahren ohne wahrnehmbaren Erfolg bemühten, Röcke für Männer zu lancieren.

›Zeig mir deine Waden, Großer!‹, lautete ihre Aufforderung. Dieser Appell richtete sich zu allererst an die Männer, die Nachthemden trugen. ›Tut's nicht nur bei Nacht und unter der Decke! Gönnt auch mal fremden Frauen freche Freuden!‹

Sie grinste sich im Spiegel an, der stets vor ihr auf dem Schreibtisch stand, um sie davon abzuhalten, allzu ernst dreinzublicken. Als das Telefon klingelte, hob sie den Hörer ab und nannte etwas traumverloren ihren Namen.

»Mhmm, ja, mhmmm – hier ist … äh … Magnus.«

»Magnus!!! Wie schön, dass du dich meldest!«

Obwohl sie sich zigmal vorgestellt hatte, wie sie reagieren würde, wenn er endlich anriefe, empfand sie überhaupt keine Befangenheit, was sicher auch daran lag, dass ihr Humor in Bezug auf ihn und seine Äußerungen wiedergekehrt war, seit er ihren Kummerbrief so liebenswürdig beantwortet hatte.

Sie lauschte in den Hörer hinein und nahm begierig den Klang seiner Stimme auf. Weder stotterte er, noch verfügte er über eine Fistelstimme. Ganz im Gegenteil: Diese Stimme war sonor, klang tief, dennoch recht jung und dabei sehr erotisch. Und Magnus' Sprache war klar und sehr kultiviert. Trotzdem hielt er mehrmals inne, als müsse er sich sammeln, seine Gedanken neu ordnen. Lachend gestand sie ihm, sie habe sich alle möglichen Erklärungen dafür ausgedacht, warum er nicht mit ihr sprechen wollte. Aber nun sei sie so angenehm überrascht, dass sie ihm stundenlang zuhören könnte.

Das schien er dann durchaus wörtlich zu nehmen, denn das Gespräch dauerte tatsächlich länger als zwei Stunden. Er sprach über seine Kindheit, die strenge Mutter, die Jugend im Internat bei den Jesuiten, Literatur, Gesellschaftsklatsch und vor allem über ihre Korrespondenz. Er überschüttete sie mit Komplimenten, und sie hätte sich am liebsten wie eine Katze auf dem Boden gerollt und sich in seine Worte wie in eine wärmende Decke eingehüllt. Zwischendurch ließ er ein paar Beschreibungen seiner angeblichen Unvollkommenheit einfließen, meinte, er sei zwar immerhin einen Zentimeter länger als sie, dafür aber doppelt so tief. Als sie nach der Farbe seiner Augen fragte, gab er an, von seinen Augen sei ohnehin nichts zu sehen.

»Aha, oben Schlupflieder und unten Tränensäcke?«, mutmaßte sie lachend und war überzeugt, er grinse vor sich hin, als er ihre Vermutung vage bestätigte. Sie wurde richtiggehend euphorisch, weil er sich im Gespräch als ebenso witzig erwies wie in seinen Briefen. Als sie nach seiner Haarfarbe erkundigte, meinte er, die könne sie sich aussuchen. Er trage Toupets in allen Schattierungen. Zwar glaubte sie ihm keine seiner schamlosen Übertreibungen, rechnete aber schon damit, dass sie zumindest ein Körnchen Wahrheit enthielten. Dennoch humpelte das kleine, alte, fette, glatzköpfige, hässliche Männlein wieder ein Stück weit in den Hintergrund zurück, aus dem es ihre Zweifel, Befürchtungen und Ahnungen hervorbeschworen hatten.

Dieser Mann am anderen Ende der Leitung war nicht alt. Und klein auch nicht. Als er einmal den Raum durchmaß, um den Hund zur Terrassentür hereinzulassen, hörte sie seine Schritte auf dem Parkett. Es waren schlaksig-träge Schritte, die auf zwei gleichmäßige, normal bewegliche, lange Beine schließen ließen.

Worin aber bestanden die wahren Gründe, die ihn die ganze Zeit davon abgehalten hatten, ihr unter – oder vielmehr vor – die Augen zu treten? Hatte er ein verunstaltetes Gesicht? War er verkrüppelt? Oder prominent? Ein Politiker vielleicht, der als Oberhaupt einer Modellfamilie im Lichte der Öffentlichkeit stand? – Oder ein geistlicher Würdenträger? Dafür könnte das Jesuiten-Internat ein Hinweis sein.

Eva überlegte, ob sie damit Probleme hätte, falls sie beide trotz allem den schon so eifrig gesponnenen erotischen Faden wieder aufnehmen, weiterspinnen und daraus ein Netz weben sollten.

Eher nicht. Mit Familienvätern hatte sie so ihre Erfahrungen. Mehr als die Hälfte der Ehemänner ihres Bekanntenkreises hatten ihr bereits Avancen gemacht. Diese Männer hatten es mit Sicherheit vorher oder nachher auch bei anderen probiert und waren bestimmt im einen oder anderen Fall auch ans Ziel gelangt. Vor Jahren hatte Eva Sibylle ihre Gewissensbisse wegen eines liierten Mannes anvertraut.

»Wenn sonst alles stimmt – warum nicht? Tust du's nicht, dann tut's 'ne andere«, war Sibylles trockener Kommentar.

»Dieses Argument muss meiner Meinung allzu oft als moralische Rechtfertigung für Verstöße gegen geltende Regeln herhalten«, hatte Eva protestiert.

Sibylle hatte nur gelacht. »Du bist erschreckend naiv und siehst das völlig falsch! Wenn der Mann dir wirklich gefällt, dann tust du weder dir noch ihm einen Gefallen, wenn du entsagst, sondern einer unbekannten Dritten, die ihn dann möglicherweise auch noch übel linkt.«

»Du meinst also, ich täte nicht nur nichts Verwerfliches, sondern vollbrächte am Ende sogar ein gutes Werk?«

»Ja, klar, denn du bist eine anständige Person und du wirst dafür sorgen, dass die Geschichte nicht aus dem Ruder läuft.«

Eva hatte die Freundin ausgelacht und – ihrem Gewissen folgend – verzichtet. Ein gutes Jahr später, als sie ihren verschmähten Verehrer bei einem Empfang traf, waren Sibylles Prophezeiungen auf drastische Weise eingetroffen. Die Ehe ihres abgeblitzten Bewerbers war tief gestört, und eine schöne junge Frau, mit der er überhaupt nicht zurechtkam, erwartete von ihm ein Kind, das er nicht wollte.

Beim nächsten Mal zierte Eva sich weniger (tat ein lang anhaltendes gutes Werk), obwohl sie von Ehemännern aus dem Freundeskreis grundsätzlich die Finger ließ.

»Sag mal, bist du verheiratet oder etwa Priester?«, fragte sie Magnus, als er endlich einmal eine kurze Atempause einlegte.

»In gewissem Sinne beides ...«

»Ah ja, vielleicht einer von den geistlichen Würdenträgern, für deren Sprösslinge die Sancta Ecclesia aufkommt? Wie war das – für bis zu drei Kinder zahlt die Kirche? Alles, was darüber hinausgeht, müssen die Priester selbst finanzieren.«

»So ist es geregelt. Aber ich habe nur zwei Kinder und ein Mönch bin ich nur im ideellen Sinne – gelegentlich, wenn ich meine kontemplative Phase erlebe. Ansonsten bin ich ordentlich verheiratet. Sicher kein vorbildlicher Familienvater, aber doch zumindest ein verträglicher.«

Nun wusste sie es also sicher, aber es erschütterte sie kaum. Vielmehr wuchs mit jeder weiteren Viertelstunde, die das Gespräch andauerte, ihr Wunsch, Magnus endlich richtig kennenzulernen.

Ihm schien es ähnlich zu gehen. Er bat sie nämlich plötzlich nach einem spontanen Gedankensprung, sich über Ort und Zeitpunkt Gedanken zu machen. Das hatte sie bereits mehrmals getan. Bei schönem Wetter konnte sie sich keinen geeigneteren Treffpunkt vorstellen als Steckborn, wo sie kürzlich mit Leonardo Kaffee getrunken hatte.

»Donnerstag nächste Woche – bei der Schiffslände in Steckborn«, schlug sie vor.

Er war zwar etwas verdutzt über die prompte und überaus präzise Angabe, doch sehr wohl einverstanden. »Halb drei?«

»Um drei. Und zwar auf der Promenade links neben dem Landesteg.«

»Das war das Erste, was mich an dir fasziniert hat: Du weißt, was du willst.«

»Danke. – Aber falls das Wetter weiterhin so grausig bleibt, treffen wir uns in der Lobby des ›Chlosterhofs‹ in Stein am Rhein.«

Auch für diesen Vorschlag bedachte er sie mit Komplimenten.

Als sie schließlich das Gespräch beendeten, waren sie einander um ein weit größeres Stück näher gekommen als während der letzten vier Wochen ihres Mailverkehrs.

›Liebste Eva, aus meiner stockenden Rede mochtest du schließen können, wie atemlos du mich machst, und wie wenig ich dir sagen (in des Vorgangs Sinne) kann, was ich beim Klang deiner Stimme empfunden habe. Dies war der Anfang einer wunderbaren Freundschaft – was uns hoffentlich immer bleiben wird – und der Beginn eines leidenschaftlichen Traumes, den umzusetzen ich ersehne.‹

Schriftliches Nachsäuseln als Bonbon nach dem ersten Gespräch seinerseits.

›Mein Lieber, meine Freude, ich wünsche mir so sehr, dass meine Nase und meine Augen dich genauso begehren werden wie mein Geist, meine Seele und meine Ohren!‹, lautete ihr schriftlicher Erwiderungsseufzer.

Er antwortete ihr nun meist umgehend und rief sie auch mehrmals täglich an. Von zu Hause aus, wenn alle anderen ausgeflogen waren, aus seinem Büro oder von unterwegs aus Telefonzellen, in denen er zahlreiche Karten leer telefonierte. Magnus gehörte zu der aussterbenden Spezies Männer, die Handys ablehnten (vermutlich zum Schutz vor anderen und sich selbst). Während er am Telefon endlos schwatzte und Eva kaum eine Chance gab, je einen Gedanken bis zum Schluss auszuführen, strotzen seine Mails nun vor Demut und Bescheidenheit – und vor Ewigkeitsversprechen. ›Und ob mein kleiner Funke ausreicht, deine Sinne zu entfachen, ist eine spannende Frage. Unabhängig davon erträume und wünsche ich mir, deine Freundschaft erwerben und erhalten zu können. Für immer! Du bist so eine wundervolle Frau!‹

Na, bitte, wer von uns lechzt nicht geradezu nach dergleichen Bekenntnissen! Wenn ich nicht selbst gerade durchs erotische Delirium getorkelt wäre, hätte ich glatt neidisch werden können. So aber bat ich Eva um eine Kopie der Glanzlichter und las sie Beni vor.

»Gesülze und Geschwalle«, kommentierte er.

»Mag wohl sein, mein Süßer, aber das ist der Stoff, der Frauenherzen schmelzen lässt …«

»Wenn du meinst, dass ich das noch nötig habe, dann druck mir das Zeug halt mal aus!«, verlangte er lachend. Und als ich mir vorstellte, wie Beni mit Magnus' Worten jonglierte, musste ich auch herzlich lachen. Endlich schien diese strapaziöse

Geschichte eine erfreuliche Wendung zu nehmen! Erfreulich zumindest in der Hinsicht, dass Eva wieder jubilierte. Spannend war das Ganze natürlich auch. Höchst spannend. Meine Skepsis gegenüber Herrn Magnus Unbekannt blieb jedoch bestehen. Um meine Zweifel zu zerstreuen, musste er sich bei Eva noch gewaltig ins Zeug legen und den salbungsvollen Worten überzeugende Taten folgen lassen.

Am Donnerstag also sollten die Würfel fallen. Bel ami oder Quasimodo? – Wir waren gespannt. Worauf wir auch sehr gespannt waren – in diesem Falle bezog sich das Personalpronomen auf Sibylle und mich –, war, ob Eva am Wochenende zu Sibylles Geburtstag kommen würde. Sibylle feierte wieder mal ihren Fünfundzwanzigsten und hatte Lust auf eine große Party, was zur allgemeinen Vermutung führte, sie werde dreißig. Aber sie wurde dreiunddreißig. Wer es besser wusste, würde garantiert dazu schweigen.

Eva hatte fest zugesagt, worauf Sibylle ihr kurz entschlossen anbot, Leonardo und David mitzubringen, denn sie hält viel davon, interessante Menschen unter ihrem Dach zu versammeln.

Ich vereinbarte mit dem Fitnesstrainer, der jedes zweite Wochenende wegfährt, dass die beiden Männer in meiner Wohnung logieren konnten. Eva und ich teilten uns wie gewohnt Evas Räume, was kein Problem darstellte, da Beni zu seiner Familie aufs Land gefahren war, um die Taufe des dritten Kindes seiner ältesten Schwester zu feiern.

Zwar wäre ich wegen Sibylles Geburtstagsfeier ohnehin nicht mit ihm gekommen, aber ich hätte es schon nett gefunden, wenn er mich wenigstens gefragt oder die Andeutung einer Einladung ausgesprochen hätte, zumal er es für selbstverständlich hielt, dass er mit meinem Auto hinfahren konnte.

Beni stammt von einem Bauernhof in einer winzigen Allgäugemeinde und ist der einzige Sohn nach vier Töchtern. Also der designierte Hoferbe, der vom ersten Atemzug an wie etwas ganz Besonderes und Kostbares behandelt wurde. Verschärfend kommt hinzu, dass seine Mutter Sizilianerin ist, also einem Kulturkreis entstammt, in dem Männer ein weit höheres Ansehen genießen als Frauen. Camilla Bellini, deren Eltern von einem Dorf am Fuße des Ätna mit zwei kleinen Kindern nach Deutschland eingewandert waren, hatte Josef Hanner über die Vermittlung eines Viehhändlers kennengelernt.

»Du darfst dir meine beste Kuh aussuchen, wenn du für mich eine tüchtige Frau findest, die bereit ist, Bäuerin zu werden«, hatte Josefs Offerte gelautet. Bauern rangierten vor dreißig Jahren auf der Rangliste der heiratswilligen Frauen auf ähnlich tiefem Niveau wie Knackis.

Die Lotte aus Hanners Stall war ein Angebot, das der Viehhändler sich nicht entgehen lassen wollte. So organisierte er einen Grillabend für die sizilianische Familie und den Freundeskreis seiner Putzfrau und lud Josef Hanner dazu ein. Dabei fiel dessen Auge auf Camilla, die in einem Lebensmittelbetrieb in Memmingen am Fließband arbeitete.

Die junge Frau fand Gefallen an dem Bauern, und Lotte wechselte den Besitzer.

Nun hatte es aber die schöne Siciliana trotz der rührenden Eheanbahnung nicht leicht mit der Familie ihres Mannes. Und nachdem sie ein Mädchen nach dem anderen gebar, schien das für einige böswillige Anverwandte die Bestätigung ihrer Untauglichkeit. Insofern bedeutete die Geburt des Knaben Benedict, den seine Mutter nur Benedetto nannte und der außerdem noch auf die Namen Salvatore und Angelo (also Erretter und Engel) getauft wurde, ihre Erlösung von einem vermeintlichen Fluch. Camilla liebte ihn abgöttisch und verwöhnte ihn nach Strich und Faden. Er war ein hübscher und aufgeweckter Bub. Zu Ende seiner Grundschulzeit bearbeiteten sein Lehrer und der Pfarrer die Familie wochenlang, dass Beni, der schlaueste Junge weit und breit (in der Quasi-Einsiedelei), aufs Gymnasium durfte. Und hätte sein Vater damals nicht wegen einer Umlegung der Kreisstraße durch sein Ackerland einen Anwalt gebraucht, wäre Beni wie alle seine Kameraden zur Hauptschule gegangen. So aber gab's ein Argument, das für die höhere Schule sprach: Das horrende Stundenhonorar, das ein Anwalt veranschlagen konnte.

Den Hof bewirtschaftete inzwischen die älteste Schwester mit ihrem Mann, einem dritten Sohn von einem Hof in der Gegend. Und wenn Beni gelegentlich zu Besuch kam, wurde im biblischen Sinne ein gemästet Kalb geschlachtet.

In diesem geradlinigen ländlich-multikulturell geprägten Lebenslauf meines Liebsten lag zweifellos sein kaum zu erschütterndes Selbstbewusstsein begründet und die Überzeugung, seine Intelligenz sei ganz außergewöhnlich hoch und könne von kaum jemandem – zuallerletzt von einer Frau – übertroffen werden.

9

Am Freitagabend trafen die drei aus Konstanz ein. Eva strahlte wie die Mittagssonne am wolkenlosen Himmel. Tags zuvor hatte sie Magnus getroffen und sich seither nicht bei mir gemeldet. Ich platzte fast vor Neugier und war sehr zufrieden, als die beiden Männer sich auf die Socken machten, nachdem sie ihr Gepäck verstaut hatten.

»Schon wieder Blumen!«, rief Eva, als ich ihr den bunten Begrüßungsstrauß überreichte. Sie trug ihn in der schlichten Glasvase auf den Balkontisch, und ich folge mit Crémant, Kühler und zwei Gläsern.

»Lustig, in der eigenen Wohnung zu Gast zu sein«, fand Eva und lobte mich gleich dafür, dass ich ihre Kräuter so gut gepflegt hatte. Das geschah schon in meinem eigenen Interesse. Dennoch bedankte ich mich für das Kompliment. Aber sogleich fiel mir ein, dass ich ihr beichten musste, was alles Benis hilfreichen Händen entglitten war. Leider hatte sich zu den leicht ersetzbaren Geschirrteilen inzwischen auch noch eine zauberhafte alte Kristallschale gesellt. Ein Stück, wie es sich allenfalls in einem Antiquitätengeschäft finden lässt.

»Ach, mach dir keine Gedanken. Ist doch kein Problem, solange es nur um Materielles geht.«

Wenn es noch eines Beweises bedurft hätte, dann war er jetzt erbracht: Eva war heiß verliebt. Wer liebt, kann so gut loslassen. Alles außer dem geliebten Wesen. Das wird ängstlich festgehalten, zärtlich gestreichelt oder neckisch stimuliert. Jedenfalls bleibt keine Hand frei für etwas, das nichts mit dieser alles ringsum bagatellisierenden Liebe zu tun hat. Wie schön, dass wir beide fast gleichzeitig etwas so Wunderbares erleben durften.

Ich füllte die Gläser und wir stießen an. »Auf das, was uns berührt«, sagte ich grinsend.

»Na, warum so zurückhaltend? Nenn das Kind doch ruhig beim Namen! Auf die Liebe!«

»Okay, auf die Liebe!«

Wir tranken einen Schluck und dann forderte ich sie auf: »Jetzt aber raus mit der Sprache!«

Eva strahlte mich an. »Eliza, das Unglaubliche ist geschehen: Ich habe einen Mann gefunden, der meine kühnsten Wunschvorstellungen weit übertrifft.«

Ich wusste ja, um wen es ging, aber ich neckte sie ein wenig: »Sag mal, von dem einen Schluck kannst du noch nicht schon besoffen sein. Oder hast du etwa gekifft? Oder bist du sonst wie berauscht?«

»Na ja, unter sonst wie berauscht könnten wir es schon laufen lassen«, erwiderte sie, auf mein Spiel eingehend, und hatte dabei jenes Lächeln im Gesicht, das Verliebte in den Augen nicht Verliebter stets töricht bis blöde aussehen lässt.

Irgendwie kam mir das Ganze aber dann doch ein bisschen zu dick aufgetragen vor, und deshalb fragte ich mich für einen Moment, ob sie mir eine Komödie vorspielte. Diesen Gedanken verwarf ich jedoch sofort, als ich wieder den Glanz in ihren Augen wahrnahm, der von ganz tief drinnen zu kommen schien und ihr fast eine Aureole verpasste. Zumindest im Schein der untergehenden Sonne.

»Also, mein Schatz, ich höre …«

»Ich fange am besten von vorn an. Ich meine, zum Zeitpunkt nach meiner letzten Mail an dich, mit der ersten von Magnus nach unserer Initial-Begegnung: ›Caesar hätte Cleopatra, Voltaire Emilie verlassen und Jean-Paul Simone – hätten sie nur die kleinste Chance gehabt, in deine wunderbare Nähe zu gelangen.‹ Hat mich fast umgehauen.«

Ich geb's zu, das beeindruckte mich auch. Ich äußerte jedoch nichts, sondern hing an Evas Lippen.

»Nachdem wir unser Treffen vereinbart hatten, gab es noch ein paar Mails, auch rief er noch mal an, wollte wissen, ob er mich nicht doch verschonen sollte. Es schien ihm einen Heidenspaß zu bereiten, sich in abstoßenden Formen und den scheußlichsten Farben darzustellen. Meine Fantasie schlug hohe Wellen. Ich sah mich zuerst in heißer Umarmung mit dem Mann meiner individuellen Wunschträume, den ich mit geschlossenen Lidern genoss. Und als ich die Augen aufschlug, ertappte ich mich – mit erheblichem Gruseln – dabei, wie ich mitfühlend die verschorfte Glatze eines sehr hässlichen, ziemlich dicken, doch ausnehmend liebenswürdigen älteren Herrn streichelte.«

»Ih!«, rief ich, die ich meine Nächte in den Armen eines makellosen jungen Mannes verbrachte. »Mich gruselt auch – und zwar gewaltig!«

In gespielter Gouvernanten-Manier fragte sie: »Ist es nicht Christenpflicht, seinen Nächsten wie sich selbst zu lieben? Bietet nicht das Neue Testament eine großzügige Auswahl an Mühseligen und Beladenen und fordert Barmherzigkeit?«

Ich ging auf das Spiel ein: »Ja, klar. Und auch jede Menge Beispiele für den gefälligen Umgang mit dergleichen bemitleidenswerten Kreaturen, Eva aus Samaria …«

Eva formte mit den Händen etwas in der Luft, das sowohl die Kuppel des Petersdoms hätte abgeben können als auch einen gigantischen Heiligenschein. Dann schnitt sie eine Grimasse, und wir prusteten beide los.

Als wir uns wieder beruhigt hatten, fuhr sie fort: »Trotz allem ließ ich mich von Magnus' Anspielungen nicht erschüttern. Das heißt, ich ließ mir nichts anmerken. Aufgewühlt war ich natürlich schon. Aber ich nahm mir vor, meine Mimik absolut unter Kontrolle zu halten, falls sein Äußeres mich abschrecken sollte. Dann würde sich die Geschichte eben nicht aufs Erotische ausweiten. Wir würden geistreiche Gespräche führen und viel miteinander lachen. Es würde sich eine wunderbare Freundschaft entwickeln – never ending, wie Magnus mehrmals prophezeit hat.« Eva lachte vergnügt. »Am nächsten Tag – unserem Tag! – gestern, rief er um elf an. »Last exit, meine Schöne.

Noch kannst du es dir überlegen. Noch hast du die Chance, dein Wunschbild von mir weiterleben zu lassen, noch liegt es nicht in Scherben.« Er gab sich wieder mal alle Mühe, mir Furcht vor der Begegnung einzujagen, aber ich blieb stur. Schließlich versicherten wir uns gegenseitig mit aller Ernsthaftigkeit, dass wir – wie immer das Treffen auch verlaufen mochte – unsere Freundschaft fortsetzen würden. Am Morgen war ich schon gelaufen, hatte mir anschließend Gesichts- und Körperpeelings verpasst, meine Beine enthaart, mein Haar mit einer Balsamkur eingeschmiert, den aufkeimenden Pickel an der Oberlippe gekillt und mir die Augenbrauen gezupft.«

»Kein Mann vermag zu ahnen, welchen Aufwand eine Frau vor einem Rendezvous treibt«, sagte ich und ergänzte im Stillen: Und kaum einer sieht überhaupt, dass es was zu sehen geben könnte.

»Die Vorbereitung des Mannes besteht allenfalls darin, dass er seine schickste Unterhose anzieht«, lästerte Eva.

»Ja, das habe ich auch mal im Radio gehört«, bestätigte ich. Meine Beobachtungen sind nicht so vielfältig, dass ich viel mehr dazu sagen könnte. Benis Slips waren jedenfalls, bevor ich ihm ein paar neue kaufte, eher verwaschen und ausgeleiert als schick.

»Ein Ehemann würde sich mit zu viel Schick möglicherweise verdächtig machen … Aber weiter: Die Jungs waren außer Haus. Leonardo an der Uni und David in der UB. Ich rannte also halb nackt durch die Wohnung, legte eine meiner seit Langem bewährten Motivations-CDs auf: *Man, I feel like a woman* von Shania Twain. Dazu tanzte ich wild herum. Das Wetter war fantastisch. Der erste warme Maitag nach den nicht enden wollenden Eisheiligen. Ich schaute aufs Thermometer: fünfundzwanzig Grad! O Schreck! Ich hatte nichts anzuziehen!«

»Hast du diesen Spruch eigentlich je aus dem Munde eines Mannes gehört?«

»Nein, Männer ziehen ja auch jeden Tag dasselbe an. Aber

du weißt doch, dass ich nicht so viel mitgenommen hatte – und Schickes sowieso nur für kühlere Tage. Also setzte ich mich aufs Rad und raste in die Stadt. Es war kurz vor zwölf Uhr. Du kennst mich ja: Ich habe nie das Problem, keine Klamotten zu finden, die mir passen und gefallen, sondern eher zu viele. Also riss ich mich mit aller Gewalt zusammen und beschränkte mich auf ein einziges Kleid! Sonst wäre das Theater ja in der Wohnung wieder losgegangen, ich hätte mich nicht entscheiden können, das eine aus, das nächste an gezogen und wieder von vorn angefangen. Ich fand was ganz Tolles: einen sonnengelben Traum aus Crêpe de Chine mit Corsagen-Oberteil und sanft schwingendem Rock. Zeig ich dir nachher, ich hab's in der Reisetasche. Nun brauchte ich natürlich noch ein Paar neue Schuhe, denn ich konnte ja schlecht schwarze Pumps zum Sommerkleid tragen. Also Sandaletten. Die hier.«

Sie streckte mir ihr rechtes makelloses Bein hin, dessen Fuß in einer eleganten Sandalette mit hellblauen Riemchen steckte.

»Sehr schön – dafür, dass du sie in der Provinz gekauft hast«, lobte ich provozierend.

»Danke! – Um halb zwei war ich schließlich zu Hause. Ich stellte mich zum zweiten Mal unter die Dusche und cremte mich erneut ein. Vor allem Arme und Beine, denn meine Haut sollte ja seidig schimmern. Dann nahm ich mir mein Haar noch einmal vor, und schließlich schminkte ich mich sorgfältig und wirkungsvoll. Als ich mich im neuen Kleid und mit den neuen Schuhen im Spiegel betrachtete, gefiel ich mir sogar selbst und ich hoffte, dass Magnus/Adonis/Quasimodo bei meinem Anblick der Atem stocken würde. Ich brachte es allerdings nicht übers Herz, der Frisur wegen das Verdeck geschlossen zu halten. Irgendwo hat die Eitelkeit auch ihre Grenzen. Um halb drei saß ich im Auto. Das konnte hinhauen. Du weißt ja, dass auch ich auf absolute Pünktlichkeit dressiert worden bin. Natürlich waren alle Ampeln auf Rot, und die Bahnschranke ging auch gerade runter, als ich mich dem Übergang näherte. Ich blickte abwechselnd auf die Uhr und in den Spiegel. Nebenbei übte ich mich für den Notfall darin, meine Gesichtszüge bei einem freundlichen Lächeln einzufrieren. Du weißt ja, wie deutlich mir oft anzusehen ist, was ich denke oder fühle. Sehr hilfreich für dieses Unterfangen war auch meine dunkle Sonnenbrille.«

»Allerdings!« Das ist auch etwas, das ich an Eva liebe: Wenn ich mit ihr unterwegs bin, brauche ich sie nie zu fragen, was sie von dieser oder jener Person hält. Ich brauche sie nur anzusehen und weiß Bescheid. Lüge und Heuchelei liegen ihr absolut fern, wären bei ihrem Mienenspiel auch völlig zwecklos.

»Ich wollte unter allen Umständen vermeiden, ihn zu kränken. Plötzlich bekam ich richtiggehend Schiss vor der Begegnung. Ich war mir absolut klar, welch große Rolle meine Fantasie bei der ganzen Sache spielte. Die Wahrscheinlichkeit, dass Magnus mir nicht gefiel, war realistisch betrachtet hundertmal größer als jede andere. Ich wusste, er ist intelligent, geistreich, gebildet, charmant, schlagfertig und sensibel. In meinen geheimen Träumen war er jedoch überdies schön, groß, wohlriechend und mit starker erotischer Ausstrahlung ausgestattet. Aber im Grunde wäre doch eher anzunehmen und außerdem gerechter, dass nicht einer alles hat, sondern die himmlischen Segnungen einigermaßen gleichmäßig gestreut sind.«

Ich musste lachen. »Schon, aber das Leben ist nicht gerecht. Sonst hättest du auch nicht all die Vorzüge, mit denen du gesegnet bist.«

»Ich hab ja dafür anderswo Macken. Jedenfalls fand ich's gut, dass ich zumindest meine verräterischen Augen hinter dunklen Gläsern verstecken konnte. Auf meiner Uhr war es fast drei, als ich mein Auto auf den Parkplatz nahe der Schiffslände lenkte. Meins war das einzige mit deutscher Nummer. Magnus war also noch nicht da. Die Höflichkeit der Könige … Nun verspürte ich keine Lust, die Promenade auf- und abzuwandern und mich womöglich zweideutigen Verdächtigungen auszusetzen. Also machte ich mich am Auto zu schaffen, ordnete die Straßenkarten und schloss das Handschuhfach ab.

»Das ist aber nicht der Landesteg«, hörte ich eine tiefe Stimme sagen. Ich blickte hoch, höher, noch höher – und in ein hinreißend schönes Gesicht mit strahlenden saphirblauen Augen unter zerzausten dunkelblonden Locken und dem frechsten Grinsen, das mir bislang untergekommen war.«

Sie verdrehte die Augen und machte eine Kunstpause. Ich goss nach. Sie nickte mir dankbar zu, nahm einen Schluck, lächelte geheimnisvoll und schien darauf zu warten, dass ich sie zum Weitersprechen drängte. Ich trank jedoch erst einen Schluck.

Ihr Mitteilungsdrang kannte aber keine Geduld. »Ich hatte ja mit allerhand gerechnet, aber nicht damit, dass der Kerl fast genauso aussieht, wie ich ihn mir selbst gebacken hätte. Na ja, etwas weniger Teig hätte ich vermutlich schon verwendet … Aber für den Moment war ich derart geblendet, dass ich ihn völlig gebannt anstarrte. Er gab mir einen Kuss und löste damit meine kataleptische Starre. »Magnus«, seufzte ich, und dann strahlte ich ihn an. »Du kannst dir ja gar nicht vorstellen, wie froh ich bin!« Er tat völlig nonchalant, aber ich denke, er ahnte, was in mir vorging und er genoss die Wirkung, die er auf mich ausübte.

»Komm, gehen wir was trinken«, schlug er vor. Ich fragte nach seinem Auto. Er hatte es auf einem anderen Parkplatz abgestellt, der schattiger war. Warum, sollte ich später erfahren.

»Du warst also pünktlich«, stellte ich zu meiner eigenen Beruhigung fest. Und er erwiderte, er würde es nie wagen, eine Dame wie mich warten zu lassen.

»Dann hast du mich also beobachtet?«, wollte ich wissen und malte mir aus, was ich wohl für ein Gesicht gezogen hatte, als noch die ganze Anspannung auf mir lastete.

»Oh ja, und zwar mit dem größten Vergnügen!« Er legte

den Arm um mich und wir gingen auf das rosa Gebäude zu. Ich fühlte mich wie in einem Traum, der sich auf einer Wolke abspielte. Oder in einem absolut kitschigen Film. Auch wir ließen uns oben auf der Terrasse nieder und blickten auf den See, der den blauen Maihimmel reflektierte, und auf dessen gekräuselter Oberfläche sich viele weiße und etliche bunte Segel blähten.

Neben mir saß mit sehr viel Tuchfühlung der faszinierendste Mann, der mir je begegnet war, und warf mir meine Attraktivität vor, die es ihm angeblich schwer machte, sich wie ein zivilisierter Mensch zu benehmen. Wir bestellten. Für mich Kaffee und Wasser, für ihn Eiskaffee. Ich wurde nicht müde, ihn anzuschauen und gelegentlich zu wiederholen, wie erleichtert ich sei, dass er keiner der Schreckgestalten glich, die ich mir ausgemalt hatte.

Er redete fast pausenlos. Über seine Kindheit, die strenge Mutter, die zickige ältere Schwester, seine Jugend im Internat, die Freundschaften von damals, die zum Teil immer noch Bestand hatten.

Aber ich bekam nicht sehr viel mit. Meine Gedanken kreisten um unsere Korrespondenz und seine Ewigkeitsversprechen sowie unsere Telefongespräche, in denen er gemeinsame Tage in Italien angedeutet hatte. Seine rechte Hand lag auf meinem linken Schenkel und meine linke Hand auf seiner rechten Schulter. Er trug ein dunkelblaues Hemd aus festem Baumwollstoff, das sich gestärkt anfühlte und frisch gebügelt roch.

»Und was machen wir jetzt?«, erkundigte er sich nach einer wie im Fluge dahingegangenen Stunde. Ich überlegte, ob er eines der Hotels in Betracht zog. Vermutlich schon. Aber ich wollte nicht, dass es so schnell ging. Und überdies war der Tag zu schön, um ihn freiwillig in geschlossenen Räumen zu verbringen.

»Ein Spaziergang am See entlang wäre schön.«

Er fand die Idee auch gut, meinte jedoch, wegen der Straße

sei es nicht ideal, direkt vom Ort aus loszugehen. Westlich von Steckborn hingegen könnten wir uns abseits der Straße am See entlang bewegen. Wir fuhren mit meinem Cabrio und er wies mir den Weg. In einer Einbuchtung am Straßenrand stellten wir das Auto ab und gingen zu Fuß Hand in Hand in Richtung See. Nach ein paar Metern zog ich die Schuhe aus, da ich mich mit den Absätzen nicht besonders geländegängig fühlte. Jetzt erst fiel mir auf, wie groß Magnus wirklich war. Zwanzig Zentimeter länger als ich. Fünf unter der Zweimetermarke.«

»Donnerwetter! Einer der seltenen Fälle, bei denen die Namensgebung der Eltern voll ins Schwarze getroffen hat – im Gegensatz zu den mickrigen schwarzhaarigen Siegfrieds oder den blassen blonden Mädchen namens Carmen.«

Eva lachte kurz und setzte dann ihren Report fort: »Wir kamen ans Ufer und folgten einem schmalen Pfad, der über Baumwiesen und an Gärten vorbei führte. In der Schweiz gehört das Ufer genau wie in Deutschland dem Staat. Am Schweizer Bodenseeufer hindert dich auch kaum jemand daran, am Ufer entlangzuspazieren – selbst wenn du dabei ein privates Grundstück betrittst.

Wir gelangten schließlich zu einem kleinen Landvorsprung, auf dem einige Trauerweiden standen, deren Äste fast bis zum Wasser hinunter reichten. Ein floraler Baldachin, der vom Wasser aus wie ein dichter Vorhang wirken musste. Neben einem der Stämme stand ein alter Stahlrohrstuhl. Vielleicht war das ein Platz, wo sich gelegentlich ein Angler aufhielt oder jemand, der es liebte, in aller Stille Sonnenuntergänge zu genießen. Jedenfalls ließ sich Magnus in dem Stuhl nieder, und ich setzte mich auf seinen Schoß. Und dann haben wir uns geküsst – bis die Sonne unterging …«

»Moment, ich glaube, mit meiner Zeitrechnung stimmt was nicht. Die Sonne geht zurzeit gegen neun unter.«

»Ja, als ich heimkam, war's kurz nach zehn Uhr.«

»Und als ihr dort ankamt?«

»Vermutlich kurz nach fünf.«

»Aha, ihr habt also viereinhalb Stunden lang auf einem Stuhl gesessen und geknutscht?«

»Nicht nur geknutscht. Wir haben natürlich auch geredet – also vor allem er. Und uns geküsst. Fast überall. Und es war traumhaft!«

Vermutlich schaute ich reichlich belämmert drein, denn Eva musste lachen. »Ja, ich hätte es auch nicht geglaubt, aber so was ist möglich«, schwärmte sie schließlich und bekam wieder diesen Gesichtsausdruck, als wäre sie etwas weggetreten.

»Plötzlich ist Magnus aufgeschreckt. ›Es ist ja schon dunkel! Hast du eine Ahnung, wie spät es ist?‹ Ich schätzte zwischen neun und halb zehn, was uns dann beide überraschte. Hand in Hand gingen wir zu meinem Auto zurück und ich fuhr ihn zu seinem, das im Schatten alter Bäume stand. Ein Maserati.«

»Oho, Maserati! Der Herr scheint in mancherlei Hinsicht das Exklusive zu schätzen!«

»Sieht so aus. Er bat mich, noch einen Moment zu warten, öffnete den Kofferraum, nahm zwei Päckchen heraus, die er sich unter den Arm klemmte, und einen eingewickelten Blumenstrauß von gigantischem Umfang. Er streifte das Papier ab und überreichte mir rosa Rosen in einem Gebinde mit Grün und Schleierkraut. »Mit diesem Strauß möchte ich dich um Verzeihung bitten für die Seelenpein, die ich dir bereitet habe.«

»Hm, nobel! Das könnte mir auch gefallen. Zumindest hat er so was wie Stil, der Typ.«

»Allerdings. Dann gab er mir noch die Päckchen. Es waren Bücher. Berühmte Liebespaare der Weltgeschichte und ein Cartoon zum Thema Sexualaufklärung.«

»Er scheint ja wirklich an alles zu denken.«

»Und ich an nichts außer an ihn. – Im Moment.«

Ich stand auf und umarmte sie. »Ich muss gestehen, dass ich schon einen Riesenhass hatte auf diesen Typen. Aber das, was er gestern geleistet hat, stimmt mich etwas milder.«

Eva stand auf, zog ein zusammengefaltetes Blatt aus ihrer

Handtasche und reicht es mir. Es war der Ausdruck einer Mail vom Morgen:

›Deinen Duft, liebste Eva, an mir spürend und atmend, deine Stimme im Nachklingen, schwinge ich durch den Tag, umarme dich, alles von dir! Unendlich der Strom deiner Gefühle, deine Wärme – jede Distanz verachtend, dein Lachen, jeden Schild neckend. Berauscht von deinem Eros, kein Innehalten! Jede Faser nimmt dich wahr! Alle Normen vergessend, nur ein Gedanke: Schicksal!‹

Mir kam's wieder einmal ein bisschen schwülstig vor, was möglicherweise auch nur daran lag, dass der Schrieb nicht an mich gerichtet war.

»Sehr eindrucksvoll«, lobte ich und reichte ihr das Blatt zurück. Sie schwamm so tief im Glück, dass ihre Ohren ganz unempfänglich waren für meine Ironie.

»Stört es dich denn gar nicht, dass er verheiratet ist?«, fragte ich.

Ein winziger Anflug von Neid hatte mir ins Bewusstsein gerufen, dass ich dennoch privilegiert war. Die Nächte in Benis Armen … Magnus mochte ja in mancherlei Hinsicht ein paar Nummern größer sein als Beni, aber auf solche Freuden musste meine arme Freundin ja wohl verzichten.

»Darüber habe ich auch schon nachgedacht. Natürlich stört es mich in dem Sinne, als es moralisch gesehen Unrecht ist, was wir tun. Aber laut Statistik tut's eh jeder zweite Mann irgendwann einmal. Von daher ist es wohl normal. Andererseits muss ich vermutlich dem Himmel danken, dass Magnus nicht frei ist. Ihn täglich zu sehen, das wäre der Overkill. Er würde mich verschlingen – und ich würde mich verlieren.«

»Beni betreibt bei mir ja auch die totale Belagerung. Aber unser Glück ist eben, dass wir zusammenarbeiten. Da kommt bei aller Liebe wenigstens noch was zustande.«

»Das würde mir auch gefallen. Es ist schon etwas ganz Besonderes, mit einem Menschen gemeinsam etwas zu erschaffen. Die

Zusammenarbeit mit Leonardo empfinde ich auch immer als sinnvoll und sehr aufbauend. Doch Magnus sollte ich vermutlich nicht gar so hoch dosiert genießen. – Sag mal, wärst du mir böse, wenn ich kurz nach meinen Mails schauen würde?«

Ich schüttelte grinsend den Kopf. »Wenn's was Schönes ist, möchte ich wieder einen Ausdruck.«

Wenige Minuten später kam sie mit triumphierendem Strahlen auf den Balkon zurück und schwenkte ein Blatt. Sie stellte sich in Pose und zitierte Casanovas jüngsten Coup:

»Liebste, du bist das Äquivalent, von dem zu träumen mir vergönnt war und dessen Erscheinung in dir mich bannt, mir immer noch unfassbar ist – wo ich dich doch so gern anfasse – überall! –, was mich so glücklich macht. Unsere Begegnung ist in meinem Herzen, solange ich lebe und ich werde selig davon zehren, forever – pour toujours! Muchos besos! Dein Magnus.«

»Bravo, Giacomo Girolamo!«, rief ich und klatschte in die Hände.

Sie lachte und hob das Glas. Wir tranken, und ich goss nach.

»Und nun erzählst du mir von deinem Schatz. Er scheint dir ja auch sehr gut zu tun. Allein dafür gebührt den Jungs doch herzlicher Dank: Sie schaffen im Handumdrehen, was du auf einer Schönheitsfarm vermutlich nicht mal in zwei Wochen erreichst. Ganz zu schweigen davon, dass wir uns die ohnehin nicht leisten könnten.«

Nachdem ich sie auf den neuesten Stand meiner Beziehung gebracht hatte, fummelten wir unseren Beitrag für Sibylles Geburtstagsparty zusammen. Ich improvisierte an Evas Klavier einen Tango und wir verfassten dazu ein witziges sechsstrophiges Loblied auf unsere Freundin. Der Refrain lautete: ›Sibylle ist 'ne Superspitzenfrau, von außen ganz betörend schön und innen furchterregend schlau‹. Das Ganze nahmen wir auf Konserve auf, die wir als Play-back abspielen wollten, während wir synchron die Lippen bewegten und dazu tanzten.

10

Der Wettergott war Sibylle gnädig. Die Schiebefenster zur Dachterrasse konnten bis zum Schluss geöffnet bleiben, und die Gäste hatten die Möglichkeit, sich sowohl drinnen als auch draußen des großen Aufwands zu erfreuen, den ihre Gastgeberin für sie betrieben hatte. Sie selbst schwebte als Lichtgestalt in Weiß und Gold gewandet und mit reichlich Gold und Brillanten geschmückt durch den Abend und die Nacht. Außer Eva und mir gaben nur Leonardo und David etwas Individuelles zum Besten. In eindrucksvoller Kostümierung und verblüffend geschminkt mimten die beiden Freunde zwei betagte Schauspielerinnen, die sich um eine Hauptrolle stritten. Dabei sollte es um die Verkörperung einer bezaubernden jugendlichen Schönheit gehen. Nachdem sie sich zum allgemeinen Gaudium gegenseitig mit spitzen Pfeilen nur so gespickt hatten, kamen sie dann doch gemeinsam zu der Überzeugung, wenn einer Frau die Rolle der jugendlichen Schönheit gebühre, dann doch wohl dem Geburtstagskind.

Es gab begeisterten Applaus. Doch als wir kurz darauf unseren Tango tanzten – Eva in ihrem gelben Seidentraum und ich im blauen Hosenanzug –, wäre ich jede Wette eingegangen, dass die meisten eher Eva als Sibylle den Apfel des Paris gereicht hätten. Sie war schöner denn je und erstrahlte im Glanz ihres Liebesglücks.

Wie bei Sibylles Festen üblich, war niemand von ihrer Familie da. Sie lud zwar regelmäßig ihre Eltern ein, den Bruder auch gelegentlich, aber die waren der Ansicht, sie passten nicht zu den Leuten, mit denen ihre Tochter verkehrte, und fanden es daheim gemütlicher und weniger kompliziert.

Es hatte sich eine Mischung aus schönen, reichen und interessanten Menschen eingefunden. Darunter allerdings nur wenige, auf die alle drei genannten Eigenschaften zutrafen. Aber zweifellos waren so viele geschäftlich relevante Personen versammelt, dass Sibylle die Party ohne schlechtes Gewissen steuerlich absetzen konnte. Das Catering war vorzüglich und die Karibikband, die am späteren Abend aufspielte, sorgte für heitergelassene Ferienstimmung. Eva war eine heiß begehrte Tänzerin. Sie gab keinem einen Korb, bedankte sich allerdings jeweils nach nur einem Tanz, ließ sich vom nächsten Herrn auffordern und tanzte wie in Trance entrückt, sodass keiner sich näher an sie ran traute. Es hätte mir nur zu gut gefallen, wenn Ruben sie in diesem Zustand angetroffen hätte. Selbst er wäre gnadenlos abgeblitzt. Aber Ruben bekam keine Einladung zu Sibylles Festen mehr, seit er einmal ohne Entschuldigung ferngeblieben war.

Wie sich das für beste Freundinnen gehört, blieben wir bis zuletzt. Das dachten wir zumindest, bis wir beim Aufräumen einen schlafenden Gast auf der Terrasse fanden. Er war ein potenzieller Klient Sibylles, weshalb wir ihn nach mehreren erfolglosen Weckversuchen mit vereinten Kräften ins Gästezimmer schleppten, von allen einzwängenden Kleidungsstücken befreiten und liebevoll zudeckten. Mit dieser zuvorkommenden Behandlung dürften wir ihn zum sicheren Klienten befördert haben.

Nach getaner Arbeit öffnete Sibylle noch eine Flasche Schampus, und wir konnten endlich im gewohnten Rahmen und ohne Unterbrechung plaudern. Sie hatte ihre sentimentale Sekunde, stieß auf uns als Dreigestirn an.

»Nun kenne ich so viele Leute und habe so viele Freunde, aber ihr beiden seid doch die einzigen Menschen, die mir richtig nahestehen! Ihr seid meine wahre Familie. Und ich hoffe inständig, dass sich daran bis zum Ende unserer Tage nichts ändern wird. Ihr werdet ja sicher über kurz oder lang glückliche Ehefrauen und Mütter, während ich eines Tages alt und einsam auf euren Besuch sowie den eurer Kinder und Kindeskinder warten werde. Aber eines verspreche ich euch heute schon: Tante Sibylle wird sie schamlos verwöhnen und hemmungslos beschenken!«

Natürlich war ihr Evas Strahlen nicht entgangen, und so erkundigte sie sich, woher es rührte. Eva ließ sich nicht lumpen und erging sich in schwärmerischen Lobpreisungen über Magnus. Sibylle zeigte sich von einigen Fakten sehr wohl beeindruckt. Unabhängig davon riet sie Eva jedoch, sofort die Weichen zu stellen und ihren Standpunkt deutlich zu etablieren. Doch Eva lächelte nur beduselt und ich sah ihr an, dass sie Sibylles Ratschläge für absoluten Humbug hielt, da sie an die alles klärende Wirkung der großen Liebe glaubte.

»Wenn du wüsstest, wie sehr ich mir wünsche, endlich mal wieder zu einem Mann ohne Hemmungen und aus voller Überzeugung ›Ich liebe dich‹ sagen zu können!«, vertraute sie mir auf der Heimfahrt im Taxi an. »Bei Magnus bin ich da sehr zuversichtlich.«

»Und was war mit Ruben?«

»Ts, Ruben und Liebe!« Sie lachte verächtlich. »Für diesen Mann wäre ich barfuß über glühende Kohlen gegangen. Und ich habe für ihn auch wer weiß wie viele Kastanien aus dem Feuer geholt. Aber das war stets selbstverständlich. In seinen Augen geschah alles zu meinem Vergnügen, denn schließlich konnte mir ja nichts Besseres passieren, als der Kunst zu dienen. Bei unserer letzten Begegnung, als ich wieder mal nach langer Durststrecke eine Liebesnacht der Extraklasse mit ihm erlebte, ist mir im Taumel der Sinne das peinliche Geständnis entschlüpft.

›Wie bitte?‹, hat er freundlich nachgehakt.

›Ich liebe dich‹, habe ich im Delirium der Faszination wiederholt. Er hat ganz fein, doch eiskalt gelächelt und erwidert: ›Mein Herz ist ein Stein.‹ Weißt du, das war's dann. Effizienter hätte er meine Glut nicht löschen können.«

Nun wurde mir einiges klar.

Sie lachte wehmütig. »Mein Herz ist – eine Butterbirne. Eine ziemlich reife. Weich und äußerst druckempfindlich. Ich müsste sie einfrieren. Dann wäre sie auch hart und kalt, und ich könnte gelassener damit umgehen, sie an den einen oder anderen Kopf werfen. An Rubens zuerst!«

»In dem Fall wär's besser, du nähmest gleich 'ne Flasche Williams«, konterte ich. Und nach einigem Überlegen setzte ich hinzu: »Mein Herz – ich vermute, das ist 'ne Banane. Gut und sicher eingepackt, aber wehe es gelingt einem, die Schale abzuziehen!«

Wir drücken uns die Hände und priesen uns glücklich, dass wir im Moment endlich das genießen durften, was uns zustand und worauf wir so lange Zeit gewartet hatten.

Das Wochenende ging so schnell vorbei, dass ich nicht einmal dazu kam, Beni zu vermissen. Für Leonardo und den wirklich ganz reizenden David blieb mir leider auch kaum Zeit. Zwar frühstückten wir gemeinsam zur Mittagszeit, doch dann wollten sich die beiden noch eine Ausstellung ansehen.

Als Eva ihre Sommergarderobe einpackte, nahm sie so viel mit, als richte sie sich nun doch auf einen längeren Aufenthalt in Konstanz ein. Das versetzte mir zwar im ersten Moment einen Stich, aber andererseits kam es mir aus praktischen Erwägungen doch ganz gelegen. Beni würde es sicher missfallen, in meine kleine Wohnung umzuziehen und sowohl auf den Balkon als auch auf die Badewanne zu verzichten.

Aus lieber alter Gewohnheit rührten wir uns am Nachmittag mit den übrigen Avocados von Sibylles Buffet Schönheitsmasken an. Und mit einer Schale voller Erdbeeren derselben Herkunft kreierten wir köstliche Eisbecher.

»Wann siehst du deinen Schönen wieder?«, fragte ich mit steifen Lippen. Im Halbschlaf hatte ich mitbekommen, dass Eva in der Frühe einen Anruf entgegengenommen hatte.

»Am Mittwoch«, sagte sie und strahlte so festlich, dass die inzwischen angetrocknete Maske um ihren Mund und an den Wangen abbröckelte.

»Wann und wo? – Same hour, same place?«

»Eine Stunde früher. Es darf am Abend nicht wieder so spät werden.« Sie zog die Brauen hoch und verdrehte die Augen. Nun bröckelte die Maske auch auf der Stirn, und sie ging ins Bad, um sie abzuwaschen.

Kurz bevor die Drei losfuhren, kam noch ein Anruf von Magnus, der Eva offenbar verwirrte. »Er sagt, er hätte mich nicht verdient.«

»Da hat er zweifellos recht. Kein Mann hat dich verdient.«

»Danke, ist ja lieb, was du sagst, aber trösten kann es mich nicht, denn ich kenne diesen Spruch nur zu gut. Er ist für mich so was wie die Erkennungsmelodie, die das Finale einleitet.« Sie sah wirklich niedergeschlagen drein.

»Da wäre ich jetzt aber sehr gelassen. Nach diesen Briefen mit all den Ewigkeitsschwüren. Der Typ ist verrückt nach dir. Er wäre ja auch schön blöd, wenn er sich das antäte!«

Es schmerzte mich, dass Eva und ich wieder für wer weiß, wie lange Zeit getrennt sein würden und ich nur wenig für sie tun konnte. Und es wurmte mich, dass es Herrn Wunderbar gelungen war, innerhalb von Sekunden ihre strahlende Laune zu trüben.

Noch mehr ärgerte mich jedoch der Verdacht, dass ich selbst zu ganz ähnlichen Reaktionen fähig wäre. Weiber! Da lästern wir permanent über die Kerle – und dann messen wir ihnen so unendlich viel Bedeutung bei. Würdelos. Beschämend. Erbärmlich!

Sibylle empfahl sich als Heilmittel der Stunde. Gern nahm ich ihre überraschende Einladung ins Kino an. Das war auf jeden Fall besser, als ungeduldig in der Wohnung darauf zu warten, dass Beni aus seiner Allgäuer Quasi-Einsiedelei zurückkehrte, um sich von mir seine kulinarischen und erotischen Wünsche erfüllen zu lassen.

Sibylles neuer Klient, jener, den wir zu Bett gebracht hatten, war zu meiner Überraschung mit von der Partie und bestand darauf, uns als Dank für die nächtliche Versorgung nach dem Kino in den ›Austernkeller‹ einzuladen.

Zunächst hatte ich ein schlechtes Gewissen wegen Beni. Doch als ich vom Waschraum aus zu Hause anrief und sich niemand meldete, war ich über meinen Entschluss mehr als froh.

Wir verbrachten einen höchst amüsanten – und für mich vor allem lehrreichen – Abend. Sibylle setzte sich charmant in Pose und erzählte nahezu unglaubliche Geschichten über ihre Engagements in aller Welt. Ihr Klient, ein deutsch-amerikanischer Geschäftsmann, den sie vor vier Tagen in der Lobby des ›Vier Jahreszeiten‹ aufgetan hatte, konnte sich selbst dazu gratulieren, dass er in solch kompetente Hände geraten war. Ich genoss das weltläufige Flair, das vorzügliche Essen, die Getränke, Blicke auf andere Gäste, zu denen ich mir Geschichten ausdachte und Blicke, die uns galten. Unsere Dreiergruppe regte mit Sicherheit die Fantasie an.

Plötzlich wurde mir bewusst, dass ich eine Ewigkeit in Klausur verbracht hatte. Völlig fixiert auf einen einzigen Menschen. Das war sicher weder sinnvoll noch förderlich für meine Persönlichkeit. Dennoch sehnte ich mich gehörig nach Beni, als sich das Taxi, in dem mich die beiden anderen begleiten, meinem Heim näherte.

Beni erwartete mich ziemlich aufgelöst. Seit einer fast endlosen halben Stunde! Für mich wären es mehr als sechs Stunden gewesen, wenn ich auf ihn gewartet hätte! Deshalb konnte ich mich nicht restlos eines angenehmen inneren Triumphs erwehren. Er erzählte, es sei so spät geworden, weil sein Vater nach dem Abendessen noch etwas Juristisches mit ihm besprechen wollte. Benis Wissen über die Erfindung des Telefons war offenbar im Taufbecken abgesoffen. – Männer!

»Ich hab dir was mitgebracht«, verhieß er, erhob sich, ging zum Kühlschrank und nahm ein ziemlich großes Aluminiumgebilde heraus. Er zog die Folie auf, und ein Haufen in- und übereinander gerutschter Kuchen und Torten kam zum Vorschein. Große Teile der Sahne und Creme von den Torten klebten an der Folie fest.

»Oh je, da ist wohl meine Tasche draufgefallen«, klagte Beni. »Aber ist ja egal, im Magen kommt eh alles zusammen.« Er reichte mir einen Suppenlöffel und sah mich auffordernd an. Die Meerestiere in meinen Eingeweiden hatten zu diesem Thema eine entschieden andere Meinung als er.

»Bitte pack das weg. Ich kann das jetzt nicht sehen.«

Enttäuscht zog Beni die Folie wieder über seine Taufschätze. »Ich hab's doch bloß gut gemeint«, brummte er.

»Ich mein's auch gut, sehr gut! Und deshalb duschen wir jetzt und dann gehen wir ins Bett.« Die Alternative schien ihm zu gefallen. Und es machte uns beiden Spaß, wie wir unserem Gefallen aneinander aktiv Ausdruck verliehen.

Erst am Nachmittag kam ich dazu, meine E-Mails zu sichten. Eva hatte etwas geschickt. In der Betreffzeile stand ›Entwarnung‹. Sie bat um Entschuldigung dafür, dass sie mich mit ihren Hirngespinsten behelligt und Panik verbreitet hatte.

›Schon verziehen, du hast mir damit zu einem außergewöhnlichen Abend verholfen: Einem schönen Film, tollem Abendessen – und bei meiner Heimkehr zu einem verzweifelten Geliebten, der mir von Landluft gestärkt und Verlassensängsten gequält einen unvergesslichen Beweis seiner Manneskraft erbracht hat‹, schrieb ich ihr in meiner Erwiderung am Abend.

Zuvor kopierte ich jedoch für Beni Passagen aus Magnus' jüngstem Erguss: ›Mein Engel, du bist mir so nah an meiner Seele, es ist nicht zu beschreiben für mich. Solch eine Nähe zu einem Menschen zu finden, hat mich, bevor ich dich berühren durfte, schon atemlos und auch befangen gemacht. Und als ich dann alles bestätigt sah, was ich nicht zu träumen wagte, du mich mit der Wärme deiner Seele und deines berauschend sinnlichen Körpers angenommen hast – das war so wunderbar, dass es meine Gedanken nicht mehr loslässt. Und dann taucht meine Angst auf: Dir nicht zu entsprechen, zu genügen, dich nicht erfüllen und glücklich machen zu können in allem, was du dir wünschst. You are so wonderful! Tu as touché mon âme et j'en suis enchanté.‹

»Was heißt das?«, erkundigte sich mein grinsender Freund.

»Du hast meine Seele berührt und mich bezaubert, verzaubert oder verhext.«

»Wird ja immer krasser. Und du meinst, Frauen mögen so was?«

»Ja, viele.«

»Also, so 'n Gesülze brauchst du von mir nicht zu erwarten. Aus einem Kamel lässt sich halt keine Katze machen!«

»Kapiert, mein süßer Kater.«

Das verstand er offenbar als Aufforderung, denn er drückte seinen Körper an meinen und gab tatsächlich Töne wie ein paarungswilliger Kater von sich. Gern wirkte ich bei dem Spielchen mit. Ganz nach Art der Katzen und auf der Stelle – im Arbeitszimmer.

»Du hast mich überzeugt. Mit einem Kamel würde das nicht annähernd so gut klappen«, seufzte ich und rieb mir den Nacken, weil seine Bisse etwas schmerzen. »Ich muss sagen, die Landluft scheint dir ausgezeichnet zu bekommen. Vielleicht sollten wir mal Ferien auf dem Bauernhof machen.«

Wenn schon nicht New York, dann wenigstens das zum Abschluss unserer gemeinsamen Strapazen! – Aber Beni ging nicht auf den Vorschlag ein. Verfügte ich etwa über mir unbewusste abstoßende Eigenschaften, die er seinen Verwandten lieber nicht zumuten wollte? War's mein Alter? Oder genierte er sich wegen seiner Herkunft? Das wäre zwar blöd, aber vermutlich war das der Grund. Denn als ich ihn später aufforderte, von dem Wochenende im Familienkreis zu erzählen, war er ziemlich kurz angebunden. Das fand ich schade, denn ich liebte ihn ja, dachte an eine gemeinsame Zukunft und hatte überhaupt nichts gegen seine Sippe.

Als ich jedoch darüber nachdachte, wie ich reagieren würde, wenn er meine Mutter kennenlernen wollte oder gar wünschte, dass ich ihn zu ihr mitnähme, relativierte sich die Sache. Bevor ich ihm keine besseren Tischmanieren beigebracht hatte, konnte ich dieses Thema vergessen. In seinem eigenen Interesse. Mir war klar, dass ich – ebenfalls in seinem Interesse – endlich mal daran arbeiten musste. Aber für so etwas Heikles galt es den richtigen Zeitpunkt zu erwischen. Denn Weniges ist schwieriger, als einem Menschen, der sich für perfekt hält, klarzumachen, dass er noch was lernen sollte. Er beschloss das Thema Heimat mit den erhabenen Worten: »Ach, weißt du, diese Welt liegt jetzt weit hinter mir.«

Welche Welt, glaubst du, liegt vor dir? Oder vor uns?, fragte ich mich – wohlweißlich im Stillen. Die Antwort würde ihm schwerfallen oder vielleicht wäre sie für mich schwer verdaulich …

Magnus wüsste sicher eine Antwort, wenn Eva ihn so etwas fragen würde: ›Meine Welt, mein Engel, liegt zu deinen Füßen.‹

Beni und ich nahmen unseren gewohnten Rhythmus aus Arbeit, Mahlzeiten und erotischen Freuden wieder auf.

Der Roman war schon zu drei Vierteln überarbeitet, als die Servitzky ungeduldig signalisierte, sie könnte es kaum erwarten, bis wir ganz fertig seien, da schon zwei Produktionsfirmen Interesse signalisiert hätten. Aber die wollten natürlich zuerst das Manuskript lesen. Ich erklärte, wir arbeiteten so zügig es ging, und wenn wir schneller fertig werden müssten, würde gewiss die Qualität leiden. Das wollte sie natürlich auf keinen Fall. Wir sollten uns lediglich über ihr gesteigertes Interesse klar sein.

»Die meint wohl, sie könnte hier die Sklaventreiberin mimen«, sagte ich zu Beni, doch er schien von Servitzkys Drängelanruf eher geschmeichelt zu sein und meinte, wir brauchten uns ja nicht gar so pingelig mit jedem Satz auseinanderzusetzen.

»Von wegen! Wenn sie schon unbedingt meinen Namen vorn mit rein drucken wollen, dann muss ich auch zu jedem Satz stehen können«, grollte ich.

Das ist übrigens auch so ein Gag der lieben Sieglinde S.: Sie besteht darauf, dass im Buch vorn drin steht: Lektorat: Eliza Deyke. Diese Gunst habe ich natürlich ausschließlich meiner Auszeichnung zu verdanken. Doch aus sentimentalen Gründen gefällt es mir schon, dass mein Name vereint mit Benis auf Seite fünf erscheint.

Die Vorbereitungen zu Evas zweitem Rendezvous mit Magnus gingen auch nicht ohne Dramatik über die Bühne. Nachdem er sie mit seinen merkwürdigen Ängsten in einen finsteren Abgrund gestoßen und mit der anschließenden Erhellung wieder in wolkige Höhen katapultiert hatte, meldete er sich von Montagnachmittag auf Dienstag überhaupt nicht, was Eva schon wieder alarmierte, denn seine Nachtmails gehörten inzwischen aufs Neue zum täglichen Ritual. Am Dienstagnachmittag ging ein verheerendes Unwetter über der Region nieder, das die Erde mit riesigen Hagelkörner bedeckte, Dachlawinen auf geparkte Autos niederkrachen ließ und wegen umgerissener Bäume und abgebrochener Äste viele Straßen unpassierbar machte. In München tobte es später und nicht ganz so wild, aber in Konstanz herrschte Notstand. Polizei, Feuerwehr und THW waren immens gefordert.

Eva stellte sich den Geliebten in allerhand Nöten vor. Gegen neun Uhr abends, als sie nach langem Zögern schließlich einen bangen Schrieb losgeschickt hatte, kam sein Anruf. Er hatte den Gewittersturm unbeschadet im Büro überstanden und wollte wissen, ob sie ihr Treffen nicht auf morgen vorverlegen könnten, weil er am Freitag einen wichtigen Geschäftstermin wahrnehmen müsse. Selbstverständlich war sie einverstanden, obwohl sie eigentlich David versprochen hatte, mit ihm nach St. Gallen zu fahren. Aber die Liebe hat Vorfahrt. Auf allen Wegen! In großer Hektik bereitete sie dann die Begegnung mit Magnus vor. Um keine Zeit zu verlieren, wollten sie sich ohne Umweg über den ›Schwanen‹ sofort am idyllischen Platz vom letzten Mal, unter den Trauerweiden treffen.

Heute würde es passieren. Eva fand die Aussicht auf Liebesspiele in der freien Natur zauberhaft und romantisch und es gefiel ihr sehr, dass Maserati-Magnus nicht den Komfort eines gepflegten Hotels bevorzugte. Umsichtig packte sie alles ein, was ihr für die romantischen Stunden wichtig erschien: Eine große Decke, Badetücher, Badeanzug, robustere Schuhe als beim letzten Mal und etwas zu trinken und – für alle Fälle – einschlägige Hygieneartikel.

Der Kavalier kam ein paar Minuten zu spät (nie würde ich es wagen, eine Dame wie dich warten zu lassen …), als sie gerade das Lager bereitet und sich einen Bikini angezogen hatte. Sie küssten und liebkosten sich. Er nahm ihr das Oberteil ab, streifte ihren Slip herunter und innerhalb von Sekunden fielen seine Kleider vom Leib. Sie begaben sich in der Umarmung vom Stand auf die Knie, lagen dann umschlungen auf der Decke. Und noch ehe die Amsel im Ast über ihnen dreimal tirilierte, glitt er in sie. Sie nahm ihn sehnsüchtig vor Wonne seufzend auf, umfing ihn, reckte sich ihm entgegen, während er sie mit Urgewalt an sich zog. Und unter Schreien, welche weniger an die Ängste einer Kapitolinischen Gans als an die Freuden einer ahnungslosen Weihnachtsgans während eines sonnigen Spätherbsttages gemahnten, ergoss er sich zum ersten Mal in die gefühlsechte Latex-Hülle, die ihn nur den Bruchteil eines Millimeters von ihr trennte: »Oa, ooa, ooaa, woahhh!«

In seiner nächsten Mail kam neben Worten des Lobes, Dankes und der Begeisterung auch ein schmerzliches Aufseufzen darüber zum Ausdruck, dass sie sich viel zu früh – wenn auch reichlich spät – hatten trennen müssen. Rauschhaft und geradezu peinlich detailliert rekapitulierte Magnus die Begegnung aus seiner Perspektive.

Obwohl ich wieder alles übertrieben und furchtbar schwülstig fand, konnte ich Eva doch meinen Eindruck nicht verschweigen, diesmal habe sie zumindest nicht Perlen vor die Säue geworfen.

Doch im Unterschied zu Eva konnte der gute Magnus sein Euphorie-Süppchen nur im stillen Kämmerlein kochen. Und die Einzige, mit der er darüber reden konnte, war die direkt Beteiligte. Das ist eine der Schattenseiten der heimlichen Affäre, aber die kleinste, wie sich noch zeigen sollte.

»Ja«, pflichtete Eva mir bei. »Da haben wir Mädels es doch gut! Ich kann dir alles erzählen und du mir auch. Und zwar in allen Einzelheiten. Und sollte – was der Himmel verhüten möge – je der Moment kommen, dass wir Trost nötig hätten, dann wissen wir so viel voneinander, dass wir ohne große Erklärung sicher sein können, verstanden zu werden und Zuwendung zu finden.«

»Vielleicht ist das auch einer der Gründe, weshalb wir uns so waghalsig in Abenteuer stürzen.«

Nachdem ich Evas mündliche und Magnus' schriftliche Schilderung des erotischen Intermezzos verinnerlich hatte, beschloss ich, demnächst mit Beni auch mal über Land zu fahren.

»Das ist der Nachteil einer etablierten Beziehung: Du gehst ins Bett, wenn dir danach ist oder du treibst es da in der Wohnung, wo du gerade sitzt, liegst oder stehst. Aber diese spannenden, heimlichen Verabredungen, immer von der Furcht begleitet, entdeckt oder beobachtet zu werden, die sind doch überaus prickelnd.«

»Ja, und außerdem im Einklang mit der Natur! Mir ist jetzt auch Magnus' Neigung zu Freilufterotik klar. Er hat mir ja eine Menge über seine Internatszeit in St. Blasien erzählt.

Der Ort liegt im Schwarzwald und ist ein Heilklimatischer Kurort. Im Internet lässt der Fremdenverkehrsverband verlauten, das therapeutisch anwendbare Klima sei eine Quelle der frischen Lebensfreude.

Als Magnus fünfzehn war, begann sein ganz individueller Quell zu sprudeln und sein Leben mit Freude zu bereichern. Eine Klassenkameradin teilte diese Wonnen mit ihm. Sie brauchten viel Fantasie, um nicht erwischt zu werden und mussten sich gut abhärten, um ihren Gefühlen auch zur Winterzeit freien Lauf lassen zu können. Zu Magnus' Zeit waren bereits Mädchen als externe Schülerinnen zugelassen. Aber es gab immer noch Patres der alten Schule, die an strategisch günstigen Plätzen lauerten, um jeden Knaben, den sie in verfänglicher Situation erwischten, unerbittlich zur Verantwortung ziehen – das heißt rausschmeißen – zu können. Magnus sitzt die Angst noch immer im Nacken. Bei unserem Treffen lauschte er ganz aufmerksam auf die Geräusche der Vögel, der Blätter und knackender Äste. Er meinte jedoch, der Zorn der Patres sei ein geringes Übel gewesen im Vergleich zur Empörung seiner Mutter, wenn die damals auch nur das Geringste von den Aktivitäten ihres Sprösslings geahnt hätte! St. Blasien hatte sie ausgesucht, weil es weit genug weg war und erzkatholisch. Es hätte wahrlich nähere Internate gegeben, konfessionelle oder nicht. Aber St. Blasien war in ihren Augen ideal, um dem renitenten Sohn die rechten Werte zu vermitteln. Und dann das. Ab fünfzehn – fast täglich!«

»Was waren wir doch für brave Kinder!« Eva hatte wie ich erst das Abi hinter sich gebracht, bevor sie ihr Hymen opferte.

»Und wenn ich mir vorstelle, dass ich es damals im fortgeschrittenen Alter nicht etwa aus Lust geschehen ließ, sondern vor allem aus der Annahme heraus, jetzt müsse die Sache endlich erledigt werden. Das war die Reifeprüfung, vor der ich wirklich Schiss hatte.«

»Vielleicht wären wir ohne den Druck von damals heute noch Jungfrauen«, sagte Eva und wir lachten.

»Wäre doch zu schade, wenn ich nie Magnus' Ganterschreie vernommen hätte.«

»Ha! Soll ich dir verraten, was Beni als Gipfelschrei verlauten lässt? ›Madonna‹.«

»Oh!«

»Ich nehm's nicht persönlich. Er meint damit weder mich noch die Ciccone. ›Madonna‹ ist der letzte Ruf oder Stoßseufzer seiner Mutter, bevor ihr die Worte ausgehen.«

»Fromm und rührend. Somit bekommt der Akt den Anstrich einer heiligen Handlung.«

»Ein entzückender Aspekt!«

»Was mich ein wenig irritiert hat, war Magnus' Äußerung, beim Orgasmus sei doch im Grunde jeder mit sich ganz allein. Findest du das auch?«

»Nein, überhaupt nicht. Ich empfinde sehr viel Verbundenheit und Nähe. Wenn Beni und ich es tun, dann steckt er nicht nur in meinem Schoß, sondern auch in meinem Kopf und meinem Herzen. Aber abgesehen von seinem Einsamkeitsgefühl: Ist Magnus eigentlich ein guter Liebhaber?«

»Schwer zu sagen. Dafür ist es noch zu früh. Ich bin so verliebt in ihn, dass ich seine Nähe grundsätzlich als völlig beglückend empfinde. Aber wenn ich zur Objektivität fähig wäre, würde ich nach diesem ersten Eindruck zu einer differenzierten Bewertung gelangen. Er ist absolut erotisch, weil er gut aussieht, gut riecht, gut klingt und sehr viel Charme hat. Doch sein Wissen um die Vorlieben der Frauen ist eher unterentwickelt – aber sicher ausbaufähig. Das muss ich jedoch behutsam angehen, denn er ist nun mal ein ziemlich dominanter Typ, der nicht so begeistert ist, wenn Zweifel an seiner Vollkommenheit laut werden, auch wenn er selbst sich ständig klein macht. Doch ich genieße es sehr, von ihm umarmt zu werden, mich an ihn zu kuscheln oder Hand in Hand mit ihm über eine Wiese zu gehen. Und weißt du, was das ist? Völlig verrückt, aber es ist das kleine Mädchen in mir, das sich nach dem allmächtigen Vater sehnt.«

»Diese Momente kenne ich auch. Aber Beni sehe ich wohl als den jüngeren Bruder, den ich nie hatte. Ihm erschließe ich die Welt. Und er schaut bewundernd zu mir hoch.«

»Dieses kleine Mädchen in uns wird uns vermutlich unser ganzes Leben lang begleiten. Leonardo könnte dir das mit C.G. Jung erklären, Animus und Anima. Frau Keller, seine Vermieterin – sie ist jetzt dreiundachtzig – hat mir kürzlich lächelnd gestanden, im Grunde ihres Herzens sehe sie sich immer noch als kleines Mädchen.«

»Hat Magnus über seine Familie gesprochen?«

»Nicht über Frau und Kinder, wenn du das meinst, nur über seine Eltern – besonders seine Mutter – und seine Schwester. Seine Gespräche drehten sich überwiegend um die Vergangenheit, vor allem die Internatszeit. Vielleicht ist das bei Männern ja auch so, dass sie sich ewig als Jungen sehen.«

»Vermutlich. Und ihre Eltern als geschlechtslose Wesen. – Na ja, meine Mutter ist ja wirklich eins. Aber Beni ist überzeugt, bei seinen Eltern hätte sich Sex mit seiner Geburt erledigt. Da war seine Mutter grad mal sechsunddreißig!«

»Und Magnus glaubt, sein Vater sei nie fremdgegangen, obwohl seine Mutter eine Xanthippe war.«

»Oder gerade deswegen. Denk an Sibylles unerschöpfliche Ratschläge! Weißt du jetzt eigentlich, wie er heißt?«

Sie lachte. »Nein, immer noch nicht. Ich habe vergessen zu fragen. Weißt du, wenn er nicht gerade mit küssen, trinken oder seufzen beschäftigt war, hat er ununterbrochen geredet. Im Moment hängen noch vier Gedanken in der Luft, die ich nicht zu Ende führen konnte, weil er mich unterbrochen hat und dann nicht mehr aufgehört zu quasseln.«

»Geht dir das nicht auf den Zeiger?«

»Ach, weißt du, ich sehe ihn eben nicht nur durch die rosa Brille, sondern ich lausche ihm auch mit rosa Ohrstöpseln – leicht durchlässigen allerdings. Seine Stimme ist so wunderbar, dass ich sie gern stundenlang höre.«

11

Benis Buch war fast fertig, und ich fragte mich, was geschehen sollte, wenn wir keine gemeinsame Arbeit mehr hatten. Als Erstes schwebten mir ein paar gemeinsame Urlaubstage vor. Vielleicht sogar mit Zwischenstopp am Bodensee. Eva hatte mich ja schon mehrmals eingeladen. Also fragte ich ihn.

»Über Pfingsten wollte ich eigentlich mit meinen Kumpels eine Radtour machen«, murmelte er.

»Was heißt eigentlich?«

»Eigentlich heißt, dass wir das immer tun. Jedes Jahr. Und nach der ewigen Rumhockerei in der Bude habe ich auch ziemlich Böcke drauf.«

»Ah ja«, sagte ich, sehr bemüht, mir nicht anmerken zu lassen, wie sehr mich seine Aussage verletzte. Nie im Leben wäre ich nach fast zwei Monaten nahezu ungeteilter Gemeinsamkeit rund um die Uhr auf den Gedanken gekommen, mich dem Vergnügen oder der Entspannung hinzugeben, ohne ihn mit einzuplanen. Zumindest hätte ich aber erwartet, dass er das Thema mit mir bespricht.

»Damit dürfte der Fall ja wohl klar sein«, sagte Eva nach meinem Frustbericht. »Du kommst zu mir. Magnus verreist nämlich mit seiner Familie, und Leonardo fliegt mit David nach Berlin. Niemand wird unsere Zweisamkeit gefährden. Wir haben die Wohnung für uns.«

Ich nahm die Einladung gern an, und die Vorfreude auf meinen Besuch in Konstanz ließ mich milder mit Beni umgehen, als er es meiner Einschätzung nach verdiente.

Evas Beziehung zu Magnus entwickelte sich zunehmend zur emotionalen Achterbahnfahrt. Sie fiel zwar nicht mehr aus allen Wolken, wenn er sich einen Tag lang nicht meldete, denn schließlich hatte er ihr ja mitgeteilt, er sei so überwältigt von ihr und seinen Gefühlen für sie, dass sein Körper und auch seine Seele ab und an Entspannung brauchten. ›Denn ich habe viel mehr bekommen, als ich jemals glaubte, suchen zu können, geschweige, dass es in dieser Form existiert. Deshalb mein Innehalten – um die Intensität spüren zu können.‹ Derart charmante Begründungen ließen sie verkraften, dass er nur noch kurze Mails schickte und seine zahlreichen täglichen Anrufe auf wenige wöchentliche reduziert hatte.

Ihr drittes Treffen fand überraschend vier Tage nach dem zweiten statt. Am bewährten Plätzchen unter dem Weidenbaldachin und wieder bei strahlendem Sonnenschein. Nachdem sie wie ausgehungert übereinander hergefallen waren, sich gierig geküsst und mit ihren Lustschreien die Vögel ringsum zum Verstummen gebracht hatten, sprach Magnus das erste Mal von Loyalitätsproblemen. Eva war davon ausgegangen, dass er vor seinem bevorstehenden Urlaub noch einmal Honig aus ihrer Umarmung saugen wollte, aber Magnus ging es wohl auch um anderes: »Es ist meiner Frau gegenüber nicht fair, was wir tun, und ich fände es unerträglich, wenn ich annehmen müsste, dass sie Ähnliches erlebt wie ich jetzt.«

»Das wäre nur gerecht. Warum soll sie leer ausgehen, wenn wir ein Fest der Sinne zelebrieren?«

Eva war weit davon entfernt, der Gemahlin ihres Geliebten Übles zu wünschen. Sie empfand Respekt für sie. Ja, sogar eine Art Sympathie, ohne sich allerdings weiter für ihre Person zu interessieren. Francis gehörte zu Magnus' Leben, es hatte sie gegeben, als er in Evas Leben trat, und sie versorgte ihn, wie's aussah, bestens mit dem täglich Notwendigen.

»Weil es mir nicht passen würde, weil ich nicht will, dass meine Familie auseinanderfällt.«

»Ich habe nicht die Absicht, mich als Spaltpilz zu betätigen, aber ich finde das, was du gerade gesagt hast, mir gegenüber unfair. Denn du hattest monatelang Zeit, dich mit dem Thema auseinanderzusetzen.«

»Ich habe dir nie verheimlicht, dass ich ein hoffnungsloser Homo ludens bin.«

»Sicher, aber in jedem Spiel gibt es Regeln.«

»Die Regel für einen Mann lautet, seiner biologischen Bestimmung Folge zu leisten. Und das heißt, er muss seinen Samen auf möglichst viele Weibchen verteilen, damit seine Gene vielfältig gestreut werden.«

»Das gefällt mir! Einerseits im Maserati rumkutschieren und andererseits auf archaische Grundrechte pochen. – M. Cro-Magnon, du hast wohl nicht alle Bärenfelle in der Höhle!«

»Jetzt habe ich dich auch mal zornig erlebt. Das steht dir überhaupt nicht schlecht, mein Schatz«, sagte er lachend, küsste sie, rückte näher zu ihr her und gleich darauf in sie hinein. Die Erlösung nach dem inneren Aufruhr war überwältigend und tilgte alle Ängste, die sie befallen hatten. Danach verspürte Eva Lust zu schwimmen.

»Du bist verrückt«, sagte Magnus, »das Wasser hat höchstens vierzehn Grad.«

»Na und?«

»Du holst dir den Tod!«

»Pfff!

»Oder einen Schnupfen!«

Magnus war bekennender Warmbader und -duscher.

Eva stieg vorsichtig über die Wurzeln, die sich unter der Wasseroberfläche am Ufer entlang rankten, und trat behutsam auf die eingeschlammten Kiesel. Als ihr das Wasser bis zu den Schenkeln reichte, warf sie sich hinein. Es war wirklich kalt, aber Schwimmen war jetzt genau das Richtige. Mit raschen Zügen bewegte sie sich von ihrem Plätzchen weg, bis sich ihr Körper an die Temperatur gewöhnt hatte und sie zu ruhigen Bewegungen übergehen konnte. Sie dachte noch einmal über die vorangegangenen Szenen nach. Wie vielen von Magnus' Aussagen konnte sie Glauben schenken? Die langen sarkastischen Mails, die er verfasst hatte, nachdem er wusste, wer sie war, wurden wieder in ihr Bewusstsein hochgewirbelt. Die hatte sie alle verdrängt, weit hinter die hingebungsvollen Liebesbriefe der vergangenen Wochen. Aber dieser Aspekt schien eben auch ein Teil seiner Persönlichkeit zu sein. Hoffentlich kein allzu beherrschender!

Mit ihrem Badetuch in den Händen erwartete Magnus sie auf dem kleinen Landvorsprung. Er schlang es um sie und rubbelte sie sorgfältig ab wie ein Kind oder ein Tier, das in den Fluss gefallen und gerade noch rechtzeitig gerettet worden war.

»Du bist unglaublich und ich werde nie an dich heranreichen«, seufzte er.

»Solange du dich nicht weiter entfernst als so, kann ich das gerade noch ertragen!« Sie lachte und schmiegte sich an ihn.

Er drückte sie fest an sich und küsste sie. Dann ließ er sie los und erkundigte sich nach der Uhrzeit. Er hatte nie eine Uhr dabei. Eva ging zu ihrem Korb und zog ihre geliebte Schweizer Uhr aus den Dreißiger Jahren, eine Erinnerung an ihren Großvater heraus, auf die sie sehr stolz war. »Halb sieben.«

»Oh, dann wird's Zeit!«

Sie hielt die Uhr am Lederarmband und streckte sie Magnus hin. »Behalt sie bis zum nächsten Mal und denk immer an mich, wenn du darauf blickst!«

»Wenn du meinst. Ich garantiere aber für nichts«, sprach er lächelnd und steckte sie in die Hosentasche.

Als sie Hand in Hand den Platz verließen, fiel Eva ein, dass es noch etwas zu klären gab: »Nun kenne ich zwar all deine Duft- und Geschmacksnoten, aber immer noch nicht deinen Namen.«

»Wozu auch? Du weißt ja, Namen sind Schall und Rauch.«

»Deiner für mich sicher nicht. Im Übrigen hätte ich auch gern eine Telefonnummer, unter der ich dich erreichen kann, wenn irgendwas dazwischen kommt vor einem unserer Treffen.«

»Wozu? Wenn du da bist, bist du da, wenn nicht, hab ich Pech gehabt.«

Sie kannte bereits seine Autonummer und es war klar, dass sie seinen Namen herausfinden konnte. Aber sie hätte ihn lieber von ihm selbst erfahren.

»Magnus, was soll das? Du weißt so viel über mich!«

»Ja, Aktenkundiges. Aber kaum Privates.«

»Du lässt mich eben nie zu Wort kommen.«

»Wie hältst du das bloß aus mit so einem Idioten?«

Rhetorisch ist der Typ eine Wucht, das muss ich ihm lassen. Aber seine Weigerung, Eva seinen Namen zu nennen, fand ich nicht nur lächerlich, sondern auch beleidigend. Er begründete das mit einem seiner zahlreichen Traumata. Eine heimliche Geliebte hätte vor Jahren Telefonterror bei ihm zu Hause veranstaltet und um ein Haar wäre seine Ehe dabei in die Brüche gegangen.

Als wäre das ein Grund! In meinen Augen hätte er besser dran getan, Eva ins Vertrauen zu ziehen und sie zu bitten, seine Privatsphäre zu respektieren. Wenn sie über Dritte seine Identität klärte, konnte sie mit den Informationen ohnehin nach Belieben verfahren.

Aber Eva ist natürlich nicht die Frau, die jemanden anruft, der das nicht wünscht. Wenn sie ihn ärgern wollte, würde sie zweifellos zu subtileren Mitteln greifen.

An Magnus' Personalien zu gelangen, war allerdings nicht ganz so einfach, wie sie sich das vorgestellt hatte. Die Datenschutzgesetze verlangen mehr als das Vortragen einer plausiblen Geschichte.

»Wenn der Fahrer Ihr Auto beschädigt hat, müssen Sie Strafanzeige erstatten. Dann werden Sie erfahren, um wen es sich handelt.«

Das hätte noch gefehlt! Obwohl eine derartige Überraschung eigentlich die richtige Reaktion auf das Verhalten ihres zickigen Prinzen gewesen wäre. Wir malten uns aus, wie der Behördenbrief in Magnus' Haus aufgenommen und diskutiert würde, und wie er beim Blick auf ihre Autonummer in Verwirrung geriete. Allein die Vorstellung beschied ihr Genugtuung. Und mich amüsierte sie.

Leonardo hatte schließlich eine Idee. Er trainierte öfter mit einem Polizisten im Fitnessstudio. Der hatte Zugang zu den begehrten Informationen. Zwei Tage, nachdem sie das Thema beredet hatten, betrat Leonardo mit geheimnisvollem Lächeln Evas Zimmer und legte ihr einen Zettel auf den Tisch. ›Magnus Weizenegger‹ stand darauf und die Adresse. Eva sprang auf und umarmte den Freund. »Wie hast du das geschafft?«

»Mit Eloquenz. Mehr sage ich dazu nicht, denn ich sehe darin keine besondere Ruhmestat.«

Eva schlug sofort im Telefonbuch nach, fand den Eintrag ›Weizenegger, Magnus und Francis‹ nebst Nummer und Adresse. Umgehend vermerkte sie die Daten in ihrem Notizbuch. Selbstverständlich juckte es sie in den Fingern, ihn anzurufen. Aber sie beherrschte sich. Wenn die intakte Familie in Pfingstferien fuhr, wollte sie sich etwas näher mit dem Komplex auseinandersetzen …

Ich durfte sie dabei begleiten. Wir verbanden die Recherche mit einer Radtour, unserer zweiten gemeinsamen. Die erste galt dem Tatort und dem ersten Treffpunkt.

Das war übrigens mein Wunsch, denn Evas Schilderungen hatten derart meine Fantasie beflügelt, dass ich nun unbedingt die Originalschauplätze sehen wollte.

Wir gingen allerdings in umgekehrter Reihenfolge vor, zuerst zum idyllischen Liebesnest der beiden, wo wir im See badeten. Die Wassertemperatur lag inzwischen bei geschätzten sechzehn Grad, und wir schwammen eine ganze Weile, ehe wir wieder unter dem Weidenvorhang hindurchtraten. Der Platz war für heimlich-zärtliche Stunden geradezu prädestiniert, und ich stellte mir vor, wie zauberhaft es sein könnte, dort eine laue Vollmondnacht mit Beni zu verbringen. Als ich Eva fragte, ob wir beiden nicht einmal probehalber hier übernachten könnten, fand sie den Gedanken auch sehr reizvoll, nur waren die Nächte im Moment noch ziemlich feucht und unberechenbar kalt.

»Komm eben in ein paar Wochen wieder!«, schlug sie vor. Und ich versprach ihr, darüber nachzudenken. Dabei ärgerte ich mich schon wieder über mich selbst. Kein vernünftiger Grund sprach dagegen, gleich einen Termin festzulegen, nur der überaus unvernünftige Gedanke, mich für Beni und dessen Pläne verfügbar zu halten.

Das Café auf der Stadtmauer entsprach Evas Beschreibung und kam der Vorstellung, die ich mir davon gemacht hatte, sehr nahe: Die ganze Parkanlage drum rum, der See und die freundliche Bedienung sorgten dafür, dass sich umgehend Urlaubsstimmung einstellte. Wir saßen am selben Tisch wie die beiden bei ihrer Premiere und ließen die süßen Köstlichkeiten aus den Eisbechern auf unseren Zungen schmelzen. Mein Blick glitt über den See, die vielen Segel der Boote und Surfbretter, die Motorboote und ein paar Yachten, das Kursschiff und die hügelige Halbinsel Höri gegenüber, eine der bevorzugten Wohngegenden der Republik, wie mir Eva erklärte. »Und eine wahre Künstlerkolonie. Hesse hat hier gelebt, Dix und eine Menge anderer namhafter Künstler. Und da drüben in Gaienhofen, dort, wo du den nüchternen Kirchturm siehst, ist ein Internat. Magnus wäre gern dorthin gegangen, aber das hat seine Mutter nicht erlaubt. Es war zu nah – und noch schlimmer: evangelisch! – Na ja, er hat sich dann ja ganz gut mit den Gegebenheiten arrangiert.«

»Ein traumhaft schöner Flecken Erde! Wie ein weit entferntes

Ferienland. Weißt du was? Wenn wir in achtzehn Jahren immer noch Singles sind, feiern wir hier unsere hundert. Mindestens eine Woche lang.«

»Gute Idee, aber warum so lange warten?«

»Du hast recht. Die siebzig … – oder noch besser: Wir feiern hier mein Buch?«

»Was für ein Buch?«

»Meinen Roman.«

»Du hast einen Roman geschrieben?«

»Noch nicht, aber seit ich bei dir bin, verspüre ich zunehmend den Drang dazu. Etwa sechzig Romane habe ich schon übersetzt. Und einen mit dem Autor zusammen bearbeitet. Und da es tatsächlich so freundliche Menschen gibt, die meine Übersetzung ausgezeichnet und auszeichnungswürdig finden, müsste ich doch eigentlich die prädestinierte Autorin sein.«

»Ja klar! Und worüber schreibst du?«

»Über dich zum Beispiel.«

Eva lachte. »Tolles Sujet! – Der erste Fünfzig-Seiten-Roman!«

»Allein das, was ich von dir in den letzten dreizehn Jahren mitbekommen habe, reicht für einen ganzen Romanzyklus! Aber ich stelle mir vor, dass es in meinem ersten Roman um meine zauberhafte Freundin mit dem romanesken Leben geht. Und um eine andere Freundin, die der wandelnde Schönheits- und Männer-Manipulations-Ratgeber ist.«

»Oh ja, Sibylle gibt mehr her als ich. Wirst du auch über Magnus schreiben?«

»Klar. Und über Beni und darüber, dass wir fast gleichzeitig an so völlig gegensätzliche Männer geraten sind. Vor allem aber über unsere Freundschaft.«

»Happy End?«

»Time will show.«

»Ich helf' dir, wenn ich kann.«

»Super, das kannst du ganz bestimmt.«

»Weißt du, ich habe selbst schon dran gedacht, ein Buch zu schreiben.«

»Klar, daran denken wir alle. Täglich. Aber ich bin jetzt wirklich wild dazu entschlossen.«

»Du kannst meine Tagebücher einsehen und die Korrespondenz mit Magnus. Ist ja alles im Computer.«

»Im Ernst? Das wäre fantastisch! – Ich habe nämlich während der letzten Monate ziemlich akribisch Tagebuch geführt, sodass ich die Abläufe perfekt wiedergeben kann.«

»Sehr gut! Ich denke, es ist besser, wenn du diese Geschichte bearbeitest. Mir fehlt vermutlich die kritische Distanz.«

Ich umarmte sie stürmisch. »Du bist ein Schatz, und ich danke dir für dein Vertrauen!«

Keine drei Stunden später begann ich mit dem Sichten des Materials. Es gab massenhaft Stoff, und meine sporadischen Leseproben machten mir Mut und Lust auf mehr. Aber dann musste ich ins Bett, um wenigstens ein paar Stunden zu schlafen. Schließlich hatte Eva für elf Uhr wieder eine Radtour anberaumt. Zum Baden, Picknicken und vor allem zur Besichtigung des Domizils der Familie Weizenegger.

Der Anblick verschlug mir dann tatsächlich die Sprache. Das Anwesen lag etwa zehn Kilometer von Konstanz entfernt in der weitläufigen Umgebung einiger anderer Villen in großen Gärten direkt am See. Eine private Sackgasse, die nur Anliegern offen stand, führte über die Bahnlinie und durch ein kleines Wäldchen dorthin.

Das Durchfahrtsverbot ignorierten wir gelassen. Wir waren als zerstreute Touristinnen unterwegs. Unsere Ausweise könnten das im Notfall belegen.

Weizeneggers Grundstück war von einer mannshohen Steinmauer umgeben. Aber durch das geschmiedete Gartentor konnten wir hindurchblicken. Die Villa thronte in einem parkähnlichen Garten mit uraltem Baumbestand. Pförtnerhäuschen, Bootshaus, und Ökonomiegebäude, die zu Garagen umfunktioniert worden waren, ergänzten das herrschaftliche Ensemble. Das Ganze wirkte jedoch nicht aufdringlich gepflegt, sondern eher auf nonchalante Weise unterhalten und genutzt.

»Der ideale Rahmen für einen Psychothriller«, sagte ich, ohne mir meiner prophetischen Äußerung bewusst zu sein.

Wir stiegen von den Rädern und schoben sie bis zum Ufer vor. Eva lehnte ihres an die Gartenmauer, nahm den Drahtkorb vom Gepäckträger, zog die Schuhe aus und watete durchs Wasser um die Mauer herum.

»Na los, worauf wartest du? Wir suchen uns ein hübsches Rastplätzchen!«

»Ja, aber du kannst doch nicht einfach …«

»Oh doch ich kann sehr wohl! Wenn Herr W. sich es in meinem Schoß gemütlich machen darf, dann darf ich mich doch wohl auch in seinem Garten tummeln.«

Die Begründung leuchtete mir zwar ein, doch das Verhalten war für meine Eva, wie ich sie bisher kannte, recht untypisch. Ihre gestrenge Kinderstube verlangte eigentlich Zurückhaltung und Rücksichtnahme. Offensichtlich hatte sie dieses Korsett jetzt abgelegt. Sie bemerkte meine Nachdenklichkeit.

»Na komm schon, wir tun nichts Ungesetzliches. Das Seeufer gehört der Allgemeinheit.«

Sie überzeugte mich weniger durch ihre Worte als durch ihre entschlossene Haltung und ich folgte ihr. Kaum hatten wir das Grundstück betreten, rannte ein großer Hund auf uns zu, der wie eine gelungene Promenadenmischung auf Riesenschnauzerbasis aussah. Obwohl ich mich vor Hunden nicht fürchte, bekam ich einen gewaltigen Schrecken. Zu meiner Verblüffung war Eva jedoch auf diesen Fall bestens vorbereitet. Sie warf dem Tier ein blaues Frotteetuch hin und rief: »Da, Cerberus, riech dran!« Dabei grinste sie mich schelmisch an. »Das Schweißtuch des Herrn Magnus – und seiner Geliebten. Ist 'ne gut durchmengte Mischung von unseren Liebesdüften. Dein verschwitztes T-Shirt von gestern habe ich übrigens auch über Nacht reingewickelt. Cerberus wird uns als zu Herrchen gehörig identifizieren.«

Der Hund schnüffelte aufgeregt und schien das Argument tatsächlich zu akzeptieren. Eva streichelte ihn, lobte ihn und zog eine Wurst aus einer Tüte in ihrem Drahtkorb. Ich staunte nicht schlecht über ihre umsichtige Vorbereitung und das planvolle Vorgehen. Zum ersten Mal glaubte ich, eine Bestätigung für die kürzlich gelesene Behauptung zu finden, Liebe fördere die Intelligenz. Ich war ja immer der Ansicht, Liebe mache blind und blöd. Auf mich traf das bislang auch zuverlässig zu. Trotz Evas Kühnheit und Umsicht war mir aber in dem Moment etwas mulmig. »Bist du wirklich sicher, dass wir hier unbehelligt bleiben?«

»Ja. Ein Gutes haben die pausenlosen Plaudersalven meines Geliebten auf jeden Fall: Ich bin inzwischen nicht nur bestens über seine Kindheit und Jugend informiert, sondern ich weiß auch im Detail Bescheid über seine Lebensumstände. Zwar ziert er sich, mir seinen Namen zu nennen, doch den des Hundes und der Putzfrau teilte er mir sehr wohl mit. Ebenso weiß ich, dass die Perle jeden Morgen kommt, um den Hund zu füttern und nach dem Rechten zu sehen. Ansonsten heißt's: Cerbi allein zu Haus … Schau doch, wie das arme Tier sich über Gesellschaft freut!«

Der Hund schien wirklich begeistert über unseren Besuch zu sein. Er schleifte das Badetuch im Maul herum, und wich nicht von Evas Seite. Wir zogen uns aus und schwammen. Alle drei. Ohne Schweißtuch. Das musste Eva ihrem neuen Freund zuvor mühsam abringen.

»Ich wäre ja zu gern dabei, wenn er es Magnus vor die Füße legt. Es trägt meine Initialen …«

Vom See aus wirkte das mimosengelbe Haus wie ein Barockschlösschen. Eine ausladende Treppe mit geschwungenen Steingeländern führte von der Terrasse, welche die Breite der ganzen Front einnahm, auf einen Rasen, der sich offensichtlich zum Ziel gesetzt hatte, eine Wiese zu werden. Die Befestigung der Uferböschung aus Natursteinen, die bis zum Bootshaus reichten, war von Stufen unterbrochen, die zum feinen Kiesstrand führten.

Am Fuß dieser Treppe ließen wir uns schließlich nieder, lehnten uns an die Mauer und benutzten die Treppe als Tafel für unser Picknick.

»Ein Traum, so zu wohnen!«

»Ja, zweifellos. Aber nur, wenn du motorisiert bist. Die Kinder sehen das sicher auch so. Die Verkehrsanbindung zum Ort ist zwar gut, aber vom Bahnhof hierher – das sind fast drei Kilometer. Und Busse verkehren eher selten. Wenn sie sich mit anderen jungen Leuten treffen wollen, sind sie oft darauf angewiesen, dass sie jemand chauffiert. So kurz mal nach dem Abendessen Freundin oder Freund auf eine heimliche Zigarette am beliebten Treffpunkt zu sehen, ist nicht drin. Das Haus sieht aus wie ein Schlösschen, ist aber in Wahrheit 'ne Burg. Eine Trutzburg gegen spontane soziale Impulse …«

»Vielleicht ist dafür das Familienleben umso besser.«

»Könnte sein. Mit der Mutter verstehen sich die Kinder wohl sehr gut. Mit dem Vater nach seinen Aussagen auch. Aber ich kann mir nicht vorstellen, dass er viel Zeit für sie übrig hat. Er ist oft im Tennisclub, liest eine Menge, ist bestens über das Fernsehprogramm informiert, verbringt Stunden über Stunden vor dem Computer. Und arbeiten sollte er ja auch noch gelegentlich ein Stündchen.«

Magnus ist Diplomkaufmann und Immobilienmakler. Seine Spezialität sind Prestigeobjekte wie alte Villen und geschichtsträchtige urbane Gebäude. Sein Auftreten, seine gesellschaftliche Stellung und vor allem die weitverzweigten Beziehungen seiner Familie und der seiner Frau räumen ihm gute Referenzen und einen enormen Vertrauenskredit ein. Seine Mutter entstammte einer alteingesessenen Konstanzer Pädagogen-Familie und sein Vater hatte die Schreinerei seiner Eltern zu einem Möbelhaus für exklusives Wohnen ausgebaut, das heute sein Bruder leitet. Seine Frau Francis stammt aus dem Frankfurter Raum, wo ihre Familie recht kräftig in der Pharmaindustrie mitmischt. Ihre Verwandten sind in diesen Kreisen bestens vernetzt, was Magnus optimal nutzt. Mit einer einstelligen Zahl an Abschlüssen, die er im selben Maße seinem Renommee wie seiner Eloquenz verdankt, kann er angeblich bestens leben, ohne sich ein Bein auszureißen. Ein erquickliches Dasein umgeben vom diskreten Charme der Bourgeoisie.

»Wie alt sind die Kinder eigentlich?«

»Marie-Rose ist sechzehn und Thomas zwölf.«

»Dann könnte das Mädchen ja zumindest selbst mobil sein. Mit einem Roller oder dergleichen.«

»Das würde Magnus nie zulassen! Wozu hat das Kind eine Mutter? Zur Schule fahren sie mit dem Zug, zum Bahnhof mit dem Rad, das ist zwar zeitraubend, aber es klappt ganz gut. Das Problem ist die Freizeit. Schließlich sind nicht alle Tage wie dieser. Von Herbst bis Frühjahr herrscht hier oft ein Wetter, wie wir es aus Droste-Balladen kennen. Manchmal kommt vier Wochen lang kein Sonnenstrahl durch den Nebel oder die Wolkendecke.«

Die Vorstellung ließ uns den herrlichen Tag noch mehr genießen. Ein Nachmittag im Garten des Geliebten meiner Freundin …

Bei aller Zuneigung rebellierte Eva momentan innerlich gegen selbigen, was sie allerdings als heilsam empfand und meinem günstigen Einfluss zuschrieb.

»Ich muss nur deine Mimik verfolgen, während ich dir von ihm erzähle, dann komme ich schon ein bisschen zur Vernunft. Wenn deine Gedanken Tag und Nacht um dieselbe Person kreisen, verlierst du doch jedes Maß.« Sie lachte. »Na ja, du vielleicht nicht, aber ich.«

Ich lachte ebenfalls. »Oh doch, ich auch! Benis wochenlange Belagerung hat sich auch auf mich wie eine Gehirnwäsche ausgewirkt. Aber das Beste ist: Ich war sauer, dass er ohne mich verreist ist. Und nun bin ich ihm absolut dankbar!«

»Tja, siehst du und deswegen sollte ich vermutlich auch Magnus dafür dankbar sein, dass er eine Familie hat, die mich auf Distanz zu ihm hält.« Sie seufzte. »Dennoch fand ich's blöd, dass er unser letztes Rendezvous mit seinen Bemerkungen über Loyalitätsprobleme vergiftet hat. Er hat mich übrigens auch gebeten, ein Plätzchen näher bei Konstanz auszubaldowern, wo wir uns auch mal ohne längere Anfahrt treffen könnten.«

»Aber euer Platz in der Schweiz ist doch ideal!«

»Finde ich ja auch. Aber für Magnus ist er eben deshalb nicht ideal, weil er nicht auf der direkten Verbindungsstrecke zwischen seinem Büro und dem Tennisplatz liegt.«

»Diese Anmaßung! Ich glaube, du hast zu wenig an Sibylles Tipps gedacht, als es Zeit war, die Weichen zu stellen.«

»Den Eindruck habe ich allmählich auch. Dabei gäbe es – vor allem bei schlechtem Wetter – ein ganz wunderbares Plätzchen, das diese Voraussetzung erfüllen würde: Leonardos Wohnung. Aber die ist ihm nicht diskret genug.«

»Ich möchte mir ja nicht deinen Zorn zuziehen, aber mir fällt auf, dass die Zeit, die Herr W. für eure gemeinsamen Freuden aufbringt, drastisch im Schwinden begriffen ist.«

»Das habe ich allerdings auch schon bemerkt. Vielleicht hätte ich ihm keine Uhr geben sollen.«

»Hast du die inzwischen zurückbekommen?«

»Nein, wir haben uns doch seither nicht mehr gesehen. Aber ich weiß ja im Notfall, wo ich sie holen muss.«

»Ich bin aber nicht bereit, Schmiere zu stehen, wenn du hier einbrechen willst.«

»Keine Angst! Das Haus betrete ich nur mit offizieller Einladung. Aber wenn ich es darauf anlegen würde, reinzukommen, wäre mir vermutlich sogar Cerberus behilflich. Doch zu dem, was du vorhin gesagt hast: Es stimmt mich wirklich auch nachdenklich, dass Magnus immer weniger Zeit für unsere Beziehung aufbringt. Andererseits konnte es aber auch nicht weitergehen wie vor ein paar Wochen. Unsere Mailerei und seine Anrufe – das war ja ein Fulltime-Job.«

»Und das, ohne dass eine greifbare Leistung dabei herausgekommen wäre«, sagte ich, als müsste ich meine Hingabe an Beni damit rechtfertigen, dass ich während der Zeit immerhin noch etwas Produktives geleistet hatte.

»Aber ich vermute, das ist auch so ein Aspekt, der Männererwartungen grundsätzlich von Frauenerwartungen unterscheidet. Wenn eine Frau zu einem Mann ja gesagt hat, dann geht sie davon aus, dass nun eine Beziehung beginnt, die täglich wachsen wird, täglich schöner, intensiver und aufwendiger. Der Mann hingegen hat auf dem Weg zum Ja der Frau bereits alle verfügbaren Energien eingesetzt. Wenn er sie endlich rumgekriegt hat, denkt er, nun könnte er sich von den Strapazen des Jagens erholen. Innehalten heißt das bei Magnus. Nachlassen bedeutet es für unser Empfinden.«

»*Schwach anfangen und dann stark nachlassen*, so beschrieben wir doch früher das Engagement unserer Kommilitonen.«

12

Obwohl ich die Tage am Bodensee in vollen Zügen genoss, zog es mich dann doch wieder nach München. Ich war überzeugt, bei meiner Heimkehr Beni vorzufinden. Erschöpft, ausgehungert und dankbar für all das, was ich ihm zu bieten hatte und gern mit ihm teilte. Aber er war nicht da, als ich heimkehrte. Lediglich seine Stimme auf dem Anrufbeantworter, die verkündete, seine Rückkehr würde sich noch um eine Weile verzögern. Seiner Mutter gehe es schlecht.

Es gibt Männer, die keine zehn Minuten leben können, ohne zu telefonieren und es gibt solche, die sich nur in ganz seltenen, für sie dringenden Fällen überhaupt der Erfindung des Telefons bewusst sind. Natürlich gibt's auch welche, die damit absolut sinnvoll umgehen. Vermutlich ist das sogar die Mehrheit, aber die fallen eben weniger auf (die Nerven). Beni gehörte jedoch eindeutig zur zweiten Spezies. Er wollte kein Handy und Telefonzellen, die zwar immer rarer werden, jedoch schon noch existieren, schienen sich immer dann in Luft aufzulösen, wenn er gewillt gewesen wäre, eine zu benutzen. Da wir während unserer gemeinsamen Arbeit die ganze Zeit zusammengeklebt waren, hatte sich das Problem nicht gestellt, weshalb es auch keine Veranlassung gab, eine gemeinsame Telefonkultur zu entwickeln. Das machte sich jetzt schmerzlich bemerkbar. Subjektiv gesprochen. Nun sah es nämlich so aus, dass ich zwar meistens zu erreichen war, er sich aber nicht meldete und ich mich gern gemeldet hätte, aber nicht wusste, wie ich ihn erreichen konnte. Während seiner Radtour hatte er mich einmal kurz auf dem Handy angerufen, um mich zu bitten, einen Brief einzuwerfen, den er in seiner Jackentasche vergessen hatte. Das ließ sich von Konstanz aus schlecht besorgen. Aber nach meiner Heimkehr war das eine meiner ersten Handlungen.

Die Auskünfte über seine Tour waren eher einsilbig und

das Gespräch schnell zu Ende. Doch das hatte mich nicht allzu tief berührt, denn Evas Präsenz hatte mir dabei geholfen, die minimale Verstimmung rasch zu überwinden. Nun saß ich aber allein in Evas Wohnung, die mir trotz der überaus gemütlichen Einrichtung mit einem Mal so groß, kalt und leer vorkam.

›Arbeit ist die beste Medizin‹, sagt meine Mutter immer, obwohl der Volksmund das ja vom Lachen behauptet. Aber da es gerade nichts zu lachen gab, folgte ich dem mütterlichen Motto, setzte mich an den Computer und die Lektüre von Evas Tagebuchaufzeichnungen fort. Ich kam natürlich auch drin vor, und sogar gut weg. Dafür umarmte ich sie in Gedanken. Mein Geist wurde von Ideen geradezu überflutet, aber ich hatte noch keinen Einfall, wie und zu welchem Zeitpunkt ich beginnen sollte. Andererseits wollte ich aber nicht, dass die Gedanken sich wieder verflüchtigten. Also installierte ich eine Datei unter dem Namen ›Roko‹, für Romankonzept. Darin fixierte ich meine ungeordneten Ideen. Als ich nach einer Weile auf die Uhr sah, waren mehr als vier Stunden wie im Flug vergangen. Ein erhebendes Gefühl: Ich schreibe meinen ersten eigenen Roman!

Von Evas Datei aus unternahm ich einen virtuellen Spaziergang in die Marcel/Magnus-Korrespondenz-Datei. Sie umfasste über zweihundert Seiten! Ich klickte mich punktuell hinein, las mich jedoch immer wieder fest.

Nun, da ich in seinem Garten gesessen hatte, berührten die Texte, die ich ja zum Teil schon kannte, mich wesentlich tiefer. Das heißt, ich fabrizierte in meiner Fantasie einen Film aus seinen Schrieben, der Kulisse seines Domizils und der Beschreibung, die mir Eva von diesem außergewöhnlichen Mann gegeben hatte. Mein Kopfkino erinnerte stark an die Romantikschinken, die gelegentlich sonntagabends über den Bildschirm flimmern, die ich aber erst selten gesehen habe, weil meist gleichzeitig ein Tatort kommt, dem Eva und ich immer den Vorzug geben. Das Kontrastprogramm (das gelegentlich nachmittags wiederholt wird) spielt meist in britischen Küstenregionen, die mir aus der Lektüre meiner Kindheit vertraut sind und die auf meiner Wunschreisenliste ziemlich weit oben rangieren.

Aber plötzlich erfolgte in meinem Kopffilm ein Bruch. Die heile Welt, in der Gut und Böse glasklar zu durchschauen und exakt auseinanderzuhalten sind, bekam Kratzer und Brüche. Das Strahlende versackte im düsteren Chaos. Der Strahlemann wurde zum Gangster ... Fantasien, die ihren Eingang ins ›Roko‹ fanden.

Das Telefon klingelte. Beni, dachte ich und überlegte, ob ich ihm von meinem neuen Projekt erzählen sollte. Nein, lieber nicht, sonst wollte er am Ende noch mitreden! Doch es war Sibylle. Sie lud mich auf einen prickelnden Ausklang des Tages ins Penthouse ein. Ich dachte über eine Ausrede nach, weil ich weiterschreiben wollte, aber dann überlegte ich es mir anders. Fast sechs Stunden hatte ich getippt. Ich wollte keine Verspannung der Nacken- und Schultermuskulatur riskieren. So lautete zumindest die vernünftige Begründung. Tatsächlich aber hatte ich Lust, mit Sibylle zu lästern, lachen und mit ihr über meinen Roman zu sprechen und aus ihren Kommentaren weitere Impulse zu ziehen. Außerdem hielt ich es für sinnvoll, für Beni nicht erreichbar zu sein. Ich nahm aus Promille-Gründen die U-Bahn und war zwanzig Minuten später am Ziel.

Sibylle verbreitete eingangs wie üblich geschäftige Hektik, bevor sie, tief im Sofa versunken, das erste Glas Champagner getrunken hatte. Dann kam sie ins Plaudern und fand kein Ende mehr. Am Mittag war sie von einem Termin in Berlin zurückgekommen und übermorgen früh würde sie mit einer Klientin zusammen verreisen, zu einer Thalasso-Kur in die Bretagne. Die Klientin würde selbstverständlich alle Spesen übernehmen, und Sibylles Aufgabe bestand darin, die Dame in Sachen Scheidung zu beraten und mit ihr neue Lebensinhalte zu definieren. Sibylle war auch in diesen Bereichen überaus kompetent. Schließlich hatte sie zwei Scheidungen zu ihrer Zufriedenheit hinter sich gebracht. Ihre erste Ehe hatte kaum mehr als ein Jahr gedauert. Es war im Grunde das Klischee vom Starfotografen, der eine hübsche Studentin im Café anspricht, ihr vorgaukelt, sie zum Supermodel zu machen und ihr somit die willkommene Chance bietet, der bedrückenden Enge ihres Elternhauses zu entkommen.

Dieses war nämlich ziemlich problematisch für eine hübsche, intelligente Zwanzigjährige, die soeben entdeckt hatte, dass die Welt ihr offenstehen könnte, wenn es ihr nur gelänge, den Panzer ihrer kleinbürgerlichen Erziehung zu sprengen. Der Vater war in der x-ten Generation Justizvollzugsbeamter, ihre Mutter entstammte einer Maurerfamilie.

Eva und ich, die bildungs- und kulturbeflissenen Kreisen entstammen, hätten selbstverständlich jeglichen Vorwurf des Standesdünkels entrüstet von uns gewiesen. Aber interessanterweise war Dr. Gallus' Kommentar, als Eva Sibylle einmal mit nach Hause brachte, »armer, aber reinlicher Leute Kind«, was seiner ironischen Art der Milieuanalyse entsprach. Meine Mutter stand ihm auf diesem Sektor keinen Millimeter nach: »Ich wette, bei denen daheim wurden die Hausaufgaben am Küchentisch gemacht.«

Ich muss zugeben, dass mich diese Äußerung vor zwölf Jahren geradezu in Rage gebracht hatte. Aber sie entsprach ärgerlicherweise den Tatsachen. Wie die allermeisten Einschätzungen meiner scharfsinnigen und -züngigen Mutter ins Schwarze trafen.

Ich war zweimal im Hause Babl und tatsächlich die meiste Zeit in der Küche. Als Sibylles Freundin war ich von untergeordnetem Status, und so war es nicht nötig, das Wohnzimmer freizugeben. Dabei fand ich das Wohnzimmer sehr beeindruckend. Es wirkte respekteinflößend wie ein musealer Raum. Alte, dunkle, doch kaum benutzte Möbel, ein staubfreier, relativ grob geknüpfter Orientteppich, Kristallschale und -vase auf

Häkeldeckchen, ein Porzellan-Schäferhund auf dem Vertiko, eine Spitzentischdecke mit langen Fransen, zwei Ölgemälde, die Berglandschaften mit Schafen und Rindern zeigten. Kein einziges Buch – dafür die Unbekannte aus der Seine.

Ja, wirklich! Ich sah das in Ton gegossene Gesicht einer hübschen jungen Frau bei Babls das erste Mal. Für Eva war die Unbekannte eine Bekannte aus frühen Kindertagen. Sie hing nämlich im Hausflur der damaligen Putzfrau ihrer Eltern. Nach meinem Besuch bei Babls überlegten wir uns einen Abend lang und eine Flasche tief, was Millionen von Menschen dazu bewegen konnte, die Totenmaske einer Wasserleiche im trauten Heim an die Wand zu hängen. Für die Sensiblen und Fantasievollen mochte sie die Faszination des Unergründlichen ausstrahlen. Für andere war sie vielleicht eine Aufforderung zur Bescheidenheit, eine Bremse für allzu kühne Sehnsüchte nach Ferne, Weltstadt und Abenteuer. Klar, wer treu und brav in seinem Kaff bleibt, kann nicht in der Seine ertrinken. Jung war sie gestorben, eine schöne Frau, die niemand zu identifizieren vermochte. Jung und schön zu sterben, ist ohnehin eine gute Voraussetzung, um zum Mythos zu werden. Darüber hinaus wurde die Unbekannte mit friedlichem Gesicht aus der Seine gefischt und mit über der Brust gefalteten Händen! Wer war sie? Eine Heilige? Ein Straßenmädchen, das sich im Tod besser beheimatet fühlte als auf dem Strich? Ein naives Kind aus einer fernen Garnisonsstadt, ein sitzen gelassenes Soldatenliebchen, das dem Geliebten nach Paris gefolgt war – im Liebeswahn, wie einst Adèle Hugo ihrem Angebeteten? Der Geliebte, ein ängstlicher Familienvater, hatte sie dann vielleicht nach einer letzten Umarmung erdrosselt und in die Seine geworfen. Doch sie hatte sterbend Frieden geschlossen. Etwa weil sie im Tod die sicherste Möglichkeit für eine nie endende Liebe sah?

Als wir Sibylle damals nach der Totenmaske fragten, konnte sie uns keine Erklärung geben. Ihre Eltern hatten sie zur Hochzeit geschenkt bekommen. Welch sinnvolles Geschenk für eine Braut! Eins, das ihr bei jedem Abstauben klar macht, wie zufrieden sie mit ihrem bescheidenen Schicksal sein kann.

Die am Küchentisch erledigten Hausaufgaben führten dazu, dass Sibylle als Erste in ihrer weitverzweigten Familie das Abi schaffte und dann sogar zu studieren begann. Bis ihr Herbert begegnete und noch strahlendere Gipfel in Aussicht stellte. Sibylles Vater war der Kerl von Anfang an suspekt – wie fast alle Männer, die nicht dem Beamtenstand angehörten. Ihre Mutter jedoch, die beim Sauberhalten der ordentlichen Wohnung mit den schweren Eichenmöbeln und beim Abstauben der geheimnisvollen Maske ein Leben in Tagträumen verbrachte, hing dem blendend aussehenden Charmeur an den Lippen und glaubte ihm jedes Wort.

Nun war aber Herbert kein Starfotograf, sondern nur der faule Assistent eines solchen, der den Hallodri wegen seiner Unzulänglichkeiten dann auch recht schnell verabschiedete, bevor Sibylle einen fulminanten Start hinlegen konnte. Den verhinderte Herbert vorsätzlich, indem er ihr im Brautbett einen Exklusivvertrag abschwatzte, der sie um jede weitere reelle Chance brachte.

Herbert gelang es zwar, sich mit diversen unseriösen Geschäften über Wasser zu halten, aber als er Sibylle zwingen wollte, sich mit Haut und Haar bei den dubiosen Partys einzubringen, die er für lüsterne Geschäftsleute und wohlhabende Müßiggänger arrangierte, verließ sie ihn und erlangte wegen der Begleitumstände die sofortige Scheidung.

Dem Partygewerbe blieb sie allerdings vorerst treu, jedoch auf seriöse Art – beim renommiertesten Catering-Service der Isar-Metropole. Sie hatte nämlich erkannt, dass es keinen praktischeren Weg gab, hochkarätigen Veranstaltungen beizuwohnen und Führungspersönlichkeiten mit ihrer Erscheinung und ihrem Charme zu beeindrucken.

Ein halbes Jahr später heiratete sie mit großem Pomp – und diesmal auch in der Kirche – Hartwig, einen sehr männlichen, soliden und der Familientradition verhafteten Bauunternehmer, der über all die Qualitäten verfügte, die Herbert vermissen ließ. Allerdings entbehrte Hartwig auch der wenigen Qualitäten, über die Herbert verfügt hatte. Mit anderen Worten: Hartwig war nebst all seinen Tugenden stinklangweilig. Das wurde Sibylle bewusst, nachdem sie sich einigermaßen von ihren Herbert-Schäden regeneriert hatte. Da sie den guten Hartwig nicht vor den Kopf stoßen wollte, suchte sie nach einer Lösung, um die Verhältnisse in ihrem Sinne zu arrangieren. Ein Klassentreffen inspirierte die rettende Eingebung.

Marilies Steger, die Strebsamste und Bravste aus ihrer Klasse, war kürzlich von ihrem Verlobten sitzen gelassen worden und klagte Sibylle ihr Leid. Die war eigentlich gerade auf der Suche nach einer Ausflucht aus diesem Tristesse-Report, als ihr eine wunderbare Idee kam. Mit völlig neuem Interesse sah sie die Kameradin an. Marilies war auf üppig-friedvolle Weise hübsch. Sie wirkte zuverlässig, fleißig und mütterlich. Sibylle sagte, sie mache sich seit einiger Zeit Sorgen um ihre Gesundheit und fragte, ob Marilies, die Krankenschwester war, im Notfall ihre häusliche Pflege übernehmen könnte. Das bedeute allerdings, dass sie auch mit ihr und ihrem Mann unter einem Dach leben müsste.

Marilies wäre am liebsten gleich mitgekommen, um der demütigenden Situation im Krankenhaus zu entfliehen, wo ihr Ex-Verlobter, ein Physiotherapeut, vor aller Augen mit seiner neuen Flamme, einer Assistenzärztin, turtelte. Den eindrucksvollen Hartwig kannte sie von der spektakulären Hochzeit, zu der allein die Braut über hundert Gäste geladen hatte. Sie fand ihn damals umwerfend und beneidete Sibylle in einem Maße, das ihr rechtschaffenes Gewissen erheblich belastete.

Zwei Tage nach dem Klassentreffen legte sich Sibylle kränkelnd zu Bett. Angeblich litt sie unter Leibschmerzen. Tags darauf begab sie sich zur Beobachtung in eine private Frauenklinik. Der Chefarzt diagnostizierte psychosomatische Störungen. Sie bat ihn um Diskretion gegenüber ihrem Mann, für den *Psycho* ein negatives Reizwort sei. Sie selbst erzählte Hartwig, sie habe eine Fehlgeburt erlitten und könnte nun keine Kinder mehr bekommen. Zwei Tage später ließ sie sich nach Hause fahren und Marilies für die Heimpflege anreisen. Nach weniger als einem Monat hatte sie ihr Ziel erreicht: Der sich künftiger Vater-, Stammhalter- und Nachfolgerfreuden beraubt wähnende Hartwig ließ sich von der vor Fruchtbarkeit strotzenden Marilies trösten.

Kaum drei Monate später war sie schwanger. Hartwigs schlechtes Gewissen bescherte Sibylle eine großzügige Abfindung und wegen ihres noblen Verhaltens sicherten ihr die beiden frisch Verliebten Dankbarkeit bis an ihr Lebensende zu.

Damit hatte sich Sibylles Bedarf an Eheleben erschöpft. Was nicht heißen sollte, dass sie beschlossen hätte, auf Männer zu verzichten. Im Gegenteil. Sie nahm sich, was sie wollte, wann immer sie es brauchte. Obwohl sie in Stilfragen sehr pingelig war, legte Sibylle bei der Jagd nach dem, was sie begehrte, keinerlei Wert auf Political Correctness. »Das ist was für Jasager, Denkfaule, Scheinheilige und Lemminge. Ich nehme mir die Freiheit, zu entscheiden, was ich selbst für richtig halte.«

Dazu hier ein Beispiel: Tatort-Flughafen …

Sibylle hält es für angebracht, aus einer Schlange wartender Taxen den Fahrer auszuwählen, der ihr am besten gefällt.

»Was soll ich einem stinkenden Tölpel mein Vertrauen schenken, wenn ich mir ein Gespräch mit einem interessanten und hübschen Studenten einhandeln kann?«

Mit der größten Selbstverständlichkeit klappert sie am Flughafen die Autos eins nach dem anderen ab, ignoriert mit gelassener Miene die Kommentare der herumstehenden Chauffeure. Schließlich sieht sie einen, der ihr gefällt und signalisiert ihm, dass sie mit ihm fahren will. Das Murren der anderen Fahrer, die sie mehr oder minder höflich und deutlich darauf hinweisen, dass sie gefälligst den ersten Wagen zu besteigen habe, tut sie mit einer Handbewegung ab und ruft den Empörten zu: »Ich bitte Sie, er ist mein Cousin und wir haben eine dringende Familienangelegenheit zu besprechen!«

Ehe der Auserwählte zu irgendeiner Reaktion fähig ist – schließlich bringt sie ihn seinen Kollegen gegenüber in eine verzwickte Lage –, wirft sie ihren noblen Handkoffer auf den Rücksitz, setzt sich ausnahmsweise neben den Fahrer und gibt ihm, da er ein ganz besonders Hübscher ist, ein Küsschen auf jede Wange.

Einige der Taxifahrer fühlen sich verkohlt und wollen Sibylle und ihrem Favoriten eins auswischen. Sie klemmen den Wagen so ein, dass er nicht rausfahren kann. Sibylle steigt wieder aus. Für einen Moment denken die Widersacher, sie hätten gesiegt. Doch dann herrscht sie sie mit ihrer autoritärsten Stimme an: »Gentlemen, was soll das? Unser beider Großvater liegt im Sterben! Ich komme extra aus Paris angeflogen, um ihn noch einmal zu sehen!«

Könnte ja was Wahres dran sein. Der Vordermann gibt nach und fährt ein Stück vor. Sibylle gönnt ihm die Andeutung eines huldvollen Lächelns und setzt sich wieder neben ihren angeblichen Cousin.

Der Typ – Sibylle hat einen Blick für Männer mit Grips und Humor – beherrscht sich, bis die Kollegen sein Gesicht nicht mehr sehen können, und dann lacht er laut los.

»Was wollen Sie, die Fahrt vom Flughafen in die Stadt ist ganz schön weit«, erläutert sie, »und ich bin eine wehrlose Frau.«

Der Fahrer lacht aufs Neue los.

»Ich kann doch nicht jedem wildfremden Mann mein Vertrauen schenken. Und blödes Geschwätz mag ich mir auch nicht zumuten. Das verdirbt meine Laune.«

»Soll ich ruhig sein?«

»Aber nein, Sie doch nicht! Sie habe ich ausgewählt, weil ich mir von Ihnen interessante Konversation erhoffe. Erzählen Sie, was Sie treiben, wenn Sie nicht Taxi fahren?«

Er studiert Volkswirtschaft, möchte aber neuerdings das Studium selbst finanzieren, um seinem Vater zu beweisen, dass er nicht auf dessen Unterstützung angewiesen ist.

»Sehr gut«, sagt Sibylle, »sehr intelligente Entscheidung.«

Der junge Mann bringt sie zu ihrem Hotel. Um sieben Uhr abends hat sie einen Termin mit einem Klienten. Der wird mit ihr zu Abend essen, aber um neun wird sie sich von ihm verabschieden.

»Wie lange arbeiten Sie heute?«, fragt sie den Studenten.

»So etwa bis neun, halb zehn ...«

»Wenn Sie wollen, können wir uns um halb elf in der Hotelbar treffen.«

Er strahlt. »Gern, ich werde pünktlich da sein.«

Sibylle lächelt. Sie gibt ihm ein verwirrend hohes Trinkgeld.

»Damit Sie mich einladen können – heute Abend in der Bar. Ich lege Wert auf Etikette.«

Sie bezieht ihr Zimmer, legt sich in die Wanne und bereitet sich mental auf ihren Kunden vor, den sie bereits kennengelernt hat und der ihrer Einschätzung nach gern mehr als nur Beratung von ihr bekäme. Er ist durchaus sympathisch und sieht auch recht gut aus. Er wird blendend aussehen, wenn sie ihre Arbeit an ihm vollendet hat. Aber sie fängt nie etwas mit Klienten an, während ihre Mission läuft. Später vielleicht. Darüber lässt sich reden. Doch Geschäftliches und Privates weiß Sibylle wohl zu trennen. Nicht zuletzt, weil dann Klarheit bei der Abrechnung herrscht.

Es besteht keine Gefahr, dass sie ihren Vorsätzen untreu wird und etwa in Versuchung gerät. Dagegen gibt es schließlich Mittel und Wege. Und charmante Studenten ...

Die bleiben allerdings für Frauen, welche Political Correctness für notwendig halten, unerreichbar in der Warteschlange stecken.

13

Evas nächstes Rendezvous mit Magnus hat stattgefunden. An einer verkehrsgünstigen Stelle zwischen Waldesrand und Weizenfeld (geradezu schicksalhaft, mit Herrn Weizenegger am Rande des Weizenackers – warum nicht gleich ein Bett im Kornfeld?). Er hatte sie zuvor am Telefon um Keuschheit gebeten, um Konflikte mit der ehelichen Loyalität und seiner katholischen Erziehung zu vermeiden.

Eva hatte ihn ausgelacht. »Ich bin doch nicht so blöd, mich ins eigene Fleisch zu schneiden!«

Im Gegensatz zu den meisten anderen Menschen und fast allen Männern ist sie konsequent und hält sich an Absprachen.

»Ich verspreche dir lediglich, dass ich nicht den ersten Schritt tun werde. Den überlasse ich dir. Aber wenn du ihn gehst, werde ich dir mit Freuden folgen.«

Diesmal kam er zehn Minuten zu spät, als das Lager bereitet und Eva schon ziemlich ungeduldig war. Das war er allerdings auch. Von Keuschheit so weit entfernt wie ein Eisbär vom Pinguin. Es dauerte keine fünf Minuten und er machte sich über sie her, zog ihr hastig den Slip herunter, schob ihr Hemdchen hoch, legte sich auf sie, schlüpfte in sie und genoss nach einigen wilden tiefen Schüben seinen einsamen von Ganterschreien begleiteten Orgasmus. Es gefiel ihr zwar, trotz anderslautender Ankündigungen, so unzweifelhaft begehrt zu werden. Sie war auch sehr erregt, doch vom Höhepunkt noch ein ganzes Stück entfernt, als er aus ihr herausschrumpelte und wie ein satter Egel von ihr rollte. Lüstern und heiser vor Ungeduld forderte sie ihn auf, sie bei ihrem Gipfelsturm zumindest manuell zu unterstützen, um sich schließlich ermattet an ihn zu kuscheln. Er bewunderte ihren Mut und die Offenheit, mit der sie ihre Wünsche äußerte.

»Das ist eine reine Überlebensstrategie«, meinte sie, »wenn es einer Frau nicht gelingt, einem Mann zu sagen, was sie will, kann sie bis St. Nimmerlein warten.«

Das war das Stichwort für einen neuen Aufguss seiner von Demut und Sarkasmus beladenen Ausführungen zur Überlegenheit der Frau. Eva schenkte aus einer Wasserflasche Fruchtcocktail in die Gläser. Sie stießen an, tranken, küssten sich, und als er sich wieder ausstreckte, legte sie ihren Kopf auf seine Brust, um seine weiche Wärme zu spüren und sich an der darunter vermuteten Kraft zu stärken. Er lächelte zufrieden und der Sonnenschein brachte seine Saphir-Augen zum Funkeln. Auch wenn er ihr heute nicht die große fantastische Vorstellung geboten hatte, er war da und hielt sie umschlungen. Sie dachte an seine wunderschönen Briefe und die darin wiederholten Ewigkeitsversprechen und war überzeugt, alles würde sich zum Besten entwickeln, da es sich bei dem Gefühl, das sie in diesem Moment durchströmte, um reine, hingebungsvolle Liebe handelte.

»Wie spät es wohl sein mag?«, fragte er.

Sie sah ihn groß an. »Ich hab dir doch meine Uhr gegeben ... äh geliehen.«

»Oh«, sagte er verlegen grinsend, »da muss ich dir was beichten: Die hat sich meine Tochter unter den Nagel gerissen.«

»Wiiiiie bitte?« Eva war außer sich.

»Sie hat ihre verloren. Sie verliert grundsätzlich alles. Na ja, und ich hab 'ne ganze Schublade voller Uhren. Aber wie du weißt, trag ich ja nie welche. Da hat sich Marie-Rose eben bedient. Was konnte ich tun? Mir waren die Hände gebunden. Aber ich hab dir ja gleich gesagt, ich garantiere für nichts.«

Ja, das hatte er tatsächlich, aber sie hatte nicht damit gerechnet, dass sie es derart wörtlich nehmen musste.

»Nun schau nicht so ernst! Lächle, mein Schatz! Wenn du lächelst, gefällst du mir viel besser ...«

»Mir ist jetzt nicht danach. Diese Uhr ... sie bedeutet mir sehr viel!«

Er lachte. »Dann hättest du sie mir nie geben dürfen. Ich bin so ein schrecklicher Chaot!« Er neigte sich über sie, küsste sie saugend und schlang seine Arme ganz fest um sie, sodass sie unwillkürlich wieder von diesem alles andere verdrängenden glückseligen Gefühl der Geborgenheit durchdrungen wurde.

Beni hat sich nicht mehr gemeldet. Ich überlegte zum x-ten Mal, ob ich die Auskunft nach der Nummer seiner Eltern fragen sollte, aber dann sage ich mir, dass das Klingeln des Telefons seine kranke Mutter stören könnte. Also ließ ich es sein, schrieb weiter an meinem Roman und arbeitete an der Übersetzung, die mich nicht annähernd so faszinierte wie Evas Aufzeichnungen.

Frau Almendinger, eine der Verlagssekretärinnen rief an. Sie würde am Donnerstag vierzig, wollte einen ausgeben und mich dazu einladen. Wir verstanden uns sehr gut, teilten auch – ohne je ein Wort (dafür genügend Blicke) darüber verloren zu haben – die Abneigung gegen die Servitzky und plauderten gelegentlich über die Dinge des Lebens. Sie liebte Witze, die Männer blöd dastehen ließen, was mir einiges über ihr Leben verriet.

Ich besorgte einen bunten Blumenstrauß und kam wie verabredet eine Viertelstunde vor dem Umtrunk in ihr Büro. Frau Almendinger war bestens in Form. Sie bedankte sich mit Küsschen und schlug vor, wir sollten uns duzen. Ich hatte (im Unterschied zum Vorstoß der Servitzky) nichts dagegen. Künftig würde ich sie also Beatrix nennen, was wir mit Sekt begossen. Sie grinste vielsagend, und kurz darauf wartete sie mit einer süffisanten Enthüllung auf: »Unsere allerliebste Freundin schwebt auf Wolke sieben.«

»Ach ja? Wie schön für sie. Wer ist denn der Unglückliche?«

»Ein junger Dichter, der den Schlüssel zu den Herzen der Frauen in Händen hält …«

»Das kann ihr doch nur guttun!«

Beatrix zog eine ironische Schnute und deklamierte: »Du bist so nah an meiner Seele, es ist nicht zu beschreiben für mich. Solch eine Nähe zu einem Menschen zu finden, hat mich, bevor ich dich berühren durfte, schon atemlos …«

»Schluss, bitte!« – Ich dachte ich träumte. Das war doch nicht möglich! Wie kamen Magnus' Verehrungsparolen in diese Stadt, in diesen Verlag? An diese Adresse?

Beatrix lachte. Vermutlich noch mehr über meinen Gesichtsausdruck als über ihr Zitat. »Kärtchen mit dergleichen rührenden Worten flattern ihr täglich entgegen, und sie lässt sich nicht bremsen, uns daran teilhaben zu lassen.«

Ganz allmählich begriff ich das Unglaubliche: Beni hatte was mit der Servitzky. Und damit nicht genug: Er verwendete Magnus' Liebes-Säusel-Sprüche, die er als Gesülze abgetan hatte, um sich bei der Hyäne einzuschleimen. Und ich hatte ihm das Zeug auch noch ausgedruckt und ihm versichert, Frauen wären richtig wild auf so was! Wenn ich elastischer wäre, hätte ich mich in den Hintern gebissen. Ich fühlte mich grauenhaft. Verraten, hintergangen, belogen und betrogen.

»Du kennst ihn doch auch«, sagte Beatrix.

Kennen? Jedes einzelne seiner Schamhaare kann ich beim Vornamen nennen, hätte ich erwidern können. Aber ich schwieg. Indiskretionen äußere ich normalerweise nur gegenüber Eva, Leonardo und (kontrolliert) Sibylle. Aber bei denen kann ich absolut sicher sein, dass sie ausschließlich konstruktiv damit umgehen.

Es war Zeit und wir zogen in den Konferenzraum, wo sich schon einige Leute versammelt hatten, die nun der Reihe nach Beatrix gratulierten. Dann hatte Sieglinde S. ihren Auftritt. Strahlend schwebte sie herein. Pfundweise Schminke im Gesicht, das Skelett in teure Gewandung gehüllt. Nachdem sie bei Beatrix die Honneurs erledigt hatte, kam sie zu mir her und küsste meine Wangen. Ich bedauerte, dass ich nicht fünf

Paar Weißwürste gegessen hatte, die ich ihr nun hätte vor die Füße kotzen können.

»Du hast sicher schon von meiner Liaison mit Benedict gehört«, verriet sie mir und zeigte ihr grässliches Hyänenlächeln, das mein Blut gefrieren ließ. »Du kennst ihn ja auch. Sag, ist er nicht süß?«

Und ob ich ihn kenne! Jeden Millimeter seiner ansehnlichen Anatomie. Grüß ihn von mir und richt' ihm bitte aus, ich ließe fragen, ob ich seine ausgeleierten Unterhosen und die fadenscheinigen Socken in den Kleidersack werfen darf, hätte ich am liebsten gesagt. Ich kochte. Wut, Schmerz und Verzweiflung schlugen Purzelbäume in meinen Eingeweiden.

»Du bist auf einmal so blass. Ist dir nicht gut?«

»Ich muss da wohl was Verdorbenes abbekommen haben …«

»Mach keine Dummheiten! Mit einer Lebensmittelvergiftung ist nicht zu spaßen. – Wir brauchen dich noch!«

Obwohl ich ahnte, dass nichts hochkommen würde, weil ich zu wenig gegessen hatte, stürzte ich zur Toilette und würgte ein wenig galligen Schleim heraus. Aus dem Spiegel im Waschraum schaute mich ein Gesicht an, das einer entfernten todkranken Verwandten von mir hätte gehören können. Ich schloss die Augen, beugte mich übers Waschbecken, ließ Wasser in den Mund laufen und gurgelte die Bitterstoffe nieder. Dann klatschte ich mir ein paar Hände voll ins Gesicht. Geschminkte Frauen müssen auf dergleichen Wohltaten verzichten!

In einer Komödie von Oscar Wilde oder in einer amerikanischen Filmkomödie wäre ich nun wieder zu der kleinen Gesellschaft zurückgekehrt, um vor aller Ohren mit spitzen Worten an Miss Servitzky Rache zu nehmen und giftige Pfeile abzuschießen: auf ihr fortgeschrittenes Alter, ihre lächerlich goldblonden Engelslocken, die falschen Zähne und die aufreizende Garderobe – was ihr alles zusammen keineswegs die Ausstrahlung einer betörenden Frau verlieh, sondern eher die einer Vogelscheuche. Obendrein hätte ich mich noch erkundigt, ob sie pädophil sei. – Aber für solche Auftritte bin ich leider nicht geschaffen. Im Übrigen hegte ich den starken Verdacht, sie sei völlig ahnungslos, was meine Beziehung zu Benedict betrifft.

Benedict – ha! Ab heute würde er für mich Maledict heißen. Maledictus, der Geschmähte. Aus Benedetto Salvatore Angelo machte ich kurzerhand Maledetto Traditore Diavolo. In Wahrheit war nämlich er der Verräter, der Teufel, ein mieser Gigolo. Eine Erkenntnis durchzuckte mich und steigerte meine Rage: Servitzky gab doch lediglich einen besseren Sündenbock ab, weil ich sie nicht leiden konnte – weil niemand sie leiden konnte. Außer Maledict, wie es aussah. Wenn sie wusste, was zwischen uns lief und er obendrein meine Lästereien über sie zitiert hätte … Dann würde ihr Triumph über mich nun keine Grenzen mehr kennen. Wie oft hatte ich mich über sie lustig gemacht und sie nachgeäfft. Und Maledict hatte sich halb totgelacht. Warum, zum Teufel, nur halb?!

War ihm zuzutrauen, dass er ihr alles brühwarm unterjubelte, der Deserteur? Natterngezücht, das sich Tag und Nacht an meinem Busen gemästet hatte!

Ich verdrückte mich à la Française. Kein Ochsengespann hätte mich jetzt zurück gebracht zu dem fröhlich plaudernden Völkchen und zu Sieglinde Goldlocke, die sicher nicht müde wurde, sich ihrer reizenden Eroberung zu rühmen und erfreuen.

Das Beste wäre es, dachte ich, jetzt in eine dröhnende Disco zu gehen und mir von laut wummernden Bässen mein Herzeleid aus dem Leib trommeln zu lassen. Aber ich kannte keine, die um diese Zeit geöffnet war. Also ging ich heim, rief Eva an und schluchzte meinen Kummer in ihr offenes Freundinnen-Ohr.

Und sie sagte all die Worte, die ich mir von ihr erhoffe: Der Kerl hätte mich nicht verdient, ich sollte froh sein, dass ich ihn so elegant losgeworden sei und: »Du hast Perlen vor die Sau geworfen!«

Wie wohl es doch tat, diesen Satz zu hören. Er drückte genau das aus, was ich empfand. Sie war zutiefst überzeugt, über kurz oder lang wäre ich seiner ohnehin überdrüssig geworden, da ich ihm intellektuell und auch menschlich haushoch überlegen sei. Dann hätte ich ihn abschieben müssen, was bei seinem dicken Fell sicher ein mühseliges Unterfangen geworden wäre. Ja, und dann kam noch ein balsamischer Satz, der mich mehr als alle anderen zu trösten vermochte: »Der wird schon noch merken, was er an dir hatte. Und es wird ihm verdammt wehtun, dass er all das aufgegeben hat. Und wenn er dann angekrochen kommt, kannst du mit ihm machen, was du willst …«

In Sekunden wanderte ich von Ovid zu Shaw, wechselte die Fronten und mutierte von Pygmalia zu Eliza Doolittle. Wart's nur ab, Maledictus, wart's nur ab – deine Tränen werden fließen – nicht zu knapp! Blüten der Fantasie eines Blumenmädchens.

Und nun muss ich gestehen, dass ich mich ein klein wenig schäme. Aber ich geb's trotzdem zu, ein Positives hat das niederträchtige Verhalten dieses miesen Typen: Es liefert Stoff für meinen Roman.

Zwei Tage später stand Beni auf der Matte. Er umarmte mich. Einfach so, als wäre nicht durch sein mieses Agieren die stolze Burg unserer symbiotischen Beziehung zu einem Trümmerhaufen zusammengestürzt. Er ignorierte lässig die Kluft zwischen uns, die nach meinem Empfinden mindestens das Ausmaß des Grand Canyon umfasste.

»Wie geht's deiner Mutter?«, fragte ich kühl und förmlich, denn unser letztes Gespräch hatte sich ja schließlich um ihre angeschlagene Gesundheit gedreht.

»Ach, ganz gut, sie erpresst mich eben von Zeit zu Zeit mit

ihren eingebildeten Krankheiten. Dann sitze ich ein paar Stunden an ihrem Bett und halte ihre Hand. Damit renkt sich das wieder ein.«

Wie rührend und gleichzeitig praktisch! »Dann war es ja gar nicht nötig, dass du lange auf dem Hof bliebst.«

»Ach wo, zwei Tage, dann war der Käse gegessen.« Er schaute mich an und strahlte. Und dann berichtete er mir von der Servitzky. Dass sie ihn zum Essen eingeladen hatte, als er das Manuskript ablieferte, und dass sie total nett zu ihm gewesen sei. Sie hätten einen neuen Termin verabredet für den Tag, an dem er von seiner Radtour zurückkam. »Und da ist es dann passiert.«

Ich glotzte ihn ungläubig an. Er zuckte die Schulter und lächelte schief. »Sie hat mich verführt.« Er erzählte das, als spreche er mit einem Kumpel über Weibergeschichten. Was ich dabei empfand, schien ihm weder klar zu sein, noch ihn im Geringsten zu kümmern.

»Du musst dir das mal vorstellen: Die Servitzky, diese toughe Businessschnecke interessiert sich für mich Nobody! Yeah! Sie will mich groß rausbringen. Das hat sie mir versprochen! Super, eh?«

Mir fehlten die Worte. Er hingegen war in seinem Mitteilungsdrang nicht zu bremsen. Er grinste schon wieder schief und rieb sich die Nase. Dann sagte er: »Einen großen Gefallen musst du mir aber tun …«

Ich muss? Dir einen Gefallen? Wie käme ich dazu? Seine Dreistigkeit beraubte mich weiterhin der Sprache.

»Erzähl ihr bloß nicht von uns! Ich meine, dass ich bei dir wohne und dass wir es getrieben haben.«

Ach so – wir haben's getrieben? Für mich war es eigentlich was anderes.

»Die Siggie hält mich für völlig unerfahren, weißt du. Und ich glaube, dominanten Frauen wie ihr gefällt der Gedanke, sie hätten es mit einem Jüngling zu tun, den sie nach ihren Vorstellungen formen können.«

»Grr!«

»Ich weiß, dass du sie nicht besonders magst, aber du siehst sie falsch. Die Siggie ist wirklich ganz anders. Im Grunde ihres Herzens ist sie ein kleines Mädchen, das viel Liebe braucht ...«

Zum zweiten Mal innerhalb von zweiundsiebzig Stunden wünsche ich mir, ich hätte fünf Paar Weißwürste gegessen – nein, besser zehn! Der Grund des Herzens deiner Sieglinde ist eine Schlangengrube! Giftige Pfeile schossen aus meinen Augen, doch Maledict bekam nichts davon mit. Er schwelgte in Begeisterung für meine Feindin, die künftig für mich Krieglinde heißen würde. Wer den Sieg davon trüge, würde sich am Ende zeigen. Jedenfalls standen für mich die Zeichen auf Krieg, kalten Krieg, eisig kalten!

»... und andererseits ist sie die total coole Frau von Welt. Das hab ich in New York bemerkt.«

»Wie? Wie bitte?« Das Ungeheuerliche brachte mir die Sprache zurück. »Du warst mit ihr in New York?«

»Super, sag ich dir – wirklich ein Traum!«

Unser Traum, du Verbrecher! Du wolltest mich nach New York einladen! Und nun hat sie dich abgeschleppt. Auf Verlagskosten natürlich. Autorenpflege! Ich möchte auch mal Autorenpflege betreiben und die Amis, die ich übersetzt habe, in New York und San Francisco besuchen. I come to bring you some flowers with the compliments of your German publisher. Dann treffe ich sie endlich, die Leute, mit deren Gedanken ich mich Wochen und Monate lang beschäftigt habe, deren Werke ich angeblich teilweise besser zu formulieren verstehe als sie selbst. Ha! Vielleicht sollte ich einfach höher pokern! Kapital aus meinem Renommee schlagen, um weniger zu arbeiten – nur noch vier Bücher pro Jahr übersetzen, statt bisher sechs oder sieben. Und Lebensqualität gewinnen.

Maledict würde allerdings vergeblich bei mir anklopfen, wenn er mit seinem nächsten Buch daherkäme. Soll er sein stümperhaftes Geschreibsel (um der Wahrheit auch mal einen Namen zu geben) doch unverfälscht unter die Leute bringen, sich verhöhnen lassen, giftige Kritiken einstecken, erstaunte Fragen wegen des unterschiedlichen Niveaus seiner Werke über sich ergehen lassen ... Wart's nur ab, Maledictus, wart's nur ab! Mich betrügst du nicht ungestraft! Allein die Vorstellung der ihm bevorstehenden Misslichkeiten belebte mich und bewirkte einen kleinen Stimmungsauftrieb.

»Sie findet dich übrigens sehr nett ...«

Ach, und jetzt darf ich auch noch erfahren, dass die Hyäne Krieglinde mich ins Herz geschlossen hat. Nein, so weit geht's doch nicht: »... menschlich gesehen. Ansonsten findet sie es schade, dass du nicht mehr aus dir machst.«

Aha, und was soll ich aus mir machen? Eine aufgebrezelte, angeschmierte Gewitterziege in ihrem Genre etwa? Welch erstrebenswertes Ziel!

»Aber sie sagt, du seist in Ordnung und sehr tüchtig. Und das kann ich eindeutig bezeugen.«

Wie schön! Maledict bestätigt Krieglindes Urteil über mich. Er bekommt seinen sanften Gesichtsausdruck, der mich noch bis vor Kurzem gerührt und erregt hat.

»Ach Eliza, du hast mir so geholfen! Ohne dich hätte ich das nie geschafft. Ohne dich wäre ich auch nie so schnell über Annika weggekommen. Wenn ich mir vorstelle, wie ich gelitten habe! Das war echt nicht mehr normal. Aber du hast mich da rausgeholt. Jetzt fühle ich mich wieder wie ein vollwertiger Mann.«

Ach ja, du gibst also zu, dass du dich mir als minderwertiger präsentiert hast?

In Siegerpose warf er die Arme in die Höhe. »Ich trau mir wieder alles zu. Das werde ich dir nie vergessen. Du bist so ein toller Kumpel!«

Bei so einem Geschwätz fragt sich doch jede Frau, ob der Typ, der solchen Mist absondert, richtig tickt. Er machte doch alles noch viel schlimmer. Aber er meinte es nicht böse. Er konnte nur nicht anders, als die Welt ausschließlich aus seiner egozentrischen Perspektive zu betrachten, ohne auch nur einen winzigen Gedanken daran zu verschwenden, was andere denken oder fühlen könnten. (Mamas Prinzchen …) Aber ich kenne das ja – die Geschichte wiederholt sich. Es ist mein Fluch. – Ähnliche Konstellation, dieselben Worte, der gleiche ohnmächtige Zorn. Bin ich verdammt, eine Art Sisyphe – oder Sisyphene? Jedes Mal, wenn ich glaube, nun die Sache im Griff, die Last im Schweiße meines Angesichts ans Ziel gebracht zu haben, dann rollte der Stein wieder zurück, quetschte mir die Zehen und ramponierte meine Seele.

Oder bin ich eine Danaide, die permanent Wasser in ein löchriges Fass zu schöpfen hat? Ja, so kam ich mir vor. Doch die Tatsache, dass Leidensgenossinnen und Genossen in großer Zahl die griechische Mythologie bevölkerten, half mir jetzt gerade überhaupt nicht.

»Ich möchte unbedingt, dass wir Freunde bleiben!«, verkündete der Deserteur und setzte dabei seinen bewährt anrührenden Dackelblick auf, der mich in der jüngeren Vergangenheit zuverlässig hatte dahinschmelzen lassen. Bleiben. Bleiben setzt voraus, dass was da ist. Aber meine Gefühle für Maledict lagen schockgefrostet auf Eis. Meine Honorarnote wird dir in den nächsten Tagen zugehen, hätte ich jetzt sagen müssen, wenn ich Sibylles Vorgaben besser beherzigt hätte. Und wenn er mich dann groß und noch dackeliger angeglotzt hätte, wäre ich ins Detail gegangen: für Kost, Logis und therapeutische Maßnahmen. Die emotionale Zuwendung und die erotischen Gefälligkeiten kannst du als Geschenk betrachten. Nach diesen Worten hätte ich mich dann abrupt umgedreht, und wäre hoch erhobenen Hauptes davongeschritten. Das hätte vermutlich mein Wohlbefinden gefördert. Aber da ich im Grunde eben doch eine Gefühlstrine bin und er mich trotz allem noch berührte, schluckte ich all meine Bosheiten runter, erwiderte nur: »Mal sehn«, und beschloss zugleich, mich demnächst Sibylle in Sachen Imageberatung anzuvertrauen. Aber dann versetzte mir die Wut einen frischen Energieschub.

»Den Schlüssel solltest du mir noch zurückgeben.«

»Äh … muss das sein?«

»Ja, selbstverständlich. Es gibt ja wohl keinen Grund mehr …«

»Äh … darüber wollte ich auch mit dir reden … äh … mhm, wenn du so komisch guckst, fällt's mir total schwer, das jetzt zu sagen … äh … aber könnte ich nicht weiter bei dir wohnen?«

»Wie bitte?«

»Tja, die in der WG haben vorübergehend mein Zimmer einem anderen gegeben, weil ich eh nie da war. Und auf dem blöden Sofa in dem verrauchten Wohnzimmer – das ist echt die Hölle.«

»Wieso wohnst du denn nicht im rosa Plastikhaus deiner Flamme?« In der Vergangenheit (als unsere Burg noch stand) hatte ich gelegentlich darüber gelästert, dass Servitzky mit ihrer vollsynthetischen Persönlichkeit bestens in den Barbieclan passen würde. Etwa als Tante Marilyn, die eine längere Dürreperiode hinter sich hat, aber immer noch die sexy Klamotten von früher trägt, die freien Blick auf ihren Sinkbusen gewähren.

»Siggie möchte nicht, dass ich über Nacht bleibe.«

Das ist ja reizend! Ich hoffe, du vermisst gründlich die Momente, in denen wir im Halbschlaf zusammengeglitten sind und die Augenblicke, während derer du am Morgen schlaftrunken in mir erwacht bist. Besonders dann, wenn du nach einem Karriere-Akt aus dem warmen Bett durch die kühle Nacht wanderst, einem einsam quietschenden Sofa in einer stinkenden WG entgegen … »Ach, und warum nicht?«

»Sie möchte nicht, dass ich sie ungeschminkt sehe.«

Ts! Diese Sorge halte ich für müßig, du würdest sie doch ohnehin nicht erkennen. Sie könnte sich glatt für ihre eigene Putzfrau ausgeben. Diese Bemerkung lag mir auf der Zunge, aber ich sprach sie nicht aus. Schließlich hat meine Mutter keine Anstrengung unterlassen, mich zu einem kultivierten Menschen zu erziehen. Scheiße!

»Und in New York?« Diese Frage möchte ich nun doch geklärt haben.

»Hatten wir zwei Zimmer. Jedes mit zwei Doppelbetten drin, stell dir das mal vor! Aber da mussten wir ja eh zwei Zimmer nehmen wegen der Spesenabrechnung und so.«

Jaja, und wegen der Diskretion natürlich, die von Krieglinde so überaus sorgfältig gepflegt wird. Mit täglicher Rezitation der *billets doux* des jungen Dichters. Geklaute Sülze aus dritter Hand.

»Tja, dann hast du wohl ein Problem«, sagte ich. »Abgesehen davon, dass ich es für eine grandiose Geschmacklosigkeit von dir halte, mit dem Gedanken zu spielen, du könntest mitten in der Nacht bei mir auftauchen – mit Servitzkys Bettfedern im Haar –, möchte ich dich in absehbarer Zeit überhaupt nicht sehen. Und jetzt packst du bitte deine Klamotten zusammen, gibst mir Evas Schlüssel zurück und verschwindest. Ich hab nämlich zu tun.«

Er schüttelt den Kopf. »Ich raff' es nicht. Eliza, du enttäuschst mich zutiefst. So 'ne zickige Nummer hätte ich dir im Leben nie zugetraut.«

14

Eva war alarmiert. Magnus schien den Aggregatzustand zu wechseln. Von fest nach gasförmig. Er wurde immer weniger greifbar. Es sah ganz danach aus, als befände sich die jüngst noch steil nach oben gerichtete Kurve auf ihrem Beziehungsdiagramm im freien Fall, um schließlich im Bodenmorast düsterer Abgründe zu versinken.

Pardon, ich möchte mich hier nicht als Orakel gebärden. Eva sah die Sache aus Trotz, Hoffnung und dem, was sie für Liebe hielt, auch ganz anders.

Sie hatten sich noch einige Male am Waldesrand getroffen. Abgesehen davon, dass er immer weniger Zeit dafür erübrigen konnte, verliefen die Begegnungen stets nach demselben Muster: Magnus rief sie an, um ein bereits geplantes Treffen abzusagen und dafür ganz kurzfristig ein neues anzusetzen. Eva musste deswegen ihren Tagesplan ändern, alles fürs Liebeslager Nötige zusammenpacken und sich auf den Weg begeben. Dabei fiel ihr zwar das zunehmende zeitliche Missverhältnis zwischen dem Drumherum und der Dauer der gemeinsam verbrachten Zeit auf, aber es gelang ihr immer rasch, ihre Irritationen zu verdrängen und sich voller Optimismus auf die Momente des Zusammenseins zu konzentrieren. Magnus kam nie mehr pünktlich und stets mit leeren Händen, was für Sibylle u. a. ein absoluter Knock-out-Faktor gewesen wäre. Die einzige Konstante war sein fast ungebremster Redefluss, nebst dem reichlich zügigen Fluss a. a. O. Dabei ging's kaum mehr um das, was die beiden verband, sondern um theoretische Erörterungen darüber, was Frauen und Männer unterschied und auf alle Zeiten trennte. Mit zunehmender Intensität beanspruchte Magnus für sich Motivation und Verhalten des archaischen Mannes. Eva fehlten meist die Worte. Seine Präsenz verwirrte ihre Sinne. Sie wollte keine Grundsatzdiskussionen mit ihm führen, sondern ihm nahe sein, nicht nur physisch, sondern auch psychisch. Und im Banne seiner Anziehungskraft kapierte sie gar nicht, was er mit seinen Reden erreichen wollte. Das heißt, im Grunde kapierte sie es schon, aber sie wollte es sich nicht eingestehen und schon gar nicht akzeptieren. Magnus' Äußerungen bedeuteten im Grunde nichts anderes, als dass er jede Verantwortung für sein Tun anderen Instanzen zuordnete: der Biologie, der Erziehung, seinen Neurosen und Evas Unwiderstehlichkeit.

Erst wenn sie wieder allein war und seine Aussagen noch einmal im Geiste Revue passieren ließ, verstand sie, was er wirklich gesagt hatte. Und das wühlte sie auf und veranlasste sie abwechselnd zu depressiven Verstimmungen oder gepfefferten Kommentaren in ihren Mails.

Letztere bezeichnete er wiederum als Breitseiten, von denen er sich zuerst erholen müsse, bevor er sich wieder ausführlicher melden könnte. Also Zuwendungsentzug, der sie traf und schmerzte.

Heckmeck in höchster Potenz.

»Warum tust du dir das eigentlich an?«, fragte ich sie zum wiederholten Mal, obwohl mir völlig klar war, dass hinter ihrer märtyrerinnengleichen Duldsamkeit nichts anderes als ihre verkorkste Erziehung steckte. Aber gelegentliches Nachhaken konnte ja vielleicht doch irgendwann etwas in Bewegung setzen.

»Genau das würde ich dich auch fragen, wenn du mir einen solchen Fall schildern würdest. Aber wenn ich dir den vermutlich einzig vernünftigen Rat geben würde, dann geschähe dies in Unkenntnis all der Gefühle, die für dich im Spiel sind. Ich sähe nur die Oberfläche und das Messbare. Aber ich hätte keine Ahnung davon, was es dir bedeutet, wenn du Hand in Hand mit ihm einen Waldweg entlanggehst, könnte mir nur eine unzulängliche Vorstellung davon machen, welche Woge der Zuneigung er in Bewegung setzt, wenn er dich umarmt, dir in die Augen schaut, lächelt und sich zum Kuss über dein Gesicht neigt, während er verzweifelt vor Sehnsucht in dich eindringt. Und ich könnte auch nicht wie du in der Erinnerung – während des kurzen Zeitraums, in dem er seufzt, statt wie sonst immer redet – all die bezaubernden Geständnisse, Komplimente und Ewigkeitsversprechen vernehmen … Nur du wüsstest, warum du nicht die Flinte ins Korn wirfst, sondern geduldig wartest, bis die Situation sich so entwickelt hat, dass er alle Versprechen einlösen wird.«

»Na ja«, sagte ich und gab meiner Stimme einen besonders skeptischen Klang. Was sollte ich sonst sagen? Insgeheim gratuliere ich ihr zu diesem trefflichen Plädoyer.

»Beni hat dich gelinkt und mit deiner Intimfeindin hintergangen. Für dich sind die Fronten glasklar. Er ist ein mieses kleines Dreckstück. Aber was Magnus anbelangt, steht ja weder eine Verfehlung zwischen uns noch eine Frau, sondern seine verkorkste Psyche.«

»Er ist ja immerhin verheiratet …«

»Sicher, aber das war er von Anfang an. Da hat sich nichts geändert.«

»Vielleicht für ihn aber. Kann ja sein, dass er sich schon rein konditionell überschätzt hat und seine Potenz nicht für zwei Frauen ausreicht. Möglicherweise hat's bereits Reklamationen gegeben …«

»Eliza, ich bitte dich, das wäre dann doch zu banal!«

»Ja und? Männer sind nun mal banal, würde unsere liebe Sibylle dir jetzt entgegnen.«

»Ich denke, da ist was anderes im Spiel. Er hat Angst vor meinen Ansprüchen. Er kann sich vermutlich nicht vorstellen, dass ich mich mit so wenig zufriedengebe.«

»Da ist er weiß Gott nicht der Einzige!«

Sie lachte. »Du weißt doch, ein reiches Seelenleben befähigt zu großer Genügsamkeit.«

»Amen.«

»Ich weiß nicht, ob ich dir erzählt habe, dass es da mal eine Frau gab, die Telefonterror ausgeübt hat, nachdem er sich nicht so verhielt, wie sie es erwartete.«

»Ihr Seelenleben war wohl ein bisschen ärmer …«

Sie ignorierte meinen Sarkasmus. »Ich denke, wenn er erst erkannt hat, dass er mir voll und ganz vertrauen kann, geht er auch mehr aus sich heraus. Schau, nun kenne ich doch schon seit einigen Wochen seine Telefonnummer, aber ich habe sie noch nie benutzt.«

»Das weiß er aber nicht. Genauso wenig wie er weiß, dass du seine Adresse kennst. Und der hast du ja sehr wohl einen Besuch abgestattet.«

»Das war ein kühner Akt, um mir ein Quäntchen Genugtuung zu verschaffen. Ein Spaß für dich und mich, von dem sonst kein Mensch was mitbekommen hat. Magnus' Familie wurde davon in keiner Weise berührt.«

»Was ist eigentlich mit eurem Italientrip?«

»Er sagt, er arbeite daran. Von dieser Reise verspreche ich mir übrigens sehr viel. Wenn wir erst mal rund um die Uhr zusammen sind, wird's ihm auch klar werden, wie gut wir zusammenpassen. Zuerst muss er allerdings für ein paar Tage mit seiner Frau nach Frankfurt …«

Ich sah rabenschwarz für den Fortgang der großen Lovestory. Und ich war mir auch sicher, dass Eva während der Momente, in denen sie zu realistischer Einschätzung fähig war, sehr wohl erkannte, was da lief. Aber noch gefiel es ihr besser, ihren Träumen nachzuhängen, als die traurige Wahrheit zu akzeptieren und Konsequenzen zu ziehen. Ob sich die unzähligen Ehemänner und Lebenspartner, die mit fantasievollen Frauen liiert sind, eigentlich über ihr Glück im Klaren sind? Allein die reich bebilderte Hoffnung auf bessere Zeiten hält diese genügsamen Wesen bei der Stange.

Für meinen Roman – und das muss ich wieder einmal beschämt gestehen – ist es natürlich vorteilhafter, wenn Eva Magnus nicht so schnell sausen lässt. Ich komme mir zwar schon ein wenig korrupt vor, fühle mich aber nicht wirklich schlecht, sondern eher auf verwegene Weise inspiriert und für die richtige Seite engagiert.

Der Fitnessriegel lud mich in sein Studio ein. Vermutlich gab's für Neuwerbungen Bonuspunkte, und er war ja noch in der Probezeit. Ich dachte, es könnte nicht schaden, wieder mal ein paar Männermuskeln zu sehen und ging hin. Damit wurde aus Herrn Feldhoff Charly und aus Frau Deyke Eliza. Daraus leitete er dann wohl auch die Freiheit ab, mich nach meinem Privatleben auszufragen. »Deinen jungen Freund habe ich übrigens schon länger nicht mehr gesehen ...«

»Hm. Er hat die Probezeit nicht bestanden«, erwiderte ich lächelnd und war stolz, dass mir in diesem Laden, wo alles schwitzte, eine so coole Antwort eingefallen war.

»Aha!« Er grinste. »Was muss man denn so leisten, um bei dir diese Hürde zu nehmen?«

»Es ist nicht so sehr die Leistung, die zählt, eher die ideelle Komponente«, sagte ich. Sibylle hätte sich da präziser ausgedrückt. Und sich natürlich eher dem Materiellen zugewandt.

»Also meine inneren Werte sind natürlich auch gigantisch«, versichert mir Charly. Auch. Klar, er ist stolz auf seinen trainierten muskulösen Leib, vermutlich integrale Solariumsbräune, das glänzende gewellte Haar, die strahlend weißen Zähne. Sein Siegerlächeln verriet es deutlich. Aber mich irritierten seine eng stehenden Augen und der leicht brutale Zug um den Mund, wenn er mal nicht lächelte. Abgesehen davon war ich, weiß Gott, nicht auf Brautschau!

Ich sah mich ein wenig im Studio um. Jede Menge gut aussehender Menschen tummelten sich da, eine große Anzahl hübscher Frauen und Mädchen, von denen eine ganze Reihe einschmeichelnd lächelte, als Charly vorüberging. Die meisten davon hätten sich bestimmt umgehend und ohne Eingangstest von seinen Zuwendungen beglücken lassen. Aber er schlief in meinem Bettchen, trank aus meinem Becherchen, aß an meinem Tischchen von meinem Tellerchen. Warum sollte er sich dann nicht auch noch in meinem Schößchen wohlfühlen? Das wäre doch so praktisch – nichts läge näher!

Um ihn von weiterer Eigenwerbung abzuhalten, gab ich ein paar Bemerkungen über das Studio von mir. Der Laden machte tatsächlich einen guten Eindruck, und Charly schien sich schon rückhaltlos damit zu identifizieren. Aber mir gelang es nicht, mir vorzustellen, dass ich da hineinpassen könnte.

»Ich bin heut früher fertig«, unterbrach er meine Grübeleien. »Darf ich dich zum Abendessen einladen?«

Während ich noch überlegte, ob es unklug wäre, ja zu sagen und er daraus weitergehende Ansprüche ableiten könnte, unterstellte er bereits meine Zustimmung.

»Magst du Fisch?«

»Ja, klar. Fisch und Meeresfrüchte sind mir das Höchste.«

»Na klasse, dann werde ich in deiner Küche was für uns zaubern. Ich werde allgemein als sehr guter Koch bezeichnet.« Wieder dieses Siegerlächeln.

Na gut, wenn er selbst kochte, brauchte ich ja nicht solche Hemmungen zu haben. Zumal er sich ja meiner Einrichtung und meines Geschirrs bediente. Wir verabredeten uns auf acht, und ich nahm noch ein paar Prospekte mit, um Charly zuliebe Interesse am Studio zu heucheln.

Zu Hause stellte ich eine Flasche Gavi fürs Fischgericht in den Kühlschrank, verkniff es mir aber trotz aller Gelüste, noch etwas zu essen. Da ich jedoch großen Appetit verspürte, entstanden in meinem Geiste leckere Visionen von Garnelen, Langusten, Seeteufel-Medaillons und gebratenen Saiblingen. Die ließen mich auch nicht los, als ich mich im Badezimmer etwas zurechtmachte und im Schlafzimmer ein wenig sorgfältiger als sonst kleidete. Auch wenn ich nicht auf Brautschau war – eine Einladung zum Abendessen verdient in jedem Falle einen etwas gesteigerten Aufwand.

Pünktlich um acht klingelte ich an meiner Tür. Charly öffnete, begrüßte mich mit Küsschen, nahm mir den Wein ab und schob mich in mein Wohn-, Ess- und Arbeitszimmer. Merkwürdigerweise roch es nur ganz entfernt nach einem Fischgericht; aber recht intensiv nach verbranntem Brot. Vielleicht gab's ja Bruschetta zum Aperitif.

»Geh rein, nimm Platz, du kennst dich ja aus! Ich komme gleich!«

Ich nahm am nachlässig gedeckten Tisch Platz. Er hatte die Wassergläser genommen, was sich jedoch als nicht gar so falsch erwies, denn in der Mitte stand eine Literflasche Pfälzer Landwein. Weiß. Mit Schraubverschluss. Es fehlte schon etwa ein Viertel. Vermutlich hatte er einiges zum Kochen verwendet.

»Tatatata!«, machte Charly und stieß mit dem Fuß die Tür auf. Er hielt mein Käsebrett in Händen und darauf ruhte – ich traute meinen Augen nicht – eine am Rand deutlich angekokelte Pizza.

»Ich dachte, es gibt Fisch.«

»Klar, gibt's doch – Thunfischpizza. Die von ›Macker‹, das ist die beste.«

Ich war fassungslos. Sind wir Teenies in einer WG? Was glaubt der Typ eigentlich, wen er vor sich hat? Das hab ich davon, dass ich so anspruchslos und genügsam wirke. Es ist nicht zu fassen! Wenn Sibylle von einem Mann zum Fischessen eingeladen wird, dann ist völlig klar, dass das Mahl mit Austern und Champagner beginnt, mit Jakobsmuscheln, Hummer und besten Weinen fortgesetzt wird und auch sonst kein kulinarischer Luxuswunsch unerfüllt bleibt. Ich hingegen bekam eine lächerliche Thunfisch-Pizza aus der Tiefkühltruhe vorgesetzt. Aber ich bin ja auch nett zu den Typen, während Sibylle sie schlecht behandelt.

In majestätischer Grazie erhob ich mich, holte meinen Gavi aus meinem Kühlschrank, ein Glas aus meinem Hängeschrank, nahm den Korkenzieher aus der Schublade und entkorkte die Flasche. Das Wasserglas, in das Charly seinen angebrochenen Pfälzer gefüllt hatte, schob ich zu ihm hin. Ebenso den Teller mit dem parallel drauf gelegten Besteck. Charly guckte mich entgeistert an. Ich goss Gavi in mein schönes Stielglas und trank einen Schluck. Zum Wohl, Eliza!

»Hast du keinen Hunger?«, erkundigte sich Charly, der tüchtig reinhaute. Er gehörte übrigens nicht zu dem von Sibylle ausgemachten geringen Prozentsatz der Männer, die korrekt mit dem Besteck umgehen.

»Doch«, sagte ich und trank noch einen Schluck. Diesmal auf Sibylle, die der Ansicht ist, beim ersten Beisammensein müssten die Weichen in die gewünschte Richtung gestellt werden. Und dann wählte ich, Tochter meiner stolzen Mutter, die eher verhungert wäre, als Kompromisse gegen ihr Stilempfinden zu schließen, meine Worte sehr behutsam, doch äußerst präzise. »Ich habe sehr wohl Hunger, aber ich habe festgestellt, dass es für meine Persönlichkeitsentwicklung von Nachteil ist, wenn ich mich zu tief unter meinem Niveau abspeisen lasse.«

Sibylle hätte mir jetzt ein feines Lächeln geschenkt und Mutter selbstzufrieden genickt. Charly guckte und schluckte.

Mir war klar, dass er sein Verhalten völlig normal fand. Schließlich sah er in mir ja nicht die Frau seiner Wahl. Die hätte er vermutlich in ein angenehmes Lokal eingeladen, um ihr zu imponieren und sich mit ihr zu zeigen. Mit mir jedoch wollte er hinter verschlossener Tür verkehren. Er betrachtete mich wohl lediglich als eine Art Pannenhilfe, die bestens geeignet wäre, kurzfristig seinen Notstand zu beheben, bis entschieden wäre, ob er in der Stadt bliebe. Vielleicht wollte er sich auch noch über eine angeknackste Beziehung aussprechen und, weil es doch so praktisch wäre, nach dem Seelenleben auch noch sein Sexualleben von mir sanieren lassen.

Frauen, die sich auf dergleichen Arrangements einlassen, sind den betreffenden Männern (ich spreche aus leidvoller Erfahrung!) oft lediglich ein Minimum an zeitlichem und materiellem Aufwand wert. Einer Frau, die er erobern will, zeigt ein richtiger Kerl nicht seine Schwachstellen. Vor der mimt er den strahlenden großzügigen Helden.

Charly trank genüsslich von seinem billigen Wein und setzt das Glas in hohem Bogen wieder ab. Dann teilte er mir in einer Mischung aus Verwunderung und Überzeugung mit, ihm schmecke die Pizza ausgezeichnet. Woran er weder optisch noch akustisch den geringsten Zweifel aufkommen ließ.

Um das klarzustellen: Ich halte Pizza nicht etwa für ungenießbar. So ein Diskus aus dem Eis mag ja eine praktische, billige und nahrhafte Lösung sein, wenn es für nichts anderes reicht. Aber wenn ich jemanden zum Essen einlade, dann fahre ich doch keine Notstandsnahrung auf.

Doch aus Charlys Sicht war das natürlich nur konsequent. Nach ein paar weiteren Mundfüllungen bot er mir als Alternative Hefezopf aus dem Supermarkt an, den ich natürlich auch ablehnte. Mit schuldbewusstem Augenaufschlag brachte er sein Bedauern zum Ausdruck und tat mir schon fast ein bisschen leid, weil ich so hart zu ihm sein musste. Dabei hatte das Ganze mit ihm gar nicht so viel zu tun. Er hatte mit seiner Zumutung lediglich das Fass zum Überlaufen gebracht, das von anderen bis zum Rand gefüllt worden war. Es war allein mein Problem, dass keiner was dabei fand, wenn er mich drittklassig abfertigte. Und ich hatte bislang viel zu viel geschluckt. Aber das würde sich ändern. Sobald Sibylle zurück wäre, würde ich mir eine Image-Beratung gönnen.

Natürlich verabschiedete ich mich trotz allem ganz lieb von Charly. Allerdings auch ziemlich schnell. Schließlich war ich ja hungrig. In Evas Küche warf ich den Backofen an, um ihn vorzuheizen. Nein, natürlich nicht für eine Pizza! Wo denken

Sie hin? Ich schnitt zwei Vollkornbrötchen auf, bestrich sie mit Tomaten-Basilikum-Paste, legte Schafskäse-Scheiben drauf und packte sie in den Ofen. Kein allzu großer Unterschied zu dem Angebot zwei Etagen höher, aber immerhin Notstandsnahrung aus der Vollwertecke. Als der Käse leicht angeschmolzen war, gab ich frische Basilikum-Blätter oben drauf, arrangierte die Brötchen-Hälften mit den Spalten von zwei Tomaten auf einem Teller und goss mir ein Glas Rotwein ein. Dann rief ich Eva an, um in ihrer Gesellschaft zu Abend zu essen.

»Da bist du ja endlich! Ich habe schon x-mal angerufen.«

Ich ahnte, dass es dafür einen Grund gab und das Gespräch länger dauern würde. Deshalb bat ich sie, loszuschießen und sich nicht von meinen Kaugeräuschen stören zu lassen.

Es gab eine neue Entwicklung, die sie mit tiefer Hoffnung erfüllte: Magnus hatte sich angesichts des Dauerregens doch tatsächlich dazu durchringen können, sie in Leonardos Wohnung zu besuchen. Allerdings musste sie ihm versprechen, dass während seiner Visiten niemand anderes dort sein würde.

Das fand ich schon sehr apart, denn schließlich verlangte er damit, dass Eva den Wohnungsinhaber gegebenenfalls am Betreten seiner eigenen Wohnung hinderte. Die Grenzen der Anmaßung des Herrn W. würden wir vielleicht nie kennenlernen …

Am Nachmittag erwies er ihr also für zweieinhalb Stunden die Gunst seiner Präsenz. Eva hatte sich natürlich ins Zeug gelegt, um ihm trotz aller Eile etwas Leckeres vorsetzen zu können. Da er wiederholt behauptet hatte, er müsse abnehmen, gab's statt Kuchen eine große Schüssel Obstsalat, womit sie durchaus dem Geschmack ihres exquisiten Geliebten gerecht wurde.

An dem Punkt ihrer Schilderung berichtete ich kurz von meinem Ausflug in Charlys Schlaraffenland, über den wir herzlich lachten.

»Gab's den Obstsalat eigentlich vorher oder nachher?«,

erkundigte ich mich, weil ich nicht so direkt nach dem Akt fragen wollte.

»Zwischendrin.«

»Ah ja, dann hat er sich also nicht wieder geziert?«

»Erst im Nachhinein. Er sagte, er habe Angst, mich auszunutzen. Denn – jetzt halt dich fest! – er betrachtet Sex als Leistung einer Frau gegenüber dem Mann.«

»Nett. Wenn es das ist, was ihm Sorgen bereitet, könnte er doch was unternehmen, um sein Gewissen zu beruhigen. Blumen, zum Beispiel, Parfum oder ein anderes Geschenk. Hat er wenigstens irgendwas mitgebracht?«

Eva lachte. »Du redest allmählich schon wie Sibylle.«

»Klar, sie hat mich überzeugt. Und dein Herr Wunderbar könnte wie es aussieht auch ein paar Lektionen vertragen.«

»Schade, dass du zu Benis Zeiten noch nicht diese Einsicht gewonnen hattest …«

»Dem werde ich schon noch meine eigene ganz individuelle Lektion verpassen!«

»Hey, du bringst mich auf eine Idee! Eine Idee für meine Kolumne. Entschuldige, aber das muss ich gleich aufschreiben, ehe es verfliegt. In letzter Zeit war ich schließlich nicht gerade mit allzu vielen Einfällen gesegnet. Alles drehte sich nur noch um Magnus. Ich ruf dich in ein paar Minuten zurück. Okay?«

»Klar.« Nicht nur klar, sondern supersonnenklar! Das war wirklich eines von Evas größten Problemen: Ganz Wilhelmina Tell, dachte sie an sich selbst zuletzt. Wenn sie nur einen Bruchteil der Ideen und Energien, die sie während der vergangenen Jahre für Ruben dran gegeben hatte, für sich selbst verwendet hätte, stünde sie jetzt blendend da. Aber dann kam Leonardo mit seinem Projekt (das allerdings demnächst Ergebnisse zeigen soll), und nun ist Magnus derjenige, der all ihre Kraft absorbiert. Und ich darf nicht einmal viel sagen, denn mir selbst ist etwas ganz Ähnliches mit Maledict passiert: Absolute Selbstausbeutung für die Illusion der Liebe.

Aber nun hatte Eva durch unser Gespräch einen Impuls für eine neue Glosse. Schön. Diese Rubrik sichert ihr nämlich zumindest das Überleben. Ich war gespannt.

Kurz darauf rief sie zurück. »Geschenke heißt das Zauberwort. Als du davon sprachst, Magnus könnte mir was mitbringen – da machten sich meine Gedanken selbstständig. Ich dachte an den mühsamen Prozess, einen Kerl dazu zu bringen, Präsente zu machen und daran, was dann dabei rauskommen könnte. Tja und dann zähle ich so allerhand unwillkommene Dinge auf. Mein Favorit ist der Eierkocher.« Sie lachte und erzählte mir vom absurden Kreislauf der Eierkocher in der Gesellschaft. Brautpaare bekommen davon bis zu fünf zur Hochzeit. Die schenken sie ihren unverheirateten Freunden, die sie dann – da unrentabel und platzraubend – dem nächsten Brautpaar zum Geschenk machen.

»Ich hab noch keinen, aber meine Mutter hat schon welche geschenkt bekommen und sich jedes Mal darüber echauffiert.«

»Ja, und?«

Jetzt musste ich lachen. »Mit Sicherheit weiterverschenkt!«

Nach diesem Diskurs de ovo kehrte Eva wieder zum zentralen Thema zurück.

»Magnus hatte übrigens gar nicht so unrecht mit seiner panischen Angst vor Entdeckung. Konstanz ist eben doch sehr überschaubar. Frau Keller hat ihn erkannt. Das heißt, sie hat ihn identifiziert.«

»Wie das?«

»Kurz, nachdem er gegangen war, läutete sie an der Tür und brachte mir einen Blumenstrauß aus dem Garten. Du siehst, die ausgleichende Gerechtigkeit beschreitet ihre eigenen Wege … Sie fragte mich, ob sie richtig gesehen habe und mein Gast von vorhin vielleicht Weizenegger heiße.«

»Kennt sie ihn?«

»Ihn weniger, aber sie kannte seinen Vater, dem er wohl sehr ähnlich sieht.«

»Aha?«

»Und so wie es aussieht, muss sie ihn sehr gut gekannt haben, denn sie bekam ganz besonders strahlende Augen, als sie von ihm sprach. Dabei würde Magnus doch die Hand ins Feuer legen, dass sein Vater nie was mit anderen Frauen hatte.«

»Das würden seine Kinder für ihn vielleicht auch tun. – Und, wirst du es ihm sagen?«

»Natürlich nicht – bei seiner Paranoia! Zumindest nicht, solange ich Wert darauf lege, dass er mich hier besucht.«

Das passierte in der Folgezeit öfter, doch diese Blitzbesuche konnten nicht darüber hinwegtäuschen, dass die Beziehung, die so märchenhaft begonnen hatte, sich keineswegs in der von Eva erhofften Richtung entwickelte, sondern zunehmend unter Schwindsucht litt. Ihre gemeinsame Italienreise schien in unerreichbare Ferne gerückt. Dafür plante Magnus, den Sommerurlaub mit seiner Familie in Cinque Terre zu verbringen, wo seine Schwiegereltern ein Ferienhaus besaßen. Er erzählte Eva so begeistert davon, als handele es sich um ihrer beider Urlaubsdomizil. Dabei kam ihm offenbar gar nicht in den Sinn, dass Eva, die nie einen Fuß auf dieses Terrain setzen würde, von seinen Schilderungen nur schmerzlich berührt sein konnte.

»Wenn ich es ganz realistisch betrachte, muss ich mir darüber klar sein, dass die Geschichte im Grunde gelaufen ist«, stellte sie eines Abends in einem Anfall von Melancholie fest. Doch sofort begehrte sie gegen sich selbst auf. »Aber das kann und will ich nicht zulassen! Es käme einer Bankrotterklärung gleich. Weißt du, Eliza, wenn es seine Qualitäten als Liebhaber wären, könnte ich mir das verzeihen. Guter Sex ist wie eine Droge. Du willst mehr davon und denkst, du kannst nicht ohne sein. Dabei trägst du allerdings nur bedingt die Verantwortung für dein Handeln, weil das meiste von Stammhirn aus gesteuert wird. Doch was Herr W. auf diesem Sektor zu bieten hat, ist ja nicht gerade berauschend. Was mich jedoch fast wahnsinnig macht und wofür ich mich schäme und geradezu hasse, ist, dass ich mich für ihn geöffnet habe und es ihm gelingen konnte, dieses verdammte Sehnsuchtsreservoir anzuzapfen, das in mir schlummert, wie in so vielen Frauen, die ich kenne. Diese Sehnsucht nach totaler Erfüllung an der Seite eines Mannes, der uns liebt. Kitsch hoch drei. Eine Schande! Ich hätte nie gedacht, dass ich für derartigen Schmus anfällig bin. Aber Fehlanzeige, absolute Fehlanzeige! Und er hat diese Schwäche hundertprozentig erfasst. Ob bewusst oder intuitiv. Jedenfalls hat er damit gespielt. Nun hat er sein Ziel erreicht. Ich bin für ihn da, gehe auf jeden seiner Wünsche ein und er kann sich meiner Zuneigung völlig sicher sein. Damit werde ich berechenbar und er des Spielens müde. Aber da spiele ich nicht mit! Ich lasse mich nicht zur Närrin machen. Er hat das Haus angezündet und sich am Feuer erwärmt. Doch nun steht es in hell lodernden Flammen. Wenn er meint, er könnte sich einfach so davonschleichen, ist er im Irrtum. Das lasse ich nicht zu!«

Wenn ich mich nicht selbst gerade in einer derart revoltierenden Stimmung befunden hätte, hätte ich versucht, sie zu bremsen und zur Räson zu bringen. Aber sie sprach mir ja aus der Seele. Auch ich hatte keine Lust, Beni völlig unbehelligt aus meinem Leben schleichen zu lassen. Mein Giftzahn war randvoll und auch ich sah mit Freuden dem Augenblick entgegen, da ich triumphieren würde. Wart's nur ab Maledictus …

15

Sybille war aus Frankreich zurück. Ich hatte sie um eine Beratung gebeten und sie hatte fröhlich eingewilligt. Wir trafen uns am Nachmittag auf dem Marienplatz. Sie kam nur zehn Minuten zu spät – mit ein paar männlichen Gestalten in ihrem Schatten, die sich allerdings verflüchtigten, als wir uns umarmten.

»Sibylle, du siehst umwerfend aus!«, rief ich spontan, und die Blicke der Betrachter, die das mitbekamen, bestätigten meine Aussage. Herrlich gebräunt, mit strahlenden Augen, makellosem Teint und souveräner Gelassenheit, die mir fast die Tränen in die Augen trieb, machte sie diesen klaren Sommertag noch heller und heiterer. Jede andere hätte ich gefragt, ob sie verliebt sei, aber bei Sibylle konnte ich davon ausgehen, dass sie selbst über die Quellen verfügte, die ihr solchen Glanz verliehen. Deswegen nahm ich mir fest vor, mich dieses Mal willig ihren Ratschlägen zu unterwerfen.

Mit der Entschuldigung, sie habe noch nicht gefrühstückt, bestellte sie einen doppelten Diät-Eisbecher. Dann erzählte sie von ihrer Mission in dem fantastischen Kurhotel an der bretonischen Küste, die in jeder Beziehung von Erfolg gekrönt gewesen war.

»Wenn die Lady meine Ratschläge befolgt, holt sie mindestens 'ne Million mehr raus als ihr Mann jetzt zu zahlen bereit ist …«

Ich machte große Augen.

»Wenn sie bloß mal früher zu mir gekommen wäre, bevor sie zum Anwalt gerannt ist und der Alte Wind davon bekam, dass sie abhauen wollte – da wäre ein Mehrfaches drin gewesen!«

»Aha, sehe ich das richtig, wenn ich annehme, dass du dein berufliches Engagement in Zukunft auch auf das Gebiet der Scheidungsberatung ausdehnen wirst?«

Sie lächelte maliziös. »Das wird wohl nicht ausbleiben. Frau Finke, meine Klientin meinte, allein in ihrem Freundinnenkreis gebe es mindestens fünf Damen, die sich brennend für meine Kompetenzen interessierten. Und jede von denen kennt wieder ein paar weitere … Tja, dann kann ich gleich Seminare durchführen. Selbstverständlich ausschließlich in Verbindung mit Thalasso-Kuren. Das ist genial und potenziert die Wirkung. Frau Finke ist als Häufchen Elend mit mir gestartet und als dynamische attraktive Erscheinung zurück gekehrt.«

»Ich hoffe, bei solchen vorteilhaften Scheidungen bekommst du ein Erfolgshonorar!«

Sie zwinkerte. »Mach dir da mal keine Sorgen!«

»Berätst du auch Männer in Sachen Scheidung?«

»Wenn sie mich überzeugen können.«

»Wovon?«

»Dass ich der Gerechtigkeit diene …«

Jetzt lachten wir beide. Sibylle als Justitia – das wäre ja was ganz Neues. Im Recht ist, wer sich an sie wendet und sie ordentlich entlohnt. Basta.

Und nun hatte ich das auch getan. Sie bestand darauf, auf dem Marienplatz ein paar Fotos von mir zu knipsen. Als ich auch welche von ihr aufnehmen wollte, lehnte sie jedoch ab. Sie schleppte mich zu ihrem Friseur, bei dem sie einen Sondertermin erwirkt hatte, indem sie ihn wissen ließ, ich sei eine aufstrebende Künstlerin. Ich durfte auf einem eher schicken als bequemen Stuhl Platz nehmen, und die beiden besprachen mein Styling. Dabei griffen sie recht hemmungslos in mein Haar und zupften daran herum, wie es ihnen gerade in den Sinn kam. Dann trat Sibylle zurück und der Meister machte sich über mich her. Das ging schnipp, schnipp, schnipp, schnapp und wenige Minuten später lag etwa die Hälfte meines Schopfes am Boden. Und ich hatte eine fransig-zipfelige Frisur, die mir wider Erwarten gut gefiel, weil sie mir einen frechen jugendlichen Anstrich verlieh. Der Star-Figaro lächelte huldvoll, als er sah, dass ich angetan war. »Die Strähnchen soll Alberto machen. Also ciao, ihr Süßen!«, sprach er und entschwebte auf seinen ›Todds‹.

Kurz darauf trat ein hübscher Südländer mit viel Goldbehang zu uns her und bat uns in einen anderen Teil des Etablissements. Sibylle diskutierte mit ihm, ob blonde oder rote Strähnchen besser wären. Sie war für blond, der Meister für rot. Ich auch. Alberto verhielt sich diplomatisch und professionell. Er meinte, beides sei gut, Hauptsache, mein Haar würde farblich überhaupt aufgepeppt. Dabei ließ seine Miene keinen Zweifel daran, dass ich im aktuellen Zustand eine Beleidigung für sein ästhetisches Empfinden darstellte.

»Also, dann fangen wir mal mit rot an«, meinte Sibylle konziliant. Sie schaute auf die Uhr. »Um halb fünf hole ich dich hier ab. – Geht das klar?«, fragte sie Alberto in einem Ton, der gewiss nicht zum Widerspruch animierte.

»Sind Sie wehleidig?«, fragte der Schönling an mich gewandt und ich verneinte natürlich.

»Warum?«

»Es gibt zwei Methoden, Strähnchen zu machen. Die eine tut ein bisschen weh, aber damit wird's auch schöner und hält länger.«

Na bitte, gibt's ein besseres Argument, Schmerzen zu ertragen? So folgte ein Gänsehaut-Schauer dem nächsten bei der Tortur, die ich ahnungslos auf mich genommen hatte. Wahrscheinlich bin ich tatsächlich wehleidig. Es gelang mir jedenfalls beim besten Willen nicht, mir einzubilden, es handelte sich um eine wohltuende Kopfhautmassage, als Alberto mit einer Häkelnadel Strähnen meines frisch getrimmten Haars aus einer Art Gummibademütze rupfte. Jetzt im Augenblick, während ich das schreibe, stehen mir in Erinnerung an den Gewaltakt sofort die Haare zu Berge! Während die Farbe einwirkte, befasste sich ein schrilles Mädchen namens Sabrina mit mir, deren Gesicht einen hohen Metallanteil aufwies und die in eine erdrückend schwüle Parfümwolke gehüllt war. Sie manikürte mich mit großer Geschicklichkeit und färbte meine Wimpern und Brauen. Nachdem meine Haare gestylt waren, verpasste sie mir ein dezentes Make-up, das all meine düsteren Erwartungen Lügen strafte. Ich muss offen gestehen, das Ergebnis meines Aufenthalts in dem Verschönerungstempel konnte sich insgesamt sehen lassen. Der Meinung war auch Sibylle, als sie mich wieder in Empfang nahm.

»Na bitte, du siehst richtig toll aus! Ich hoffe, du machst dir das entsprechend bewusst, damit sich das neue Selbstbewusstsein auch in deiner Haltung und deinem Auftreten niederschlägt! – Zeig Allure!«

»Ich arbeite daran.«

Sie lächelte milde und zog mich zum Laden hinaus, als ich auf die Kassentheke zusteuern wollte. »Ist schon erledigt.«

»Hm, praktisch, danke. Was kriegst du von mir?«

»Ein freundliches Lächeln.«

»Wie bitte? Das war aber nicht abgemacht!«

»Vergiss es. Ich bekomme ohnehin Sonderkonditionen. Im Übrigen glaubst du ja gar nicht, wie sehr ich mich darüber freue, dass du endlich mal auf mich hören willst. Es macht mich glücklich, dir ein neues Ich zu schenken. Du wirst sehen: Dein Leben bekommt eine völlig neue Qualität!«

Sie glaubte, was sie sagte, und ich beschloss, konstruktiv abzuwarten und mich möglichst positiv überraschen zu lassen. Anschließend bugsierte sie mich noch in zwei Bekleidungshäuser, ein Schuhgeschäft und eine Parfümerie, wo wir mit auserlesener Zuvorkommenheit bedient wurden, was ein Novum für mich darstellte. In zahlreichen gelackten Tüten brachten wir meine neue Identität nach Hause, wo uns im Flur vor den Briefkästen Charly im Wege stand. Er verschlang Sibylle mit den Augen und erbot sich höflichst, den Lastenträger zu mimen, was sie ihm gern erlaubte. Ich erlaubte mir dann, die Aufforderung in seinen Augen zu ignorieren, die eindeutig darauf abzielte, dass ich ihn hereinbitten sollte.

Nachdem wir die ganzen Tüten ins Schlafzimmer verfrachtet hatten, öffnete ich eine Flasche Prosecco. Sibylle stieß mit mir auf mein neues Leben und ich mit ihr auf ihr erfolgreiches Wirken an.

»Zur Feier dieses Aktes darf ich dich aber zum Essen einladen?«, fragte ich.

»Ja, gern. Aber zuvor möchte ich aussuchen, was du anziehst.«

Während ich mich umzog, rief sie bei Käfer an, fragte nach den Empfehlungen des Tages und reservierte einen Tisch in strategisch günstiger Lage. Als ich in meinem neuen Outfit das Wohnzimmer betrat, klatschte sie Beifall, den ich nach meinen vorangegangenen erstaunten Blicken in den Spiegel für gar nicht so unberechtigt hielt.

»Bleib so stehen!«, rief sie, zog ihre Lady-Kamera in einer Schutzhülle aus schwarzem Leder mit Strass-Besatz heraus und knipste mich aufs Neue.

»Aha, jetzt kapiere ich! Du willst mich in deine Vorher-Nachher-Serie aufnehmen.«

»Ja selbstverständlich. Ein solcher Erfolg muss schließlich dokumentiert werden.«

»Schade, dass Eva nicht da ist«, bedauerte ich.

Wir hielten es beide für dringend angebracht, sie umgehend anzurufen. Eva lachte über unsere gemeinsame Aktion. Wir hatten – wie üblich bei unseren Dreiergesprächen – die Konferenzschaltung aktiviert.

»Wirklich ein Jammer, dass ich dich nicht sehen kann, Eliza.«

»Na dann komm halt! Wenn's gut läuft, bist du in drei Stunden da.«

»Geht nicht, ich bin alkoholisiert. Leonardo hat mich vorhin zu einem Fruchtsalat mit ziemlich viel Cointreau drin verführt.«

»Dann maile ich dir die Fotos«, versprach Sibylle. »Und jetzt gehen wir zu Hummer, einen Käfer essen oder auch mehrere oder auch umgekehrt ...«

»Mhmmm, das könnte mich auch reizen. Ich werde in Gedanken bei euch sein.«

»Und sonst, gibt's was Neues?«

»Ja, schon.« Sie kicherte. »Ich habe eine neue Korrespondenz mit Magnus begonnen.«

»Du hast was?«, riefen wir beide wie aus einem Munde.

»Na ja, nachdem er mir nur noch so selten schrieb, dachte ich, ich lasse mir was Neues einfallen. Ich habe ihm also übers Internet eine elektronische Postkarte geschickt, Klimts Kuss, ihr wisst schon, dieses Paar mit viel Gold, das sich im Stehen so innig umarmt.«

»Sehr passend! Anrührend und kitschig«, spöttelte ich.

»Finde ich auch. Und dazu habe ich geschrieben: ›Ein Hauch deiner Lippen auf meiner Haut. Kuss von deiner Traumtänzerin.‹ Unterschrieben habe ich mit Lola M.«

»Oho, wie pikant! Die schöne tanzende Versuchung, die den Monarchen zu bezaubern und zu ruinieren vermochte. Gut gewählt, das Pseudonym. Du siehst ihr sogar ein wenig ähnlich.«

»Und welchen Absender hast du angegeben?«, wollte Sibylle wissen, die sich mehr für die technische Seite interessierte.

»Na Lola M. – aber mit einem Schweizer Postfach.«

»Und? Hat er reagiert?«

»Ja, umgehend.«

»Und du meinst, er weiß, dass du das bist«, erkundigte ich mich.

»Na klar, wer denn sonst? Ich denke, es gefällt ihm, wenn ich auf der spielerischen Schiene agiere. Jedenfalls hat er sich mit einem der Sixtinischen Engelchen von Raffael revanchiert. Er schrieb: ›Einem Engelchen von einem Bengelchen – mit einem himmlischen Kuss‹.«

»Na, das entspricht aber nicht gerade seinem gewohnten Niveau«, nörgelte ich.

»Virtuelle Reproduktionen von Gemälden inspirieren vielleicht weniger als Originaltexte. Ich denke, damit wollte er nur signalisieren, dass er auf das Spiel eingeht. Und der himmlische Kuss ist doch immerhin süß.«

»Da kann ich nicht mitreden. Aber hast du ihm schon geantwortet?«

»Nein, ich gehe das ganz langsam an.«

»Aha? Aber unter der gewohnten Anschrift verkehrt ihr weiterhin miteinander?« Sibylle wollte es wirklich genau wissen.

»Auch das bleibt abzuwarten. Bisher hat er sich da nicht mehr gemeldet.«

»Schieß ihn doch endlich auf den Mond!«

»Eines Tages vielleicht, wenn ich die Zeit für reif halte.«

»Ich halte die Zeit für reif, essen zu gehen«, stöhnte ich, da ich keinen Sinn darin sah, jetzt eine Grundsatzdiskussion anzuzetteln. Zumal mein Magen wirklich knurrte.

Wir wurden bedient wie die Königinnen. Sibylle war bekannt in dem Lokal, sie tafelte dort oft mit ihrer Klientel. Vermutlich an etwas diskreteren Tischen. Heute saßen wir nämlich – ihrem Wunsch gemäß – geradezu auf dem Präsentierteller. Etliche Leute kamen auch her, um sie zu begrüßen. Ein paar davon hatte ich auf ihrer Party gesehen, aber sie hatten von mir wohl keine Notiz genommen. Jedenfalls erkannten sie mich nicht wieder, gaben sich jedoch überaus höflich, als Sibylle mich als ihre Freundin, eine aufstrebende Autorin vorstellte.

Während der folgenden Tage konnte ich mit Verblüffung feststellen, dass ich offenbar anders als bisher wahrgenommen wurde. In Lokalen wurde ich kaum mehr übersehen und deutlich schneller sowie freundlicher bedient. Auf der Straße und in der U-Bahn fing ich interessierte Blicke von Männern auf – und zwar nicht mehr wie bisher nur von solchen, die streunenden Hunden auf der Suche nach einem Wurstzipfel glichen. Denjenigen allerdings, die sich bereits ihr fixes Bild von mir gemacht hatten, schien keine Veränderung aufzufallen.

So etwa Charly. Wir trafen uns auf der Straße vor dem Haus. Er strahlte wie immer und begrüßte mich mit großem Hallo, sah mich dabei aber kaum an. Und ich kapierte sofort, dass es nicht um mich ging. »Hi, Eliza, alles okey-dokey?«

»Danke, es geht mir gut.«

»Äh, sag mal, die Frau, mit der du da vor ein paar Tagen zugange warst … Echt heißes Teil … Wäre genau das Richtige für meiner Mutter Sohn.«

»Na, das glaube ich jetzt aber weniger!«

»Wieso?«

»Sie schwärmt nicht gerade für aufgetaute Pizza.«

»Hä, du bist vielleicht witzig! Das denk ich mir.«

Na bitte, da hatte ich es mal wieder!

»Für so eine Frau würde ich schon ganz schön was springen lassen, das kannst du mir glauben!«

Er meint es nicht so, sagte ich mir im Stillen, um mich zu bremsen und ihm nicht ins Gesicht zu springen. Es ist die ganz normale unsensible Gedankenlosigkeit des Ypsiloniers.

»Gut. Ich werd's ihr sagen. Sie kennt ja die Nummer. Wenn sie interessiert ist, kann sie sich bei dir melden.«

Er schenkte mir ein glückliches Strahlen. »Also Eliza, eins muss ich dir lassen: Du bist wirklich ein klasse Kumpel!«

Was mich brennend interessiert hätte: Wäre seine Geringschätzung für mich genauso ausgefallen, wenn ich zum Zeitpunkt, als er hier einzog, schon ausgesehen hätte wie jetzt? Ich werde es nie herausfinden, aber ich werde sorgfältig darauf achten, dass mich so schnell keiner mehr als prima Kumpel wahrnimmt. Weil Prima-Kumpel-Frauen Schmarotzer anziehen wie das Licht die Motten.

Eva war sehr angetan von ihrer neuen Korrespondenz mit Magnus. Seine Mails hatten den Umfang wie zu ihrer Anfangszeit und sein Grundton war wieder witzig, frech und provokant. In ihren ineinander verschachtelten Zitat-Antworten, die einem Domino-Spiel ähnelten, schlachteten sie lang und gründlich das Engelchen-Motiv aus. Und da Engel und Wolken doch recht nah beieinanderliegen, sprach er von Wolke sieben, die er angeblich vergeblich suchte. Nach kurzer Irritation – sie wähnte sich schließlich mit ihm just dort, wenn sie beisammen waren, und hätte sich da auch liebend gern auf Dauer eingerichtet, wenn er nicht so gezickt hätte – stellte sie ihm die neckische Frage: »Wenn du eine vierzehntägige Reise auf Wolke sieben gewännest, wen oder was würdest du mitnehmen?« Dabei merkte sie ergänzend an, Wolke sieben sei riesengroß, Gepäckbeschränkungen existierten nicht, denn Wolke sieben sei nicht in der IATA.

Er drückte sich zunächst um eine Antwort und erging sich in Überlegungen, was es auf besagter Wolke zu finden oder erleben gäbe und wie der Flug dorthin verlaufen könnte. Sein übliches witzelndes Geplänkel voller Gerundien und Auslassungspunkte.

»Magnus ist wirklich eine Spielernatur«, meinte Eva. »Mit dem größten kindlichen Vergnügen betreibt er nun den neuen Briefwechsel mit mir, während er den alten allmählich einschlafen lässt. Aber egal, ich bin ja zum Glück offen für derartige Experimente.«

16

»Du siehst toll aus«, sagte Maledict und schenkte mir einen seiner altbewährten Schmelzblicke. Hatte er etwa was bemerkt? Oder versuchte er nur, mich um den Finger zu wickeln? »Gut, dass ich dich treffe, ich wollte dich eh anrufen.«

Drei Wochen waren seit unserer letzten Begegnung vergangen. Nun standen wir uns in der Lebensmittelabteilung eines Kaufhauses gegenüber. Während wir gegenseitig interessiert die Inhalte unserer Einkaufswagen inspizierten, lief halb automatischer Small Talk. Ich hatte gerade erst die Obst- und Gemüseabteilung passiert, und so befand sich in meinem Wagen überwiegend Grünes – begleitet von einigen fruchtigen Farbtupfern. Wenn ich mir schon mal die Muße gönne, halte ich übrigens viel von der Ästhetik eines Einkaufs. Nie wäre mir in den Sinn kommen, dieses appetitliche Stillleben, das ich gerade komponiert hatte, mit einer Blechdose oder gar einer Plastikflasche zu verhunzen. Wenn es schon gar nicht anders ginge, würde ich das Zeug zumindest unter die grünen Blätter legen. Champagner – okay, das könnte ich dazu tolerieren. Davon hatte mein Ex-Geliebter übrigens reichlich in seinem Wagen. Außerdem Lakritzkonfekt, Kartoffelchips, Erdnüsse und Diät-Mousse. Zutaten für einen gemütlichen Fernsehabend bei Leuten mit schlechtem Geschmack. Ich kombinierte, dass die Geschichte mit der Servitzky noch lief. Für sie waren vermutlich die Light-Produkte. Für ihn das andere Zeug. In der Flasche Vergorenes zu trinken, was ich ihm auf so liebevolle Weise erschlossen hatte (er war ja bis dato eher auf herben Most abonniert), hatte er offenbar beibehalten. Die Servitzky mit ihren neureichen Allüren würde ihrem Hyänen-Schlund ohnehin keine andere Flüssigkeit zumuten.

Zu meinem großen Bedauern musste ich feststellen, dass

Maledict überhaupt nicht schlecht aussah. Keine eingefallenen Wangen, keine schwarzen Augenränder, keine kahlen Stellen auf dem Kopf, weder Pickel noch Krätze. Er schien tatsächlich ohne mich leben zu können.

»Gehen wir einen trinken? Ich lade dich ein.«

Oho, mal was ganz Neues!

Ich fixierte meine Uhr und gab mich angestrengt nachdenklich. »Na ja, ein Viertelstündchen müsste drin sein. Aber ich möchte erst meine Einkäufe beenden.«

»Gut, in zehn Minuten im ›Café Glockenspiel‹?«

»In zwanzig. An den Bedienungstheken geht's nicht so schnell.« Klar, wer nur Fast Food frisst, ist auch mit dem Einkauf faster fertig.

Ich geb's ungern zu, aber die Begegnung mit Maledict und seine Einladung ins Café belebten mich wider Erwarten ganz ungemein. Im Gegensatz zu meinem Kopf und meinem Herzen schien mein Körper ihn noch nicht verstoßen zu haben.

Außerdem hatten wir uns ja nicht getrennt, weil ich seiner überdrüssig gewesen wäre, sondern er hatte sich aus Profitstreben davongestohlen! Auf dem Zenit meiner Zuneigung zu ihm!

Nach der langen Zeit, die wir fast rund um die Uhr zusammengeklebt waren, steckte natürlich auch noch ein Teil von ihm unter meiner Haut. Mit anderen Worten: Ich war mit ihm noch nicht fertig! Eigentlich bin ich nie mit einem Mann fertig, mit dem ich nicht selbst Schluss gemacht habe. Das ist eine Macke, die ich mit Eva teile. Schluss ist erst dann, wenn wir es wollen. Und wir sind auch beide überzeugt, dass irgendwann im Leben der Augenblick kommen wird, da wir das Finale dirigieren, falls der Mann und die Geschichte bis dahin nicht längst in Vergessenheit und Belanglosigkeit versunken sind.

Eva sagt, um Frieden zu finden, müsse sie sich innerlich von einem Mann verabschieden, während sie in seinen Armen liegt. (Mit Ruben hat sie das bestimmt hundertmal exerziert.)

»Erst, wenn ich diesen Akt vollzogen habe, kann ich die Liebesgeschichte als beendet betrachten und konstruktiv mit dem Danach umgehen.«

Ich habe mir darüber noch keine Gedanken gemacht. Aber so betrachtet gab's bei Maledict ja auch keinerlei Vorwarnung und somit auch keine Chance zum Abschiednehmen. Er kam von seiner Radtour nicht zurück, weil er angeblich am Krankenbett seiner Mutter saß. Und als ich ihn am Telefon nach einer Nummer fragte, wurden wir wegen einer Störung getrennt.

Zehn Tage später bekam ich dann von einer Dritten die Wahrheit zugetragen. Eine Wahrheit, die geschmackloser kaum hätte sein können. Ich kannte meine Nachfolgerin, konnte sie nicht leiden, hatte oft in Anwesenheit ihres jungen Geliebten über sie gelästert und war dennoch aus beruflichem Interesse gezwungen, mich ihr gegenüber diplomatisch zu verhalten.

Meinem Wunsch entsprechend, hatte Maledict einen Tisch am Fenster gewählt. Obwohl ich schon unzählige Male in diesem Kaffee saß, fasziniert mich immer wieder der Blick vom fünften Stock hinunter auf das Gewusel des meistfrequentierten Platzes der Stadt. Vor allem natürlich zu Zeiten, wenn das Glockenspiel im Erker des Rathauses in Bewegung kommt. Das passiert immer um elf und um zwölf. Und während der wärmeren Monate auch um fünf Uhr nachmittags. Bis dahin waren es gerade noch fünf Minuten. Ich teilte meinem Gastgeber mit, dass ich gern einen Zitronensaft hätte und schaute auf den Marienplatz, wo sich eine rasch anwachsende Menschentraube in Position brachte, um eine der beliebtesten Touristenattraktionen der Stadt erleben zu können. Auf zwei Etagen, die zu monatlich wechselnden Melodien um ihre Achse rotieren, sind Szenen aus der Geschichte der Stadt dargestellt. Ein Reitturnier anlässlich einer Adelshochzeit und ein Tanz, der einst von Küfern gegen die Angst vor der Pest aufgeführt wurde.

Ich verfolgte das Spektakel einen Moment lang, während

Maledict die Bestellung aufgab und schenkte ihm dann ein liebenswürdiges Lächeln.

»Du siehst wirklich toll aus«, wiederholte er. Ich wusste immer noch nicht, ob ihm tatsächlich etwas aufgefallen war, oder er nur versuchte, mich gewogen zu stimmen. Jedenfalls gibt es einige Sätze, die für mich über sehr viel Charme verfügen und mich auch nach der hundertsten Wiederholung nicht langweilen, selbst wenn sie vielleicht nicht aus ganz reinem Herzen heraus geäußert werden.

»Demnach brauche ich mir um dich also keine Sorgen zu machen«, fuhr er fort.

Aha, deine Schmeichelei dient vor allem dem Selbstschutz, Herzchen. »Damit wärst du doch auch glatt überfordert«, mutmaßte ich, lachte aber dabei, um den bitteren Unterton zu neutralisieren.

»Ich weiß, dass du keine allzu hohe Meinung von mir hast.«

Sollte ich? Hast du mir dazu etwa Anlass gegeben? In meinem Hirn brodelte es, doch meine Lippen blieben versiegelt.

»Ich hab dir schon mal gesagt, ich bin dir sehr dankbar, und mein größter Wunsch ist, dass wir Freunde bleiben.«

Wieder dieser ach so oft strapazierte Satz, der deutlicher als jeder andere zum Ausdruck bringt, dass die Liebe den Bach runter ist. Er stieß mir wahrlich nicht zum ersten Mal auf.

»Bleiben? Du meinst werden! Bleiben würde voraussetzen, dass wir es zum aktuellen Zeitpunkt sind.« Diesmal gelang es mir, meinen Gedanken auszusprechen. Ich gestehe freimütig, ich kann ganz schön penibel sein. Sie werden jedoch zugeben: In diesem Falle ist es berechtigt! Das Hochgefühl, das ich auf der Rolltreppe des Kaufhauses empfunden hatte, stabilisierte sich. Die deutliche Vorahnung, dass Maledict etwas von mir brauchte, drängte sich auf. Ich spürte geradezu das Kribbeln des Hebels der Macht in meinen Händen.

»Ich hab das nie anders gesehen.«

»Tja, dazu hattest du auch wenig Anlass.«

»Na na, komm, jetzt stellst du mich aber hin wie den letzten Sauhund.«

»Ich dich? Du hast dich doch selbst für diese Rolle entschieden.«

»Eliza! Eine Frau wie du – die steht doch über den Dingen.«

Mit dem Trick wirst du mich nicht manipulieren! »Da muss ich dich enttäuschen, mein Lieber. Keineswegs. Nein, wirklich – leider absolut nicht!«

Nun schenkte er mir einen Blick, mit dem er jeder Reklamationsabteilung zu höchster Ehre gereicht hätte. »Falls ich dich verletzt habe, tut es mir wirklich leid. Aber, wie schon gesagt, ich war nicht ich, als wir uns begegneten.«

Aha, du plädierst auf mildernde Umstände wegen Unzurechnungsfähigkeit. Das kann mich nicht rühren! Meine Zurechnungsfähigkeit ist auch deutlich vermindert, seit du mir dieses faule Ei gelegt hast.

»Du hast mir Träume geschenkt und sie mir dann wieder gestohlen«, sagte ich.

»Ich hab dir Träume geschenkt? Zum Beispiel?«

»New York. Du wolltest mich nach New York einladen. Der Traum New York, das war für mich das Nachtgebet nach den langen Stunden intensiver Arbeit an deinem Roman. Ich habe mich unsäglich darauf gefreut und mir so vieles im Detail ausgemalt! Und dann bist du mit der Servitzky hingeflogen.«

Ich merkte, wie sehr ich immer noch verletzt war. Das Selbstmitleid wuchs für einen Moment über meine Wut hinaus, bahnte sich seinen Weg in Richtung der Tränenkanäle.

»Ach Gott, das war Zufall. Das hat sich halt so ergeben. Eine günstige Gelegenheit, Geschäftsreise.«

Hat sich halt so ergeben, dass mir diese günstige Gelegenheit das Herz gebrochen hat! Shit happens!

»Mghmpf!«

»Lag dir denn wirklich so viel dran?«

Ich erwiderte nichts und blickte auf meine gefalteten Hände, auf die jetzt passenderweise auch noch ein paar Tränen tropften. Dann sah ich ihm in die Augen. Und ich spürte, dass in meinen neuerdings sorgfältig wasserfest getuschten Wimpern noch eine Träne hing. Und das war gut so, denn diese Unglücksperle unterstrich meine Darbietung. Er sah es auch, und ich glaube, er war beeindruckt. Jedenfalls räusperte er sich vernehmlich und durchsuchte seine Taschen nach einem Taschentuch. Wie üblich ohne Erfolg. Ich zog welche aus meiner Tasche und bot ihm auch eins an. Nun hatte ich ihn aus dem Konzept gebracht. Er war sicher davon ausgegangen, sein Anliegen rascher vom Stapel lassen zu können.

Er holte Luft. »Siggie hat letzte Woche die Filmoption verkauft.«

»Na, gratuliere, da kommt ja endlich mal richtig Geld rüber.«

»Ja, stimmt. – Wir haben übrigens jetzt doch den anderen Titel genommen: Blutsbande.«

»Wie schön! – War meine Idee.«

»Ach ja, stimmt, das war ja von dir. Deine Tipps haben dem Buch überhaupt sehr gut getan.«

Meine Tipps! Was bildest du dir eigentlich ein? Ich hab das Buch total umgeschrieben! Aber ich sagte nichts, lächelte nur. Das Selbstmitleid hatte sich verflüchtigt. Der Zorn dominierte wieder. Wart's nur ab, Maledictus, wart's nur ab!

Er legte eine Hand auf meine gefalteten, leicht eingesalzenen.

»Die Produktionsfirma will, dass ich das Drehbuch schreibe.«

»Na, das ist doch eine echte Herausforderung!«

»Ja, schon ... – Eliza, ich weiß ja, dass du 'ne Menge zu tun hast ... Aber trotzdem ... Wir ... äh, ich finde, du solltest wieder mitmachen.«

Aha, nun war die Hyäne aus dem Sack! Ich hörte geradezu

ihr Heulen: »Mein Gott, du musst ihr halt ein bisschen schön tun. Du wirst wohl noch in der Lage sein, dieses unscheinbare Wesen um den Finger zu wickeln.« Oder so ähnlich.

Ich schaute ihm in die Augen. »Das halte ich für keine gute Idee.«

Sein Blick flackerte – von Angst erfüllt. Und ich erhielt die Bestätigung für meine Intuition. Im Moment hatte ich eindeutig die besseren Karten.

»Aber warum denn nicht? Wir waren doch so ein hervorragendes Team.«

»Ja, klar, weil alles stimmte. Aber professionell war die Geschichte natürlich nicht. Vierundzwanzig Stunden Präsenz am Tag. Ich habe mich mit dem Projekt identifiziert und jegliches Leben außerhalb weit weggeschoben. Ich habe auf interessante und lukrative Aufträge verzichtet, meine Arbeitskraft und mein Privatleben ausschließlich für dich und deinen Roman reserviert.«

Er schaute völlig irritiert drein, und mir wurde klar, dass er daran nie auch nur den geringsten Gedanken verschwendet hatte. Es ging um sein Buch und ich war nützlich für ihn – Punkt. Es hatte funktioniert, und nun musste das nächste Projekt ebenfalls funktionieren – Ausrufezeichen. Und Maledict war sehr wohl klar, dass er mit mir zu einem besseren Ergebnis gelangen konnte als im Alleingang.

Seine Siggie-Zickie schien diese Ansicht zu teilen. Sie brauchten mich – Punkt. Aber ich war nicht willens – Ausrufezeichen.

Der Druck seiner Hand auf den meinigen verstärkte sich, als er seine Linke noch obendrauf legte. »Du bist die Einzige, mit der ich zusammenarbeiten will. Und ich finde, dieses Projekt, das ist irgendwie unser Baby.«

Unser Baby! Wie rührend! Dann wirst du eben jetzt zum allein erziehenden Vater. Ich war ja schließlich auch gezwungen, ein paar Fehlgeburten zu begraben: mein Vertrauen in dich, meine Liebe zu dir und unsere gemeinsamen Träume.

»Ich bin Übersetzerin und weder Lektorin noch Drehbuchautorin.«

»Aber du kannst das alles!«

Besser als ich! – War's das, was du sagen wolltest, mein hübscher Exfreund mit der holprigen Sprache und den schiefen Metaphern? »Vielleicht. Aber der Graben zwischen uns ist im Moment zu tief.«

»Denk darüber nach, in unser beider Interesse. Hier ist übrigens meine Telefonnummer.« Er kritzelte sie auf das Zuckertütchen. »Wenn du nicht anrufst, melde ich mich.«

»Oh, du hast dir ein Handy zugelegt?«

Er grinste ein bisschen verlegen. »Von Siggie. Ging nicht mehr anders. Trotz aller Vorbehalte. Sie meint, ich sollte immer erreichbar sein.«

Ich verkniff mir den Kommentar, denn soeben hatte der Hahnenschrei das Ende des Glockenspiels verkündet. Der perfekte Augenblick für meinen Rückzug! Ich blickte auf die Uhr, stieß einen spitzen Schrei aus und sprang auf. Er erhob sich ebenfalls und verabschiedete mich mit Wangenküsschen. Ich wehrte mich nicht. Und auf dem Heimweg fühlte ich mich großartig.

Tags darauf kam ein Anruf. »Elizaschätzchen, ich hab die ganze Nacht nicht geschlafen!«

Wie rührend! Was glaubst du, wie viele schlaflose Nächte ich deinetwegen hatte?

»Das mit den gebrochenen Versprechen hat mich ganz besonders beschäftigt.«

Und mich erst! – »Ja, wirklich? Ich bin in der Beziehung möglicherweise etwas speziell.«

»Du, wenn das so ist, dann müssen wir eben einen Weg finden, damit umzugehen.«

»Aha?« Nimmst du neuerdings Nachhilfestunden zum Thema angewandte Rhetorik im Umgang mit schwierigen Frauen?

»Du weißt doch, dass mir sehr viel an deiner Freundschaft liegt.«

Ja, und noch viel mehr an meiner Arbeitskraft! »Du hast es zumindest mehrmals gesagt.«

»Es ist mir auch sehr ernst. Drum hab ich mir was überlegt.«

»Ja?«

»Was hältst du von New York?«

Das darf doch nicht wahr sein! Meine freudige Verblüffung währte jedoch nur Bruchteile von Sekunden. Dann hörte ich die Hyäne keifen: »Na, wenn du meinst, sie ließe sich mit 'ner Reise weichkochen, dann verreise halt in Gottes Namen mit ihr! Du musst dich ja nicht mit Haut und Haar engagieren. Nein, das tust du sicher nicht. Da ist schon dein guter Geschmack vor. Bist ja schließlich Besseres gewohnt.« Oder so ähnlich.

»New York. Du weißt, was ich von New York halte. Ich denke, wir haben oft genug darüber gesprochen!«

»Ja, denke ich auch.« Die Zufriedenheit darüber, dass es besser lief, als er erwartet hatte, war deutlich an seiner Atemfrequenz zu erkennen.

»Und alles ausschließlich im Interesse unserer Freundschaft?«

»Ja klar, du weißt doch, wie viel mir daran liegt.«

»Und ohne jede weitere Bedingung?«

»Aber sicher!«

Oh, mein Schlechter, ich werde dich beim Wort nehmen. »Wann?«

»Moment, ich schau mal in meinem Terminplaner nach!«

Auch was Neues. S. S. hat ihn wohl komplett ausgestattet, um ihn besser kontrollieren zu können.

»Wann kannst du? – Bei mir ging's nächste Woche, Donnerstag bis Sonntag?«

»Ja, prima, passt mir auch!«

»Dann kläre ich alles bis dahin.«

Geschäftsreise ... »Ach Mal... Äh, Benedict, ich freue mich ja so!«

Diese Sensation wollte ich natürlich umgehend Eva mitteilen, aber sie ging nicht ans Telefon. Vielleicht war sie überraschend mit Magnus nach Italien aufgebrochen. Ich rief Leonardo an und erfuhr, sie sei auf einer Radtour, um sich abzureagieren. Alles Nähere sollte sie mir dann besser selbst sagen.

Und dann erzählte er mir begeistert, Eva habe den Bericht über die Internetstudie schon an drei Print-Organe verkauft.

Na wunderbar! Dann begann dieser Zweig ihres Engagements endlich Früchte zu tragen. In Hinblick auf Leonardos seelische Verfassung hatte sie ja auch Großes bewirkt. Seine Internetpartner-Aktivitäten hatte er völlig eingestellt, und seit Eva ihn an David verkuppelt hatte, war er ohnehin wie ausgewechselt. Die beiden verstanden sich hervorragend und besuchten einander spätestens alle vierzehn Tage. Mal in Berlin, mal in Konstanz.

Somit hätte Eva doch im Sinne der ausgleichenden irdischen Gerechtigkeit auch endlich mal etwas Glück verdient gehabt. Aber anscheinend war es noch nicht so weit.

Sie rief mich am Abend zurück. »Du wirst es nicht glauben, Eliza! Ich glaub es ja selber kaum. Einerseits finde ich es so grotesk, dass ich brüllen könnte vor Lachen, andererseits so abgrundtief, bodenlos beleidigend und demütigend, dass ich heulen könnte. Ich schiebe eine Stinkwut auf diesen miesen Schleimbeutel, diesen lächerlichen Labersack – vor allem aber auf mich selber, weil ich auf ihn reingefallen bin und ihn so vergöttert habe!«

»Wie? Was? – Der Reihe nach, bitte!«

»Der großartige, wunderbare, zauberhafte Magnus W. ist ein perfektes Arschloch. Sein Anbetungsgesülze und seine Ewigkeitshudeleien – alles nur heiße Luft! Und ich war blind vor Verzückung und habe Monate gebraucht, um das zu kapieren! Ich habe mein Leben quasi um ihn herumgelebt, bin Terminen ausgewichen, um für ihn auf Abruf frei zu sein, habe Rücksicht auf seine Familie und seinen Tennisclub genommen und geduldig darauf gewartet, dass er sich von seinen Verstimmungen erholte. Ich hab mich mit ein paar Brosamen abspeisen lassen, die von seinem überreich gedeckten Tisch fielen. Mein Hirn beschäftigte sich unablässig mit ihm und ein ungeheures Maß an Energien ging für ihn drauf.«

»Das war aber deine freie Entscheidung«, wandte ich ein. Nicht etwa, um meine Freundin zu kritisieren, sondern, weil ich mich mit ihrem Fall so sehr identifizierte, dass ich ihn schon als meinen eigenen betrachtete. Mir selbst gegenüber zwinge ich mich, gegen alle emotionalen Widerstände, grundsätzlich zu verschärfter Objektivität.

»Klar war's meine freie Entscheidung, aber die kam ja nur zustande, weil er mir das Gefühl gab, uns verbinde etwas ganz Einzigartiges. Bis in alle Ewigkeit!«

»Weil er in magischen Worten all das aussprach, was wir Mädels nur zu gern hören. Und wofür wir besonders empfänglich sind, wenn es uns an Selbstwertgefühl mangelt ...«

»Ja sicher. Aber trotzdem – das lasse ich mir nicht bieten! Er wird mich kennenlernen, der unermüdliche Süßholzraspler! Ich hätte mich für ihn weiß Gott in Stücke reißen lassen. Ha! Aber ich schwör dir eins: Von nun an lautet meine Devise: Liebling, ich kann auch anders!«

»Evaschätzchen, nun klär mich doch bitte mal auf!«

Sie stieß ein lautes, höhnisches Gelächter aus. »Ich habe dir doch von Lola M. erzählt.«

»Ja, klar, dein neues Internet-Pseudonym.«

»Genau. Mit dem er so entzückend geflirtet hat, während er Ariadne im Verlies unter dem Labyrinth vermodern ließ ...«

Ich ahnte Schlimmes.

»Und über dieses prickelnde Spiel, das uns beide so inspirierte, habe ich ja auch mit dir gesprochen.«

»Ja, klar, ausführlich.«

»So – und jetzt halt dich fest! Dieses Riesen-A. hat überhaupt nicht geschnallt, dass ich das war!«

»Nein! Bist du da wirklich sicher?«

»Zitat: Aber was reibst … äh … treibst du so, unvergleichliche, bezaubernde Unbekannte, außer arglosen Männern den Kopf zu verdrehen? Und auf welchem Erdteil? Oder bist du tatsächlich nicht von dieser Welt? Zitat Ende.«

»Mit Ariadne war er eindeutig geistreicher.«

»Die hat sich ja auch mehr ins Zeug gelegt. Damals war die Korrespondenz ein Fulltime-Job. Als Lola M. hingegen habe ich nur gelegentlich was aus dem linken Ärmel geschüttelt.«

»Na ja, aber kann das Ganze nicht dennoch Teil eures amüsanten Spieles sein?«

»Nein, er hat mich wegen meines Postfachs wiederholt als Schweizerin angesprochen und mehrmals gefragt, wo ich wohne und woher ich seine Adresse habe.«

»Hm, vermutlich hast du recht. Unfassbar!«

»Du musst dir das mal vorstellen: Während er mich, Eva/Ariadne, die Frau, der zu begegnen er sich nicht einmal erträumt hätte, und die er forever überwältigend fand, mit einer Ausflucht nach der anderen hinhielt, hat er bei einer vermeintlich Unbekannten sein Eroberungsgesäusel auf ein Neues abgelassen.«

»Ich muss dir recht geben: Ein Riesen-A.«

»Wie wahr. Wahr und unerträglich und niederschmetternd! Obendrein auf eine dreiste Art naiv. Ich könnte ihn ja auf der Stelle hochgehen lassen. Wenn er bei Verstand wäre, würde er kapieren, dass er Interesse daran hat, mich bei Laune zu halten. Aber er geht mit der größten Selbstverständlichkeit davon aus, dass ich alles edel und vornehm toleriere.«

»Das tun die Typen alle. Und sie sind uns nützlichen Frauen auch durchaus dankbar, falls sie überhaupt je einen Gedanken an dieses Thema verschwenden. Ist ihr Bedarf gedeckt und hat die Mohrin ihre Schuldigkeit getan, dann machen sie sich sang- und klanglos vom Acker. Da gibt's weder blumige Worte noch Blumen zum Abschied. Deswegen bin ich der Meinung, wir müssen Politiker- oder anderen Promi-Exfrauen oder -Exliebchen dankbar sein, wenn sie diese traditionelle Maulkorb-Noblesse unterwandern und an die Öffentlichkeit gehen. So was verstößt natürlich gegen den guten Ton. Und in bunten Blättern dürfen dann andere Frauen über diese betrogenen, hintergangenen und gedemütigten die Nase rümpfen und sie der Stillosigkeit bezichtigen.«

»Mein Ding wär's ja auch nicht unbedingt, meinen Ex öffentlich mit Dreck zu bewerfen, aber eins ist sonnenklar: Sitzengelassene Frauen, die Rabatz machen, statt jede Sauerei schweigend zu erdulden, dienen der Sache der Frau mehr als die vornehmen Stummen. Sie signalisieren den Männern nämlich, dass die Zeiten sich geändert haben. Die Knaben können nicht mehr sicher sein, dass abgelegte Frauen sich grundsätzlich nobel gebärden, wenn sie selbst sich wie Wildsäue benehmen. Auch Magnus W. ist im Irrtum, wenn er glaubt, ich löse mich diskret in Luft auf.«

»Was hast du vor?«

»Rache ist ein Mahl, das kalt verzehrt sein will. Ich kann warten. Der richtige Moment wird kommen!«

»Wart's nur ab, schöner Magnus, wart's nur ab!«

Eva lachte. »Genau! Er wird noch an mich denken!«

»Recht so! Übrigens, ich fliege nächste Woche nach New York!«

Was ich eigentlich als Sensation verkünden wollte, wäre neben Evas Schicksalsschlag fast untergegangen.

»Wie bitte?«

»Ja, für mich ist der richtige Moment gekommen. Maledictus lädt mich ein. Eine liebenswürdige Geste – aus Geschäftsräson.«

»Pff! – Das verschlägt mir jetzt doch die Sprache.«

17

Mach die Augen zu und küss mich / und dann sag, dass du mich liebst …

Meine Auseinandersetzung mit den Dingen, die sich zwischen Männlein und Weiblein abspielen, fand bereits in meiner Jugend sehr stark über Songtexte statt. Das war sicher auch einer der Gründe, weswegen ich in Englisch brillierte. Aber ich verfolgte natürlich auch die deutsche Szene der Popmusik.

1993 brachten die Ärzte nach längerer Abstinenz wieder ein Album heraus: ›Die Bestie in Menschengestalt‹. Ein Song darauf lautet ›Mach die Augen zu‹. Der avancierte rasch zum Ohrwurm und lief Tag und Nacht im Radio.

Auch in Mädchengruppen spielte dieses Lied eine große Rolle, lieferte es doch reichlich Stoff für Diskussionen über die zynische Kaltherzigkeit der Männer. Da ich damals als eiserne Jungfrau noch auf keine schlechten Erfahrungen mit dem anderen Geschlecht zurückblicken konnte – ebenso wenig wie auf gute – sah ich das gelassener. Mir gefiel das Lied musikalisch – und den Text fand ich vom Poetischen her weit besser als die meisten deutschen Songtexte. Der Inhalt erschien mir eher ironisch-kurios. Für eine Frau nicht zur Umsetzung zu empfehlen.

Ich weiß genau, es ist nicht wahr, doch ich spüre keinen Unterschied, wenn du dich mir hingibst.

Für so was ist eine Frau nicht zu haben, dachte ich damals – wie all meine Freundinnen. Doch offenbar sah ich die Dinge inzwischen nicht mehr so streng und eng, sondern eher offen und experimentierfreudig.

Neben mir im Flieger saß Maledict, den ich während unseres New-York-Trips um der Illusion willen wieder Benedict nennen wollte. Und ich machte mir selbst vor, dass wir uns noch in der Phase vor seinem widerlichen Verrat befänden.

Wir waren glücklich, gemeinsam sein Buch in brauchbare Form gebracht zu haben, und feierten das Ende unserer Arbeit sowie unsere symbiotische Liebesbeziehung mit dieser Reise in unsere gemeinsame Traumstadt. Ich schloss die Augen und legte meine Hand auf die seinige auf meinem Schenkel .... *Mach mir ruhig etwas vor / ich vergesse, was passiert ist und ich hoffe und ich träume / ich hätt' dich noch nicht verlor'n ...*

Am Donnerstagnachmittag landeten wir auf dem Kennedy-Airport. Es zeigte sich ein Julitag, wie wir ihn uns zu Hause seit Wochen herbeisehnten. Warm und strahlend und wir laut Ortszeit nur viereinhalb Stunden älter. Wir nahmen eine der berühmten gelben Taxen nach Manhattan. Der Taxifahrer erzählte uns die Geschichte seines Lebens als New Yorker Grieche der dritten Generation und wir stießen uns gegenseitig mit den Ellbogen an und grinsten. Genau wie im Film. Benedict gab sich aus Stolz darüber, dass er schon einmal hier war und vermutlich auch um den Fahrer von endlosen Umwegen abzuhalten, als ortskundiger New York Besucher aus. In holprigem Englisch mit starkem Allgäuer Akzent erkundigte er sich, ob die Baustelle Second Avenue, Ecke East soundsovielte endlich fertig sei. Damit schien er tatsächlich den Chauffeur zu beeindrucken. Vor allem jedoch animierte er ihn zu einer längeren Ausführung über Baustellen im Allgemeinen und Straßensperren im Besonderen. Und dann kam noch ein kleiner Exkurs in die europäische Vergangenheit seiner Familie. Sein Großvater mütterlicherseits hätte bis zu seinem zwölften Lebensjahr überhaupt keine Straßen gekannt und als Kind meilenweit auf unbefestigten Wegen zur Schule gehen müssen. Und dergleichen Historisch-Landeskundliches mehr.

Benedict ließ mich im Glauben, er selbst sei der generöse Stifter dieser Reise, und darum entschuldigte er sich quasi im Voraus, dass das Hotel nicht ganz so schick sei, wie das, in dem er beim letzten Mal logiert habe. Den Namen von S. S. sprach er freundlicherweise nicht aus, worum ich ihn eindringlich gebeten hatte. Doch er schlug vor, wir könnten dort einen Kaffee trinken. Als ob ich scharf drauf wäre, zu der Stätte zu pilgern, wo er es mit meiner Intimfeindin getrieben hat!

Nach Benis Vorwarnung war ich von dem Hotel, einem renovierten Bau aus den Zwanziger Jahren, sehr angenehm überrascht. Noch mehr überraschte es mich allerdings, als er zwei Schlüsselkarten ausgehändigt bekam. Nur weil es mir die Sprache verschlug, brachte ich weder Frage noch Kommentar dazu über die Lippen. Mit der größten Selbstverständlichkeit war ich davon ausgegangen, dass wir uns ein Laken teilen und, wie gehabt, die Freuden der körperlichen Anziehung zelebrieren würden. Die Irritation über den Quasi-Korb, der meine sorgfältig geplante Dramaturgie über den Haufen zu werfen drohte, wurde noch übertroffen von jener darüber, dass er, Benedictus Oeconomicus Hanner, zwei Zimmer für uns bestellt haben sollte. Das passte nämlich hinten und vorn nicht zu ihm! Selbst wenn er keine Intimität mit mir wünschte – was ich auch bezweifelte – wäre er mit Sicherheit zu geizig, deswegen zwei Zimmer zu bezahlen. Es gab aber sehr deutliche Anzeichen dafür, dass er sehr wohl nächste Nähe begehrte, ja, dass er es kaum erwarten konnte, bis wir zur Sache kämen. Im Flieger fing's an, und im Taxi wurde er noch etwas kühner. Während der Fahrer seinen Monolog abspulte, ging Benis Hand auf Erkundungsreise in vor Kurzem noch wohvertraute Gefilde. Jetzt, in der Lobby, verriet ihn sein Blick. Und mein Blick auf seine Mitte verriet mir auch einiges. So groß konnte sein Respekt vor Goldlocke gar nicht sein, dass er der Versuchung widerstehen wollte. Zumal ihn im Moment sehr viel und sehr tiefes Wasser von ihr trennte. Es gab nur eine Möglichkeit: Sie steckte tatsächlich hinter dem Arrangement und verlangte natürlich getrennte Zimmer und absolute Keuschheit. Das gab der Sache, wenn ich es recht bedachte, ja noch einen zusätzlichen Kick! Im Aufzug blickte er auf die beiden Magnetkarten und dann fragend auf mich. Er schien vergessen zu haben, sich rechtzeitig eine Erklärung zurechtzulegen. Von mir kam kein Ton. Ich hatte beschlossen zu schweigen. Schweigen, lächeln und meinen ganz persönlichen Abschied zelebrieren!

»Dann schauen wir uns die Zimmer doch mal an und suchen das schönere für uns aus«, brachte er schließlich hervor, grinste, rückte mir ein wenig näher und küsste mich auf den Mund.

Na bitte, Punkt eins wäre geklärt. Alles kann nach Plan ablaufen! Das erste Zimmer war – na ja – ganz nett, bloß ging der Blick auf eine ziemlich nahe Hauswand. Das zweite war richtig hübsch. Es bot Aussicht auf einen kleinen Park, war hell und plüschig-gemütlich möbliert.

»Das nehmen wir«, schlug ich vor. Beni war einverstanden und bugsierte mich gleich zum Queen-Size-Bett hin. Ein Griff in meine wohl präparierte Handtasche (die Zeiten unverhüllter Nähe sind passé, mein Süßer!) – und ich war mit von der Partie. Mit klammheimlicher Freude und dem animierenden Bewusstsein, dass der erste Akt unserer Abschiedstournee begonnen hatte.

... mach die Augen zu und küss ihn ... Meinem Leib war er noch sehr willkommen. So schwebte ich rasch in luftigen Höhen, und Beni kündigte seinen Höhepunkt an – da klingelte sein Handy, was ihn jäh abstürzen ließ.

»Ja, ich bin gleich da«, rief er atemlos, stand auf, zog sich notdürftig an, und fluchte, weil er die andere Magnetkarte nicht fand. Sie lag unter seinem Hemd auf dem polierten Brett, das in der Zimmerbeschreibung als Schreibtisch aufgeführt war.

»Warte auf mich, ich bin gleich wieder da!«, rief er mir zu und war schon draußen.

Früher hätte ich seine Aufforderung selbstverständlich befolgt. Aber nun sah ich die Dinge anders: à la Macha: Ich war fürs Erste befriedigt, und wir waren schließlich nicht in

New York, um kostbare Zeit im Bett zu vertrödeln! Ich duschte, schminkte mich ein wenig und zog ein luftiges Sommerkleid aus dem Koffer. Gerade als ich es über den Kopf warf, hörte ich Geräusche an der Tür. Dann trat Beni ein. »Hey, was ist los?«, fragte er vorwurfsvoll.

»Wir sind in New York!« Ich zog meinen Aktionsplan raus und sah nach. »Das Museum of Modern Art ist heute bis neun Uhr geöffnet und zum Empire State Building wollten wir auch am ersten Tag hochfahren.«

»Okay, und danach gehen wir in einen Club, wo es Livemusik gibt und ein Dinner-Buffet.«

»Ah ja?« Ich wunderte mich über seine Initiative.

»Ja, das haben meine beiden Kumpels vorgeschlagen, die vorhin angekommen sind.«

»Ah ja ...«

Es schien ihn zu verunsichern, dass ich keine Fragen stellte, aber ich machte mir schon so meinen Reim: Der Anruf vorhin, das waren seine Kumpels. Die brauchten den Schlüssel fürs andere Zimmer. Klar! Da der Verlag zwei Zimmer bezahlte, wir beide aber nur eins belegten, hatte Herr Bauernschlau das andere unter der Hand an zwei Kumpels verhökert. War doch logisch! Entsprach voll und ganz seiner Einstellung. Ich fand's nur nicht besonders toll, dass wir jetzt wegen der paar Dollars, die dabei zusätzlich für ihn raussprangen, unser New York Programm zu viert abspulen sollten. Aber ich schwieg und lächelte. Zum einen lieferte mir seine Entscheidung möglicherweise ein zusätzliches Argument für meine geplante Abfuhr, zum anderen warf's vielleicht Stoff für meinen Roman ab.

Im MoMA, dem Museum of Modern Art, herrschte gigantischer Andrang, da donnerstagnachmittags ab fünf kein Eintritt mehr erhoben wird. Beni sah sich gezwungen, Vorurteile zu korrigieren. Museen waren ja nicht sein Ding, er fand sie eher langweilig. Aber die Tatsache, dass sich vor einzelnen Gemälden oder Skulpturen riesige Menschentrauben bildeten, beeindruckte ihn schon. Er drängelte sich schließlich vor und sah Werke, die er bereits in Filmen, Illustrierten, auf Kalendern oder Postkarten gesehen hatte. Und obwohl er dieses Erlebnis in manch anderem Museum auch erfahren könnte, war er richtig platt.

Im Lift zum Empire State Building und oben auf der Plattform fühlten wir uns an ›Sleepless in Seattle‹ und den darin zitierten Film ›An Affair to Remember‹ erinnert, die sich beide in Evas DVD-Sammlung befinden. Beni und ich hatten sie zur Entspannung von unserer gemeinsamen Arbeit angeschaut. Um die Träume von unserer geplanten Reise zu illustrieren …

Natürlich trieben wir es nicht ganz so toll wie damals in unserer Fantasie, aber die Worte, die wir uns zwischen den zahlreichen Küssen ins Ohr raunten, hatten es schon in sich.

Mach die Augen zu und küss mich / mach mir ruhig etwas vor …

Der Liftmann, der dergleichen Szenen gewohnt zu sein schien, hielt seine Augen weit offen – starr auf die Lift-Tür gerichtet.

Der Ausblick von der Plattform auf die Stadt war wirklich atemberaubend, zumal noch eine ganz leichte Rötung am Abendhimmel auszumachen war. Von der meiner Wangen und Ohren möchte ich hier gar nicht reden.

Beni stand hinter mir, drückte sich so fest an mich, dass ich seine Erregung spürte, legte seinen Kopf auf meine Schulter, blies mir seinen heißen Atem an den Hals und raunte mir ins Ohr, er würde es am liebsten hier mit mir treiben. Ich kicherte ein wenig, ließ mein Becken leicht vor und zurückwippen und kam mir ziemlich verrucht vor. Ich genoss das, machte die Augen zu – und hielt die Impression, diesen Augenblick, für alle Zeiten im Kopfalbum meiner Erinnerungen fest.

Mit der U-Bahn fuhren wir nach Harlem und betraten den legendären ›Cotton Club‹ wo Oliver und Jörg schon auf uns warteten. Die beiden hatten auf verschlungenen Wegen übers Internet einen billigen Flug von Salzburg über London ergattert und waren schon länger als dreißig Stunden auf den Beinen, dafür jedoch in wirklich hervorragender Stimmung.

Da sie recht knapp bei Kasse waren, gestalteten sie ihr Programm vorwiegend nach dem Motto ›New York umsonst‹. Den Jazz/Blues-Club hatten sie deshalb ausgewählt, weil sie ja schließlich auch essen mussten und hier im Eintrittspreis ein Dinner-Buffet inbegriffen war. Ein Argument, das auch bei Beni gut ankam. Nur leider hatten sie nicht damit gerechnet, dass die Preise für Getränke gepfeffert waren. Ich erwartete, dass Beni die beiden einladen würde, nachdem er schon mit dem Zimmer seinen Reibach gemacht hatte, doch er dachte nicht daran.

Trotz aller anfänglichen Skepsis genoss ich den Abend. Das Programm war gut, das Buffet passabel und Benis Kumpel himmelten mich an, als hätten sie seit Monaten keine Frau mehr aus der Nähe gesehen. Er schien davon nichts mitzubekommen. Erst später, als ich von einem Abstecher zum Lady's Room zurückkehrte, schenkte auch er mir anerkennende Blicke und raunte mir ins Ohr, ich sähe klasse aus und er würde mich am liebsten auf der Stelle vernaschen.

Damit brauchte er nicht mehr allzu lange zu warten, denn die beiden Freunde spürten allmählich die Müdigkeit und wir kehrten alle im selben Taxi zum Hotel zurück. Dort wartete der Portier mit der enttäuschenden Nachricht auf, dass für die Broadway-Stücke, die mich interessiert hätten, keine erschwinglichen Karten mehr zu bekommen seien. Doch Jörg und Oliver wussten Rat. Im Central Park gab's gratis Theater, Opern- und Konzertaufführungen. Wir mussten eben beizeiten dort sein, aber es sei absolut üblich, während der Veranstaltungen zu picknicken.

Ich verstand den Wink mit dem Zaunpfahl und versprach, wir würden für die Verpflegung sorgen. Sie wollten im Gegenzug Decken organisieren.

Obwohl ich darauf erpicht war, möglichst viel von der Stadt

zu sehen, verlangte auch die Zeitverschiebung einen kleinen Tribut. Nach ausgedehnter Nacht mit kopulativen Aktivitäten und gelegentlichen Schlafpausen standen wir recht spät auf.

Wir unternahmen eine Stadtrundfahrt, die jedoch nicht allzu ergiebig war, weil wir vom Bus aus nur sehr wenig sahen. Die Busse ohne Verdeck waren alle ausgebucht und unserer hatte kein gläsernes Dach, durch das wir die Sehenswürdigkeiten, die vor allem in der Höhe angesiedelt waren, erblicken konnten. Auch klappte die Abstimmung zwischen Haltestellen und Tonband-Text ziemlich schlecht.

Anschließend begleitete mich Beni zum Guggenheim-Museum, wo er mich zu seinem persönlichen Nachteil allein ließ. Rasch lief ich die Wendelrampe hoch, wandelte sie gemächlich und völlig verzückt wieder hinab und verweilte vor den Meisterwerken europäischer Maler des Zwanzigsten Jahrhunderts. Und wie immer, wenn ich fantastische Kunstwerke im Original sehe, die mich schon in Bildbänden beeindruckt haben, war ich begeistert und fühlte mich richtig entrückt. Zwei Stunden später holte mich Beni leider schon wieder ab. Er hatte für eine Reihe Leute alles mögliche Zeug aus diversen Drugstores besorgt, um vermutlich ordentlich Gewinn zu machen.

In aller Eile kauften wir eine wilde Mischung an Lebensmitteln und Getränken fürs Picknick ein und trafen uns mit den beiden Freunden im Park. Sie hatten tatsächlich Decken organisiert. Das heißt, sie hatten einfach die aus dem Hotel in Isolierfolie gepackt, was sich – von meinen moralischen Bedenken abgesehen – als ausgesprochen gute Lösung erwies.

Ein buntes Völkchen hatte sich bereits vor der Open-Air-Bühne des Rumsey Playfield niedergelassen und fast alle waren dabei, ihr Abendessen zu verzehren. Wir taten es ihnen gleich, denn wir waren alle hungrig und durstig. Und dann durften wir unter freiem Himmel bei ringsum rauschenden Bäumen und zwitschernden Vögeln im Herzen der Weltstadt und inmitten dieser fröhlichen Menschengruppen eine fantastische Aufführrung der New York Grand Opera erleben: Verdis Luisa Miller. Oliver flüsterte mir ins Ohr, er habe bei einer Theateraufführung von Kabale und Liebe an der Uni mal den Rudolf gespielt. Die Opernfassung des Stoffes sahen wir beide zum ersten Mal, waren aber beide gleichermaßen angetan. Beni und Jörg betrachten die Oper eher als Geräuschkulisse. Sie schwatzten und tranken lieber und waren dann auch ziemlich angeheitert, als wir uns auf den Rückweg machten.

Eigentlich hatte ich mir unsere New Yorker Abende ja etwas anders vorgestellt als einen Ausflug mit der Studenten-WG. Doch die beiden boten keinerlei Anlass zur Klage, Oliver sogar zur Freude. Von Beni versprach ich mir an diesem Abend kein betörendes Programm mehr, aber da hatte ich mich getäuscht. Olivers Bemerkungen über und seine Bemühungen um mich hatten offenbar Benis Eifersucht entfacht und selbige ist ja bekanntlich und wissenschaftlich erwiesen ein sehr zuverlässiges Aphrodisiakum – zumindest für Männer.

Am Morgen weckten uns die läppischen Klingeltöne von Benis Handy. Ich war mir sicher, dass es sich um S. S. handelte, was auf mich allerdings gar nicht aphrodisierend wirkte.

Beni verzog sich mit dem Telefon ins Bad und kam eine Weile später wieder grinsend zum Vorschein. »Ich soll dich grüßen. Von einer Dame, deren Namen ich nicht aussprechen darf.«

»Ach, weiß sie von unserem Ausflug?«, fragte ich scheinheilig.

»Ja, klar, ich hab's ihr gesagt – ist auch nichts dabei, oder?«

»Aber nein! Schon gar nicht bei getrennten Zimmern.«

Er lächelte. »Du wirst ihr hoffentlich nie ein Sterbenswörtchen davon verraten, dass wir uns ein Bett geteilt haben?«

»Aus freien Stücken sicher nicht. Außerdem glaube ich kaum, dass besagte Dame mich danach fragen wird.«

Wir unternahmen eine dreistündige Schiffsrundfahrt um Manhattan, die uns weit mehr beeindruckte als die Busrundfahrt. Anschließend wollte ich die Stadt auch noch aus der

Vogelperspektive sehen und lud Beni entgegen meiner ehernen Vorsätze zu einem Hubschrauber-Rundflug ein, von dem wir beide absolut begeistert waren. Er war danach sogar bereit, mich ins Metropolitan Museum of Art zu begleiten, hielt allerdings keine drei Stunden durch.

Ich war mir völlig klar darüber, dass ich sowieso nicht alles sehen konnte, was mich interessierte, weil dafür ein Mehrfaches an Zeit nötig wäre. Also murrte ich nicht, sondern zeigte mich verständnisvoll und beschloss, so bald wie möglich wiederzukommen. Allein oder in kulturbeflissener Begleitung.

Am Abend waren wir wieder zu viert unterwegs und besuchten einen Dance-Club, den uns eines der Mädchen an der Rezeption empfohlen hatte. Zu einem feurigen Drei-Gänge-Menü gab es Vorführungen junger Leute einer Dance-Academy für lateinamerikanische Tänze. Aber auch die Gäste hatten die Möglichkeit, sich auszutoben. Ich fand in Oliver einen relativ guten und überaus konditionsstarken Tanzpartner, während Beni und Jörg sich mit dem Zuschauen begnügten.

Unsere letzte Nacht in New York – die letzten Zärtlichkeiten mit Benedict ... Ich hatte mehrmals die Gelegenheit, mir bewusst zu machen, dass wir die Schlussakkorde anklingen ließen. Ihn stachelte die Eifersucht an. Oliver hatte ihm anvertraut, er sei sehr an mir interessiert, falls das zwischen uns nicht von Dauer sein sollte.

»Was bildet der sich ein – ich bin ja schließlich nicht blöd!« Die Kuhhandelskomponente war in seinem Leben eben immanent.

Mich stachelte die Lebewohl-Perspektive an. *Mach die Augen zu und küss mich / ist es auch das letzte Mal / lass uns den Moment des Abschieds noch verzögern / ich lass dich später erst allein mit deiner Qual* ... Jaja, ich veränderte den Text ein wenig, passte ihn sozusagen kreativ den Gegebenheiten an.

Wir saßen im Flieger. Maledicts Hand ruhte – wie gehabt – auf meinem Schenkel.

»Das war doch ein geiler Auftakt für unsere gemeinsame Arbeit an meinem Drehbuch«, sagte er selbstzufrieden.

»Wie meinst du das?«

»Na ja, ich würde sagen, wir können übermorgen beginnen. Morgen schlafen wir erst noch mal gründlich aus.«

»Wie kommst du denn darauf?«

»Was? Aufs Ausschlafen? Waren doch ziemlich turbulent, die letzten Tage ...«

»Nein, ich meinte, wie du auf gemeinsame Arbeit kommst.«

»Ist doch wohl klar!«

»Was sollte klar sein? Du hast dein Versprechen eingelöst und wir haben ein paar unvergessliche Tage in New York erlebt.«

»Ja eben.«

»Ja, eben. Bei deiner Einladung hattest du mir zugesichert, du würdest keine weitere Bedingung an deine Einladung knüpfen!«

»Du nimmst doch nicht etwa an, damit wäre der Käse gegessen?«

»Ich denke, wir werden diesen Ausflug unser Leben lang in bester Erinnerung behalten. Er setzt einen würdigen Schlusspunkt unter eine leider eher kurze, doch sehr intensive und kreative Liebesgeschichte.«

»Aber das kannst du doch nicht bringen!«

Der Vorwurf kommt vom Richtigen. »Sicher kann ich das, warum auch nicht?«

»Aber nach allem ... – Ich habe gedacht, dass wir weiterhin ...«

»Aber nein, lieber Beni, wirklich nicht. Dafür bin ich zu sehr die Tochter meiner Mutter. Ich lege Wert auf klare Verhältnisse.«

»Na, du bist vielleicht witzig!«

»Danke! – Das betrachte ich als Kompliment und Zeichen deiner Souveränität.«

»Hä?«

»Na ja, ich verstehe diese Reise als angemessenes und längst überfälliges Dankeschön für mein Engagement im Zusammenhang mit deinem Roman und allem Drum und Dran. Für mich sind wir jetzt quitt. Ich bin mit dir und mir selbst im Reinen.«

Er bekam ganz enge Augenschlitze. »Steckt da etwa der Oliver dahinter?«

»Oliver? Wie bitte? Oliver hat damit rein gar nichts zu tun!«

Aber witzig wäre die Konstellation schon: Beni verschachert aus Geldgier das zweite Zimmer an seinen Freund, der ihn daraufhin ausbootet und ihm das Ergebnis seiner Geschäftsreise vermasselt. Und das Beste daran wäre, dass er S. S. unmöglich berichten könnte, wie es dazu kam.

»Ich habe doch gesehen, wie du ihm beim Abschied deine Karte gegeben hast.«

»Die habe ich im letzten Jahr rund hundert Leuten gegeben. Und mit niemandem davon ist es zu einem intimen Kontakt gekommen. Aber ich finde Oliver tatsächlich sehr sympathisch.«

»Ich hätte dann aber schon gern eine Provision, wenn es mit euch beiden hinhaut«, bemerkte er sarkastisch.

Es steht dir zu, so zu denken, Herzchen, schließlich wurde deine Mutter deinem Vater von einem Viehhändler zugeführt.

Ich sprach den Gedanken nicht aus, denn der Seitenhieb wäre alles andere als taktvoll gewesen. Überdies hätte Beni sich vermutlich darüber schwarz geärgert, dass er mir diese reizende Familiengeschichte erzählt hatte. Andererseits lasse ich mir aber auch nicht gern unterstellen, ich flatterte schmetterlingsgleich von einem Mann zum nächsten.

Deswegen gab's schon eine kleine Spitze: »Weißt du, der Oliver unterscheidet sich auf sehr angenehme Weise von den meisten Männern seiner Altersklasse: Er hat Manieren, ist liebenswürdig, geistreich und kulturell interessiert. Das gefällt mir an ihm und ich kann mir durchaus vorstellen, mit ihm mal in die Oper oder ins Theater zu gehen. Aber was dein Drehbuch anbelangt: Du kannst mir glauben, Beni, selbst wenn ich wollte …« Was absolut nicht der Fall ist, aber ich atme zumindest mal dramatisch durch.

»Ich habe überhaupt keine Zeit. Ich stecke gerade mitten in einer sehr anspruchsvollen Übersetzung. Und dann schreibe ich an einem Roman.«

»Wie? Du schreibst an einem Roman?«

»Ja, stell dir vor! An meinem ersten eigenen Roman. Ganz allein. Und ich bin mit Begeisterung bei der Sache.«

Maledict war, wenn überhaupt, nur mäßig beeindruckt. Klar, er hatte seinen ersten Roman ja bereits hinter sich. Was ihn nun interessierte, war sein erstes Drehbuch. Und dafür brauchte er mich. Also unternahm er noch ein paar Anläufe. Doch ich blieb hart und ruckelte mich in die richtige Position zum Einschlafen.

Ich kann jederzeit überall einschlafen, wenn mir danach ist. Und ich empfinde es als angenehmen Service, dass bei Langstreckenflügen als Blitz-Einschlafhilfe Filme gezeigt werden, die mir die Zuversicht vermitteln, ich versäumte überhaupt nichts, wenn ich sie nicht sehe. So wurde diesmal der hübsche kleine Tom Cruise zu meinem ganz persönlichen Sandmännchen.

Maledict sah sehr mitgenommen aus, als wir in München ankamen. Und dafür machte ich weder Flugkrankheit noch Jetlag noch die ausschweifende Nacht davor verantwortlich, sondern seine Sorge, wie er Frau Krieglinde vermitteln sollte, dass es ihm nicht gelungen war, mich rumzukriegen. Mein Zorn auf die beiden hatte sich übrigens deutlich gemildert. Mein Mütchen war gekühlt. Mein definitiver Ex-Geliebter hatte ein für mich sehr wichtiges Versprechen eingelöst und mich nach New York eingeladen. Außerdem hatte er mit mir die Frau betrogen, mit der er mich betrogen hatte. Das enthielt doch einen ganz entschiedenen Hauch von ausgleichender Gerechtigkeit! Jedenfalls fühlte ich mich nicht mehr als die allein Betrogene und schmähliche Verliererin auf der ganzen Ebene.

Eines Tages werde ich mich für diese Freveltat in Grund und Boden schämen. Dass mein Verhalten alles andere als moralisch sauber war, wurde mir sofort bewusst. Aber ich genoss einfach die Genugtuung. Wenn sich die Skrupel dann einstellen, weiß ich genau, an wen ich mich wenden kann, um mein Rückgrat wieder aufrichten zu lassen: meine pragmatisch denkende und strategisch handelnde Freundin Sibylle.

Ich hatte mich dazu entschlossen, Maledict einen schönen großen Blumenstrauß zu schicken. Warum nicht weiße Lilien? Manche Leute betrachten die ja als Beerdigungsblumen, aber ich mag sie gern, zumal ihr betörender Duft mich immer in andere Sphären befördert. Das mit den Beerdigungsblumen war so daneben nun auch wieder nicht. Schließlich musste er ja eine Illusion begraben. Ganz sicher war mein Strauß geeignet, seiner stinkenden WG ein ganz neues Flair zu verpassen und ihm einen Eindruck davon zu vermitteln, was ein stilvoller Korb ist.

Mir ist sowieso unerklärlich, warum Männer so wenig Gebrauch von der noblen Geste machen, die ein Blumenstrauß zum Abschied darstellt. Keiner der Typen, die mich, ihre hilfreiche Kumpel-Freundin, hängen ließen, um ihr Herz an eine neue Zicke zu hängen, hatte sich je mit einem Strauß von mir verabschiedet. Obwohl sie mir doch angeblich alle so dankbar waren! Dabei könnte ein ordentliches Bouquet jedem, der als Deserteur, Betrüger oder Feigling dasteht, die einmalige Gelegenheit bieten, seinen Abgang ein wenig würdiger zu gestalten.

Natürlich ändern Blumen nichts an den Fakten, aber ich bin überzeugt, dass sehr viele Frauen ihre Tränen lieber auf schöne Blumen als in ihre leeren Hände tropfen lassen würden.

18

»Zugegeben, das Glücksgefühl, das aus Liebe entsteht, hat eine andere Qualität als jenes, das sich nach erfolgreich vollzogener Rache einstellt. Aber Letzteres ist keineswegs zu verachten, denn es verleiht eine erstaunliche Dynamik«, erklärte ich nicht ohne ein Fünkchen Triumph Sibylle, die mir auf die Schilderung der jüngsten Begebenheiten hin ihr Kompliment aussprach. Sie betrachtet mich ja seit unserer Großaktion als ihre Schülerin und verbucht folglich all meine nach ihrem Dafürhalten positiven Regungen auf ihrem Erfolgskonto. Darf sie gern! Ich gönne es ihr, zumal sie ja nicht ganz falsch liegt. Und mir erst recht.

»Dachte ich es mir doch – es steckt ein Mann dahinter!«, kreischte Krieglinde, als ich ihr zwei Tage später in der Maximilianstraße über den Weg lief. »So wie du aussiehst, musst du über beide Ohren verknallt sein! Kein Wunder, dass der arme Benedict keinen Fuß bei dir auf den Boden gekriegt hat!«

Ha, wenn du wüsstest! Er hat sogar zwei Füße in jenes New Yorker Bett gekriegt, meine Grausige, für das du die Spesenrechnung in Empfang genommen hast. Aber ich werde dir nicht widersprechen. Du gefällst dir ja so gut in der Rolle der Neunmalschlauen!

Sie entblößte beim Lächeln ihr teures Gebiss bis auf den letzten Zahn, außerdem war sie zu stark geschminkt und wirkte insgesamt furchtbar synthetisch. Doch ich registrierte mit Erstaunen, dass nicht mehr eine Spur des Hasses der letzten Wochen in mir hoch brodelte. Eher etwas Mitleid, mit einer Frau, die sich gewaltsam auf jung zu trimmen versuchte. Mit allerhand kosmetischen Maßnahmen und einem jungen Lover, der sie betrogen hatte und wieder betrügen würde. Einem niedlichen

Egoisten, der ihr ganz bestimmt nicht half, die Angst vor dem Älterwerden mit Gelassenheit und Humor in den Griff zu kriegen, sondern der sie wie eine ausgezuzelte Weißwurschtpelle ablegen würde, sobald sich Ergiebigeres fände.

Nicht, dass ich sie jetzt ins Herz schließen wollte oder etwa auf einen Frauenplausch zu mir einladen – das nicht. Aber sie erschien mir plötzlich menschlich und verletzlich. Ich verspürte ein Quäntchen weiblicher Solidarität für sie, ahnte, dass Maledict sie noch tiefer verletzen würde, als er mich verletzt hatte, und gestand mir ein, dass ich ganz schön ungerecht zu ihr war.

»Vielleicht überlegst du es dir doch noch mal«, meinte sie voll Zuversicht. »Es soll bestimmt nicht dein Schaden sein. Wir haben nämlich noch viel vor mit Benedict!« Wieder entblößte sie ihr Dentalkunst-Objekt bis ins letzte Glied, sodass mich ein bisschen fröstelte. »Das gilt auch für mich ganz persönlich …«

Es ist zwar verwerflich, aber ich genieße trotz allem solche Momente, in denen ich mir meiner Macht – in einer gut verkorkten Flasche – bewusst sein kann.

Ein Satz – und ihr siegessicheres Grinsen wäre komplett aus den Fugen geraten. Aber ich würde den Korken nicht ziehen. Der böse Geist bliebe gebannt. Meine Mutter hat mir schließlich beizeiten beigebracht, was Taktgefühl bedeutet. Mit Bedauern in der Stimme beschied ich ihr: »Vielleicht ein andermal, aber im Moment habe ich überhaupt keine Zeit.«

»Ah ja, die neue Liebe …« Sie schenkte mir eine Grimasse, die vermutlich ein komplizinnenhaftes Lächeln zum Ausdruck bringen sollte.

»Genau – die ganz neue Liebe zum geschriebenen Wort.«

»Aha? – Bist du etwa fremdgegangen?«

Ich lächelte. Viel sagend und noch mehr verschweigend.

»Verrätst du der lieben Siggie, welcher Verlag dich geködert hat?«

»Noch keiner. Ich will erst noch ein Stück vorankommen.«

»Vorankommen? Womit? Ich verstehe nicht richtig.«

»Hat dir … ähm … Benedict denn nicht erzählt, dass ich an einem Roman schreibe?«

»Du an einem Roman? – Kein Mensch hat mir ein Wort gesagt! Ist ja rasend interessant. Was Hochgestochenes?«

»Aber nein! Das hab ich ja im Job schon genug. Was ich für mich schreibe, dient eher der Entspannung.«

»Super! Lass hören!«

Ich zuckte die Schulter, vermittelte ihr jedoch mit einem kleinen Lächeln das Gefühl, mich überredet zu haben, mein intimstes Geheimnis zu offenbaren. »Na ja, es geht um ein paar Singles auf der Suche nach der großen romantischen Liebe …« Ich lachte etwas verlegen. »Und um all die Bauchlandungen, die sie dabei erleben.«

»Klingt absolut spannend …«

»Es ist ein Buch für Frauen, die Männer besser verstehen wollen. Und für Männer, die sich dafür interessieren, was Frauen wünschen.«

»Aha, und dafür bist ausgerechnet du die große Expertin?«, fragte sie süffisant grinsend. Der winzige junge Spross meiner aufkeimenden Sympathie für sie verdorrte auf der Stelle.

Nach Auffassung deines Lovers weiß ich zumindest in puncto Sex ganz gut, was Männer wünschen, meine Böse. Jedenfalls weit besser als du. Köstlich, dergleichen Sätze in petto zu haben und souverän darauf zu verzichten, sie auszusprechen!

Aber als Unverschämtheit empfand ich es schon, dass sie mir zwar zutraute, mich in alle möglichen Autoren so gut hineinversetzen zu können, dass ich ihre Werke richtig interpretierte, sie mir hingegen die Reife und Fähigkeit abzusprechen schien, über entsprechende Erfahrung und eigenständiges Wissen zu verfügen. Wie gern hätte ich es ihr gezeigt, dieser albernen Schießbudenfigur!

Das gemeinsame Projekt von Eva und Leonardo kam ins Rollen. Nachdem schon ein Wochenmagazin einen Bericht gebracht hatte, trafen erste Anfragen von Fernsehanstalten ein. Die beiden verhielten sich jedoch zunächst noch reserviert, da einige Sender auf Exklusivität erpicht waren oder eine Sperrklausel von mehreren Monaten vorsahen, während derer sie zu diesem Thema nirgendwo sonst hätten auftreten dürfen.

Evas und Davids Projekt entwickelte sich ebenfalls. Wollis chaotisches Liebesleben sollte irgendwann als Buch herauskommen, was allerdings voraussetzte, dass Eva sich weitere Episoden einfallen ließ. Da Leonardo inzwischen als Lieferant nicht mehr sonderlich ergiebig war, musste sie ihre Fantasie aus anderen Quellen speisen.

Es ist ja tatsächlich so, dass glücklich Liebende für die Umwelt einen geringen Unterhaltungswert haben. Klar freuen wir uns, dass es sie gibt, denn sie nähren unsere Hoffnung, auch wir selbst könnten eines Tages von Glück und Erfolg in der Liebe flauschig umhüllt werden. Aber ansonsten erscheint uns ein Paar, das in makelloser Eintracht auftritt, eher langweilig. Um wie viel spannender sind da doch Betrügereien, Eifersuchtsdramen und Nervenkollapse!

Magnus' Spielereien im Netz fanden also immerhin in den Wolli-Episoden einen amüsanten Niederschlag. Und überhaupt sah sich Eva selbst zunehmend in der Rolle des chaotischen Wolli.

Mir war auch klar, dass die Berichte über meine New-York-Reise ebenfalls Stoff abwerfen würden. Am liebsten hätte ich ihr alles im Detail von Angesicht zu Angesicht erzählt, aber auf meine gebetsmühlenartig wiederholte Frage, wann sie endlich nach München zurückkehre, erhielt ich stets neue aufschiebende Auskünfte. Zum einen meinte sie, Leonardo brauche sie wegen des Projekts dringender denn je, zum anderen hielt sie es für unsinnig, im Sommer den Bodensee zu verlassen, um sich in der Hitze der Großstadt abzuquälen. Ich vermutete jedoch, dass in Wahrheit Big Magnus dahintersteckte.

Der war allerdings weit ab vom Schuss. Momentan für zehn Tage in den USA. Zu Beginn der Schulferien, wollte die Familie zur Ferienvilla in Cinque Terre reisen, wo jedes Jahr ein großes

Familientreffen stattfindet. Die Kinder würden länger bleiben, die Eltern jedoch nach einer Woche zurückkehren.

»Falls er nicht alle Pläne über den Haufen wirft«, sagte sie, als ich sie darauf ansprach. »Aber glaub mir, das juckt mich nicht mehr, als wenn irgendwo in China ein Sack Reis umfällt.«

Ich war mir jedoch todsicher, dass es nicht seiner physischen Anwesenheit am See bedurfte, um ihre Pläne voranzutreiben. Eva führte etwas im Schilde. Unter Garantie! Und wenn ich an die Intensität, dachte, mit der sie ihn zunächst angebetet hatte und nun verabscheute, war mir klar, dass sie es richtig krachen lassen würde. Alles andere widerspräche dem Temperament, das hinter ihrem schönen Gesicht schlummert und hinter ihrem wohlgefälligen Auftreten brodelt. Letzteres war allein auf bürgerliche Dressur zurückzuführen, entsprach aber so gar nicht ihrer Natur.

Da Sibylle ein paar Tage Zeit hatte, beschlossen wir spontan, Eva zu besuchen, um gegebenenfalls das Schlimmste zu vereiteln.

Im gelben Porsche preschten wir am Morgen über die A 96 nach Lindau, fuhren am See entlang bis Meersburg und nahmen die Fähre nach Konstanz. Es war ein Bilderbuch-Sommertag, und wir reisten natürlich mit offenem Verdeck.

Seit dieser Erfahrung kann ich allen Mädels, die auf die Schnelle – möglicherweise ausschließlich für Schnelles – einen Mann aufgabeln wollen, nur raten, sich für einen Tag ein Porsche-Cabrio zu leihen. Sie reißen damit vermutlich nicht den Vater ihrer Kinder auf (zumindest keinen miterziehenden), aber sie können das Thema Einsamkeit garantiert für eine ganze Weile vergessen.

Wir wurden verfolgt, angeblinkt und -gewinkt, fanden bei einem Stopp an der Raststätte nicht nur zwei bereitwillige Kavaliere, die uns einladen wollten, sondern danach Visitenkarten und Handynummern hinter den Scheibenwischern und auf den Ledersitzen. Sibylle zuckte mit den Schultern, lächelte gelangweilt und warf das Adressenmaterial in den nächsten Mülleimer. Sie war dergleichen wohl gewohnt. Auf der Fähre erlebten wir ganz Ähnliches. Porsche-Damen scheinen bei vielen Männern genauso hoch im Kurs zu stehen wie Porsche-Männer bei vielen Frauen. Eine Einschätzung, von der mancher Glatzen-, Bauch- und Dünkel-Träger sein unerschütterliches Selbstbewusstsein herleitet.

Eva war entzückt über unsere Blitzattacke und konnte sich kaum beruhigen wegen meiner renovierten Erscheinung. Das verblüffte mich gewaltig, denn ich hatte weder erwartet, dass der Unterschied ihr so sehr ins Auge stechen noch sie derartig beeindrucken könnte.

»Du siehst fantastisch aus, Eliza! Mädels, gratuliere, da habt ihr wirklich Großartiges geleistet!«

Sie wollte uns beide in Leos Wohnung unterbringen, was mit etwas Improvisation sehr wohl möglich gewesen wäre. Aber Sibylle überließ mir neidlos das improvisierte Nachtlager. Sie zog lieber ins ›Riva‹, das feudale Fünfsternehotel in der Seestraße, das von unserem aktuellen Domizil zu Fuß keine fünf Minuten entfernt war.

»Frühstücken in großen Hotels ist eine vorzügliche Gelegenheit, um Klienten zu akquirieren.«

Der Erfolg gab ihr schon tags darauf recht.

Am Nachmittag unternahmen wir einen Ausflug in Sibylles Wagen. Ich quetschte mich in den Fond hinter meine Freundinnen, und dann fuhren wir um den Untersee herum, vorbei an den historischen Stätten von Evas Lovestory, badeten im Strandbad von Mammern, tranken in Stein am Rhein im ›Chlosterhof‹ Kaffee und kauften schließlich auf der Insel Reichenau beim Fischer frische Bodenseefelchen. Die grillten wir am Abend bei einem Picknick am Strand in der Nähe von Leonardos Wohnung.

Leonardo leistete uns Gesellschaft, und ich muss gestehen, er sah besser aus denn je. Dazu trug zweifellos auch seine Sommerbräune bei. Aber mir kam es vor, als sei er auch männlicher, sicherer und reifer geworden in den letzten Monaten. Die förderliche Energie einer beglückenden Liebe!

19

Bevor wir zu Bett gingen, ließen Eva und ich auf dem Balkon mit Blick auf den nächtlichen See die Glanzpunkte des Tages noch einmal Revue passieren. Ich war sehr froh, dass wir diesen spontanen Ausflug unternommen hatten. Eva auch, wie sie mehrfach betonte. Schließlich konnte ich meine Neugier nicht mehr zügeln und fragte nach Magnus.

»Ich hab dir doch gesagt, er ist im Ausland.«

»Ja, schon, aber du hast mir noch nicht erzählt, was vorher war.«

»Eine Serie von Lügen und Kränkungen! Ich wünsche ihm, dass er in den USA entführt wird oder im Mittelmeer ersäuft. Oder dass er von einem Hai verspeist wird. Langsam und genüsslich aus der Sicht des Hais – und grausam und schmerzhaft für ihn.«

»Sehr christlicher Wunsch! Aber solange Menschen Millionen mal mehr Haie essen als umgekehrt, ist es unwahrscheinlich, dass so was passiert. Doch wie seid ihr verblieben?«

»Verblieben? Ha! Es ist der reinste Hohn! Der Gipfel an Stillosigkeit. Ein erbärmliches Ende einer Affäre, die ich mal für das größte je auf Erden existierende Liebesglück hielt.«

»Lass hören!«

»Na ja, einen Teil der Geschichte kennst du ja schon, die doppelte Korrespondenz. Der ging natürlich einiges voraus. Das letzte Mal, als er hier war, kam er erstmal eine halbe Stunde zu spät. Zunächst wollte er zwei Stunden bleiben, doch dann fragte er mich plötzlich nach einer knappen Stunde – bezeichnenderweise kurz nach dem Ganterschrei – wie spät es sei.«

»Hast du deine Uhr immer noch nicht wieder?«

»Natürlich nicht. Weder die Uhr noch meinen Verstand.«

Ich beschloss, das Thema Uhr zurückzustellen, denn auch

dazu spürte ich ein gewaltiges Zorn-Potenzial in mir brodeln. Der andere Aspekt ging jedoch im Moment vor. Verzeih, ich hab dich unterbrochen, erzähl weiter.«

»Ich habe auf meinen Wecker geschaut, und wie gesagt, seit seinem Eintreffen war noch nicht mal eine Stunde vergangen. ›Du hast noch reichlich Zeit‹, habe ich ihn beschwichtigt, aber er behauptete, er müsse gehen. Seine Tochter habe ihn im Büro angerufen. Es gehe ihr schlecht. Sie habe Trouble mit ihrem Freund.

›Na, das finde ich ja klasse‹, habe ich mich ereifert, ›der Liebeskummer, den irgendein Schnösel deiner Tochter bereitet, treibt dich aus meinem Bett. Aber der Liebeskummer, den du mir höchstpersönlich bereitest, ist offenbar nicht der Pflege würdig!‹ Ich hatte eine Stinkwut! Zumal er auch keine Anstrengungen unternahm, mir nach seinem Höhepunkt ähnliche Freuden zu bereiten. Meinem Leib und meinem Kopf fehlte ganz eindeutig das harmonisierende Oxitocyn.

›Bitte sehr, hier ist das Telefon!‹ Ich hielt es ihm hin. ›Los, ruf deine Tochter an und sag ihr, dass es später wird! Sonst tu ich das.‹ Er hat mich ganz wild angesehen, mich in die Arme geschlossen, sich an meinen Lippen wie ein Ertrinkender am Schnorchel festgesaugt und danach mit seiner betörend erotischen Stimme verkündet: ›Bis demnächst! Hab ein bisschen Geduld mit mir, du weißt doch, ich bin ein fürchterlicher Chaot.‹

Dann ist er abgehauen. Danach hat er mich nicht mehr angerufen, aber mir per E-Mail eine Ausflucht nach der anderen serviert. Mal war's eine Klientin, die angeblich einen bereits einseitig unterschriebenen Vertrag platzen lassen wollte. Dann ein Krebsverdacht am Lymphknoten in der Leistengegend, der ihn beunruhigte und mich natürlich trotz allem in Panik versetzte – bis der sich wieder in Luft auflöste. Schließlich war's die Gemahlin, die eine Blitztour geplant hatte, ohne ihn zu verständigen. Über all diesen Ausflüchten habe ich dann meine

Existenz als Lola M. initiiert. Die Geschichte kennst du dann ja im Detail.«

»Und du hast nie mehr mit ihm gesprochen? Und er hat dich nie mehr angerufen?«

Sie schüttelte den Kopf. »Er muss irgendwann geschnallt haben, dass ich Lola war. Und daraufhin hat er die Korrespondenz eingestellt. Ich hatte natürlich keine Lust, seine Lügengeschichten mit ihm zu diskutieren. Also Sendestopp! – Aber er wird mich wiedersehen. Verlass dich drauf! Und dann wird er mich endlich von einer ganz anderen Seite kennenlernen, dieser Halunke!«

»Wär's nicht besser, du würdest ihn einfach vergessen? Spar dir doch deine Energien für Wichtigeres! Du bist einfach zu schade für so einen labernden Windbeutel.«

»Oh nein, der kommt mir nicht ungeschoren davon. Du hattest dein New York, Eliza. – Ich werde Magnus sein Waterloo bereiten!«

Als Nächstes informierte sie mich beiläufig, sie habe morgen um elf Uhr einen Termin beim Zahnarzt. Dass sie gerade jetzt darauf kam, erfüllte mich mit Misstrauen. Auf meine Frage lächelte sie merkwürdig, was mich nachbohren ließ.

»Dir bleibt wohl gar nichts verborgen. Also, es ist so: Der Zahnarzt, bei dem ich einen Termin habe, mhm ... der ist ein Lions-Bruder von Magnus. Ja, guck nicht so! Er soll einer der besten der Stadt sein. Deshalb sehe ich kein Problem, mich für die ohnehin gerade fällige halbjährige Dentalhygiene in seine Praxis zu begeben.«

»Aber das macht doch sowieso eine Mitarbeiterin.«

»Schon, aber du weißt ja, wie das läuft bei Privatversicherten. Da kommt doch immer der Chef auf ein Wort und einen Blick herein.«

»Was führst du im Schilde?«, fragte ich alarmiert.

»Du liebe Zeit, mach dir bloß keine Sorgen. Du kannst sehr gern mitkommen, wenn du magst.«

Das ließ ich natürlich schön bleiben. Stattdessen spazierte ich gegen elf zu Sibylle, die sehr dekorativ – mit Sonnenhut und im edlen violetten Seidenkleid – an einem Tisch auf der Hotelterrasse Platz genommen hatte, wo sie mit einem Luxusfüller Ansichtskarten schrieb. Vor ihr türmte sich bereits ein beachtlicher Stapel auf. Das ist ihre Art, sich auf angenehme Weise bei ihrer Klientel und ihrem Freundeskreis in Erinnerung zu bringen. Ich muss gestehen, ich freue mich auch immer über ihre Grüße aus allen Himmelsrichtungen.

»Und wie war das Frühstück?«, erkundigte ich mich, nachdem, wir uns mit Wangenküsschen begrüßt hatten.

»Exzellent und erfolgreich. Ich habe einen Südafrikaner kennengelernt, der demnächst auch nach München kommt. Er bedarf dringend einiger Tipps für den Umgang mit deutschen Geschäftspartnern und deren Gemahlinnen … – Aber wo ist Eva? Ich dachte, ihr kämt beide.«

»Gleich. Sie ist gerade beim Zahnarzt zur Prophylaxe.«

»Oh, sei bloß still, ich habe auch kürzlich eine Erinnerung für einen Check bekommen. Ich hasse diese Ultraschall-Tortur an meinen Zahnfleischrändern!«

»Wer nicht? Aber es ist halt gelegentlich nötig.«

Der Ober nahte, und während ich noch überlegte, worauf ich Lust haben könnte, bestellte Sibylle zwei Gläser Champagner. Doch sogleich korrigierte sie sich: »Bringen Sie lieber eine Flasche – und drei Gläser.« Dann fragte sie mich lachend in mein verwirrtes Gesicht: »Ist es nicht eine alte Säuferregel, dass man am besten damit anfängt, womit man in der Nacht zuvor aufgehört hat?«

Ich sah keinen Grund, ihr zu widersprechen. Im Gegenteil. Seit sie es erwähnt hatte, fand auch ich, Champagner sei genau das richtige Getränk der Stunde. Obwohl ich sonst eher die These vertrete, Alkohol bekomme mir erst nach Sonnenuntergang. Aber Champagner steht ja eher für Lebenslust als für Alk.

»Allzu oft erlauben wir uns schließlich nicht die Verrücktheit eines spontanen Urlaubs.« Sibylle grinste. »Dabei sollten wir das viel öfter tun. Schau dich um. Ist es hier nicht paradiesisch?«

Mein Blick glitt über die höher gelegte Terrassenanlage, die Uferpromenade, den See, die vielen Segelboote, das gegenüberliegende Schweizer Ufer und schweifte dann zum Konstanzer Hafen, an dessen Einfahrt sich die üppige Kolossalstatue der Imperia dreht, eines der zahlreichen provokanten Werke des Skulptur-Satirikers Peter Lenk. Weiter über das Panorama der Stadt mit ihren vielen Kirchtürmen und das Inselhotel, das aus dieser Perspektive quasi der Altstadt vorgelagert ist. An Sibylles Stelle wäre ich ja dort abgestiegen, in dieser Anlage mit unglaublich reichem historischem Hintergrund. Die Insel hatte seit dem dritten Jahrhundert eine eminent wichtige Rolle gespielt. Sie bot zunächst einem römischen Kastell Raum, dann einer Merowingerburg, wurde zum Bischofssitz, einem Dominikanerkloster, und vor allem zum wichtigen Schauplatz und Veranstaltungsort während des Konstanzer Konzils 1414-1418. Nach der Säkularisierung des Klosters 1785 beherbergte das Gebäude eine Stoffdruckerei, bis es 1875 von der Zeppelin-Familie zum Hotel umgebaut wurde. Ich hätte es äußerst reizvoll gefunden, im ehemaligen Kloster zu logieren, aber Sibylle traf im ›Riva‹ vermutlich eher auf ihre potenzielle Klientel. Außerdem lag ihr Hotel näher bei Leonardos Wohnung. Und das war natürlich praktisch.

Ich streckte die Beine aus und genoss den Moment. Tatsächlich fühlte ich mich wie in Ferien in einem fernen Land. Losgelöst von alltäglichen Pflichten, Notwendigkeiten und Gewohnheiten. Gestern Abend hatten wir gerade ein paar hundert Meter von hier am See gepicknickt. Wenn ich wollte, brauchte ich nur die Seestraße, die für Motorfahrzeuge gesperrt ist, zu überqueren, um mich direkt ins Wasser fallen und im Konstanzer

Trichter von der Strömung treiben zu lassen oder dagegen anzuschwimmen. Unter diesem Aspekt verstand ich, dass Eva jetzt, im Sommer, nicht von hier wegwollte. Aber für sie gab's noch andere Gründe, die mir allerdings eher missfielen.

Punkt zwölf Uhr trat unsere Freundin an den Tisch. »So lässt es sich leben!«, stellte sie mit Blick auf unsere Gläser fest und nahm Platz. Sibylle füllte ihr Glas und wir stießen an.

»Musst du nicht eine Stunde warten, nach der Behandlung?«, erkundigte ich mich, doch Eva winkte ab.

»Für heute Nachmittag schlage ich eine Stadtführung vor, dann eine Bootsfahrt, und den Abend würde ich gern mit euch auf der Insel Mainau verbringen«, lockte sie. Wir waren sowohl mit der Stadtführung als der Bootsfahrt und besonders mit der Blumeninsel einverstanden.

»Wie war's beim Zahnarzt?«, erkundigte sich Sibylle. Eva schaute mich kurz und misstrauisch an. Ich lächelte und zuckte mit den Schultern, um ihr zu signalisieren, dass ich nichts Verfängliches ausgeplaudert hatte. Wir sind zwar drei Freundinnen, aber der Informationsfluss zwischen uns vollzieht sich dennoch differenziert. Sibylle steht uns beiden vermutlich gleich nahe. Eva und mich verbindet schon eine außerordentlich innige Freundschaft, die sich für uns beide mit der zu keiner anderen Frau vergleichen lässt, doch selbstverständlich vermeiden wir taktvoll alles, was Sibylle Anlass bieten könnte, sich zurückgesetzt zu fühlen.

»Ist eine tolle Praxis in der Beletage eines herrschaftlichen Altstadthauses. Höchst moderne Ausstattung unter eindrucksvollen Stuckdecken. Alles wirklich sehr schnieke. Und was ich zum ersten Mal erlebt habe: Ich kam pünktlich dran.«

»Also perfekt organisiert?«

»Sieht so aus. Die Frau des Dottore erledigt die Honneurs. Sie ist wirklich sehr reizend. Eine kleine Schwarzhaarige mit Pagenschnitt. Italienischer Typ. Ich war ihr übrigens ein Begriff.

Sie ist begeisterte Leserin meiner Kolumne. Er ist auch ganz nett, wirkt auf mich allerdings etwas kühl und pedantisch.«

»Kann ja bei einem Zahnarzt nicht schaden«, fand ich.

»Stimmt! Stellt euch vor, im Behandlungszimmer hing schräg über mir ein Monitor, der zunächst die Börsenkurse und dann meine Zähne in Panorama-Aufnahme zeigte!«

»Wozu brauchst du 'ne Panorama-Aufnahme deines Kiefers, wenn du dir lediglich den Zahnstein entfernen lassen willst?«, erkundigte sich Sibylle misstrauisch.

»Der Doc meinte, man müsse alles insgesamt abklären. Aber es gab keine Probleme.«

»Wieso sollte es auch? Du hast doch einwandfreie Zähne!«, ereiferte sich Sibylle. »Das bestätigt dir unsere Zahnärztin jedes Mal.«

»Danke, dass du das sagst. Ich war zwar auch immer dieser Meinung, aber vorhin in der Praxis kamen mir dann doch Zweifel.«

»Wieso das denn?« Sibylle wirkte erzürnt. Obwohl sie ihn überhaupt nicht kannte, hatte sie den Zahnarzt offenbar zu ihrem Feind erkoren.

»Na ja, er fragte so seltsam, ob ich rauche, Tee, Kaffee und Rotwein trinke. Klar trinke ich Kaffee und Rotwein und Tee natürlich auch. Das verfärbt schon mit der Zeit die Zähne, aber bei der halbjährigen Dentalhygiene geht das immer wieder weg. Doch so, wie er fragte, musste ich davon ausgehen, dass ich einen wahren Schrotthaufen im Mund habe und nur mithilfe seiner Verblendungen wieder zu einem ansehnlichen Menschen werden kann.«

»Das ist ein Verblendungsversuch im doppelten Sinne des Wortes«, ereiferte ich mich. »Lass dir bloß keinen Schwachsinn einreden!«

»Was er als Verfärbung bezeichnete, war nicht das Einzige. Darüber, dass meine Zähne nicht ganz regelmäßig sind, hat er sich auch ausgelassen. Aber das stört mich nun überhaupt nicht. Ich finde es viel schlimmer, wenn schon aus einem Kilometer Entfernung zu erkennen ist, dass Zähne falsch sind.«

»Das ist auch furchtbar. In Amerika laufen massenweise Leute rum, die nur aus blendend weißen Zähnen zu bestehen scheinen. Der übrige Mensch ist luftgetrocknet und verschrumpelt. Das ist richtig gruselig«, berichtete ich über meinen jüngsten Wahrnehmungen. Außerdem dachte ich dabei an Krieglinde.

»Also du bist geröntgt worden, hast 'ne Panorama-Ansicht deines Gebisses bekommen und dich demoralisieren lassen«, resümierte Sibylle. »Und wie war die eigentliche Behandlung, wegen der du hingegangen bist?«

»Die findet erst morgen Nachmittag statt.«

»Ah ja, so ist es natürlich leicht, pünktlich zu sein. Und morgen kriegst du Teil zwei der Gehirnwäsche verpasst. Zu dumm, dass wir morgen zurück müssen! Ich hätte mir den Herrn doch gern mal aus der Nähe angesehen.«

Das hätte ich dem auch von Herzen gegönnt.

Unser Protest gegen die Pläne von Evas neuem Zahnarzt trug Früchte. Sie suchte die Praxis zwar am nächsten Tag zur Dentalhygiene auf, stellte aber unmissverständlich klar, dass sie keinerlei Manipulationen an ihren Zähnen wünschte.

»Meinem Ziel bin ich dennoch ein Stück näher gekommen«, verriet sie mir. »Nach der Behandlung bei seiner Assistentin hatte ich nämlich noch ein angeregtes Gespräch mit seiner Frau. Die war etwas nervös, denn sie ist mit ein paar anderen Damen verantwortlich für die Planung eines Benefiz-Abends, den die Frauen, deren Männer in Service-Clubs – wie Rotarier, Lions, Round Table und so weiter – eingebunden sind, gemeinsam veranstalten. In Konstanz gibt es sowohl gemischte Clubs als auch solche, in denen die Herren unter sich sein wollen. Deren Frauen organisieren dann öfter mal ein gemeinsames sinnvolles Projekt, während die Herren mit ihren Clubs gern separate Süppchen kochen. Das Ganze findet diesmal im Festsaal des Inselhotels statt und zwar am siebenten August, dem

Vorabend des traditionellen Seenachtfests. Es beginnt mit einem klassischen Konzert, das von einigen Firmen gesponsert wird und anschließend soll noch eine Party stattfinden, wo Champagner und Leckereien serviert werden, um noch etwas mehr Geld in die Kasse für ein Kinderhilfsprojekt zu spülen. Das übliche kulinarische Ritual für den guten Zweck halt.

Was Frau Renner, der Frau des Zahnarztes, jedoch noch Kopfzerbrechen bereitet, ist die Atmosphäre während der Party. Sie befürchtet, es könnte eher steif zugehen, da die Mitglieder der verschiedenen Clubs sich möglicherweise zunächst recht reserviert begegnen. Wenn jedoch keine Stimmung aufkommt, ist der Abend schnell zu Ende – und die Umsätze fallen entsprechend gering aus.«

»Dann müssen sie eben eine Tanzkapelle aufbieten.«

»Das wurde auch überlegt, aber verworfen.«

»Ah ja – und wusstest du Rat?«

»Zumindest hatte ich 'ne Idee. Ich kenne über Ruben ein Schauspielerpaar, das bei Partys als streitbares Ehepaar auftritt und sich zofft oder auch die anderen Gäste anpöbelt. Das funktioniert ausgezeichnet, denn sie benehmen sich so daneben, dass die Partygäste – je nach Einstellung – amüsiert oder schockiert sind. Aber jedenfalls kommen sie miteinander ins Gespräch. Die beiden sind ziemlich erfolgreich auf ihre Art und werden gern für steife Events gebucht. Frau Renner fand die Idee spannend und möchte sie mit den anderen verantwortlichen Damen erörtern. Natürlich darf darüber hinaus niemand von der Aktion erfahren.«

»Ich hoffe, du wirst mir im Detail berichten, was draus wird. Das eilt ja wohl auch alles ein bisschen.«

»Natürlich eilt das alles. Aber zwei Dinge kann ich dir schon mal versprechen: Ich werde dabei sein. Und ich werde dort jemanden treffen, der diesen Abend nicht vergessen soll: Magnus, major, maximus!«

20

Der Freitag vor dem Seenachtfest war ein schwüler sonniger Tag, und die Veranstalterinnen, die dieses Fest zum ersten Mal initiiert hatten, fürchteten schon, die Leute würden den Abend lieber im Freien und bei Grillfesten verbringen als bei einer Benefizveranstaltung im Inselhotel. Doch dann kam – perfektes Timing – kurz nach fünf ein Gewitter auf, das alle Sonnenlüsternen und Freiluft-Freunde in die Häuser trieb. Etliche mehr als erwartet strömten in den Festsaal des Inselhotels in der ehemaligen Klosterkirche.

Die Damen um Frau Renner waren ganz glücklich, aber trotzdem furchtbar aufgeregt. Doch der erste Teil klappte perfekt nach Plan. Das ungarische Kammerorchester war rechtzeitig angekommen, die fünf jungen Leute waren hoch motiviert und sahen zudem sehr ansprechend aus. Der Festsaal war voll, selbst auf den Plätzen hinter den dicken Säulen saßen Leute. Es mussten sogar noch zusätzliche Stühle herbeigeschleppt und an die Seiten gestellt werden.

Eva hatte einen Platz fast in der Mitte der zwölften Reihe, der ihr nicht nur freien Blick auf die Bühne gewährte, sondern von wo aus sie auch gut verfolgen konnte, was sich in den vorderen Reihen abspielte. Als Magnus auftauchte, krampfte sich ihr Magen zusammen. Er war so schön und so unverschämt reizvoll anzusehen. Sie befürchtete, sie könnte sich während des Konzerts aus Schmerz und ohnmächtiger Wut zu einem unkontrollierten Schrei hinreißen lassen, doch sie atmete tief durch und sagte sich: Er ist ein Lügner, ein Betrüger, ein mieses Charakterschwein! – Aber heute werde ich's ihm zeigen!

Sogleich ließ sich sein Anblick mit mehr Distanz ertragen. Nachdem sie sich vergegenwärtigt hatte, dass er sie in der großen Menschenmenge bestimmt nicht ausmachen konnte, löste sich ihre innere Verspannung allmählich.

Ihn sahen natürlich alle. Zum einen befand sich sein Platz in der zweiten Reihe, dann kam er in vorletzter Minute, sodass etliche Leute aufstehen mussten, um ihn und die Dame an seiner Seite durchzulassen. Auch überragte er ohnehin die meisten. Wer hinter ihm saß, war von seinem Gardemaß sicher nicht so begeistert wie Eva, als sie noch miteinander verkehrten. Zu ihrem tiefen Bedauern fand sie ihn trotz all der Empörung über sein Verhalten immer noch umwerfend attraktiv. Die Frau an seiner Seite – zweifellos Francis, seine Angetraute – gefiel Eva wider Willen und Erwarten ausgesprochen gut. Mittelgroß, schmal und blond, wirkte sie etwas britisch und auf elegante Art sportlich. Eine sympathische Erscheinung, dachte Eva. Es gibt nichts an ihr auszusetzen und einiges, wofür sie ein paar Bonuspünktchen verdient. Aber sie kann mir egal sein und geht mich überhaupt nichts an. Wenn ich auch eine ganze Menge über sie weiß. Sie ist die Frau eines Lügners und Betrügers. Und nur dem gilt heute mein Interesse.

Sie unterbrach ihre Betrachtungen, als Alexandra Renner aufs Podium trat. Eva merkte, wie schwer es ihr fiel, vor all den Menschen zu sprechen, obwohl sie von Berufs wegen ständig Leute begrüßte. Vor lauter Mitgefühl fing auch ihr Puls zu rasen an. Aber der war ohnehin schon weit über ihre normalen fünfundsechzig pro Minute hochgeschnellt, seit sie Magnus erblickt hatte. Schostakowitschs, Tschaikowskys und Dvořáks Kompositionen, die virtuos vorgetragen wurden, lieferten für Eva lediglich die Geräuschkulisse ihrer zahlreichen sich überschlagenden Gedanken, die allesamt um Magnus kreisten.

Hielt diese sportlich und souverän wirkende Ehefrau ihren Mann etwa an der kurzen Leine? Hatte er sie, Eva, tatsächlich aus Loyalität zu seiner Frau an der ausgestreckten Hand verhungern lassen – was nichts entschuldigte, aber einiges Wenige erklärt hätte? Oder war es seiner Frau ziemlich egal, was er trieb, solange er am Abend heimkam, am Wochenende und in den Ferien für die Kinder präsent war und sie selbst zu repräsentativen Anlässen begleitete? Wusste sie von seinen Internetaktivitäten, von seiner Sucht, in virtuellen Fluren herumzuwildern? Lächelte sie vielleicht milde darüber und belegte derweil mit Freundinnen Psychokurse und Yogastunden oder widmete sich karitativen Zielen?

Noch einmal zermarterte sich Eva das Hirn über die Frage, warum er sie so tief reingezogen hatte, wenn er Nähe fürchtete. Musste er sich an anderen Frauen für das rächen, was seine Mutter ihm angetan hat?

Ohne seine Zauberworte, die sich als hohle Versprechungen entpuppten, hätte sie sich doch niemals so intensiv auf ihn eingelassen, und es wäre ihm nie gelungen, sie dermaßen tief zu verletzten. Dieser Herzens- und Ver-brecher! Wie konnte er ihr das antun?

»Ts«, hörte sie Sibylle im Geiste zischen und noch mal: »Ts! Die von Frauen ach so oft gestellte Frage: Wie kann er mir das antun?, geht doch völlig an den realen Gegebenheiten vorbei. Schließlich impliziert sie, der Mann richte sein Verhalten in irgendeiner Weise nach der Frau aus. Das ist natürlich absoluter Quatsch. Was er entscheidet und unternimmt, hat mit ihr – beteuert er es nicht oft genug? – gar nichts zu tun. Okay, sie kriegt natürlich die Folgen zu spüren, aber das ist allein ihr Problem. Wie ein Mann agiert, das geschieht nach seinen persönlichen Gesetzen – wonach ihm zumute ist. Und wenn sein Piephahn Druck macht und sein Recht fordert, dann sieht er zu, wie er dem gerecht werden kann. Sein Gockel ist sein Nächster, und den liebt er wie sich selbst. Wie eine Frau damit umgeht, ist ihr Problem. Da mischt er sich auch gar nicht ein. Für Mann und Hahn ist sie dann von Bedeutung, wenn sie gebraucht wird. Basta.«

Natürlich hatte Eva dergleichen Statements von Sibylle immer als witzig und gleichzeitig haarsträubend empfunden. Genau wie ich. Aber jetzt, in diesem Augenblick, kam ihr zu Tschaikowskys Ungarischem Tanz der Gedanke, Sibylle könnte mit ihren ketzerischen Analysen recht haben, die auf so ätzende Weise den

Glauben an Fairness zerstörten und die Illusion von romantischer Liebe in den Wind schossen. Aber das Merkwürdigste war: Sie empfand bei dieser Erkenntnis eine gewisse Erleichterung. Wenn dem tatsächlich so war – und danach sah's ja wirklich aus –, dann würde sie jetzt versuchen, sich wie ein Mann zu verhalten: sich keine Gedanken darüber zu machen, wie ihr Verhalten bei anderen ankam und von ihnen bewertet würde. Dann könnte sie auch einmal tun, wonach ihr die Sinne standen. Und wer damit sein Problem hatte, musste sich eben an die eigene Nase fassen. Basta!

Diese revolutionäre Einstellung, die auf sehr spontanen und umso wackeligeren Füßen stand, düngte sie während der Pause mit einem Glas Champagner – für den guten Zweck! Dabei hielt sie sich in der hintersten Ecke des Foyers auf. Wohl ahnend, dass Magnus, der ja ganz vorn saß, nicht so weit durch die dichte Menschenmenge dringen würde. Noch wollte sie ihm nicht begegnen. Dagegen freute sie sich, Emilie und Serge, das von ihr empfohlene Schauspielerpaar, wiederzusehen. Die besuchten ebenfalls das Konzert – schon um das Terrain zu sondieren und sich Gedanken über ihren Auftritt zu machen.

»Das sind ja lauter kultivierte und seriöse Menschen«, stellte Emilie spöttisch lächelnd fest.

»Na ja, was auch immer darunter zu verstehen ist«, erwiderte Eva angesichts ihrer ganz persönlichen Erfahrungen mit skeptischem Gesichtsausdruck.

»Wir lassen die Party erst mal anlaufen. Dann dringen wir in die Kleingruppen ein. Wenn sich die Reihen an den Speisetheken lichten, starte ich die Du-bist-zu-fett-Attacke«, sagte Serge.

Emilie lachte und auf Evas fragenden Blick hin erklärte sie: »Das ist eine sehr bewährte Einstiegsnummer. Da engagieren sich immer viele Anwesende. Und zwar mit großer Leidenschaft.«

Die beiden grinsten in Erinnerung an frühere Auftritte, und Eva nahm sich fest vor, sie in Aktion zu erleben.

Der Gong ertönte und sie kehrten gemächlich in den Saal zurück. Eva erblickte Dr. Renner und schenkte ihm ein Lächeln, das deutlich Zähne zeigte. Er erwiderte ihren Gruß mit einem ernsten Nicken. Er trug es ihr vermutlich immer noch nach, dass sie seinen Ehrgeiz in Schranken gewiesen hatte.

Doch darüber war sie jetzt mehr als froh. Sie fühlte sich wohl, authentisch und voll prickelnder Energie in diesem Moment, in der Vorfreude auf einen Eklat. Lange hatte sie überlegt, was sie an dem so wichtigen Abend anziehen sollte und sich schließlich nach einigem Hin und Her doch für das gelbe Seidenkleid entschieden, das sie für das erste Treffen mit Magnus gekauft hatte. Es stand ihr einfach hervorragend. Sie fühlte sich darin wohl und attraktiv. Überdies war es ja auch die absolut passende Hülle für ihrer beider erste Begegnung in Gesellschaft.

In der großen Schar der überwiegend dunkel gekleideten Konzertbesucherinnen und -besucher wirkte sie darin wie ein Sonnenstrahl im Tunnel, was ihr zahlreiche anerkennende bis begehrliche, aber auch einige missbilligende oder neidische Blicke eintrug.

Magnus hatte seinen Platz noch nicht eingenommen, als sie wieder den Saal betrat. Er stand mit einer kleinen Gruppe rechts vor der Bühne, lachte und versprühte seinen bewährten Charme. Die anderen blickten an und zu ihm hoch, als wäre er eine strahlende Lichtgestalt. Doch dann zupfte ihn seine Frau am Ärmel und er folgte ihr. Wieder durften ein paar Leute aufstehen, um die beiden durchzulassen. Die Musiker betraten bereits die Bühne, als Frau und Herr Weizenegger sich endlich setzten.

Vierzig Minuten später bedankte sich das Quintett für den üppigen Applaus mit zwei Zugaben. Eine der Damen des Initiativ-Komitees sprach die Schlussworte und wies auf die anschließende Bewirtung im Foyer hin. Dann setzte sich die Menge wieder in Bewegung und drängte aus dem Konzertsaal. Etliche Gäste verließen auch gleich das Gebäude, aber zur großen Erleichterung der Veranstalterinnen entschloss sich doch die Mehrzahl zum Bleiben.

Eva bahnte sich einen Weg zu Frau Renner, um sie zum bisher

erfolgreichen Verlauf der Veranstaltung zu beglückwünschen. Die war immer noch ganz aufgeregt und ihr Hals bezeugte dies mit glühenden hektischen Flecken.

»Ja, das Konzert war fantastisch, nicht wahr? Wirklich begnadete Musiker, reizende junge Leute. Nun müssen Sie aber kräftig zugreifen! Ach, ich hoffe ja nur, dass wir nicht auf dem Essen sitzen bleiben!«

Eva lächelte und beschwichtigte sie. Natürlich versprach sie ihr Bestes und wünschte noch einen erfolgreichen Abend. Dann hielt sie Ausschau nach Magnus. Er stand gerade inmitten einer Gruppe, zu der auch Dr. Renner gehörte, im Eingang zum Konzertsaal. Redend und gestikulierend wie üblich. Evas Knie zitterten ein wenig. Doch sie riss sich zusammen, durchquerte die Halle und steuerte auf eine der improvisierten Champagner-Theken zu. Ihr war, als wandle sie auf rollenden Steinen und als wären ihre Beine in Gefahr sich ineinander zu verknoten. Sie redete im Geiste in suggestivem Tonfall auf sich ein, was einigermaßen wirkte und ein Stolpern verhinderte.

Jetzt war sie auf Magnus' Höhe und musste auch ihm auffallen. Sie blickte zu ihm hin. Er sah sie an, schien einen winzigen Moment irritiert, fing sich aber sofort und schaute dann kühl durch sie hindurch. Keine Andeutung eines Lächelns, kein diskretes Zwinkern, überhaupt kein Zeichen des Erkennens oder der Sympathie. Er ignorierte sie einfach. Wie einen Haufen Hundedreck am Straßenrand. Das empörte sie derart, dass sie spontan beschloss, etwas zu unternehmen, um seine kühle Fassade zum Einsturz zu bringen. Ein Glas trank sie sofort, und mit dem nächsten in der Hand schlenderte sie durch die Halle zu einer der Speisetheken. Dort besorgte sie sich einen Fischteller, an dessen Rand ein Glashalter klemmte, hängte ihr Glas darin ein und suchte nach einem Plätzchen an einem der Stehtische, an denen sich überwiegend Damen aufhielten. Die Bereitschaft, für eine allein umherschwirrende Fremde, die obendrein verdächtig gut aussah, zusammenzurücken, war bei denen, die bereits einen

Platz ergattert hatten, erstaunlich gering. Und so war Eva froh, als sie Serge und Emilie erblickte, die an einem der Tische standen, um sich für ihren Einsatz zu stärken. Die beiden winkten sie her und rückten gern für sie zusammen.

»Du musst mir nachher vielleicht mal kurz behilflich sein«, sagte Eva zu Serge.

»Mit dem größten Vergnügen – sofern ich noch lebe, wenn du mich brauchst. Die Leute hier wirken so ernsthaft, dass ich mit Prügeln oder einem Rausschmiss rechne.«

»Das halte ich auch für möglich. Nachdem selbst ich schon eine Reihe abschätzend abschätziger Blicke geerntet habe. Unter den Umständen ist es wohl besser, wenn ich deine Freundlichkeit vorher in Anspruch nehme«, merkte sie zwinkernd an. Dann machte sie ihn unauffällig auf Francis Weizenegger aufmerksam, die sich von der Seite ihres Mannes gelöst hatte und mit zwei anderen Frauen plauderte.

»Also, mein Lieber, mit der Blonden möchte ich gern ein Wörtchen reden. Und falls die anderen immer noch neben ihr rumstehen, lenkst du sie bitte ab.«

Serge sah sich die Gruppe an und wiegte den Kopf hin und her. »Am erfolgreichsten werde ich sie vermutlich mit der Empfehlung eines sensationellen Anti-Falten-Gels ködern.«

»Von mir aus. Da hast du absolut freie Hand. Aber such dir bitte was aus, worauf die Blonde nicht so abfährt!«

»Auf Anti-Falten-Zeugs fahren alle Frauen ab«, warf Emilie ein. »Obwohl wir wissen, dass es nichts nützt, greifen wir immer wieder zu angeblichen Wundermitteln.«

»Also Diät?«

»Lieber nicht. Viele Schlanke sind geradezu süchtig nach den neuesten Diätrezepten.«

»Du hast recht. Ich spreche sie lieber auf postklimakterielle Therapien an. Das betrifft die Blonde auf keinen Fall.«

»Okay, also trinken wir jetzt ein Glas und dann geht's los.«

Eva ließ sich von der freundlichen Dame am Ausschank drei

Gläser geben und kam zum Stehtisch zurück. Sie stießen an und tranken. Damit hatte sie dann etwa eine halbe Flasche intus. Darüber informiere ich Sie jetzt allein deswegen, weil Sie ihr dann sicher mildernde Umstände zugestehen werden, wenn Sie sich die folgenden Ereignisse vergegenwärtigen.

Eva schlenderte mit Serge zu der kleinen Gruppe hin. Er setzte sein verbindlichstes Lächeln auf, legte seine Hände sanft auf die Arme der beiden Damen neben Frau Weizenegger, stellte sich als Dr. Willibold vor und verkündete mit dramatischem Augenaufschlag, er arbeite gerade an einem Forschungsprojekt, das sie sicher interessieren würde: »Brandneue Erkenntnisse für Damen ab Mitte vierzig.«

Die beiden Mittfünfzigerinnen schauten ihn neugierig an. Sicher nicht nur wegen der Botschaft, die er zu verkünden versprach, sondern auch wegen seiner blendenden Erscheinung. Während Eva zu der Dame ihrer Wahl hin trat, geleitete er die beiden ein paar Schritte weiter und achtete darauf, so zum Stehen zu kommen, dass die beiden Francis und Eva den Rücken zukehrten. Eva strahlte Frau Weizenegger an und sagte: »Ein wirklich gelungener Abend, nicht wahr, Francis?«

Die zuckte zusammen und schaute sie irritiert an. Doch Eva, deren Hemmungen seit einer Viertelstunde bedenklich im Schwinden begriffen waren, plapperte weiter: »Oder siehst du das etwa anders?«

»Nein, nein, ich gebe Ihnen völlig recht. Aber sagen Sie: Ich kann mich nicht erinnern, dass wir uns bereits vorgestellt worden wären.«

»Das noch nicht«, erwiderte Eva. »Aber dennoch gibt es sehr viel, das uns verbindet …«

»Ach ja?«, fragte Francis. Vielleicht war es nicht ihre Absicht, aber sie klang nicht nur skeptisch, sondern auch ganz schön arrogant. Und damit fielen Evas allerletzte Resthemmungen.

»Mit Sicherheit«, antwortete Eva und sie nahm den Eklat jetzt nicht mehr nur billigend in Kauf, sondern sie war geradezu wild entschlossen, ihn zu provozieren. Laut und deutlich imitierte sie in der ehemaligen Klosterkirche, die für solche Darbietungen eine exzellente Akustik bietet, Magnus W.s Orgasmus-Ganterschrei: »Oa, ooa, ooaa, woahhh!«

Francis war wirklich schockiert und für einen Moment verzog sich ihr hübsches Gesicht fast zu einer Grimasse.

Der Ruf war wohl kaum jemandem entgangen, und eine Menge Augen starrten jetzt auf Eva. Auch das Augenpaar von Magnus, aus dessen wunderschönem Antlitz mit einem Mal jegliche Farbe gewichen war.

Doch dann brach Francis in lautes Gelächter aus. Sie legte die Hand auf Evas Arm, die nun ihrerseits ziemlich fassungslos war, und rief: »Fantastisch! Absolut fantastisch! Nahezu originalgetreu. Um ein Haar wäre ich darauf reingefallen. Kompliment! Sie haben wirklich exzellent recherchiert!«

Auch eine Art, die Dinge beim Namen zu nennen, dachte Eva verblüfft, aber vor allem eine großartige Souveränität, mit dergleichen Gegebenheiten umzugehen.

»Alexandra hat ein bisschen gepetzt und mir erzählt, dass Schauspieler engagiert wurden, um die Atmosphäre aufzulockern. Uff! Ein Glück, dass ich gewarnt war.«

Huch, na das war ja ein gnädiges Missverständnis, dachte Eva, die mit einem Mal große Sympathie für diese Frau empfand und im Nachhinein heilfroh war, dass der Schuss auf diese Art im Ofen gelandet war.

»Eva Gallus«, stellte sie sich vor.

»Ach, jetzt weiß ich, woher ich sie kenne! Sie sind die Eva Gallina! Ich lese mit Begeisterung Ihre Kolumnen. Mein Mann übrigens auch. Ich wusste gar nicht, dass Sie auch Schauspielerin sind.«

»Nur gelegentlich – aus dem Stegreif«, antwortete Eva, bemüht, Francis weiterhin in Sicherheit zu wiegen. »Ich bin mit den beiden befreundet und mische ab und zu ein bisschen mit, wenn sie bei Partys auftreten.«

»Dann heißen Sie in Wirklichkeit Gallus? Gallina ist also nur ein halbes Pseudonym.«

»Ja. Gallus – der Hahn – das ist ja schon ein ziemlicher Macho-Name, obwohl ich ihn an sich nicht schlecht finde. Doch als es darum ging, mir ein Pseudonym zu suchen, fand ich, eine Henne mache sich ganz gut neben dem Hahn. Zumal ich die Hoffnung nicht aufgebe, sie könnte eines Tages goldene Eier legen.«

»Köstlich! Und ich dachte, Sie hätten das wegen dem Gackern gewählt. Denn ich kann Ihnen versichern, ich gackere selbst oft, wenn ich Ihre Glossen lese. Kommen Sie, ich lade Sie auf ein Chüpli ein, wie die Schweizer so schön sagen.«

Sie blickte sich um. »Mein Mann muss Sie unbedingt auch kennenlernen. Er ist ein großer Fan von Ihnen.«

Magnus kehrte ihnen das Profil zu, doch Eva war sicher, dass er sie seit dem Ganterschrei nicht aus dem Auge gelassen hatte. Sie bedauerte für einen Moment, dass sie nach dem Schrei nicht aufmerksamer das Publikum gemustert hatte. Es wäre doch sehr aufschlussreich gewesen, zu erleben, wie noch ein paar mehr Damen Gesichtsausdruck und -farbe veränderten.

Magnus sprach mit Brenner, der sie ihm vielleicht gerade in diesem Moment als kritische Patientin und schwierige Frau schilderte. Als Francis ihn an ihren Tisch winkte, gab er per Fingerzeig zu verstehen, er müsse zur Toilette.

»Er wird schon noch kommen. Normalerweise lässt er nämlich keine Gelegenheit aus, mit einer attraktiven Dame zu flirten«, sagte Francis und zwinkerte vergnügt, was Eva, die dieses Vergnügen absolut nicht zu teilen vermochte, aufs Neue Respekt vor dieser Frau abnötigte. Dann hängte sich Francis bei Eva ein und bugsierte sie zu einer Champagnertheke. Dort trafen sie auch auf Frau Renner. Als Francis die beiden miteinander bekannt machen wollte, teilte Eva ihr lachend mit, ihre Anwesenheit bei diesem Fest sei allein Alexandra Renner zu verdanken.

»Davon hast du mir ja überhaupt nichts gesagt!«, empörte sich Francis künstlich. Doch Frau Renner, der die Ironie verborgen blieb, rechtfertigt sich sogleich: »Ach, es ging doch eh alles drunter und drüber in letzter Zeit. Außerdem gibt es da auch eine ärztliche Schweigepflicht.«

»Eben«, sagt Eva grinsend. »Und ich bin sowieso eine sehr problematische Patientin.«

Francis wandte sich der Theke zu und Alexandra bat, sie zu entschuldigen.

»Was war das für eine Bemerkung von wegen problematische Patientin«, fragte sie, als sie Eva ihr Glas reichte.

»Ich wollte nicht einsehen, warum ich meine Zähne abschleifen lassen sollte.«

»Ach so, seine Verblendungen. Wäre ja auch Wahnsinn. Aber das probiert er bei allen. Und bei erstaunlich vielen mit Erfolg. Aber bei mir hat er auch auf Granit gebissen.«

»Das freut mich aber sehr!«

»Tja, ein gesundes Selbstbewusstsein ist der wirksamste Schutz gegen Manipulationsversuche. Ich heiße … aber das weißt du ja schon. Prost, Eva!«

Sie stießen an und Eva, die die Entwicklung der Dinge für geradezu unglaublich hielt, fragte sich, ob sie das wirklich erlebte, oder ob es sich um einen Promilletraum handelte. Aber andererseits machte doch alles Sinn: zwei betrogene Frauen, zwei Betrugsdelikte und ein unverschämter Täter.

»Normalerweise tu ich mich mit dem Duzen ja etwas schwer, aber bei dir ist es mir einfach ein Bedürfnis. Ich fand dich auf Anhieb sympathisch, und ich fühle auch, dass zwischen uns die Chemie stimmt. Wie sagtest du vorhin so nett: Es gibt vieles, was uns verbindet.«

Ein Herr trat zu den beiden, überreicht Francis einen Autoschlüssel und sagte, Magnus habe ihn im Waschraum gebeten, ihr auszurichten, er hätte sich heimfahren lassen, da es ihm sehr übel sei. Sie sollte sich jedoch keine Sorgen machen und den Abend noch genießen.

»Hat sich wohl mal wieder den Magen verdorben.«

Eva, die den wahren Grund des fluchtartigen Aufbruchs kannte, war froh, dass Francis nicht allzu schockiert reagierte oder gar selbst aufbrach.

»Ist ja auch manchmal kaum zu glauben, was der Mann in sich reinzuschlingen vermag!«, meinte die mäßig besorgte Ehefrau.

»Dafür hat er aber eine erstaunlich gute Figur«, fand Eva und hätte sich am liebsten die Zunge abgebissen. Verflixter Champagner! »Äh, zumindest nach dem flüchtigen Eindruck, den ich gewinnen konnte.«

»Ja, so ein tadellos sitzender Anzug vermag eben einiges zu kaschieren«, entgegnete Francis, die keinen Verdacht geschöpft hatte, mit mildem Lächeln.

Plötzlich hörten sie ein Gezeter, das aus der Menschenmenge zu ihrer Rechten kam.

Emilie und Serge! Die hatte sie über der Entwicklung ihres persönlichen Dramas ganz vergessen. Jetzt konnte sie lediglich sehen, wie der gute Serge von zwei Herren zu beiden Seiten gepackt und aus dem Raum gezerrt wurde. Emilie lief gestikulierend hinterdrein.

»Da scheint was schiefgelaufen zu sein!«, vermutete Francis.

»Eher nicht. Er hat damit gerechnet.«

Und Serges Rechnung schien aufzugehen. Denn nun bildeten sich lauter aufgeregte Grüppchen, die das unerhörte Benehmen dieses fremden Flegels erörterten, den in Konstanz noch niemand zu Gesicht bekommen hatte. Eva und Francis gesellten sich zu einer Gruppe, in der heftig diskutiert wurde.

»Unglaublich, dieser Mann! Mir fehlen die Worte«, echauffierte sich eine der Damen. »Stellen Sie sich vor, er hat seine Frau vor allen Leuten angemeckert, sie solle nicht so viel essen. Nein fressen. Jawohl, fressen hat er gesagt. Wortwörtlich! ›Du platzt in letzter Zeit ohnehin aus allen Nähten‹, hat er gesagt. Dabei ist die Frau ja ein Strich in der Landschaft. ›Jetzt reicht's! Ich werde nicht zulassen, dass du so eine fette Kuh wie deine

Mutter wirst‹, hat er geradezu gebrüllt. Entsetzlich! Und das hier inmitten lauter kultivierter Menschen!«

Eva und Francis grinsten sich an und zwinkerten sich zu, da sie es beide höchst amüsant fanden, mit welcher Inbrunst die sich kultiviert wähnende Dame all die unglaublichen Worte zitiert hatte.

»Frau Sauer hat ihn gehörig zurechtgewiesen. Aber dann hat doch tatsächlich diese Fremde zu ihr gesagt, sie solle sich da nicht einmischen, es stehe ihr nicht zu, ihren Mann zu kritisieren. Na ja, Pack schlägt sich, Pack verträgt sich, hab ich gedacht. Doch der Typ hat sie aufgefordert die Klappe zu halten. ›Lass das Walross doch schimpfen‹, hat er gesagt. ›Wenn es sich angesprochen fühlt und ein bisschen herumzetert, so verbraucht es wenigstens ein paar Kalorien.‹ Das muss man sich mal vorstellen! Ungeheuerlich! Die arme Frau Sauer so zu beleidigen, wo sie doch nur dieser Fremden helfen wollte. Aber niemand weiß, wer die Leute sind und woher sie kommen.«

»Und hoffentlich wird's auch niemand erfahren«, sagte Francis zu Eva. »Ich denke, mit so heftigen Szenen hat die gute Alexandra nicht gerechnet.«

»Wir werden sehen, was sie am Ende sagt.«

Sie traten zu einer anderen Gruppe, wo natürlich auch die Rede von Serge und Emilie war: »… sich Professor Weißhaupt mit der Frau unterhalten. Ein Partygespräch eben, Small Talk, nichts anderes. Dann ist der Mann hinzugetreten und hat ihn mehr als laut und deutlich gefragt, ob er der Mann sei, mit dem seine Frau immer Telefonsex treibe. Ungeheuerlich, nicht wahr! Der Professor hat ganz entgeistert den Kopf geschüttelt, doch dieses impertinente Individuum ließ sich nicht aufhalten. ›Was soll das spießige Getue? Ich würde wenigstens souveräner mit den Tatsachen umgehen. Wissen Sie eigentlich, dass meine Frau die Gespräche mit Ihnen immer mitschneidet? Ich muss sagen, für Ihre Alter, mein Guter, haben Sie ganz nett was drauf. Wie wär's, wenn Sie mir mal Ihre Frau vorstellen, damit ich sehe, wie ich mich revanchieren kann.‹ Unglaublich, wirklich unglaublich! Der Professor hat dann zwei kräftige Herren gebeten, den Mann rauszuschmeißen. Aber anscheinend hat er noch andere Unverschämtheiten von sich gegeben.«

Ein paar aus der Gruppe entfernten sich. Vermutlich um gierig weitere Informationen zu ergattern. Und selbstverständlich wurde erörtert, ob an der einen oder anderen Behauptung nicht doch ein Körnchen Wahrheit haften könnte.

»Falls deine Schauspielerfreunde morgen noch da sein sollten, würde ich mich freuen, wenn ihr alle mich zum Kaffee besuchen kämt«, sagte Francis.

»Danke, das ist sehr liebenswürdig. Ich werde es klären.«

»Und falls sie nicht mehr da sind, darfst du natürlich auch gern allein kommen, wenn du Zeit hast.«

»Danke für die Einladung, du bist wirklich reizend.«

Francis überreichte Eva ihre Visitenkarte. Bald darauf verabschiedete sie sich, denn sie wollte allmählich nach ihrem kranken Mann sehen.

Eva blieb fast bis zum Schluss. Mit großem Vergnügen registrierte sie, dass die Szenen von Emilie und Serge nicht nur ständig wiederholt, sondern mit fortschreitendem Abend und steigendem Alkoholpegel zusätzlich ausgeschmückt wurden.

»Erst war ich ja schockiert und dachte, wir hätten einen ganz großen Irrtum begangen, aber nun habe ich allen Grund Ihnen dankbar zu sein«, jubelte Alexandra Brenner, als Eva sich verabschiedete. »Kein Mensch hätte geglaubt, dass es länger als bis elf Uhr geht. Und nun ist schon ein Uhr durch. Wenn es noch lange dauert, reicht der Champagner nicht!«

»Ich bin froh, dass Sie zufrieden sind. Wenn der Erfolg auch auf einigen ungewöhnlichen Maßnahmen beruht.«

»Tja, ich habe mit den anderen Eingeweihten striktes Stillschweigen vereinbart. Ist wohl besser so. Aber die sind auch alle begeistert von unserem Erfolg. Und der Zweck heiligt ja bekanntlich die Mittel.«

21

Emilie und Serge hatten am Abend einen Termin in München und machten sich nach dem gemeinsamen Frühstück im Inselhotel auf den Heimweg. Eva fand es zwar einen Moment lang verlockend, am Samstagnachmittag bei Weizeneggers aufzutauchen und Magnus bei seinen Wochenendfreuden zu überraschen, aber Leonardo hatte neben David noch zwei weitere Freunde zum Seenachtfest eingeladen. Da er sie alle mit einer schönen Kaffeetafel bewirten wollte, hoffte er auf ihre Unterstützung, die sie ihm gern zusagte. So teilte sie Francis am Telefon mit, die beiden Mimen seien bereits wieder abgereist und sie selbst müsste ihrem Gastgeber zur Hand gehen. Dann verabredeten sich die beiden Frauen auf den kommenden Dienstag.

»Das finde ich natürlich höchst bedauerlich«, klagte Leonardo ironisch, als Eva ihm enthüllte, die Einladung zu Weizeneggers habe auch ihm gegolten. »Da hätte ich einmal im Leben Gelegenheit, das Boulevardstück ›Triangel mit Misstönen‹ im Originalmilieu zu genießen, und dann kommt was dazwischen. Hoffentlich bekomme ich zu einem anderen Termin einen Logenplatz. Du bist dir ja wohl klar darüber, dass sich mir damit die Chance auf eine sowohl soziologisch als auch psychologisch höchst interessante Fallstudie bietet.«

Der Regen, der am Nachmittag einsetzte und bis zum Abend ohne Unterbrechung anhielt, verlangte eine Reihe von Improvisationen, da Leonardos Gäste sich darauf eingestellt hatten, in einem Zelt im Garten zu übernachten.

Frau Keller, die schon mit Campern im Garten einverstanden gewesen wäre, entschloss sich spontan, den beiden Freunden ihr Gästezimmer zur Verfügung zu stellen, was ihr selbstverständlich eine Einladung zum Kaffee eintrug und ihre Überraschungsgäste veranlasste, sie später am Abend abzuholen, um auf dem Motorschiff, das Leonardo und ein Freund aus dem Fitnesscenter gemietet hatten, in fröhlicher Runde aus optimaler Position die gigantischen Feuerwerksspektakel zu erleben, die von den Nachbarstädten Konstanz und Kreuzlingen veranstaltet wurden.

»War ganz gut, dass ich ihn nicht schon wieder gesehen habe, sondern den Tag mit erbaulichen Themen verbringen konnte«, resümierte Eva am Telefon ihren Verzicht auf die Kaffeestunde.

»Eva, das finde ich auch, ich wünschte, du könntest insgesamt Abstand gewinnen.«

»Oh nein, so leicht mache ich es ihm nicht! Er war in meiner Achtung ja schon sehr tief gesunken, als er sich die Sache mit Lola M. erlaubt hat. Aber nach seinem erbärmlichen Benehmen gestern Abend ist er völlig unten durch. Und das wird er auch noch zu spüren bekommen – nach allem, was ich seinetwegen durchgemacht habe, das schwöre ich dir!«

»Wer weiß, was noch alles kommt? Was du da losgetreten hast, enthält großes dramatisches Potenzial und könnte sich vom faustgroßen Schneeball leicht zu einer riesigen Lawine entwickeln.«

»Dessen bin ich mir bewusst. Das ist in der Tat momentan nicht abzusehen. Doch ich nehm's in Kauf. Er muss einen Schuss vor den Bug bekommen. Aber weißt du, was mich an den gestrigen Ereignissen am meisten erschüttert und wofür ich ihn auch verantwortlich mache: Er hat mich mit seinem erbärmlichen Verhalten so in Rage gebracht, dass ich in meinem unbändigen Zorn um ein Haar Francis mit reingebuttert hätte.«

»Ja, das ist wirklich nicht nobel, aber menschlich. Ich schätze, die wenigsten verprellten Geliebten denken im Moment der Rache an ihrem Ex über die zarte Seele seiner Frau nach.«

Sie schwieg eine ganze Weile nachdenklich. »Obwohl das vielleicht grundverkehrt ist. Wo es doch bestimmt sehr vieles gibt, was beide Frauen verbindet. Wäre doch nur logisch, dass sie sich verbünden.«

»Du willst jetzt aber nicht andeuten, dass du anstrebst, mit Frau W. gemeinsame Sache gegen ihren Gatten zu machen?«

»Das käme auf sie an. Vorstellen könnte ich es mir durchaus, schließlich ist sie mir sehr sympathisch. Und abgesehen davon gibt's kaum was, womit ich ihn effizienter ärgern könnte!«

»Schade, dass der Bub noch so jung ist …«

»Eliza!«

Wir lachten beide über ganz ähnliche ketzerische Gedanken.

Charly, der Fitnessriegel, hatte eine feste Anstellung bekommen und daraufhin – ganz Freund klarer Lösungen und praktischer Entscheidungen – all seine Frankfurter Zelte abgebrochen, um bei einer Frau aus dem Studio einzuziehen.

Da er sich trotz allem als angenehmer Mieter erwiesen hatte, lud ich ihn zum Abschied zum Essen ein. Ich setzte ihm das vor, was mir für eine Einladung angemessen erscheint: zum Aperitif Sekt und frisch geröstete Salzmandeln, zur Vorspeise in Knobitunke marinierte gegrillte Riesengarnelen mit Blatt- und Kräutersalat, zum Hauptgang Seeteufel-Medaillons mit Cava-Safran-Schaum und Blattspinat (alles nach bewährten Rezepten von Eva). Dazu einen Chablis. Zum Dessert reichte ich in Berliner-Weiße-Gläsern Waldbeeren auf Zitronen-Cassis-Sorbet – von Sekt umspült.

»Wenn ich gewusst hätte, dass du so gut kochst, hätten wir öfter mal zusammen zu Abend gegessen«, lautete sein lobender Kommentar. »Aber mein Leibgericht ist und bleibt eben doch so eine richtig leckere Pizza!«

So viel zu Perlen und Säuen … Es gelang mir dennoch, den lieben Charly mit einem Lächeln zu verabschieden, denn er überreichte mir noch die Nummer einer jungen Frau, die direkt nach ihm für ein paar Wochen die Wohnung beziehen wollte. Er sagte, sie sei eine Frankfurter Sportfreundin von ihm, die bei einer Filmproduktionsfirma ein Praktikum als Regieassistentin absolviere.

Da mit Eva während der nächsten Wochen eher nicht zu rechnen war, willigte ich ein, nachdem ich die Frau in Augenschein genommen hatte. Sie machte einen patenten Eindruck und war ganz glücklich, bei uns einziehen zu können.

Am Dienstagnachmittag begab sich Eva zu Weizeneggers Villa. Cerberus war so freundlich, absolute Diskretion zu wahren, bekundete aber unverhohlene Zuneigung, wälzte sich zu ihren Füßen und streckte ihr – als deutlichen Kraul-Appell – Brust und Bauch entgegen. Sie tat ihm den Gefallen.

»Danach wäre mir auch gelegentlich«, sagte sie lachend. »Aber ich fürchte, es käme in Gesellschaft nicht besonders gut an.«

Francis zeigte sich amüsiert. Anschließend wehrte sie sich ein wenig gegen Evas Gastgeschenk, bedankte sich dann aber mit einem Küsschen und packte es umgehend aus. Es war eine kleine bibliophile Lyrik-Anthologie mit modernen Liebesgedichten.

Während sie auf der Terrasse Kaffee tranken, blätterte Francis darin, bekundete dann große Freude und sagte, es sei das perfekte Buch für den Nachttisch.

In Eva sträubte sich spontan allerhand dagegen, Vorstellungen über Weizeneggers Schlafzimmer aufkommen zu lassen. Doch dann bereitete der Gedanke, Magnus' erster und letzter Blick des Tages könnte auf ihr Geschenk in Händen seiner Frau fallen, ihr ein kleines diabolisches Vergnügen.

»Bist du alleinstehend?«, erkundigte sich Francis. Und als Eva bejahte, meinte sie, das hätte doch auch einige Vorteile. Sie etwa würde gelegentlich nachts gern das Licht anknipsen, um zu lesen. Und sie träumte geradezu davon, sich ab und zu einen Tag nach ihrem Rhythmus einzuteilen. Aber damit käme ihr Mann wohl nicht klar. »Er ist halt ziemlich behäbig. Für ihn muss alles im gewohnten Stil ablaufen, denn er stellt sich nicht gern auf Neues ein. Es sei denn, er selbst entschließt sich dazu. Aber im Grunde ist er pflegeleicht. Hauptsache, er hat zu essen, zu trinken, sein Fernsehen und die gewohnte Lektüre, dann ist er zufrieden. Ach, und das Wichtigste ist das Internet! Manchmal frage ich mich, wie er überhaupt leben konnte, als es das noch nicht gab. Er behauptet ja, er benütze es in erster Linie zur Weiterbildung, aber das nehme ich ihm natürlich nicht ab.«

»Nein?«

»Nun, Weiterbildung ist natürlich ein weiter Begriff. Aber er wäre wohl der erste Mann, der die halbe Nacht im Internet rumsurft, ohne sich mit Sex zu befassen.«

»Vermutlich. Die Statistik zumindest spricht eine deutliche Sprache. Obwohl sie mit ihren Angaben sicher sogar weit untertreibt, da nicht gerade die Mehrheit der Befragten die Wahrheit sagt.«

»Stimmt. Ich kenne ein paar Leute aus der Umgebung, die in der Demoskopie arbeiten. Für das Allensbacher Institut. Was glaubst du, was die angelogen werden! Aber ist ja auch verständlich. Stell dir vor, da interviewt eine Frau einen Mann über sein Sexualleben. Der will ihr vermutlich imponieren und wird ihr wohl kaum reinen Wein einschenken, wenn er impotent ist. Oder zugeben, dass er Schmuddelvideos anguckt oder sich täglich Einschlägiges im Internet anschaut.«

»Verständlich!«

»Einen witzigen Beweis für Befragungslügen bieten die Ergebnisse der Erhebungen über Penisgröße.«

»Interessant …«

»Die wurden international von Firmen in Auftrag gegeben, die Kondome herstellen. Den Angaben entsprechend wurden dann die Gummis produziert. Bald stellte sich aber heraus, dass die Mützchen bei einem hohen Prozentsatz der Benutzer schlotterten.«

»So kommt's raus. Da haben wohl etliche ihre Messungen an den Halswirbeln begonnen«, vermutete Eva. Sie lachten beide.

»Dergleichen peinliche Enthüllungen bleiben natürlich Herren erspart, die sich darauf beschränken, im Internet herumzusurfen.«

»Klar. Und das ist für die Y-Träger vermutlich auch ein ganz wichtiger Aspekt: Da können sie sich nach Belieben stark fühlen und brauchen keinen Beweis anzutreten. Das könnte einer der Gründe dafür sein, dass flirrende Mattscheiben auf Männer einen wesentlich größeren Reiz ausüben als auf Frauen.«

»Ich bin da vielleicht altbacken, aber ich finde es blöd, die Welt bloß aus zweiter Hand zu erfassen – übers Fernsehen, Bücher, Internet. Ich würde lieber mehr unternehmen, mehr reisen. Ich träume zum Beispiel seit Jahren von einem Besuch der Arena in Verona, war aber bis heute noch nicht dort«, gestand Francis.

»Sollen wir nächste Woche hinfahren?«

»Ist das dein Ernst?«

»Warum nicht? Ich war auch noch nie dort. In rund fünf Stunden wären wir vor Ort. Ich schau heut Abend mal im Internet nach.«

»Warum nicht gleich – bevor du es dir anders überlegst.« Francis war Feuer und Flamme.

Sie gingen in die Bibliothek, wo zwei Schreibtische standen. Einer, der für Handschriftliches bestens geeignet schien, und ein etwas niedrigerer mit Computer und Schreibmaschine. Francis rollte sich einen Stuhl heran und die beiden Frauen ließen sich vor dem Computer nieder.

Zwanzig Minuten später hatten sie ein Arrangement gebucht, das Hotelzimmer und Tickets für die Arena umfasste. Das einzige verfügbare in der Kategorie, die ihnen vorschwebte, war für zwei Personen im Doppelzimmer. Sie sahen einander kurz an. Ein Nicken, ein Schulterzucken, zwei Lächeln.

»Weißt du was, Eva? Dich schickt wirklich der Himmel!«

Die fühlte sich etwas mulmig bei dieser Sympathiebekundung und wehrte bescheiden lächelnd ab.

»Doch, wirklich! Jemand wie du hat mir gefehlt. Und zwar seit Langem. Eine Frau mit Drive, eine kreative und mutige

Persönlichkeit, die nicht nur von den Dingen redet, sondern sie auch anpackt und in die Tat umsetzt.«

»Und wird es mit deiner Familie keine Probleme geben?«

»Aber nein! Die Kinder sind ja noch in Cinque Terre. Für weitere zwei Wochen. Die Sommerferien mit ihren Cousins und Cousinen in Italien sind immer ein anhaltendes Freudenfest. Für Magnus wird es eine sinnvolle Erfahrung sein, wenn er mal selbst zurechtkommen muss. Aber vielleicht fällt ihm noch nicht mal was auf. Denn im Sommer treibt er sich ohnehin meistens im Tennisclub rum.«

Zumindest bevor er heimkehrt, dachte Eva. Wenn er mit ihr im Freien zusammen war, hatte er anschließend jedes Mal den Club aufgesucht, um die Spuren ihres Parfums und ihrer beider Begegnung wegzuduschen.

Nächste Woche, mieser Magnus, werde ich mit deiner Frau die Italienreise unternehmen, die ich mir mit dir in den leuchtendsten Farben vorgestellt hatte!

In ihrer Euphorie kam Eva gar nicht gleich drauf, dass sich hier etwas entwickelte, das nach ihren eigenen moralischen Begriffen eigentlich grob unanständig war. Wie ein gefräßiger Wurm bohrte sie sich in den rotbackigen Apfel, der die heile Welt des abtrünnigen Geliebten darstellte.

Das Telefon läutete. Francis nahm ab. »Ah, hallo, mein Lieber!«

Magnus, das ist sicher Magnus, dachte Eva und ihr Puls raste mal wieder.

»Prima, danke! – Ja, sicher ist Eva Gallina … äh Gallus gekommen. Das war doch so abgemacht! – Gut … – Aber ja, wir verstehen uns blendend! Wir sprechen pausenlos über Männer!«

Francis lachte und zwinkerte Eva zu. »Sie ist zwar jünger als ich, aber ich kann wohl einiges von ihr lernen … – Oh, das ist aber schade! Nun, sie war ja nicht zum letzten Mal hier. Okay, mach ich …«

Ob er seiner Frau wohl gerade einen Gruß an sie aufgetragen hatte? Nein, eher nicht, sonst hätte Francis sie im Moment der Bestätigung angeblickt.

»Ciao, mein Lieber, mach's gut.«

»Das war Magnus. Es wird spät werden bei ihm. Wenn ich ihn nicht so genau kennen würde und wüsste, was für ein träges Faultier er ist, könnte ich auf den Gedanken kommen, er hat eine Geliebte ...«

Vielleicht sogar mehrere. Zumindest auf virtueller Basis ...

Francis lachte. »Aber ich vermute, die Gute wäre arm dran.«

»Inwiefern?« Eva stellte diese überflüssige Frage, um sich nicht durch krasses Desinteresse verdächtig zu machen. Zum einen war ihr sehr unwohl bei diesem Gespräch, zum anderen brannte sie vor Neugier auf Francis' Meinung.

»Nun, er sieht ja ziemlich gut aus und kann wunderbar plaudern. Er ist charmant und auch einigermaßen gebildet, zumindest bis knapp unter die Oberfläche. Aber da ist wenig Greifbares. Weder Konsequenz noch Disziplin noch Durchhaltevermögen.«

»Auf eure Ehe scheint sich das nicht negativ auszuwirken ...«

»Dreimal darfst du raten, warum.« Sie lachte und mimte die Handbewegung einer Reiterin, die ihr Pferd an die Kandare nimmt. »Ich war die ältere Schwester zweier jüngerer Brüder. Unsere Eltern waren kaum zu Hause. Mein Vater engagierte sich bis zum Umfallen in der Firma, und meine Mutter knüpfte internationale Kontakte und kümmerte sich um das Gesellschaftliche. Sie hatten ein Pharmaunternehmen, das inzwischen einem Schweizer Großkonzern gehört. Obwohl es Personal gab, wurde von mir schon sehr früh verlangt, dass ich die Jungs im Zaum hielt. Ich hab's auch so einigermaßen hinbekommen. Es ist aus beiden was geworden. Sie arbeiten heute in der Branche und sorgen dafür, dass auch meine Anteile sich günstig entwickeln. Ihrer Tüchtigkeit verdanke ich einen Großteil unseres materiellen Wohlstands.«

»Oh«, meinte Eva, »interessant!« Mehr als interessant sogar, dachte sie, mir hat sich dein Mann nämlich als der erfolgreiche Geschäftsmann präsentiert, der ganz allein für das Wohl der Familie sorgt.

»Jaja, es war teilweise eine harte Schule des Lebens mit den beiden Rackern. Aber eine, für die ich noch heute dankbar sein kann! Glaube mir, wenn ich hier nicht ganz konsequent die Zügel in der Hand hielte, würde das größte Chaos herrschen. Die Mädels und Frauen, die sich von Magnus' Größe, seinem Charme und seiner Eloquenz blenden lassen, denken doch alle, sie hätten es mit einem reifen Mann, einer starken Persönlichkeit zu tun. Nicht mit einem Bubi, der Sandburgen baut, um sie sofort nach der Vollendung mit einem Fußtritt wieder plattzumachen.«

Oder Luftschlösser, die er verdampfen lässt …

»Ich hab schon manchmal gedacht: Die Frauen liegen ihm zu Füßen, aber er macht sich noch nicht mal die Mühe, ihnen hoch zu helfen. Eine Geliebte stellt sicher andere Ansprüche an einen Mann.«

»Wer weiß? Vielleicht sind manche nach dem soundsovielten Fehlschlag schon ganz bescheiden geworden.«

»Wie sieht das eigentlich bei dir aus? Machst du dir überhaupt was aus Männern?«

»Ja schon … Leider. Da gibt's nämlich auch eine ganze Anzahl umgestoßener Sandburgen und entschwebter Luftschlösser. Ist zum Teil auch meine Schuld. Ich kann so lächerlich romantisch sein! An dem Missstand wird sich vermutlich so lange nichts ändern, bis ich mir die Lehren meiner männerkundigen Freundin Sibylle zu Eigen mache.«

»Nämlich?«

»Für Sibylle sind Männer Wolken, die je nach Situation ihr persönliches Firmament verdüstern oder aufhellen. Aber da sie keinen zu nah an sich ranlässt, wird sie wie eine Königin von ihnen behandelt. Und keiner würde es wagen, auf ihren Gefühlen herumzutrampeln.«

»Hört sich spannend an. Muss eine interessante Frau sein.«

»Zweifellos. Sie versorgt unsere Freundin Eliza und mich immer mit den eindrucksvollen Weisheiten aus ihrem prallen Erfahrungsschatz. Da Eliza und ich trotz aller Fehlschläge immer noch nicht die Hoffnung auf eine Familie begraben haben, hat sie kürzlich den Vorschlag gemacht, wir sollten ein paar Portionen Eizellen einfrieren, dann könnten wir uns mit der Suche nach dem richtigen Mann noch reichlich Zeit lassen und brauchten uns nicht wegen der viel zitierten biologischen Uhr verrückt machen zu lassen. Sie wollte sich übrigens auch an der Aktion beteiligen. Für alle Fälle. Obwohl ihr Leben im Moment auf alles andere als auf eine Familie zustrebt.«

»Ich war einundzwanzig und Magnus dreiundzwanzig, als Marie-Rose sich ankündigte, und unsere Familien machten Druck, dass sofort geheiratet wurde. Ihre Scheinheiligkeit war übrigens der einzige gemeinsame Faktor. Obwohl – auf meinen Schwiegervater – er ruhe in Frieden! – lass ich ja nichts kommen. Auch auf meinen Schwager nicht. Aber meine Schwiegermutter und meine Schwägerin! Pickel sind noch das Geringste, was du in deren Gesellschaft kriegen kannst! – Also jedenfalls wurde Marie-Rose zum Sieben-Monats-Kind deklariert, trotz ihrer strammen vier Kilo! Aber ich war damals sehr glücklich, denn damit war geklärt, dass Magnus und ich zusammengehörten. Ich ahnte, wenn ich ihn nicht fest in den Griff kriege, schnappt ihn mir eine andere weg. Weißt du, ich war so erzogen, dass ich die Hochzeit als den Höhepunkt meines Lebens ansah.«

»Nicht nur du! Die meisten Frauen, die ich kenne. Sibylle lästert ja, es stimme, dass die Hochzeit der schönste Tag im Leben einer Frau sei: der Brautmutter!«

Francis lachte. »Wäre ja auch traurig, wenn Frauen ihren schönsten Tag zwischen zwanzig und dreißig hätten und es danach nur noch bergab ginge. Wo unsere Genussfähigkeit doch erst mit über vierzig ihren Höhepunkt erlangen soll. – Jedenfalls herrschte fast ungetrübter Sonnenschein, als Magnus und ich heirateten. Nur meine Großmutter warnte mich immer wieder: ›Eine Frau, die einen hässlichen Mann hat, schläft ruhiger – und das ist wichtig! Einen Schönen wirst du immer mit anderen teilen müssen und er wird auch sonst sehr viel Unruhe in dein Dasein bringen.‹ Aber bis jetzt hat's mit uns doch trotz ihrer Unkenrufe ganz gut geklappt. Ich zumindest weiß nur von einem Fall, in dem Magnus mich betrogen hat.«

»Sibylle sagt, in ihren Ohren klinge es lächerlich, wenn eine Frau behauptet, ihr Mann habe sie betrogen, bloß weil er was mit einer anderen angefangen hat. Sie hält es für absurd, von einem Mann sexuelle Treue zu erwarten. ›Da kannst sie genauso gut von einem Kater verlangen, dass er bellt. Es ist ganz einfach gegen seine Natur.‹ So und ähnlich lauten die Statements unserer kundigen Freundin.«

»Interessant! Was sagt deine Freundin noch zu diesem Thema?«

»Sie meint, es wäre gescheiter, ihn dafür zu bewundern, dass er stark ist, tüchtig arbeitet, gut Auto fährt, sie sexuell befriedigt, zum Lachen bringt und mit den Kindern spielt. Das seien Dinge, die er weit besser beherrsche als Monogamie. Wenn fast alle Männer fremdgehen, dann bedeute das doch nichts anderes, als dass es normal ist. Deswegen sollten die Frauen endlich aufhören, die Jungs gegen die Natur zu dressieren.«

»Hahaha! Da wollte ich aber doch deine Freundin erleben, wenn sie verheiratet wäre und ihr Mann fremdginge!«

»Das hat sie sogar schon einmal arrangiert – mit großem Gewinn für alle Beteiligten. Aber seither hat sie das Kapitel abgeschlossen. Jetzt lässt sie keinen mehr länger als ein paar Stunden an sich ran.«

»Das mag zwar weise sein, aber dabei entgeht ihr dann auch der unvergleichliche Genuss, der darin besteht, fast jede Nacht von Wärme umfangen in den Armen eines Mannes einzuschlafen.«

Eva schluckte. Wie oft hatte sie sich ... Um den Gedanken abzuschütteln, erzählte sie Francis von unserer gemeinsamen Idee der Umschlingungs-Sofapuppe. Francis amüsierte sich sehr darüber. Und während die beiden sich die verschiedensten Puppentypen ausmalten, stiegen in Eva trotz aller rationalen Widerstände wieder die intensiv illustrierten Träume auf.

»Ja«, murmelte sie schließlich, um die Gesprächspause nicht zu sehr auszudehnen, »für diese Aufgabe sind sie wirklich bestens geschaffen! Und wir Töchter abwesender Väter sind für dererlei Zuwendungen auch überaus empfänglich. Leider!«

»Deine Freundin hat sicher recht mit ihrer Behauptung, eine Frau habe es leichter, wenn sie sich von vornherein überzogene Tugenderwartungen abschminkt und gewisse Tatsachen als gegeben hinnimmt. Aber ich frage mich dennoch, ob wir von einem Mann nicht erwarten dürfen, dass Jahrtausende der Zivilisation bei ihm auch ein paar Spuren hinterlassen haben.«

»Die Errungenschaften der menschlichen Zivilisation sind vielen Fachleuten zufolge nur eine hauchdünne Haut, die sofort einreißt, sobald es zu außergewöhnlicher Belastung kommt. Bei Männern noch weit schneller als bei Frauen.«

»Mag schon sein. Aber nicht in meinem Haus«, sagte Francis und nickte mit entschlossenem Gesicht, zwinkerte dann aber.

Eva wechselte das Thema. »Ich glaube, bevor wir uns die Köpfe noch heißer reden, tauch ich mal in den See ein. Es ist ja so traumhaft schön hier. Wenn ich so wohnen würde wie ihr, ginge ich das ganze Jahr über ins Wasser. Selbst wenn ich dafür das Eis aufhacken müsste.«

»Das könnte mich auch reizen. Aber bisher hat's mir immer an der Motivation gefehlt. Weißt du, Magnus geht frühestens ab zweiundzwanzig Grad rein.«

Ein sattes Schwein vor einem Trog voller Perlen, dachte Eva.

Sie schwammen zusammen. Anschließend verpassten sie sich gegenseitig Kneipp'sche Güsse mit dem Gartenschlauch und cremten einander ein. Ein richtiger Mädchennachmittag!

Francis schwärmte von den Körperpflegeritualen der Frauen in orientalischen Familien.

»Nicht dass ich deswegen meine kritische feministische Haltung gegenüber dem Islam aufgeben würde, sicher nicht! Aber es gibt schon auch einiges, wovon wir uns hierzulande eine Scheibe abschneiden könnten. Den Zusammenhalt der Frauen untereinander zum Beispiel, die gemeinsame Fürsorge gegenüber den Kindern sowie deren gemeinschaftliche Erziehung und Betreuung. Und was mir auch imponiert: der Hamam, das Frauenbad, dessen Besuch für Körper und Seele gleichermaßen ein Fest bedeutet. Wir haben uns schon im Freundinnenkreis überlegt, ob es nicht eine gute Idee wäre, so etwas in der Region aufzuziehen.«

Die beiden Frauen verstanden sich so gut, dass Eva gelegentlich fast vergaß, wer Francis wirklich war. Und wenn es ihr dann wieder in den Sinn kam, schlug ihr Gewissen. Aber der Tag war zu schön! Sie würde sich etwas einfallen lassen, wenn es so weit wäre.

Für Francis war es eine Selbstverständlichkeit, dass Eva zum Abendessen blieb, zumal sie ja allein zu Hause war. Als Eva sie mit übers Glas gehaltener Hand daran hindern wollte, ihr nachzuschenken, schlug Francis vor, sie sollte über Nacht bleiben.

»Das wäre doch zu schade, wo wirs jetzt so schön haben und uns so gut unterhalten! Was würdest du heute schon noch anstellen? Nichts Weltbewegendes, da bin ich sicher. Und ich auch nicht. Aber zusammen bringen wir heute noch einiges zustande. Zumindest in der Theorie!«

Evas Geist war kurzfristig lahmgelegt und lieferte ihr kein Gegenargument.

So zeigte Francis ihr nach dem Essen das Gästezimmer, das schon eher einem Gästeapartment glich: Schlafzimmer, kleines Sitz-Zimmer, Teeküche und Bad. Eva war verblüfft.

»Früher haben wir das gelegentlich vermietet. Mal an Feriengäste, mal an Leute von der Uni. Ich fand das nicht schlecht, weil ich auf diese Weise doch einige interessante Bekanntschaften gemacht habe. Aber Magnus hasst es, in seinem Haus und auf seinem Grund Fremden zu begegnen.«

»Oh, dann sollte ich doch lieber heimfahren!«

»Untersteh dich! Du bist ja schließlich keine Fremde!«

»Nein, das allerdings nicht.« Weiß Gott nicht!

»Eben. Schau, hier hat's Zahnbürsten und Zahnpasta. Und da ist eine Schublade voller Kosmetikproben. Da findest du sicher, was du brauchst. Wenn nicht, kommst du in unser Bad, dann gebe ich dir was von meinem Zeug.«

Als Eva das Verdeck ihres Autos schließen wollte, hielt Francis sie zurück und wies auf die alte Remise, die in mehrere Garagen aufgeteilt war. »Stell's lieber da rein, wegen der Marder.«

Die beiden schwammen noch einmal, hüllten sich in flauschige Bademäntel, strecken sich auf den Liegen auf der Terrasse aus und blickten auf den See. Etliche Segelboote waren noch unterwegs und gelegentlich fräste sich der Lärm eines Motorboots durch die Abendruhe, das den Geruch des Treibstoffes in ihre Nasen jagte. Francis stellte gelbe Kerzen gegen die Schnaken auf, brachte Rotwein und steckte sich eine Zigarette an.

»Du rauchst?«, fragte Eva überrascht.

»Ja, etwa drei Schachteln im Jahr ... Nur in ganz besonderen Augenblicken. Das ist so einer. Und dafür danke ich dir, Eva!

Wieder wurde Eva von einer Welle des Unbehagens überrollt, weil sie das Vertrauen dieser wunderbaren Frau missbrauchte. Aber dies war sicher nicht der Augenblick für die Wahrheit! Der würde noch kommen. Ganz bestimmt.

Nach einer Weile spannen sie am Projekt des neu zu gründenden Hamam herum, der zu einer kulturellen und kultigen Institution für Frauen werden könnte.

»Und an die Tür kommt ein Schild mit drei Männern drauf,

auf dem steht: Wir müssen leider draußen bleiben«, verkündete Francis und lachte wie ein alberner Teenager in die Sommernacht hinaus.

»Nicht mal ein klitzekleiner Männernachmittag?«

»Niet! Niet! Niet! Keine Chance! – Männer haben keinen Zutritt!«

Ein Räuspern ertönte und dann Magnus' Stimme: »Aber ich wohne doch hier.«

Die beiden schreckten von ihren Liegen hoch. Doch Magnus erschrak nicht minder, als sein Blick auf Eva fiel. Hätte Francis sie nicht aufgefordert, ihr Auto in die Garage zu stellen, wäre er zumindest gewarnt gewesen. So aber lief er geradewegs ins Messer.

»Da bist du ja!«, rief Francis und streckte Magnus die Wange zum Kuss hin. »Nun lernst du doch endlich Eva Gallus kennen. Eva, das ist das juwelengleiche Geschöpf, von dem ich dir pausenlos vorschwärme.«

Eva hielt es für das Beste, ihm artig die Hand hinzustrecken, und er, diese zu ergreifen.

»Guten Abend«, sagte er mechanisch oder auch, um überhaupt etwas zu sagen.

»Magnus, Eva kennst und schätzt du ja bereits von ihrer Arbeit. Ich finde, ihr solltet euch auch duzen, das vereinfacht die Dinge.«

Beide nickten stumm. Wahrhaftig! Es wäre Eva schon merkwürdig vorgekommen, wenn sie ihn Herr Weizenegger hätte nennen müssen. Zumal er ihr diesen Namen ohnehin nie verraten wollte.

»Wir haben einen fantastischen Nachmittag und Abend erlebt, Lieber. Eva ist so amüsant und inspirierend! Die Zeit verging wie im Fluge.« Plötzlich schlug sie sich mit der Hand gegen die Stirn. »Mein Gott, wie spät ist es eigentlich?«

»Gegen halb elf«, erwiderte Magnus, der wie üblich keine Uhr dabei hatte. Etwa so spät war's wohl auch, als er von ihrem ersten Rendezvous heimkehrte. Es galt ja schließlich noch den Umweg über den Tennisclub zu nehmen. Eva ertappte sich bei Gefühlen, die erheblich an Eifersucht und den Zorn einer betrogenen Frau erinnerten.

»Magnus, ich bin untröstlich, aber ich hab überhaupt nicht mehr daran gedacht, dir deinen Film aufzuzeichnen.« Francis sagte es mit ehrlichem Bedauern. Aber Magnus blickte so düster drein, dass über seine mangelnde Bereitschaft zur Vergebung kein Zweifel aufkommen konnte.

»Sorry, Darling! Nun kann ich's nicht mehr ändern. Aber den Film gibt es sicher auch als DVD zu kaufen!«, rief sie hoffnungsvoll, »Ich bring ihn dir mit, wenn ich nächstes Mal in die Stadt komme.«

Doch Magnus blieb sauer und wünschte schroff eine gute Nacht.

»Du musst wissen, Magnus ist ein erklärter Freund von Woody Allen. Und heute Abend kam eben ein Film, den er noch nicht oder erst ein paar Mal gesehen hat. Eine ganze Reihe davon kann er nämlich auswendig zitieren. Allen voran ›Was Sie schon immer über Sex wissen wollten‹.«

Es fiel wie Schuppen von Evas Augen, dass es sich bei manchen der Äußerungen in Magnus' Mails, mit denen sie nichts anzufangen wusste, um Anspielungen auf Woody-Filme handeln musste.

»Das ist das, was ich vorhin meinte«, erklärte Francis seufzend, »wenn die Dinge so ablaufen, wie er es mag, ist alles in Ordnung. Das Recht auf Abweichungen aus der gewohnten Spur steht ausschließlich ihm zu.«

Eva, die sich als Kronzeugin dieses Sonderrechts unwohl in ihrer Haut fühlte, versuchte abzulenken und fragte, was Magnus an den Filmen besonders fasziniere?

»Junge, dünne, neurotische Frauen! Und die gibt's da ja zuhauf – ebenso wie neurotische Männer. Aber ich bin sicher, wenn ich einen Nervenzusammenbruch bekäme, fände er das überhaupt nicht witzig.« Sie klang ziemlich bitter. »Ist doch im Grunde ein dicker Hund: Fürs Grobe heiratet er eine praktische, unkomplizierte Frau mit Grips und starken Nerven, aber sein wahrer Traum ist so ein gestörtes Vögelchen, das beim leisesten Windhauch eine Bruchlandung liefert.«

Eva hat Mühe zu glauben, dass die souveräne Francis, die sie bisher kennengelernt hatte, wegen eines cineastischen Prototyps derart in Rage geriet.

»Sag mal, Francis, vielleicht spinn ich ja, aber es hört sich gerade so an, als empfändest du diese Vorliebe für eine persönliche Kränkung.«

»Was mich in Wahrheit wurmt, ist, dass Magnus, der ohne meine Umsicht, mein Organisationstalent und meine Tüchtigkeit längst vor die Hunde gegangen wäre, von einem Frauentyp fasziniert ist, der dasselbe unpraktische, neurotische und fleischlose Weib verkörpert wie seine Mutter. Dieses bigotte selbstgerechte Monster hat im Verein mit ihrem Tochter-Klon sowohl Mann als auch Söhne nur schikaniert und manipuliert mit ihren Launen und Kränkeleien. Magnus leidet heute noch unter den Folgeschäden – dennoch sinkt er vor Frauen, die alle diese Untugenden verkörpern, auf die Knie!«

»Aha, daher weht der Wind«, sagte Eva und verstand auch ein bisschen besser, warum ihre Beziehung zu Magnus keinen Bestand haben konnte. Das starke Frauenmodell hatte er bereits zu Hause. Es bot jedoch wenige Möglichkeiten, seine Neurosen aufzuarbeiten. Er suchte eine neurotische Halbleiche, mit der er seine Mutter-Macke beackern konnte.

»Aber lassen wir das unerfreuliche Thema und den Herrn im Internet rumstromern! Wir trinken – mit Seeblick und Optimismus für kommende Freuden noch ein Glas auf den wunderbaren Damenabend.«

22

Eva lag auf dem glatten kühlen Laken im Gästebett in Weizeneggers Villa und war versucht, sich zu kneifen, weil ihr alles so unwahrscheinlich vorkam. Die erste Nacht, die sie mit Magnus unter einem Dach verbrachte. Die hatte sie sich auch anders ausgemalt!

Als sie sich gerade hingelegt hatte, fiel ihr ein, dass die Tür nicht abgeschlossen war. Doch Magnus würde sicher niemals wagen, sie im Gästezimmer aufzusuchen.

Ihre Anwesenheit in seinem Hause beunruhigte und störte ihn zweifellos, aber er war nicht der Mensch, der Klärung im offenen Gespräch suchte – schon gar nicht bei dem Risiko.

Plötzlich schrak sie aus ihren Grübeleien auf. Irgendetwas hatte sie hart am Arm getroffen. Sie hörte kurze Atemstöße. Ihr Körper war vor Schreck gelähmt, doch ihr Geist arbeitete auf Hochtouren. War das Magnus? Wollte er sie umbringen?

Der Geruch in ihrer Nase belehrte sie eines Besseren und die warme nasse Zunge, die ihre Hand leckte, klärte sie endgültig auf. Cerberus, der Torhüter des Hades, empfahl sich als Nachtwache.

Kurz nach sechs Uhr stand Eva auf, um zu schwimmen. Kräftige Stöße im glatten Wasser des morgendlich friedlichen Sees besänftigen ihre aufgewühlte Seele. Ein paar Fischer waren unterwegs und zahlreiche Wasservögel. Ein Schwan, der am Ufer saß, schrak auf, reagierte mit aggressivem Fauchen auf den herbeitrottenden Cerberus und nahm eine wichtigtuerische Drohgebärde ein.

»Komm her, Cerbi!«, rief Eva und der Hund schwamm ihr entgegen. Sie drehte sich auf den Rücken und paddelte mit den Füßen, um langsam neben ihm herzugleiten. Anschließend tollte sie mit ihm auf dem Rasen herum, bis beide außer Atem und fast trocken waren. Als Eva ins Haus ging, trottete er ihr nach. Er saß im Bad und wartete geduldig, bis sie geduscht und ihre Toilette vollendet hatte. Dann schaute er ihr aufmerksam beim Anziehen zu.

»Du bist auch so ein richtiger Macker«, stellte Eva lachend fest und kraulte seinen Hals, worauf er sich gleich auf den Rücken warf und ihr seine bevorzugten Kraulzonen entgegen reckte.

»Komm!« sagte sie, »Sehn wir mal zu, dass wir für dich was in der Küche finden!«

Sie ging davon aus, dass Francis einverstanden war, wenn sie sich in der Küche zu schaffen machte, sowieso, wenn es darum ging, ein Hundeleben zu retten. Als Erstes stellte sie Cerberus frisches Wasser hin. In der angrenzenden Speisekammer fand sie Hundefutter, von dem sie – um nichts falsch zu machen – eine kleine Portion in den leeren Napf füllte. Im Grunde wäre sie in der Lage gewesen, das komplette Frühstück zuzubereiten. Aus Magnus' Monologen wusste sie nämlich, dass Francis und die Kinder morgens Birchermüesli aßen. Er selbst verspeiste zuerst ein Schinken-, dann ein Käse- und schließlich ein Honigbrot. Dazu gab's Kaffee für die Erwachsenen und Ovo für die Jugend. Aber sie setzte nicht ihr ganzes Wissen in die Tat um, sondern beschränkte sich darauf, die Kaffeemaschine in Gang zu setzen. Als sie die nötigen Vorbereitungen getroffen hatte, tauchte Francis im Morgenmantel auf. »Sag bloß, du warst schon schwimmen!«

»Wir beide waren schon schwimmen, klar«, erwiderte Eva mit Blick auf Cerberus.

»Ich wäre zu gern mitgekommen!«

»Gut, dann gehen wir halt noch mal.«

»Im Ernst? Du bist doch schon fix und fertig angezogen!«

»Na und? Das macht doch nichts. Ich komm trotzdem mit. Vorher richten wir aber das Frühstück. Dann können wir uns nachher gleich gemütlich niederlassen.«

»Das tut wirklich unglaublich gut!«, rief Francis fröhlich, als sie dem See entstiegen. »Schon ulkig: Ich hab diese fantastische Gelegenheit direkt vor der Nase und eine Frau aus München muss mich auf den Geschmack bringen.«

»Nun weißt du es ja wieder und kannst es täglich tun.«

»Wäre schon besser, wenn mich jemand entsprechend anschubsen würde – zumindest für den Anfang …«

»Ach was, das schaffst du schon. Cerberus ist sicher mit Begeisterung von der Partie.«

Sie trennten sich in der Eingangshalle, um sich anzuziehen.

Eva kam zuerst ins Frühstückszimmer und traf dort auf Magnus. »Guten Morgen«, grüßte sie so unbefangen es ging.

»Morgen«, erwiderte er muffig. Er räuspert sich. Dreimal. »Findest du das, was du hier abziehst, eigentlich geschmackvoll?«, fragte er schließlich in vorwurfsvollem Ton.

»Geschmack dürfte wohl kaum ein Kriterium sein, das du einfordern kannst.«

»Muss ich etwa damit rechnen, dass du nun öfter hier auftauchst?«

»Schon möglich. Aber ich kann dir versichern, das hat überhaupt nichts mit dir zu tun.«

Wenn Frauen Männersprüche verwenden …

»Dass ich nicht lache!« Natürlich lachte er nicht, sondern er blitzte sie wütend an.

»Okay, nimm dich wichtig und halt dich für den Nabel der Welt, wenn es dir guttut! Ich bin jedoch nicht deinetwegen hier, sondern weil deine Frau mich eingeladen hat. Und ich werde wiederkommen, wenn sie mich wieder einlädt, denn wir mögen uns.«

»Wie schön! Was ich dabei fühle, ist dir wohl gleichgültig!«

»Weißt du, Magnus, in puncto Gleichgültigkeit gegenüber den Gefühlen anderer hast du mir eine überaus eindrucksvolle

Lektion erteilt, die ich mein Leben lang nicht vergessen werde. Never ever! Um auch mal deinen Wortschatz zu bemühen.«

Sie lächelte in sein zerknirschtes Gesicht. »Nächste Woche, von Mittwoch bis Freitag, wirst du allerdings deine Ruhe vor mir haben, das kann ich dir versprechen. Hundertprozentig.

»Na großartig. Sehr entgegenkommend, mich über diese erfreulichen Aussichten zu informieren!«

»Sag mal, warum begegnest du mir eigentlich mit einer solchen Aggressivität? Ich hätte ja wohl eher Grund, auf dich sauer zu sein als umgekehrt!«

»Ah ja? Nach allem, was du mir neulich abends angetan hast.«

»Oh, ich hab dir was angetan? Interessant! Wie hätte ich dir etwas antun können, nachdem du mich noch nicht mal eines Grußes gewürdigt hattest?«

Er schnaubte nur.

»Ach so ...« Sie lachte. »Gegenüber wie vielen Frauen musstest du dich denn dafür rechtfertigen, dass ich deinen O-Schrei kannte?«

»Hallo, ihr Lieben! Entschuldigt, ich konnte mich nicht beherrschen und musste unbedingt die Kinder anrufen. Sie lassen grüßen. Na, somit hattet ihr beiden doch zumindest die Gelegenheit, euch ungestört ein wenig gegenseitig zu beschnuppern?« Francis war so euphorisch vom Gespräch mit ihren Kindern, dass ihr die Eiseskälte zwischen den beiden entging. Munter plapperte sie weiter: »Aber warum habt ihr denn noch nicht angefangen? Eva, du musst ja fast verhungern, nach zweimal schwimmen. Ihr hättet wirklich nicht auf mich zu warten brauchen.«

»Das ist ja wohl selbstverständlich«, sagte Eva und schenkte ihr ein warmes Lächeln. Als Francis sich ihrem Müesli widmete, erwiderte sie Magnus' finsteren Blick mit einem frostigen.

»Hat dir Eva schon erzählt, dass wir nächste Woche nach Verona fahren, Lieber?«

Magnus ließ das Messer fallen und den Mund weit offen stehen. »Wie bitte? Ihr beide fahrt nach Verona?«

»Ja, Lieber, wir fahren am Mittwochmorgen los und kommen am Freitagabend zurück. Du hast doch nichts dagegen?«

»Doch allerdings!«, entgegnet Magnus brüsk. »Nach Verona wollte nämlich ich mit dir fahren. Zu unserem Hochzeitstag!«

Francis lachte in hellen Tönen und klatschte in die Hände. »Eva, ich muss dir schon wieder dankbar sein! Auch in diesem Hause scheinen die Gesetze der Marktwirtschaft zu gelten. Konkurrenz belebt das Geschäft. Stell dir vor: Von den zurückliegenden sechzehn Hochzeitstagen hat mein lieber Mann mindestens die Hälfte vergessen. Zu den anderen gab's rote Rosen und auch mal eine Einladung zum Abendessen, aber noch nie die Aussicht auf eine zauberhafte Kurzreise nur für uns zwei. – Aber wunderbar! Dann fahr ich jetzt mit Eva nach Verona und du lädst mich zum Hochzeitstag nach Venedig ein. Da waren wir nämlich immer noch nicht. Weiter so! Genau so hab ich's gern!«

Dieser Begeisterung seiner Frau konnte Magnus natürlich nicht viel entgegensetzen. Er versuchte lediglich, ein paar technische und organisatorische Hinderungsgründe ins Feld zu führen, die gegen ihre spontane Reise mit Eva sprachen. Doch mit denen blitzte er selbstverständlich ab. Francis hielt schließlich alle Fäden in Händen, und wenn sie einen Entschluss fasste, dann hatte sie zuvor alles abgeklärt.

Eva war sich bewusst, dass sich damit Magnus' Groll gegen sie noch deutlich gesteigert hatte. Nun musste er nicht nur auf Francis verzichten und sich mit dem grässlichen Gedanken rumschlagen, dass sie sich mit Eva blendend amüsierte, sondern er musste auch noch eine Reise in die Stadt der Ratten und stinkenden Kanäle auf sich nehmen. Aus seinen Erzählungen wusste sie, dass er sich davor seit mehr als zehn Jahren erfolgreich gedrückt hatte, obwohl Francis immer wieder damit ankam.

»Weißt du Eva, seit einer Ewigkeit möchte ich mit Magnus nach Venedig, aber er hatte nie Lust. Er schleppt mir alles an, was er an negativer Berichterstattung über die Stadt findet. Zig Zeitungsartikel hat er mir zum Lesen gegeben, nachdem er sie zuvor mit Textmarkern bearbeitet hatte. Aber das bewirkt natürlich nichts. Ich will da hin. Davon bringt mich niemand und nichts ab. Warst du eigentlich schon mal dort?«

»Zweimal sogar. Mit einem Freund, bei den Filmfestspielen.«

»Ah, das ist ja fantastisch!«

»So fantastisch war's dann auch wieder nicht. Ruben ist Regisseur und er hatte mich mitgenommen, damit ich auf seine neurotischen Schauspielerinnen aufpasste oder deren eifersüchtige Partner ablenkte. So richtig gemütlich als Touristin habe ich Venedig also auch noch nicht erlebt.«

»Ja, wenn du …«

»Schluss! Francis, du kannst dein Taktieren einstellen. Ich fahre mit dir nach Venedig. Versprochen«, grollte Magnus, offenbar um Schadensbegrenzung bemüht. Und dann lächelte er tatsächlich ein wenig, wenn auch schief – aber gerade genug, um beide Frauen mit seinem Zauber zu berühren.

Francis und Eva fuhren bei Regen los, doch als sie aus dem San-Bernardino-Tunnel hervortauchten, empfing sie strahlender Sonnenschein. Bei der Raststätte hielten sie an, um das Verdeck von Francis' gelbem Eos zu öffnen und sich am Lenkrad abzuwechseln.

»Süden!«, rief Francis und dann – wie eine Sequenz aus dem Sprachlabor zur Übung des stimmhaften S: »Sonniger süßer Süden!«

Beide reckten die Hände gen Himmel und dehnten sich in alle Richtungen. Dann umarmte Francis Eva und drückte ihr auf jede Wange einen Kuss. »Ohne dich wäre ich nie hier!«

»Ich ohne dich auch nicht«, sagte Eva, »aber ich find's toll!«

Kurz darauf fuhren sie weiter – nun mit Eva am Lenkrad. Francis suchte im Radio einen Sender, der zu ihrer aktuellen Stimmung passte. Als sie auf Eros Ramazzotti traf, ließ sie den Sender drin und beide sangen mit. Dove c'è musica … Das richtige Lied für den Weg nach Verona …

Die Kopftücher der beiden flatterten im Wind und da sie mit offenem Verdeck nicht allzu schnell fahren konnten, wurden sie umso intensiver zur Kenntnis genommen. Beim Tankstopp in Bellinzona erwiderten sie zwei Einladungen mit fröhlichem Lachen und winkten ab. Sie fanden es viel interessanter und lustiger, sich zu zweit an einen Tisch zu setzen und sich über die Männer, statt mit ihnen zu unterhalten.

»Die Freude für die Augen ist meist die größte«, sagte Francis. Dann lachte sie. »Nicht, dass ich ein fundiertes Urteil fällen könnte. Dazu fehlt's mir eindeutig an Erfahrung. Vor Magnus gab es lediglich einen schüchternen Schulfreund und seit Magnus keine intime Begegnung mit einem anderen Mann. Das mag blöd klingen, aber ich hab noch keinen getroffen, der mich mehr gereizt hätte als er.«

Ich auch nicht, leider, dachte Eva und verspürte schon wieder den Druck ihres schlechten Gewissens.

»Damals, als diese Frau ständig angerufen hat und er nicht mehr leugnen konnte, dass mit ihr was gelaufen ist, da dachte ich, ich müsste ihn auch betrügen – allein aus Prinzip und um mir nicht gar so treudoof vorzukommen. Aber dann hat er die Frau abgewimmelt und wir hatten eine große Aussprache, bei der er mir schwor, so etwas würde nie wieder vorkommen. Und da dachte ich, was soll's? Lass die Finger davon, bevor die ganze Familie darunter leidet. Aber wenn ich jetzt hinter was käme, würde ich nicht zögern, mich zu revanchieren.«

»Ist er denn eifersüchtig?«

»Magnus? Mhmmm, ob das Eifersucht ist, weiß ich nicht – wie gesagt, ich hab ihm ja noch nie einen Anlass dazu gegeben. Er hat jedenfalls eine Heidenangst, mich zu verlieren. Schließlich liebt er den Komfort, sein beschauliches, wohl geregeltes Leben, die Kinder – und mich sicher auch. Ja, vermutlich ist er auch eifersüchtig – wie alle Menschen mit mangelndem Selbstbewusstsein. Das traut ihm ja keiner zu, aber es ist so … Jedenfalls erzählst du ihm besser nicht, dass wir uns ein Zimmer teilen. Er geht natürlich davon aus, dass wir Einzelzimmer haben.«

»Ja und? Hätte er was dagegen?«

»Es würde ihn zumindest beunruhigen. Weißt du, er ist da ziemlich ambivalent. Zum einen faszinieren ihn starke Frauen, zum anderen schüchtern sie ihn ein …«

»Im Gegensatz zu den Sylphiden.«

»Genau. Bei denen glaubt er zu wissen, woran er ist und fühlt sich überlegen. Aber du bist ihm wohl unheimlich.«

»Ah ja?«

»Klar. Ich weiß genau, dass er für intelligente Frauen schwärmt und wie sehr ihn deine Kolumnen begeistern. Und dennoch hat er keinen einzigen Versuch unternommen, dich mit seinem üblichen Rumcharmieren für sich einzunehmen …«

»Oh …« Themawechsel! bitte!

»Ich denke, er hat Angst, du könntest ihn durchschauen und nicht ernst nehmen.«

»Hm.«

»Aus irgendeinem Grund hat er einen Heidenrespekt vor dir.«

Zumindest das … »Du aber hoffentlich nicht?«

»Es hält sich in Grenzen …«

»Was mich angeht, so zittere ich geradezu vor deiner Autorität.«

Sie lachten beide und dann lästerten sie über die vielen Handybenutzer auf der Caféterrasse und malten sich aus, mit wem die gerade sprechen könnten und was für Lügen sie wohl erzählten.

»Ich hab mein Handy ja zu Hause vergessen.«

»Absichtlich?«

»Klar. Auch eine Lüge, wie sich das gehört. Ich möchte nicht erreichbar sein. Im Übrigen ist das gegenüber Magnus nur konsequent. Er weigert sich ja beharrlich, sich eines zuzulegen. Ebenso wie er sich weigert, eine Uhr zu tragen. Da hat er doch zumindest Ausreden und Spielraum für Versäumnisse.«

Eva machte sich im Geiste Notizen für neue Glossen: Handys, Sex und Lügen; Uhren und Pünktlichkeit; Männer, die von außen schön sind; Frauen mit Sonnenbrillen in Cabrios …

»Super«, sagte sie, »reisen mit dir inspiriert mich! Ich lade dich heute Abend zum Essen ein.«

Für mich waren Evas neue Aktivitäten natürlich auch sehr ergiebig. Obwohl manchmal schon ganz gewaltig die Eifersucht in mir hochkochte. Warum waren wir nie zusammen nach Verona gefahren oder nach Venedig? Obwohl – Venedig wäre erst noch eine Idee. Wenn mein Roman fertig ist, ich ihn bei einem Verlag untergebracht und den Vorschuss kassiert habe, könnte ich Eva zu einem Venedigtrip einladen. Ja, Superidee! Und ein Grund mehr, die Sache voranzutreiben!

Ich muss zugeben, ich arbeite im Moment wie besessen. Am Morgen, wenn ich aufstehe, habe ich die besten Gedanken. Vermutlich arbeite ich auch im Traum an dem Manuskript. Nach dem Erwachen kann's nicht schnell genug gehen, bis ich mich an den Schreibtisch setze und loslege. Gegen Mittag mache ich eine kleine Pause mit anschließendem Kaffee und dann setze ich mich an die Übersetzung. Vier Stunden, das muss für mein Tagespensum reichen. Klappt auch meistens. Sofern ich mich nicht im Wörterbuch fest lese. Ein klarer Vorteil von Mini-Wörterbüchern. Da stehen keine spannenden Redewendungen drin. Nur dummerweise sind die Vokabeln, die ich nachschlagen muss, nicht in kleinen Wörterbüchern enthalten. Also ist jedes Nachschlagen eine Herausforderung an meine Selbstbeherrschung. Noch schlimmer ist das mit Lexika. Da bin ich absolut verloren. Im Englischen habe ich sicher auch nur deshalb einen so großen Wortschatz, weil meine Mutter eine Encyclopaedia Britannica besitzt. Von klein auf konnte ich Stunden damit zubringen, darin zu blättern – und sobald ich dann mehr verstand, hab ich mich richtig hineingefressen. So wurde mein Vokabular fast spielerisch erweitert und mein Wissen mehrte sich von Tag zu Tag.

Nach meinen täglichen Übersetzungen zwinge ich mich jedenfalls immer zu etwas Bewegung im Englischen Garten, wenn das Wetter nicht gar so übel ist. Dabei kann ich dann schon im Geiste an der Fortsetzung meines Romans arbeiten. Manchmal, wenn es sich um Dialoge handelt, die mich emotional packen, plappere ich laut vor mich hin, was mir schon etliche merkwürdige Blicke eingetragen hat. Wenn ich die Methode ausbauen möchte, sollte ich mir vielleicht zur Tarnung einen Hund zulegen.

Bei absolut miesem Wetter habe ich auch ein vorzügliches Entspannungsrezept: Ich lasse mir ein Bad ein mit Rosmarin-Essenz und dann spiele ich die Mango-Spechtin. Den Ausdruck hat Eva geprägt, als sie mich zum ersten Mal eine Mango aushöhlen sah.

Also, ich nehme die reife Frucht, steche ein Loch zum Einführen des Löffels hinein und dann löffle ich die Mango aus, bis nur noch der abgeschabte Kern in der hohlen Schale übrig bleibt. Das verlangt einige Geschicklichkeit, ist aber ein durchaus sinnliches und entspannendes Vergnügen.

Im Moment bin ich ausnahmsweise so richtig zufrieden mit mir und ganz stolz, dass ich in der relativ kurzen Zeit schon so viel geschafft habe. Aber meine Freundinnen versorgen mich auch wirklich mit reichlich Stoff. Eva mailt mir alle paar Tage die neuesten Aufzeichnungen ihres Tagebuchs und Sibylle versorgt mich telefonisch mit Informationen und Ratschlägen, die allerdings sehr häufig bereits da Gewesenem gleichen.

Eigentlich sollte ich mich ja allmählich um einen Verlag kümmern, aber andererseits möchte ich das Baby am liebsten gar nicht aus der Hand geben, bevor es nicht vollendet ist.

Ich könnte mich sonst wohin beißen, dass ich gegenüber S. S. das Thema überhaupt zur Sprache gebracht habe. Denn nun wird sie vermutlich insistieren, dass ich es ihrem Verlag anbiete. Aber das ist natürlich unmöglich, weil sie selbst im Roman vorkommt. Beni auch. Und ihre Affäre mit Beni. Zudem Benis Beziehung(en) zu mir! Vermutlich sollte ich mir ein Pseudonym ausdenken. Danach muss ich die Geschichte überarbeiten, was identifizierbare Anhaltspunkte betrifft! Dann brauche ich einen Verlag, für den ich noch nicht so viel gearbeitet habe, dass mein Pseudonym gleich auffliegt. Puh! Es ist deutlich weniger problematisch anderer Leute Geschichten unters Volk zu bringen als die eigenen!

Aber ich möchte Sie nicht länger mit meinen Erwägungen und Überlegungen aufhalten. Beamen wir uns doch lieber wieder nach Italien, damit Sie erfahren, was sich dort bei Eva und Francis abspielte.

23

Gegen halb drei am Nachmittag erreichten sie die Heimatstadt von Romeo e Giulietta. Sie fuhren ins Zentrum. An einer Ampel fragte Eva, die ja gut Italienisch spricht, den Fahrer im Alfa-Cabrio neben ihr (der sehr interessiert zu ihnen herüberäugte) nach der Via Roma, der größten Straße in der Nähe ihres Hotels. Signor Alfa erkundigte sich nach der genauen Adresse und Eva nannte den Namen des Hotels. Daraufhin forderte er sie auf, ihm zu folgen und lotste sie direkt an Ort und Stelle. Wie Francis bei der Ankunft bemerkte, hätte es genügt, wenn der freundliche Herr ihnen gesagt hätte, das Hotel sei ganz nah bei der Arena, aber er wollte sie offenbar persönlich hinbringen. Sie brauchten nur ihre Handtaschen aus dem Auto zu nehmen und einem Hotelangestellten die Schlüssel auszuhändigen. Alles andere wurde erledigt.

»Dürfen wir Sie zu einem Drink an der Bar einladen?«, fragte Eva den schönen Lotsen. Doch der schaute auf die Uhr und erwiderte mit sichtlichem Bedauern, er sei auf dem Weg zu einem wichtigen Termin. Dann angelte er jedoch eine Visitenkarte aus der Sakkotasche und meinte, es wäre ihm eine Freude, wenn er die Damen zum Abendessen einladen dürfte.

»Tut uns leid, aber heute Abend haben wir bereits ein Rendezvous – mit Rigoletto.«

Er lächelte. »Verstehe. Und morgen mit Aida, nehme ich an.«

Ihr Veroneser Kavalier schien sich auszukennen. »Und wie sieht's morgen Mittag aus?«

Eva besprach sich kurz mit Francis. Die war so aufgedreht von der italienischen Sonne, dem Charme der Stadt und der Freundlichkeit des Unbekannten, dass sie lachend einwilligte, dem Fremden seinen offenbar sehnlichen Wunsch zu erfüllen.

Also sagte Eva dem Kavalier zu, den seine Karte als Flavio Pellegrino auswies. Er strahlte und versprach, sie morgen kurz vor eins im Hotel abzuholen.

Der Herr an der Rezeption, der sich als Padrone vorstellte, begrüßte die beiden Damen mit großer Zuvorkommenheit. Die steigerte sich zu deutlicher Herzlichkeit, als Eva Italienisch sprach und er nicht länger seine mageren Deutschkenntnisse strapazieren musste. Er sei ja ausgesprochen froh sagte er, dass zwei so reizende Damen in das Arrangement des Ehepaars eingestiegen seien. »Wunderbare Menschen, sie kommen seit über zwanzig Jahren und sie wollen immer dasselbe Zimmer.« Nun hat der Mann kürzlich einen Infarkt erlitten und sie mussten absagen. Sehr traurig. Aber sonst hätten die Damen niemals so kurzfristig ein Zimmer bekommen. Die Tickets für die Arena seien auch sehr begehrt. »Ja, das Leben ist launisch. Des einen Leid …« Er war kaum zu bremsen.

Eva übersetzte für Francis, was sie für nötig hielt und die schlug vor, dem Ehepaar eine Postkarte zu schicken und dem Herrn gute Besserung zu wünschen.

»Ottima idea!«, fand der Padrone und lud die beiden zu einem Begrüßungstrunk ein.

»Alles scheint hier so heiter, flirrend und leicht«, meinte Francis und Eva gab ihr recht.

»Das liegt aber auch an dir. Ich war ja schon öfter in Italien, aber mit Magnus habe ich diese Veränderung nie so bemerkt. Er ist eben etwas träge und behäbig – wo auch immer auf der Welt – und recht indifferent gegenüber dem Ambiente. Das heißt, solange er anständig essen, trinken und schlafen kann. Gibt's da Probleme, kann er durchaus aktiv werden, aber besser, es kommt nicht dazu.«

»Ich bin da schon eher ein Chamäleon, ich wurstle mich überall durch.«

»Mir geht's genau wie dir! Eva, lass uns ausgelassen sein, flirren und flippen während unserer gemeinsamen Tage!«

»Und Nächte. Vielleicht sollten wir noch ein paar dran hängen.«

»Da würde Magnus mit Sicherheit durchdrehen. – Aber sei's drum! Du hast recht. Ich muss ja nicht meine ganze Fantasie von seiner Meinung abhängig machen. Schauen wir mal.«

Das Zimmer war schön und gemütlich und bot alles, worauf es ankam. Außerdem wirkte es sehr gepflegt. Francis warf sich aufs Bett, um die Matratze zu testen. Die war nicht annähernd so weich wie befürchtet.

»Wer schläft wo?«

»Ist mir egal.«

»Gut, dann schlafe ich links. Das bin ich einfach gewohnt. Fast siebzehn Jahre Eheleben – da hat man schon ein paar Schrullen!«

Sie verteilten ihre Sachen in Zimmer und Bad.

Während Francis ladylike mit der Art von Hartschalen-Kosmetikkoffer verreiste, die Eva immer bei fliegenden Damen belächelte und die sie schon lange mal in einer Glosse erwähnen wollte, benutzte Eva einen ledernen Kulturbeutel aus der Herrenabteilung. Für die Reise packte sie das, was sie brauchte, in kleine Töpfchen und Flaschen, damit das Gepäck leichter war und die Cremes bei hohen Temperaturen nicht ranzig wurden. Francis fand die Idee nachahmenswert.

»Ich stelle mich gleich mal unter die Dusche«, kündigte sie an. »Du kannst aber ruhig trotzdem im Bad bleiben.«

Eva freute sich über diese Offenheit und ihr Gewissen pochte umso mehr. Hatte sie sich doch so fest vorgenommen, auf der Fahrt eine Beichte abzulegen!

Als Francis aus der Dusche trat, reichte Eva ihr eins der flauschigen weißen Badetücher und machte sich selbst bereit.

»Mein Gott, bist du schön!«, seufzte Francis, die Evas perfekten femininen Körper das erste Mal ganz nackt sah.

»Danke, ich kann das Kompliment in vollem Umfang erwidern.«

»Auch danke, aber das ist was anderes. Ich bin nicht krumm, und alles ist am richtigen Platz, aber du bist in deiner Schönheit absolut erotisch!«

Eva grinste etwas schief. »Na, nochmals vielen Dank. Ich weiß, dass dieses Attribut dem Wunschtraum sehr vieler Menschen entspricht. Aber es hat durchaus auch Nachteile. Die meisten …«, sie hielt inne. – … Frauen begegnen mir sehr misstrauisch, weil sie in mir die Frau sehen, die ihren Mann auf Abwege locken könnte, hätte sie beinahe gesagt. Aber das verkniff sie sich doch lieber aus diplomatischen Gründen und lenkte das Thema auf weniger verfängliches Terrain. »… Äh … Männer gehen nämlich mit der größten Selbstverständlichkeit davon aus, dass eine Frau, die sie für attraktiv halten, das umgekehrt genauso sieht.«

»Ein absoluter Witz. Aber im Grunde sind sie für ihr solides Selbstwertgefühl zu beneiden. Wir Frauen finden immer was an uns auszusetzen! Leider! Andererseits könnte ich mir vorstellen, dass solche selbstsicher balzenden Typen im Alltag schon sehr lästig sind. Allein der Gedanke, von so einem angebaggert zu werden, lässt mich gruseln. Da muss ich ja direkt froh sein, dass ich nicht auf diese Weise Akzeptanz finde.«

»Francis, glaub mir, so wie du bist, bist du goldrichtig.«

»Danke.« Sie lächelte Eva im Spiegel an und zwinkerte fröhlich. »Ist es nicht witzig, wie leicht uns mit einem Mal die Komplimente über die Lippen gehen? Das italienische Flair … – Komm, lass uns bummeln gehen, um noch mehr davon abzukriegen!«

Das Hotel war wirklich ideal situiert. In wenigen Minuten erreichten sie die berühmte Piazza delle Erbe, den malerischen Kräuter-, Obst- und Gemüsemarkt mit den unzähligen bunten Sonnenschirmen. Sie schnupperten an Kräutern, kauften etwas Obst, das sie im Brunnen der Madonna di Verona wuschen und gleich aßen. Als nächstes Ziel steuerten sie das nahe gelegene Haus der Familie Capuleti an, und blicken zu Julias Balkon hoch.

»Wunderschöne Fassade, zauberhaftes Haus – und dahinter so viel Hass und Dünkel … Die Capuletis und Montagues sind auch überaus deutliche Beispiele dafür, wie Eltern ihren Kindern das Leben versauen können«, sinnierte Francis.

»Ja. Das Traurigste daran ist aber, dass Geschichten am ehesten die Chance haben, Unsterblichkeit zu erlangen, wenn sich die Antagonisten möglichst fies verhalten.«

»Meine Schwiegermutter wäre diesbezüglich auch ein ergiebiger Typ. Was glaubst du, wie die ihren Mann und die Söhne getriezt hat – natürlich alles im Namen des einzig wahren und selig machenden Glaubens. – An Magnus hat sie mal einen Besenstiel abgebrochen, weil er mit einem Nachbarsjungen eine Flasche Bier getrunken hat. Und ihren Mann hat sie für jedes Tröpfchen mit Verachtung bestraft.«

»Na, der wird ja hoffentlich Möglichkeiten gefunden haben, das anderswo zu erledigen, wenn ihm danach war.« Eva grinste und dachte überaus wohlwollend an Frau Keller.

»Ich hoffe es für ihn. Der Gipfel der Scheinheiligkeit ist aber, dass Magnus' Mutter und Schwester zwar Alkohol in jeder genießbaren Form verteufeln, sich selbst jedoch bei allem, was anfällt, mit Melissengeist kurieren. Der ist natürlich auch untadelig. Dafür bürgen schon die Nonnen, die auf dem Etikett abgebildet sind. Ich wundere mich gelegentlich, dass Magnus keinen größeren Schaden genommen hat.«

»O je«, stöhnte Eva und dachte dabei, der Schaden sei wahrhaftig groß genug.

Sie flanierten über die Piazza dei Signori, die mit dem alten Rathaus und den prunkvollen Palazzi zu den schönsten Plätzen Italiens gezählt wird. Dabei ernteten sie bewundernde Blicke sowie anerkennende Kommentare. Francis, die dergleichen offenbar nicht kannte, weil sie bislang meist an der Seite von Magnus unterwegs war, der schon durch seine Größe jeden anderen Bewerber abschreckte, schien Gefallen an solch nonchalanter Akzeptanz zu finden und wurde immer ausgelassener. So fielen die beiden natürlich noch mehr auf. Zwei schöne, lachende Frauen, eine blonde und eine brünette, ganz offensichtlich Ausländerinnen, was sie umso begehrenswerter, da geheimnisvoller machte. Sie erwiderten die begehrlichen Blicke natürlich nicht, ließen sie jedoch fröhlich auf sich wirken.

»Wenn ich in Italien aufgewachsen wäre, hätte ich sicher nicht so lange geglaubt, ich sei hässlich«, sagte Eva.

»Du – hässlich? Das darf doch nicht wahr sein!«

»Doch, es gab Zeiten, da hatte ich überhaupt keine Lust, auszugehen, weil ich dachte, alle Menschen würden mich hässlich finden und mich ihre Verachtung spüren lassen.«

»Das ist ja komplett verrückt!«

»Erziehung zur Bescheidenheit und Demut.«

»Unglaublich! Aber bitte, sieh dich nur um. Falls du noch den geringsten Zweifel hegen solltest, dass du eine Bellezza bist, dann beobachte mal die Männer, die dich bewundernd anstarren!«

»Auf Schritt und Tritt und aus glutvollen Augen. Aber diese Blicke gelten vor allem dir, mia bella bionda!«

»Weißt du was? Ich hätte Lust, uns solche verspiegelten Sonnenbrillen zu kaufen und genauso fies zurückzuglotzen – ohne dass die unsere Augen sehen. Wir könnten ja noch ein bisschen anzüglich dazu grinsen«, fantasierte Francis.

»Tolle Idee!«, pflichtete Eva ihr kichernd bei, die den Vorschlag natürlich nicht ernst nahm, die Vorstellung jedoch auch sehr reizvoll fand. Vor allem amüsierte sie sich darüber, wie die doch eher reservierte Francis Weizenegger immer mehr aus sich heraus ging und sie beide in ihrem Verhalten zunehmend jungen Mädchen glichen. Es passierte immer öfter, dass sie vergaß, wer ihr Mann war. Mehr und mehr nahm sie sie als Freundin wahr, als liebenswerte, begeisterungsfähige Kameradin. Und dann fiel ihr wieder das Geheimnis ein, das noch immer zwischen ihnen schwebte. Aber sie verdrängte den Gedanken schnell wieder, um die Faszination des Augenblicks zu wahren.

»Es ist verrückt«, schwärmte Francis, »ich fühle mich so gelöst, glücklich und jung. Und das Leben scheint plötzlich in allen Richtungen offen zu stehen.«

Magnus würde sicher nicht in Begeisterung ausbrechen, wenn er seine Frau in dieser Form erlebte. Eva konnte sich des Gefühls der Genugtuung nicht erwehren. Darüber hinaus war sie sicher, er empfände jedes Mal Unbehagen, wenn er daran dachte, dass seine Frau sich in ihrer Gesellschaft tummelte – und überlegte, was sie ausplaudern könnte. Inzwischen war bestimmt auch seine Überzeugung ins Wanken geraten, Eva würde sich grundsätzlich in vornehmer Zurückhaltung üben, nachdem er sich aus ihrem Leben verdrückt hatte. Ihr Auftritt im Inselhotel dürften ihm ihre Unberechenbarkeit und die Gefahr, die von ihr ausging, deutlich gemacht haben. Was mochte ihn erst erwarten, wenn sie zurückkehrten?

»Ich sollte unbedingt Magnus anrufen, um ihm zu sagen, dass wir gut angekommen sind«, seufzte Francis, in deren Kopf wohl auch gerade Magnus herumspukte. Jetzt ist er bestimmt im Tennisclub. Das ist gut, dann spreche ich ihm auf den Anrufbeantworter, und er hat keine Gelegenheit, mir einen Dämpfer zu verpassen.«

Aha, dachte Eva, sie schätzt ihn als Spielverderber ein. Ausgerechnet den Mann, der sich mit Vorliebe als Homo ludens bezeichnet. Sie reichte der Freundin das Handy, nachdem sie die Nummer unterdrückt hatte. Die Rechnung ging auf. Zumindest insofern, als der Anrufbeantworter ansprang. Francis' Begeisterung kam vermutlich ziemlich ungefiltert in Deutschland an. Ohne Evas Einverständnis einzuholen, richtete sie auch von ihr einen lieben Gruß aus. Aber den gönnte sie Magnus, zumal er in Verbindung mit Francis' euphorischer Stimme ohnehin für genügend Irritation sorgen würde.

Sie brachen beizeiten in die Arena auf. Mehr als zwanzigtausend Personen soll das Amphitheater aufnehmen. Und sie hatten wirklich ein Riesenglück mit den Plätzen des alten Ehepaars. Die befanden sich zwar im zweiten Parkett, aber dennoch in der ersten Reihe – also direkt am Geschehen. Ihr Genuss wurde nur dadurch beeinträchtigt, dass links von ihnen ein Amerikaner saß, der eine nahezu betäubende Alkoholfahne schwenkte. Zuerst hatte Francis die Last, doch nach der ausgedehnten Pause tauschte Eva mit ihr den Platz, um ihr Leid zu teilen.

Beide hatten schon bessere Rigoletto-Aufführungen gesehen, waren aber dennoch restlos begeistert, denn das Ereignis, die Oper unter freiem Himmel in der Arena zu erleben, war einfach sensationell.

Die Vorstellung fing um neun an, als es gerade zu dämmern begann. Dann wurde der Mond sichtbar, als dünne Sichel, wenige Tage nach Neumond. Doch die Sicht war so klar, dass sich außer der blassen Mondsichel auch der dunkle Schemen des kompletten Rondells abzeichnete. Und mit zunehmender Dunkelheit zeigten sich allmählich mehr und mehr Sterne am Himmel, bis das Firmament von strahlendem Gefunkel übersät war.

Da die Pause sehr großzügig bemessen war, flanierten sie zuerst ein wenig durch die Arena und stellen fest, dass Röcke, Hosen und Hemdsärmel kürzer wurden, je höher die Besucher auf den Stufen des Amphitheaters saßen. Bei der überwiegenden Zahl der Gäste, die sich auf den Steinstufen niedergelassen hatten, schien es sich um Touristen zu handeln. Zu ihrem mäßigen Erstaunen – denn wie könnte es an einem so weltberühmten Ort auch anders sein – traf Francis eine Bekannte. Die junge Französin, die im letzten Jahr Marie-Roses Austauschpartnerin gewesen war. Sie war mit einer Gruppe junger Leute angereist und erzählte, sie hätten schon Stunden vor Beginn der Vorstellung ihre billigen, jedoch nicht nummerierten Plätze ergattert und im Kreise lauter sympathischer Menschen in der Arena zu Abend gegessen.

Nach dem kleinen Kreuz-und-quer-Gang nahmen Eva und Francis noch ein Glas Prosecco in der Bar zu sich. Dort trafen sich die Leute der teuren Plätze, die zum überwiegenden Teil in elegante Abendgarderobe gewandet waren. Auch sie hatten sich natürlich ausgesprochen schick gemacht. Francis trug einen eleganten taubenblauen Hosenanzug und Eva ein eng anliegendes schwarzes Kleid mit Spaghetti-Trägern und eine violette Stola.

Erst nach Mitternacht kehrten sie ins Hotel zurück, doch zu ihrem Erstaunen herrschte dort in der Bar noch Hochbetrieb. So ließen sie den zauberhaften Tag bei einem weiteren Glas Prosecco ausklingen.

Als sie ins Zimmer kamen, fragte Eva die Mailbox ihres Handys ab. Leonardo hatte angerufen. Eva und er waren zu einer Talkshow eingeladen und sollten am Samstag nach München fahren. Er hatte für beide zugesagt und hoffte inständig, Eva würde ihn nicht hängen lassen.

»Damit ist die Verlängerung unserer Reise wohl hinfällig«, seufzte Francis, fügte jedoch hinzu, als sie Evas betretene Miene sah: »Ich hätte mich wahrscheinlich eh nicht getraut, gleich beim ersten Mal derart über die Stränge zu schlagen!«

Als Eva am Morgen aufwachte, spürte sie Francis' Arm, der sie umschlang.

Jahrelange eheliche Gewohnheit, dachte sie, war aber dennoch gerührt. Weiterschlafen konnte sie jetzt natürlich nicht. Auch wollte sie keinesfalls, dass Francis erwachte. Sie lag also unbeweglich wach und wünschte, Magnus könnte just in diesem Moment einen Blick in ihr Zimmer werfen.

Flavio Pellegrino kam pünktlich zur verabredeten Zeit und brachte einen Freund mit, Alessandro di Lucca, der auch Mitte dreißig sein mochte und fast noch attraktiver war als

Flavio. Die beiden führten die Damen in ein sehr gepflegtes und teures Restaurant, wo offenbar großer Wert darauf gelegt wurde, zu sehen und gesehen zu werden. Flavio hatte einen Tisch reserviert, und die Ober behandelten die kleine Gruppe mit deutlicher Ehrerbietung. Während sie zu ihrem Tisch geleitet wurden, grüßten die beiden Herren überaus freundlich nach allen Seiten. Sie schienen in diesem Kreis bekannt zu sein und es sehr zu genießen, sich mit so schönen Begleiterinnen zu schmücken. Da Francis kaum Italienisch sprach, erfolgte das Gespräch auf Englisch, was die Herren trotz ihres deutlichen Akzents ganz ausgezeichnet beherrschten.

Das Essen war vorzüglich, der Wein ebenfalls und die Gespräche drehten sich um Reisen in fremde – sprich außereuropäische – Länder. Denn die vier betrachteten sich zumindest für die Dauer des Mahls als Angehörige eines Volkes, der Europäer. Und so ließ sich dann ganz heiter und mit liebevoller Ironie über die Eigenheiten und -tümlichkeiten der Völker anderer Kontinente plaudern und scherzen. Der Schwerpunkt lag dabei eindeutig auf der verklemmten Sexualmoral der Amerikaner. Auf diese Weise ließen sich ja auch immer wieder bestens Ansichten und Einstellungen der anderen herausfinden. Spielerisch, mit Anekdoten, scherzhaft und niveauvoll.

Wieder schlich sich der Gedanke an Magnus in Evas Geist. Es würde ihm zweifellos missfallen, seine Frau mit wildfremden Männern scherzen und lachen zu sehen. Dazu noch mit zwei so attraktiven, die darüber hinaus noch nicht einmal trübe Trottel waren. Die beiden arbeiteten für ein international agierendes Wirtschaftsberatungsunternehmen und waren recht oft in den USA. Um Familien zu gründen, hatte – wie beide bedauernd gestanden – die Zeit noch nicht gereicht. Aber natürlich seien sie Männer, echte Männer und sie wüssten Frauen sehr wohl zu schätzen … – Sie blickten zwar recht vielsagend drein, äußerten ihre Geständnisse jedoch ganz freundlich und völlig unaufdringlich. Und dann betonten sie beide, sie würden sich glücklich schätzen, wenn die Damen wieder einmal in ihre Gegend kämen und ihnen – hier verteilte auch Alessandro seine Visitenkarten – vorher Bescheid sagten. Dann könnten sie ein Programm für sie ausarbeiten. Nun müssten sie aber leider wieder Termine wahrnehmen.

Sie verabschiedeten sich mit Küsschen auf die Wangen, winkten einander zu und trennten sich im angenehmen Gefühl spontaner Sympathie und liebenswürdiger Leichtigkeit.

Eva und Francis, von Prosecco und Wein zu so ungewohnter Stunde zusätzlich aufgedreht, bummelten durch die Stadt, besichtigten das Haus, in dem Dante lange gewohnt hatte, schauten sich noch ein paar Baudenkmäler an und betrachteten natürlich auch die Schaufenster. Francis sah viele Kleidungsstücke, die ihr gefielen und die sie gern anprobieren wollte, doch die Geschäfte pflegten die Siesta.

»Sei froh«, sagte Eva, »dann bleibt dir die Enttäuschung erspart, dass die ganzen eleganten Klamotten und Schuhe für kleinere und zierlichere Frauen als uns geschaffen sind …«

Aber als die Geschäfte schließlich wieder öffneten, war Francis nicht zu bremsen. Und sie fand auch einiges, was ihr passte, denn selbstverständlich sind Veroneser Läden auch auf Touristinnen eingestellt. So blieb am Abend der Hosenanzug im Schrank und Francis erlebte Aida in einer raffinierten Robe von Armani.

Was beide nicht für möglich gehalten hätten: Der zweite Abend in der Arena übertraf den ersten noch um ein Vielfaches. Wetter und Abendstimmung waren so zauberhaft wie am Vortag, doch die Kulisse, die Beleuchtung und die schauspielerischen Darbietungen stellten das Bisherige absolut in den Schatten. Die Nachfeier im Hotel dauerte dann auch etwas länger als am Vorabend.

Als die beiden ihren Zimmerschlüssel in Empfang nahmen, erfuhren sie, dass ein Herr Weizenegger schon mehrmals angerufen und um Rückruf gebeten habe.

»Ach, das ist jetzt zu spät«, behauptete Francis, die offensichtlich keine Lust hatte, sich aus ihrer Italienlaune in die deutsche Realität zurückzerren zu lassen. »Das erledigen wir lieber morgen auf der Fahrt.«

Wieder kuschelte sich Francis im Schlaf an Eva, die in dieser Nacht dennoch schlafen konnte. Als sie kurz vor halb neun erwachte, war sie jedoch allein im Zimmer. Sie vermutete Francis im Bad, doch als ihre Rufe unerwidert verhallten, sah sie nach. Keine Spur von Francis. Schließlich fand Eva einen Zettel: »Liebe Eva, bitte nicht erschrecken. Ich bin ausgegangen. Hoffe jedoch, bis elf zurück zu sein. Kuss, Francis«.

Eva wunderte sich nicht allzu sehr, denn sie hatte ja während der vergangenen beiden Tage hautnah miterlebt, wie sich die vornehm zurückhaltende Francis in ein lustiges, spontanes, zu allerhand Verrücktheiten bereites Wesen verwandelt hatte. Vielleicht hatte sie im Schatten des strahlenden Magnus dazu weder die Gelegenheit gehabt, noch Wert darauf gelegt, selbst ihre Fühler auszustrecken. Vom wohlerzogenen jungen Mädchen hatte sie sich zur angepassten und perfekt funktionierenden Frau an seiner Seite und zur vorbildlichen Mutter ihrer gemeinsamen Kinder entwickelt. Und nun, mit Ende dreißig, stellte sie verblüfft und fasziniert fest, dass es auch ein Leben außerhalb der wohl eingespielten Strukturen gab.

Was, wenn Eva ihr schon auf der Herfahrt die Wahrheit enthüllt hätte? Dann hätte Francis vielleicht auf eigene Faust ihren Urlaub verlängert, um Magnus einen Denkzettel zu verpassen – und sich selbst eine Freude zu bereiten. Sicher hätte eine solche Entwicklung im Sinne von Evas Vergeltungsplan gegenüber Magnus einen Erfolg dargestellt. Aber nur insofern, als es ihr gelungen wäre, ihm weh zu tun. Eva hatte jedoch andere Visionen. Sie stellte sich etwas Dramatischeres vor, etwas von größerer Tragweite. Gut, objektiv betrachtet hätte Francis' Ausbüxen aus ihrem bürgerlichen Rahmen eine dramatische Dimension erreichen können. Einen Eklat für die Gesellschaft, in der sie verkehrte – falls es denn publik geworden wäre. Sie hätte nicht die erste fahnenflüchtige Familienmutter abgegeben, die sich angeblich in einer Klinik – und wenn es länger dauerte – im Sanatorium aufhielt. Aber dergleichen kam nicht infrage. Francis hätte ihren Vergeltungstrip nicht genießen können, da die Sehnsucht nach den Kindern sie fast umgebracht hätte. Und den Kindern hätte es grausam zugesetzt. Den beiden, die Eva noch nie gesehen, von denen sie jedoch so viel gehört hatte, dass sie sich bereits als ihre Freundin und Vertraute empfand. Nein, es sollte kein Familiendrama geben! Woran ihr lag, das war Dramatik im Sinne einer Konfrontation mit Magnus.

Während sie ihre Toilette beendete und alles im Koffer verstaute, kam sie zu dem Schluss, dass es vielleicht doch vernünftiger wäre, ihre Beicht- und Wahrheitsbedürfnisse zu unterdrücken und ihre Verbindung zu Magnus nicht schon während der Heimfahrt zu enthüllen.

Schließlich ging sie zum Frühstück in den malerischen Innenhof des Hotels, wo Kletterpflanzen die Mauern hochrankten und Palmen und Feigenbäume Schatten spendeten. Zum Orangensaft blätterte sie die Tageszeitung durch, doch ihre Gedanken kreisten zunehmend um Francis. War sie einkaufen gegangen oder hatte sie sich gestern im Restaurant, während Eva auf der Toilette war, mit einem der beiden Kavaliere – oder gar mit beiden – verabredet? Genoss sie etwa gerade jetzt, während Eva, ihr Frühstücksei aufklopfte, die Freuden körperlicher Attraktionen? Auf einem breiten Bett mit weißer Satin-Bettwäsche, in einem großen Schlafzimmer, dessen Balkontüren weit offen standen und von weißen Gardinen sanft umweht wurden? Oder auf einer mit Blumen und Kübelpflanzen dekorierten Dachterrasse, wo sie – zwischen Küssen und Liebkosungen – von ihrem Liebhaber mit köstlich saftigen Früchten gefüttert wurde? Wie auch immer die Szenerie des Liebesspiels geartet sein mochte, Eva hätte es Francis wirklich von Herzen gegönnt – und Magnus erst recht!

Plötzlich stand Francis vor ihr. Ja, sie war wirklich verändert, strahlte und wirkte um einige Jahre jünger. Also doch! Eva rief begeistert: »Waaaaow, siehst du toll aus! Was hast du bloß angestellt?«

»Na, siehst du das denn nicht?« Francis fuhr sich mit der Hand durchs Haar. »Ich war beim parrucchiere und habe mir eine neue pettinatura verpassen lassen!«

»Ja, klar, jetzt sehe ich's auch. Tolle Frisur! Fantastisch! Pfiffig und doch sehr feminin. Entschuldige, dass ich nicht gleich bemerkt habe, dass es an den Haaren liegt. Ich hatte da nämlich so ganz spezielle Fantasien, wo du gewesen sein und was du getrieben haben könntest.«

»Ach ja? Erzähl!«

»Nachher auf der Fahrt. Nur so viel: Ich dachte, du hast vielleicht copulato mit Blick auf die Casa Capuleti.«

»Auch eine nette Vorstellung. Aber mein Friseurbesuch war auch ein halber Liebesakt, das kann ich dir versichern. Der Typ hat sich vielleicht ins Zeug gelegt! Ich musste mich gelegentlich furchtbar beherrschen, dass ich nicht laut rausgelacht habe. Aber findest du es wirklich gut? Dann musst du nämlich gleich eine Menge Fotos schießen, damit ich meiner gewohnten Haarkünstlerin zeigen kann, wie ich es künftig will.«

Dreißig Bilder und zwei Stunden später – nach wortreichem Abschied vom Padrone – saßen sie im Auto.

»Hast du eigentlich inzwischen Magnus angerufen?«, wollte Eva wissen, die es nicht ausstehen konnte, wenn unerledigte Pflichten in der Luft hängen blieben.

»Ja, das habe ich auf dem Weg zum Friseur erledigt. Ich habe ihn geweckt. Er ist so spät ins Bett gekommen, weil er gestern noch auf meinen Anruf gewartet hat. Egal. Sonst bin es ja immer ich, die seinetwegen aufwacht.«

»Francis, die Rebellin ...«

Sie lächelte. »Wie schon vermutet, ging's um nichts Wichtiges. Er wollte bloß wissen, wann wir zurückkommen. Vielleicht plant er ja, uns mit einem köstlichen Festmahl zu begrüßen.«

Oder er will wissen, wie lange er sich mit seiner neusten Eroberung rumtreiben kann. »Ist das schon oft passiert, das mit dem Festmahl, meine ich?«

»Nein, noch nie.«

Sie lachten beide.

»Du magst dich ja verändert haben während unserer Reise, aber die Wahrscheinlichkeit, dass daheim alles beim Alten geblieben ist, mein Schatz, dürfte ziemlich groß sein.«

»Ja, leider. Aber nun erzähl mir endlich von deinen heißen Fantasien über meine Gestaltung des Vormittags!«

Eva gab ihre Visionen von Francis erotischen Spielen im pittoresken Ambiente wieder.

»Schön! So was könnte mir vielleicht tatsächlich gefallen. Ja wirklich. Je mehr ich darüber nachdenke, desto reizvoller kommt mir die Sache vor. Wie du vielleicht vermuten wirst, bin ich in der Hinsicht ja nicht übermäßig verwöhnt.«

Oh Schreck, das wollte sie eigentlich nicht so genau wissen. Eva bat im Stillen, ihr mögen weitere intime Details erspart bleiben. Doch Francis war in ihrer Mitteilungsfreude kaum zu bremsen.

»Weißt du, Magnus hält's in puncto Sex eher traditionell. Immer dasselbe und ziemlich schnell vorbei.«

Mit einem Ganterschrei.

Eva hätte ihr schon ein paar Tipps geben können. Sie wusste ja, was Magnus begeisterte. Und wofür er sich vermutlich auch ins Zeug gelegt hätte. Aber sie hütete sich, das Thema auch nur indirekt zu berühren. Denn früher oder später musste sie ihrer neuen Freundin eröffnen, was sich zwischen ihr und Magnus abgespielt hatte. Da würden sich Informationen über Intimes als peinliche Hypothek darstellen. Überhaupt war es noch die große Frage, ob sie Francis mit Tipps wirklich einen

Gefallen erweisen könnte. So verkorkst, wie Magnus durch seine gestrenge Erziehung war, hätte es ihn vielleicht nicht nur befremdet, sondern möglicherweise sogar abgestoßen, wenn seine Frau sich plötzlich zur versierten Liebhaberin gemausert hätte. Nichts gegen Experimente – aber doch nicht im heiligen Ehebett! Für so was gab's schließlich Wesen, die sich mit Gesäusel und Gesülze aus dem Netz locken ließen. Für ein paar Mal – bis die Neugier gestillt und die Gier für ein Weilchen befriedigt war …

24

Nun war es also einer Talkshow zu verdanken, dass ich Eva endlich wieder mal in München willkommen heißen konnte. Ich stellte unser Lieblingsgetränk in den Kühlschrank. Fürs Après.

Eva traf am Nachmittag mit Leonardo ein, der sich nach seinem sechsten Auftritt im Fernsehen und fünf Radiosendungen schon fast als alten Hasen betrachtete. Heute war er jedoch das erste Mal gemeinsam mit Eva von der Partie, um ihrer beider Projekt vorzustellen. Die Sendung sollte abends um sieben aufgezeichnet und um neun ausgestrahlt werden (live zeitversetzt, wie das in der Fach-Terminologie heißt). Ich wurde von ihnen speziell als Publikumsgast eingeladen, worüber ich mich selbstverständlich freute. Sibylle war mal wieder unterwegs, was sie zutiefst bedauerte, denn sie hat den Beschluss gefasst, sich eine – wie sie es nennt – ›gewisse Medienpräsenz‹ aufzubauen. Deswegen hatte sie uns auch ziemlich lang eingebläut, was wir den Machern der Show alles zu sagen hätten, um deren Interesse an ihr zu wecken.

Die Show gehörte zu jener Spezies, die ich ohne persönlichen Bezug allenfalls mit an die Schläfe gehaltener Pistole ansehen würde. Aber sei's drum. Um mich ging's ja auch nicht.

Wäre Sibylle mitgekommen, hätte sie der Kameramann bei einem oder mehreren Schwenks ins Publikum sicher groß und vorteilhaft ins Bild gerückt, während von mir – wir haben die Show natürlich trotz allem aufgezeichnet – nur ein abgeschnittenes Gesicht mit vor den gähnenden Mund gehaltener Hand zu sehen war. Was mir aber durchaus gelegen kam.

Also, wie schon angedeutet, bewegte sich die Show nicht gerade auf erhabenem intellektuellem Niveau. Das ahnten wir bereits im Vorfeld. Und Leonardo war ganz bestimmt auch darüber informiert, sonst hätte er nicht so darauf gedrängt, dass Eva ihm beistand. Aber – und hier heiligte wieder mal der Zweck die Mittel – die Sendung wurde genau von der Altersgruppe konsumiert, die Leonardo mit seinem Projekt ansprechen wollte: Die jungen Leute, für die der Chat im Internet so selbstverständlich ist wie im Kino Popcorn zu futtern.

Ob es den beiden mit ihrer Mission wirklich gelang, bis zum Kern der trägen Masse vorzudringen, möchte ich bezweifeln. Und meine Zweifel beruhten nicht etwa auf Vorurteilen, sondern auf dem ganz konkreten Eindruck. Die meisten Gäste im Zuschauerraum entstammten nämlich just der Teilmenge der Gesellschaft, die siebzig Prozent der Zuschauerinnen und Zuschauer stellte. Es war die von der Werbewirtschaft so überaus geschätzte und umschmeichelte Gruppe der Vierzehn- bis Achtzehnjährigen. Und die zeigten sich denn auch von ihrer bezauberndsten Seite. Sie stampften, buhten und pfiffen, wie es ihnen beliebte und klatschten dann wie wild, wenn sie das Einheizermännchen dazu auffordert, das uns alle vor der Sendung eingehend instruiert hatte.

Eva und Leonardo hoben sich aufgrund dieser Konstellation wie Lichtgestalten von den anderen ab. Auch von den weiteren Studiogästen, zwei Mädchen und zwei Jungen.

Leonardo – ganz seriöser Wissenschaftler – trug seine Thesen vor und Eva, die wie üblich hinreißend aussah, sorgte mit ein paar anrührenden Fallbeispielen und persönlichen Appellen für Human Touch. So überzeugend, dass ringsum geschnieft wurde und ich mein Päckchen Papiertaschentücher durch die Reihe wandern ließ. Als kleine Rechtfertigungsgeste, weil ich mir in dieser Umgebung völlig deplatziert vorkam und der Überzeugung war, die anderen müssten mich auch so empfinden, was natürlich töricht war, denn sie verschwendeten sicher nicht mal den Bruchteil eines Gedankens an mich.

Eva und Leonardo jedoch machten ihre Sache gut. In Anbetracht der widrigen Voraussetzungen sogar glänzend!

Darauf tranken wir dann nachher auch noch ein paar Gläschen. Der Redakteur der Sendung war der Einzige, der mitkam. Zum Glück. Er war eindeutig der Sympathischste der ganzen Crew. Außerdem hätten wir ja sonst auch gar keine Gelegenheit bekommen, Sibylles Projekt zu forcieren. Nico – wir nannten uns natürlich alle beim Vornamen und waren per du – machte sich Notizen und sagte, das gehe sicher klar. Ihm sei es ohnehin recht, wenn öfter mal gescheite Leute in der Sendung auftauchten, die im Allgemeinen wegen der Zielgruppe schon recht flach gehalten wurde.

Mit dieser Äußerung stach er bei Leonardo natürlich in ein Wespennest, denn der vertrat die von vielen als antiquiert eingestufte Meinung, Fernsehen dürfte den Betrachtern niemals mit einer Absenkung des Niveaus entgegenkommen, sondern die Verantwortlichen seien moralisch verpflichtet, ihr hochwertiges Programm so zu gestalten, dass es auch für weniger Gebildete verständlich und spannend sei.

»Unsere Spannung besteht im Quotenspiegel des nächsten Tages und unsere Moral in unserer Attraktivität für die Werbekunden«, warf Nico etwas sarkastisch ein. »Qualitätsansprüche sind bei meinem Job eher ein Handicap … Das ist auch einer der Gründe, weshalb ich auf der Suche nach etwas anderem bin.«

»Unsere Freundin vergisst du aber trotzdem nicht«, ermahnte ihn Eva angesichts ihres Versprechens.

Ich gebe zu, meine beste Freundin und ihr bester Freund sind zwar liebenswert, aber für manche Leute wohl auch etwas anstrengend. So legte ich mich besonders ins Zeug, um Nicos multiplen Frust auf ein niedrigeres Niveau abzusenken.

Als es um die Hotelreservierung ging, hatte Leonardo dem Sender gesagt, ein Doppelzimmer genüge für sie beide. Und als Eva ihm klarmachte, sie wolle natürlich mit mir in ihrer Wohnung übernachten, wirkte er gar nicht erfreut. Deshalb gefiel es ihm recht gut, als Nico vorschlug, zusammen ein Taxi zu nehmen, das zuerst die beiden im Hotel absetzte, dann mich heimbrächte und schließlich ihn. Nun wollten wir Leonardo vor Nico nicht in Verlegenheit bringen, doch verständigte ich mich natürlich mit Eva darauf, dass sie gleich in die Wohnung nachkäme. Deshalb konnte ich den lieben Nico schlecht noch auf einen Drink zu mir einladen. Also enttäuschten Eva und ich an diesem Abend die Erwartungen zweier hoffnungsvoller Männer. Aber da ich alle zum Frühstück am nächsten Morgen in Evas Wohnung einlud, was Nicos Optimismus wohl zunächst Nahrung gegeben hatte, kam ich mit meinem Gewissen recht gut klar.

Im Hausflur vor den Briefkästen – ich traute meinen Augen kaum – prallte ich fast mit Maledict zusammen.

»Was machst du denn hier um diese Zeit?«, entfuhr es mir etwas lauter als es die Erziehung meiner Mutter zugelassen hätte.

Er druckste herum und rang sichtbar um eine Erklärung. Hatte er sich etwa während unserer gemeinsamen Zeit Nachschlüssel zum Haus und zu Evas Wohnung anfertigen lassen? Und wenn ja – wozu? Kroch er vielleicht gelegentlich nachts, wenn ihn Krieglinde in die Kälte der Nacht entließ, im Arbeitszimmer unter, weil sie ihn in seiner WG auch nicht haben wollten? Möglich wäre es wohl. Ich gebe zu, dass ich nicht zu den Menschen gehöre, die nachts unter sämtlichen Möbeln und in allen Winkeln nachsehen, ob sich da jemand versteckt hat.

Machte er sich etwa heimlich an meinem Computer zu schaffen, spionierte mein Manuskript aus, oder kopierte er es gar, um es mit Krieglinde zu lesen? Alle erdenklichen Möglichkeiten schossen mir durch den Kopf – außer der einen: Sein Besuch galt gar nicht mir! Er galt lediglich meiner Wohnung, beziehungsweise der Praktikantin, die momentan darin wohnte.

Schon lustig, auf welche Art manche Leute Treue praktizieren. Sie wechseln die Frauen, bleiben aber dem Haus treu. Nett.

Andererseits barg die Geschichte für mich doch einen gewissen perfiden Charme: Wieder einmal betrog Maledict Krieglinde. Diesmal zwar nicht mit mir, aber dafür in meinem Bett.– Das Leben hält doch stets aufs Neue Überraschungen für uns bereit.

Wir plauderten ein wenig. Selbstverständlich bat er mich um Diskretion gegenüber Tanja, die ich ihm gern zusagte. In meinem eigenen Interesse. Allerdings nahm ich ihm auch das Versprechen ab, alles zu ersetzen, was er an Geschirr zerschlug und sonst kaputt machte.

Sie hatten sich in einer Disco kennengelernt. »Na ja, sie ist Regieassistentin und ich versuche mich derzeit als Drehbuchautor … Also, wir haben eine Menge gemeinsamer Interessen … Äh … wir probieren das mit dem Drehbuch jetzt mal miteinander aus.«

»Gute Idee! Das Haus bietet ja ein vorzügliches Arbeitsklima.«

Er grinste. »Ja, das mit dem Haus ist irgendwie schon der Hammer. Mich hat's ja umgehauen, als mich Tanja mit heimgenommen hat und wir hier gelandet sind. Aber ich bin sicher, das ist ein gutes Omen … Hat ja …«

Die Haustür ging auf, Eva trat ein und ersparte mir die weiteren Bekenntnisse des Allgäu-Don-Juans, der ohnehin kein Wort mehr herausgebracht hätte, da ihm bei Evas Anblick der Mund offen stehen blieb.

Mir war allerdings schon wieder einmal nicht danach, an diesem Ort einem Mann den deutlich sichtbaren Wunsch zu erfüllen, ihn mit einer meiner Freundinnen bekannt zu machen.

»Da haben wir aber einen hübschen Nachbarn gekriegt!«, bemerkte Eva, als wir ihre Wohnungstür hinter uns geschlossen hatten.

»Weißt du, wer das war?«

»Nein, wie sollte ich? Aber du wirst es mir hoffentlich gleich verraten.«

»Das war Maledict …«

»Oh … – Na dann kann ich dich jetzt ein klein bisschen besser verstehen. Der ist ja wirklich sehr appetitlich.«

»Ja, das ist wohl die allgemeine Überzeugung!«

»Und was wollte er von dir?«

»Dass ich die Klappe halte und dem Mädel, das momentan in meiner Wohnung lebt, nichts von seiner Vielseitigkeit mitteile.«

»Pikant, pikant!«

»Allerdings. Mein Ex treibt's in meinem Bett …« Ich hielt inne, denn nach allem, was wir zusammen praktiziert hatten, beschränkten sich seine aktuellen Aktivitäten vermutlich nicht allein aufs Bett. »… beziehungsweise in meiner Wohnung mit einer anderen. Und damit hintergeht er die Frau, zu der er aus meinen Armen desertiert ist.«

»Das ist aber auch das Einzige, was die Sache ein bisschen komisch macht … mein Gott, wie musst du dich fühlen!«

Eva nahm mich in die Arme, drückte mich an sich und strich mit der Hand über meinen Rücken. Und aus mir bracht es plötzlich hervor. Ich schluchzte, heulte Rotz und Wasser, wurde von richtigen Krämpfen geschüttelt. All die Schmerzen über Kränkungen, Demütigungen, Vertrauensbruch und Verlust meines Geliebten, die ich mit Sarkasmus, Tricksereien und Rachescharmützeln verdrängt hatte, flammten wieder auf und suchten sich in Weinkrämpfen und Tränen einen Weg aus meinem Leib, meiner Seele zu bahnen.

Sibylle hätte jetzt mit mir geschimpft (von meiner Mutter ganz zu schweigen!). »Jede Träne, die du um einen Kerl weinst, ist eine zu viel. Ein Mann, der dir weh tut, ist weniger wert als ein Rossapfel. Mit Letzterem könntest du wenigstens noch Rosen düngen. Also, jetzt reiß dich zusammen!«

Zugegeben, für kleine Katastrophen ist die Sibylle-Rhetorik

nicht schlecht, aber wenn's geballt kommt, hilft sie nicht weiter. Dann vertieft sie eher das Elend.

Evas Arme, Evas Wärme und zärtliche Zuwendung hingegen spendeten mir Trost. Ich durfte mich ausweinen ohne Angst, mich zu blamieren oder ihr auf die Nerven zu fallen. Ich konnte mir, während ich in ihren Armen schluchzte und rotzte, vorstellen, meine Tränen, die wirklich in Sturzbächen aus meinen Augen schossen, würden alle Traurigkeit aus mir hinausschwemmen. Und mit dem Wasser, das meinen Leib durch die Nase verließ, wichen Hass, Zorn und Eifersucht und Rachegelüste von mir.

»Wenn du magst, schlafe ich heute Nacht bei dir«, bot Eva an. Einfach so. Ich nickte und fühlte mich plötzlich glücklich. Glücklich für den Augenblick und glücklich darüber, so eine traumhaft empathische Freundin zu besitzen. Wahrscheinlich hat uns Frauen die Natur deshalb mit mehr Mitgefühl und Herzenswärme ausgestattet, damit wir einander darüber hinweg trösten können, dass sich Männer bisweilen so idiotisch destruktiv aufführen, zuckte mir durch den Sinn.

»Du musst jetzt aber ordentlich trinken!«, ermahnte mich Eva. »Und ein Mineraldrink wäre nach dem Salzverlust auch nicht schlecht.« Sie ließ mich los, schaute in ihrer speziellen Schublade nach, wurde auch fündig und bereitete mir mit einer Brausetablette ein Mineral-Elektrolyt-Getränk zu.

Als wir im Bett lagen, legte sie wieder ihren Arm um mich. Mütterlich und beschützend, ohne weitere Worte zu verlieren. Und ich wünschte mir, dass ich mich eines Tages bei ihr revanchieren könnte. Vielleicht sogar schon bald, wenn sie zur Erkenntnis käme, dass sie sich mit ihrem Hass und den Rachegefühlen gegenüber Magnus nur selbst schadete …

Aber noch bestand sie ja auf einem dramatischen Abgang!

Ein kurzer, heftiger Racheeklat – gefolgt von einem triumphierenden Rückzug – lag ja auch nicht mehr drin, nachdem sie sich mit Francis angefreundet hatte. Ich war überzeugt davon, dass demnächst auch noch die Kinder eingebunden würden. Das schloss diese Variante gänzlich aus. Denn Eva liebte Kinder und Jugendliche und hätte nie etwas unternommen, was diese verletzen oder enttäuschen könnte.

So war ich mal wieder im Clinch mit meinen Gefühlen: Klar hätte ich es besser, vernünftiger, gesünder – einfach korrekt – gefunden, wenn Eva die Geschichte abgehakt hätte. Andererseits gönnte ich Magnus sein Unbehagen darüber, dass seine Frau mit seiner Ex-Geliebten in der Welt herumkutschierte. Ich gönnte ihm auch das Unwohlsein, das ihn jeden Abend auf der Heimfahrt beschlich, weil er damit rechnen musste, Eva mit seiner Frau lachend auf der Terrasse vorzufinden. Ganz besonders gönnte ich ihm die unruhigen Nächte, wenn sie unter seinem Dach schlief. Wie hart musste es ihn ankommen, dass er zu allem nicht viel sagen konnte! Seine Lippen waren versiegelt. Wegen seines eigenen Verhaltens, das so gar nicht in das Bild passte, welches er von sich pflegte und um jeden Preis aufrecht erhalten wollte. Ja, ja, ja, das alles gönnte ich ihm aus der tiefsten und schwärzesten Ecke meiner Seele heraus.

»Wenn du mich schon unbedingt wieder verlassen musst, dann mach deine Sache dort gut! Zeig's dem Macker ordentlich – auf dass er schön ins Schwitzen kommt!«, sagte ich dann auch beim Abschied, und zwinkernd fügte ich hinzu: »Ich bin ganz gierig auf packenden Stoff für mein Buch.«

25

Eva lernte die Kinder von Francis und Magnus kennen. Wie nicht anders zu erwarten oder zu befürchten, war es für beide Seiten uneingeschränkte Zuneigung auf den ersten Blick. An dem Nachmittag, als sie sich zum ersten Mal sahen, tollte Eva mit ihnen im Garten herum, half Marie-Rose, einen Brief an ihre französische Brieffreundin zu verfassen und zeigte Thomas Kartentricks.

»Wirklich wunderbar, so ein Gast!«, rief ihr Francis entgegen, als Eva schließlich erschöpft, doch sehr fröhlich in der Bibliothek auftauchte. »Ich konnte all meine schon so lange fällige Korrespondenz erledigen. Und dass den Kindern nichts Besseres passieren kann, als von dir beschäftigt zu werden, ist ja ohnehin klar!« Plötzlich bekam sie einen geradezu pfiffigen Gesichtsausdruck. »Eva, ich glaube, ich sollte ein Attentat auf dich verüben.«

»Ah ja?«

»Du musst aber ehrlich nein sagen, wenn es dir nicht passt!«

»Sowieso.«

»Weißt du, Magnus geht übermorgen für drei Tage auf Geschäftsreise. Da wäre ich gern mitgefahren, aber ich mag die Kinder nicht allein in dem großen Haus lassen. Obwohl sie da völlig anderer Meinung sind. Frau Schäfer, die in solchen Fällen sonst hier übernachtet, ist selbst verreist. Tja, und da dachte ich ...«

Und Eva sinnierte, ob Magnus sich vielleicht schon eine andere charmante Reisegefährtin eingeladen hatte, nachdem seine Frau ihm einen Korb erteilt hatte. Und sie dachte auch daran, welche Freude es ihr bereiten würde, ihm einen Strich durch die Rechnung zu machen. An die Freude, die sie Francis bereiten könnte, dachte sie natürlich auch. Und erst recht an die Freuden, die sie und die Kinder miteinander teilen würden.

»Klar«, sagte sie ohne Umschweife, »da hast du völlig richtig gedacht. Aber weißt du auch, ob Magnus einverstanden ist?«

»Wieso sollte er nicht? Er ist zwar manchmal etwas schwerfällig, aber ganz sicher nicht blöd!«

Und so kam es, dass Eva aufs Neue ihr Lager im Gäste-Apartment aufschlug. Diesmal als Aufsichtsperson für die beiden temperamentvollen und einfallsreichen Kinder.

Das Zusammenleben der drei mit Hund verlief völlig reibungslos. Zudem fanden im Garten beachtliche Arbeiten statt. Eva baute nämlich zunächst allein mit Thomas, dann aber auch mit Marie-Roses Hilfe, ein Baumhaus auf. Das heißt, sie stellten es fertig. Magnus hatte im vorletzten Herbst zusammen mit dem Jungen damit begonnen, doch dann hatte der Vater den Sohn immer wieder vertröstet, bis das Projekt in Vergessenheit geraten war.

Gegen Mittag des dritten Tages war das Werk schließlich vollendet und sowohl die Kinder als auch Eva waren sehr stolz auf das Ergebnis ihrer schweißtreibenden Arbeit. Das Baumhaus war so geräumig, dass sie zu dritt bequem darin Platz fanden. Es ermöglichte einen exzellenten Blick über das ganze Anwesen und auf den See. Und das Beste dabei war natürlich, dass die Insassen selbst von unten nicht gesehen wurden. Den Kindern gefiel ihre erste selbst erbaute Behausung so gut, dass sie sie gar nicht mehr verlassen wollten, was natürlich angesichts der Villa, des großen Gartens und des Strands schon recht rührend war. Aber Eva hatte Verständnis und ließ ihnen für die paar Stunden, die ihnen noch blieben, ihren Willen. Wer weniger Verständnis für die Begeisterung der Kinder aufbrachte, war Cerbi, der das Hochsehen hatte.

Das riesige Tier fühlte sich ausgeschlossen, und selbst Evas Bemühungen, ihn abzulenken, indem sie mit ihm schwamm und auf dem Rasen herumtollte, fruchteten nur kurzfristig. Er kratzte am Baumstamm und bellte empört nach oben. Also unternahmen sie gemeinsam den Versuch, das Tier ins Baumhaus zu befördern. Dazu benutzten sie den Flaschenzug, den sie als Erstes für ihre Lastentransporte installiert hatten. Auf einer Palette, die an starken Seilen hing, wollten sie Cerbi hochhieven, doch der hielt natürlich nicht still. Die Plattform schwankte, und er sprang immer wieder ab. Also beschloss Thomas, mit dem Hund auf die Bretter zu sitzen und ihn festzuhalten, was spezielle Sicherheitsvorkehrungen notwendig machte. Aber schließlich funktioniert die Geschichte, und Cerbi konnte die außergewöhnliche Bleibe beschnuppern und sich dann zu Füßen der anderen ausstrecken. Damit wurde es natürlich enger, aber umso gemütlicher.

Zum Abendessen zogen sie einen Korb mit Nahrungsmitteln und Getränken hoch, aßen und tranken in der lauschigen Enge und stellten Eva eine Menge Fragen, die sie nie an ihre Eltern zu richten gewagt hätten.

Wie nicht anders zu erwarten, handelte es sich fast ausschließlich um Sexualität. Eva blieb keine Antwort schuldig, bemühte sich jedoch mit ihren differenzierten Ausführungen dem Erfahrungshorizont gerecht zu werden. Über diesen spannenden Gesprächen vergaßen sie völlig, dass die Eltern ja an diesem Abend zurückkommen wollten.

So ergab sich gegen neun Uhr für die beiden Heimkehrenden eine spannende Suchaktion, bis Cerbi schließlich anschlug und für Aufklärung sorgte. Die Kinder kletterten die Strickleiter hinunter, um die Eltern zu begrüßen und sie aufzufordern, ihr Werk zu bestaunen. Was dann auch geschah.

Amüsiert beobachtete Eva, wie schwer sich Magnus mit dem Aufstieg an der Strickleiter tat. Sein Mundwerk war doch wesentlich geschmeidiger als sein Körper …

Francis war außer sich vor Begeisterung und Bewunderung für das eindrucksvolle Ergebnis sechshändiger Arbeit.

Magnus zeigte sich deutlich verhaltener, was zweifellos damit zusammenhing, dass ausgerechnet Eva geholfen hatte, ein Werk zu vollenden, das seines hätte werden sollen – als präsentables Vater-und-Sohn-Monument.

Nun erntete Eva die ganzen Lorbeeren! Es war wirklich nicht zu fassen, wie diese raffinierte Person Schritt für Schritt mehr Fuß fasste in seinem Leben. – Und niemand außer ihm störte sich daran. Im Gegenteil, Frau, Kinder – ja selbst der Hund – waren hingerissen von dieser Schlange und voller Bewunderung für sie.

»Toll, wirklich toll«, schwärmte Francis. Und um noch eins drauf zu setzen: »Eva, damit machst du uns allen eine Riesenfreude. Magnus hätte dieses Werk in dieser Generation sicher nicht mehr vollendet!« Mit einem kleinen nachsichtigen Lächeln, das ihn über die Maßen wurmte, setzte seine Frau hinzu: »Seine Hände bewegen sich nun mal lieber auf der Tastatur des Computers als zum Verrichten handwerklicher Arbeit.«

Das war zu viel. Magnus verließ den Schauplatz, um das Auto auszuladen.

»Kinder, ich bin stolz auf euch! Wenn ihr mögt, gibt's zur Feier des Tages in einer Viertelstunde noch einen schönen großen Eisbecher auf der Terrasse.«

Da waren natürlich alle einverstanden. Zuvor kam es allerdings noch zu einem mittleren Tohuwabohu, als sie Cerbi wieder auf den Boden zurückbeförderten. Aber er gebärdete sich schon wesentlich gelassener als beim ersten Versuch.

»Papa, schläfst du heute Nacht mit mir im Baumhaus?«, erkundigte sich Thomas hoffnungsvoll beim Eisgenuss auf der Terrasse, der sie alle wieder vereinte.

Magnus machte ein Gesicht, das die Frage eindeutig beantwortete. Eindeutig abschlägig. Bei aller Vaterliebe und trotz des

Bedürfnisses, gegenüber Eva wieder etwas bei seinem Filius gutzumachen, war ein derart einschneidender Verzicht auf seinen gewohnten Komfort doch zu viel von ihm verlangt.

»Und du, Eva?«, fragte der Junge flehentlich.

»Ich packe nachher meine Sachen und hau wieder ab.«

»Nein!«, erschallte der dreistimmige Protestchor von Francis, Marie-Rose und Thomas. Cerberus schloss sich bellend an. Nur Magnus schwieg.

»Das kommt ja überhaupt nicht infrage!«, widersprach Francis lautstark. »Du bleibst hier!«

Und dann schaute sie ihre Kinder an und sprach Worte aus, die Magnus erbleichen ließen: »Ich frage mich sowieso, warum du nicht überhaupt bei uns einziehst. Du schwärmst doch davon, am Morgen aus dem Bett in den See zu purzeln. Und ich würde das auch gern tun, aber ich schaffe das nicht ohne konsequentes Vorbild und gestrenge Anleitung.«

»Au ja, au ja, au ja!«, riefen die Kinder. Magnus blieb nichts anderes übrig, als neutrale Miene zum bösen Spiel zu machen. Er wusste wohl, dass sein Widerspruch chancenlos gewesen wäre. Darüber hinaus hätte er sich das Unverständnis und den Unmut der ganzen Familie zugezogen.

Eva, die wohl ahnte, was in ihm vorging und schon nahe daran war, einem vornehmen Impuls folgend abzulehnen, vergegenwärtigte sich, dass er nichts anderes verdient hatte und sie ihm diese Bredouille aus tiefstem Herzen gönnte. Und da sie sowohl Francis' Argumente als auch die Bitten der Kinder überzeugten und ihr Herz berührten, bedankte sie sich herzlich für die Einladung und nahm sie strahlend an. Die Kinder umarmten sie stürmisch. Cerbi, der die Szene wohl richtig interpretierte, bellte fröhlich und wedelte aufgeregt mit dem Schwanz.

»Dann schläfst du aber mit mir im Baumhaus!«, forderte Thomas, der einen untrüglichen Instinkt für den richtigen Augenblick zu besitzen schien.

»Ja, einverstanden«, erklärte Eva, und Francis bedankte sich freudig, denn sie hätte er bestimmt als Nächste gefragt.

»Aber Cerbi nehmen wir auch mit«, setzte Thomas, von seinem Erfolg ermutigt, nach.

Eva, der davor graute, noch einmal den Hund den Baum hochzuhieven, machte einen Vorschlag: »Weißt du was, heute schlafe ich mit dir da oben und wir probieren mal aus, wie das klappt. Und wenn's gut ist, kannst du ja morgen mit Cerbi dort schlafen.«

»Das entscheiden wir dann zu gegebener Zeit«, sagte Magnus etwas barsch, um auch mal wieder zumindest einen Bruchteil seiner stark bröckelnden Autorität geltend zu machen.

»Nun lass dem Kind doch seine Freude!«, ermahnte ihn Francis. »Schließlich sind Ferien. Und überhaupt hat der Junge eine Belohnung verdient für die Arbeit die er geleistet hat – ganz ohne deine Unterstützung.«

»Ohne Eva hätten wir das aber nie geschafft!«, versicherte Thomas ernsthaft und – im Unterschied zu seinem Vater – sehr wahrheitsliebend.

»Ja, Eva ist wirklich unsere gute Fee!«, rief Marie-Rose, die in Eva jetzt eine eingeschworene Freundin sah und sich in vertraulichen Zwiegesprächen noch manche Aufklärung und Erhellung versprach. Francis bestätigte diese Einschätzung, worauf für Magnus wieder mal das Maß voll war. Er stand auf und verschwand im Haus.

Sicher wünscht er, ich interpretiere seinen Aufbruch als Protest, dachte Eva, aber er muss ja seine E-Mails sichten – nach drei langen Tagen der Abwesenheit. Das gibt sicher noch eine lange Nacht.

Für Eva verlief die Nacht sehr unruhig, was nicht nur an den unmittelbaren Naturgeräuschen und Thomas' gelegentlichem Sprechen im Schlaf lag. Der andere Grund war ihre Angst vor Francis' Reaktion auf ihre dringend nötige Beichte. Die konnte im schlimmsten Fall zur Folge haben, dass die neue Freundin sie unter Verwünschungen zum Teufel jagte. Natürlich gab es noch eine Reihe weiterer Möglichkeiten, aber nur wenige, die Aussicht darauf boten, dass ihre Freundschaft in der aktuellen Qualität weiter Bestand haben würde.

Leonardo verdrehte die Augen, als Eva ihm mitteilte, sie werde vorübergehend im Hause Weizenegger wohnen. Er wies sie darauf hin, wie wichtig eine feste Bleibe für die innere Balance sei. Und dann ermahnte er sie eindringlich, es sei absolut gefährlich für sie, so nah mit Magnus zusammenzuleben. Distanz, so versicherte er ihr, stelle das einzig vernünftige Mittel der Wahl dar.

Aber im Grunde kam ihm Evas Auszug nicht gar so ungelegen, denn David wollte den Rest des Sommers bei ihm verbringen.

So schwächte selbst bei einem überaus idealistischen Freund wie Leonardo die Energie des persönlichen Interesses den therapeutischen Impetus.

Der richtige Augenblick für das Geständnis wollte sich partout nicht einstellen. Solang es ihr jedoch gelang, dieses Thema auszuklammern, fühlte sich Eva von der Sommersonne, der traumhaften Umgebung und der Zuneigung von vier Fünfteln ihrer Gastfamilie täglich aufs Neue in Euphorie katapultiert. Übertraf die Entwicklung doch ihre kühnsten Vergeltungspläne! Der einzige Wermutstropfen waren ihre Skrupel gegenüber Francis, die sie jedoch meist hinter den Triumph zu drängen vermochte, dass ihr entsetzter Ex-Geliebter nichts gegen ihre Präsenz in seinem Domizil sagen konnte. Der dicke Wurm saß jetzt mitten im Apfel und nahm dort mehr und mehr Raum ein ... Wann immer sich ihre Wege kreuzten, lächelte sie Magnus zuckersüß an. Er revanchierte sich mit hasserfüllten Blicken.

Einmal traf sie ihn allein vor den Garagen. Er blickte sich nach unliebsamen Ohrenzeugen um und fauchte schließlich giftig: »Findest du nicht, dass es allmählich reicht, mit dem Theater? Himmel noch mal, wann wirst du mich endlich in Ruhe lassen?«

Wenn du längst unter dem Boden liegst, werde ich an deinem Grab noch mit den Mäusen pfeifen, hätte sie am liebsten erwidert. Aber sie antwortete lediglich: »Magnus, du hast mich zwar per Mausklick in dein Leben geholt, aber ich bin keine Lady aus dem Cyberspace, mit der jeder nach Belieben spielen kann, um sie anschließend wieder per Mausklick verschwinden zu lassen. Ich bin eine Frau aus Fleisch und Blut, was du auch durchaus schon zu schätzen wusstest ... Und nicht zu vergessen: mit Seele und einem sehr guten Gedächtnis.«

Und dann zitierte sie mit milder Stimme und halb im Singsang einige seiner überaus süßen Worte, Versprechen ewiger Zuneigung und Geständnisse über das große Glück und die niemals endende Dankbarkeit. Das alles empörte ihn natürlich weit mehr als Gift und Galle aus ihrem Munde, weil er dabei ganz klar der Düpierte war.

Magnus ärgerte sich gehörig darüber, dass Evas Einsatz die Kinder begeisterte. Das hinderte ihn jedoch nicht daran, weiterhin seinen bequemen, gemütlichen Stil zu pflegen. Nach wie vor legte er Wert darauf, dass die Mahlzeiten pünktlich serviert wurden, das Fernsehprogramm seiner Wahl lief und niemand außer ihm seinen Computer benutzte.

Dieses Gebot wurde allerdings von den Kindern recht häufig unterwandert. Wenn Thomas oder Marie-Rose etwas im Internet suchen wollten, war es für sie selbstverständlich, sich an den Computer ihres Vaters zu setzen. Lediglich wenn er im Hause weilte, stand das Gerät ihm allein zur Verfügung. Es sei denn, er schlief bereits, sah fern oder schlief vor dem Fernseher.

Da Eva über hervorragende Beziehungen verfügte, gelangte sie an Konzertkarten für Veranstaltungen, die längst ausverkauft waren. Der eine Kollege oder die andere Kollegin schickten ihr gern ihre Pressekarten für Auftritte von Bands, die eher die jüngere Generation ansprachen, und zu denen sie normalerweise nicht gegangen wäre. Aber nun begleitete sie einmal Marie-Rose zu ihrer bevorzugten Popgruppe und ein andermal Thomas zu einer Teenieband. Die Kinder waren hochbeglückt, und Eva unterhielt sich auch nicht schlecht, denn die Atmosphäre war ausnahmslos prima. Auch fiel sie weniger als befürchtet auf, da viele der Kinder und Jugendlichen von Müttern oder Tanten begleitet wurden. Erwachsene Männer waren eher dünn gesät.

Magnus verfolgte jeweils das Presseecho auf die Veranstaltungen, markierte negative Äußerungen oder las sie genüsslich vor. Obwohl seine Ansichten einzig auf Vorurteilen beruhten, sparte er nicht mit Spott an den Musikern, ihrer Kunst und ihrer Klientel. »Dröhnung für Flachhirne …«

Aber dieses Gehabe kam bei seinem Nachwuchs ziemlich schlecht an. Denn wie die meisten jungen Menschen reagierten sie eher empfindlich, wenn ihre Idole verhöhnt wurden. Zumal Ironie in diesem Alter ohnehin nicht so gut ankommt.

Francis war glücklich über Evas Unternehmungslust und den neuen Wind, der im Hause wehte. Fatalerweise brachte sie ihre Freude auch noch bei jeder Gelegenheit verbal zum Ausdruck, was Eva innerlich frohlocken ließ, da dergleichen Bekundungen Magnus den Giftstachel in seinem Fleisch deutlicher spüren ließen.

Als Francis eines Abends voller Unschuld im Beisein ihres Mannes Eva ins Theater einlud, um das gemeinsame Abo des Ehepaars Weizenegger wahrzunehmen und hinzufügte: »Es ist nur ein kleines Dankeschön für dich – und Magnus tust du auch bestimmt einen Gefallen, wenn du ihm die Fron abnimmst«, platzte Herrn Weizenegger der Kragen.

Höchst sarkastisch kommentierte er die freundliche Geste seiner Frau: »Und wenn du Frau Gallus demnächst statt meiner im Ehebett unterbringst, soll ich wohl einen Freudentanz veranstalten!«

»Oh Gott, der Machomann fühlt sich zurückgesetzt«, kommentierte Francis, die ihren Mann in dieser Situation offensichtlich nicht allzu ernst nahm.

Magnus warf den Frauen finsterste Blicke zu und stürzte zum Wohnzimmer hinaus in Richtung Bibliothek. Die Dramatik seines Aufbruchs litt ein wenig unter dem Schönheitsfehler, dass die beiden, die er beeindrucken wollte, sicher waren, Magnus leiste vor allem seinem Drang zum Computer Folge. Sicher würde er binnen Sekunden – allen häuslichen Ärger hinter sich lassend – im Netz surfen. Stundenlang und mit großer Faszination.

»Was wäre auch, wenn's kein Internet gäbe?«, spöttelte Francis nach seinem Aufbruch.

»Dann säße ich vermutlich jetzt nicht hier an diesem Tisch«, antwortete Eva.

Sie wollte nicht noch mehr schlaflose Stunden und unruhige Nächte erleben! Die Zeit war mehr als reif dafür, Francis reinen Wein einzuschenken. Zumal sie auch damit rechnen musste, dass Magnus beim nächsten oder übernächsten Zornesausbruch mit der Wahrheit herausplatzte. Da kam sie ihm doch lieber mit ihrer Version zuvor.

»Wie meinst du das? Was hast du – was hat dieser Tisch, an dem du sitzt, mit dem Internet zu tun?«

»Komm, lass uns schwimmen gehen. Ich erkläre es dir im Wasser«, schlug Eva vor. Der Gedanke war ihr gerade spontan gekommen, und sie hielt ihn für gut und vernünftig. Wasser kühlt, Wasser trägt, Wasser hilft ertragen. Und die notwendigen gleichmäßigen Bewegungen, derer es bedarf, um über Wasser zu bleiben, waren bestimmt hilfreich beim Verarbeiten der Information, die Francis zweifellos schockieren würde. Das sanfte Licht des Abendrots würde ein Übriges leisten.

Francis schaute sie fragend an.

»Na los, komm ins Wasser!«

Sie schwammen ein Stück hinaus, der Insel Reichenau entgegen.

»Also, jetzt spuck's endlich aus!«

»Gut. Ich hab's dir versprochen. Aber es fällt mir sehr schwer. Seit Wochen ringe ich mit mir. Eigentlich wollte ich es dir schon auf der Fahrt nach Verona sagen, dann auf der Heimfahrt. Aber du bist so aufgeblüht auf dieser Reise, schienst mir so glücklich. Ich brachte es einfach nicht übers Herz, dir die Stimmung zu verderben …«

»Mir womit die Stimmung zu verderben? Nun spann mich nicht auf die Folter!«

»Erinnerst du dich daran, wie wir uns kennengelernt haben?«

»Ja, klar, beim Benefizabend im Inselhotel.«

»Genau. Und du hieltst mich für eine Schauspielerin.«

»Ja, sicher, ihr gehörtet doch zusammen.«

»Ich kenne die beiden, hatte aber nichts mit ihrem Programm zu tun.«

»Nicht? Gar nichts?«

»Nein. Überhaupt nichts. Es war ein Missverständnis, dass du mich für eine von ihnen hieltst. Ein sehr glückliches, wie ich augenblicklich fand.«

»Moment, jetzt muss ich mal meine Gedanken sortieren … Du hast mich angequatscht und du zu mir gesagt und meintest, so sinngemäß, es gebe Etliches, was uns verbinde.«

»Ja, genau.«

»Dann hast du diesen Schrei ausgestoßen. – Magnus' Schrei.«

Sie schlug sich mit der Hand gegen die Stirn, tauchte kurz ab, verschluckte sich und tauchte prustend wieder hoch. Als sie nach langem Husten und Prusten endlich wieder bei Atem war, setzte sie ihre Kette der Folgerungen fort: »Und ich dachte, Alexandra hätte dir den Tipp gegeben. Wir waren mal zusammen in Spanien und in dem Hotel waren die Wände so kompromittierend dünn. Oh Gott! Das darf nicht wahr sein! Du kennst den Schrei im Original.«

»Ja.«

»Sag, dass das nicht wahr ist! Bitte! Mein Gott, sag, dass das nicht wahr ist! Das wäre ja wirklich ein Hammer!«

»Ja, zweifellos. Und zwar ein ganz dicker, wenn ich bedenke, wie sich die Dinge entwickelt haben.«

»Nein, das ist wirklich starker Tobak! Du und Magnus ... Ich hätte ihm das nie zugetraut. Da siehst du mal, was für ein naives Schaf ich bin. Und von dir hätte ich so was schon gar nicht erwartet!«

»O Francis, was dich anbelangt, habe ich doch auch ein verdammt schlechtes Gewissen – hatte es die ganze Zeit über – von dem Moment an, als wir mit Champagner anstießen.«

»Aus gutem Grund! – Und ich belämmertes Wesen, ich Kardinalschaf, setze mir auch noch eigenhändig diese Laus in den Pelz!«

»Ersäuf mich, wenn's dir Spaß macht! Aber glaub mir, es war in keiner Weise gegen dich gerichtet! In dem Moment, als ich zu dir hinging und dich ansprach, ging's mir nur darum, Magnus eins auszuwischen. Er hat sich mir gegenüber so niederträchtig benommen, dass ich nur noch das Ziel kannte, die glatte Fassade seiner arroganten Visage zu demolieren.«

»Wahnsinn! Ich muss das erst mal verarbeiten! Aber zuvor noch eins, da dies schon die Stunde der Wahrheit ist: Läuft da immer noch was zwischen euch? – Ja klar, jetzt fällt's mir wie Schuppen von den Augen. Das ist der Grund, weshalb er sich dir gegenüber so idiotisch benimmt, wenn ich dabei bin. Mein Gott, was seid ihr hinterhältig und geschmacklos! Dass ihr nicht an mich denkt – okay, aber auf die Kinder hättet ihr wenigstens Rücksicht nehmen können. Die hätten ja wirklich nicht in die Geschichte mit reingezogen werden müssen! – Und ich dumme Nuss hab auch noch wer weiß wie insistiert, dass du zu uns ziehst. So etwas Saublödes gibt's wohl kaum zweimal! Warum hast du nicht einfach nein gesagt? Mein Gott, Eva, hast du denn gar keine Hemmungen? Das ist widerwärtig! Noch nie im Leben hat mich jemand so enttäuscht! Ich habe dich geliebt wie eine Schwester!«

Francis' Gesicht das vorher schon nass vom Seewasser gewesen war, wurde noch nasser von den Tränen, die ihr aus den Augen schossen.

Eva war völlig verzweifelt, sie so zu sehen. Sie musste die Dinge zurechtrücken – und zwar umgehend!

»Unsinn! Francis«, schrie sie fast, »Magnus wollte nur mit mir spielen und als ich mich auf ihn einließ, hat er mich fallen gelassen wie eine heiße Kartoffel! Deswegen mein Auftritt im Inselhotel. Da hab ich ihn seit Langem mal wieder gesehen – und er hat mich behandelt wie den letzten Dreck, hat mich gesehen, ist auch erschrocken, doch dann hat er arrogant eine Braue gehoben und mich ignoriert. Ich fühlte mich abgrundtief gedemütigt, war wie von Sinnen vor Wut! Ich kannte nur noch einen Gedanken: ihm eins reinzuwürgen. Es war blöd von mir, dich anzuquatschen, aber du warst für mich in dem Moment nicht das Individuum Francis, sondern die Frau dieses Schweinehunds und damit das ideale Medium.«

»Ihr ekelt mich an! Alle beide! Aber du besonders!« Francis drehte sich abrupt auf den Rücken und strampelte so wild mit den Beinen, dass sie sich in raschem Tempo von Eva entfernte.

Die malte sich aus, wie es wäre, jetzt einfach abzusaufen: sich sinken zu lassen und aufzuhören zu atmen. Eine Scheißlösung, fand sie, viel zu feige. Sie musste die Dinge klären! Wenn ihr das jetzt nicht gelang, dann musste sie Francis schriftlich um Entschuldigung bitten, bevor sie ein für allemal aus ihrem Leben verschwand. Nicht auszudenken, wie sehr sie das schmerzen würde! Ebenso die Trennung von den Kindern – selbst von Cerbi. Sie hatte alle ins Herz geschlossen. Dennoch war ihr klar, dass es ihr unter den gegebenen Umständen nicht zustand, Wünsche oder Ansprüche zu äußern. Traurig blickte sie der Frau nach, mit der sie eben noch innige Freundschaft verbunden hatte.

Die Heckwelle von Francis verebbte nach etwa hundert Metern. Dann lag sie eine Weile auf dem Rücken. Schließlich drehte sie sich wieder auf den Bauch und schwamm in ruhigen Zügen zurück. Eva schwamm ihr entgegen.

»Komm mit raus!«, forderte Francis sie auf. »Ich habe eine Menge Fragen an dich.«

Eva folgte ihr. Bange und dennoch zuversichtlich. Solange sie mit mir sprechen will, ist noch nicht alles verloren!, dachte sie.

Francis reichte Eva ein großes Badetuch und ergriff selbst eines. Sie hüllten sich ein und setzten sich auf die Treppe. Nun wollte Francis alles wissen. Und zwar im Detail. Und Eva erzählte ihr fast alles. Magnus' Schwüre und Zauberformeln entschärfte sie allerdings ein wenig, weil sie befürchtete, der Verrat, der daraus sprach, könnte Francis zu tief verletzen. Sie schloss die Erzählung unter Tränen mit der Schilderung ihrer Empfindungen in dem Moment, als Magnus im Inselhotel durch sie hindurch geblickt und sich dann regungslos seinem Gesprächspartner zugewandt hatte.

Francis hatte nicht nur aufmerksam zugehört, sondern sie schien auch sehr berührt, denn sie legte plötzlich den Arm um Eva. »Ich finde es zwar blöd, was du getan hast, aber ich glaube, ich kann damit umgehen. Vorhin, da draußen, da hab ich dich gehasst, weil ich mich von dir verraten und betrogen fühlte. Aber du kanntest mich damals ja nicht. Wenn es sich so abgespielt hat, wie du sagst – und das glaube ich dir – dann bist nicht du die Miese, sondern Magnus ist der Lump, der uns beide verraten und betrogen hat!«

Eva rutschte ein ganzer Geröllhaufen vom Herzen. Sie hatte mit einigem gerechnet und hätte vieles verstehen können, aber Francis reagierte auf die beste vorstellbare Weise: mit Verständnis und erstaunlicher Objektivität.

»Ein Gutes hat die Geschichte ja trotz allem: Ohne dieses Kuddelmuddel hätten wir uns nie kennengelernt.«

»Francis, du verdienst einen Friedenspreis!«

»Oh, bitte urteile nicht voreilig! Was dich anbelangt, sehe ich nun einigermaßen klar. Aber wie ich mit Magnus verfahren soll, weiß ich noch nicht im Detail. Auf jeden Fall werde ich ihm eine nachhaltige Lehre erteilen. Das muss sein! Und ich denke, es ist in unser beider Interesse, weshalb wir bei diesem Unternehmen ganz entschieden und energisch kooperieren werden.«

»Was hast du vor?«

»Na was wohl? Du bist zweimal mit ihm übers Internet in Kontakt getreten. Jetzt werde ich das mal versuchen. Und deine erste Aufgabe besteht darin, mir eine Anzeige zu formulieren, auf die er garantiert anspringt.«

26

›Natürlich bist du nicht ganz perfekt, aber du verfügst doch über eine Menge Qualitäten: Du bist humorvoll, gebildet, erfolgreich, attraktiv und charmant. Und obwohl die zwanzig schon eine Weile hinter dir liegen, hast du dir doch eine spielerische Leichtigkeit bewahrt und genießt das Leben. Bei mir sieht's ähnlich aus, und deshalb freue ich mich auf deine Zuschrift.‹

Am Morgen, kurz nach zehn, eine halbe Stunde nachdem Magnus das Haus verlassen hatte, platzierten die beiden Frauen diese Anzeige unter dem Namen Giulia C. im LakeCafé. Zwanzig Minuten später ging bereits die erste Antwort ein.

›Hi! Hallo! Mein Name ist Marcus, bin zweiundzwanzig Jahre alt und studiere Wirtschaftschinesisch an der FH. Ich bin 1,93m groß, sportlich, hab Sinn für Humor, bin für jeden Spaß zu haben …‹

Bis zur Mittagsstunde waren es bereits elf, alle in ähnlichem Stil, die vermuten ließen, dass die Absender – völlig unabhängig vom Inhalt der Anzeige – grundsätzlich jede Chance wahrnahmen, mit einer Frau in Kontakt zu treten.

Kurz vor zwei Uhr traf dann die einzig relevante Reaktion ein:

›Anbetungswürdige Giulia, danke für den Lichtblick, den dein Text im Annoncen-Dschungel darstellt. Wunderbar! Mach weiter so! Dein Bewunderer Marcel P.‹

»Volltreffer! Das ist er. Die vielfach bewährte Mail-Adresse«, verkündete Eva, ziemlich erstaunt darüber, dass Magnus es trotz seiner Netzwilderei nicht für nötig hielt, von Zeit zu Zeit das Pseudonym zu ändern.

Francis war ziemlich schockiert. Noch wollte sie es gar nicht glauben, erwog sogar, es könnte sich um einen anderen handeln, der sich zufällig mit demselben Namen schmückte. Aber Eva zog nur die Brauen hoch.

»Anbetungswürdige Giulia! – Das ist doch nicht Magnus' Art, eine fremde Frau anzusprechen!«, protestierte Francis.

»Das ist nur der Anfang. Du wirst von nun an jede Menge Überraschungen erleben, wenn du ihm antwortest.«

»Mein Gott, Eva, ich bin absolut durcheinander!« Francis ließ sich in den bequemen Sessel neben dem Schreibtisch fallen und dachte erst eine Weile nach. Schließlich stand sie auf und ging durch den Raum.

»Unglaublich! Auf dieser seltsamen virtuellen Plattform eröffnet sich mir völlig unerwartet die Gelegenheit, mich mit meinem Ehemann einmal länger als die paar Minuten zu unterhalten, die für den geregelten Ablauf eines gemeinsamen Haushalts notwendig sind. Und vor allem über andere Themen! Dabei bekomme ich auch noch die grandiose Möglichkeit, seine intimsten Gedanken und geheimsten Wünsche kennenzulernen. Das ist fast gespenstisch.«

Francis fieberte geradezu und war fasziniert vom Spektrum all der Aussichten, die sich ihr mit einem Mal erschlossen. Aber als sie dann die Bibliothek ver- und den Zauber der Möglichkeiten des Internets hinter sich ließen, war sie doch ziemlich bestürzt.

»Nicht mal vier Stunden hat es gedauert, bis er uns ins Netz ging. Im Grunde ungeheuerlich! Was glaubst du? Wenn er unsere Annonce beantwortet hat, wird er wohl auch auf andere schreiben …«

»Das ist gut möglich. Du könntest ja die Probe aufs Exempel machen.«

»Du meinst, wir geben noch ein paar nette Annoncen auf und sehen, was passiert.«

»Warum nicht? Aber unter der Bedingung, dass wir gleich wieder aussteigen. Sonst verplempern wir zu viel Zeit.«

»Eine zusätzliche Adresse fände ich schon nett, um zu sehen, wie er differenziert, wen er bevorzugt oder mehr anlügt.«

Eva amüsierte sich über den Eifer der Freundin. Aber sie konnte verstehen, dass es für Francis absolut spannend war, nach langen Ehejahren ihren Mann einmal von einer ganz anderen Seite kennenzulernen.

»Und was machen wir mit den anderen Typen?«

»Den Passablen schreiben wir freundlich, es hätte sich erledigt und den Geiern schicken wir eine Absage, die ihnen gleichzeitig auch ein bisschen zu denken gibt.«

Nach ähnlichem Muster wie für Giulia strickten sie eine Annonce für Hannah mit fast demselben Ergebnis. Es meldeten sich neben den bereits bekannten noch ein paar mehr Interessenten, aber Marcel P. war ebenfalls wieder dabei. So ergab sich in der Folgezeit die absurde Situation, dass Magnus keine Zeit für seine Frau fand, da er ständig seiner Frau schreiben musste.

»Es ist eine Art Hase-und-Igel-Spiel«, sagte Francis eines Morgens zu Eva, als beide die lange Mail lasen, die Magnus in der Nacht an Hannah verfasst hatte. »Wenn wir ihm beide abwechselnd schreiben würden, könnten wir ihn auf diese Weise zur Strecke bringen.«

»Das bezweifle ich. Was im Moment an Korrespondenz abläuft, ist vermutlich das absolute Maximum. Rechne doch mal nach: Es sind gut und gern drei Stunden, die er am Tag allein in unsere beiden parallelen Korrespondenzen reinhängt. Und wer weiß, wie viele andere da noch laufen? Wie ich die Männer kenne, schmeißen sie mit einem Mal alles hin, wenn's ihnen über den Kopf wächst. Falls du mit ihm in Kontakt bleiben willst, provoziere lieber keinen Overkill!«

»Wenn es ihm zu viel wird, soll er die anderen abhängen! In der Qualität, die Hannah und Giulia bieten, bekommt er sicher sonst nichts«, gab Francis fast triumphierend zu bedenken.

Es war zwar verrückt, aber es sah ganz so aus, als euphorisierte der Briefwechsel mit Magnus seine Frau ganz erheblich. Eva war sich nicht ganz klar darüber, ob das auf die Vorfreude auf den großen Eklat zurückzuführen oder die direkte Wirkung der Korrespondenz war. Sie ahnte jedoch, dass sie auf eine entsprechende Frage wohl kaum eine ehrliche Antwort bekäme, da Francis vermutlich selbst die Wahrheit nicht so genau kannte. Aber Eva konnte sich auch vorstellen, dass die Freundin wie die meisten Frauen Komplimente und einen Flirt genoss und wie die meisten intelligenten Frauen Vergnügen an geistreicher Konversation fand. Beides bekam sie ja von Magnus geboten. Neuerdings. Im Internet. Nach Jahren häuslicher Minimalkonversation.

So tappte auch Francis in seine Falle. Zumindest so lange sie die ernüchternde Erkenntnis verdrängte, dass ihr geistreicher Korrespondent der Ehemann war, der eigentlich mit Hannah und Giulia plänkelte.

Hinzu kam, dass dieser Mann sich gegenüber der realen Francis momentan keineswegs galant verhielt. Aber das konnte sie ihm auch nicht verübeln. Schließlich stand er doch unter erhöhtem Stress – bei dem umfangreichen Mailverkehr.

Eva überließ die Freundin dem neu entdeckten Spiel. Sie war sich vollkommen klar darüber, dass Francis Zeit brauchte, die Situation in den Griff zu bekommen. Sobald die Faszination des amüsanten Geplänkels in Gewohnheit übergehen würde, wäre die Bahn frei für ihren gemeinsamen Schlachtplan. Ab und zu blickte sie Francis über die Schulter. Dann lästerten und lachten sie ein wenig und überlegten sich eine freche Erwiderung.

Ansonsten hatte sie die Nase von Magnus' Flirt-Mails gestrichen voll. Als weitaus fesselnder empfand sie ihre Gespräche und Unternehmungen mit den Kindern.

Marie-Rose hatte nach der Enttäuschung mit ihrem Tanzpartner einen jungen Mann getroffen, mit dem sie sich sehr gut verstand. Er hieß Daniel, war achtzehn und wohnte ein paar hundert Meter hinter der Grenze, im schweizerischen Kreuzlingen. Seine Mutter, eine Schweizerin, arbeitete als Psychiaterin in der Klinik in Winterlingen. Sein Vater forschte an der ETH Zürich. Er stammte aus Südafrika und war schwarz. Auch Daniel hatte eine recht dunkle Hautfarbe, was gelegentlich, wenn die beiden ausgingen, zu blöden Bemerkungen von alten Leuten oder jungen Glatzköpfen führte. Marie-Rose war darüber empört und sah sich nun als feurige Kämpferin gegen Rassismus und Ungerechtigkeit.

Daniels erster Besuch im Hause Weizenegger fand an einem Samstagnachmittag im September statt. Es war warm und sonnig, und deshalb hatte Marie-Rose die Kaffeetafel auf der Terrasse gedeckt.

Magnus hielt sich im Tennisclub auf. Leonardo war zu Besuch gekommen, um mit Eva über den nächsten gemeinsamen Fernsehauftritt zu sprechen, für den sie nach Wien fliegen sollten.

Francis begrüßte den Freund ihrer Tochter sehr herzlich und auch Cerberus, der Daniel gründlich beschnupperte, schien keine Einwände gegen die Wahl von Marie-Rose zu erheben. Daniel erkundigte sich interessiert nach der Fernsehsendung und allem, was damit zu tun hatte. Er wollte nach dem Zivildienst Medienwissenschaften studieren, klagte aber, dass ohne Beziehungen nur sehr schwer an Stellen für die nötigen Praktika zu kommen sei. Also versprachen ihm Eva und Leonardo, sich überall für ihn zu erkundigen, wo sie in nächster Zeit auftreten würden. Sie tauschen Adressen und Telefonnummern aus, wobei Eva sehr wohl den ängstlichen Blick von Marie-Rose registrierte und sich vornahm, bei ihrer nächsten vertraulichen Unterhaltung mit ihr über die Notwendigkeit gelegentlicher Trennungen zu sprechen. Dabei ahnte sie bereits, dass das Argument kommen würde, Papa und Mama seien schließlich auch schon fast zwanzig Jahre unzertrennlich. Dann wollte sie sich zusammenreißen und nicht sarkastisch hinwerfen: ›Und wir können deutlich sehen, was dabei herauskommt.‹ Sie würde die veränderten Zeiten anführen. Das nahm sie sich zumindest vor.

Nach dem Kaffee gab's ein paar Partien Indiaka auf dem Rasen, die von Cerberus mit begeistertem Gebell begleitet wurden. Dann stürzten sich die Frauen ins Wasser, während die Männer alles Notwendige für eine Grillparty vorbereiteten.

Die war in vollem Gange, als Magnus auftauchte. Er wirkte leicht angeheitert und erzählte, einer der Vorstände des Tennisclubs habe anlässlich seines Geburtstags ein paar Flaschen Sekt spendiert. Kurz nachdem er sich mit drei(!) Steaks gestärkt hatte, zog er sich zurück, worauf Francis und Eva vielsagende Blicke wechselten.

Anderthalb Stunden später trat er wieder zu ihnen. Entspannt lächelnd. Und Francis wäre am liebsten gleich zum Computer gehastet, um herauszufinden, ob er Hannah oder/und Giulia geschrieben hatte. Keine der Mädels hatte ihm heute etwas geschickt. Falls bei denen nun nichts im Postfach steckte, musste sie davon ausgehen, dass er noch weitere Damen beglückte.

Kurz nach elf wollte Leonardo aufbrechen und bot Daniel an, ihn nach Kreuzlingen zu fahren. Doch der hatte bereits Thomas versprochen, mit ihm im Baumhaus zu übernachten, was den Jungen noch mehr für ihn einnahm.

»Ich hoffe, du bleibst nicht an dem Knaben hängen und triffst alle notwendigen Vorkehrungen«, sagte Magnus in einem Anflug ganz speziellen Humors zu seiner Tochter, als die ihm eine gute Nacht wünschte. »Ich hätte nämlich Schwierigkeiten, mich mit Zebras als Enkelkinder anzufreunden.«

»Manchmal ist er schon ein Riesenarschloch«, zischte Marie-Rose im Reingehen Eva zu, die gerade mit einer neuen Kerze fürs Windlicht daherkam. Worauf die sich unter großer Selbstbeherrschung jeglichen zustimmenden Kommentar verkniff und lediglich vielsagend die Augen verdrehte.

»Du kannst schon ein gewaltiger Gefühlstrampel sein, weißt du«, rügte Francis den Gemahl.

»Na, ich weiß nicht, der weibliche Humor scheint ja auch starken zyklischen Schwankungen unterworfen zu sein.«

»Und deiner gleitet gelegentlich aus dem Rahmen des guten Geschmacks. Zum einen stehen die beiden noch ganz am Anfang ihrer Beziehung, und Marie-Rose wird es mehr als peinlich sein, von dir vorauseilende Verhütungstipps zu erhalten. Ansonsten dürfte es selbst dir nicht entgangen sein, wie tief ihr alles unter die Haut geht, was nach rassistischen Bemerkungen oder Anspielungen riecht.«

»Du liebe Güte, aber sie kennt mich doch. Sie muss doch wissen, dass ich im Leben nie ein Rassist war noch je sein werde!«

»Statt bei anderen die tiefe Kenntnis deiner persönlichen Ethik vorauszusetzen, wäre es schon gescheiter, nachzudenken, bevor du sprichst.«

»Mein Gott, du weißt doch, was für ein Chaot ich bin.« Er vollzog eine Geste der Hilflosigkeit, das heißt, er fuchtelte mit seinen langen Armen in der Luft herum und erinnerte verblüffend an einen betrunkenen Pelikan.

»Giulia hat Post bekommen«, verkündete Francis am nächsten Tag, als Magnus aus dem Haus war. »Sie scheint seine klare Favoritin zu sein. Bei Hannah fasst er sich zunehmend kürzer.« Sie sagte das mit einem derart triumphierenden Lächeln, dass Eva lachen musste.

»Du führst dich auf wie eine Siebzehnjährige, die ihrer Erzfeindin den Verehrer ausgespannt hat.«

»Üb Nachsicht mit mir, liebste Eva, schließlich entdecke ich eine völlig neue Welt. Und die ist so spannend, prickelnd, voller Herausforderungen und Überraschungen.«

»Ah ja!«

»Sei nicht so arrogant, ich weiß, dass du experimentierfreudig, erfahren und ausgebufft bist – und mir um Längen voraus. Ist ja auch kein Kunststück, als Freischaffende. Aber ich als Hausfrau, Ehefrau und Mutter habe in den letzten siebzehn Jahren eben mehr funktioniert als experimentiert. Mein Leben wurde von Notwendigkeiten bestimmt, nicht von Intuition, Inspiration, Lust und Laune.«

»Hey, ich mach dir doch keinen Vorwurf! Ich find's ganz prima, dass du so aufblühst – wenn ich auch nicht gar so begeistert bin über den Auslöser deiner Blüte.«

»Keine Sorge, das kriege ich schon gemanagt! Eins nach dem anderen und alles zum richtigen Zeitpunkt.«

Als Eva aus Wien zurückkehrte, und sich nach Neuigkeiten erkundigte, eröffnete ihr Francis mit verschmitztem Lächeln:

»Hannah hat ihren Traummann im Urlaub getroffen und sich von Marcel verabschiedet.«

»Eine gute Nachricht! Ich freue mich für sie.«

»Tja, und es gibt noch etwas Interessantes zu vermelden.«

»Ich höre.«

»Giulia wird sich ein Handy zulegen und Marcel überreden, sie anzurufen.«

»Oh. Wozu das?«

»Um die Geschichte bis zum Anschlag auszukosten.«

»Mhm. Und du hast du keine Angst, dass er dich an der Stimme erkennt?«

»Aber nein, ich werde mit italienischem Akzent sprechen und mir dabei vorstellen, ich sei ein Typ wie Monica Bellucci.«

»Oha!«

»Er wird auf mich fliegen und sich nach mir verzehren, das verspreche ich dir!« Und mit einem Augen-Niederschlag à la femme fatale sowie dem passenden italienischen Akzent fügt sie hinzu: »Ische wille ihn an die Telefono umme die Verschdande bringe.«

»Da bin ich mir noch nicht so sicher«, sagte Eva, die sich daran erinnerte, wie zäh ihre Bemühungen waren, Magnus zu einem Anruf zu überreden. Aber bei ihr lag der Fall ja auch etwas anders. Er wusste, wer sie war und damit bekam seine Fantasie Fleisch und Blut. Und er selbst Angst davor, identifiziert zu werden.

»Ich kaufe das Handy in der Schweiz. Das Netz reicht ja bis hierher. Und Magnus wird es in Sicherheit wiegen, wenn er glaubt, ich lebe jenseits der Grenze. Ich sag dir eins: Das wird die amüsanteste Komödie meines bisherigen Daseins!«

Francis schien sich tatsächlich sehr intensiv mit dem Thema befasst zu haben. Eva malte sich aus, wie es wäre, wenn Francis sie eines schönen Tages mit der Nachricht überraschte, Giulia hätte Marcel zur Telefonerotik verführt und es – im eigenen Ehebett – ausschweifend genossen. Der Gedanke erheiterte sie derart, dass sie ihn Francis nicht vorenthalten wollte.

»Wahnsinn! Ich kann mir zwar nicht vorstellen, wie das gehen sollte, aber die Idee ist köstlich! Das würde dem ganzen die Krone aufsetzen. Nach langen Jahren der Monotonie gäb's in unserem Schlafzimmer tatsächlich mal was Interessantes. Ja, ich sollte so was wirklich ausprobieren, bevor ich ihn über die Klinge springen lasse!«

»Francis! Was hast du vor?« Eva erschrak, doch gleichzeitig vergegenwärtigte sie sich, dass es dringend nötig war, endlich klare Maßnahmen gegen Magnus in die Wege zu leiten, nachdem zwischen ihr und Francis alle Unklarheiten ausgeräumt waren,

»Ich weiß noch nicht genau. Doch sicher ist, dass es einen Eklat geben muss. Aber das hat ja keine so immense Eile. Denn weißt du was? – Wenn's auch noch so verwerflich klingt: Ich mag die momentane Situation noch ein Weilchen auskosten.«

»Francis! Wie schamlos!«

Sie lachte. »Gebe ich unumwunden zu. Und staune über mich selbst, dass es mir so viel Vergnügen bereitet. Aber bei der Korrespondenz mit Magnus kommen so viele Erinnerungen hoch. Erinnerungen an die Zeit unserer jungen, geistreichen, außergewöhnlichen Liebe. Und Magnus lässt mich erkennen, dass er über das ganze Potenzial immer noch verfügt, und es lediglich in unserem Alltag untergegangen ist. Wenn ich einen Weg finden könnte, ihn von seiner Sucht wegzubringen und seine Kreativität aufs Neue für unsere Beziehung zu aktivieren, dann könnte das grandios werden!«

Eva staunte gleichermaßen über Francis' Toleranz und ihren Optimismus. Für die meisten Frauen wäre der Bart unwiderruflich ab gewesen.

»Möglich ... Aber leicht wird es sicher nicht werden, Magnus zu einer Therapie zu überreden.«

Francis verdreht die Augen. »Oh nein, sicher nicht! Dafür braucht es gewiss zwingende Argumente. Ich sage bewusst zwingende – bestechende reichen nicht!«

»Aha – und was schwebt dir da vor?«

Francis tippte an ihre Stirn. »Wir arbeiten noch daran. Ich werde dich rechtzeitig informieren und möglicherweise um Mitarbeit bitten.«

Die beiden verbanden den Telefonkauf mit einem Ausflug nach Zürich. Sie nahmen den Zug, weil es bequemer war und so die lästige Parkplatzfrage unterblieb. Die Schaufenster in der Bahnhofstraße gewährten Blicke auf zahlreiche Millionen Franken in Form funkelnder Juwelen und anderer Luxusgüter.

Im Handyladen in einer Seitenstraße bediente sie eine freundliche blonde, blasse junge Frau. Francis entschied sich für ein kleines leicht zu handhabendes Natel-Gerät, und Eva gestattete ihr aus Sicherheits- und Tarnungsgründen, ihren Namen in den Kaufvertrag einzusetzen.

Ein Anschlag mehr auf Marcel P., dachte sie, als sie der Verkäuferin den unterschriebenen Vertrag reichte. Zweifellos falle ich Magnus allein durch meine Anwesenheit in seinem Hause unerträglich auf die Nerven. Wenn er jedoch im Detail wüsste, welche Lawine ich bei seiner einst so angepassten

Ehefrau losgetreten habe, würde er mich sicher kalt lächelnd erwürgen.

Francis ließ sich im Übermut des Augenblicks das Gerät als Geschenk einpacken, und Eva lud sie zu Lindt und Sprüngli am Paradeplatz in die Café-Bar ein, wo sie zwischen vielen Touristinnen, die mit zahlreichen Päckchen beladen waren, ihr Kalorienkonto aufs Köstlichste belasteten.

Für den sportlichen Ausgleich charterten sie anschließend ein Tretboot und strampelten damit eine halbe Stunde unter Gekicher und Gelächter auf dem See herum.

Danach gelüstete es sie nach Kultur. Sie begaben sich ins Kunsthaus, wo sie ganz fasziniert waren von der Sonderausstellung zum Lebenswerk Albert von Kellers, dem Schweizer Mitbegründer der Münchner Secession. Der Maler, der zu seiner Zeit höchstes Ansehen genoss, liebte die Frauen, und es gefiel ihm, ihre Schönheit in der Atmosphäre opulenter Salons darzustellen. Seine Vorliebe für Hypnose und spiritistische Sitzungen fand ebenso Niederschlag in seinem Werk. Außerdem fühlte er sich stark von Chopin und Wagner inspiriert. Alle diese Eindrücke und Informationen bewegten die beiden Frauen zu Betrachtungen und Spekulationen über die Kulturszene und das Geschlechterverständnis zu Beginn des zwanzigsten Jahrhunderts. Und beide fanden es reizvoll, sich Gedanken darüber zu machen, wie es wäre, die Salonkultur neu zu beleben.

Als sie sich schließlich auf den Rückweg zum Bahnhof machten, blickten sie vom Bellevue-Platz aus über den See und die Uferpromenaden.

Francis war plötzlich der Ansicht, mit dem Verzicht auf einen Einkauf in der Bahnhofstraße stünde ihnen zumindest eine kleine Belohnung zu. Deshalb lud sie Eva auf ein *Chüpli* im Baur au Lac ein, dem renommierten Hotel, in dem schon Thomas Mann gern für inspirierende Aufenthalte (u. a. in Sachen Felix Krull) logiert hatte.

Sie genossen das Flair der internationalen Klientel und spekulierten über einige extrem ungleiche Paare, während sie an den streng dreinblickenden Herrn in dunklen Anzügen zunächst wenig Rätselhaftes fanden.

Als der Champagner serviert wurde, stießen sie behutsam an und tranken auf ihre anregende Freundschaft. Plötzlich gab Francis Eva mit den Augen zu verstehen, sie möge zu einem der Tische blicken, an dem eine Sechsergruppe ernsthaft diskutierender Geschäftsmänner versammelt war. Eva schaute hin. Beide fingen gleichzeitig zu kichern an und setzten ihrer Kommunikation stumm, doch mit beredten Blicken fort.

»Wo darf ich Ihnen heute den Scheitel ziehen, mein Herr?«, lästerte Eva, als sie schließlich das Lokal verlassen hatten. »In der Achselhöhle oder über dem Schambein?«

»Sieben Scheitel hatte der eine«, prustete Francis.

»Unglaublich! So ein Aufwand – nur um anschließend auszusehen wie ein Depp.«

»Meinst du, der zieht sich die selber?«

»Eher nicht. Ist doch ganz schön kompliziert in dem dichten Nackenhaar. Vielleicht hat er einen Butler«, spekulierte Eva.

»Oder eine Ehefrau.«

»Francis, du glaubst doch nicht im Ernst, dass eine Frau ihren Mann dabei unterstützen würde, so bescheuert auszusehen!«

»Aber sicher, dann gefällt er schon keiner anderen.«

»Ehefrauenlogik«, sagt Eva grinsend. »Aber dabei schneidet die Gute sich doch ins eigene Fleisch.«

»Nicht unbedingt. Zum Ehefrauenbesteck gehört doch eine dicke rosa Brille.«

»Hast du so was auch?«

»Sooo eine dicke hatte ich!« Francis hielt den Daumen in drei Zentimetern Abstand zum Zeigefinger. »Aber du hast sie mir zerbrochen!«

»Ich hatte auch so eine – aber ich hab sie im See versenkt.«

»Wer weiß, zu welchen Konsequenzen das unter den Fischen führen wird …«

»Oder unter den Schwänen.«

Sie fühlten und benahmen sich wieder einmal wie alberne Halbwüchsige und fanden es großartig.

Kurz vor Magnus kehrten sie am Abend in die Villa zurück. Marie-Rose und Thomas hatten bereits das Abendessen zubereitet, da sie anschließend noch eine Runde Scotland Yard mit ihnen zu spielen wünschten. Magnus zog sich wie gewohnt in die Bibliothek zurück.

Am nächsten Morgen, als Mann und Kinder aus dem Haus waren, machte sich Francis mit ihrem neuen Handy vertraut. Eva, die eins derselben Marke besaß, stand ihr bei.

Eva bezweifelte ja immer noch, dass Magnus überhaupt anrufen würde und noch weit mehr, dass es schon bald geschehen könnte. Deshalb versuchte sie, Francis' Erwartungen zu dämpfen.

»Versteif dich mal nicht zu sehr auf Telefonate. Ich wüsste auch nicht, was das groß bringen sollte.«

»Aber ich!«, widersprach Francis entschieden. »Er wird mir noch viel näher sein als per Mail. Ich werde ihn fast spüren, und zu der wohltuenden Erkenntnis gelangen, dass mein Leben immer noch Überraschungen birgt. Viel mehr als ich mir je hätte träumen lassen.

»Na denn.«

»Ja eben! Weißt du, Eva, seit Jahren habe ich nur noch funktioniert. Natürlich weiß ich, dass ich für Magnus und die Kinder sehr wichtig bin. Aber sie würden sich darüber erst klar, wenn ich mal ausfiele. Vor meinem Geburtstag, Weihnachten und Muttertag denken sie schon immer darüber nach, womit sie mir eine Freude bereiten könnten – aber ansonsten kann ich froh sein, wenn's keinen Zoff gibt. Das ging ja schon so weit, dass ich mir gelegentlich wünschte, einen Arm zu brechen, damit ich eine Weile aus dem Verkehr gezogen würde und sie zusehen müssten, wie sie ohne mich klarkommen. Bei einer Bekannten lief das so. Da hat der Mann in fünf Wochen sechs Kilo abgenommen. Täte Magnus ja auch ganz gut … Aber trotzdem bin ich lieber fit. Und seit du in mein Leben getreten bist, kann ich meine Fitness auch endlich umfassend genießen. Du erweiterst meinen Horizont, zeigst mir was von der Welt und machst mir Mut. Deine Freundin zu sein, stärkt mein Selbstwertgefühl.«

»Jetzt bringst du mich aber in Verlegenheit!«

»Keine Ursache. Also, ich kann's kaum erwarten, bis ich die Giulia gebe!«

Sie probte ein wenig den Akzent der Italienerin, und Eva fand sie recht überzeugend.

27

Sie werden mir bestimmt wieder einmal beipflichten, wenn ich behaupte, dass ich interessante Freundinnen habe. Die eine betätigt sich hauptberuflich als Stil-, Image- und Scheidungsberaterin und die andere nebenberuflich als Kommunikationsanimateuse und Emanzipationscoach. Nebst all den anderen interessanten kreativen Tätigkeiten, die ihr das Überleben sichern.

Aber auch auf dem Gebiet der männlichen Freunde in meinem Leben kann ich Neues vermelden: Jonathan. Ich habe ihn noch nicht vorgestellt, da ich etwas im Zweifel bin, ob es nicht zu früh ist, über ihn zu reden. Aber jetzt bin ich ohnehin schon dabei, und deshalb kann ich auch etwas mehr sagen. Jonathan ist ein sehr angenehmer Mensch, aber – ich weiß, was Sie jetzt denken werden und sowohl Eva als auch (erst recht!) Sibylle haben mir bereits den Kopf gewaschen – er hat gerade sein Trennungsjahr absolviert und steuert nach sieben ganz guten und zwei fürchterlichen Ehejahren auf seine Scheidung zu. Dass er mit seiner zukünftigen Exfrau zwei Töchter von neun und sieben Jahren hat, vereinfacht die Sache auch nicht gerade.

Sie schütteln jetzt vermutlich den Kopf. Aber bitte, glauben Sie mir: Diesmal läuft alles anders! Ich mache nicht wieder dieselben Fehler wie x-mal zuvor. Ich habe gelernt. Jonathan sieht mich nicht als praktischen Ausheulkumpel. Er widmet meinen Themen genauso viel Zeit wie ich den seinigen. Da er als Lektor in dem Verlag arbeitet, der vermutlich meinen ersten eigenen Roman herausbringen wird, ist es wirklich nicht so, dass nur ich ihm was gebe. Er verfolgt mit Spannung den Fortschritt der Geschichte. Manchmal denken wir auch über einen Schluss nach – für den Fall dass die Weizeneggers und Eva in absehbarer Zeit nichts Packendes zustande bringen. Aber ich bin da ja ziemlich zuversichtlich.

Außer Gesprächen, tiefen Blicken und gegenseitigen Nackenmassagen (HWS-Syndrom, das Leiden der Schreibtisch-Täter …) ist zwischen Jonathan und mir übrigens noch nichts gelaufen. Aber ich habe mir vorgenommen, seinem männlichen Selbstbewusstsein wieder ein bisschen auf die Sprünge zu helfen. Das ist nämlich schon gewaltig ramponiert. Doch mein weibliches war es ja auch – besonders vor meiner gerechtigkeitsfördernden New-York-Reise.

Die hat mir übrigens zu Oliver verholfen. Mit ihm besuche ich gelegentlich Konzerte, Discos oder eine Studentenparty. Weiter will ich jedoch nicht gehen, denn zu sehr genieße ich es, nein zu sagen und mich dafür umso intensiver anhimmeln zu lassen. Ja, Sibylles Weisheiten zu befolgen, kann sehr sinnvoll sein, vor allem, wenn der Typ ohnehin keine allzu große Herausforderung darstellt … Aber wer weiß, vielleicht ergibt sich ja später irgendwann mal was, wenn unser Altersunterschied sich relativiert hat – wenigstens unter zwanzig Prozent absackt …

Mit Jonathan ist das anders. Er ist schon sechsunddreißig. Und bei ihm habe ich es endlich mal mit einem Mann zu tun, der meine physischen, psychischen und intellektuellen Qualitäten gleichermaßen schätzt und sich dabei als respektvoll und galant erweist. Das ist wie ein warmer Regen nach einer langen Dürreperiode. Die Wüste lebt!

Nachdem Francis mit den Geheimnissen ihres Natels ausreichend vertraut war, bot sie Marcel per Mail an, ihm ihre Telefonnummer mitzuteilen, falls er sich einverstanden erklären sollte, sie ausschließlich während der angegebenen Zeiten anzurufen. Nahezu mailwendend signalisiert er ihr sein Einverständnis.

Als sie am nächsten Tag schließlich Zeit fand, sich an den Computer in der Bibliothek zu setzen und Magnus ihre Nummer zu übermitteln, gelang es ihr nicht, die gewünschte Internetseite aufzurufen. Sie versuchte es mit anderen Adressen, doch nichts funktionierte mehr.

»Ich glaube, das Netz ist zusammengebrochen«, sagte sie zu Eva. Mit deren Notebook klappte jedoch der Kontakt.

»Euer Computer ist vielleicht ins Visier der Sittenkontrolle geraten und wurde lahmgelegt«, mutmaßte Eva grinsend.

Francis hegte da jedoch einen anderen Verdacht: »Ich fürchte fast, Thomas hat wieder mal ein Virus oder einen Wurm eingeschleppt!«

»Oh, das wäre fatal. Aber du kannst für dein Liebesgeplänkel gern auch mein Laptop benutzen.«

»Danke, das ist lieb. Werde ich auch gern tun. Aber es löst nicht das wirkliche Problem. Magnus wird stinksauer sein!«

Magnus war nicht nur stinksauer, sondern er rastete regelrecht aus, als er den Schaden bemerkte. Wie von Sinnen rannte er im Haus herum und brüllte wie ein angestochener Stier. Dann knöpfte er sich Thomas vor, der in Vorahnung des heraufziehenden Unwetters schon vor der Heimkehr seines Vaters die Hosen voll hatte und wie das inkarnierte Schuldbewusstsein herumschlich. Einen Moment lang befürchtete Francis sogar, Magnus könnte die Hand gegen Thomas erheben, was in der Familie Weizenegger einen absoluten Tabubruch bedeutet hätte. Während sie überlegte, wie sich das Schlimmste verhindern ließe, erschien Eva auf der Bildfläche. Die hatte nur wenig, aber doch das Essenzielle mitbekommen.

»Wenn du was derart Dringendes zu erledigen hast, dann kannst du auch gern mein Gerät benutzen«, bot sie Magnus an.

Er ging zwar nicht auf das Angebot ein, vergaß aber offenbar im Eifer der Erregung, dass seine Intimgegnerin vor ihm stand und wiederholte noch einmal die Gründe seines Zorns.

»Zig Mal habe ich ihm gesagt, er darf das Gerät nicht für

irgendwelche Scheißraubkopien von seinen Kumpels benutzen. Diese Verblödungsspiele, die sie untereinander austauschen – ohnehin der letzte Schwachsinn, aber dafür hat er meinen alten PC auf seinem Zimmer!«

»Schon, aber der Monitor ist hopps gegangen«, entschuldigte sich Thomas kleinlaut.

»Noch lange kein Grund, meine Arbeitsgeräte lahmzulegen! Idiotisch, absolut idiotisch! Der Ernährer der Familie kann nicht arbeiten, weil der Filius mit seinem debilen Mistkram die Arbeitsgeräte ruiniert. Das ist wirklich unglaublich! Sabotage im eigenen Heim!«

»Magnus, es führt doch zu nichts, wenn du dich jetzt so aufregst. Es ist nun mal passiert. Punkt. Und du hast doch bestimmt von allem, was wichtig ist, Kopien gezogen«, gab Francis zu bedenken.

Die Einmischung seiner Frau schien den Patron zusätzlich zu echauffieren, denn seine Stimme wurde noch lauter: »Im Büro schon, aber nicht hier. Und darum geht es auch nicht. Es geht darum, dass in diesem Hause kein Schwein mehr meine Ver- oder Gebote respektiert, dass meine Wünsche überhaupt nichts mehr zählen und ich nicht mehr in Entscheidungen einbezogen werde. So etwas kann und will ich nicht tolerieren! Und ich werde mich dagegen zur Wehr setzen, damit ihr es alle wisst!« Blitze schossen aus seinen Augen und zielten auf alle Anwesenden.

»Zwei Wochen Hausarrest oder zwanzig Stunden Gartenarbeit für dich, junger Mann. Du kannst es dir aussuchen.«

Nach diesem Machtwort packte der Wüterich den Rechner in den Kofferraum und brauste davon. Thomas verdrehte die Augen.

»Der Alte wird immer blöder«, bemerkte Marie-Rose bitter, die, vom Geschrei des Vaters alarmiert, herbeigelaufen war. Offenbar hatte sie ihm die Äußerung über Daniel noch nicht verziehen.

»Engagiert sich keine Sekunde für uns und markiert dann den großen Maxe. So eine richtige Drohne! Auf den könnten wir hier doch wirklich bestens verzichten!«

»Kind, wie sprichst du von deinem Vater?«

»Sag bloß, du hast noch Respekt vor ihm!«

»Die Frage habe ich jetzt aber wirklich nicht gehört, Marie-Rose!«

Francis' Gesichtsausdruck verriet, dass auch sie tief erschüttert war über den unangemessenen Ausbruch ihres Mannes. Ihr Pflichtgefühl als loyale Ehefrau verlangte es allerdings, die Kinder zu ermahnen, wenn sie sich despektierlich über ihren Vater ausließen.

»Ach Mama, der ist doch zu wirklich nichts mehr zu gebrauchen«, klagte Marie-Rose, die sich nicht so schnell in Schranken weisen ließ. »Früher standen wir ganz klar an erster Stelle. Dann kam der Tennisclub, dann sein Job. Heute weiß ich nicht mehr, was zuerst kommt, aber ich bin der eindeutigen Überzeugung, dass wir zuletzt dran sind. Wenn Eva nicht bei uns wäre, ging's hier doch nur noch öde zu.«

Francis widersprach nicht. Thomas nickte zustimmend, und Eva schaute etwas betreten zu Boden.

»Oh, da fällt mir ein, dass ich zu einem Zirkusfest eingeladen bin«, rief sie plötzlich, froh etwas zur Ablenkung anführen zu können. Denn obwohl sie allen Grund hatte, auf Magnus sauer zu sein, beschlich sie ein ungutes Gefühl, wenn sie erlebte, wie sein Ansehen bei den Kindern ins Bodenlose absackte.

»Es ist eine Benefizveranstaltung, bei der berühmte Artisten aus aller Welt auftreten. Ich hab zwei Karten. Wer mag mich begleiten?«

Francis und Marie-Rose schauten Thomas an, dessen Augen geradezu glühten.

»Damit würdest du Thomas die größte Freude bereiten. Er ist absolut verrückt nach Zirkus. Schon von klein auf«, versicherte Francis.

Thomas schenkte Eva ein hoffnungsvolles Lächeln.

»Seit Jahren steht bei seinen Geburtstagen die Einladung unter dem Motto Zirkus. Und alle Gäste müssen was vorführen.«

»Klasse Idee!«

»Und wie ich mein Brüderlein kenne, wird er diese Marotte selbst bei seiner Hochzeit durchziehen.«

»Das wäre doch mal was anderes! Und für Tiernummern gibt's sicher jede Menge prädestinierte Leute.«

»Oh ja, aber trotzdem lassen wir uns damit bitte schön noch ein paar Jahre Zeit«, bremste Francis.

»Gut, Thomas, dann darfst du nächste Woche mitkommen.«

Der strahlte, doch dann schlich sich ein besorgter Eindruck in das Bubengesicht. »Verrat das aber ja nicht dem Papa!«

»Sicher nicht, bevor wir dort waren«, versprach Eva. »Aber wenn du mitwillst, bedeutet das für dich Gartenarbeit statt Hausarrest.«

»Wollte ich eh so machen.«

Magnus' Mail, die etwa eine halbe Stunde nach dem abrupten Aufbruch aus seinem Domizil im Internet einging, stand in diametralem Gegensatz zum Ton, den er daheim angeschlagen hatte. Amüsiert-ironisch beklagte er sich bei Giulia, sein sonst so gewitzter Sohn habe sich wohl ein Virus unterjubeln lassen und das heimische Gerät außer Gefecht gesetzt, was ihn, den Papa, nun zu einer abenteuerlichen Reise genötigt habe, um sie ganz schnell zu informieren. Er bedankte sich für das Vertrauen, ihm ihre Nummer zu schicken und versprach, alles dran zu setzen, sie während der zugestandenen Fristen zu erreichen.

Diese Fristen deckten sich auf wundersame Weise weitgehend mit seinen Bürostunden …

Dann erging er sich noch in Lobhudeleien über die Intelligenz seiner Mailpartnerin, ihren Stil, ihren Witz und pries das Glück, dass sie sich im Netz getroffen hätten.

Francis gestand Eva, die dicke Luft nach Magnus' rabiatem Auftritt hätte ihr jegliche Lust auf ein Telefongeplänkel und die damit verbundene Komödie vergällt.

Als am nächsten Vormittag aber das Telefon gerade fünf Minuten nach dem frühesten Zeitpunkt läutete, reagierte sie dennoch wie elektrisiert. Sie zuckte mit den Schultern, zwinkerte Eva zu und nahm das Gespräch als Giulia im Wohnzimmer entgegen. Perfekt mimte sie den italienischen Akzent, und Eva musste sich auf die Unterlippe beißen, um nicht laut herauszuplatzen. Sie setzte einen Schlafzimmer-Blick auf und blickte lasziv über ihre Schulter. Francis warf ihr einen gespielt grimmigen Blick zu. Von da an sagte sie jedoch nichts mehr, sondern deutete mit ausladenden Wellenbewegungen ihrer Arme und Hände an, dass Marcel am Schwafeln war.

Amüsiert winkend verließ Francis das Wohnzimmer, durchquerte die Halle und eilte die Treppe empor in Richtung Schlafzimmer. »Ich finde deine Stimme auch ganz fantastica ...«, hörte Eva sie noch sagen, bevor die Tür geschlossen wurde.

Eine knappe Stunde später klopfte es an Evas Tür. Francis trat lächelnd ein. Ihre Augen glänzen in einer Mischung aus Belustigung, Triumph und Zorn.

»Es ist verrückt und unglaublich!«, rief sie, warf sich geradewegs auf Evas Bett und lachte laut und trocken auf. »Stell dir vor, ich habe fast eine Stunde mit meinem Mann geplaudert! Zugegeben, neunzig – oder sagen wir fünfundachtzig – Prozent der Zeit hat er das Wort geführt, aber es war immerhin an mich gerichtet. Geradezu sensationell! Er hat mit mir geflirtet, war charmant und witzig! Das gab's schon seit Jahren nicht mehr!«

»Ja und ...?«

»Hochinteressant! Er hat mir von seiner wunderbaren Familie erzählt, die auf gar keinen Fall unter unser beider einmaligen und unvergleichlichen gegenseitigen Anziehung leiden dürfte. Und von der grässlichen altjüngferlichen Cousine seiner Frau, die sich ungebeten bei ihnen eingenistet habe und nun den ganzen Haushalt schikaniere.« Sie grinste Eva breit an. »Er würde ihr lieber heute als morgen den Hals rumdrehen.«

»Wie gut ich ihn verstehen kann!«

»Sie sei eine Männerhasserin der schlimmsten Sorte und versuche Tag und Nacht, seine Frau gegen ihn aufzuwiegeln.«

»Kein Wunder, dass er so ausrastet. Er hat wirklich nichts zu lachen, der arme Tropf.«

»Doch, jetzt schon. Nun hat er mich gefunden und die düsteren Grauschattierungen, die gerade noch sein Leben bestimmten, nehmen mit einem Mal zarte Pastelltöne an.«

»Fantastisch!«

»Eindeutig! Du wirst es nicht glauben – ich war ja so sauer auf ihn heute früh! Aber dieses Gespräch hat mir trotz allem richtig gut getan. Er hat wirklich 'ne tolle Stimme, wenn er flirtet. Und unverschämt viel Charme. Und er hat mich fast unablässig zum Lachen gebracht.«

»Jaja, er verfügt zweifellos über außergewöhnliche Qualitäten!«

»Morgen turteln wir weiter.«

Obwohl Magnus sich in der Freizeit bevorzugt dem Müßiggang zu Hause oder seinen Aktivitäten im Tennisclub hingab, führten Weizeneggers dennoch ein gesellschaftliches Leben. Das wurde zwar weitgehend von Francis organisiert und bestritten, doch recht oft gingen sie zusammen aus und empfingen auch häufig Gäste.

Wenn Besuch kam, zog sich Eva zurück oder ging selbst aus. Aber wenn das Ehepaar ausging, kümmerte sie sich um die Kinder. Dafür taugte die unausstehliche altjüngferliche Cousine immerhin. Sie besuchten ein Kino oder veranstalten Spieleabende daheim, wobei ihnen Daniel und ein paar Mal auch Leonardo Gesellschaft leisteten. Eva gab mit Freuden die Ersatzmutter, denn im Grunde träumte sie von einer Familie. Einerseits. Andererseits natürlich auch von ihrer Freiheit und Ungebundenheit als Künstlerin. Die Situation, die sie im Augenblick erlebte, erschien ihr ideal. Allen im Hause – außer Magnus – war sie lieb und willkommen. Sollte ihr aber je der Sinn nach neuen Herausforderungen stehen, könnte sie von heute auf morgen den Koffer packen.

Der Zirkusbesuch mit Thomas führte, ohne dass sie es ahnen konnte, zu einem neuen Konflikt zwischen Vater und Sohn.

Nach der Benefizveranstaltung gab es noch eine Party, bei der die Zirkusleute mit den geladenen Gästen feierten. Thomas, der hellauf begeistert war, ließ sich die Chance nicht entgehen, nach Evas Kontaktanbahnung mit einigen der Artisten zu plaudern, um endlich all das zu erfahren, was ihn schon so lange interessierte.

Am nächsten Tag eröffnete er dann seinen Eltern, er wolle Artist werden. Da wäre es das Beste, eine Zirkusschule zu besuchen und zwar auf jeden Fall vor seinem vierzehnten Geburtstag. Francis stimmte der Gedanke, ihren Sohn in absehbarer Zeit nicht mehr täglich sehen zu können, sehr traurig, aber sie wollte den Jungen nicht seiner Illusionen berauben. Ganz anders jedoch Magnus. Er poltert wie ein Besessener herum, brüllte Thomas an und wütete gegen Eva, die er nicht ganz zu Unrecht als Urheberin des irrsinnigen Hirngespinsts, wie er es bezeichnete, ansah.

Magnus hatte anscheinend bereits im Detail die Zukunft seines Sohnes geplant: Abitur, BWL-Studium et cetera – eine glorreiche Karriere in einer karriereträchtigen Position, die der Vater über seine zahlreichen Kontakte für ihn ausfindig machen würde.

Natürlich ersparte er Giulia am Telefon nicht die drastische Schilderung seines Ärgers mit der verhassten Cousine, verschwieg ihr nicht einmal seine Mordlust. Sie versuchte, ihn zu besänftigen, appelliert mit ihrem bewährten Akzent an sein Mitgefühl für die arme einsame Frau und seine Verantwortung als Vater: »Sei nicht so egoistisch, deine Kinder nur als Vehikel für deine eigene Unsterblichkeit zu betrachten! Du hast ja sicher auch schon früh versucht, dein Leben nach deinen und nicht ausschließlich nach den Vorstellungen deiner Eltern zu gestalten.«

Während solcher Momente empfand Giulia gegenüber Marcel erhebliche Skrupel. Sie wusste so viel über ihn – seit Kurzem noch weit mehr – und sie konnte ihn mit ihrem Wissen nach Herzenslust verblüffen oder manipulieren. Das war hochgradig unfair! Aber dann rief sie sich ins Bewusstsein, dass er mit einer für ihn völlig Fremden sprach und nebst allerhand Zärtlichkeiten und süßen Versprechen, die er in ihr Ohr hauchte, auch noch Familieninterna ausplauderte. Da schrumpften ihre Skrupel augenblicklich.

28

»Warum kannst du nicht endlich auf anständige Weise aus meinem Leben verschwinden?«, fragte Magnus, als er Eva allein auf der Treppe zum See antraf.

»Weil du dich nicht auf anständige Weise aus dem meinigen verabschiedet hast!«

»Du bist verrückt. Machst alles kaputt. Ruinierst mein Leben. Ich ertrage es nicht mehr, dich zu sehen!« Seine Augen blitzen gefährlich und Eva hielt es für das Beste, die Sache zu ironisieren.

»Was? So schlimm sehe ich aus?«

»Quatsch! Es ist ja nicht, weil ich dich abstoßend fände – das leider nicht.«

»Aha?«

»Ich will dich nicht mehr sehen, weil ich Angst habe, die Kontrolle über mich zu verlieren. Wenn du mir über den Weg läufst, dann hab ich nur einen Gedanken: Ich will dich packen, in die Knie zwingen, demütigen, mich über dich hermachen. Immer und immer wieder! Ganz primitiv. Archaisch. Männlich. Du bist eine permanente Provokation für mich. Der Urtyp von Weib. Die Ur-Eva, wie ich sie sich wohl jeder echte Mann erträumt.«

Dieses Geständnis berührte Eva auf seltsame Art. Fast empfand sie Mitgefühl für ihn. Wegen seiner unvermuteten Offenheit und weil er sich in dem Moment als Mensch präsentierte, der absolut nicht Herr seiner Sinne war. Für einen Augenblick empfand sie sogar ein schlechtes Gewissen wegen des Spiels, das sie mit ihm trieb. Doch das erlosch sofort, als sie sich vergegenwärtigte, dass er seine Spielchen ja vermutlich ziemlich wahllos mit allen trieb, die sich auf das virtuelle Geplänkel mit ihm einließen. Ihre letzten Skrupel verflüchtigten sich, als er weiterredete. »Wenn ich dich nie mehr gesehen hätte, könnte ich mir einreden, es sei nur sexuelle Obsession gewesen und du irgendeine unbedeutende laszive Figur, ein Spielzeug für ein paar erotische Stunden. Aber dann drängst du dich in meine Familie und beweist mir fast stündlich, dass ich ein Idiot bin, den keiner wirklich braucht oder respektiert. Meine Frau hast du erobert, meine Kinder, ja selbst der Hund kann dich inzwischen besser leiden als mich! Es ist zum ... Ach, ich könnte dich ...«

Höchst bemüht um Contenance – vor allem um des Familienfriedens willen – erwiderte sie ruhig: »Magnus, du redest dir da so allerhand ein. Francis schätzt dich sehr wohl und die Kinder tun es auch. Der Hund ebenfalls – innerhalb seiner Grenzen. Aber Menschen und Tiere legen eben Wert darauf, dass sie beachtet und in ihrer Art respektiert werden. Du bist jedoch nur dann freundlich, wenn alle nach deiner Pfeife tanzen und würdigst die Qualitäten und Wünsche der anderen so gut wie gar nicht. Zumindest jedenfalls nicht wahrnehmbar. Klar gehst du mit den Kindern zum Tennis. Aber du tust das, weil es dein Hobby ist. Alles, was sich außerhalb deiner Prioritätenliste abspielt, ignorierst du oder machst dich darüber lustig. Kinder und pubertierende Jugendliche schätzen Ironie aber nicht besonders – vor allem dann nicht, wenn sie ernst genommen werden wollen.«

»Na bitte, sag's mir nur! Ich mache alles falsch, ich bin ein Vollidiot. Meine Mutter wusste es schon immer: Buben sind nur bis zum Eintritt der Pubertät Menschen – danach sind Männer nur noch Ärgernisse.«

»Lass bitte die gestörten Ansichten deiner Mutter aus dem Spiel! Damit machst du dich doch immer wieder aufs Neue selber fertig. Was ich allerdings persönlich doch ganz gern wüsste: Du sagst, dein Interesse an mir habe nur meinem Körper gegolten. Aber was war dann mit unserer Korrespondenz?«

»Amüsant und geistreich. Ich habe es genossen! Aus meiner

Sicht ein wunderbar niveauvolles Balzritual. Ich war scharf auf dich von dem Moment an, als ich deine Annonce gelesen hatte. Ariadne! Kannst du dir vorstellen, was der Name für einen Jungen bedeutet, der von Priestern in humanistischer Bildung ersäuft wird? Ich paukte mit Freuden griechische Vokabeln, um die einschlägigen Heldensagen übersetzen zu können. Ich war Herakles, Perseus, Odysseus und vor allem Theseus! Ich verliebte mich an seiner Stelle in Ariadne, die mir zu Willen war, um sich für ihre Befreiung zu bedanken. Ob bei Homer oder bei Ovid – die Geschichte hat mich immer fasziniert. Aber sie war kurz und nahm ein trauriges Ende für die Schöne ... – Also lass es dir eine Warnung sein!«

Eva ignorierte seinen Einwurf. »Ach ja, bei Homer wird sie von Artemis getötet, weil sie ihrer Bestimmung zuwider handelt.«

»Genau. Sie hat sich gegen den Willen der Götter mit Theseus eingelassen, das laszive Stück.«

»Und bei Ovid lässt Theseus sie auf Naxos sitzen, der fiese Sack, wo sie dann fast in Tränen zerfließt?«

»Ja, ja, ja – aber nur kurzfristig. Ihr Frauen arrangiert euch schnell mit den Gegebenheiten. Sie heiratet Dionysos. Und der ist ja bekanntlich kein Kind von Traurigkeit ... Also, wie du siehst, für eine schöne Frau gibt es keinen Grund, einem Mann nachzutrauern – oder ewig an ihm festzuhalten.«

»Also: Du hast bei mir von Anfang an nur Sex im Sinn gehabt?«

»Tja, bei Männern geht es immer um Sex – was sonst? Wir sind so primitiv. Und ich bilde da keine Ausnahme. So ist das. So lief das ab. Zuerst im virtuellen Raum – und als ich dich sah, war ohnehin alles zu spät.«

»Ja, und was sollten dann diese ganzen Beteuerungen und Beschwörungen?«

»Dich erobern. Nichts anderes. Du bist so eine tolle, starke Frau, da hätte ich doch nicht im Ernst damit gerechnet, dass ich dich so schnell einnehmen könnte! Mein Gott, hast du mich enttäuscht, als du so wenig Widerstand geleistet hast. Und als ich auch noch merkte, dass du dich in mich verliebt hattest, da war der Ofen aus. Der ganze Reiz weg. Männer sind Jäger, verstehst du? Es macht keinen Spaß, ein lahmes oder zahmes Tier zu erjagen. Das wildeste, schnellste, schwierigste, das die größte Gegenwehr leistet – das ist uns am liebsten.«

»Ich finde dich zum Kotzen!«

»Das kann ich sogar verstehen. Aber so ist es nun mal. Kapier es doch endlich! Und jetzt fordere ich dich in aller Entschiedenheit auf, umgehend aus meinem Leben zu verschwinden. Du hast deinen Spaß gehabt. Deine Genugtuung. Du hast mir nun wochenlang täglich deine Überlegenheit bewiesen. Mir in jede erdenkliche Suppe gespuckt. Jetzt muss endlich Schluss damit sein!«

»Und wenn ich anderer Meinung bin?«

»Dann muss ich eben mal ein paar Worte mit Francis reden. Ob ihre Sympathie für dich wohl standhält, wenn sie erfährt, dass du ihren Mann verführt und dich in dieses Haus gedrängt hast, um das immer wieder zu tun.«

»Erzähl es ihr nur. Sie wird begeistert sein. Vor allem von dir!«

Der Ärger darüber, dass dieser Schuss an Evas Gelassenheit abprallte, war ihm deutlich anzusehen. Er neigte den Kopf in Richtung Schulter und lächelte ziemlich fies.

»In Frankfurt, habe ich gehört, es soll sehr kompetente Leute geben, die unliebsame Personen dorthin befördern, wo sie niemandem mehr im Wege stehen …«

War das etwa eine Drohung? Er muss wahnsinnig sein, dachte Eva und ihr wurde ziemlich flau im Magen. Sie gab sich jedoch alle Mühe, ihm kühl zu begegnen.

»Ja, sicher, und du verkehrst speziell in den Kreisen, in denen du auf solche Leute triffst. Oder stehen sie etwa neben den Hotelnutten an der Bar im Sheraton am Flughafen?«

»Du kannst mir glauben, ich würde schon die richtigen Kontakte bekommen …«

»Im Moment glaube ich vor allem, dass du völlig durchgeknallt bist. Sonst kämst du doch nie auf die Idee, dich für den Rest deines Lebens in Anhängigkeit von Verbrechern zu begeben und dich von ihnen nach Belieben erpressen zu lassen?«

»Ich kann dir jedenfalls nur empfehlen, dir meine Worte zu Herzen zu nehmen!« Er drehte sich um und ging davon.

Eva brauchte einen Moment um sich zu fangen. Das Geschwätz über die Profikiller tat sie (im Unterschied zu mir) jedoch erst mal als Wichtigtuerei und absurde Wahnidee ab, obwohl sie von seiner unglaublichen Aggressivität schon sehr schockiert war. Was sie jedoch wieder einmal maßlos verblüffte, war die Selbstverständlichkeit, mit der er davon ausging, sie würde sich seinen Vorstellungen gemäß verhalten und vornehme Zurückhaltung üben.

Als er sie fallen ließ, war für ihn absolut klar, sie würde seine Anonymität respektieren und sang- und klanglos aus seinem Leben verschwinden. Nun wusste er, dass sie alles aufgedeckt hatte. Aber statt ihr dafür dankbar zu sein und sich zu sagen, er dürfe ihre Fairness nicht übermäßig strapazieren, versuchte er doch tatsächlich, sie zu inkriminieren und zu erpressen. Diesmal hatte er sich jedoch geschnitten. Francis war um ein Vielfaches besser informiert als er ahnte.

Thomas war völlig verstört, als er seine Eltern in der Bibliothek streiten hörte. Vorsichtig trat er näher, um sie zu belauschen.

»… absolut durchgedreht! So ein Quatsch, zu sagen: ›Du hast die Wahl – Eva oder ich.‹ Unsinn! Was soll das denn? Du bist mein Mann und sie ist meine Freundin. Das ist doch keine Alternative.«

»Sie ist nicht nur deine Freundin, sondern eine Katastrophe für die ganze Familie!«

»Mit dieser Ansicht stehst du aber völlig allein da.«

»Ja, klar. Ihr seid alle auf sie reingefallen. Sie hat sich bei uns eingenistet wie ein Kuckucksei, dich um den Finger gewickelt, die Kinder bestochen – ja selbst den Hund. Sie manipuliert die gesamte Familie. Das ist doch der pure Psychoterror! Wer weiß, was diese Person noch im Schilde führt, diese Wahnsinnige! Ein paar Mal hab ich mir schon überlegt, ob ich sie nicht ersäufen soll, wenn sie ihr heroisches kaltes Bad nimmt am Morgen.«

Francis lachte etwas überdreht. »Dazu müsstest du aber selbst ins kalte Wasser gehen, Herr Warmbader. – Jetzt aber mal im Ernst: Magnus, ich bitte dich! Du spinnst dir was zusammen. Du drehst durch!«

»Ist das ein Wunder?«

»Diese Wahnvorstellung! Vermutlich siehst du zu oft schlechte Filme! Ich bin jedenfalls sehr froh, dass Eva hier ist. Sie ist eine intelligente Gesprächspartnerin, gebildet und – im Unterschied zu gewissen anderen Leuten – anregend und unternehmungslustig. Außerdem kümmert sie sich in unübertrefflicher Weise um die Kinder.«

»Ja, ja, ja, du stehst völlig in ihrem Bann. Ihre Worte sind das Evangelium. Was ich sage, verhallt ungehört. Aber noch einmal: Ich möchte, dass sie von hier verschwindet. Und zwar schnell.«

»Aha? Und was ist, wenn ich mich deinem Willen widersetze?«

»Dann schaff ich sie aus dem Weg.«

»Nun reicht's aber mit dem Schwachsinn.«

»Na gut, wenn sie dir so wichtig ist, dann bleibt ihr beiden eben zusammen und ich lass mich scheiden. Und zwar sofort – wegen grober Unbill.«

»Grobe Unbill?«

»Ja – meine Frau hat eine Geliebte, die sie mit größter Dreistigkeit im ehelichen Domizil einquartiert hat. Vor den Augen der minderjährigen Kinder.«

»Sag mal, was schwafelst du da für einen hanebüchenen Unsinn? Stehst du unter Drogen oder bist du betrunken?«

»Nein, aber entschlossen. Und dergleichen Geschichten finden immer ein offenes Ohr. Zumal dann, wenn der Schein so offensichtlich dafür spricht. Ich kämpfe mit harten Bandagen, meine Liebe, da kenne ich kein Pardon. Denn ich will dich, euch, meine Familie, endlich wieder für mich haben.«

»Na, da wandelst du ja auf goldrichtigen Wegen.«

»Francis Weizenegger, dir ist hoffentlich klar, dass du diese Luxusvilla in Traumlage nur mit mir zusammen bewohnen kannst!?«

»Sie gehört ja immerhin zur Hälfte mir.«

»Klar doch, meine Teure. Aber wenn ich meinen Anteil verkaufe?«

»Das wirst du nicht tun!«

»Tja, vermutlich hast du sogar recht. Viel wirkungsvoller wäre es nämlich, meine Hälfte an die entsprechenden Leute zu vermieten. Dann könnte es für dich hier äußerst ungemütlich werden, meine Liebe.«

»Du bist verrückt. Das kannst du doch nicht machen!«

»Ach, kann ich nicht? Lehr du mich mein Metier! Spätestens in einem Monat ist deine Freundin hier draußen, sonst passiert etwas sehr Ungemütliches. Das ist mein letztes Wort.«

Der Junge war entsetzt über das, was er soeben gehört hatte. Er lief in den Garten, wo er auf seine Schwester traf, die gerade von einer Freundin heimkam. »Marie-Rose!«, rief er und rannte ihr entgegen.

»Wie siehst du denn aus? Ist dir schlecht?«

Sie setzten sich auf die Bank unter dem offenen Fenster von Evas Zimmer und so wurde sie zur Zeugin des Gesprächs der beiden.

»Hey, hey, Kleiner, ist dir gerade ein Gespenst begegnet?«

»So ähnlich. Ich habe gehört, wie Mami und Paps sich gezankt haben.«

»Hoppla, das ist ja was Neues. Worum ging's denn?«

Thomas rapportierte das Gehörte.

Der Schwester kurze Diagnose: »Der hat sie wohl nicht mehr alle.«

»Aber er hat gesagt, am liebsten würde er Eva umbringen.«

»Spinnt der?«

»Wenn sie nicht geht, will er sich scheiden lassen!«

»Da wäre er ja schön blöd! So was wie die Mami findet der doch nie wieder! Aber von mir aus. Soll er doch abzischen. Dann sind wir ihn los. Er geht mir sowieso tierisch auf den Geist, diese Drohne, dieser Pascha. Er ist so ein verdammter Egoist und Macho. Und was mich am meisten aufregt: Ein Rassist ist er obendrein auch noch!«

»Ja, aber das Haus ... die Hälfte davon will er verkaufen oder tierisch blöde Leute reinsetzen, damit sich die Mami ärgert.«

»Der tickt doch nicht richtig. Total durchgedreht! Ob der Drogen nimmt? Wenn ich mir vorstelle, wie lieb der früher war. Ich war immer megastolz auf meinen Papa. Er hat so viel Zeit mit uns verbracht und war immer gut gelaunt. Meine Freundinnen haben mich beneidet!«

»Und jetzt ist er nur noch blöd und macht uns das Leben zur Hölle. Vielleicht hat er ja Rinderwahn?«

»Könnte schon sein. So viel Fleisch wie der immer frisst. Ist ja richtig eklig!«

»Oder glaubst du, der ist vielleicht ausgetauscht worden?«

»Wie ausgetauscht?«

»Na von Aliens! Die schmuggeln ihre Agenten ein, um die Weltherrschaft an sich zu reißen.«

»Das sind doch Märchen! – Aber manchmal hab ich auch schon gedacht, er sei nicht mehr derselbe ...«

»Dann müssten wir ihn eliminieren, um die Welt zu retten. Danach können wir in Frieden weiter hier wohnen, mit Eva.«

»Und du gingst in die Zirkusschule und keiner würde sich in meine Freundschaft mit Daniel einmischen. Die passt ihm ja auch nicht. Eins ist wohl klar: Wenn Eva erst mal hier weg ist, hat der Alte die Mami wieder voll im Griff. Dann wird sie wie früher fast jedes Mal nachgeben, wenn's zu Diskussionen kommt.«

Die Kinder schwiegen eine Weile und Eva hielt auch für einen Moment die Luft an. Zu ungeheuerlich erschien ihr, was sie gerade gehört hatte.

»Daniel weiß einiges über Voodoo …«

»Und auf der Terrasse blüht der Oleander. Der ist giftig. Und in meiner Klasse haben ein paar was von Engelstrompeten gesagt. Mit den Blüten davon kannst du high werden oder auch voll den Abflug machen – je nachdem, wie viel du erwischst und was du verträgst.«

»Die haben wir doch auch im Garten!«

»Eben. Wir könnten eine Bowle damit machen und sagen, das sei eine Kinder-Bowle. Für Erwachsene strengstens verboten. Er wird sie natürlich trotzdem probieren. Und wenn sie gut schmeckt, wird er die Hälfte runterkippen, der Gierschlund …«

Es sind Kinder, sagte sich Eva, intelligente aber sehr emotionale junge Menschen mit viel Fantasie, am Rande und mitten in der Pubertät. Da ist es nicht außergewöhnlich, dass sie gegen die Eltern rebellieren. Und dazu gehören vielleicht auch gelegentlich ein paar drastische Visionen. ›Eltern sind der Kauknochen, an dem ein Jungtier seine Zähne erprobt‹, hat Peter Ustinov mal gesagt.

Sie selbst hatte in diesem Alter auch rebelliert und manchem Lehrer den Tod gewünscht. Bevor sich deutsche Gerichte und internationale Sportverbände mit präparierter Zahnpasta auseinandersetzen mussten, hatte Eva die Idee, ihren despotischen Lateinlehrer mit Zahnpasta ins Jenseits zu befördern, in die sie mittels einer langen Kanüle Arsen injiziert hatte. Stundenlang hatte sie sich ausgemalt, wie sie es anstellen würde. Am Genialsten erschien ihr bei ihrem Coup, dass der Tod erst dann eintreten würde, wenn der Besuch bei ihrem Peiniger schon einige Zeit zurückläge. Mit großen Freuden hatte sie diese Fiktion ausgeschmückt. Vor allem im Unterricht des potenziellen Mordopfers.

Also, nichts wirklich Besorgniserregendes. Makabere Pubertätsfantasien, die Erwachsene in helle Aufregung zu versetzen vermochten, ohne dass mehr dahinter steckte. – Obwohl uns die jüngste Vergangenheit auch andere Facetten gezeigt hat. Aber die Weizenegger-Sprösslinge passten eindeutig nicht ins bekannte Amokläuferprofil.

Die Sorge, die wohlerzogenen Kinder könnten sich in ihrer Wut und Enttäuschung zu Tätlichkeiten gegenüber ihrem Vater hinreißen lassen, erwies sich denn auch als unberechtigt. Doch es ergaben sich ganz andere, allerdings nicht weniger dramatische Entwicklungen.

29

Evas erster Gedanke war es, ihre Koffer zu packen und auf der Stelle abzuhauen. Trotz aller Rachegelüste, die sie gegenüber Magnus hegte, wollte sie nicht, dass seine Familie ihretwegen zerbrach. Aber sie sah sich gegenüber den Kindern in der Pflicht, und sie wusste, dass klärende Gespräche nötig waren.

Francis berichtete ihr gleich nach Magnus' Ausbruch von dessen unerhörter Forderung und war entschieden der Meinung, dass es fatal wäre, ihm nachzugeben.

»Du bist mein Gast, liebe Eva und ich habe dank deiner Hilfe einiges gelernt und auch an Selbstbewusstsein gewonnen. Ich werde keinesfalls zulassen, dass hier wieder Zustände einkehren wie vor deinem Eintreffen.«

»Und wie willst du das verhindern?«

»Eins ist mir klar geworden: Magnus ist nicht mehr der Mann, den ich geheiratet habe. Sein Minderwertigkeitskomplex war mir bewusst. Auch seine ödipalen Probleme, aber damit kam ich bislang einigermaßen klar, denn er war immer ein amüsanter Partner und ein fantastischer Vater, was so allerhand aufwog. Doch nun ist etwas dazu gekommen, das die anderen Probleme verstärkt: Er ist ein Internetjunky. Ich habe mich informiert. Diese Sucht scheint sogar recht weit verbreitet zu sein. Es gibt jedoch allerhand Therapien und zahlreiche Selbsthilfegruppen.«

»Ich weiß. Leonardo kooperiert auch mit so einem Projekt. Eine wirklich wichtige Einrichtung. Aber mit welchen Argumenten willst du Magnus zu einer Therapie überreden? Offiziell weißt du doch gar nichts über seine Macke.«

»Und selbst wenn – er würde es nie zugeben, wäre für kein sachliches Argument zugänglich und würde sich schon gar nicht freiwillig therapieren lassen.«

»Ja und?«

»Wir müssen ihm stärkere Argumente liefern. Argumente, die unter die Haut gehen und ihn wirklich überzeugen! Ich habe schon überlegt, ob ich als Guila etwas ausrichten könnte.«

»Ah ja, auch gut ...« Eva lächelte vielsagend.

Francis fixierte sie. »Hört sich an, als hättest du schon eine Idee.«

»Na ja, in meiner Wut auf Magnus hab ich mal den Gedanken durchgespielt, wie es wäre, eine Annonce aufzugeben, welche all die Frauen anspräche, die mit Marcel P. Erfahrungen gesammelt haben.«

»Interessant. Da würden sich vermutlich einige melden.«

»Eben. Und meine Fiktion bestand darin, die alle zusammenkommen zu lassen, um ihm etwas einzuheizen.«

»Wobei Giulia den Lockvogel spielt?«

»Ja, sie wäre prädestiniert. – Wie weit seid ihr eigentlich mit euren Annäherungen?«

»Es läuft ganz gut. Auch wenn Giulia bislang eher wenig zu Wort kam.« Francis lächelte. »Aber schweigen kann ja auch recht nett sein, wenn es dazu dient, einem Komplimente-Regen zu lauschen.«

»Ich weiß, wovon du sprichst, meine Liebe ...«

»Ja, es war reizvoll, da ungewohnt. Aber im Moment fühle ich mich ziemlich abgelöscht. Nach dem Zoff mit Magnus habe ich mich von Marcel via E-Mail für eine Woche verabschiedet. Geschäftsreise. – Ich bin jetzt nicht in der Stimmung für Geturtel, muss mich erst wieder fangen. Wenn wir jedoch ein konkretes Ziel ansteuern, kann ich mich – mit Blick auf eine bessere Zukunft – ganz bestimmt zu schauspielerischen Hochleistungen aufrappeln.«

Um das Ganze ins Rollen zu bringen, setzten die beiden umgehend eine Annonce in die Frauensparte des Lake.Pinboards: ›Wenn du wie wir der Meinung bist, dass du mit Marcel P. noch ein Wörtchen zu reden oder ein Hühnchen zu rupfen hättest, melde dich bitte umgehend bei Silvia und Tamara.‹

Die beiden Namen wählten sie vorsichtshalber, falls Magnus auch in den Anzeigen für Frauen wühlen sollte oder eine seiner aktuellen Korrespondentinnen sich eifersüchtig bei ihm erkundigte, wer die beiden seien. Und überhaupt fanden sie, zwei Namen klängen überzeugender als einer.

Im Baumhaus, das inzwischen zum Refugium für ganz spezielle Unterhaltungen geworden war, sprach Eva mit den Kindern über die Midlife-Crisis bei Männern. Sie gab ihnen zu bedenken, dass ihr Vater sich vielleicht verändert habe und sich für eine Weile merkwürdig benehme. Das sei jedoch kein Grund zu tiefer Besorgnis. Er werde möglicherweise eines Tages wieder so werden, wie sie ihn schätzten und liebten. Mit ihrem Verständnis und etwas Geduld könnten sie ihm sicher sogar helfen, diese Phase rasch zu bewältigen.

»Ja, aber was ist mit dir?«, fragte Marie-Rose besorgt. »Wirst du uns jetzt verlassen?«

»Ich werde so lange bleiben, wie es eurer Mutter und mir passt und wiederkommen, wann und so oft es mir gefällt.«

»Und was ist mit der Zirkusschule?«

»Ich bin mir ziemlich sicher, deine Mutter und ich werden Wege finden und die Weichen stellen, dass das so klappt, wie es gut für dich ist.«

An einem anderen Tag sprach sie mit den Kindern über Drogen. Über die unvorhersehbaren Folgen, die der Genuss gefährlicher und halluzinogener Pflanzen nach sich ziehen kann.

In der Mailbox von Tamara und Silvia trudelten während der nächsten Tage siebzehn Zuschriften ein. Aus Deutschland, der Schweiz und Österreich. Dreizehn Frauen hatten sich mit Marcel getroffen, sechs davon hatten Sex mit ihm. Die anderen ließ er kurz vor dem Treffen fallen und verschwand auf Nimmerwiederlesen. Alle, die sich meldeten, fühlten sich vor den Kopf gestoßen. Die, mit denen es zu Intimitäten gekommen war, wurden nach dem ersten oder spätestens dritten Treffen abgelegt.

»Da hast du ja alle Rekorde gebrochen«, bemerkte Francis trocken.

»Vermutlich bin ich auch an Beharrlichkeit kaum zu übertreffen.«

»Es ist verrückt. So viel Aufwand für etwas, das er zu Hause auch haben kann.«

»Aber Francis! Doch nicht mit der Befriedigung des Jägers. Weißt du, ich bin sicher, bei der Gruppe Frauen, die sich bislang gemeldet haben, handelt es sich lediglich um die Spitze des Eisbergs. Ich bin felsenfest davon überzeugt, viele sind so frustriert, dass sie die Geschichte verdrängt haben und nicht mehr damit konfrontiert werden wollen. Und einige machen seit Marcel bestimmt auch einen Riesenbogen um diese Plattform.«

»Schon möglich. Aber wie willst du an die anderen rankommen?«

»Indem wir Marcels Passwort knacken.«

»Super! Das wäre zwar genial – ist aber doch so gut wie unmöglich.«

»Ich hab da eine Idee. Lass es uns probieren!«

Eva rief den Server auf, bei dem Magnus sein Postfach unterhielt, gab ›Marcel P.‹ ein und tippte dann in die Rubrik für das Geheimwort ›swann‹. Die Seite verschwand, und eine neue verkündete, das Passwort sei falsch. Sie versuchte es mit ›nnaws‹. Mit demselben Ergebnis. Dann gab sie ›Albertine‹ ein. Danach ›enitrebla‹. Wieder nichts. Sie probierte ›madeleine‹. Auch ohne Erfolg. Als sie jedoch ›madeleines‹ schrieb, gelangten sie in das Postfach. »Heureka!«, rief sie.

Francis küsste sie auf die Wange. »Eva, du bist wirklich genial!«

»Bin ich nicht. Wäre ich genial, hätte ich diese Idee schon vor Monaten gehabt und wäre niemals so tief in die Falle getappt!«

»Dann hätten wir uns nie kennengelernt.«

»Auch wahr.«

»Aber wie kommst du auf Madeleines? Ein Passwort zu finden, ist doch etwa so wahrscheinlich wie die Stecknadel im Heuhaufen aufzustöbern.«

»Aber nein. Marcel P. steht für Marcel Proust. Klar? Folglich war es, wie Magnus tickt, nicht unwahrscheinlich, dass er ein Passwort in irgendeinem Kontext mit Proust wählen würde. Ich weiß ja selbst nicht mehr so viel wie früher über Proust. Aber ich hab sein gesamtes Werk für mein Studium gelesen. Also kann ich annehmen, dass Magnus eher weniger drauf hat als ich. Und weil er ein verfressener Typ ist, hat ihn das Teegebäck, die Madeleines, offenbar mehr beeindruckt als Swann, der Protagonist des berühmtesten Werks, ›Auf der Suche nach der verlorenen Zeit‹ und seine Geliebte Albertine.«

Als sie ihre Aufmerksamkeit schließlich der trickreich geöffneten Seite widmeten, kamen die beiden gehörig ins Staunen. Eine nicht enden wollende Anzahl von Adressen mit Frauennamen war da aufgelistet. Ariadne war immer noch darunter.

»Wenn ich mich nicht verzählt habe, sind es achtundsechzig während der letzten zwei Jahre«, sagte Francis. »Das ist ungeheuerlich!« Und dann stellte sie fest, dass Marcel neben Giulia noch mit drei anderen korrespondierte. Täglich, seit sie angeblich verreist war.

Die beiden kopierten die Adressen und schrieben alle Frauen an. Danach kamen sie kaum nach mit der Lektüre der Zuschriften, die sie erhielten. Einige Frauen waren erstaunlich mitteilsam. Und was bei allen deutlich wurde: Fast ausnahmslos waren sie Marcels süßen Worten und Schmeicheleien auf den Leim gegangen.

»Saublöd – genau wie ich«, konstatierte Eva. »Aber wenn du darüber nachdenkst, klafft da doch offenbar eine gewaltige Marktlücke. Vielleicht sollte ich nach allem, was ich von ihm gelernt habe, mit einem Herrenmagazin einen Vertrag über einen Fortsetzungskurs abschließen: ›Süße Worte – Der Weg zum Herzen und in den Schoß der Frau‹.«

»Gute Idee! Und David soll's illustrieren. Dann bekämen Typen wie Magnus endlich Konkurrenz. Ist doch unglaublich, dass einer so viele Chancen hat, nur weil er gut schwafeln kann, während jede Menge anständiger und ehrlicher Männer auf der Strecke bleiben!«

›Liebes Marcel-P.-Opfer,

wir sind sehr erfreut über deine Mail und deine Offenheit. Nachdem wir über sechzig Zuschriften erhalten haben, wäre es jedoch hilfreich, wenn wir uns telefonisch mit dir in Verbindung setzen könnten. Was uns vorschwebt, ist eine Konfrontation aller Kontaktpersonen bei einem Meeting. Über deine Mitwirkung würden wir uns freuen.

Deine Silvia und Tamara.‹

So lautete der Schrieb, den sie an alle Frauen verschickten, die keine Telefonnummer angegeben hatten. Sie arbeiteten jetzt parallel in der Bibliothek, um die Aufgabe schneller zu bewältigen. Francis am PC und Eva am Laptop. Der Reihe nach riefen sie die Frauen an. Alle waren empört über Marcels leichtfertigen Umgang mit ihren Gefühlen und die meisten hätten ihm liebend gern die Leviten gelesen. Interessanterweise waren die Frauen übrigens entweder verheiratet oder sie befanden sich in exponierten Positionen, waren also alle das, was Magnus als erpressbar bezeichnete. Was diesen Punkt anbelangte, ging er also mit Bedacht vor, wenn er sich auch sonst noch so leichtfertig anstellte.

Als es um Zeitpunkt und Örtlichkeit für die Konfrontation ging, hatte eine der Schweizerinnen einen sehr guten Vorschlag: Ihr Schwager, der für länger in Kanada weilte, besaß ein Ferienhaus auf einem großen, ziemlich einsam gelegenen Grundstück direkt am Schweizer Bodenseeufer. Sie hatte die Schlüssel und verbrachte dort gelegentlich ein Wochenende. Sie hätte auch Marcel gern dort getroffen, falls sich nach ihrer ersten Begegnung in Zürich eine Beziehung angebahnt hätte. Aber Marcel hatte sich nach der Verabredung, bei der er sie tief beeindruckt hatte, nie wieder gemeldet und auch keine ihrer Mails mehr beantwortet. Deshalb war sie davon ausgegangen, ihm müsste etwas zugestoßen sein.

Der letzte Samstag im Oktober stellte sich schließlich als der Tag heraus, an dem die meisten Frauen Zeit hatten. Es war auch der Tag, an dem das von Magnus gestellte Ultimatum für Eva ablief. Also in knapp drei Wochen.

»Dass was passiert, wissen wir jetzt, wo es passiert, wissen wir auch. Aber was passiert, wissen wir noch nicht so genau«, stellte Francis fest.

»Wenn Giulia ihn zu dem Ferienhaus lockt und ihn die anderen dort erwarten?«

»Werden sie ihn vermutlich lynchen!«

»Nicht, wenn wir die Sache geschickt einfädeln.«

»Ein paar Watschen würde ich ihm ja schon gönnen.« Francis lächelte vielsagend.

»Wir beide treten aber besser nicht in Aktion. Wenn er dich mit all diesen Frauen sähe, würde er sich vermutlich getäuscht und verfolgt fühlen, was das Ganze verzerren würde und ihn nicht mehr als allein Verantwortlichen dastehen ließe. Und wenn er mich zu Gesicht bekommt, wird er in mir die Urheberin aller Pein sehen – das Sündenschaf für alle Schuld. Was die anderen ihm vorwerfen, könnte dann an ihm abprallen.«

»Das ist sicher richtig. Aber wer mimt uns dann die Giulia?«

»Ich hab da so eine Idee … Wenn sie Zeit hat, wäre sie die absolut ideale Person«, verkündete Eva geheimnisvoll.

»Und wenn Sibylle keine Zeit hat, dann musst du ran«, erklärte sie, als sie mir ihren Plan am Telefon offen legte.

»Iiiich? Wie kommst du denn darauf? Ich kann zwar euren Zorn auf diesen Windhund recht gut verstehen, aber von da zur Selbstjustiz sind's schon noch ein paar weitere Schritte.«

»Na, jetzt hab dich mal nicht so. Du profitierst von der Geschichte ja schließlich auch!«

Da hatte sie natürlich recht. Ich muss zu meiner Schande auch gestehen, dass ich das, was sich da zusammenbraute, sehr aufregend fand.

Zugegebenermaßen habe ich mich bislang noch nicht getraut, mit Jonathan darüber zu sprechen. Ihm erscheint diese konzertierte Aktion sicher verwerflich. Männer halten, wenn es hart auf hart geht, doch immer zusammen. Wenn er erst rausbekäme, dass ich da mitmische … Ich drücke wirklich sämtliche drückbaren Körperteile, dass Sibylle das erledigt. Im Moment ist sie allerdings mal wieder unterwegs. Und Eva ist es noch nicht gelungen, sie auf ihrem Handy zu erreichen.

Giulia hatte ihren Kontakt zu Marcel wieder aufgenommen. Sie schien eindeutig seine Favoritin zu sein. Seit sie wieder korrespondierten, bekamen die anderen wesentlich weniger ab. Das ließ sich mit dem Passwort ja alles schön verfolgen. Eine Karin, die sich auf den ersten Aufruf hin gemeldet, Marcel aber nie getroffen hatte, hatte sich übrigens per Mail bei ihm erkundigt, ob er eine Silvia kenne oder eine Tamara. Möglicherweise wollte sie ihn vor den beiden warnen. Aber sie bekam keine Antwort von ihm. Einmal abgehakt … Alle anderen hielten dicht und zogen mit an einem Strang. Karin wurde natürlich von der Liste gestrichen.

Giulias anfängliche Angst, sie könnte sich am Telefon verraten, war absolut unbegründet, denn sie kam kaum zu Wort. Dafür war sie nun bestens informiert über Marcels Internatszeit, seine erste Liebe, seine Familie und die Entbindung seiner Tochter! Das war wirklich eine Geschichte, die sie sich zwischen den

Hörhärchen zergehen lassen musste! Schließlich hatte sie an dieser Aktion ja nicht unmaßgeblich mitgewirkt, aber nun wusste sie endlich, wer da wirklich was durchgemacht hatte!

Über den Tennisclub erhielt sie auch intime und umfassende Kenntnisse, was sie in Anbetracht dessen, dass Marcel sich wieder einmal zierte, ihr seinen Namen oder seine Telefonnummer zu nennen, ziemlich absurd fand. Auch über den gesellschaftlichen Umgang seiner Familie erfuhr sie allerhand. Am pikantesten erschien ihr die Information, dass es im Freundeskreis einige Damen nicht so genau mit der ehelichen Treue nahmen und er immer wieder Offerten erhielt. Die Sorgen mit seinen Kindern waren auch ein Thema. Er plauderte über den verrückten Berufswunsch des Sohnes und die Schwärmerei der Tochter für einen Schwarzen. Nur über seine Frau verriet er wenig. Auf Giulias Frage, wie es ihm schmecken würde, wenn seine Frau genauso intensiv im Internet zugange wäre wie er, lachte er zunächst. Doch dann räumte er ein, das würde ihm überhaupt nicht gefallen.

Immer wieder aufs Neue kamen die Hasstiraden auf die unausstehliche Cousine, der er jetzt aber ein Ultimatum gesetzt häbe.

Giulia bewunderte oder bedauerte ihn – je nach Situation und seinem jeweils erkennbaren Bedürfnis, wozu sie kaum Worte zu verlieren brauchte. Ein Na-sowas! oder ein Mamma-mia! im gegebenen Falle genügten vollständig. Daraufhin konnte sie mehr als deutlich vernehmen, wie wohltuend er ihr Verständnis empfand. Behutsam brachte sie wieder ein Treffen zur Sprache. Wann immer sie zu Wort kam, erwähnte sie von da an den Wunsch, Marcel in absehbarer Zeit zu treffen. Er war auch zunehmend mehr daran interessiert. Aber sie machte es spannend. Sie tat, als bewachte ihr eifersüchtiger Ehemann sie rund um die Uhr und es bedürfte besonders glücklicher Umstände, dem einmal zu entkommen.

30

Juhu! Sibylle macht mit! Sie hatte zwar einen Termin an besagtem Wochenende vorgemerkt, aber der ließ sich gut noch verschieben. Wie sie sagt, wird es ihr ein ganz besonderes Vergnügen sein, bei dem Vergeltungstreffen der verschaukelten Damen mitzuwirken. Selbstverständlich ist sie äußerst gespannt auf den sagenhaften Marcel, der drauf und dran war, unsere liebe Freundin um den Verstand zu bringen. Und sie brennt geradezu darauf, ihm ein paar deutliche Worte über Benehmen und Stil zu vermitteln.

»Mir rutscht wahrlich eine Moräne vom Herzen, dass ich nicht ran muss!«, gestand ich ihr.

»Von wegen. Natürlich musst du ran! Schließlich gilt es außer Tamara alias Giulia auch noch Silvia zu repräsentieren.«

Das hatte ich übersehen. Da weder Eva noch Francis in Erscheinung treten können, müssen wir den Frauen zwei Personen vorstellen. Okay, ich bin von der Partie. Vermutlich ist es auch im Interesse meines Romans, dass ich nicht nur alles vom Hörensagen weiß, sondern eine so wichtige Szene persönlich miterlebe.

Giulia erzählte Marcel von der großartigen Gelegenheit, sich mit ihm heimlich zu treffen und er war inzwischen so heiß auf sie, dass er versprach, er würde alles dransetzen, dass es klappe.

In der Folgezeit liefen die Vorbereitungen auf Hochtouren. Wenn Francis und Eva schon nicht persönlich mitwirkten, so wollten sie doch dazu beitragen, dass alles perfekt vonstatten ging und der Tag für die Frauen, die sich angemeldet hatten, ausnahmslos zu einem denkwürdigen Ereignis würde.

Sechsunddreißig hatten fest zugesagt. Mehr als die Hälfte! Eva fand, es wäre äußerst unklug, sie alle gleichzeitig auf Magnus loszulassen, denn sie erinnerte sich sehr wohl daran, was sie empfunden hatte, als sie ihn damals im Inselhotel wiedersah. Die eine oder andere könnte umkippen oder ausflippen, wenn sie nach all den erlittenen Kränkungen und Demütigungen plötzlich mit ihm konfrontiert würde. Das Ziel war schließlich klar definiert: Die geballte Wut der Frauen sollte Magnus erschüttern, aufrütteln und ihm klar machen, dass er suchtkrank war und behandelt werden musste.

Auf dieses Ziel galt es auch die anderen einzustimmen – in einem gruppendynamischen Prozess. Dafür klügelten sie eine spezielle Dramaturgie aus und organisierten die Veranstaltung im Stil der Ausflugsfahrt einer Interessengemeinschaft, die sie ja zweifellos bildeten. Eine Leidensgemeinschaft obendrein. Der Kategorie kann selbst ich mich zurechnen, denn ich hatte unter den Schandtaten dieses Verrückten ja auch gehörig gelitten. Schließlich hat er meine beste Freundin fast in den Wahnsinn getrieben – und was fast ebenso schlimm ist: sie mir über viel zu lange Zeit entzogen.

Die Geselligkeit sollte die Frauen einander etwas näherbringen und ihren Gemeinschaftssinn fördern. Die Zusammenführung bei einem Mittagessen fand in der ›Drachenburg‹ in Gottlieben statt. Nicht nur aus kulinarischen Gründen, sondern weil der Name so schön beziehungsreich war (Treffpunkt der Rachedrachen). Außerdem bildet das Hotel- und Restaurantensemble eine eindrucksvolle historische Örtlichkeit mit viel Atmosphäre, das ganz zauberhaft – mit Blick aufs Wollmatinger Ried – am Seerhein liegt.

Unser Plan sah vor, dass die Gruppe um zwei vor der ›Drachenburg‹ von einem Reisebus abgeholt würde, der uns zum Schloss Arenenberg brachte, wo wir das Napoleonmuseum besichtigen wollten. Anschließend sollte uns der Chauffeur hinter Steckborn absetzen, von wo aus wir angeblich eine Wanderung unternehmen würden. Etwa zweihundertfünfzig Meter hatten wir ja tatsächlich zu gehen. Um acht Uhr abends sollte der Bus uns an derselben Stelle wieder aufnehmen. Bei schönem Wetter sahen Eva und Francis einen Sektempfang am Seeufer vor, bei schlechtem im Inneren des Ferienhauses.

Giulia besäuselte Marcel mit ihrer Monica-Bellucci-Stimme, er möge doch zusehen, dass er über Nacht bleiben könnte. Das wollte er ihr zwar nicht versprechen, doch er versicherte, alles in seiner Macht Stehende zu ermöglichen.

Einen Tag vor dem denkwürdigen Datum reiste ich mit Sibylle an. Sie stieg wieder in ihrem bewährten Hotel ab, und ich wohnte in der Villa Weizenegger. Sibylle brachte mich hin und war beeindruckt. Diesmal betrat ich das Anwesen offiziell und durchs Gartentor. Magnus war – wir staunten mäßig – übers Wochenende verreist. Angeblich nach Wiesbaden. Wegen einer Immobilienangelegenheit. Möglich, dass er am Freitag tatsächlich einen Termin in Wiesbaden hatte und dort auch die Nacht verbrachte. Wir wussten nur, wo er die Nacht vom Samstag zum Sonntag verbringen wollte und fragten uns, ob er nach dem Scheitern seines Rendezvous' heimkommen würde.

»Dich sehe ich dann ja wohl nicht mehr«, hatte er jedenfalls Eva vor seinem Aufbruch mit düsterer Miene hingeworfen, um sie noch einmal an das Ultimatum zu erinnern.

Francis gefiel uns beiden sehr gut. Die Kinder, die sich kurz blicken ließen und dann mit dem ausgesprochen reizenden Daniel zu einem Konzert aufbrachen, übrigens auch. Der Hund (ob er mich wiedererkannte?), verhielt sich jedenfalls auch sehr liebenswürdig.

Womit wir im Hinblick auf unser Projekt große Schwierigkeiten hatten, das waren die unterschiedlichen Stimmen von Francis und Sibylle. Mit dem besten Willen und noch so bemühten Monica-Bellucci-Parodien – die beiden waren einfach nicht auf einen Nenner zu bringen. Obwohl sie beide perfekt den italienischen Akzent drauf hatten, waren ihre Stimmlagen einfach zu verschieden. Francis hatte eine klare hohe, doch eher leise Stimme, Sibylle eine tiefe, rauchige, raumgreifende. Und es war ja nicht so, dass sie es mit einem unmusikalischen Menschen zu tun hatte, dem sie ein Fa für ein Ti vormachen konnten.

»Sprichst du noch mal mit ihm vor eurem Rendezvous?«, erkundigte sich Sibylle.

»Ja, er ruft morgen um zehn an. Wegen der letzten Instruktionen. Ich muss ihm ja auch noch erklären, wo er das Auto hinstellen kann und so was«, erwiderte Francis.

Sie hatte mit Eva und mir inzwischen eine Ortsbesichtigung vorgenommen. Ganz unauffällig waren wir als Radlerinnen unterwegs gewesen. Das Anwesen gefiel uns sehr gut und wir betrachteten es als würdigen Rahmen für ein folgenträchtiges Unternehmen.

»Na gut, dann wirst du morgen am Telefon eine heisere Krächzstimme haben, weil deine Stimmbänder entzündet sind. Eine Erkältung geben wir besser nicht vor, sonst kneift er aus Angst vor Ansteckung. Ansonsten wird geflüstert.«

Francis und Sibylle verglichen ihre Stimmen – und da war der Unterschied nicht mehr so ohrenfällig.

»Sehr gut. Das hätten wir. Jetzt zeige ich euch noch, wie ich ihm entgegentreten werde«, verhieß Sibylle und verließ den Raum. Ein paar Minuten später klopfte sie an die Tür. Auf unser munteres Herein trat eine Fremde ein, eine Frau mit langen roten Haaren, Pony und katzenhaftem Augen-Make-up im eng anliegenden, matt schimmernden giftgrünen, tief dekolletierten und links geschlitzten Kleid. Sie schwebte auf hohen Pumps auf uns zu, die im selben Farbton wie das Kleid glänzten. Wir lachten und applaudierten. Sibylle zog eine Schnute und die Brauen hoch. Dann lächelte sie huldvoll. »Danke, meine Damen«, krächzte sie und fuhr dann mit gewohnter Stimme fort: »Die Verwandlung findet nicht wegen des besagten Herrn, sondern wegen der zahlreichen Damen statt. Schließlich könnten die Leute mich ja mal in einem Magazin oder im Fernsehen sehen.«

»So wird dich gewiss niemand erkennen. Schon gar nicht, wenn du auch noch deine Stimme verstellst.«

Wir diskutierten die Dramaturgie der Konfrontation. Obwohl es nicht ohne Reiz gewesen wäre, Marcel mit einem Schlag der versammelten Gruppe der von ihm geleimten Frauen gegenüberzustellen, waren wir einhellig der Meinung, es sei besser, wenn die Frauen ihm der Reihe nach präsentiert würden. Dann hätte jede einzelne die Gelegenheit, das auszuspucken, woran sie schon so lange herumkaute, und die Gefahr einer Eskalation der Aggressionen hielt sich eher in Grenzen. Allerdings sahen wir kaum eine Möglichkeit, ihn dazu zu bekommen, die ganze Zeit stillzuhalten.

»Am besten wäre es, ihn zu fesseln«, hörte ich mich zu meinem eigenen Erstaunen sagen.

»Das wird nicht so einfach sein«, gab Francis zu bedenken.

Ich sah ihr an, wie unwohl sie sich fühlte. Wie sehr es sie quälte, schmählich gegen die seit ewigen Zeiten geübte eheliche Loyalität zu verstoßen. Gut, dass sie nicht dabei sein würde!

»Das ist wohl nur eine Frage des richtigen Arguments«, bemerkte Sibylle in bester Vamp-Intonation. »Jedenfalls wird Giulia ihm morgen am Telefon erzählen, sie wollte ihm nicht gleich unter die Augen treten. Zuerst wünschte sie, dass es sich verhalte wie am Telefon, wo sie nur ihre Stimmen hörten, ohne sich zu sehen. Und deshalb sei es das Beste, wenn sie sich beide die Augen verbänden. – Zum Fesseln ist es dann nur ein kleiner Schritt.«

Ab halb zwölf trafen die Teilnehmerinnen des angeblichen Seminars über Marcel Proust in der ›Drachenburg‹ ein. Wir begrüßten sie mit einem Cocktail in der Fischerstube, einem schönen holzgetäfelten Raum im Erdgeschoss, dessen Fenster auf den Seerhein hinausgehen, auf dem lockere Nebelschwaden waberten.

In der Gruppe kam es dann auch nicht zu Problemen wegen der Stimmen. Wir waren zu zweit, was das ganze schon einmal entzerrte. Zudem hatten Eva und Francis zuvor nur kurz am Telefon mit den Frauen gesprochen, und überdies war die Situation stark von Emotionen geprägt. Sibylle übte sich ja ohnehin in Heiserkeit, und mir fiel es nicht allzu schwer, ähnlich wie Eva zu klingen. Schließlich hatte ich ihre Stimme ja seit Jahren im Ohr. Die Einzige, mit der es mehrere Gespräche gegeben hatte, die allerdings überwiegend organisatorischen Belangen dienten, war Charlotte, unsere Gastgeberin im Ferienhaus. Doch sie hatte ausschließlich mit Eva gesprochen, von der ich dann eingehend instruiert worden war.

Natürlich beäugten wir uns, beäugten sich alle gegenseitig mit großem Interesse, und vermutlich auch einige mit einer Spur eifersüchtigen Misstrauens. Es gab keine eindeutig übereinstimmenden Merkmale. Marcels Opfer waren zwischen Ende zwanzig und Anfang fünfzig, groß, klein, zierlich, athletisch, mollig, lang-, kurz-, kraus-, glatt-, rothaarig, blond oder brünett. Elegant, lässig oder sportlich in der Aufmachung. Marcels Neigung zu Frauen trug also zumindest sehr demokratische Züge.

Keine kannte übrigens seinen wahren Namen. Und wo er wohnte, wussten sie auch nur ungefähr. Dafür hatte er allen dieselben Geschichten erzählt. Über seine Mutter, das Internat und seine Jünglingsstreiche. Das fanden sie schnell heraus. Sie brauchten nur von einem Grüppchen zum anderen zu gehen. Überall fielen dieselben Schlüsselbegriffe.

Sibylle bemühte sich nach Kräften, den Gesprächen, in die

sie sich einklinkte, eine heitere Note einzuimpfen, aber damit konnte sie nicht bei allen landen.

Es gibt jede Menge Frauen, die einem Mann nicht so leicht verzeihen, dass sie sich ihm hingegeben haben. Schon gar nicht, wenn er sich anschließend sang- und klanglos aus dem Staub gemacht hat.

Wie sich herausstellte, hatte Marcel weitestgehend auf sein intaktes Immunsystem vertraut. Allerdings hatte keiner der anschließend ängstlich bis panisch durchgeführten Tests einen Befund erbracht.

Nach einem leichten und gesunden Mittagessen, das Eva zuvor mit dem Küchenchef abgesprochen hatte, hielt Sibylle noch eine kurze Ansprache. Sie grüßte die anwesenden Damen von einigen abwesenden, die es tief bedauern, nicht dabei sein zu können. Das führte in Anbetracht der großen Zahl einen Moment lang zu erheblichem Raunen.

Dann teilte sie ihnen mit, jede Einzelne bekäme die Chance, sich unter vier Augen mit Marcel auszusprechen. Sie bat jedoch scheinheilig darum, dabei den Rahmen des Legalen zu wahren und trotz verständlichen Zorns keine Selbstjustiz zu üben.

Anschließend begab sich die Gruppe zum Bus. Die Frauen, die die Gegend noch nicht kannten, waren äußerst angetan.

Der Nebel, der am Morgen die ganze Landschaft wie in Milchschaum getaucht hatte, war ganz allmählich gestiegen und hatte sich gelichtet. Jetzt war es deutlich heller geworden, und gegen drei hatte sich dann die Sonne durch die Wolken genagt und versprach zumindest für ein paar Stunden einen milden sonnigen Herbsttag.

Vom Arenenberg aus bot sich uns ein malerischer Blick über den blau schimmernden Untersee, schmucke Orte am Ufer und herbstlich verfärbte Weinberge und Wäldchen. Die anfängliche Beklommenheit hatte sich gelegt. Die Stimmung war gehoben, jedoch ziemlich angespannt. Sie glich der Atmosphäre vor einem Wettkampf.

»Warum ausgerechnet zur Napoleongedenkstätte?«, habe ich Eva gefragt, als sie mir von der Tagesplanung erzählte.

»Oh, der Blick vom Schlösschen aus ist wunderschön! Und Napoleon ist sicher gut geeignet, die Frauen ein bisschen in Rage zu bringen.« Sie hatte verschmitzt lächelnd hinzugefügt: »Hortense, die das Schlösschen bewohnte, war die Tochter seiner ersten Frau, der schönen Josephine, von der er sich scheiden ließ, weil die Ehe kinderlos blieb und er aus Staatsräson eine österreichische Prinzessin heiraten wollte. Die befolgte zwar den Wunsch ihres Vaters, hasste den Empereur aber gründlich und soll ihm – pikante Fama am Rande – ein Kuckucksei untergejubelt haben … Er hat dann unter anderem seine Stieftochter mit seinem Bruder, dem ersten König von Holland, ihrem Stiefonkel, verkuppelt. Immer schön alles unter Kontrolle halten!«

»Aha, und von dieser Konstellation versprichst du dir eine zusätzliche emotionale Erregung.«

»Ja klar! Heute gäbe es das nicht mehr, wir ließen uns das nicht gefallen, wir suchen uns unsere Männer selber aus!«

»Genau! Und plumpsen dann in umso tiefere Abgründe …«

Die beabsichtigte Erregung sollte sich nicht einstellen, die Auseinandersetzung mit Königin Hortense bot jedoch auf ganz andere Art Inspiration für die Frauen.

Eva hatte den Arenenberg bei einer ihrer Radtouren besucht. Doch damals war sie etwas zu spät dran gewesen für das Museum, das um fünf schließt. So hatte sie sich aus ihrem Geschichtswissen und der Lektüre einiger historischer Romane während ihrer Jugend eine entsprechende Vorstellung gebildet, die nun einer gründlichen Revision bedurfte. Für das ›Seminar Marcel Proust‹ stand den Teilnehmerinnen nämlich eine sehr kompetente Museumsführerin zur Verfügung, die ein äußerst eindrucksvolles Persönlichkeitsbild der vielseitigen Schlossherrin entwarf. Hortenses Ehe mit Louis Bonaparte, aus der nebst

Napoleon III zwei weitere Söhne hervorgingen, stand unter keinem guten Stern. Dessen ungeachtet hielt sie zunächst in Frankreich, später in Deutschland und dann im Thurgau Hof und pflegte Beziehungen zu wichtigen internationalen Persönlichkeiten aus Politik, Adel, Künsten Finanzwesen und Wissenschaften.

Mit großem Geschick versah sie während der berühmten hundert Tage zwischen Elba und St. Helena die Rolle der Frau an ihres Stiefvaters (und Schwagers) Seite. Napoleons zweite Frau Marie Louise war nach dessen Niederlage 1814 mit ihrem Sohn Napoleon II nach Wien zurückgekehrt und Josephine, seine erste Frau, im Jahr zuvor gestorben. Hortense, ihre Tochter, hatte die einstige Kaiserin jedoch von klein auf im Wissen um Repräsentationspflichten unterwiesen.

Waterloo bedeute das Aus für die Bonapartes in Frankreich. Die meisten Familienmitglieder zog es nach Italien. Hortense hingegen wählte für sich und die Ihrigen die Bischofstadt Konstanz. Dort trug sie mit ihren Beziehungen und neu geknüpften Verbindungen in der Folgezeit dazu bei, dass die Stadt und die ganze Umgebung einen bedeutenden kulturellen und wirtschaftlichen Aufschwung nahmen. Da Frankreich und Österreich gegen die Pläne der tatkräftigen und bestens vernetzten Ex-Königin angingen, in Konstanz einen napoleonischen Hof zu installieren, schaute sie sich in der Umgebung um und wurde am Thurgauer Bodenseeufer fündig. Sie legte einen großartigen Park an. Ganz im Geiste Jean Jacques Rousseaus, mit einem italienisch und einem englisch geprägten Teil, der internationale Vorbildfunktion erlangte, die bis heute nachwirkt. Das prominenteste Beispiel dürfte die Insel Mainau sein. Das Schlösschen mit herrlichem Blick auf Untersee und Hegauberge richtete sie im Stil des geliebten Wohnsitzes ihrer Mutter, Schloss Malmaison, und ihres einstigen Pariser Wohnsitzes Schloss St. Leu ein. In diesem zauberhaften Domizil empfing sie von überallher interessante Menschen aus allen Bereichen des Lebens, von denen sie sich Inspiration und Wissen versprach. Ihr Einfluss und ihre Strahlkraft ließen sie zu einer gefürchteten und argwöhnisch observierten Person für Geheimdienste zahlreicher Staaten und vor allem die Vertreter der französischen Restauration werden.

»Ich finde, wir sollten diese faszinierende Frau zur Schirmherrin unserer heutigen Unternehmung erklären«, forderte Claudia, eine füllige blonde Zahnärztin mit lustigen Wangengrübchen aus Bregenz. »Sie ist doch ein wunderbares Beispiel dafür, dass eine begabte Frau, die sich nicht unterkriegen lässt, so ziemlich alles erreichen kann – auch wenn ihr übel gesonnene Männer noch so viele Prügel zwischen die Beine werfen. – Mädels, lassen wir uns nicht deprimieren, sondern besinnen wir uns auf unsere Stärken!«

Die anderen pflichteten ihr bei und fühlten sich mit Blick auf die Historie der Umgebung in ihrem Verlangen nach ausgleichender Gerechtigkeit aus tiefem Herzen motiviert.

Im Ferienhaus servierten Charlotte, die in Absprache mit Eva einiges vorbereitet hatte, und ich Getränke und Gebäck auf der hübschen Uferterrasse, während Sibylle im Haus und vor dem Haus ihre Vorbereitungen traf. Vom Gartentor ausgehend, legte sie eine Spur aus Blumen, Bonbons und mit Aphorismen beschrifteten Zettelchen, die mit Steinen beschwert waren.

Die Aphorismen sollten unserem *Special Guest* vor allem im Nachhinein zu denken geben. Am Türknauf hing ein schwarzes Seidentuch. Das musste sich Marcel gemäß Giulias Instruktionen umbinden, bevor er auf den Klingelknopf drückte. Sie selbst sparte sich diesen Akt.

Kurz vor fünf kamen die Frauen ins Haus. Sie hielten sich in der Küche und im Esszimmer auf, während Sibylle Marcel im Wohnzimmer platzieren wollte.

Der Gast war pünktlich.

»Kannst du auch wirklich nichts sehen?«, krächzte Sibylle, bevor sie die Tür öffnete.

Er stand da mit verbundenen Augen und hielt einen riesigen Blumenstrauß in der Hand. Dieselbe Floralkomposition wie Eva sie beschrieben hatte. Die bewährte Balzmischung.

Sibylle schnupperte daran und stieß begeisterte Laute aus.

»Fühlt sich an wie ein Brautstrauß«, raunte sie schließlich.

Er lachte. »Ja, für eine unsichtbare Braut.«

»Du wirst bald wissen, wie ich aussehe. Aber zuerst sollst du mich mit deinen anderen Sinnen erfassen!«

Sie legte die Hände auf seine Schultern und hauchte Küsschen auf die Wangenpartien, unterhalb des Seidentuchs. Magnus' Hände glitten an ihrem Körper hinab. Er lächelte. »Du riechst gut und du fühlst dich gut an. Sehr gut!«

Sibylle ergriff seine rechte Hand und führte ihn ins Wohnzimmer. Dort stand ein Polsterstuhl bereit. Mitten im Raum. Sie geleitete den Gast dorthin und forderte ihn auf, sich zu setzen. Er befolgte ihre Anweisung. Sie setzte sich quer auf seinen Schoß und begann, seinen Nacken zu kraulen. Er legte den rechten Arm um ihre Schultern, während seine linke Hand auf Erkundungsreise ging, die mit seinem Zeigefinger auf ihren Lippen begann. Dann strich er über ihren Hals und ihre Schultern und gelangte recht schnell zu ihrem Dekolleté, das einen großzügigen Teil ihres beachtlichen Busens unverhüllt präsentierte. Sein Atem ging schneller.

»Vertraust du mir?«, flüsterte sie in sein seidenverhülltes Ohr.

»Blind«, antwortete er leise lachend.

»Ich würde dir nämlich gern eine ganz besondere Überraschung bereiten.«

»Nur zu, meine geheimnisvolle Verführung, zeig, was du drauf hast!«

»Dazu müsste ich dich aber fesseln«, raunte Sibylle, während sie auf seinem Schoß herumrutschte, was ihn zunehmend erregte.

»Dann mach mal!«

Sie glitt von seinem Schoß und forderte ihn auf, seine Hände auf den Rücken zu legen. Er tat wie geheißen. Sie band sie in aller Ruhe zusammen und sicherte das Gebinde mit einem Seglerknoten. Nun schob sie ihr Kleid hoch, setzte sich rittlings auf seinen Schoß und schaukelte ein wenig. Er schien angetan, lachte und schalt sie neckend eine ganz Forsche.

»Ich würde gern noch forscher werden und dich noch einiges mehr spüren lassen …«

»Was hält dich davon ab?«

»Mhm, damit das funktioniert, müsste ich dich auch an den Beinen festbinden.«

»Von mir aus.« Wieder hielt er still und sie fesselte erst die rechte und dann die linke Wade an ein Stuhlbein.

»So mein Hübscher, jetzt will ich aber deine Augen sehen!« Sie zog ihm die Augenbinde ab. Er blinzelte.

»Mann, bist du schön!«, krächzte Sibylle.

Das war das Stichwort.

»Du kannst dich aber auch nicht beklagen«, erwiderte er.

Hinter seinem Rücken ging die Tür auf.

»Aber ich habe Grund, mich zu beklagen«, sagte Margot, die große dunkelhaarige ernste Frau, die ein und ihm gegenübertrat.

»Du?« Magnus starrte sie an. Er schüttelt den Kopf. »Was machst du denn hier?«

»Ich glaube, ihr habt was zu bereden, das sonst niemanden etwas angeht. Wir sehen uns noch«, flüsterte Sibylle und verließ den Raum. Auf der Terrasse berichtete sie, wie es gelaufen war. Sehr zu ihrer und unser aller Zufriedenheit.

Eine nach der anderen machte dem Gast ihre Aufwartung. Die Audienzen dauerten zwischen ein paar Sekunden und einigen Minuten, wobei durchaus auch laute Worte fielen. Wer fertig war, gesellte sich zu den anderen auf der Terrasse. Viele befreit und erlöst, ein paar aber auch sehr erschüttert und mit Tränen in den Augen. Nach etwa eineinhalb Stunden war endlich ich dran, als Letzte.

»Und wer … – äh … sind Sie?«, fragte der nun doch ziemlich mitgenommen wirkende Gast.

»Ich bin die Dame von der Sitte«, verkündete ich fein lächelnd.

Magnus war wirklich bildschön. Für einen Moment verspürte ich den Impuls, sein Gesicht abzuwischen, um ihn von Schweißtropfen (aber vermutlich auch Speichel) zu befreien. Doch dann hielt ich mir vor Augen, wie er sich benommen hatte und dass es für mich wahrlich Wichtigeres zu tun gab.

»Herr Weizenegger!«

Er zuckte zusammen, als ich seinen Namen nannte.

»Ich glaube, wir sind uns alle darüber im Klaren, dass Sie in dem Stil, wie Sie sich bislang verhalten haben, nicht weitermachen können. Weder in Ihrem Interesse, noch in dem Ihrer Familie und schon gar nicht im Sinne der zahlreichen Damen, die Ihre künftigen Opfer wären. Es gibt übrigens noch eine ganze Reihe von Frauen, die heute gern an der Veranstaltung teilgenommen hätten, aber zu ihrem großen Bedauern verhindert waren.« Ich ratterte die Namen herunter.

Er blickte sehr elend drein, und ich glaubte, Panik in seinen Augen aufblitzen zu sehen.

»Mein Gott! Ich hätte doch nie gedacht, dass es denen so zusetzt! Ich hatte meinen Spaß und ich war überzeugt, die hätten auch welchen. Es war ein Spiel, ein schönes, flirrendleichtes Spiel.« Er versuchte ein beschwichtigendes Lächeln, das allerdings missglückte oder zumindest seine Wirkung verfehlte.

»Ach so, Sie finden, Sie haben sich völlig korrekt verhalten? Ich rufe die Damen gern alle zusammen herein, dann können Sie das in deren Beisein wiederholen.«

»Nein. Bitte nicht! Himmel noch mal! Wenn ich gewusst hätte, was ich anrichte, – dann hätt' ich doch sonst was getan!«

»Ich habe hier eine Erklärung aufgesetzt, welche die Zusicherung beinhaltet, dass Sie sich einer Therapie unterziehen. Die werden Sie gleich unterschreiben.«

Er starrte mich entgeistert an und schüttelte den Kopf. »Therapie? Ich? Never ever!«

»Wissen Sie, Herr Weizenegger, was heute hier ablief, war eine kleine private Party. Wenn Sie sich jedoch nicht behandeln lassen, dann hängen wir die Sache an die große Glocke. Und dann – das verspreche ich Ihnen – wird's wirklich sehr ungemütlich für Sie.«

Er blickte mich an und ich war sicher, er kapierte, dass es mir mit meiner Ankündigung sehr ernst war. Ich hielt ihm das Blatt hin und ließ es ihn lesen. Oben standen sein Name und seine Adresse, darunter würde in wenigen Minuten seine Unterschrift stehen. Ich legte es auf den Tisch und rief die Frauen herein.

Dann löste ich seine Fesseln, während Sibylle sich vor ihn stellte und eine kurze eindringlich gekrächzte Ansprache hielt: »Meine Damen, ich hoffe, es geht Ihnen jetzt besser als zuvor. Aber bitte betrachten Sie unsere Geschichte als eine Lehre! Sie sind alle erwachsen, und deswegen spare ich mir weitere Kommentare über die Edward Hydes und die Dr. Henry Jekylls, die im Internet noch häufiger anzutreffen sind als im realen Leben …«

Sie lächelte maliziös, drehte sich um und bedeutete Magnus, dies sei nun sein Auftritt.

Er erhob sich in voller Größe und wischte sich übers Gesicht.

»Meine Damen, ich möchte euch alle um Entschuldigung bitten. Tja, das Internet und meine Fantasie – und die Inspiration, die von euch ausging … Ich war mir keines Fehlers bewusst. Ich sah das Ganze spielerisch und dachte, ihr seht es genauso. Das war wohl ein großer Irrtum. Glaubt mir, ich wollte keine von euch kränken. Wirklich nicht!« Er ging zum Tisch, unterschrieb das Blatt und nickte mir zu.

»So einfach kommst du mir nicht davon, du Sauhund!«, schrie Britta, eine kleine resolute Mittdreißigerin mit dunklem kurz geschnittenem Haar. »Ich rühr zwar keinen gefesselten Mann an, aber jetzt gibt's ja keinen Grund mehr!«

Es ging alles blitzschnell. Ehe wir anderen überhaupt reagieren konnten, stürzte das dunkle Energiebündel auf Magnus los und traktierte ihn mit einer filmreifen Karateattacke. Seine Versuche, sie abzuwehren, scheiterten kläglich. Er brach zusammen und lag stöhnend am Boden.

Nun stürzten sich ein paar Frauen auf die Kleine, um sie zu bremsen. Allerdings zu spät.

»Platz da, ich bin Ärztin!«, forderte Bettina, eine große schlanke Rothaarige.

Sie traten zurück. Bettina sah es deutlich, und die anderen sahen es auch: Magnus' linker Arm lag sehr merkwürdig verdreht da. Er war ganz offensichtlich gebrochen! Bettina gab einige knappe Anweisungen und leistete Erste Hilfe. Dann wurde – auf dringenden Wunsch des Patienten – keine Schweizer Ambulanz, sondern ein Taxi aus Konstanz gerufen, das ihn ins dortige Klinikum bringen sollte.

Natürlich entstand für einen Moment betroffene Stille. Aber dann sprach die resolute Claire sehr gelassen einige wenige und doch sehr angenehm entkrampfende Worte: »Nun kriegt euch wieder ein, Mädels! Was ist das schon – ein gebrochener Männerarm gegen so viele gebrochene Frauenherzen!«

31

Das Schicksal wird oft als launisch bezeichnet. Manchmal ist es aber auch launig.

Doch der Reihe nach …

Nachdem der Bus uns zur ›Drachenburg‹ zurückgebracht hatte, löste sich die Gruppe auf. Das heißt, etwa die Hälfte der Frauen blieb über Nacht in dem historischen Hotel und erlebte, wie wir im Nachhinein erfuhren, noch einen recht entfesselten Abend.

Die anderen fuhren wieder heim.

Sibylle kam mit mir in die Villa Weizenegger, wo uns Francis und Eva bereits ungeduldig erwarteten. Wir berichteten alles im Detail, wobei wir für manche Szenen mit Rücksicht auf Francis eine abgemilderte Darstellung wählten. – Francis hatte zum Abendessen zwei Bleche Zwiebelkuchen aus Höri-Bülle gebacken, einer ganz speziellen milden und besonders wohlschmeckenden roten Zwiebelart, die nur auf der nahegelegenen Halbinsel angepflanzt wird. Dazu tranken wir reichlich Rotwein, der jedoch auf Francis keinerlei beruhigende Wirkung ausübte. Nachdem wir sie auf ihre Nervosität angesprochen hatten, gestand sie, es sei der Gedanke an Magnus, der sie so beunruhige.

Nüchtern betrachtet war das verständlich, doch ich war von emotionaler sowie physiologischer Nüchternheit etwa so weit entfernt wie von einem gemeinsamen Kuschelwochenende mit der Servitzky. »Der Typ wird dir doch hoffentlich nicht plötzlich leid tun«, rief ich empört. – Wir duzten uns inzwischen alle.

»Nein, das ist es nicht – ganz im Gegenteil! Ich habe Angst, er könnte bald hier auftauschen.«

»Die Sorge halte ich für gering«, beschwichtigte Sybille. »So wie der Arm dalag, handelt es sich um Ellen- und Speichenbruch. Nach Bettinas Ansicht wird er heute noch operiert. Das muss wegen der zu befürchtenden Schwellungen ziemlich rasch passieren. Er bekommt Titanplatten aufgeschraubt – na ja, die Details erspare ich euch jetzt … Jedenfalls wird er wohl kaum vor Donnerstag aus der Klinik entlassen.«

»Das wäre mir nur recht«, gestand Francis. »Nach allem, was ich jetzt weiß, hab ich nämlich absolut keine Lust, ihn zu sehen – geschweige denn, mit ihm das Schlafzimmer zu teilen!«

Wir nickten verständnisvoll.

»Um ganz sicher zu gehen, können wir ja im Krankenhaus anrufen«, schlug Eva vor.

Sibylle, die die tiefste Stimme von uns hat und die geringsten Skrupel zu lügen, übernahm die Aufgabe. Sie machte ganz auf Mann, gab sich als Geschäftspartner aus und bekam dank ihres dominanten Gebarens am Telefon die gewünschte Auskunft, die Bettinas Aussage bestätigte.

Nun wurde der Abend wirklich gemütlich, und Sibylle schien es zu bedauern, dass sie noch ins Hotel zurückkehren musste. Francis bot ihr an, in der Villa zu übernachten, doch das lehnte sie dankend ab. Das Frühstück im Hotel bot ihr die besten Aussichten, geschäftliche Kontakte zu knüpfen. Ihren Porsche ließ sie allerdings stehen und rief ein Taxi.

Das Frühstück in der Villa spottete seinem Namen. Es war schon nach zwölf, als wir uns schließlich um den Tisch versammelten. Die Kinder waren erst zurückgekehrt, als wir schon schliefen. Francis, die wachsame Mutter, hatte sie natürlich gehört und begrüßt. Da Daniel nicht trank und sehr gewissenhaft mit dem Auto umging, vertraute sie ihm und hatte sich nicht allzu viele Sorgen gemacht. Dennoch fand sie natürlich erst wirklich Ruhe, nachdem sie die Kinder wohlbehalten daheim wusste, weshalb sie am Morgen dann auch später aufstand.

Bevor ich mit Eva das opulente Frühstück vorbereitete, war es ihr tatsächlich gelungen, mich zu einem Bad im See zu überreden. Danach war ich stolz und fühlte mich großartig.

Am Nachmittag – die Jugend war schon wieder unterwegs – rief Petra Schreiber, die Frau eines Tennisfreundes von Magnus an und platzte schier vor Mitteilungsdrang. Magnus habe am Vormittag ihren Mann angerufen, berichtete sie, und ihn unter dem Siegel der Verschwiegenheit gebeten, ihn im Krankenhaus zu besuchen und das Nötigste vorbeizubringen. Als sie ihren Mann Schlafanzug und Toilettenutensilien einpacken sah, habe sie ihn zur Rede gestellt und unehrenhafter Absichten bezichtigt, bis er schließlich mit der Wahrheit herausgerückt sei: Magnus habe einen Unfall erlitten, liege im Konstanzer Klinikum, was aber Francis nicht erfahren dürfe, da sie ihn in Wiesbaden vermute.

Francis gab sich alle Mühe die Ahnungslose zu spielen. Scheinbar entsetzt und alarmiert, erkundigte sie sich, ob Magnus mit dem Auto verunglückt und was ihm passiert sei. Plötzlich drückte sie – versehentlich oder absichtlich – die Lautsprechertaste und wir konnten mithören.

»Wenn du mich fragst, ist an der Sache einiges faul. Oberfaul sogar! Magnus ist angeblich auf der Straße gestürzt, als er das Auto verlassen hat, um sich kurz mal in die Büsche zu schlagen. In der Nähe von Steckborn. Das Auto stand immer noch dort. Berthold und Oliver haben es vorhin geholt. Jetzt ist es bei uns in einer der Garage, damit es niemand sieht! Also am Auto ist alles in Ordnung, aber Magnus hat den Arm gebrochen. Den linken. Glück im Unglück! Trotzdem ... ich will dich ja nicht beunruhigen, aber mir kommt das Ganze nicht koscher vor. Und ich finde, wir Frauen müssen zusammenhalten, wenn unsere Männer meinen, sie könnten uns für dumm verkaufen. Und ich sag mir, wenn Magnus mit so einem Problem zu Berthold kommt, dann hat das ja wohl seine Gründe. Ich sage bloß Amigos ...«

Francis bedankte sich höflich und versprach, Petra in keiner Weise gegenüber Magnus ins Gespräch zu bringen.

Dann legte sie auf und wandte sich lachend uns zu. »Die liebe besorgte Petra und ihre weibliche Solidarität! Wenn Marcel P. nicht Giulia am Telefon erzählt hätte, dass die Frau seines Freundes Berthold ihm immer wieder aufs Neue Angebote unterbreitet habe, hätte ich ihr Engagement ja tatsächlich für selbstlos und empathisch eingeschätzt! Außerdem hätte ich sie darauf hingewiesen, dass Magnus ihren Mann wohl deshalb eingeweiht hat, weil er einer der wenigen sein dürfte, dessen Kleidung ihm passt …«

Am späten Nachmittag meldete sich Magnus dann selbst, erklärte aber lediglich, es sei in Wiesbaden aufgehalten worden und würde sich wieder melden, sobald er Genaueres wisse.

»Am liebsten hätte ich gesagt, er soll fortbleiben«, gestand Francis. »Ich frage mich ja, welche Räuberpistole er mir als Nächstes auftischen will. Außerdem wird mir nun klar, warum er so beharrlich darauf bestand, dass wir die alten analogen Telefone behielten. Sie zeigen keine Nummern an. Vermutlich hat er mich in der Vergangenheit bezüglich seiner Aufenthaltsorte schon öfter angelogen.«

Zum Glück tauchte kurze Zeit später Sibylle auf, was für einen amüsanten Themenwechsel sorgte. Sie hatte im Riva eine Frau ausgemacht, die sie für eine potenzielle Klientin hielt und folgendermaßen einschätzte: »Mitte dreißig, attraktiv, mittlerer Bildungsabschluss, prollig-neureich, und offensichtlich ziemlich betucht. Wenn sie sich von mir beraten ließe, könnte sie künftig mit deutlich mehr Klasse aufwarten. Ein Experiment, das mich reizen würde.«

Francis, die weder mit Sibylles missionarischem Drang in Stilfragen noch mit ihren klar definierten Spontantypisierungen vertraut war, erkundigte sich interessiert, ob Sibylle sich mit der Frau länger unterhalten habe.

»Noch nicht, ich hab sie nur flüchtig gesehen, als ich an der Rezeption vorbeikam. Falls sie länger im Hotel bleibt, wird das sicher demnächst passieren.«

»Aha, und woher nimmst du diese Überzeugung?«

»Menschenkenntnis. Sie hat mich extrem neugierig gemustert. Na ja, wir trugen beide Louboutins. Das ist für Frauen wie sie, die ihr Selbstwertgefühl von Prestigemarken herleiten, schon mal ein Argument, Verbundenheit zu empfinden.« Sie streckte eines ihrer wohlgeformten Beine in die Höhe. »Während ich – dem Anlass entsprechend – diese schlichten Pumps hier mit Siebzig-Millimeter-Absatz anhatte, trug sie allerdings offene Plateauschuhe voller Nieten und zwölf Zentimeter hoch. – Für rund zwölf Hunnis by the way …« Sie zog bedeutungsvoll die Brauen hoch. »Und zu allem Überfluss schlang sich auch noch ein vulgäres Goldkettchen um die linke Fessel!«

Es fehlte nur noch dass sie igitt gerufen hätte. Aber sie schloss verträumt die Augen und ich vermute, sie blickte mit Entzücken der Herausforderung entgegen, die dieses Vorher-Nachher-Experiment für sie darstellte,

Ich bin noch nie einer Person begegnet, die aus der Kritik anderer so viel Gewinn gezogen hätte wie Sibylle. Als ich sie zum ersten Mal meiner Mutter vorstellte, hatte sie sich nach ihren damaligen Vorstellungen so richtig hübsch zurecht gemacht. Am kritischen Blick meiner Mutter merkte sie jedoch, dass ihre Aufmachung wenig Anklang fand. Als sie mit ihr allein war, sprach sie meine Mutter ganz offen darauf an. Doch die wand sich natürlich, weil ihr unverblümte Meinungsäußerung gegenüber Menschen, die sie nicht als ihre Schüler oder Anverwandte – ihre Tochter – betrachtet, etwa so fremd ist wie Tabledance. Doch Sibylle gab ihr klar zu verstehen, dass sie zu wissen wünschte, was sie besser machen könnte.

Und damit hatte sie dann die pädagogische Ader meiner Mutter zum Pulsieren gebracht. Die erklärte ihr nämlich, dass weniger in dieser Beziehung meist mehr bedeute, und dass die Klasse eines Mädchens oder einer Frau vorrangig an drei Kriterien auszumachen sei: An den Fingernägeln, den Schuhen und am Schmuck. »Keine Frau mit Stil trägt Nägel, die mehr als fünf Millimeter über die Fingerkuppen ragen. Sie lackiert sie allenfalls klar. Feiner jedoch ist es, die Nägel zu polieren. Jeden Schnickschnack oder Metallglanz überlässt sie Leuten, die es nicht stört, wenn sie billig wirken.«

Sibylle entfernte noch in derselben Stunde ihren lila Lack mit Perlmuttschimmer, kürzte ihre Nägel und lässt sie seither bei der Maniküre polieren. Darüber hinaus straft sie alle mit Verachtung, die gegen die strengen Vorgaben meiner Mutter verstoßen.

Was den Schmuck anbelangt, so befand meine Mutter: »Es ist besser, nur ganz wenige Stücke zu tragen. Die sollten aber handgefertigt sein und für sich sprechen. Einen zweiten Ring an einer Hand darfst du nur tragen, wenn er im selben Stil wie der andere ist.«

Meine Mutter besitzt zwar einigen Schmuck, den sie im Laufe ihres Lebens geerbt hat oder geschenkt bekam. Doch nur weniges findet vor ihren gestrengen Augen Gnade. Sie trägt einen Siegelring aus Gold und Lapis von ihrer Großmutter mütterlicherseits, eine Zuchtperlenkette, die sie von ihren Eltern zum Examen bekommen hat, eine Brosche mit einer Korallenkamee und eine schlichte goldene Uhr mit großem weißem Zifferblatt. Den Ring und die Uhr hat sie meistens an, die Kette oder Brosche zu entsprechenden Gelegenheiten. Kein Mensch käme je auf den Gedanken, ihr Stil abzusprechen.

Sibylle, die seit ich sie kannte, mindestens zehn Fingerringe und ebenso viele Halsketten gleichzeitig trug und dazu noch allerhand Arm- und Fußkettchen nebst variierenden ausnahmslos auffallenden Uhren, schmückte sich von da an nur noch dezent. Das hat sie im Grunde beibehalten, nur dass in den wenigen goldenen Schmuckstücken, die sie trägt, inzwischen überaus wertvolle Steine stecken. Auch ihre edlen Uhren glänzen eher durch Understatement als Prunk und Protz.

»Schuhe müssen in Farbe und Form der Kleidung und dem Anlass angemessen sein«, erklärte Isolde Deyke, die über Sibylles zweifarbigen Glitzerpumps zu Jeans die Nase rümpfte. »Und sie müssen stets in einwandfreiem Zustand sein. Der lässt bei billigen Schuhen schnell nach, weshalb es besser ist, drei Paar gute zu besitzen und die ordentlich zu pflegen als zehn Paar billige.«

Sibylle sog die Lehren meiner Mutter auf wie ein Schwamm, was meiner Mutter trotz der anfänglichen Abneigung gegen meine schrille Freundin schmeichelte. Seither schlägt die Kapital aus den puristischen Lehren der Frau D., und Letztere bekommt jedes Jahr zum Geburtstag einen gigantischen Blumenstrauß in tiefer Dankbarkeit von ihrer eifrigsten Schülerin zugestellt.

Ich bin absolut überzeugt, dass unsere erfolgreiche Freundin ihr umfangreiches und ausgereiftes Wissen just dieser demütig-neugierigen Attitüde verdankt, mit der sie Menschen um Auskunft bittet, die sie auf irgendeinem Sektor für bewundernswert hält.

Eva und ich waren mit Sibylles Art inzwischen wohlvertraut, doch Francis zeigte sich davon sowohl fasziniert als auch amüsiert.

»Das Riva ist wirklich ein ausgezeichnetes Haus, um Klienten zu akquirieren«, schwärmte unsere Freundin. Ich glaube, wir könnten es verantworten, noch ein paar Tage dranzuhängen, was meinst du, Eliza?«

Ich war ohnehin davon ausgegangen, etwas länger am Bodensee zu verweilen. Besonders gern in diesem wunderschönen Haus. Doch dabei gab es einen Haken: Magnus hatte mein Gesicht gesehen, das im Unterschied zu Sibylles nicht bis zur Unkenntlichkeit mit Perücke und Schminke entstellt war. Deshalb blickte ich fragend zu unserer Gastgeberin hin.

»Da wir die nächsten Tage vor ihm sicher sind, wirst du selbstverständlich hier bleiben. Aber ich muss mir ohnehin etwas überlegen, weil es so wie bisher nicht weitergehen kann. Ich hatte gedacht, wenn er sich mit einer Therapie einverstanden erklärt, käme alles wieder in Ordnung, aber mir wird zunehmend deutlicher klar, dass er einfach zu viel Mist gebaut hat. Das mit der Internetsucht ist eine Sache, aber die Art, wie er mit all den Frauen umgegangen ist, hat ja eine ganz andere Dimension! Und tief in mir drinnen spüre ich, dass ich ihn eigentlich nicht mehr an mich ranlassen will.«

Wir nickten verständnisvoll. Dann meinte Eva, Francis brauche ja nichts zu überstürzen, und wir beide könnten auch immer noch bei Leonardo unterkommen.

Das war jedoch nicht nötig, denn nachdem Magnus seiner Frau in einem Telefongespräch am Montag ein weiteres Kapitel seiner Lügengeschichte präsentierte, platzte Francis der Kragen.

Eva und ich feilten im Wohnzimmer an einer von Evas Kolumnen herum (ich bin immer glücklich, wenn ich mit meinen Vorschlägen noch etwas Würze dazugeben kann), als die Tür aufflog und eine völlig echauffierte Francis hereinrauschte, die Hände gen Himmel streckte und rief: »Ich kann und will das nicht länger mitmachen! Ich schmeiß ihn raus!«

Selbstverständlich waren wir der Meinung, dies sei die einzig richtige Entscheidung, aber wir wollten schon auch den Anlass für ihre aktuelle Fassungslosigkeit erfahren.

Sie lachte trocken. »Er hat angeblich ein unglaubliches Geschäft in Aussicht und muss noch ein paar Tage in Wiesbaden bleiben. – Ich musste mich dermaßen zusammenreißen, ihn nicht am Telefon anzubrüllen. Aber ich wollte erst mit euch über angemessene Maßnahmen reden.«

»Prima. Das ist sehr gescheit«, lobte Eva, »du darfst jetzt nämlich keinen Fehler machen. Im Moment stehst du im Unterschied zu ihm in jeder Beziehung gut da. Und das solltest du nicht im Affekt vermasseln.«

»Genau. Und zum Glück weilt ja gerade auch die große Strategin und Scheidungsberaterin in unserer Nähe«, ergänzte ich. »Sibylle wird sicher glänzende Ideen haben, wie sich die Sache in deinem Sinne regeln lässt.«

»Ihr meint, ich kann mit den Kindern unbehelligt weiter hier leben, auch wenn ich ihn vor die Tür setze?«

»Mit Sicherheit. Aber vielleicht lässt sich ein Weg finden, dies so zu regeln, dass nicht allzu viel Geschirr dabei zerdeppert wird.«

»Ja, das wäre gut. Schon im Interesse der Kinder.«

»... die ihn zwar zunehmend kritisch beurteilen, wie ich erleben konnte, aber dennoch den Papi, der er bis vor wenigen Jahren war, inniglich lieben«, gab Eva zu bedenken.

Sibylle, die neben der jungen Frau inzwischen noch mit einem anderen Hotelgast, einem türkischen Geschäftsmann, in Verbindung getreten war, erklärte sich am Telefon bereit, ein paar Stunden ihrer zunehmend verplanten Zeit für einen Besuch im Hause Weizenegger zu erübrigen. Sie fuhr nach dem Businesslunch mit dem Türken, den sie als intelligent und recht kultiviert bezeichnete, zur verabredeten Zeit vor. Lächelnd eröffnete sie uns, der Herr wünsche gelegentlich ihre Dienste als Assistentin für offizielle Anlässe und Geschäftsessen mit anspruchsvollen deutschen Partnern. Dabei rieb sie Daumen- an Zeigefingerkuppe und zwinkerte fröhlich.

Als sie unsere Ungeduld bemerkte, stellte sie ihre Ausführungen ein und erkundigte sich, was sie für uns erledigen könne.

»Im Einzelnen wissen wir noch nicht Bescheid«, eröffnete ihr Eva, aber im Wesentlichen geht es darum, dass Francis Magnus vor die Tür setzen und weiter mit den Kindern hier im Haus wohnen will.«

»Kann ich gut verstehen. Den Mann würde ich auch wesentlich leichter aufgeben als die Villa.«

»Das Anwesen gehört uns aber beiden je zur Hälfte«, ergänzte Francis.

Diese Auskunft ließ Sibylle in kurzem Schweigen verharren. »Dieses wunderbare Immobilie muss euer Domizil bleiben, das ist schon mal klar«, stellte sie wie ein Orakel mit meditativem Blick durch die Terrassentür hinüber zur Reichenau fest.

Francis starrte sie gebannt an, was uns trotz aller Spannung etwas amüsierte, da wir es ja gewohnt sind, Sibylles Talent sich wirkungsvoll in Szene zu setzen, stets aufs Neue bewundern zu können.

Unsere Pythia schüttelte kurz den Kopf, als erwache sie aus einer Trance und fixierte Francis hellwachen Blickes. »Machen wir's kurz: Dein Angetrauter hat eindeutig schlechte Karten. Dennoch bevorzuge ich es in so einer Situation, den langwierigen und in vielerlei Hinsicht belastenden Rechtsweg zu meiden und auf eine Abkürzung auszuweichen, auch wenn die möglicherweise über wenig ausgetretene Seitenpfade führt.«

»Aha? Und wie könnten diese Seitenpfade aussehen?«, erkundigte sich Francis hoffnungsvoll.

»Das müssen wir noch herausfinden. Dafür brauche ich allerdings eine Menge Informationen.«

Eva und ich verstanden, dass dies eine Angelegenheit war, die die beiden Frauen am besten untereinander regelten. Deshalb machten wir uns auf in die Stadt, wo wir erst auf der Marktstätte Kaffee tranken und dann in einigen Buchhandlungen stöberten. Dabei stellten wir uns vor, wo demnächst unsere Werke stehen könnten. Ich suchte also zunächst die Abteilung auf, wo Cartoons standen wegen ›Wolli‹, und dann gingen wir in die belletristische Ecke wegen meines Romans. Aber als ich so dastand und mir meinen Traum in allerlei leuchtenden Farben illustrierte, zog mich Eva weiter und schalt mich für meine Bescheidenheit: »Hier musst du deine Vorstellungskraft aktivieren, im Eingangsbereich, bei den Bestsellern!«

Wir lachten und fühlten uns sehr wohl bei den Aussichten, die noch Raum für alle Hoffnungen und Wünsche bargen.

Nachdem wir die Auslagen zahlreicher Geschäfte betrachtet und kommentiert hatten, steuerte ich einen Blumenladen an.

»Du willst jetzt aber kein Bouquet für Marcel P. in Auftrag geben?«

»Gewiss nicht! – Es ist für unsere Gastgeberin.«

»Gute Idee, da bringst du mich auf was!«

Nachdem ich den wirklich schön gebundenen Strauß gut verpackt in Händen hielt, lenkte Eva unsere Schritte in die Lebensmittelabteilung des großen Kaufhauses in der Fußgängerzone. Dort erstanden wir Champagner, Weißwein, allerhand See- und Meeresspezialitäten sowie einige weitere Zutaten für einen exquisiten Schmaus.

Als wir mit unseren Trophäen in die Villa zurückkehrten, kamen uns die beiden Frauen entgegen. Francis, die weit weniger bedrückt als vor unserem Aufbruch wirkte, begleitete Sibylle zu ihrem Wagen. Die musste pünktlich zur Verabredung mit der Nietenstöckel-Dame ins Hotel zurückkehren, was sie allerdings mit Blick auf unsere Einkäufe bedauerte.

Die Kinder waren dabei, eine Gemüsequiche zu fabrizieren, nach einem Rezept, das Marie-Rose von ihrer sich ebenfalls vegetarisch ernährenden Freundin bekommen hatte, und so war es ganz praktisch, dass wir zur Zubereitung unseres Mahls die Küche nicht länger in Anspruch nehmen mussten.

Marie-Rose bemerkte pragmatisch, es sei gut, dass ihr Vater nicht da sei, denn der hätte ihr mit seinen spöttischen Kommentaren sicher den Spaß verdorben. »Und uns dann trotzdem die Hälfte weggefuttert«, ergänzte Thomas.

Bevor wir uns mit unseren voll beladenen Tabletts ins Esszimmer verabschiedeten, erkundigte sich Marie-Rose etwas schüchtern, ob wir Frauen die ganze Zeit unter uns sein wollten oder ob ich auch etwas Zeit für sie hätte.

Als ich ihr eröffnete, ich bliebe noch ein paar Tage, wirkte sie ehrlich erfreut. »Das ist prima. Ich glaube, ihr tut Mama sehr gut!«

»Das hoffe ich! Aber sie trägt auch sehr viel dazu bei, dass wir uns hier wohlfühlen.«

Schließlich gestand mir Marie-Rose, sie träume davon, eines Tages einen Roman zu schreiben. Deshalb wolle, sie sich unbedingt mit mir über das ganze Drumherum unterhalten.

»Schreibst du Tagebuch?«, wollte ich wissen.

»Na ja, sporadisch.«

»Das ist schon mal gut. Führe es fort, und bemüh dich, nicht nur um deinen Nabel zu kreisen, sondern auch Beobachtungen festzuhalten, die deine Umgebung betreffen.«

»Gute Idee, da gibt's ja einigen Stoff!« Sie seufzte.

Allerdings, und ein Ende ist nicht abzusehen, dachte ich, riet ihr dann aber, neben dem Schreiben auch viel zu lesen. »Fang am besten mit ›Bonjour Tristesse‹ an! Françoise Sagan war in deinem Alter, als sie es schrieb. Und sie landete damit einen internationalen Bestseller.«

Bei unserem Abendessen berichtete Francis von ihrem Gespräch mit Sibylle, deren Weitblick und Raffinesse sie sehr beeindruckte.

»Ich werde also morgen das Büro von Magnus bewohnbar machen. Es befindet sich in zentraler Lage und war früher mal eine Wohnung. Das heißt Küche und ein kleines Bad sind vorhanden. Außerdem gibt's neben dem Büroraum, in dem er hinter seinem imposanten Schreibtisch sitzend persönliche oder telefonische Gespräche mit seiner Klientel führt, noch einen Besprechungsraum. Dorthin werde ich eine schöne Couch liefern lassen, die sich mit einer Hand in ein Bett verwandeln lässt. Ich habe vorhin im Möbelhaus meines Schwagers angerufen.

Dort findet gerade ein Sonderverkauf von Ausstellungsstücken statt. Die Sachen können umgehend geliefert werden. Und für den kleinen Bruder gibt's natürlich noch Extra-Rabatt. Ich helfe Magnus doch so gut ich kann ... Alles weitere Notwendige bringe ich selbst hin, damit der Herr vorübergehend dort hausen kann.« Sie lächelte verschmitzt in deutlicher Freude über den Coup, den sie mit Sibylle ausbaldowert hatte.

»Ich weiß ja nicht, was er seiner Sekretärin erzählt hat. Die kommt mittwochs und freitags am Vormittag. Aber morgen besuche ich ihn in der Klinik und werde Näheres erfahren.

Ich könnte mir vorstellen, dass ihn mein Besuch nicht ausschließlich mit Freude erfüllt. Hahaha! – Aber am Ende meiner Ausführungen wird er froh und dankbar sein, wenn ich ihm die Chance gebe, das Gesicht zu wahren. Aus praktischen Gründen – etwa wegen seines unbeweglichen Arms – bietet es sich für ihn ja wirklich an, vorübergehend im Büro zu wohnen. Und falls er Einwände erhebt, ergänze ich ganz kühl, dies sei auch aus psychohygienischen Gründen die beste Lösung, da ich seiner Lügen überdrüssig sei.«

Wir schmunzelten. Das klang ganz nach einer Sibylle-Lösung. Das heißt, nach dem ersten Schritt einer solchen.

Am Dienstag halfen wir Francis beim Packen all der Utensilien für Magnus' Exilbleibe und beförderten die Sachen mit ihr zusammen in die äußerst repräsentativen Geschäftsräume in der Nähe des Münsterplatzes. Kurz nach unserem Eintreffen wurde auch die Couch angeliefert. Ein wirklich schmuckes Stück.

Anschließend stärkten wir uns im Wessenberg-Café und besuchten dann die Städtische Galerie im selben Gebäudekomplex, wo wir uns bestens über die Exponate einer Sonderausstellung amüsierten, die den Karikaturen und Cartoons von Gerhard Glück gewidmet war.

»Jetzt bin ich in der richtigen Grundstimmung für den Besuch bei unserem bemitleidenswerten Patienten«, verkündete Francis in sarkastischem Ton, als wir uns von ihr verabschiedeten.

Nach einem ausgedehnten Schaufensterbummel spazierten Eva und ich gemütlich durch den Stadtpark, am Inselhotel vorbei, über die alte Rheinbrücke und schließlich die Seestraße entlang, bis wir zu Sibylles Hotel kamen.

An der Rezeption erfuhren wir, Sibylle erwarte uns im Zimmer. Nachdem sie sich bei ihrem ersten Besuch kundig gemacht hatte, bewohnte sie nun eines der schönsten Zimmer des Hauses. Wir waren tief beeindruckt von der geschmackvollen Einrichtung, dem traumhaften Blick auf den See – und auch davon, dass es für Bad und Toilette zwei getrennte Räume gab.

Im Stockwerk über dem Zimmer befand sich ein großzügiger Dachgarten mit beheiztem Pool und Sitzgelegenheiten für schöne Tage.

Sibylle hatte bereits beim Zimmerservice ihr bevorzugtes Getränk geordert, und wir genossen diese freundliche Willkommensgeste in vollen Zügen.

»Ich dachte, es ist besser, euch hier zu empfangen als unten an der Bar«, eröffnete uns Sibylle. Meine Klientin – sie heißt übrigens Mandy Severin – lässt nämlich keine Gelegenheit aus, mich ins Gespräch zu verwickeln, was mir bei all der offen bekundeten Sympathie gelegentlich etwas viel wird.«

»Es ist wunderschön hier in deinem Zimmer, wir erheben keinerlei Einwände«, versicherte Eva.

»Und zudem wissen wir es zu schätzen, wenn wir dich exklusiv genießen dürfen«, ergänzte ich. »Es ist dir also gelungen, die Dame in den Kreis deiner bunt gewürfelten Klientel aufzunehmen …«

Sibylle lachte. »Allerdings. Sie ist mir sozusagen geradewegs zugelaufen … Auf Dauer ist sie vielleicht etwas enervierend, aber ich denke, sie wird uns allen noch zur Freude gereichen.«

»Uns allen?« Eva und ich tönten im Chor.

Sibylle zog eine spitze Schnute und ließ die herabgesenkten Oberlider flattern. »Warten wir ab, bis auch Francis eintrudelt, dann enthülle ich euch einen überaus reizvollen Plan.«

Als wir versuchten, ein wenig auf den Busch zu klopfen, ging Sibylle überhaupt nicht darauf ein. Nur scheinbar zerstreut sagte sie plötzlich: »Ach ja, ich soll euch beide von Frau Keller grüßen.«

»Frau Keller?«, wieder sprachen Eva und ich wie aus einem Munde.

»Ja, Frau Keller, Leonardos reizende Vermieterin.«

»Ich weiß, wer Frau Keller ist, aber wie kommt's, dass sie ausgerechnet dir Grüße an uns aufträgt?« Eva war deutlich verwirrt.

»Oh, sie findet euch beide ganz entzückend.«

»Ja, aber wie kommst du plötzlich auf Frau Keller? Du hast doch gar nichts mit ihr zu tun. Du warst doch im Hotel, als wir bei Leonardo wohnten …«

»Na und? Das bedeutet doch noch lange nicht, dass ich sie nicht inzwischen kennengelernt hätte. Ich habe sie damals kurz gesehen und heute zum Frühstück eingeladen. Und jetzt kennen wir uns eben etwas näher.« Sie lächelte uns hintergründig an.

Das Telefon klingelte. Sibylle nahm ab. »Ja, schön, sie soll auch raufkommen.«

Eva stand auf, um Francis entgegenzugehen.

Als die beiden eintraten, lächelte Francis fein und ihre Augen blitzten triumphierend.

»So sieht eine Frau aus, die mit sich zufrieden ist«, verkündete Eva und wir nickten, denn sie sprach aus, was wir alle sehen konnten.

Sibylle war bereits dabei, das Glas für Francis zu füllen, und wir stießen an.

»Ja, ihr habt recht!« Francis schloss die Augen, trank andächtig ein Schlückchen und machte es sich lächelnd in ihrem Sessel bequem.

»Wenn ich mir vorstelle, was für ein naives Schaf ich noch vor wenigen Monaten war!«

Wenn sie nicht so zufrieden dreingeblickt hätte, wären mir in diesem Moment ernsthafte Bedenken gekommen, ob es gut war, sie über das Doppelleben ihres Mannes aufzuklären. Nach außen hin hatten die Weizeneggers ja stets die Modellfamilie verkörpert. Diese Frage hat mich schon oft umgetrieben: Ist es besser, unwissend glücklich zu sein – oder aufgeklärt und damit schockiert und zum Handeln gezwungen zu werden? Ich denke, das muss individuell entschieden werden. Einer Fünfundachtzigjährigen zu erklären, dass ihr Mann sie seit Jahrzehnten hintergangen hat, ergibt wenig Sinn. Aber einer intelligenten Enddreißigerin, die bislang alle eigenen Wünsche hinter die des windigen Partners gestellt hat, eröffnen sich jede Menge wunderbarer neuer Möglichkeiten.

»Wie vermutet, fiel Magnus aus allen Wolken, als ich sein Zimmer betrat. – Günstigerweise liegt er allein, so dass ich keinerlei Rücksicht zu nehmen brauchte.

Es geht ihm relativ gut. Äh …, was seine Gesundheit anbelangt. Die Brüche waren glatt, die Operation verlief ohne Komplikationen. Ansonsten … Offen gestanden musste ich mich sehr zusammenreißen bei diesem Besuch. Einerseits, um kein Mitleid aufkommen zu lassen, weil er sich ja trotz allem in einem beklagenswerten Zustand befindet. Und dann wieder, um nicht aus der Haut zu fahren, weil er immer noch versuchte, mich hinters Licht zu führen.«

»Wenn Täuschen und Tricksen einen großen Bestandteil des Persönlichkeitsbildes ausmachen, lässt sich das halt nicht so schnell abstellen«, diagnostizierte Sibylle lebensklug.

»Ja, vielleicht. Also, ich tu mich mit dem Schwindeln ja sehr schwer. Deswegen wählte ich Worte, mit denen ich eigentlich die Wahrheit sagte, die sich aber aus der Situation anders interpretieren ließen. Ich erzählte, es habe etliche Anrufe am

Wochenende gegeben. Unter anderem von Frauen, die mir persönlich unbekannt seien … Na ja, eine hatte sich verwählt, eine wollte Marie-Rose sprechen, eine andere ein Interview führen … Mir sei auch mitgeteilt worden, dass er in Konstanz in der Klinik liege. Und darüber hinaus hätte ich erfahren, dass er in der Schweiz bei einem Meeting mit einer verblüffend großen Zahl an Frauen konfrontiert worden sei …«

»Sehr gut, ausgezeichnet!«, lobte Sibylle.

Eva sagte kein Wort. Ich sah ihr an, dass auch sie zwischen Mitgefühl und Zorn schwankte.

»Dieser Schachzug setzte ihn im Grunde matt. Er hörte mir mit Leidensmiene unter Seufzern zu. Ich glaube, er fühlte sich erleichtert, dass ich kein größeres Spektakel anzettelte. – Und er war sogar froh, dass ich mich fürs Erste um die Organisation seines Chaos' kümmere. Stellt euch vor: Er hatte noch nicht einmal seine Sekretärin informiert! Die kommt immerhin morgen ins Büro. In mancher Beziehung benimmt er sich wirklich wie ein Baby. Ein zwei Zentner schweres Baby!«

Wir lachten alle, was die Anspannung etwas lockerte.

»Ich habe dann mit seiner Sekretärin alles Notwendige besprochen. Sie ist überaus liebenswürdig und hilfsbereit und kommt in nächster Zeit auch gern öfter ins Büro. Morgen früh werde ich mich dann um einen entsprechenden Pflegedienst kümmern.«

»Läuft ja alles prima! Nur zu dumm, dass ich von Donnerstag bis Montag einen geschäftlichen Termin wahrnehmen muss. Wie sieht's mit dir aus?« Sibylle sah mich fragend an.

»Ich würde gern noch bleiben, wenn das möglich ist.«

»Wunderbar!« Diesmal sprachen Francis und Eva im Chor.

Für meinen Roman war der Aufenthalt in der Villa absolut inspirierend, und an meiner Übersetzung konnte ich dort so gut wie in München arbeiten. Alles Weitere ließ sich per Telefon oder E-Mail klären.

Wir stießen erneut an. Diesmal auf unsere fruchtbare Zusammenarbeit.

»Und jetzt möchte ich wissen, was es mit Frau Keller auf sich hat«, forderte Eva.

»Ach ja, sie ist wirklich eine reizende Dame.«

»Zur Sache, Schätzchen!« Eva war ungeduldig.

»Nun, die liebe Frau Keller ist eine alte Konstanzerin. Und sie verkehrte stets in der Gesellschaft, wenn sie es auch bedauert, dass die meisten Menschen, die ihr etwas bedeuteten, inzwischen nicht mehr leben ... Kurz gesagt: Sie weiß bestens Bescheid, welche Immobilien Leuten gehören, deren, wenn nicht Tage, so doch Monate gezählt sind. Und darunter gibt es vermutlich auch ein paar, die allmählich mit ihren Häusern sowohl physisch als auch finanziell überfordert sind, die jedoch niemanden in der Familie haben, der sie unterstützen kann oder möchte. Frau Keller hat ihre Zukunft ja bestens geregelt. Sie besitzt lebenslanges Wohnrecht in ihrem Haus, und wenn es je nicht mehr geht, kommt sie im Pflegeheim ganz in der Nähe unter. Aber nicht alle waren so vorausschauend. Und denen müsste vielleicht geholfen werden.«

»Soll das heißen, dass du hier in Immobilien investieren willst?«

Francis sprach aus, was wir dachten.

»Indirekt vielleicht ... Zumindest in dem Fall, von dem ich spreche, geht es nicht um mich persönlich. Aber es gibt natürlich schon eine Immobilie am See, die mich sehr reizen würde – zumindest in Teilhaberschaft ...« Sie zwinkerte Francis zu.

»Du meinst ...«

»Jawohl, ich meine, die fünfzig Prozent, die deinem Angetrauten gehören, stören empfindlich mein ästhetisches Empfinden.«

»Dir ist aber schon klar, dass Magnus – wenn überhaupt – seine Anteile nicht für einen Appel und ein Ei veräußern wird.«

»Das ist mit absolut klar, deswegen muss ich Voraussetzungen schaffen, die den Weg ebnen …«

»Sibylle, du wirfst mich um! Wenn du Magnus seinen Anteil an der Villa abluchsen könntest … – Das wäre grandios! Und es würde mir allerhand Alpträume ersparen!«

»Gemach, gemach! Noch ist alles Zukunftsmusik. But I have a dream … Der für mich zumindest kein Alptraum ist. Wie du es siehst, bliebe abzuwarten …«

»Nichts kann so schlimm sein, wie die Visionen, die sich mir aufdrängen, wenn ich mir vorstelle, dass Magnus seine Anteile verhökert. Ich meine, im Moment ist er natürlich froh darüber, dass ich die Dinge für ihn geregelt habe. Aber wenn er kapiert, dass ich ihn loswerden will, wird er mit Sicherheit andere Saiten aufziehen. Sei es, um mich zu bestrafen, sei es, um möglichst viel Profit zu machen. Schließlich ist er Immobilienfachmann …«

»Jaja, das lässt nichts Gutes befürchten. Falls er agieren kann, wie er will. Aber das gilt es eben zu verhindern. Das ist eines meiner Teilziele.«

»Aha? Und das Hauptziel?«

»Das Hauptziel schließt euch alle mit ein.«

»Oh!«, erklang der dreistimmige Chor.

»Jawohl! Und ich werde es euch nicht vorenthalten. Denn wenn wir einmütig und mit großer Energie unseren Wunsch illustrieren, kann das auf keinen Fall schaden.«

Wir nickten. Vielleicht nicht vorrangig aus Überzeugung, sondern aus Neugier und in der Hoffnung, gleich Näheres zu erfahren.

»Ich könnte mir sehr gut vorstellen, aus der Villa eine Begegnungsstätte zu machen. Einen Künstlertreff, eine Ideenschmiede, einen modernen Salon …«

Wir starrten Sibylle an, schauten uns untereinander an und begannen zu strahlen. Die Idee war großartig!

»Francis, welche Teile des Anwesens stehen unter Denkmalschutz?«

»Die Villa und das Pförtnerhaus.«

»Gut, das drückt schon mal den Preis. Und liefert uns eine Menge Vorgaben, innerhalb derer sich unsere Fantasie zu bewegen hat. Aber ich finde das gerade gut, weil somit der Gesamtcharakter erhalten bleibt. Die Remise und die anderen Nebengebäude können wir dann ganz nach unseren Vorstellungen umbauen und neuer Nutzung zuführen. Ateliers, eine Galerie, ein Theatersaal …« Sie kam ins Schwärmen, und wir ließen uns bereitwillig anstecken.

»Darauf müssen wir anstoßen!« Sie ging zum Telefon und orderte beim Zimmerservice Nachschub.

»Ich sollte dringend aufbrechen. So leid es mir tut. Ihr könnt ja noch bleiben, Eva und Eliza. Doch die Kinder kommen bald heim, und ich möchte nicht, dass sie unter der ganzen Umwälzung leiden.«

»Ist klar. Aber ich wie ich den Fall einschätze, werden sie es mit Fassung tragen. Sie sind in einem Alter, in dem sie die Zusammenhänge richtig einzuordnen wissen. – Also von mir aus könnten wir noch eine Weile bleiben. Was meinst du, Eliza?«

Ich schloss mich an. Als Sibylle verkündete, sie wolle uns zum Abendessen einladen, wehrten wir beide energisch ab. Doch als sie behauptete, es handle sich keineswegs um einen selbstlosen Akt, sondern sie wünsche, dass wir ihre neue Klientin begutachteten, gaben wir bereitwillig nach.

Mandy Severin entsprach ziemlich genau der Vorstellung, die ich mir von ihr gemacht hatte. Allerdings wirkte sie noch eine Portion unnatürlicher.

Bei unseren Mädelabenden tauschen wir uns ja regelmäßig über unsere Beobachtungen aus. Dabei haben wir auch mal eine grobe Kategorisierung der Kundinnen bestimmter Designer vorgenommen. Nicht dass Eva und ich zur potenziellen Klientel dieser Leute gehörten, aber wir haben ja schließlich Augen im Kopf und Sibylle die entsprechenden Studienobjekte im Schrank.

Frauen, die selbst erfolgreich sind, so stellten wir fest, greifen vermehrt zu Modellen im Stil von Jil Sander und Armani. Solche, die von Männern unterhalten werden wollen, bevorzugen eher Cavalli und Versace.

Mandy S. trug eine Mischung aus Cavalli und Versace nebst den bereits erwähnten Schuhen von Louboutin und einer Handtasche von Louis Vuitton. Alles vermutlich extrem teuer, aber ansonsten überhaupt nicht zusammenpassend. Zudem hatte sie künstliche modellierte Fingernägel mit Glitzerintarsien, die mich an kleine Grabschaufeln zum Verbuddeln des guten Geschmacks denken ließen.

Eva und ich wechselten beredte Blicke. Wenn Sibylle diese Frau bereits mehrmals getroffen und diese Begegnungen offensichtlich keinerlei Spuren hinterlassen hatten, so konnte das nur bedeuten, dass unsere Freundin noch andere Ziele verfolgte, als Mandy zu einem vorteilhaften Auftreten zu verhelfen …

Sibylle stellte uns als ihre besten Freundinnen vor, ohne die sie im Leben nicht einmal halb so viel erreicht hätte. Wir wehrten uns bescheiden gegen so viel Lob und registrierten mit klammheimlicher Freude, wie stark diese Auskunft unsere Tischgenossin verunsicherte. Schließlich nahmen wir beiden uns in ihren Augen neben Sibylle allenfalls wie ausgespuckte Kaugummis neben einem Brillanten aus. Vermutlich bestand genau darin ein wohlkalkulierter Effekt bei Sibylles Strategie.

Mandy aß wenig und trank viel. Und vor allem schnell. Rasch löste der Alkohol ihre Zunge.

So erfuhren wir, dass sie jüngst verwitwet war und sich nun nach einem neuen Lebensmittelpunkt umsah. Wiesbaden, ihr bisheriger Wohnort, so erklärte sie, sei mit zu vielen traurigen Erinnerungen behaftet. Eva stellte ihr zunehmend Fragen über ihre Vergangenheit, die Mandy jeweils erst mit Blick auf Sibylle und deren zustimmendes Nicken beantwortete. Zuerst ging es um Familie, Schule, Ausbildung und Reisen. Doch je weiter der

Abend voranschritt – oder dahin gespült wurde –, desto aufschlussreicher gestalteten sich Mandys Auskünfte.

»Wie ich Walter kennengelernt habe? Na er hatte eine Annonce in ›Jagd und Hund‹. – Ich habe alle meine Männer über ›Jagd und Hund‹ kennengelernt.«

»Alle? – Wie viele waren es denn?«

Mandy merkte, dass sie sich verplappert hatte. »Na ja, äh … zwei, nur zwei …«

»Ach so, nur zwei. Und ist dein erster Mann ist auch gestorben?«

»Ja, leider. Friedrich ist abgestürzt. In den Dolomiten. Ich hab gesagt, er soll nicht so hoch rauf, aber er wollte mir immer zeigen, dass er noch konnte wie ein Junger.«

So erfuhren wir, dass die arme Mandy mindestens zweimal auf tragische Weise verwitwet war. Den fünfundsechzigjährigen Walter hatte ein Infarkt dahingerafft, den siebzigjährigen Friedrich die Berge.

Beide hatten die bemitleidenswerte Witwe zumindest nicht im materiellen Sinne als arme Frau hinterlassen.

Auf dem Heimweg im Taxi rätselten wir noch eine Weile herum, was Sibylle wohl im Schilde führen könnte. Aber dann wandten wir uns dem Thema zu, das uns am meisten inspirierte: Die Umwidmung der Villa Weizenegger in eine Begegnungsstätte und möglicherweise unseren zweiten Wohnsitz.

Um Sie nicht zu lang auf die Folter zu spannen, informiere ich Sie hier in Kurzform über die ersten Ergebnisse von Sibylles kühnen Plänen. Das Ehepaar Bergmüller, Bekannte von Frau Keller, besaß eine große etwas baufällige Villa mit weitläufigem verwildertem Garten direkt am See. Herr Bergmüller, der sich stets gegen einen Umzug gewehrt hatte, lag nach einem Schlaganfall halbseitig gelähmt im Krankenhaus. Die Frau, die wie ihr Mann weit in den Achtzigern stand, wollte lieber gleich als später in eine betreute Wohnanlage umziehen. Die Tochter der beiden lebt in zweiter Ehe und besten Verhältnissen in Kalifornien. Wegen ihres Asthmas und der Erinnerung an ihre erste katastrophale Ehe verspürt sie keine Lust, länger als für jeweils ein paar Tage nach Konstanz zurückzukehren.

Nach einem langen Telefonat mit ihrer Mutter und Sibylle gab sie ihr Plazet, dass die Mutter Sibylle eine Vollmacht für ihre geschäftlichen Belange erteilte. Pikanterweise diente als Referenz nicht nur die Verbindung zu Frau Keller, sondern auch zur Familie Weizenegger.

Sibylle ließ beim Notar einen Vertrag beurkunden, in dem geregelt wurde, dass der Erlös aus dem Besitz der alten Herrschaften auf einem Treuhandkonto verwaltet werden sollte und die beiden bis an ihr jeweiliges Lebensende in einem exklusiven Pflegeheim betreut würden. Was eines Tages übrig blieb, sollte der Tochter zur Verfügung stehen.

Für Mandy Severin stellte sich das Abendessen mit uns dreien als Kulturschock heraus, der sie sehr empfänglich für Sibylles Tipps machte. Innerhalb weniger Tage verwandelte sie sich in eine deutlich kultiviertere Erscheinung.

Außerdem hatte sie Sibylles Rat beherzigt, das Immobilienbüro Weizenegger zu konsultieren. Allerdings musste sie versprechen, keinerlei geschäftliche Absprachen zu treffen, ohne sich zuvor mit ihr abzustimmen.

Es kam wie erhofft, gewünscht und geplant: Da ein gebrochener Arm dem Charme des Magnus W. ganz offensichtlich keinerlei Abbruch tat, verfiel ihm Mandy auf den ersten Blick. Und er sah seinerseits keinerlei Veranlassung, sich ihrem Lockruf zu verweigern.

Als Sibylle am Dienstagmittag ins Hotel zurückkam, saßen die beiden traut vereint beim Mittagessen, das Mandy dem neuen – vorübergehend einarmigen – Mann an ihrer Seite in mundgerechte Häppchen schnitt.

Sibylle, die nicht gesehen werden wollte, freute sich unbändig. Sie verständigte die Rezeption, dass sie zwischen drei und vier Uhr in der Bar anzutreffen sei, suchte ihr Zimmer auf und begab sich anschließend ins Schwimmbad auf dem Flachdach. Das durchmaß sie mit kraftvollen Zügen und voll der Energie, die ein satter Triumph zu verleihen vermag.

Mandy saß schon fiebernd in der Bar und konnte es kaum erwarten, sich über ihr Liebesglück auszuschütten. »Ein fantastischer Mann! Schön, gebildet, vermögend, quasi geschieden – und so jung! Mein Gott, nach all den alten Knackern steht mir doch auch mal was Knackiges zu. Den behalt ich länger, das kann ich Ihnen sagen!« Sie hielt inne, als sie Sibylles irritierten Gesichtsausdruck wahrnahm. Doch schnell fing sie sich wieder. »Und das Beste: Ich hab ihn Ihnen zu verdanken!«

»Ach ja?«

»Ja, Sie haben mich doch zu Immobilien Weizenegger geschickt.«

»Oh, es handelt sich um Herrn Weizenegger? Na, da bin ich ja froh, dass Sie zufrieden sind.«

»Zufrieden?« Sie kreischte richtiggehend. »Ich bin glücklich! Glücklich wie noch nie in meinem Leben!«

»Aber ist Herr Weizenegger denn nicht verheiratet?«

»Das hat sich weitgehend erledigt. Die Scheidung ist nur noch Formsache.«

»Wie schön! Und was kann er in puncto Haus für Sie tun?«

»Da hat er leider momentan kein Objekt an der Hand, das für mich – oder vielmehr für uns beide – passend wäre. Er meint ja, das Haus, in dem seine Frau und die Kinder wohnen, wäre genau das Richtige für uns, aber da müssten wir uns auf längerfristige Auseinandersetzungen einstellen …«

»Verstehe.«

»Darauf hab ich aber keinen Bock. Und überhaupt will ich

nicht, dass er auf Schritt und Tritt an seine Vergangenheit erinnert wird. Wir fangen beide ein neues Leben an!«

»Eine sehr vernünftige Einstellung. Und ein Domizil wird sich sicher auch bald finden.«

»Klar. Wenn man genug Kohle hat, ist das kein unlösbares Problem. Und ich hab genug Kohle. Und ich hab verdammt hart dafür geschuftet. Jetzt will ich das endlich auch so richtig genießen!«

Sibylle gab sich nachdenklich und tat, als habe sie die letzte Äußerung überhört.

»Wissen Sie was? Ich habe da eine Idee. Kommen Sie mit, ich zeige Ihnen was!«

Mandy war völlig hingerissen von der alten Villa. Ihre aktuelle romantische Stimmung ließ sie darin das Märchenschloss und Liebesnest ihrer Träume sehen.

»Das will ich! Wie komme ich da ran? Können Sie mir helfen?«

Als Sibylle ganz zurückhaltend eingestand, dass es quasi in ihrer Hand liege, wer die Villa bekomme, konnte Mandy ihr Glück kaum fassen. Sibylles Auskunft, schon fünf Interessenten an der Hand zu haben, stachelte Mandys Ehrgeiz noch mehr an.

Sie war bereit, Sibylle doppelt so viel Provision zu bezahlen, wie die angeblich vom Meistbietenden bekommen hätte.

Doch das lehnte Sibylle ab. Angeblich aus moralischen Gründen, weil sie zu Mandy inzwischen doch tiefe Zuneigung gefasst habe. Stattdessen gab sie ihr den eindringlichen Rat, ihren neuen Verehrer zu überreden, sich mit der Hälfte an der Immobilie zu beteiligen.

»Und zwar in bar! Dann können Sie sehen, ob es ihm wirklich ernst mit Ihnen ist und gleichzeitig erkennen Sie, wie weit es wirklich her ist mit seinem angeblichen Wohlstand und seiner Kreditwürdigkeit.«

Mandy umarmte sie und küsste sie auf beide Wangen. »Ach, Sie sind ja so gescheit! – Soll das heißen, ich bekomme die Villa?«

»Nun, ich könnte mir vorstellen, dass sie bei Ihnen in guten Händen wäre …«

»Aber mit Sicherheit!«

»Sie wissen aber schon, dass derartige Gebäude unter Denkmalschutz stehen und nicht beliebig verändert werden dürfen …«

»Ja klar! Meine Villa in Wiesbaden ist auch so ein altes Gemäuer. Allerdings tipptopp in Schuss.«

»Na gut, dann reden Sie mit dem Mann Ihres Herzens darüber. Ich bin bis Freitag im Hotel.«

Ob Magnus unter Schock wegen des Verlusts von Heim und Familie stand oder ihn die Angst vor seinen eigenen Dämonen ritt, wissen wir nicht. Jedenfalls schien er völlig im Banne der temperamentvollen und zielstrebigen Mandy zu stehen und war bereit, all ihren Wünschen nachzukommen.

So ergab es sich, dass er ganz rasch ganz viel Bargeld brauchte. Und da traf es sich gut, dass Mandy ihn mit ihrer Mentorin bekannt machte, die ihm signalisierte, sie sei brennend an Immobilienbeteiligungen in der Gegend interessiert. Vor allem an Seegrundstücken …

So wurden alle drei untereinander handelseinig.

Das launige Schicksal zeigte sich dann in der Form, dass Magnus schließlich doch noch eine ziemlich große Sache in Wiesbaden zu erledigen hatte. In Mandys Auftrag verkaufte er das Haus, in dem ihr letzter Gatte sein Leben ausgehaucht hatte.

Mandy schwebte auf Wolke sieben und versprach Sibylle, sie zu ihrer Hochzeit einzuladen.

32

Ostern steht vor der Tür.

Eva und ich pendeln zwischen München und dem Bodensee. Francis ist auch öfter in München, Marie-Rose und Daniel wollen die Osterferien hier verbringen, während wir am See sind. Thomas besucht nun während der Ferien Zirkusworkshops. Wenn er in einem Jahr immer noch von der Sache begeistert ist, wird er in die Berliner Zirkusschule gehen.

Die Umbauarbeiten um die Villa herum kommen gut voran. Die Zahl der Mitglieder unseres Kulturvereins wächst stetig und umfasst mehrere Generationen. Frau Wiggenhauser, unsere Münchner Vermieterin ist auch eingetreten. Sie versteht sich bestens mit Frau Keller, und die beiden besuchen sich gegenseitig.

Magnus wohnt mit Mandy im gemeinsamen Liebesnest oder Märchenschloss. Doch wie im Bekanntenkreis lebhaft erörtert wird, führt er absolut kein märchenhaftes Leben. Mandy ist krankhaft eifersüchtig. Sie kontrolliert ihn auf Schritt und Tritt und überwacht ihn per Handyspionage. Er, der nie ein Handy wollte, muss es nun ständig bei sich tragen! Sie kann ihn jederzeit und überall abhören. Ob das Gerät eingeschaltet ist oder nicht. Und sie macht von den Errungenschaften der Kommunikationstechnik reichlich Gebrauch.

Alles, was mit Magnus' früherem Leben zu tun hat, bringt seine Gefährtin in Rage. Als erstes hat sie die Kinder vergrault, die ohnehin nicht sehr erpicht waren, den Vater mit Mandy zu besuchen. Zu Beginn sahen sie ihn noch beim Tennis. Doch dann musste er aus seinem geliebten Club austreten. Jetzt spielt er mit seiner Schönen Golf. Auch von den Lions hat er sich verabschiedet. Die ließen ihn jedoch gern ziehen, da sie Mandys stetige Kontrollanrufe und -besuche als äußerst lästig empfanden.

Nun könnten wir uns fragen, warum dieser einst so ausgeprägte Egoist sich das gefallen lässt.

Zu diesem Thema kursieren mehrere Spekulationen. Wer bereit ist, die Dinge gelassen zu sehen, denkt, er sei blind vor Liebe. Andere sagen, nach einigen Fehlspekulationen sei er finanziell von ihr abhängig. Es gibt jedoch auch die Vermutung, die nackte Angst um sein Leben ließe ihn an Mandys Seite ausharren. Francis hat kürzlich von ihrer Schwägerin etwas erfahren, was letztere These stützen könnte: Mandy gilt in ihrer früheren Umgebung als Schwarze Witwe. Von den Umständen des Todes ihres vorletzten Gatten ist bislang hierzulande nichts bekannt. Mit dem lebte sie in der Schweiz. Doch beim Tod ihres letzten sei auf keinen Fall alles mit rechten Dingen zugegangen. Der Hausarzt habe zwar besten Wissens und Gewissens Herzversagen attestiert, aber die Verwandtschaft sei erst verständigt worden, nachdem der Mann schon eingeäschert war. Es werde nach wie vor von einer verhängnisvollen Kombination aus Viagra und Nitroglyzerin gemunkelt …

Unser Mitleid mit M. W. hält sich in Grenzen!

Sibylle wird eine TV-Sendung moderieren, in der sie all ihr Wissen über Männlein, Weiblein und die Dinge des Lebens in weise Ratschläge packen kann. ›Geist, Geld und Hormone‹ ist der vorläufige Titel. Senderintern wird das Format jedoch als ›Luderschule‹ etikettiert.

›Wollis chaotisches Liebesleben‹ erscheint nächstes Jahr als Buch und soll auch als Animationsfilm in die Kinos kommen. Leonardo kann nur noch lachen über seine Eskapaden, die alles ins Rollen gebracht haben.

Ach ja, er scheint übrigens der Einzige unseres alten Singleklüngels zu sein, dem bislang ungetrübtes Liebesglück mit einem Mann beschieden ist. Mit seinem David will er in den gesegneten Stand der Homosexuellenehe treten. Zu Pfingsten findet die große Hochzeitsparty statt. Eva sagte, sie werde ihm keine Steine in den Weg legen, obwohl er ihr doch schon quasi die (Rentner-)Ehe versprochen hatte.

Für meinen Roman habe ich einen Vertrag, und die Venedigreise, auf der Eva und ich das Ereignis feiern werden, ist gebucht.

Also Friede, Freude, Ostereier für alle, die wir lieben?

Nicht ganz. Eva hat seit Magnus keinen Mann mehr angerührt. Obwohl mich das ja einerseits freut, da ich immer fürchte, da könnte einer kommen und sie mir abspenstig machen, bin ich nicht glücklich darüber, denn das passt überhaupt nicht zu ihr. Ich frage mich schon, ob da nicht ein tieferes Trauma vorliegt, das behandelt werden müsste.

Jonathan ist geradezu übertrieben liebenswürdig zu mir. Das geht mir zwar manchmal leicht auf die Nerven, aber es rührt mich auch, weil ich ahne, was dahinter steckt: Er hat vermutlich ein schlechtes Gewissen, weil er immer noch nicht geschieden ist. Dabei ahnt er gar nicht, dass ich darauf vorerst überhaupt keinen Wert lege. Ich schätze meinen Freiraum und das Pendeln zwischen Stadt und See viel zu sehr und könnte keinen Mann ertragen, der mich durch permanente Präsenz einengt. Auch ist mir klar, wie sehr er an seinen Kindern hängt. Die brauchen ihn noch, und er soll ruhig für sie da sein. Ich will zwar auch mal eine Familie, aber das eilt wirklich nicht. Allerdings habe ich ihm verboten, seinen Familienfrust in meiner Gesellschaft zu thematisieren. Er darf mich auch nur besuchen, wenn er gut drauf ist. Zum ersten Mal bin ich die Frau, die ausschließlich für die zauberhaften Stunden im Leben eines Mannes zur Verfügung steht. Sie sehen, ich bin sehr wohl lernfähig und habe einiges dazu gelernt im letzten Jahr!

Kleines Nachspiel

Eva war für eine Talkrunde nach Berlin eingeladen. Darin hat sie inzwischen wirklich Routine. Die Sendung sollte am Freitagabend ausgestrahlt werden. Der Sender hatte sowohl die Flüge als auch das Hotel gebucht, was sie praktisch und bequem fand. Doch am Samstagmittag rief sie mich an und sagte, sie werde erst im Laufe des Montags zurückkommen. Sie tat zwar irrsinnig geheimnisvoll und sagte, ich brauchte mir keine Sorgen zu machen, aber ansonsten war sie verschwiegen wie eine Auster.

Am Montag tauchte sie dann endlich auf. Strahlend schön und mit sehr verdächtig glänzenden Augen.

»Eliza, du wirst es nicht glauben, was mir passiert ist!«

»Was ganz Tolles jedenfalls – so wie du aussiehst. Mit deinem Strahlen stellst du jedes Flutlicht in den Schatten.« Sie strahlte noch mehr.

»Erzähl!«

»Im Detail?«

»Im Detail!«

»Okay. Also ich bin am Samstag im Hotel zum Frühstück gegangen. Großes Buffet und wenig Personal – das Übliche. Also konnte ich selbst nach einem Platz suchen. War mir recht. Ich wollte einen am Fenster. Da war nur noch ein Tisch frei. Ich nichts wie ran. Da kam aber so 'ne schusselige Tante und blökte mich an: ›Hier sitze ich!‹ Na prima, danke für die Warnung, dachte ich. Am Nebentisch saß ein einsamer Mann, der mir zu verstehen gab, ich sollte mich zu ihm setzen. Mein absoluter Traumtyp, sage ich dir.«

»Aha!« Blitzvisionen durchzuckten mein Hirn. Herr Wunderbar II wird mir meine Freundin entziehen.

»Alptraum!«

Ich atmete kurz auf. Sie sprach weiter: »Zugekämmte Glatze,

Zipfelbart und fusselige Strickjacke. Muss nicht sein, sagte ich mir und ließ mein Auge wandern. Und da fiel es doch tatsächlich am Ende des Saals auf einen jungen Mann von angenehmem – sehr angenehmem – Äußeren. Der war mir tags zuvor im Lift aufgefallen, weil er mich an einen ganz reizenden Volontär erinnerte. Ronaldo. Ich dachte, was soll's, jetzt bin ich mal für einen Moment nicht die wohlerzogene Tochter meiner Eltern, sondern ich tu ausnahmsweise genau das, was ich will. Ich zeigte also dem Glatzen-Vertuscher die kühle Schulter und steuerte auf den Fremden zu.

›Darf ich mich zu Ihnen setzen?‹, fragte ich.

Er schaute mich an. Erstaunt, wie mir schien, doch beeilte er sich, meine Frage zu bejahen. Ich quasselte einfach drauf los. Du kennst ja meine Art, Verlegenheit zu überspielen. ›Ich hab mir gedacht, nachdem Sie mir im Aufzug schon so angenehm aufgefallen sind, kann ich doch auch mit Ihnen frühstücken.‹

Er wurde tatsächlich rot. Sagte, das sei aber ein nettes Kompliment und vertiefte sich in den hoch komplizierten Akt, ein Brötchen mit Butter zu beschmieren. Dennoch kam ein Gespräch in Gang. Wir erzählten uns gegenseitig, woher wir kamen und weshalb wir in Berlin waren. Er hatte was an der Uni zu tun, wegen irgendeines Forschungsprojekts, an dem er in Kiel arbeitet. Irgendwas, wovon ich nichts verstehe, was kompliziertes Physikalisches. Ich nickte zwar, bekam aber gar nicht so richtig mit, was er sagte, weil ich die ganze Zeit in sein Gesicht starrte. Diese Augen! So was von intensiv! Unglaublich! Und dabei ganz dunkel. Und der Mund: wunderschön gewellte Linien und ganz klar gezeichnete Konturen. Wir sprachen über Kiel, wo ich noch nie war und über München und Konstanz, wo er schon gewesen ist und wo es ihm sehr gut gefiel.

Schließlich fragte er mich so komisch: ›Wann geht Ihr Flug?‹

Ich sagte: ›Um halb fünf. – Und wann geht Ihr Zug?‹

Er lächelt. ›Das kann ich nach Belieben einrichten.‹

Es entstand eine lange Pause.

›Also‹, fing ich an, damit's nicht peinlich wurde, ›falls Ihre Frage darauf abzielte, dass sie mit mir vielleicht noch irgendwo einen Kaffee trinken wollen …‹

Er guckte zuerst angestrengt auf seinen Teller – wobei ihm ein paar seiner dunklen Locken in die Stirn fielen – und dann direkt in meine Augen. ›Nicht nur das‹, sagte er. Und er äußerte es mit seltsam heiserer Stimme.

Und ich dachte, huch, der wird doch wohl nicht denken, was ich denke, was er denken könnte! Nein, sicher nicht, so ein wohlerzogener, schüchterner Mensch, aber es begann zu kribbeln.

›Ich wollte mir noch die eine oder andere Galerie ansehen und ein Museum besuchen. Wenn Sie mögen, können Sie mich gern begleiten‹, sagte ich so ruhig wie möglich.

Er zögerte kurz, so als wollte er noch was entgegnen, nickte dann aber und meinte: ›Ja gern.‹

›Okay.‹ Ich blickte auf meine Uhr (die Jaeger le Coultre, die ich nach langem Bangen dank Francis' diplomatischen Geschicks wiederhabe), ›treffen wir uns zwanzig vor elf in der Lobby! Ich muss noch packen und auschecken et cetera.‹

Er hatte das alles schon hinter sich, war im Grunde startklar, bevor ich kam. Rasch stand er auf und verabschiedete sich. Ich sah ihm noch nach, stellte fest, dass mir sein Gang gefiel, was mir ja wichtig ist. Dann schaute ich zum Fenster raus, bemerkte, dass es ziemlich fies regnete und hoffte, er hätte einen Schirm.

Das Ganze amüsierte mich ja schon, und ich war gespannt auf die Entwicklung der Dinge. In aller Ruhe setzte ich mein Frühstück fort und freute mich darüber, dass ich die nächsten Stunden in angenehmer Gesellschaft verbringen würde.

Ich war gerade dabei, mit Messer und Gabel etwas Rührei im Kräuterquark auf einer Schwarzbrotscheibe zu versenken, als der nicht mehr ganz Fremde wieder auftauchte. Er trug eine Wetterjacke und wirkte ein wenig gehetzt. Oh, schade, dachte ich, jetzt ist ihm was dazwischen gekommen und er muss unsere Verabredung absagen. Er trat an den Tisch, neigte sich zu mir herab, schaute mich an und machte etwas Lippengymnastik. Ich merkte, dass er verlegen war und nicht wusste, wie er das sagen sollte, was er sagen wollte. Deshalb lächelte ich ihn aufmunternd an. Er blickte mir direkt in die Augen und sah dabei aus, als sei er arg in Bedrängnis. Aber dann kriegte ich doch was zu hören: ›Entschuldigen Sie bitte, Sie können mich gleich ohrfeigen oder beschimpfen, aber ich würde es mir mein Leben lang nicht verzeihen, wenn ich Sie jetzt nicht fragen würde …‹

›Ja?‹

›Was halten Sie davon, wenn Sie Ihren Flug umbuchen?‹

Ich schaute ihn ziemlich entgeistert an. ›Und dann?‹

›Dann verbringen wir das Wochenende zusammen.‹

Als Erstes musste ich lachen, denn was er sagte, war ja schon etwas kühn, aber nicht gerade unverfroren. Er schaute aber drein, als erwarte er Schläge oder ein Donnerwetter.

›Ich meine, wir verlängern Ihr Zimmer, was selbstverständlich ich übernehme …‹

›Hoppla‹, sagte ich und gleichzeitig überschlugen sich die Gedanken in meinem Kopf.«

»Aha«, sagte ich, »Wochenende hautnah! Ganz schön frech – und bewundernswert mutig!«

»Ja, finde ich auch. Aber es hat mir auch imponiert. Ganz besonders wegen der Diskrepanz zwischen der großen Schüchternheit und dem kühnen Ansinnen. ›Hm‹, sagte ich, ›das kommt jetzt doch sehr überraschend!‹

Er lächelte etwas schief. ›Soll ich das mit dem Umbuchen des Fluges für Sie erledigen?‹

Ich lachte und zuckte die Schulter.

›Haben Sie morgen oder übermorgen früh unaufschiebbare Termine?‹

›Nein, eigentlich nicht. Das heißt, meine Freundin wollte mit mir zu Abend essen. Das hat Tradition bei uns.‹

›Wenn Sie eine gute Freundin ist, wird sie Verständnis haben‹, sagte er.«

»Rhetorisch äußerst geschickt!«, lobte ich amüsiert.

»Sehe ich auch so. Jedenfalls versicherte ich ihm, du seist die beste überhaupt vorstellbare Freundin. Und während ich sprach, nahm die Vorstellung über ein spontanes Wochenende mit dem jungen Helden ganz reizvolle Formen an.

›Also‹, sagte ich, ›lassen wir die äußeren Umstände entscheiden! Wenn sich der Flug ohne Probleme auf Montagvormittag umbuchen lässt, genießen wir die Hauptstadt zwei Tage zu zweit. Falls nicht, dann nicht.‹

Er nickte. Dass er nicht im Restaurant telefonieren wollte, fand ich völlig in Ordnung. Ich nahm das Flugticket aus der Tasche, zögerte aber einen Moment, bevor ich es ihm aushändigte. Er lächelte verständnisvoll und notierte sich alles, was er brauchte.

Elastischen Schrittes verließ er den Raum, und ich setzte mein Frühstück fort.«

»Das ist ja wirklich eine spannende Geschichte!«

»Allerdings! Keine zehn Minuten später kehrte er strahlend zurück, und ich wusste, dass der Würfel gefallen war. Für ihn mit sechs Augen nach oben.

›Es war überhaupt kein Problem‹, verkündete er voll Siegerstolz, ›da es sich um einen Linienflug handelt. Montagmittag, Viertel vor eins.‹

›Na gut. Vielen Dank.‹

›Und das mit dem Zimmer hab ich auch gleich geregelt. Zwei weitere Nächte … Der Unterschied zu Doppelzimmern ist minimal. Die Räume sind gleich groß, aber die Einzelzimmer haben französische Betten.‹

Ich räusperte mich. ›Woher wussten Sie meine Zimmernummer?‹

Er lächelte und blickte auf meine Chipkarte auf dem Tisch. Darauf prangte in klarer Schönschrift 314.« Eva legte eine Kunstpause ein und lächelte.

»Ja und dann?« Ich platzte fast vor Spannung.

»Dann schenkte er uns am Buffet Sekt ein, kehrte triumphierend an den Tisch zurück und wir stießen auf unser gemeinsames Wochenende an.«

»Ja, sehr schön. Und weiter?« Sie folterte mich geradezu.

»Dann brachte er seine Reisetasche in mein Zimmer. Wir schauten zum Fenster hinaus, es regnete in Strömen. Er eröffnete mir, dass auch er keinen Schirm dabei hätte. Und dann nahm er mich in die Arme und küsste mich. Und das gefiel mir so gut, dass ich gar nicht wollte, dass es noch einmal aufhörte. Aber ich schickte ihn fort.«

»Wie bitte?« Das war jetzt wirklich schwer zu glauben.

»Zum Einkaufen. Hygieneartikel und ein paar Flaschen Wasser ...«

»Zumindest ein Anflug von Vernunft!«

»Als er weg war, kamen mir Zweifel. Aber die waren nicht so stark, dass ich mich nicht freute, ihn wiederzusehen. Trotzdem sagte ich ihm, mir sei ein wenig mulmig, weil ich so was Spontanes in diesem Bereich noch nie getan hätte! Er lachte und sagte: ›Ich auch nicht, aber, wie gesagt, ich würde es mir mein Leben lang nicht verzeihen, wenn ich es nicht wenigstens versucht hätte. Ich hab damit gerechnet, dass du mich ohrfeigen oder anbrüllen würdest, aber das alles hab ich in Kauf genommen. Ich musste dich einfach fragen.‹

Das war rührend. Du kennst ja auch den Ausspruch, es sei besser, etwas zu bereuen, das man getan hat, als etwas, das man unterlassen hat.«

»Aha. Und gibt's jetzt was zu bereuen?«

»Oh nein, überhaupt nicht! Im Gegenteil!« Sie lächelte selig vor sich hin. »Eliza, ich schwör dir, was sich bis zum Montagmorgen in diesem zunehmend wundervollen Zimmer abspielte, das war die beste Erotik meines Lebens. Es war nämlich nicht nur Sex, sondern alles hat gestimmt. Der Junge übertraf meine kühnsten Erwartungen. Er ist unglaublich schön gewachsen, unermüdlich potent und dabei auch noch gescheit, rücksichtsvoll und zärtlich. Es war, als wären wir füreinander geschaffen. Nichts störte, nichts eckte an, es bedurfte keiner Positionskorrekturen oder Regieanweisungen. Wir liebkosten uns, redeten, lachten, gingen was essen, schliefen auch mal ein Stündchen zwischendurch, lachten viel und liebten uns immer wieder aufs Neue.«

»Ein Traum!«

»Ganz genau. Ich schwebte schon, bevor der Flieger abhob!«

»Und jetzt schwirren die Flugzeuge in deinem Bauch rum.«

»So ist es.«

»Seht ihr euch wieder?«, fragte ich gespannt.

Glauben Sie mir, ich gönne es ihr! Ich gönnte es ihr wirklich, zumal ich mir ja schon Sorgen gemacht hatte. Aber ich hatte auch Bammel. Bei der Intensität, mit der es sie da erwischt hat, kamen mir doch gleich teuflische Bedenken, Eva könnte mir demnächst wieder abhandenkommen. Kiel ist ja schließlich nicht nebenan.

»Ich hoffe es! Aber einfach wird's nicht. Simon ist eben noch mindestens zwei Jahre ziemlich intensiv in dieses Forschungsprojekt eingebunden. Und sein Doktorvater scheint ein strenges Regiment zu führen, zumal er ihn wohl für eine ganz große Begabung hält.«

»Offenbar ist er auf mehreren Gebieten begnadet …«

»Das kannst du wohl sagen!« Evas Seufzer sprach Bände.

»Es ist anscheinend so, dass der Prof ziemlich viel auf ihn ablädt. Und das, obwohl Simon erst sechsundzwanzig ist. Stell dir vor, er hat seit zwei Jahren keinen richtigen Urlaub gemacht! Aber er muss gelegentlich mal zu einer Fachtagung. Da werden wir dann zusehen, dass wir was miteinander hinbekommen.«

Na, wenn das keine guten Nachrichten waren!

Leute, ich bin glücklich! Meine Freundin hat ganz offensichtlich ihr Magnus-Trauma überwunden und einen neuen Adressaten für ihre erotisch-emotionalen Belange gefunden. Das gönne ich ihr von Herzen. Und mir gönne ich, dass sie ihn überwiegend aus der Ferne anschwärmen, reichlich Brainfucking betreiben und ihn ab und zu mal treffen wird. Er wird ihr weder im Weg stehen, noch sie vom gesellschaftlichen Leben abhalten oder sie an der Arbeit hindern. Und: Er wird sie mir in absehbarer Zeit nicht wegnehmen. Und weil sie von ihrem Simon so grenzenlos begeistert ist, wird das auch bis auf Weiteres auch keinem anderen Mann gelingen.

Ist das nicht fantastisch? Eva wird nicht in Paar-Klausur gehen und darin versickern. Sie wird relativ frei bleiben und ziemlich disponibel. Sie wird sich ihren Freundinnen und Freunden widmen und uns alle mit ihren verrückten Einfällen und ihrem liebenswerten Wesen beglücken.

»Was hältst du davon, wenn wir heute Abend bei Sibylle vorbeischauen?«

»Meinst du, wir wären willkommen?«

»Ganz bestimmt. Wenn wir schon mal alle drei in der Stadt sind, was ja zunehmend seltener vorkommt. Sie hat gestern auch so was angedeutet, als sie mich über ihr äußerst erfolgreich verlaufenes Wochenende informierte.«

»Na denn!«

»Prima! Es gibt ja für uns auch mal wieder einen Grund ausgiebig anzustoßen!«

»Worauf denn?« Trotz ihrer beruhigenden Auskünfte über den fernen unabkömmlichen Lover traute ich Eva doch nicht ganz.

»Auf uns glückliche Mädels und darauf, dass wir unsere Freundschaft und unseren gesegneten Status als patente unabhängige Frauen weiter genießen und kultivieren können!«

Der Endzweck der Künste ist: Vergnügen.

Gotthold Ephraim Lessing

Danke!

Mein vielfältiger Dank gilt all denen, die mich inspiriert, provoziert, ermutigt oder ganz einfach nicht von der Arbeit abgehalten haben.

Mein verbindlicher Dank gebührt der freundlichen Entourage der Band DIE ÄRZTE, die mir souverän den Abdruck einiger Zeilen aus dem Song ›Mach die Augen zu‹ genehmigte. Der Inhaber der Musik- und Textrechte, Farin Urlaub, hatte nämlich zum Zeitpunkt meiner Nachfrage den Imperativ, der seinem Namen innewohnt, in die Tat umgesetzt.

Ein besonders herzlicher Dank geht an Claudia Senghaas, meine wunderbare Lektorin, die mich animiert hat, dieses Buch dem Gmeiner-Verlag anzuvertrauen. Die Arbeit mit ihr verlief nicht nur absolut reibungslos, sondern auch äußerst humorvoll. Ihr Stirnrunzeln gegenüber meiner Harmonieseligkeit hat den letzten Kapiteln zu deutlich mehr Biss verholfen.

ELLA DANZ

Schatz, schmeckt's dir nicht

417 Seiten, Paperback.
ISBN 978-3-8392-1109-0.

GESCHMACKSVERIRRUNG Helene, Anfang 40, ist überaus zufrieden mit ihrem perfekt eingerichteten Leben im beschaulichen Berlin-Charlottenburg: Auch nach zwanzig Jahren führt sie eine glückliche Ehe mit Architekt Jan und frönt mit Hingabe ihrer großen Leidenschaft – dem Kochen. Ihre kulinarischen Kreationen sind berühmt und ihre Tischgesellschaften legendär.

Unliebsame Nebenbuhlerinnen hat sie in der Vergangenheit mit Kreativität und Fantasie aus dem Weg geräumt. Bis eine neue Kollegin in Jans Büro auftaucht: Diane Blume. Ökologisch engagiert, der Esoterik verschrieben, voll Energie und positiver Ausstrahlung. Und – was das Schlimmste ist – Vegetarierin! Helene ist entsetzt und holt zum Gegenschlag aus …

GABRIELE DIECHLER

Glaub mir, es muss Liebe sein

278 Seiten, Paperback.
ISBN 978-3-8392-1107-6.

ANLEITUNG ZUR LIEBE Nach zwei Affären ihres Mannes und einem Sexleben, das völlig erlahmt ist, beschließt Franziska noch einmal ganz von vorne anzufangen. Zusammen mit ihrer zwölfjährigen Tochter Melanie findet sie eine vorübergehende Bleibe im Haus ihres alten Schulfreunds David, der nach einem Burnout zurückgezogen am Tegernsee lebt.

Franziska stürzt sich in ihr neues Leben, als gäbe es kein morgen. Sie versucht als Autorin beruflich durchzustarten und stolpert gleichzeitig von einem amourösen Abenteuer ins nächste. Immer auf der Suche nach der großen Liebe …

GMEINER

Wir machen's spannend